TU TUERAS LE PÈRE

SANDRONE DAZIERI

TU TUERAS LE PÈRE

Traduit de l'italien par Delphine Gachet

Robert Laffont

Titre original :
UCCIDI IL PADRE

Ce livre est une œuvre de fiction. Les personnages et les lieux cités sont des inventions de l'auteur qui visent à conférer de l'authenticité au récit.
Toute ressemblance avec des situations, des lieux et des personnes existant ou ayant existé ne peut être que fortuite.

MIXTE
Papier issu de sources responsables
FSC® C003309

Pocket, une marque d'Univers Poche, est un éditeur qui s'engage pour la préservation de son environnement et qui utilise du papier fabriqué à partir de bois provenant de forêts gérées de manière responsable.

ISBN : 978-2-266-25827-2

À Olga qui a résisté

I
AVANT

Le monde est une paroi arrondie de ciment gris. Le monde est fait de bruits ouatés et d'échos. Le monde est un cercle deux fois plus large que ses bras grands écartés. La première chose que le garçon a apprise dans ce monde circulaire, ce sont ses nouveaux noms. Il en a deux. « Fils » est celui qu'il préfère. Il y a droit quand il fait bien les choses, quand il obéit, quand ses pensées sont simples et rapides. Dans le cas contraire, son nom est « Bête ». Quand il s'appelle Bête, le garçon est puni. Quand il s'appelle Bête, le garçon a froid et faim. Quand il s'appelle Bête, le monde circulaire empeste.

Si Fils ne veut pas devenir Bête, il doit savoir précisément où se trouvent les choses qui lui ont été confiées et en prendre soin. Le seau pour les besoins doit toujours être suspendu à la poutre, en attendant d'être vidé. Le broc pour l'eau doit toujours être au centre de la table. Le lit doit rester fait et propre, avec la couverture toujours bien repliée. Le plateau du repas doit toujours être proche de la trappe.

La trappe est le centre du monde circulaire. Le garçon la craint et la vénère comme une divinité capricieuse. La trappe peut s'ouvrir tout à coup, ou rester fermée des jours durant. La trappe peut laisser entrer nourriture, vêtements propres et couvertures, livres et crayons, ou bien distribuer des punitions.

L'erreur est toujours punie. Pour les erreurs mineures, il y a la faim. Pour les erreurs plus importantes, le froid ou la chaleur atroce. Une fois, il a eu tellement chaud qu'il ne pouvait plus transpirer. Il s'est effondré sur le ciment en pensant qu'il allait mourir. Il a été pardonné par un jet d'eau glacée. Il était de nouveau Fils. Il pouvait de nouveau boire et nettoyer le seau bourdonnant de mouches. La punition est sévère dans le monde circulaire. Implacable et précise.

C'est ce qu'il a toujours cru, avant de découvrir que le monde circulaire était imparfait. Le monde circulaire avait une fissure. Aussi longue que son index, la fissure s'est ouverte dans le mur, à l'endroit où la poutre s'encastre dans le ciment, là où s'accroche le seau.

Le garçon n'a pas osé la regarder de près pendant des semaines. Il savait qu'elle était là, elle faisait pression aux frontières de sa conscience, elle le brûlait comme le feu. Le garçon savait que regarder la fissure était une Chose Interdite, parce que dans le monde circulaire tout ce qui n'est pas explicitement permis est défendu. Mais, une nuit, le garçon a cédé à la tentation. Il a transgressé pour la première fois le temps toujours égal de son monde circulaire. Il l'a fait avec prudence, lentement, attentif à chacun de ses mouvements. Il s'est levé du lit et il a fait semblant de tomber.

Stupide *Bête. Bête* incapable. *Il a fait semblant de se rattraper au mur pour ne pas tomber et, l'espace d'un instant, il a posé l'œil gauche sur la fissure. Il n'a rien vu, rien que du noir, mais l'énormité de son geste l'a fait suer de peur pendant des heures. Des heures où il a attendu la punition et la douleur, le froid et la faim. Mais rien ne s'est produit. Cela a été une surprise extraordinaire. Pendant ces heures, qui sont devenues une nuit d'insomnie et une journée de fièvre, le garçon a compris que certains de ses actes n'étaient pas vus. Certains de ses actes n'étaient pas évalués ni jugés, récompensés ou punis. Il s'est senti perdu et totalement seul, comme ça ne lui était plus arrivé depuis ses premiers jours dans le monde circulaire, quand le souvenir d'Avant était encore très présent, quand les murs n'existaient pas et qu'il portait un autre nom, qui n'était ni Bête ni Fils. Le garçon a senti ses certitudes s'écrouler et c'est pour ça qu'il a osé regarder de nouveau. La deuxième fois, il a collé son œil contre la fissure pendant presque une seconde entière. La troisième fois, le temps d'une respiration. Et il a vu. Il a vu le vert. Il a vu le bleu. Il a vu un nuage qui ressemblait à un cochon. Il a vu le toit rouge d'une maison.*

Maintenant le garçon est en train de regarder encore, en équilibre instable sur la pointe des pieds, les mains grandes ouvertes sur le ciment froid pour ne pas tomber. Il y a quelque chose qui bouge dehors, dans une lumière que le garçon imagine être celle de l'aube. C'est une silhouette sombre qui devient de plus en plus grande au fur et à mesure qu'elle s'approche. Tout à coup le garçon comprend qu'il est en train de faire l'erreur la plus grave qui soit, qu'il est en train de commettre la transgression la plus impardonnable qui soit.

L'homme qui marche dans la prairie, c'est le Père, et il le regarde. Comme s'il avait deviné ses pensées, le Père presse le pas. Il vient pour lui.

Et il a un couteau à la main.

II

LE CERCLE DE PIERRE

1

L'horreur a commencé à cinq heures de l'après-midi, un samedi du début septembre : un homme en short faisait de grands gestes pour arrêter les voitures. Il portait un tee-shirt sur la tête pour se protéger du soleil et, aux pieds, une paire de tongs hors d'usage.

Rien qu'à le regarder, l'agent qui rangea la voiture de patrouille sur le bas-côté de la départementale le classa dans la catégorie de « ceux qui ont perdu la boule ». Après dix-sept ans de service et quelques centaines d'alcooliques et de personnes en phase de délire, calmées avec ou sans égards, les « perdu la boule », il savait les reconnaître du premier coup d'œil. Et celui-ci en faisait partie, sans le moindre doute.

Les deux agents descendirent du véhicule et l'homme en short s'approcha, bredouillant quelque chose. Il était épuisé et déshydraté, et l'agent le plus jeune lui donna un peu d'eau de la petite bouteille qu'il rangeait dans la portière, sans prêter attention au regard dégoûté de son collègue.

Après quelques gorgées, les mots de l'homme en short devinrent plus compréhensibles. « J'ai perdu ma femme, dit-il. Et mon fils. » Il s'appelait Stefano

Maugeri et, ce matin-là, il était parti pique-niquer avec sa famille non loin de là, dans la vallée des Pratoni del Vivaro. Ils avaient déjeuné de bonne heure et lui s'était assoupi, bercé par la brise. Quand il s'était réveillé, sa femme et son fils avaient disparu.

Pendant trois heures, il avait arpenté les lieux, décrivant des cercles et cherchant en vain, jusqu'au moment où il s'était retrouvé à marcher sur le bas-côté de la route, frisant l'insolation et complètement désorienté. L'agent le plus âgé, qui commençait à voir vaciller ses certitudes, lui demanda pour quelle raison il n'avait pas appelé sa femme sur son portable : Maugeri lui répondit qu'il l'avait fait, mais que chaque fois il était tombé sur le répondeur ; puis son portable avait fini par se décharger complètement.

L'agent le plus âgé regarda Maugeri, un peu moins sceptique. Les femmes qui disparaissaient en prenant les enfants avec elles, il en avait fait une sacrée collection au cours des interventions d'urgence, mais aucune n'avait jamais planté son conjoint au milieu des prés. Pas vivant, en tout cas.

Les agents reconduisirent Maugeri sur les lieux du pique-nique. Il n'y avait personne. Les autres promeneurs étaient partis et sa Bravo grise était restée toute seule sur la petite route, non loin d'une nappe couleur magenta où se trouvaient encore des traces du déjeuner et une figurine de Ben 10, jeune héros ayant le pouvoir de se transformer en une quantité de monstres aliens.

Quand ils arrivèrent, Ben 10 aurait dû se transformer en une espèce d'énorme mouche bleue qui aurait survolé les Pratoni à la recherche des disparus. Mais les deux policiers n'eurent d'autre choix que de donner l'alerte et d'appeler le Bureau d'enquêtes, lançant l'une des opérations de recherche les plus spectaculaires qui s'étaient déroulées dans les Pratoni ces dernières années.

C'est alors que Colomba entra en scène. C'était son premier jour de travail après une longue pause, et ça allait devenir, de toute évidence, l'un des pires de sa carrière.

2

Malgré le contour de ses yeux verts un peu plus marqué que ne le supposaient ses trente-deux ans, Colomba ne passait pas inaperçue avec son corps musclé, ses épaules larges et son visage aux pommettes hautes. « Le visage d'une guerrière », lui avait dit une fois l'un de ses amants, de celles qui montent les chevaux à cru et décapitent leurs ennemis de leur glaive. Elle avait ri, avant de lui sauter dessus et de l'enfourcher, lui coupant le souffle. Mais à présent, elle se sentait plus victime que guerrière, assise sur le rebord de la baignoire, son portable à la main, à fixer le nom « Alfredo Rovere » qui s'affichait sur l'écran. C'était le plus haut gradé de la brigade mobile de Rome ; sur le papier, il était encore son chef et son mentor, et il l'appelait pour la cinquième fois en trois minutes : elle ne lui avait pas répondu.

Colomba était encore en peignoir après sa douche, déjà monstrueusement en retard pour se rendre à ce dîner d'amis qu'elle avait finalement accepté. Depuis qu'elle avait quitté l'hôpital, elle avait passé le plus clair de son temps chez elle, toute seule. Elle mettait très peu le nez dehors ; elle sortait surtout le matin, souvent à l'aube, après avoir enfilé un jogging pour aller courir le long du Tibre qui coulait sous ses fenêtres, à deux pas du Vatican.

Courir sur les berges était un exercice d'habileté : il lui fallait éviter non seulement les trous mais aussi les excréments de chiens ou bien les rats qui déboulaient des tas de déchets en putréfaction. Cela ne gênait pas Colomba, pas plus que la fumée des pots d'échappement au-dessus de sa tête.

C'était ça, Rome, et la Ville éternelle lui plaisait justement parce qu'elle était sale et malveillante, même si les touristes ne pourraient jamais le comprendre. Tous les deux jours, après avoir couru, Colomba passait au minimarket du coin de la rue, tenu par deux Cingalais. Le samedi, elle poussait jusqu'au bouquiniste de la place Cavour, où elle remplissait son cabas de livres d'occasion qu'elle lisait pendant la semaine – mélangeant classiques, policiers et romans à l'eau de rose sans presque jamais en finir aucun. Elle se perdait quand les intrigues étaient trop compliquées et s'ennuyait quand elles étaient trop simples. Elle ne parvenait à se concentrer vraiment sur rien. Parfois elle avait l'impression que tout glissait sur elle.

Mis à part aux commerçants, Colomba passait des journées entières sans adresser la parole à âme qui vive. Il y avait sa mère, certes, mais elle pouvait l'écouter sans même avoir à ouvrir la bouche ; et puis il y avait aussi les amis et les collègues qui lui téléphonaient encore, parfois. Lors des rares moments où elle se livrait à un examen de conscience, Colomba reconnaissait qu'elle exagérait. Parce que le problème n'était pas qu'elle se trouve bien toute seule, exercice dans lequel elle avait toujours excellé, mais qu'elle se sente indifférente aux autres. Elle savait que c'était à cause de ce qui lui était arrivé, à cause du Désastre, mais elle avait beau faire des efforts, elle ne parvenait pas à percer cette fine paroi invisible qui la séparait du reste de l'humanité. C'est également pour cette raison que Colomba s'était sentie obligée d'accepter l'invitation de ce soir, mais elle avait si peu envie de s'y rendre qu'elle était encore là, à hésiter sur sa tenue, tandis que ses amis prenaient déjà leur troisième apéritif.

Elle attendit la fin de la sonnerie, puis recommença à se brosser les cheveux. À l'hôpital, ils les lui avaient coupés très court, mais à présent, ils avaient presque retrouvé leur longueur initiale. Alors que Colomba remarquait ses premiers cheveux blancs, on sonna à l'interphone. Elle resta la brosse à la main pendant quelques secondes, espérant qu'elle s'était trompée, mais on sonna à nouveau. Elle alla regarder à la fenêtre : une voiture de patrouille était garée en bas de chez elle. *Putain*, pensa-t-elle en saisissant le téléphone et en rappelant Rovere.

Il répondit à la première sonnerie.

— La voiture est arrivée, dit-il en guise de bonjour.

— Putain, j'ai vu, répliqua Colomba.

— Je voulais te le dire, mais tu ne répondais pas au téléphone.

— J'étais sous la douche. Et je suis en retard pour un dîner. Je suis désolée, mais dites à notre collègue de repartir d'où il vient.

— Et tu ne veux pas savoir pourquoi je te l'ai envoyé ?

— Non.

— Je te le dis quand même. J'ai besoin que tu viennes faire un tour aux Pratoni del Vivaro.

— Qu'est-ce qu'il y a ?

— Je ne veux pas te gâcher la surprise.

— Vous m'en avez déjà fait une.

— Celle qui t'attend est bien plus intéressante.

Colomba se mit à rechigner :

— Commissaire… je suis en congé. Vous l'avez peut-être oublié.

Le ton de Rovere se fit sérieux.

— Est-ce que je t'ai jamais rien demandé au cours de ton congé ?

— Non, jamais, admit Colomba.

— Ou tenté de te faire rentrer avant la fin ? ou cherché à te convaincre de rester ?

— Non.

— Donc tu ne peux pas me refuser cette faveur.

— Putain que si, je peux !

— J'ai vraiment besoin de toi, Colomba.

À ses paroles, elle comprit qu'il disait vrai. Elle resta silencieuse pendant quelques secondes. Elle se sentait au pied du mur.

— C'est vraiment nécessaire ? finit-elle par demander.

— Évidemment.

— Et vous ne voulez pas me dire de quoi il s'agit.

— Je ne veux pas t'influencer.

— C'est gentil de votre part.

— Alors ? C'est oui ou c'est non ?

C'est la dernière fois, pensa Colomba.

— D'accord. Mais dites à notre collègue d'arrêter de sonner à l'interphone.

Rovere raccrocha et Colomba resta un instant à observer le téléphone, avant de s'en saisir pour avertir son hôte, résigné, qu'elle ne viendrait pas dîner – il lui répondit par des protestations molles, de pure forme –, puis elle se glissa dans un jean déchiré et enfila un sweat Angry Birds. Voilà des vêtements qu'elle n'aurait jamais portés si elle avait été en service – elle les choisit exprès.

Elle prit les clés de la porte d'entrée et, d'un geste automatique, vérifia que son étui était bien passé à sa ceinture. Ses doigts ne rencontrèrent que le vide. Elle se rappela aussitôt que son semi-automatique était à l'armurerie depuis le jour où on l'avait hospitalisée, mais la sensation fut très désagréable, comme si elle avait trébuché sur une marche qui n'existait pas ; pendant un instant, son esprit remonta le temps, revécut la dernière fois où elle avait accompli ce geste de saisir son arme, et l'émotion commença à la submerger.

Aussitôt ses poumons se refermèrent, et la pièce se remplit d'ombres qui se déplaçaient à toute vitesse. Des ombres qui hurlaient en rampant le long des murs et du plancher, des ombres sur lesquelles elle ne pouvait pas fixer son regard. Elles apparaissaient toujours hors de son champ visuel, discernables seulement du coin de l'œil. Colomba savait qu'elles n'étaient pas réelles, et pourtant chaque fibre de son corps les percevait. Elle avait peur. Une terreur aveugle, absolue, qui lui coupait le souffle et l'étouffait. Elle chercha à tâtons un coin du meuble et le frappa volontairement du dos de la main. La douleur explosa dans ses doigts et remonta le long de son bras comme une décharge électrique, mais elle disparut trop tôt. Elle frappa encore, et encore, jusqu'à ce que la peau d'une phalange se déchire : la décharge fit repartir ses poumons, comme un défibrillateur avec un cœur à l'arrêt. Elle suffoqua, aspirant une énorme bouffée d'air, puis elle se remit à respirer régulièrement. Les ombres disparurent, la peur se dissipa en une sueur glacée sur la nuque.

Elle était vivante, elle était vivante. Elle continua de se le répéter pendant cinq minutes, à genoux sur le plancher, jusqu'à ce que la phrase acquière du sens.

3

Assise sur le plancher, Colomba contrôla sa respiration cinq minutes encore. Sa dernière crise de panique datait d'il y a plusieurs jours, plusieurs *semaines*. Elle avait eu les premières aussitôt après sa sortie de l'hôpital. Ils avaient dit que cela pouvait arriver – c'était plutôt courant après ce qui s'était passé – mais, quand ils en avaient parlé devant elle, elle avait pensé à quelques frissonnements et un peu d'insomnie. Or la première crise avait été comme un tremblement de terre, qui l'avait complètement bouleversée, et la deuxième avait été plus forte encore. Elle s'était évanouie par manque d'oxygène, persuadée qu'elle allait mourir. Ensuite, les attaques étaient devenues fréquentes, jusqu'à trois ou quatre par jour. Il suffisait parfois d'un bruit ou d'une odeur pour les déclencher, par exemple une mauvaise odeur de fumée.

Le psychologue de l'hôpital lui avait laissé un numéro où le joindre, si elle avait besoin de soutien. Il lui avait même demandé de l'appeler. Mais Colomba ne s'était pas ouverte, ni à lui ni à quiconque, de ce qui lui arrivait. Elle avait dû s'imposer dans un monde d'hommes, dont beaucoup l'auraient bien vue avec un café à la main plutôt qu'un semi-automatique, et elle avait appris à cacher ses faiblesses et ses problèmes à tous. Et puis, au fond d'elle-même, elle pensait qu'elle l'avait mérité. Sa punition pour le Désastre.

Pendant qu'elle mettait un pansement sur sa phalange blessée, l'idée l'effleura de rappeler Rovere pour l'envoyer paître, mais elle ne s'en sentit pas le courage. Elle limiterait la rencontre au minimum, juste ce que lui imposait la politesse, puis elle rentrerait à la maison et posterait la lettre de démission qui se trouvait dans un tiroir de la cuisine. Ensuite elle réfléchirait à ce qu'elle pourrait faire du reste de sa vie, en espérant qu'elle ne deviendrait pas comme tous ces collègues à la retraite qui continuaient à traîner autour du commissariat pour se donner l'impression d'être toujours de la famille.

Dehors, un orage avait éclaté et semblait secouer la terre entière. Colomba passa un K-Way par-dessus son sweat et descendit.

La voiture de patrouille était conduite par un jeune homme qui sortit sous la pluie pour venir la saluer.

— Agent Alberti Massimo, commissaire Caselli.

— Remonte dans la voiture, tu vas te tremper, répondit-elle en s'installant côté passager.

Quelques voisins protégés par des parapluies regardaient la scène avec curiosité. Elle avait emménagé récemment dans cet immeuble, et tous ne savaient pas quel était son métier. Peut-être même qu'aucun ne le savait : elle bavardait très peu avec eux.

En entrant dans la voiture, Colomba eut l'impression de rentrer à la maison : le reflet du gyrophare sur le pare-brise, les ondes de la radio, les photos de disparus collées au pare-soleil étaient comme des visages familiers oubliés depuis trop longtemps. *Tu es vraiment prête à renoncer ?* se demanda-t-elle. Non, elle ne l'était pas. Mais elle n'avait pas d'autre choix.

Alberti déclencha la sirène et s'engagea dans la rue. Colomba soupira.

— Éteins-la, dit-elle. On n'est pas pressés.

— J'ai ordre de faire vite, commissaire, répondit Alberti avant d'obéir.

C'était un garçon d'environ vingt-cinq ans à la peau claire, avec quelques taches de rousseur. Il exhalait un parfum d'après-rasage qu'elle trouva agréable, même s'il était déplacé à cette heure. Peut-être qu'Alberti en avait un flacon avec lui et qu'il s'était aspergé pour lui faire bonne impression. Son uniforme aussi était trop impeccable et trop propre.

— Tu es nouveau ? lui demanda-t-elle.

— J'ai terminé l'école il y a un mois, commissaire, après un service militaire volontaire d'un an. Je viens de Naples.

— Tu as commencé tard.

— Si je n'avais pas eu le concours l'année dernière, j'aurais été trop vieux pour le présenter à nouveau. Je l'ai passé juste à temps.

— Bonne chance, grogna-t-elle.

— Commissaire, je peux vous poser une question ?

— Vas-y.

— Comment fait-on pour entrer dans la brigade mobile ?

Colomba fit une grimace. Presque tous ceux qui conduisaient les véhicules de patrouille voulaient passer à la mobile.

— On y entre sur nomination. Tu fais une demande à ton supérieur et tu dois suivre une formation de police judiciaire. Mais si tu réussis à entrer, rappelle-toi que ce n'est pas aussi amusant que tu l'imagines. Tu dois oublier les horaires.

— Je peux vous demander comment vous avez fait ?

— Après avoir obtenu le concours à Milan, j'ai passé deux ans au commissariat, puis j'ai rejoint l'anti-drogue à Palerme. Lorsque le commissaire Rovere est monté à Rome, il y a quatre ans, j'ai été désignée comme son adjointe.

— À la criminelle.

— Je vais te donner un bon conseil : ne l'appelle pas la « criminelle » si tu ne veux pas que tout le monde comprenne que tu es un *pingouin*.

« Pingouins », c'était comme cela qu'on appelait les nouveaux agents.

— Ça, c'est dans les séries télé. Le vrai nom, c'est « troisième section de la brigade mobile », OK ?

— Excusez-moi, commissaire, dit Alberti.

Quand il rougissait, ses taches de rousseur ressortaient plus encore.

Colomba était fatiguée de parler d'elle.

— Comment se fait-il qu'ils t'envoient en mission tout seul ?

— Normalement, je fais équipe avec un collègue plus âgé, mais je me suis porté volontaire pour les recherches, commissaire. C'est mon collègue et moi qui avons trouvé Maugeri, aujourd'hui, sur la départementale.

— Fais comme si je n'avais pas la moindre foutue idée de ce dont tu parles.

Alberti obéit, et Colomba apprit l'histoire des deux disparus et du type en short.

— À vrai dire, des recherches, je n'en ai pas vraiment fait. Je suis allé à leur domicile et ensuite j'ai fait le planton, conclut Alberti.

— Au domicile de la famille ?

— Oui. Si la femme s'est enfuie, elle n'a rien pris.

— Que disent les voisins ?

— Rien d'intéressant, un tas de cancans, répondit Alberti, et il sourit de nouveau.

Qu'il ne se forçât pas à garder une expression granitique comme le faisaient d'habitude les pingouins était un bon point pour lui. Malgré elle, Colomba sourit elle aussi et eut presque mal tant son visage en avait perdu l'habitude.

— On va où, là ?

— La coordination des recherches est basée dans le centre hippique de Vivaro. Il y a nous, les carabiniers, les pompiers et la protection civile. Et un tas de badauds qui mettent le bordel plus qu'autre chose. La rumeur s'est répandue.

— Elles se répandent systématiquement, répliqua Colomba, mécontente.

— Il y a eu un peu de mouvement, il y a trois heures. J'ai vu deux Defender partir vers Monte Cavo avec des officiels et un magistrat. De Angelis. Vous le connaissez ?

Oui, et elle ne l'aimait pas. Le procureur Franco De Angelis était toujours ravi de finir à la une des journaux. Il était à quelques années de la retraite et tout le monde disait qu'il visait le Conseil supérieur de la magistrature – il serait allé jusqu'à falsifier des documents pour y parvenir.

— Il y a combien de kilomètres entre Monte Cavo et l'endroit où ils pique-niquaient ? demanda-t-elle.

— Deux kilomètres à travers bois, dix par la route. Vous voulez voir le rapport ? La version papier est dans le vide-poches.

Colomba s'en saisit. Il contenait aussi deux photos des disparus, trouvées sur Facebook. Lucia Balestri avait les cheveux noirs et bouclés, trente-neuf ans. L'enfant était grassouillet, avec des lunettes comme des culs de bouteille. Il avait été photographié derrière son pupitre, à l'école, et il ne regardait pas l'objectif. Six ans et demi. Il s'appelait Luca.

— S'ils sont allés jusqu'à Monte Cavo, ils ont fait une belle petite promenade, lui et sa mère. Et personne ne les a vus, c'est ça ?

— D'après ce que j'ai compris.

La pluie recommença à tomber, et la circulation ralentit tout à coup. Mais, grâce au gyrophare, ils fendirent le flux de voitures comme Moïse celui des eaux et arrivèrent à la bretelle de Velletri en une demi-heure. Colomba commença à distinguer un va-et-vient de voitures de service et de fourgons de la protection civile, qui se concentrèrent en une masse compacte au moment d'arriver aux abords du centre hippique. C'était un conglomérat de bâtiments d'un étage, mal entretenus, construits autour d'une piste de trot.

Ils roulèrent au pas, sur la départementale obstruée par des véhicules de patrouille, des voitures de particuliers, des camions de carabiniers, des ambulances et des camions de pompiers. Il y avait aussi les studios mobiles de deux télévisions, avec leur antenne satellitaire sur le toit, et une cuisine de campagne sur roues d'où s'élevait une dense fumée. *Il ne manque plus que les baraques à frites et le stand de tir*, pensa Colomba.

Alberti se gara derrière un camping-car.

— Vous êtes arrivée, commissaire, dit-il. M. Rovere vous attend à la salle d'opérations.

— Tu y es déjà allé ? demanda Colomba.

— Oui, commissaire.

— Alors accompagne-moi, on ira plus vite.

Alberti tira le frein à main et la guida parmi les bâtiments qui semblaient déserts. Colomba entendit des chevaux hennir derrière les murs : elle espéra ne pas se trouver en face de l'un d'eux, qui se serait emballé à cause de l'orage. Ils se dirigeaient vers l'une des constructions, surveillée par deux agents en uniforme ; ils saluèrent Alberti mais ignorèrent Colomba qu'ils prirent pour une civile.

— Attends ici, lui dit-elle et, sans frapper, elle ouvrit une porte sur laquelle on avait épinglé une feuille de papier : « POLICE D'ÉTAT – SE FAIRE ANNONCER ».

La pièce était une vieille salle d'archives avec des classeurs en métal alignés le long des murs. Assis devant quatre grands bureaux centraux, une demi-douzaine d'agents de police, en uniforme et en civil, étaient en train de téléphoner ou de parler à la radio. Colomba repéra Alfredo Rovere, debout devant une carte dépliée sur l'un des bureaux. C'était un homme de petite taille, la soixantaine, quelques rares cheveux gris, peignés avec soin en arrière. Colomba remarqua qu'il avait les chaussures et les jambes pleines de boue jusqu'à mi-mollet.

L'agent près de l'entrée leva les yeux et la reconnut.

— Commissaire Caselli ! s'exclama-t-il en se levant.

Colomba ne se souvenait pas de son nom, seulement du nom de code Argo 03 qu'il utilisait quand il était de garde au centre de radio. Tous ceux qui se trouvaient dans la salle la fixèrent, interrompant pour un instant leurs conversations.

Colomba s'efforça de sourire et fit un signe de la main, les invitant tous à retourner au travail.

— Ne vous dérangez pas, je vous en prie.

Argo lui serra la main.

— Comment ça va, commissaire ? Vous nous avez manqué.

— Vous non, en revanche, fit-elle semblant de plaisanter.

Argo revint à son téléphone et, rapidement, le bruit des conversations reprit. De ce qui se disait, Colomba comprit que des postes de contrôle avaient été installés le long de la départementale. Étrange. Ce n'était pas la procédure habituelle en cas de disparition.

Rovere l'avait rejointe. Il lui serra gentiment l'épaule en la regardant dans les yeux. Son haleine avait un parfum de cigarette.

— Tu as l'air d'aller bien, Colomba. Vraiment.

— Merci, commissaire, lui répondit-elle, tout en songeant que, pour ce qui le concernait, elle le trouvait vieilli et fatigué.

Il avait des poches sous les yeux et il était mal rasé.

— Qu'est-ce qui se passe ?

— Ça t'intéresse ?

— Pour rien au monde. Mais puisque je suis ici…

— Tu vas vite voir, lui dit-il en la prenant par le bras et en la poussant vers la porte. Il nous faut une voiture.

— La mienne attend à l'entrée.

— Non, on a besoin d'une jeep.

Ils sortirent et Alberti, qui était appuyé contre le mur, se mit au garde-à-vous.

— Tu es encore là ? s'étonna Rovere.

— C'est moi qui lui ai dit d'attendre, répondit Colomba. J'espérais pouvoir rentrer vite.

— Tu sais conduire un tout-terrain ? demanda Rovere à Alberti.

— Oui, commissaire.

— Va à l'entrée et trouves-en un, on t'attend ici, lui ordonna Rovere.

Alberti partit en courant. Rovere alluma une cigarette juste à côté de l'écriteau qui l'interdisait.

— On va à Monte Cavo ? demanda Colomba.

— J'essaie de ne pas te dire les choses et tu les sais quand même, répliqua-t-il.

— Vous pensiez que je n'allais pas parler avec le chauffeur ?

— J'aurais bien voulu.

— Et qu'est-ce qu'il y a là-bas ?

— Tu le verras de tes yeux.

Un Defender s'approcha en marche arrière dans la cour, en évitant d'un cheveu une moto de la police de la route.

— C'est pas trop tôt.

Rovere prit Colomba par le bras pour la faire sortir. Elle se dégagea.

— On est pressés ?

— Oui, d'ici une heure ou même moins, on ne sera plus les bienvenus.

— Pourquoi ?

— Je parie que tu comprendras toute seule.

Rovere lui ouvrit la portière. Colomba ne monta pas.

— Je suis sérieusement en train de penser à rentrer chez moi, commissaire, dit-elle. Les devinettes, je n'aimais déjà pas ça quand j'étais petite.

— Menteuse. Tu aurais fait un autre métier.

— C'est bien mon intention.

Il soupira.

— Tu es vraiment décidée ?

— On ne pourrait pas l'être davantage

— On va en reparler après. Allez, monte.

Colomba se glissa, résignée, sur le siège arrière.

— C'est bien, dit Rovere en s'asseyant à l'avant.

Sur les indications de Rovere, depuis le centre hippique, ils prirent la départementale de Vivaro et roulèrent un peu moins de cinq kilomètres, pour ensuite emprunter la route des lacs jusqu'à la nationale pour Rocca di Papa. Ils dépassèrent les dernières maisons et une trattoria où un groupe d'agents buvaient du café et fumaient sous la pergola. On aurait dit que tous les civils s'étaient calfeutrés et qu'il ne restait plus que des uniformes et des voitures militaires. Ils parcoururent encore un kilomètre et prirent la route qui menait à Monte Cavo.

Lorsqu'ils s'arrêtèrent, ils étaient seuls. Au-dessus des arbres, au bout du sentier, Colomba entrevit la lueur des stations photoélectriques qui trouait l'obscurité.

— Il faut continuer à pied, le sentier est trop étroit, dit Rovere.

Il ouvrit le coffre et prit deux torches Maglite.

— Je dois chercher des petits papiers cachés ?

— Ce serait bien si, parfois, ils nous laissaient des indices aussi clairs, non ? dit Rovere en lui passant une torche.

— Des indices pour quoi ?

— Minute.

Ils s'engagèrent sur le sentier. Les deux côtés étaient bordés d'arbres dont les branches se rejoignaient, formant une sorte de couloir vert. Le silence était presque total, maintenant qu'il avait cessé de pleuvoir, et on sentait l'odeur d'humidité et de feuilles décomposées que Colomba associait aux champignons qu'elle allait chercher, enfant, avec un oncle, mort depuis des années. Elle ne réussit pas à se rappeler s'ils en avaient jamais trouvé.

Rovere alluma une autre cigarette, même s'il respirait déjà avec difficulté à cause de l'effort de la marche.

— Nous sommes sur la Via Sacra, dit-il.

— C'est-à-dire ? demanda Colomba.

— C'est une route qui conduisait à un temple romain. Tu vois ? Il y a encore les pavés d'origine, dit Rovere en montrant, avec le rayon de sa torche, des dalles de basalte gris usées par le temps. Une des équipes de recherche a pris ce sentier il y a trois heures et l'a parcouru jusqu'au belvédère.

— Quel belvédère ?

Rovere pointa la torche vers la file d'arbres devant eux.

— Là, derrière.

Colomba baissa la tête, passa sous l'enchevêtrement de branches et découvrit une vaste esplanade rocheuse bordée d'une barrière de métal. Le belvédère donnait sur une clairière, une dizaine de mètres en contrebas, au milieu de laquelle s'élevait un bosquet de pins et de chênes verts. Entre la petite route et les arbres étaient garés deux Defender et un fourgon que la police employait pour le transport de matériel technique. On entendait le murmure du générateur diesel des stations photoélectriques et des éclats de voix.

Rovere s'approcha d'elle, soufflant comme une locomotive.

— L'équipe s'est arrêtée ici. C'est vraiment par hasard qu'ils les ont vus.

Colomba darda la torche au-delà du bord, en suivant l'indication de Rovere.

Il y avait un reflet clair sur une roche solitaire aux marges de l'obscurité ; au début elle crut que c'était un sac de plastique accroché à un buisson. En pointant le rayon lumineux sur l'objet, elle comprit qu'il s'agissait d'une paire de baskets blanc et bleu qui tournaient lentement sur elles-mêmes, suspendues à une branche. Même à cette distance, elle comprit que c'était du vingt-neuf ou du trente, tout au plus : des chaussures d'enfant.

— L'enfant est tombé ici ? demanda Colomba.

— Regarde mieux.

C'est ce que fit Colomba et elle s'aperçut que les chaussures ne s'étaient pas accrochées toutes seules dans le buisson, mais qu'on les y avait attachées par les lacets. Elle se retourna pour regarder Rovere.

— Elles ont été mises là par quelqu'un.

— Oui. C'est ce qui a incité l'équipe à descendre. Passe par ici, dit-il en indiquant le sentier. Mais fais attention, ça descend raide. Un collègue s'est tordu la cheville.

Rovere la précéda et Colomba le suivit, intriguée malgré elle. Qui avait pendu ces chaussures ? Et pourquoi ?

Une soudaine rafale de vent lui jeta des gouttes de pluie au visage et Colomba sursauta, tandis que ses poumons se serraient. *Pour aujourd'hui les crises, ça suffit, hein ?* se dit-elle.

Dès que je rentre à la maison, je me provoque une grosse crise et je pleure un bon coup. Mais pas maintenant, par pitié. Avec qui était-elle en train de parler, elle ne le savait pas. Elle savait seulement que l'atmosphère de cet endroit commençait à éprouver ses nerfs et qu'elle voulait s'en aller au plus vite. Ils dépassèrent la rangée d'arbres et se retrouvèrent sur un terre-plein escarpé, où poussait un désordre de broussailles et de ronces, ponctué de grosses roches disposées en demi-cercle. Autour de l'une d'elles étaient rassemblées une dizaine de personnes, parmi lesquelles Franco De Angelis et le commissaire adjoint Marco Santini du SIC, le service d'investigation central de la police. Deux types en combinaison blanche photographiaient quelque chose au pied du rocher, que Colomba ne réussissait pas à distinguer. Leur gilet portait le sigle de l'UACV, l'unité d'analyse des crimes violents et, d'un seul coup, Colomba saisit enfin, même si au fond elle le savait déjà : son boulot n'avait jamais été de s'occuper de disparus mais de s'occuper de morts, de personnes qui avaient été assassinées. Elle s'approcha. Le rocher projeta une ombre sombre et anguleuse sur une forme pelotonnée à terre. *Faites que ce ne soit pas l'enfant*, pensa-t-elle. Sa prière fut entendue.

Le cadavre était celui de la mère.

Elle avait été décapitée.

4

Le cadavre gisait sur le ventre, les jambes repliées et un bras sous le corps. L'autre bras était allongé, la main grande ouverte. Le cou s'achevait en une plaie qui brillait, violacée, à la lumière des phares ; le blanc de l'os, humide, luisait. La tête se trouvait à un mètre de distance, posée sur une joue, le visage tourné vers le corps.

Colomba détacha les yeux du cadavre et découvrit que les autres la regardaient.

Santini avait l'air furibond. C'était un homme athlétique sur la cinquantaine, avec de fines moustaches.

— Et toi, qui t'a dit de venir ? lui demanda-t-il.

— Moi, répondit Rovere.

— Et pour quelle raison, s'il te plaît ?

— Remise à niveau professionnelle.

Santini leva les bras au ciel et partit.

Colomba serra la main au magistrat. « Bien, bien », marmonna-t-il, distraitement. Il s'éloigna presque aussitôt, alléguant quelques impératifs et entraînant Rovere à sa suite. De loin, Colomba vit qu'ils discutaient à voix basse.

Les personnes encore présentes, celles qui la connaissaient de vue et celles qui avaient entendu parler d'elle, restèrent là à l'observer jusqu'à ce que, sortant de l'ombre, Mario Tirelli vienne la chercher. C'était un médecin légiste, un homme grand et sec, avec un chapeau de pêcheur. Il mâchait une racine de réglisse ; il en avait toujours quelques-unes dans un porte-cigarettes d'argent aussi vieux que lui.

— Comment vas-tu ? la questionna-t-il en serrant sa main entre les deux siennes, glaciales. Tu m'as beaucoup manqué.

— Toi aussi, dit Colomba avec sincérité. Je suis encore en congé, ne t'emballe pas.

— Et alors qu'est-ce que tu fais là, à prendre l'humidité ?

— Apparemment, Rovere y tenait. Dis-moi plutôt ce qu'ils font là, *eux*.

— Tu parles du SIC ou de l'UACV ?

— Des deux. Ils devraient s'occuper de crime organisé ou de tueurs en série. Or, ici, il n'y a qu'un seul cadavre.

— Techniquement, ils peuvent même s'occuper des chiens perdus si les procureurs le veulent.

— Et De Angelis est un ami de Santini.

— Et ils se tapent volontiers sur le ventre. Évidemment, Santini ne pouvait pas avoir confiance dans la scientifique et il a trimballé avec lui ses clowns en blouse blanche. Si on arrive à trouver quelque chose, tout le mérite lui en reviendra.

— Et s'il ne réussit pas ?

— Il dira que c'est votre faute.

— Quelle merde.

— Comme d'hab. Tu devrais te reposer au lieu de venir te montrer dans le coin.

— Et toi, pareil. Tu n'étais pas parti à la retraite ?

Tirelli sourit.

— En réalité, je *travaille* comme conseiller. Je n'aime pas rester à la maison à lire des polars et je suis nul en mots croisés.

Tirelli était veuf et sans enfants : il mourrait le bistouri à la main.

— Tu veux que je te parle de la femme ou tu préfères me laisser croire que tu t'en fiches ?

— Raconte.

— Décapitation à l'arme blanche à lame semi-incurvée. L'assassin a donné au moins quatre ou cinq coups pour séparer la tête du tronc entre la C2 et la C3. Le premier coup a vraisemblablement provoqué la mort, juste sous l'occiput, alors qu'elle était debout.

— Il se tenait derrière elle.

— Oui, à en juger par la direction de l'entaille. Morte en moins d'une minute, perte de connaissance immédiate. Cela s'est passé cet après-midi, si on s'en réfère au *rigor*, mais avec la pluie et tout le reste, l'heure précise est difficile à établir. Entre treize et dix-huit heures, à mon avis. Tu verras que ceux de l'UACV la donneront à la seconde près, ajouta-t-il avec sarcasme.

— Il n'y a pas de trace de lutte, observa Colomba. Elle avait confiance en l'assassin, sinon elle se serait tournée au moins de trois quarts avant le meurtre.

— Il l'a tuée par surprise et il a fini de la décapiter à terre.

Profitant du fait que Santini et les autres s'étaient éloignés du cadavre, Colomba retourna sur ses pas pour jeter un coup d'œil au corps. Elle le fit machinalement, presque sans s'en apercevoir. Tirelli la suivit.

— Les vêtements n'ont pas été enlevés et remis ensuite, constata Colomba. Aucune violence sexuelle *post mortem*.

— Je suis de cet avis.

Elle regarda la tête de près. Les yeux étaient intacts.

— Aucun signe de pénétration de la bouche et des oreilles.

— Grâce à Dieu…

— L'enfant a tout vu ?

— On ne sait pas. Ils ne l'ont pas encore retrouvé.

— L'assassin l'a emmené avec lui ?

— C'est la chose la plus probable.

Colomba secoua la tête. Elle n'aimait pas que des enfants soient mêlés à des affaires.

— Le sexe n'a rien à faire là-dedans. Et il n'a pas massacré le corps, dit-elle.

— Couper la tête, ce n'est pas massacrer ?

— Il n'y a pas d'autres traces de sévices. Même pas un bleu.

— Peut-être que ça lui suffisait, de la décapiter, fit remarquer Tirelli.

Avant que Colomba ait le temps de répondre, le technicien qui était au milieu des buissons se releva.

— Hé ! Ici ! cria-t-il.

Tout le monde se dirigea vers lui, y compris Colomba, encore une fois victime de ses automatismes. Le technicien dégagea une serpe, sous le buisson, en la tenant par la lame de ses doigts gantés. Santini se pencha pour l'examiner de près.

— Il y a de petites encoches qui pourraient avoir été provoquées par l'os.

— Tu aurais de l'avenir comme ouvrier-rétameur, ironisa Colomba.

Santini serra les dents.

— Encore là ?

— Non, tu as des hallucinations.

— Contente-toi de ne toucher à rien – tes emmerdes, ici, on n'en veut pas.

Colomba sentit le sang lui monter aux joues. Elle fit un pas en avant, serrant les poings.

— Répète un peu, tête de nœud.

Le technicien qui tenait la serpe leva une main.

— Hé… Mais on est à l'école ici ?

— C'est elle qui a perdu la tête, dit Santini. Tu ne le vois pas ?

Tirelli mit une main sur le bras de Colomba.

— Ça n'en vaut pas la peine, lui chuchota-t-il.

Elle vida ses poumons en expirant longuement.

— Va te faire foutre, Santini. Fais ton boulot et fais comme si j'étais pas là.

Santini médita une réponse intelligente, mais elle ne lui vint pas. Il montra la serpe à Tirelli.

— Vous croyez que c'est possible ?

— C'est possible, répondit celui-ci.

Le technicien passa un Coton-Tige sur la lame. Il devint bleu sombre : du sang. Il le mit dans un sachet et l'étiqueta. Au laboratoire, ils confronteraient le sang avec l'ADN de la victime, mais d'après Colomba, il était très peu probable que les deux divergent. Tirelli suivit le technicien, alors que Santini, appelé par un agent en uniforme, disparaissait au loin. Colomba resta seule devant le buisson. Pendant qu'elle songeait à la possibilité de revenir à la voiture en envoyant tout promener, un bruissement se fit entendre, venu des arbres à côté d'elle, puis la lumière de la station photoélectrique se réfléchit sur le visage pâle et transpirant d'Alberti. Il s'essuyait les lèvres avec un mouchoir en papier.

Colomba comprit qu'il s'était éloigné pour vomir et elle se repentit de l'avoir laissé seul.

— Ça va ?

Il acquiesça.

— Oui, commissaire, dit-il, mais le ton de sa voix laissait entendre le contraire. J'ai dû…

— J'imagine bien. Ne t'en fais pas. Ça arrive. C'est le premier cadavre que tu vois ?

Alberti secoua la tête.

— Non. Mais jamais dans un tel état… Vous avez mis combien de temps à vous habituer ?

Avant que Colomba puisse répondre, Rovere l'appela.

— Viens, ne manque pas la dernière partie du spectacle.

Colomba donna une tape sur l'épaule d'Alberti.

— Reste ici tranquillement.

Elle rejoignit son ancien chef, à côté de l'un des rochers les plus éloignés du cadavre, d'où on ne le voyait pas.

— Quel spectacle ?

Le groupe d'enquêteurs était retourné auprès de la morte et semblait attendre quelque chose. Surtout De Angelis, qui souriait nerveusement dans le vide.

— Le mari arrive, dit Rovere.

Quelques secondes après, le moteur d'un tout-terrain s'éteignit, derrière la rangée d'arbres. Santini réapparut à côté de deux agents en uniforme et d'un homme vêtu seulement d'un short et d'un maillot de corps sale, qui regardait autour de lui d'un air hébété.

Stefano Maugeri. À la façon dont il était sapé, Colomba comprit que depuis la disparition de sa femme il n'avait pas bougé de la zone des recherches.

— Mais ils sont débiles de l'amener ici ? siffla-t-elle. Il aurait pu reconnaître le corps à la morgue, après qu'on l'aurait recomposé.

— Ce n'est pas de reconnaître le corps qui les intéresse, répondit Rovere.

Toujours accompagné par Santini et les deux agents, Maugeri fut conduit jusqu'au menhir. Colomba vit qu'il hésitait et qu'il s'immobilisait un instant.

— Qu'est-ce qu'il y a, là-derrière ? l'entendit-elle demander.

Ils ne le lui ont pas dit, bon Dieu, pensa Colomba.

Santini invita Maugeri à avancer, mais comme une bête qui flairerait l'abattoir, l'homme s'arrêta net.

— Non, je ne vais pas plus loin si vous ne me dites pas ce qu'il y a. Je n'y vais pas. Je refuse.

— C'est votre femme, monsieur Maugeri, dit Santini en le fixant dans les yeux.

Maugeri secoua la tête tandis qu'il prenait conscience, peu à peu, de ce qu'on venait de lui dire.

— Non…

Il regarda une fois de plus autour de lui, encore plus perdu. Puis il parcourut les derniers mètres au pas de course mais fut arrêté par les agents qui cernaient le corps. Colomba détourna les yeux lorsque l'homme se mit à pleurer.

5

— On rentre, dit Rovere peu avant vingt-trois heures.

Maugeri avait été évacué, à bras-le-corps et, à présent, on était en train de glisser le cadavre de sa femme dans un sac mortuaire. Colomba, Rovere et Alberti rejoignirent la voiture en reprenant le sentier par lequel ils étaient venus.

À bord de la jeep, Colomba fut la première à briser le silence.

— Quelle saloperie ! murmura-t-elle.

— Tu sais pourquoi ils ont fait ça, non ? demanda Rovere.

— Pas besoin de sortir de Polytechnique ! répliqua Colomba. (Elle commençait à avoir mal à la tête et se sentait fatiguée comme cela ne lui était pas arrivé depuis des mois.) Ils espéraient un aveu spontané.

Rovere tambourina sur l'épaule d'Alberti.

— Arrête-toi là.

Ils étaient devant la trattoria qu'ils avaient vue en montant. Sous l'auvent, il n'y avait maintenant plus que le gérant, en train de rentrer les chaises et les tables.

— Tu prendras bien un café, pas vrai, Colomba ? demanda Rovere. Ou peut-être que tu préfères manger quelque chose.

— Un café, c'est très bien, mentit-elle.

Ce dont elle avait vraiment envie, c'était de rentrer chez elle, d'oublier tout ça. De reprendre le livre laissé ouvert sur la table du séjour – une vieille édition de *Mastro Don Gesualdo* de Verga – et de finir la bouteille de primitivo rangée dans le frigo. Des choses normales qui ne puaient pas le sang et la boue.

Le gérant les laissa entrer, même s'il était sur le point de fermer. Son établissement était une vieille trattoria qui sentait l'eau de Javel et le vin rance, avec des bancs et des tables de bois. Il y faisait plus froid que dehors. Ce n'était que le début de septembre mais l'été semblait déjà loin, songea Colomba. Difficile de croire qu'on était si près de Rome.

Ils prirent place près de la fenêtre. Rovere avait commandé un café américain et il faisait tourner sa tasse entre ses doigts, sans détacher ses yeux de Colomba, mais sans vraiment la voir.

— Pourquoi pensent-ils que c'est le mari ? demanda Colomba.

— Primo, répondit Rovere, parce que personne n'a vu Maugeri avec sa femme et son fils aux Pratoni. Tous ceux qui se sont présentés pour témoigner disent l'avoir vu toujours seul.

— Il est plus facile de se souvenir d'un père qui cherche désespérément sa femme et son fils que d'une famille qui pique-nique.

— Exact. Cependant, les témoignages, pour l'instant, vont dans une seule direction. (Il se tapota les lèvres avec le manche de sa petite cuillère.) Secundo, dans le coffre de la voiture, il y avait du sang.

— Tirelli dit que la femme a été tuée là, objecta Colomba. Et d'habitude, il ne parle pas pour ne rien dire.

— Le sang était celui de l'enfant. Peu de traces, grossièrement lavées. Le père ne les explique pas.

— Quoi d'autre ? demanda Colomba.

— Maugeri battait sa femme. Trois signalements au commissariat de quartier pour des cris. Elle a été hospitalisée il y a un mois : fracture de la cloison nasale. Elle a dit qu'elle avait glissé dans sa cuisine.

Colomba sentait monter son mal de tête. Plus elle parlait de cette histoire, plus elle sentait la migraine l'envahir.

— Tout colle. Pourquoi je suis là, bordel ?

— Réfléchis une minute. La femme ne portait pas la moindre trace de résistance. (Le cerveau de Colomba s'éclaircit un minimum.) Elle savait que son mari était violent. Pourtant elle lui a tourné le dos et elle n'a pas essayé de s'enfuir…

Colomba considéra la question un instant, puis elle secoua la tête.

— C'est étrange, admit-elle, mais pas assez pour l'innocenter. Il peut y avoir mille explications.

— Colomba, à combien d'assassins psychopathes ou sociopathes as-tu eu affaire ? lui demanda Rovere.

— Quelques-uns, minimisa-t-elle.

— Combien d'entre eux qui avaient tué un proche ont fini par avouer ?

— Certains ne l'ont jamais fait, répondit Colomba.

— Mais quelque chose en eux te faisait penser qu'ils étaient coupables, même lorsqu'ils niaient farouchement ?

Colomba acquiesça à contrecœur :

— Mentir, c'est difficile. Pour autant, écrire ce que l'on ressent n'est pas vraiment ce qu'on nous demande, à nous enquêteurs, dans nos rapports.

— Et ça ne sert pas au tribunal… Mais leurs réactions ne sont pas tout à fait naturelles. Ils disent ce qu'il ne faudrait pas dire, ou ils font des plaisanteries alors qu'ils devraient pleurer. Ou ils pleurent alors qu'ils devraient se mettre en colère. Même ceux qui ont refoulé le meurtre laissent transparaître des blancs. (Il fit une pause.) Tu as remarqué quelque chose de ce genre chez Maugeri quand il a vu le cadavre de sa femme ?

Colomba se massa les tempes. Où voulait-il en venir ?

— Non. Mais je ne lui ai pas parlé. Je l'ai seulement vu se débattre dans la boue.

— Moi, j'ai assisté au premier interrogatoire, quand on ne savait encore rien. Il ne mentait pas.

— Très bien. Alors ce n'est pas le bon. Tôt ou tard Santini et De Angelis le comprendront et trouveront le vrai coupable.

Rovere la fixait presque avec avidité.

— Et l'enfant ?

— Vous pensez qu'il est en vie ? demanda Colomba.

— Je crois qu'il y a une chance qu'il le soit. Si le père est innocent, l'enfant a été emmené par le meurtrier. Et pour le sang dans le coffre du père, il y a une autre explication.

— À moins qu'il ne soit tombé dans un trou en s'enfuyant.

— Nous l'aurions déjà trouvé. Combien de mètres peut faire un enfant sans chaussures dans le coin ?

— Santini doit de toute façon être en train de le chercher, dit Colomba. Il n'est pas complètement couillon.

— Santini et De Angelis ont déjà leur explication. Combien de chances y a-t-il pour que de nouveaux éléments, de nouvelles pistes, soient pris en considération ? Dans des délais brefs, et pas dans une semaine ou un mois.

— Très peu, admit-elle.

— Et l'enfant, qu'est-ce qu'il deviendra pendant ce temps ?

— Mais qu'est-ce que ça peut bien vous faire ?

Rovere fit une grimace.

— Je ne suis pas un robot.

— Mais pas un naïf non plus. (Colomba se pencha vers lui.) Vous êtes devenu chef de la mobile parce que vous êtes un bon flic, mais aussi parce que vous avez compris comment il fallait se comporter. Et mettre le nez dans l'enquête de quelqu'un d'autre, ce *n'est pas* se comporter comme il faut.

— Je n'ai jamais dit que c'était moi qui allais y mettre le nez, protesta Rovere.

Colomba tapa de la main sur la table.

— Putain ! C'est moi que vous voulez jeter dans la gueule du loup ?

— Oui, répondit Rovere sans laisser transparaître la moindre émotion.

Colomba avait discuté très souvent avec Rovere par le passé. Quelquefois ils s'étaient même disputés, avec force vociférations et portes claquées. Mais jamais elle ne s'était sentie traitée de cette manière.

— Vous pouviez m'épargner le voyage.

— C'est toi qui as dit que tu voulais démissionner, donc tu n'as rien à perdre. Et tu pourrais faire une bonne action pour cet enfant.

Colomba ne tenait plus en place. Elle se leva brusquement et lui tourna le dos. Derrière la vitre, elle vit Alberti appuyé contre le Defender qui bâillait à s'en décrocher la mâchoire.

— Tu me dois ça, Colomba, dit encore Rovere.

— Vous y tenez au point de me faire un truc pareil ? Pourquoi ?

Rovere soupira.

— Tu sais qui dirige le SIC ?

— Scotti. Si ça n'a pas changé.

— Il part à la retraite l'an prochain. Tu sais qui est en première ligne pour occuper le poste ?

— Je m'en contrefous.

— Santini. Et tu sais qui il y avait avant lui ?

Colomba se retourna pour le regarder, effarée.

— Vous ?

— Moi. J'ai fait un petit saut en arrière après ce qui t'est arrivé. Si c'était quelqu'un de bien qui prenait le poste, j'accepterais. Mais Santini n'est pas l'homme qu'il faut.

— Je dois court-circuiter Santini pour vous, dit Colomba, dégoûtée. (Il lui semblait observer Rovere se métamorphoser sous ses yeux, révélant un visage que non seulement elle n'avait jamais vu, mais qu'elle ne lui aurait jamais imaginé.) Pour votre carrière.

— Si les choses se passent bien, tu sauveras un enfant. Ne l'oublie pas.

— S'il est encore vivant et qu'il ne meurt pas entre-temps.

— Dans ce cas, ce sera la faute de celui qui aura mal mené l'enquête.

— De Angelis n'acceptera pas que je sois mêlée à cette affaire.

— Dans des conditions normales, il pourrait te faire suspendre ou te virer. Mais dans ta situation, si tu ne violes pas la loi, il n'a pas d'armes contre toi. S'il le faut, tu diras que ça a été une initiative personnelle parce que tu ne peux pas sentir Santini, et ça s'arrêtera là.

Colomba se laissa retomber contre son dossier. Elle ressentait du dégoût pour elle-même et pour son chef. Mais Rovere avait raison sur un point : elle le lui devait. Elle le lui devait parce qu'il avait été le seul à ne pas avoir laissé affleurer l'ombre d'un doute, une trace de méfiance après le Désastre, rien que de la tristesse.

— Et j'agis dans un cadre privé, en tant que citoyenne ? demanda-t-elle.

— Tu as toujours ta carte, sors-la quand il le faudra. Mais ne soulève pas trop de poussière : si tu as besoin de quelque chose, passe me voir.

— Et si je trouve quelque chose ?

— Je le ferai parvenir discrètement à De Angelis.

— Dès que De Angelis aura l'impression de parier sur le mauvais cheval…

— … il changera de cheval, conclut Rovere.

Colomba toucha sa tempe douloureuse.

— Mais ce n'est pas possible. Je ne peux pas y arriver toute seule.

Rovere hésita – Colomba comprit qu'il avait réponse à ça aussi, et qu'il faisait seulement semblant d'hésiter. *Il a tout préparé, tout, pour m'utiliser dans son combat minable*, pensa-t-elle.

— Il y a quelqu'un qui pourrait te donner un coup de main, poursuivit Rovere. Quelqu'un que tu ne devrais même pas approcher si tu tenais à ta carrière dans la police et qui, d'ailleurs, ne te laisserait peut-être pas l'approcher. Mais dans ton cas…

— Qui est-ce ?

Rovere alluma une cigarette.

— Tu n'as jamais entendu parler de l'enfant du silo ?

III
AVANT

Ce sont les deux jeunes mariés, à la table du milieu, qui parlent le plus fort. Ils ne sont pas habitués au luxe et ils ont choisi de dîner là pour fêter leur premier anniversaire de mariage. Elle, elle regarde les autres tables, à la recherche de quelqu'un de célèbre ; lui, il évite de trop penser à l'addition astronomique qui l'attend. Il savait qu'elle serait salée mais pas autant que ce qu'il a découvert sur le menu – le restaurant se situe au dernier étage d'une boutique où ils n'osent pas entrer (en fait, elle, elle y va ; elle veut toujours être au courant des dernières collections). Il ne peut pas demander à sa femme de se limiter dans ses choix, alors qu'elle a attendu cette soirée toute la semaine, cherchant à composer la tenue la plus adéquate avec des articles achetés en solde chez Zara.

Il a vingt-sept ans, elle en a vingt-neuf.

À quelques mètres d'eux, un citoyen allemand déguste en solitaire un assortiment de sushis. Il lit l'édition américaine du Désosseur. *Il est un peu agacé de constater que son anglais s'est appauvri depuis quelques années. Il a du mal à avancer dans le roman, même s'il l'a déjà lu dans sa traduction allemande.*

Il est à la tête d'une entreprise de microcomposants, et a peu d'occasions de pratiquer. Il pense qu'il devrait reprendre des cours particuliers, mais rien que l'idée le déprime. Il se sent trop vieux pour retourner à l'école et redoute que sa mémoire ne soit plus celle d'antan. Il adore les sushis et il dîne là une fois par semaine, généralement seul.

Il vient juste d'avoir soixante ans.

Autour de la grande table ronde près de la fenêtre, discrètement assombrie par les rideaux blancs de coton cru, sont assis un DJ avec son amie, l'agent du DJ et le propriétaire d'une discothèque de banlieue. Tous, ils écoutent le serveur leur demander s'il y a d'éventuelles allergies avant de réciter le menu. Le DJ est sur le point de répondre : « Je suis allergique au poisson cru », sans se douter que, cette plaisanterie, le serveur l'entend environ une fois par jour et qu'à présent elle ne le fait même plus sourire. Le DJ est l'ex-chanteur d'un groupe qui a eu un titre dans le top ten, trois ans plus tôt. Il fait environ deux cents soirées par an dans les principales boîtes de nuit. Les disques ne se vendent plus, c'est ça l'avenir du métier.

La fille qui tient sa main, baguée comme celle de la Vierge de Lourdes (tout est un peu excessif dans le look du DJ, notamment le tatouage tribal sur sa nuque et ses cheveux décolorés), espère que cette fois-ci, il s'arrêtera au moins pour le week-end et qu'il lui demandera de le suivre. Ce n'est pas sa fiancée, juste la fille à qui il téléphone lorsqu'il a une soirée en ville, mais elle sait qu'il y a vraiment quelque chose entre eux. Elle le sent au plus profond d'elle-même. Quand ils ont fait l'amour dans son hôtel, cet après-midi, il s'est livré comme un enfant. Il a ri et il a plaisanté.

Il l'aurait fait, ça, si elle n'était qu'une fille qu'on baise, en passant ? Il lui a même confié que, très bientôt, il allait changer d'agent, en prendre un plus efficace et moins émotif. Une information très confidentielle, non ?

L'agent en question n'est pas si bête et il sent bien que quelque chose se prépare. Tandis qu'il rêve d'une cigarette, il cherche en vain à se rappeler dans lequel de ses films Woody Allen exerce le même métier que lui et se retrouve peu à peu quitté par tous ses artistes. Depuis un mois, le DJ est plutôt fuyant quand il s'agit d'aborder ses projets, et ça, bordel, c'est un symptôme très clair. Il doit penser à se tirer, maintenant qu'il commence à avoir une miette de succès. Grâce à son travail à lui, grâce au million de coups de fil que lui a passés, grâce à toutes les fois où il dû supplier et menacer pour lui permettre de gagner du terrain. Qui a réussi à l'emmener jusqu'aux MTV European Awards, hein ? Qui lui a trouvé une plage régulière à la radio ? L'agent a décidé qu'après le spectacle il ira discuter en tête à tête avec le DJ, même si la seule pensée de ce qu'il s'apprête à entendre lui coupe l'appétit.

Le patron de la discothèque participe peu à la conversation qui est, en gros, un monologue de l'artiste sur les tendances de la musique actuelle qu'il a lui-même anticipées ; le patron de la discothèque espère simplement que ce dîner finisse vite. Pour ce qui le concerne, il pense que le plus bel album de l'histoire est The Dark Side of the Moon *et que, mis ensemble, tous les DJ de cette terre n'ont pas un atome de la classe qu'avait la vieille garde du rock. Mais c'est quelque chose que tu ne peux pas dire à l'artiste que tu viens à peine d'engager, en le payant deux mille euros au black, pour qu'il te remplisse ta boîte de nuit. En même temps, il sourit à la fille et trouve que c'est vraiment une belle nana, avec son physique de mannequin et son expression naïve. Il l'imagine à faire des choses cochonnes, avec une frimousse pareille. Lorsque le DJ aura foutu le camp, il l'appellera pour lui proposer de poser pour des photos, dans sa boîte. « Ça peut être une bonne occasion de s'ouvrir des portes dans le monde du spectacle, ne me dis pas que tu n'y as jamais pensé. Fais-moi confiance. »*

Le DJ a vingt-neuf ans, l'agent trente-neuf, le propriétaire de la discothèque cinquante, la fille dix-sept, le serveur vingt-deux.

À la table proche de l'entrée, un couple de personnes âgées attend le dessert : glace au thé vert pour lui et assortiment de mignardises de soja et haricots pour elle – qui n'a pour ainsi dire rien avalé des plats précédents. Ils ont été les premiers à s'asseoir dans la salle, alors qu'elle était encore vide et silencieuse. Le mari a demandé plusieurs fois si quelque chose n'allait pas, mais elle a souri et lui a répondu : « Tout va bien, ce soir je n'ai pas très faim. » Ils vivent ensemble depuis près d'un demi-siècle. Il a fait carrière comme fonctionnaire avant de partir à la retraite ; elle a élevé deux enfants qui donnent des nouvelles au moment des fêtes. Elle a supporté ses trahisons épisodiques, maintenant anciennes et à moitié oubliées ; lui, ses instants de fragilité émotive, quand elle n'arrivait pas à sortir du lit et gardait les stores baissés pour échapper à la lumière du soleil. Le temps a gommé les différences et a arrondi les angles, il les a assimilés et rendus dépendants l'un de l'autre. C'est pour ça que, ce soir, elle ne sait pas comment lui dire que les résultats des examens ne sont pas rassurants, qu'ils révèlent clairement une masse tumorale dans sa poitrine. Ce dont elle a le plus peur, ce n'est pas de la mort, mais de le laisser, lui, tout seul. Elle se demande comment il pourra continuer sans elle.

Il a soixante-douze ans. Elle soixante-cinq.

À deux tables de là, à une autre table ronde, sont assis quatre filles albanaises et un homme au profil grec. Les filles sont des mannequins et l'homme est l'accompagnateur de l'agence. Dîner avec elles avant les défilés importants fait partie de son travail. Il veille sur elles, les aide, et surtout il les surveille pour éviter qu'elles ne fassent des conneries. D'ailleurs, il leur a procuré un gramme de coke, et maintenant les filles picorent nonchalamment dans leurs assiettes. Lui, la drogue, il n'aime pas ça. Il n'y touche pas, et ferait bien fusiller tous les dealers. Mais il sait qu'il est inutile d'empêcher les filles de se faire un trip. S'il ne leur procure pas la dope lui-même, elles se fournissent auprès de ceux qui se garent devant l'établissement, avec leur Cayenne et leurs sachets tout prêts. S'il les enfermait dans leur chambre, elles n'hésiteraient pas à s'enfuir par la fenêtre pour les rejoindre. Elles partent toujours se défoncer quand elles sont ici et arrivent aux défilés les yeux bouffis, le visage gonflé. La coke leur fait passer l'envie de manger ou la peur de ne pas être assez belles ou assez performantes. Il donnera à chacune un gramme de plus avant de leur dire au revoir – il espère que ça suffira.

La conversation à table est décousue : les filles parlent un anglais besogneux, pour compenser elles rient beaucoup. En albanais, elles se demandent s'il est gay ou s'il veut coucher avec l'une d'entre elles. Ces hypothèses sont fausses, toutes deux. Il n'est pas gay, mais les top models ne lui plaisent pas. Il les trouve casse-pieds, stupides, et il a du mal à ne pas les confondre les unes avec les autres. Elles le rendent triste, même.

Il a trente-cinq ans, deux des filles dix-neuf, l'une dix-huit, la dernière vingt.

Le maître d'hôtel amène dans la salle quatre Japonais. Ils représentent une entreprise parmi les plus vendues en Occident dans les magasins d'ameublement de style oriental, et ils ont passé la semaine à rencontrer des grossistes locaux. Une expérience qu'ils trouvent assez humiliante. On dirait que personne ne veut du moindre objet qui s'éloigne des stéréotypes, des tatamis blancs, des futons en bois de cèdre, des lampes en papier de riz.

Beaucoup de grossistes sont très déçus lorsqu'ils découvrent que leur maison ne fabrique pas de katana à accrocher au mur ou qu'il n'y a plus de samouraïs au Japon. L'un des quatre Japonais, le plus jeune, pense que le jour où il changera de travail, il enverra une photographie de sa maison à tous les clients. Elle est meublée à l'occidentale, à l'exception d'une table offerte par ses beaux-parents. Il n'a même pas de PlayStation.

Le lendemain, ils ont leur vol retour pour Tokyo et manger japonais n'était pas vraiment au programme. Mais le directeur du magasin les a invités à dîner, et ils n'ont pas pu refuser. Ils auraient préféré un endroit plus amusant, où ils auraient pu desserrer leur cravate, rire et boire du vin. Mais c'est comme ça, il leur faut se résigner.

Ils ont cinquante, quarante-cinq, quarante et trente-six ans. Le maître d'hôtel cinquante-cinq.

La femme qui a le dos contre le mur continue à fixer la porte d'entrée. Lorsque quelqu'un passe devant, elle bouge la tête pour ne pas la perdre de vue. Elle n'a pas parlé depuis qu'elle s'est assise, elle n'a pas touché son verre d'eau, elle n'a pas lu le menu du jour. Elle regarde et ça lui suffit, une main sur les genoux, l'autre ouverte sur la nappe. Au serveur qui lui a demandé si elle voulait commander, elle a répondu qu'elle attendait quelqu'un, levant les yeux vers lui juste l'espace d'un instant. Dans ces yeux, le garçon n'a pas vu son reflet. Le regard de la femme l'a traversé comme s'il n'était que de l'air, comme s'il n'existait pas. Il a songé qu'il ne voudrait pas être à la place de la personne en retard. Cette femme ne semblait pas disposée à lui pardonner.

Elle a trente et un ans, le serveur vingt-neuf.

Et alors que la femme aux yeux froids se lève brusquement, alors que le DJ se lance dans une blague, alors que le client allemand s'apprête à tourner la page 100 de son roman, alors que la jeune mariée choisit le menu dégustation à vingt plats, alors que le groupe de Japonais refuse de goûter le saké, alors qu'une des top models retourne aux toilettes pour se faire une dernière ligne…

Le temps s'arrête.

IV
DE VIEUX AMIS

1

L'homme au blouson de cuir était revenu. Il était appuyé à l'angle habituel de la Via Tiburtina Antica, déplaçant nerveusement son poids d'un pied sur l'autre. Dante Torre le guettait depuis la fenêtre de sa terrasse, cinq étages plus haut, et cherchait en vain à capter son regard. Il savait que l'homme au blouson allait attendre encore une heure, jusqu'à douze heures trente, au moment où l'afflux des mères devant l'école primaire commencerait à croître, pour ensuite se retirer, pas à pas. Quand les portes s'ouvriraient, il se trouverait à vingt mètres au moins des autres parents qui attendaient, il allait regarder un instant les écoliers dévaler les escaliers pour se faire serrer dans les bras, prendre par la main et ramener à la maison. Ensuite l'homme au blouson disparaîtrait au-delà des remparts et ne reparaîtrait que deux ou trois jours après, à la même heure. Pendant qu'il attendait, il allait fumer quatre cigarettes au moins, mais si jamais il en avait une dans la bouche à l'ouverture des portes, il l'éteindrait immédiatement.

La seule chose qui avait changé depuis que Dante l'avait remarqué, deux semaines plus tôt, c'étaient ses vêtements. L'homme était passé du pull au blouson de similicuir imitation motard, avec une tête d'ours dans le dos. Dante l'avait googlelisé, découvrant que c'était le symbole d'une marque chinoise à bas prix.

Dante le regarda un long moment. « Combien de temps vas-tu attendre, encore ? » murmura-t-il. Il se retourna sur le lit jusqu'à se retrouver le visage en dessous de la lucarne : une petite flaque d'eau sur la vitre dessinait un crâne, avec deux bulles d'air à la place des yeux et un sillon pour le nez. Il rampa sur le matelas jusqu'à la faire coïncider avec le reflet de son visage. Ils étaient exactement superposables, mais l'illusion se brisa lorsqu'une gouttelette tomba de la gouttière sur la vitre. Dante frissonna et tira la couverture jusqu'à son menton. Il allait bientôt devoir mettre en marche la petite chaudière catalytique qui gisait, démontée, dans un coin. C'était le seul système qu'il avait trouvé pour maintenir une température décente dans cette terrasse qu'il avait fait fermer, telle une cage de verre, pour en faire une chambre-bureau. Le reste de l'appartement avait été massacré, sans le moindre égard pour l'esthétique. Quelques cloisons avaient disparu et les fenêtres avaient été agrandies au point de prendre toute la largeur des murs, ou presque. Seuls de légers rideaux de coton, couleur crème, dissimulaient le désordre de l'intérieur.

Dans la salle à manger, une bicyclette était appuyée contre la table encombrée de livres, de journaux, de classeurs et de dossiers, qui se répandaient aussi sur le plancher en piles chancelantes dont certaines s'étaient écroulées en un tas confus de photos et d'imprimés. Le seul endroit rangé, et même dans un ordre impeccable, était la cuisine, aménagée dans un angle de la pièce principale. La cuisinière et les placards muraux étaient d'acier, tout comme le plan de travail, et cela lui donnait un air de salle d'opération, avec ses outils électriques alignés par dizaines. Sur le four à micro-ondes, un ordinateur portable était en train de charger.

Dante avait un ordinateur de bureau doté d'un écran de trente pouces sur la terrasse, et un portable dans la chambre d'amis – même si personne n'avait jamais dormi là et que le lit consistait en un matelas nu. Cette pièce, il l'utilisait pour y empiler ses « boîtes du temps », lesquelles avaient rempli l'espace au point de rendre impossible l'ouverture de la fenêtre. Dante n'y entrait plus. Il tirait les boîtes jusqu'à lui en les crochetant à l'aide de ces manches télescopiques qu'on utilise dans les grands magasins pour accéder aux vêtements en hauteur ; ensuite il les remettait à leur place, étendu sur le sol de la salle de bains.

Il frissonna de nouveau.

Souvent, il projetait de partir loin, de s'installer dans un pays chaud où il aurait pu dormir sous les étoiles. En bateau, évidemment. Il ne parvenait pas à s'imaginer à l'intérieur d'un avion, ce tuyau de métal à peine plus grand qu'un cercueil avec des ailes. Mais il savait aussi que, loin du monde qu'il connaissait, il dépérirait comme une plante laissée dans le noir.

Chaque fois qu'il sentait s'approcher l'hiver, il regrettait pourtant sa décision. L'hiver, les restaurants en plein air disparaissaient, comme les arènes à ciel ouvert pour le cinéma et les concerts, déjà peu nombreuses, ou les voitures décapotables. L'hiver, tout ce qu'il aimait se trouvait enfermé dans des boîtes hermétiques, dans lesquelles il ne pouvait pas entrer sans souffrir. Le monde devenait étroit et étouffant.

Dante prit une cigarette dans son paquet et l'alluma de sa mauvaise main, puis il recommença à regarder en bas, entrouvrant les fenêtres. Avec le vent au goût de pluie lui parvinrent les bruits de la rue et ceux de la radio d'un voisin. Dante jeta un dernier coup d'œil à l'homme au blouson, toujours en bas, au coin, puis il contempla les toits de San Lorenzo. Un des plus beaux quartiers de Rome, et Dante n'était pas gêné par le tapage des habitants. Il s'endormait rarement avant l'aube et les bruits de la vie le mettaient de bonne humeur.

L'homme au blouson avait encore reculé d'un pas.

Dante finit par rouler hors des draps pour aller sous la douche. Il évoluait avec grâce et agilité, silencieusement. Mesurant presque un mètre quatre-vingt-dix, très maigre, il ressemblait à une statue étrusque. En peignoir et encore mouillé, il prit sa dose matinale de pilules et de gouttes, réglant la prescription sur son thermomètre intime, puis il alluma la machine à espresso et son portable. Le téléphone afficha immédiatement un texto. Envoyé par l'avocat Roberto Minutillo. Le message disait seulement : « S'il te plaît, regarde-le. »

Dante soupira. Minutillo lui avait soumis un cas une semaine plus tôt, en lui demandant un avis. Dante n'avait pas trouvé l'envie d'ouvrir le dossier et l'avait laissé toute une semaine dans les limbes, se faisant croire à lui-même qu'il l'avait oublié. Mais maintenant il fallait s'y mettre. Soupirant encore, il alluma l'ordinateur, parcourut les documents envoyés par l'avocat, à mourir d'ennui, puis fit démarrer la vidéo annexe.

Le décor était celui d'une chambre aux couleurs pastel, avec une table au centre. On pouvait deviner, au fond, de gros cubes colorés en plastique et un ours en peluche. À la table était assise une fillette de six ans avec une petite robe à carreaux rose, face à une femme d'une cinquantaine d'années qui lui souriait derrière ses lunettes. L'enfant dessinait quelque chose avec un crayon orange.

Une autre femme était debout derrière l'enfant, on la voyait jusqu'au cou seulement ; elle gardait les mains sur les épaules de l'enfant. La femme avec les lunettes était une psychologue du tribunal des mineurs et la femme sans tête était la mère de l'enfant. Dante appuya sur le bouton « avance rapide », en sautant les premières questions de la psychologue et les premières réponses de l'enfant, puis il observa le reste avec attention. À la minute 4 : 06, il retourna en arrière et mit l'image en plein écran.

La psychologue se penchait en souriant vers l'enfant, qui continuait à dessiner. « Tu peux me le dire. Tu peux avoir confiance en moi. »

L'enfant interrompit un instant le mouvement de son crayon. « C'est papa », dit-elle.

Dante appuya sur pause, revint à la minute 4 : 06, puis fit repartir la vidéo au ralenti, sans le son. Il se concentra sur les mains de la mère. Il les vit se déplacer, serrer légèrement les épaules de l'enfant. Dante arrêta la vidéo, ferma l'application et resta quelques secondes à regarder son reflet. Il sentait une sueur glacée lui couler le long du dos. *Travail accompli*, pensa-t-il. Cela aurait pu être plus difficile. Il envoya un texto à Minutillo, puis il se leva pour verser dans la machine à espresso un mélange d'arabicas de Panamá. Le téléphone sonna alors qu'il en était à sa deuxième tasse.

— Salut, maître, dit Dante sans même regarder le numéro sur l'écran.

L'arrière-goût du café sur sa langue composait une symphonie d'acide et de douceur avec des effluves de chocolat.

— Tu as passé toute la semaine à méditer et, maintenant, tu me réponds seulement « non » ? lança son interlocuteur.

— Dis à ta cliente qu'elle trouve quelqu'un autre si elle veut compromettre son ex-mari. (Dante vida la seconde tasse.) L'enfant n'a pas été victime d'abus.

— Tu en es sûr ?

— Oui.

Dante regarda la rue, en bas : l'homme au blouson avait presque disparu de son champ visuel. Encore vingt minutes et il se serait éloigné.

— L'enfant raconte que le père l'importunait sexuellement.

— Il faut vraiment qu'on continue à en parler ? s'impatienta Dante.

— Oui, jusqu'à ce que tu m'aies convaincu.

Dante soupira.

— L'enfant a-t-elle des traces physiques d'abus ?

— Non. Mais ces récits sont détaillés. Et tous ceux qui l'ont entendue sont persuadés qu'elle dit la vérité.

Dante vida la tasse et la replaça sous la buse, en lançant le troisième café. Il se servait de la caféine pour contrer les effets des benzodiazépines.

— Elle ne sait pas qu'elle ment. Et ce n'est pas moi qui le dis. Ce sont Young, Klitzing, Haugaard, Elterman et Ehrenberg, Ackerman, Kane et Piaget, énuméra-t-il d'une voix atone.

— Des psychologues et des psychiatres – je les connais. Pour devenir avocat, on les étudie…

— Alors tu devrais savoir qu'à l'âge de la fille de ta *non*-cliente, les enfants n'ont qu'une seule façon de distinguer la vérité du mensonge. La vérité, c'est ce que les parents approuvent. Le mensonge, c'est ce qui les rend mécontents. Et les enfants sont capables de se souvenir de choses qu'ils n'ont jamais vécues, il suffit de le leur demander comme il faut. Dans les années quatre-vingt, Stephen J. Ceci…

— Celui-là, je ne le connais pas…

— C'est aussi un psychologue, enseignant à la Cornell University, et il a fait des recherches sur la validité des témoignages de mineurs. Pour une étude, Ceci a demandé à un groupe d'enfants de se concentrer et de raconter la fois où ils s'étaient blessé le doigt en le coinçant dans un piège à souris. Cela n'était jamais arrivé à aucun des enfants mais, interrogés dans les semaines suivantes, ils se le rappelaient presque tous et ils brodaient sur l'incident : le doigt avait saigné, la souris s'était enfuie… Il faut que je continue ?

— Non. Et la mère l'aurait influencée ?

— Ça se comprend en regardant la vidéo.

— On ne voit que ses mains.

— Des mains qui serrent les épaules de l'enfant avant la réponse qui accuse le père. Et qui, ensuite, se détendent et la caressent. D'abord *tension*, ensuite *récompense*. L'enfant comprend que tout va bien et poursuit. L'experte a des tranches de saucisson devant les yeux. Ou, plutôt, de tofu, puisqu'elle est végétarienne.

— Comment tu sais qu'elle est végétarienne ? demanda Minutillo, sincèrement étonné.

— Sur la vidéo, on voit son sac à main, un de ces modèles produits par une entreprise végétalienne qui utilise la fibre végétale au lieu du cuir. *Cruelty free*. Difficile d'en connaître l'existence si tu n'es pas dans le truc, comme moi.

— Tu essaies de deviner.

— L'enfant suit un régime sans viande. Le père a mis cela en avant pour demander la garde de sa fille, en définissant le régime végétarien comme quelque chose de cruel pour l'enfant, même si évidemment c'est une connerie. C'était dans les documents que tu m'as envoyés.

— Et tu les as lus ?

— Juste ce qu'il faut. Alors, c'est bon ? Je peux t'envoyer la facture ?

— Pour dix minutes de travail ?

— Ce seront les minutes les plus chères de ta vie.

On sonna à la porte. Dante prit congé de l'avocat et approcha de la porte en silence pour regarder dans le judas.

Sur le palier il vit une femme, dans la trentaine, l'air sérieux. Elle portait un jean moulant et une veste claire qui se tendait sur ses épaules de nageuse. Elle semblait assez musclée pour plier une barre d'acier. Dante frissonna. Il ne savait pas qui était cette femme, mais une chose était certaine : elle apportait des ennuis.

2

Pour éviter les visites surprises, Dante avait mis l'appartement au nom de Minutillo et il ne communiquait l'adresse qu'à un nombre très restreint de personnes, toutes triées sur le volet. Il avait pris cette décision lorsque le père d'un enfant disparu avait débarqué sous la terrasse de son ancien appartement, criant et pleurant une journée entière.

La femme fixa le judas d'un œil vert, et Dante comprit qu'elle avait dû voir son ombre bouger derrière la porte.

— Monsieur Torre, dit-elle. Je suis le commissaire adjoint Caselli. J'ai besoin de vous parler.

Elle avait une voix légèrement rauque, que Dante aurait trouvée sexy si elle n'avait pas été celle d'un flic. Il mit la chaîne et entrouvrit prudemment.

Colomba le fixa, puis elle sortit sa carte et la lui mit sous le nez.

— Bonjour.

— Je peux la voir de près ? demanda Dante.

Colomba haussa les épaules.

— Je vous en prie.

Dante la prit de la bonne main et fit semblant de l'examiner de près. Il n'avait aucun talent pour repérer des documents falsifiés, mais ce n'était pas cela qui l'intéressait. Il voulait voir comment Colomba allait réagir. Elle ne se montra pas inquiète. Très probablement était-elle ce qu'elle disait être. Dante lui rendit la carte.

— J'ai fait quelque chose de mal ?

— Non. Mais j'ai besoin de quelques minutes de votre temps.

— Pourquoi ?

— Je préférerais vous en parler à l'intérieur, répondit Colomba, patiemment.

— Mais je ne suis pas obligé, n'est-ce pas ? Je pourrais simplement vous dire non et vous ne pourriez rien y faire. Vous ne défonceriez pas la porte.

— Absolument pas. (Colomba sourit et Dante fut frappé par la façon dont son visage changeait, perdant un instant toute sa dureté. Même s'il était artificiel, c'était un beau sourire.) À votre place, je serais quand même curieux de savoir pourquoi je suis là.

— Je crois qu'à ma place vous n'auriez même pas répondu à la sonnette, rétorqua Dante.

Colomba se raidit et Dante comprit qu'il avait touché un point sensible. Il l'avait fait exprès, et pourtant, il se sentit coupable. Pour chasser cette impression, il fourra sa mauvaise main dans sa poche et la fit entrer.

Colomba s'efforça de ne pas changer d'expression en découvrant le chaos qui régnait dans l'appartement – sans y parvenir toutefois.

Dante se dirigea vers la cuisine en zigzaguant entre les livres.

— Je vous fais un café, d'accord ? demanda-t-il.

— Merci.

Il lui indiqua la table de la salle de séjour.

— Débarrassez une chaise et installez-vous. Comment vous le préférez ? Rond, souple, aromatique…

— D'habitude, je prends du café soluble, tout me va.

— Je ferai semblant de ne pas vous avoir entendue.

Pour se faire pardonner la rudesse dont il venait d'user à son égard, Dante ajouta au mélange une poignée de kopi luwak légèrement torréfié. Les graines étaient ramassées une fois que la civette des palmiers indonésiens avait mangé les baies du caféier et en avait rejeté les noyaux partiellement digérés. Les connaisseurs le considéraient comme le meilleur café au monde pour son arrière-goût fruité et l'absence d'amertume ; c'était en tout cas le plus cher et le plus difficile à trouver. Il le faisait venir par la poste, comme à peu près tout.

— Je ne sais pas si d'ordinaire vous prenez du sucre, mais celui-ci n'en a pas besoin, dit-il en fermant le couvercle de la machine, ce qui enclencha le broyeur.

— Monsieur Torre… commença Colomba, tendue.

Dante se retourna. Colomba était restée debout au centre de la pièce, suivant des yeux ses mouvements comme un rapace ceux d'un rongeur.

— Il y a quelque chose qui ne va pas ? s'inquiéta Dante.

Colomba acquiesça. Devenus durs comme des billes, ses yeux semblaient encore plus verts.

— Cela vous ennuierait d'enlever la main gauche de votre poche, s'il vous plaît ?

— Pardon ?

— J'ai remarqué que vous la gardiez dans votre poche depuis que je suis entrée. Même quand vous en auriez eu besoin. Par exemple pour ouvrir la boîte de café.

C'était vrai, bien sûr. Dante cachait sa mauvaise main chaque fois qu'il rencontrait quelqu'un, un geste qu'il ne pouvait s'empêcher de faire.

Dans le langage du corps, Colomba exprimait à présent un danger imminent. D'instinct, elle avait avancé un pied et tenait ses bras légèrement fléchis. Sa main droite était serrée autour de la courroie de son sac, comme si elle était prête à le lui lancer à la figure.

— S'il vous plaît, répéta-t-elle.

— Comme vous voulez, dit Dante en levant sa main pour la mettre bien en évidence.

C'était un amas de chairs cicatricielles. Seuls le pouce et l'index fonctionnaient, tandis que les autres doigts étaient crispés, beaucoup plus petits que la normale et dépourvus d'ongles.

Colomba avait vu une main semblable chez un repris de justice qui avait eu un accident avec une sécheuse dans une blanchisserie industrielle.

— Excusez-moi, dit-elle en détournant le regard. Aujourd'hui je me suis réveillée bien trop nerveuse.

— Il n'y a pas de quoi.

Habitué à interpréter les plus légers signes chez ses interlocuteurs, Dante comprenait que la nervosité de Colomba était tout sauf occasionnelle. Elle avait été victime de quelque chose. Une agression, un accident durant son service ? *Intéressant*, pensa-t-il. Il se remit à manipuler les tasses. Avec son peignoir noir trop grand et ses cheveux clairs coiffés en arrière, humides après la douche, Colomba trouva qu'il ressemblait beaucoup à David Bowie dans un vieux film de science-fiction.

L'odeur du café se répandit dans la chambre. Dante s'assit à côté de Colomba, muni de deux tasses au design moderne. *Pour finir en beauté, je pourrais les lui casser*, pensa-t-elle, mais elle parvint à porter le café jusqu'à sa bouche sans faire de dégâts. Elle avait la tête légère et se sentait terriblement exposée. Deux jours plus tôt, elle aurait évité jusqu'à ses amis les plus intimes, et maintenant elle échangeait des politesses dans la maison d'un étranger.

— Délicieux, mentit-elle – il était trop léger à son goût.

— Je vous remercie, répondit Dante, avec un demi-sourire. Je n'ai pas honte de ma pauvre main. (Pour le lui prouver, il la fit à nouveau pivoter sous ses yeux : les cicatrices sur le dos formaient un réseau très dense.) Si je la cache d'habitude, c'est seulement pour éviter de répondre aux questions que cela provoque. Même si la plupart des gens sont trop gentils et trop polis pour en poser. Ou alors ils savent déjà ce qui m'est arrivé et ils n'ont pas besoin de demander. (Il sourit à nouveau.) Vous faites partie d'une troisième catégorie. (Les yeux de Dante brillèrent.) Que savez-vous de moi ?

— C'est un interrogatoire ? Ou bien le sujet vous intéresse ?

Dante sourit. Il avait les dents d'un blanc éclatant.

— Disons que ça fait gagner du temps.

Colomba pensa qu'après la gaffe qu'elle venait de commettre elle ne pouvait pas se dérober.

— Vous êtes de Crémone. Vous êtes né en 1972. En novembre 1978, à l'âge de six ans, tandis que vous étiez sorti pour jouer dans le chantier derrière l'immeuble où vous habitiez, vous avez été enlevé par un ou plusieurs inconnus. Vous n'avez pas été en mesure de reconstituer ce qui est arrivé et personne n'a rien vu.

— Il y avait une porte qui faisait communiquer les caves de mon immeuble et le terrain où jouaient les enfants. J'ai dû être enlevé sur le trajet et probablement drogué, précisa Dante.

Colomba acquiesça.

— Vous avez été retenu prisonnier pendant onze ans, la plupart du temps dans le silo en ciment d'une ferme de la province de Crémone.

— Pas la plupart du temps. Tout le temps. Le village s'appelle Acquanegra Cremonese, un très beau nom venu de l'Antiquité.

— C'est vrai. En 1989, vous avez réussi à échapper à votre geôlier. Qui s'est suicidé. Il s'appelait Antonio Bodini, c'était un agriculteur.

— Bodini était le propriétaire de la ferme et il s'est vraiment suicidé, mais ce n'est pas lui qui m'a enlevé. En tous les cas, ce n'était pas lui qui me retenait prisonnier.

Colomba plissa les yeux, surprise.

— Sur cet aspect, je ne pensais pas me tromper.

— Ce n'est pas vous qui vous êtes trompée, c'est celui qui a enquêté sur l'affaire. Je l'ai vu en face, mon ravisseur, et il ne ressemblait pas à Bodini.

— Pourquoi ne vous ont-ils pas cru ?

— Parce que toutes les apparences étaient contre Bodini, parce qu'il s'était supprimé, parce que j'étais dans un état de santé mentale… disons difficile.

— Mais vous en êtes toujours convaincu.

— Oui.

— Ils ont mené une enquête pour chercher des complices… avança prudemment Colomba.

— Et ils n'en ont trouvé aucun. Je sais. Mais continuez donc votre compte rendu, je commence à y prendre goût.

— Je n'ai pas grand-chose à ajouter. Vous avez changé de nom et vous avez pris celui de jeune fille de votre mère. Vous avez voyagé un peu et vous vous êtes attiré quelques ennuis. Vous avez des précédents de bagarre, tapage, agression, coups et blessures et port d'arme non autorisé.

— C'était un Taser : dans de nombreux pays, ils sont en vente libre.

— Mais pas chez nous. Durant ces huit dernières années, vous vous êtes calmé. Plus de plainte. (Colomba le regarda dans les yeux.) Ça vous suffit ?

Dante se laissa aller contre le dossier. Il avait remarqué que Colomba n'avait jamais regardé ses notes. Bonne mémoire, excellente préparation.

— Vous savez beaucoup de choses sur moi, mais vous ne saviez pas pour ma main.

— Peut-être que ça m'a échappé.

— Une chose de ce genre n'aurait pas pu vous échapper. Pas à vous. Les documents que vous avez lus ne le mentionnaient pas, tout simplement. (Dante fit un sourire qui ressemblait à un rictus.) Vous voyez, cette main me rendait trop reconnaissable, surtout dans une petite ville comme Crémone. Le tribunal des enfants n'a pas communiqué ce détail. (Dante la fixa.) C'est ce qui me fait penser que vous n'avez pas eu accès aux documents du parquet. Et il y a autre chose de bizarre. Vous voulez savoir quoi ?

Colomba ne voulait pas, mais elle acquiesça.

— Oui.

— Vous n'êtes pas en service.

— Comment pouvez-vous le savoir ?

— Vous n'êtes pas armée. Je pourrais ne pas voir le semi-automatique si vous le portiez dans le dos, mais une personne armée et entraînée à tirer a tendance à garder la main dominante à côté de l'étui quand elle pense être en danger. Vous, en revanche, vous avez serré la courroie de votre sac. Et un commissaire adjoint se promène toujours armé, à moins qu'il ne soit en congé ou en arrêt. Je me trompe ?

Colomba secoua la tête.

— Non.

— En dehors de votre service, avec des informations sommaires… Vous êtes ici pour une raison personnelle ?

Colomba chercha à garder la même expression.

— Oui.

— Vous mentez très mal, signe que cela vous fait un peu honte. Mais laissons ce détail de côté, pour l'instant. Qu'est-ce que vous voulez de moi ?

— Un enfant a disparu, aux Pratoni del Vivaro.

— La femme a été assassinée et le mari est en prison. J'ai entendu ça aux infos. (Dante chercha à ne pas le montrer, mais il était touché.) Celui qui vous envoie pense qu'il est innocent, même si quelqu'un qui n'a rien à voir avec l'enquête n'est pas d'accord, le procureur probablement. Et puisque le père ne sait pas où est son fils, et qu'on peut difficilement concevoir qu'il s'agisse là d'un enlèvement pour obtenir une rançon, vous avez besoin de mon aide pour le retrouver.

Colomba avait la tête qui tournait.

— Vous êtes un expert en disparition de personnes.

— C'est vous qui le dites.

— Vous vous êtes occupé au moins de deux enlèvements pour rançon, cinq pour violence privée et je ne sais combien de disparitions volontaires. Vous avez résolu tous ces cas. Parfois vous vous occupez même de violence sur les mineurs.

Dante émit son habituel ricanement sans gaieté.

— Vous pouvez le prouver ?

— Bien sûr que non. Vous vous servez d'un cabinet d'avocat comme bouclier, lequel, à son tour, utilise des agences d'investigation privées ou se cache derrière le secret professionnel. Mais ça n'empêche pas les bruits de courir et d'arriver jusqu'aux oreilles de celui qui m'envoie. Ces bruits disent aussi que vous faites bien votre travail.

Dante secoua la tête.

— J'ai seulement mis à profit mon expérience.

— D'enfant kidnappé ?

— Vous voyez, commissaire, pendant onze années, les années les plus délicates dans la formation d'un être humain, j'ai vécu sans contact avec personne hormis lors des confrontations occasionnelles avec mon ravisseur. Ni livres, ni télévision, ni radio. Quand je suis sorti, le monde était pour moi incompréhensible. Les interactions sociales m'étaient totalement étrangères, comme pourrait l'être la vie d'une fourmilière pour vous.

— Je suis désolée, compatit Colomba, avec sincérité.

— Merci, mais ce n'est pas la peine. Pendant que j'étudiais le monde de *dehors*, je découvrais que j'en comprenais mieux certains mécanismes que ceux qui y avaient grandi. Pour voir une chose, il faut se tenir à bonne distance. Et j'avais cette distance, même si je ne l'avais pas choisie. Et je suis capable de la retrouver aujourd'hui encore, quand il le faut. J'arrive à comprendre si, dans les habitudes d'un disparu, quelque chose a changé, je devine ce qu'il aime et ce qu'il craint en regardant la façon dont ses affaires sont disposées. Si quelqu'un ou quelque chose a interrompu la routine de sa vie.

— Et vous interprétez les signes émis par le corps, comme vous l'avez fait avec moi.

Dante acquiesça.

— Mon ravisseur avait toujours des gants et le visage masqué. Je cherchais à comprendre, en regardant la façon dont il se tenait, si ce que je faisais était bien ou s'il voulait me punir. S'il disait vrai quand il me rassurait, en me disant que j'allais avoir de la nourriture ou de l'eau à boire. Cela m'a servi pour retrouver les personnes dont vous parliez. Il y a toujours quelqu'un qui en sait plus que ce qu'il dit et je m'en rends compte.

— Pourquoi avez-vous choisi de rester dans l'ombre ?

— Vous avez vu cette maison ?

— Vous ne pouvez pas rester enfermé, suggéra Colomba.

Dante approuva.

— Difficile qu'un procureur m'accepte comme expert. Sans compter que la dernière chose que je souhaite, c'est revenir sous les projecteurs.

— Je vous demande seulement une consultation à titre privé, précisa Colomba. Votre nom n'apparaîtra pas forcément.

— Non, commissaire. Il y a deux choses que je ne fais jamais : entrer directement dans une affaire et collaborer avec la police. Et vous me demandez de faire les deux à la fois. (Dante se leva, en lui tendant sa bonne main.) Cela m'a fait plaisir de parler avec vous. Revenez me voir, je vous offrirai un autre café.

Colomba ne bougea pas et Dante lâcha une petite grimace. Ce fut comme une fissure qui lui permit, pour un instant, de le voir tel qu'il était vraiment : une victime qui s'était reconstruit laborieusement une existence en recollant les morceaux, après avoir vécu l'inimaginable. *Je devrais m'en aller*, pensa Colomba. *Ce serait la meilleure chose à faire*. Mais elle ne le pouvait pas.

— Monsieur Torre, dit-elle. Permettez-moi de parler à mon tour.

Dante revint s'asseoir à regret.

— Avant tout je veux vous répéter que je suis vraiment désolée, continua Colomba. Avec ce qui vous est arrivé, vous mériteriez qu'on vous laisse tranquille pour le restant de votre vie.

— Ne me plaignez pas, je vous en prie. Je ne le supporte vraiment pas.

— Je veux seulement être sincère. Cette situation me déplaît autant qu'à vous. Je n'ai pas l'habitude d'impliquer des civils dans les enquêtes, tout comme je n'aime pas les subterfuges.

— On ne dirait pas.

— Tant que j'y suis, je voudrais vous dire que j'ai bu votre café, qui est un authentique jus de chaussette, juste pour vous faire plaisir. Oui, oui, j'ai vu le nom sur le sachet et même si je suis un flic, je sais ce que c'est que le kopi luwak. Et je sais même combien ça coûte, avant que vous me le jetiez en pleine figure.

— Je ne suis pas aussi rustre que ça, grogna-t-il.

— Et moi je ne suis pas aussi délicate que ça : je suis dans la police depuis treize ans et j'ai vu et j'ai bouffé une quantité de merde dont vous n'avez pas idée. Je ne vous ai pas raconté tout ce que je sais sur vous. Je sais aussi ce qui est arrivé à vos parents. Votre père a fait des allers-retours en prison avant que vous reparaissiez. Et votre mère s'est suicidée quand vous aviez… combien… dix ans ?

— Neuf, rectifia-t-il sèchement.

— Et mes collègues de l'époque n'ont pas réussi à vous retrouver, même pas à soupçonner que vous pouviez être encore vivant. À votre place, je serais dans une colère noire contre les policiers, les juges et le monde entier. En plus de vous abandonner, nous nous en sommes pris à votre famille. Vous avez dû vous sauver tout seul. (Colomba le fixa.) Mais vous voulez vraiment qu'une autre famille subisse ce qui vous est arrivé ?

— Ça vous paraît normal de venir chez moi et de me faire du chantage moral ?

— Excusez-moi aussi pour ça. Mais je voudrais une réponse, s'il vous plaît.

Dante la fixa.

— Chaque jour, il meurt environ trente mille enfants, la moitié de faim. Je ne peux pas prendre en charge les maux de toute la planète.

Colomba continuait à le fixer.

— Le petit Maugeri est plus proche de nous que l'Afrique.

— Alors trouvez-le.

— C'est vous qui pourriez changer le cours des choses pour cet enfant. Vous le savez, n'est-ce pas ?

Dante secoua la tête.

— Hier, vous ne saviez même pas que j'existais. Dites-moi qui vous a envoyée.

Colomba comprit que si elle voulait obtenir quelque chose il lui fallait être directe.

— Le commissaire Rovere, le chef de la brigade mobile.

— Et le procureur neuneu, c'est qui ?

— De Angelis.

Dante secoua de nouveau la tête.

— Vous êtes vraiment dans de beaux draps.

— Alors vous nous aiderez ? insista Colomba.

Dante la scruta.

— Croyez-vous vraiment que je puisse faire quelque chose ? Ou bien vous m'impliquez seulement dans une rivalité de pouvoir entre votre chef et le parquet ?

Colomba décida de continuer à être honnête.

— J'espère que vous pourrez faire sortir un lapin du chapeau, mais je doute que vous y parveniez.

— Vous avez cessé de croire aux miracles, c'est ça ?

— Et au père Noël, ajouta-t-elle en pensant au Désastre.

Dante acquiesça lentement, comme s'il avait deviné les pensées de Colomba. C'était d'ailleurs ce qu'il avait fait, en quelque sorte. Il comprenait que cette femme à l'air décidé, face à lui, dissimulait une profonde souffrance. Et que cette souffrance ne venait pas de ce que Rovere, en la choisissant pour cette tâche tellement officieuse et incorrecte, l'avait clairement envoyée à l'abattoir, mais qu'il l'avait poussée à accepter de le faire. Personne n'aurait risqué son avenir professionnel au nom d'une vague possibilité à laquelle il ne croyait même pas, à moins d'être certain de ne pas en avoir, d'avenir. Colomba était un kamikaze qui plongeait en piqué pour sa dernière mission et Dante trouva cela irrésistible. Il aimait les gestes ostentatoires et héroïques, même lorsqu'ils étaient résolument stupides. Surtout lorsqu'ils l'étaient, en fait.

— Voilà comment nous allons procéder, dit-il. Je suis disposé à regarder les papiers que vous avez sûrement dans ce sac et à vous dire ce que j'en pense.

— Merci.

— Attendez avant de me remercier : je veux d'abord que vous me rendiez un service.

Colomba plissa les yeux, méfiante.

— Lequel ?

Dante l'accompagna jusqu'au balcon et lui montra l'homme dans la rue en bas.

— Lui.

3

Alberti bâilla, debout, près de la voiture garée le long du périmètre des remparts, à quelques centaines de mètres de la maison de Dante. Colomba lui avait demandé de ne pas la mettre trop près du lieu où elle se rendait pour ne pas attirer l'attention, et Alberti avait accepté sans broncher. Contrairement à ses collègues, qui semblaient s'en ficher éperdument, il était douloureusement conscient de la nervosité qu'une voiture de patrouille et un uniforme suscitaient chez les civils. Il suffisait d'entrer dans un café et d'aller pisser pour s'en apercevoir.

« Les gens ne nous aiment pas du tout, lui avait dit son collègue plus âgé. Ils ont toujours peur que tu t'en prennes à eux, surtout les gens honnêtes. On leur fait peur. » Alberti avait répondu que c'était bien triste, et son collègue lui avait rétorqué qu'il n'y comprenait foutrement rien, comme tous les pingouins. « Si tu ne leur fais pas peur, t'es mort, couillon, avait-il ajouté. Il y en a un comme nous pour dix mille *péquenots*. » Les péquenots étaient les civils, qui ne semblaient jamais dignes de respect, ou presque, aux yeux de ce collègue.

Alberti s'était demandé s'il allait devenir comme lui, après quelques années de service : un type uniquement capable de fréquenter des gens portant l'uniforme, peut-être marié à une collègue. Il espérait que non. Il avait d'autres projets, des projets qui l'empêchaient de dormir après le service, devant son clavier MIDI connecté à l'ordinateur où tournait Music Maker. Les morceaux qu'il produisait et qu'il mettait en écoute sur Facebook sous le pseudo de « Rookie Blue » avaient recueilli presque dix mille « like ». Ils ne lui rapportaient pas encore d'argent, mais ce n'était qu'une question de temps.

Pendant qu'il était en train de bâiller pour la énième fois, son portable sonna aux notes du morceau qu'il avait appelé *Time*. C'était Colomba. Comme elle était officiellement en congé, elle ne pouvait pas utiliser la radio.

— À vos ordres, commissaire, répondit-il.

— Laisse la voiture et viens à l'angle de la Via Tiburtina Antica.

— Il y a un problème, commissaire ?

— Pour l'instant, non. Mais attention à ne pas te faire voir. Je reste en ligne.

Alberti alla où elle lui avait demandé.

— J'y suis, commissaire.

Dans la rue devant lui, les mères qui se rendaient à l'école primaire commençaient à affluer.

— Tu vois les jardinières avec les plantes devant toi ? demanda Colomba.

— Oui, commissaire.

C'étaient celles d'un bar d'angle avec deux tables à l'extérieur.

— Il y a un homme qui fume, avec un blouson rouge.

— Vu.

L'homme avait une cinquantaine d'années, costaud ; il regardait dans la direction opposée à celle où se trouvait Alberti.

— Qu'est-ce que je dois faire ?

— Tiens-le à l'œil jusqu'à ce que j'arrive en bas. Je ne veux pas qu'il file le temps que je descende l'escalier. OK ?

— Pardon, commissaire, qu'est-ce qu'il a fait ?

— Ne pose pas de questions inutiles, coupa Colomba et elle raccrocha.

Alberti pensa que la question ne lui semblait pas si inutile, tandis qu'il se tenait à quelques mètres de distance de l'homme au blouson. À quoi devait-il s'attendre ?

À cet instant, l'homme jeta un coup d'œil derrière lui et vit qu'il le fixait. Il ne chercha même pas à dissimuler sa nervosité. Il se mit à marcher d'un pas rapide. Dans moins de deux secondes, il allait disparaître au coin d'une des rues transversales. Alberti se mit à sa poursuite.

— Excusez-moi, cria-t-il. Hé !

L'homme au blouson fit semblant de ne rien entendre.

Alberti accéléra le pas et lui mit une main sur l'épaule.

— C'est à vous que je parle.

L'homme se retourna et, d'un même mouvement, il lui décocha un coup de poing en pleine figure.

Alberti vit tout noir et ses jambes se dérobèrent. Il tomba sur les fesses, en se tenant le nez qui pissait le sang et en remplissait sa bouche. Lorsqu'il rouvrit les yeux, les rangers de Colomba s'étaient matérialisés devant lui.

— Tu es vivant ?

— Oui.

Colomba était déjà partie à la poursuite du fugitif.

— J'appelle la centrale… bégaya Alberti en cherchant à s'agripper à une jardinière pour se relever.

— Non ! hurla Colomba. Ne fais plus rien ! et elle disparut au coin de la rue.

L'homme au blouson allait aussi vite que s'il avait eu des patins à roulettes et Colomba le repéra alors qu'il courait déjà au bout de la rue et passait l'étalage d'un marchand de fruits, bousculant une vieille dame avec son chariot. Colomba accéléra quand même, zigzaguant entre les piétons et poussant ceux qui ne s'écartaient pas assez vite de son chemin. Depuis combien de temps n'avait-elle pas poursuivi quelqu'un dans les rues ? Depuis des années, depuis l'époque où elle était encore commissaire adjoint à l'antidrogue et que les agents ne parvenaient pas à cacher leur gêne de recevoir des ordres d'elle, pingouin et femme de surcroît. Après sa promotion, il y avait eu surtout des interpellations dans des immeubles et des embuscades dans des voitures. De longues embuscades. Et quatre fusillades, dont une lui avait laissé une cicatrice sur la jambe. Dans aucune de ces affaires, il n'y avait eu de vraies poursuites. Et maintenant, voilà qu'elle courait sans bien savoir pourquoi.

Elle évita de justesse un ado à bicyclette qui lui cria dessus, tandis qu'un groupe de jeunes Maghrébins disparaissait, flairant l'uniforme qu'elle ne portait pas.

Entre-temps, le fugitif l'avait distancée de quelques mètres supplémentaires.

La rue par laquelle l'homme au blouson s'enfuyait se terminait en T et Colomba comprit qu'elle n'avait qu'une seule possibilité pour le cueillir : rejoindre l'une des deux rues à travers les ruelles, en espérant tomber sur la bonne. Évitant un bloc de granit, elle tourna à droite, en direction de la voie ferrée qui allait, en hauteur, jusqu'à la gare Termini et à la station de métro. À sa place, elle aurait choisi cette direction plutôt que celle qui s'enfonçait dans le quartier.

Une voiture klaxonna derrière elle, mais Colomba continua à courir au milieu de la chaussée, sans y prêter attention. À quelques mètres de la transversale, elle comprit que son intuition avait été bonne : l'homme au blouson venait dans sa direction, marchant d'un pas rapide, s'imaginant l'avoir semée.

Il ne vit Colomba qu'au moment où il reçut un coup d'épaule qui l'envoya valser contre un bâtiment.

— Police, lança Colomba en lui appuyant l'avant-bras sous la nuque. Les mains en l'air et contre le mur.

L'homme lui donna un coup de coude. Colomba esquiva le coup et lui saisit le coude et le poignet en cherchant à faire levier, mais elle eut l'impression de s'attaquer à une branche de chêne, tant son bras était noueux de muscles. Il essaya de lui donner un autre coup de poing, au ventre cette fois. Elle fit un bond en arrière, l'attrapa par la nuque et le frappa à plusieurs reprises du genou droit au plexus et aux testicules.

Il se dégagea, en se penchant brusquement en avant.

— Sale pute… murmura-t-il entre deux haut-le-cœur.

C'est à ce moment-là que Colomba commit une erreur. Elle était persuadée de l'avoir maté, mais l'homme au blouson avait encore de l'énergie et, d'un mouvement violent, il la saisit au cou. Colomba sentit sa gorge se serrer et ses poumons se vider. Sur les côtés de son champ visuel apparurent immédiatement les ombres bourdonnantes qui annonçaient une attaque de panique. *Non, pas maintenant*. Si elle perdait le contrôle d'elle-même, elle était fichue. Elle se concentra sur la douleur qui lui laminait le cou, elle s'agrippa à sa souffrance comme à un fil d'Ariane qui la ferait sortir de l'obscurité. Deux secondes, peut-être, étaient passées. L'homme continuait à lui serrer la gorge et à lui crier des insultes. Colomba le frappa sur la pomme d'Adam de la pointe de ses quatre doigts tendus, un coup qu'on appelle « Nukite » au karaté.

L'homme tomba à genoux en se débattant : maintenant, c'était à son tour d'étouffer. Colomba le poussa à plat ventre et monta sur son dos.

— Écarte les bras ! Écarte-les ! lui cria-t-elle d'une voix enrouée.

— J'ai rien fait !

— Écarte les bras, bordel !

L'homme obéit. Pendant que Colomba le fouillait, il éclata soudain en sanglots.

— Je l'aime. Je l'aime, bredouillait-il.

— Mais tais-toi, cria Colomba sans comprendre de quoi il parlait.

Entre-temps, une dizaine de personnes sorties des magasins à côté s'étaient massées autour d'eux. Colomba montra sa carte à la cantonade.

— Je suis de la police, d'accord ? C'est une arrestation.

— Qu'est-ce qu'il a fait ? questionna un jeune qui portait un keffieh.

— Il s'est jeté sur moi, ça te suffit ?

Le garçon continuait à la fixer et Colomba baissa le col de sa chemisette, découvrant sa peau écorchée et brûlante à l'endroit où les mains de l'homme au blouson l'avaient étranglée.

— Tu vois ?

Le garçon hocha la tête.

— Mais laisse-le se relever, d'accord ? Il va peut-être s'étouffer. Et ce ne serait pas le premier.

— Écoute, je n'ai pas de menottes, et je vais rester comme ça jusqu'à ce que mes collègues arrivent.

Colomba fouilla dans sa poche à la recherche de son portable, sans le trouver. *Putain*, pensa-t-elle.

— Quelqu'un a un téléphone à me prêter ? demanda-t-elle.

4

Colomba revint trois heures plus tard à l'appartement de Dante, fatiguée par la poussée d'adrénaline et énervée par les bobards qu'elle avait dû raconter aux collègues du commissariat de quartier.

Quand Dante lui ouvrit la porte, il portait un jean noir et une chemise synthétique, noire également, qui le faisait paraître bizarre et plus maigre encore : Colomba pouvait compter ses côtes.

Alberti était étendu sur le canapé, une compresse de glace sur le front.

— Vous n'avez pas l'air contente, dit Dante qui préparait son mélange pour le énième café.

Il en prélevait les grains dans trois paquets différents, les comptant comme un pharmacien.

— Ce n'était pas un type d'Al-Qaïda.

— J'imaginais bien.

— Et vous imaginiez aussi que c'était un père divorcé qui voulait voir son enfant ?

— Et il n'en a pas le droit, c'est ça ?

— Il avait interdiction de s'approcher de l'enfant ou de la mère.

— Pour des violences à l'un des deux, j'imagine. Réjouissez-vous d'avoir remis un peu d'ordre.

Dante appuya sur le bouton de la machine et regarda le café couler dans la tasse. Il arrêta le jet quand elle fut remplie seulement au tiers.

— Celui-ci, pour l'apprécier, il faut le faire très serré, expliqua-t-il. (Il huma le café, puis le sirota.) L'enfant aura plus de chances de mener une vie décente sans un père violent.

— À moins que sa mère ne se révèle pire que son père, ou qu'il rencontre quelqu'un en chemin qui lui explose la tête.

— Je ne prétends pas être Dieu. Seulement résoudre les problèmes dans mon pré carré.

— En m'envoyant me battre dans la rue…

Dante fit entendre son ricanement.

— Vous vous en êtes mieux tirée que votre collègue.

— Hé, il m'a pris par surprise, protesta Alberti avec une voix de cartoon.

— Mais bien sûr. (Dante alluma une cigarette en se servant de sa mauvaise main. Ses deux doigts fonctionnaient avec agilité : ils saisirent le briquet comme une pince.) Je crois que je ne peux pas refuser de répondre à vos questions, maintenant.

Colomba sortit un dossier de son sac et le lui tendit.

— N'y pensez même pas.

Dante s'assit à la table, ouvrit le dossier et commença à feuilleter les rapports.

— Évidemment. (Il soupira quand il vit la quantité de feuilles.) Vous utilisez encore du papier ? Vous savez qu'il existe des clés USB, et Internet ?

— Arrêtez de râler, répondit Colomba en s'asseyant face à lui.

— Vous avez l'intention de rester là, à me regarder, jusqu'à ce que j'aie fini ?

Colomba mit son index devant sa bouche.

— Chut. Lisez.

Dante obéit, un sourire aux lèvres.

Pendant une vingtaine de minutes, on n'entendit plus que la respiration rauque d'Alberti et le bruit des feuilles que l'on tournait. Dante les classait en petits tas, après un simple coup d'œil parfois.

Après s'être assurée que Dante lisait vraiment, Colomba laissa courir son regard sur la salle de séjour. Certains détails s'imprimèrent dans son cerveau. Les DVD empilés sur la télévision, par exemple : tous des films des années soixante-dix, de genres différents mais de qualité médiocre. Elle le savait parce que, pour payer ses études, elle avait travaillé comme vendeuse de blockbusters – elle savait que ces trucs-là avaient moins de valeur que le plastique sur lequel ils étaient gravés. Et Dante avait dû les chercher, parce qu'un emballage ouvert portait l'étiquette d'un distributeur américain qui vendait par correspondance.

Un autre paquet arrivé par la poste, lui aussi à moitié ouvert et abandonné dans un coin, contenait une poignée de petites figurines, de celles que l'on trouvait comme surprises dans les œufs en chocolat, des années plus tôt. Colomba supposa que Dante avait une passion pour le trash, ou que cela lui servait pour quelque recherche farfelue.

La voix de Dante la fit sursauter.

— C'était un acte impulsif ? demanda-t-il.

— Prémédité. Il l'a amenée dans un endroit isolé.

— Ce qui est un acte rationnel. Mais il l'a décapitée, ce qui est un geste irrationnel. Et il n'a pas coupé le corps en morceaux, ce qui aurait été rationnel. Comme il est rationnel de se débarrasser de ses vêtements sales et de faire semblant d'être inquiet. Tout comme il est idiot de jeter l'arme à quelques mètres. Contradictoire, l'ami. Vous avez pensé la même chose, pas vrai ?

— Les gens ne sont pas toujours rationnels.

— Mais ils ne sont pas non plus irrationnels par intermittence. Et l'enfant. Vous n'avez rien qui vienne de l'école ? Des cahiers, des dessins ?

— Non.

— Vous savez au moins qui est son pédiatre ?

— Je sais qu'on l'a contacté pour avoir des informations sur l'état de santé de l'enfant.

— Et ?

— À sa connaissance, il n'avait pas de problèmes particuliers.

Dante soupira de dégoût.

— Vraiment ? Regardez ici.

Il prit le paquet de photos du fils Maugeri que les hommes de l'UACV avaient imprimées, et les aligna sur la table. On y voyait l'enfant, dans différentes situations, à des âges qui s'échelonnaient vraisemblablement de un à six ans. La dernière avait été prise devant l'école primaire.

— Vous ne remarquez rien ? demanda Dante.

Colomba était sur le point de répondre non. Mais elle fut frappée par l'expression sérieuse de l'enfant sur la dernière photo. Sérieuse et guindée. Elle les passa en revue en remontant dans le temps. C'était comme si l'enfant avait perdu au fil des années l'envie de sourire. De la première, où il courait les bras tendus vers sa mère ivre de bonheur, à la dernière, sérieuse et guindée, le changement était évident.

— Il est devenu triste.

— Il est plus que triste, renchérit Dante. Regardez bien la façon dont il se tient sur l'avant-dernière photo. Son père veut l'embrasser, on dirait que cela le laisse complètement froid.

— Peut-être que cela dépend de l'ambiance familiale. Peut-être que sur les autres photos, c'est différent.

— Non. C'est trop systématique. Vous savez ce qu'est l'autisme, j'imagine.

— Je sais que cela touche des enfants beaucoup plus jeunes.

— Pas dans tous les cas. Parfois, pour la forme qu'on appelle le syndrome de Heller, les premiers symptômes n'apparaissent qu'à quatre ou cinq ans.

— Et le petit garçon des Maugeri pourrait en être affecté ?

— Peut-être. Il faudrait que j'en parle avec le père.

— Je ne crois pas que ce soit possible.

Dante se laissa aller contre le dossier.

— C'est vous qui voyez. C'est tout ce que je pouvais vous dire. À qui dois-je envoyer la facture ?

— Jetez au moins un œil à la première reconstitution faite par mes collègues. Il y a la transcription complète des interrogatoires.

— Je les ai déjà lus. Peut-être que le père ment, peut-être que non.

Il haussa les épaules.

Colomba planta ses yeux dans les siens. Dante découvrit qu'il était difficile de soutenir son regard, lorsque ses yeux verts se durcissaient.

— Essayez encore, lui demanda-t-elle.

— Qu'est-ce qui se passera si je ne trouve rien ?

— J'espère que mes collègues auront plus de chance.

— Mais vous, non. Vous, vous jetterez l'éponge. Et peut-être que c'est ça que vous voulez ? Vous retirer de toute cette affaire.

— Ce n'est pas moi qui suis en train de jeter l'éponge.

Dante, à son tour, la fixa d'un regard dur et ce fut comme si l'air autour d'eux refroidissait tout à coup. Colomba sentit un frisson la parcourir.

— Je ne peux rien tirer de plus de ces photos, dit-il, agacé. Pour y comprendre quelque chose, il faudrait que j'aille faire un tour sur les lieux du crime.

— Je n'y vois aucun inconvénient, répliqua Colomba.

— L'inconvénient, c'est moi. (Dante regarda autour de lui.) Je n'ai pas quitté cet appartement depuis deux mois. J'espère que vous êtes quelqu'un de patient, parce qu'il me faudra un peu de temps pour y parvenir.

— Je ne suis pas pressée.

— Et vous n'êtes pas inquiète non plus, observa Dante avec un sourire.

— De quoi ?

— Vous voyez, si le père est innocent, quelqu'un a construit tout un scénario pour le mettre en cause et pouvoir faire ses affaires tranquillement avec l'enfant et laisser croire à un crime spontané. Mais il n'y a pas réussi, vous savez pourquoi ?

— Non.

— Parce qu'il a la main trop sûre. Il a eu besoin de frapper un certain nombre de fois pour détacher la tête, mais il n’a atteint que le cou. Le visage de la femme n’a pas une égratignure. La main de l’assassin n’a jamais tremblé. (Dante sourit et Colomba sentit un nouveau frisson lui monter le long du dos.) Qui que ce soit, c’est quelqu’un habitué à tuer.

5

Dante laissa passer Colomba et Alberti en premier, puis il se prépara psychologiquement à descendre. Sa claustrophobie n'était pas permanente. Dans certaines conditions de grâce, il réussissait à se forcer à faire des choses difficiles comme entrer dans un supermarché pendant quelques instants, à condition qu'il y ait peu de gens à l'intérieur et beaucoup de baies vitrées. S'il était fatigué ou éprouvé émotionnellement, il lui était presque impossible de sortir de chez lui.

Son premier psychiatre lui avait conseillé de numéroter de un à dix l'intensité des symptômes. À un, il pouvait presque tout faire, mais à dix, il avait besoin de prendre des médicaments pour garder son sang-froid.

Maintenant, même s'il s'efforçait de ne pas le montrer à Colomba et à son assistant inutile, Dante était au *niveau sept* : le seuil d'alerte. La faute à la journée très particulière qu'il avait vécue, mais aussi à ce qu'il désirait faire bonne impression à cette policière à l'air triste. Il avait donc besoin de toute la force de sa volonté pour affronter les six étages par l'escalier. Six étages sans fenêtres, avec des coins profonds et des plafonds bas, avec des voisins qui pouvaient débouler à tout moment, remplir l'espace déjà exigu et respirer son oxygène.

Il savait pertinemment qu'il n'y avait pas de réel danger dans l'escalier, comme il n'y en avait pas dans un bâtiment fermé ou dans une armoire, mais son côté rationnel ne pouvait pas triompher de l'animal effrayé en lui. Parfois son dos se couvrait de sueur glacée rien qu'en entendant le bruit du treuil qui tirait l'ascenseur, de l'autre côté de la cloison : il se voyait à l'intérieur en train de taper contre les murs.

Il avait choisi un imperméable et une paire de chaussures montantes adaptées aux terrains boueux et avait enfoncé ses écouteurs d'iPhone dans ses oreilles avec une musique de vagues marines. Il régla son souffle sur celles-ci, puis commença la descente après avoir claqué la porte derrière lui.

Les deux premiers étages allèrent tout seuls. Il les descendit en vitesse, en se tenant à la rampe, tandis que le bruit de la mer lui emplissait les oreilles et l'esprit. Au troisième, il commit l'erreur de lever les yeux. Il vit l'escalier au-dessus de sa tête, si près qu'il lui sembla en être écrasé. Pendant une bonne minute, il resta cloué sur place, puis il chercha du regard le dernier étage, où une lucarne laissait entrevoir un morceau de ciel. Il poursuivit sa descente, la tête figée dans cette direction, se guidant avec la rambarde. Au cinquième, il heurta quelqu'un et sentit son cœur lui sauter dans la gorge. Il jeta un rapide coup d'œil : c'était l'une de ses voisines ; elle remuait sa bouche pour lui dire quelque chose qu'il ne réussissait pas à entendre. Son premier réflexe fut de rebrousser chemin, de rentrer se cloîtrer chez lui. Mais la pensée de Colomba le poussa à avancer, une fois encore.

Mâchoires serrées, il fit un sourire à la voisine et il continua à descendre. Il ne restait plus qu'un étage quand le portable sonna, interrompant la musique. Il répondit, agrippé à la balustrade.

— Comment ça va, monsieur Torre ? lui demanda Colomba.

— Très bien, j'arrive. Combien de temps a passé ? s'informa-t-il en cherchant à parler sur un ton normal.

— Quarante minutes.

Il lui avait semblé que cinq minutes, au maximum, s'étaient écoulées. Ou cinq ans.

— J'y suis presque, dit-il et il raccrocha.

Encore un étage. Un seul étage. Dante prit une profonde inspiration comme s'il devait plonger et il dévala les dernières marches en courant. Il franchit la porte d'entrée sans même s'en apercevoir.

Il était dehors. Il sautilla de joie sur le trottoir, respirant à pleins poumons.

Colomba, appuyée contre le coffre de la voiture, le regardait, les bras croisés.

— Ça a été difficile ?

— Un peu. Mais se retrouver dehors est tellement *enivrant*... répondit Dante en sautillant encore.

Il semblait monté sur ressort.

— Vous n'avez jamais pensé à suivre une thérapie ? voulut savoir Colomba.

— Et vous ? répliqua Dante.

Colomba ne répondit pas, mais ses yeux devinrent encore plus sombres. Elle lui ouvrit la portière de la voiture.

— Je vous en prie, dit-elle, glaciale.

— Je monte devant. Et j'en ai rien à foutre si votre règlement l'interdit. Je ne mets pas la ceinture de sécurité et je garde la fenêtre ouverte même s'il pleut. D'accord ?

— Vous n'avez pas de voiture ? demanda Colomba. Peut-être que vous vous sentiriez plus à l'aise.

— Je ne m'en sers que l'été. Elle n'a pas de toit.

Le voyage fut long. La vitesse avait un effet désastreux sur les nerfs de Dante et Alberti fut obligé de s'arrêter une dizaine de fois pour que son passager puisse descendre. Chaque fois, Dante faisait quelques flexions et sautillait, avant de remonter en assurant que c'était la dernière fois. Mais, après quelques minutes, il recommençait à devenir pâle et nerveux.

Ils arrivèrent enfin au centre hippique. Comme la base opérationnelle avait été démantelée, les files de véhicules qui encombraient la route avaient également disparu, et deux ou trois chevaux de trot s'entraînaient sur la piste. Dans ce climat de paix irréel, Alberti réussit à obtenir un autre Defender à disposition des enquêteurs et ils poursuivirent jusqu'à la scène de crime.

Requinqué par l'excursion, Dante voulut parcourir tout seul la Via Sacra. Alberti resta surveiller la voiture et Colomba suivit Dante à distance. Débordant d'énergie, il semblait fasciné par tout ce qu'il rencontrait. Il soulevait des feuilles et des cailloux, il sortait souvent du sentier pour regarder en contrebas. Tandis qu'ils marchaient, Colomba téléphona à Rovere pour lui donner des nouvelles.

— Je t'avais avertie que cela ne serait pas facile, lui rappela-t-il.

— Vous n'aviez pas précisé qu'il était complètement déséquilibré. Vous devriez voir sa maison.

— Et ce qu'il dit aussi est bordélique ?

Colomba ne répondit pas. Elle ne s'était pas encore fait une idée très précise.

— Quoi de neuf sur l'enfant ?

— Rien. Des parents et des amis ont été entendus sans résultat. Mais les premiers contrôles de laboratoire corroborent l'hypothèse de De Angelis. Le sang dans le coffre est celui de l'enfant, et la serpe vient sûrement de chez les Maugeri. Le père l'a achetée le mois dernier pour tailler un arbre dans le jardin, mais il dit qu'il ne s'en est jamais servi.

— Il ne manque que les aveux.

— Ceux-là, on ne les a pas, mais l'arrestation a été validée.

— C'est bien le moins ! Commissaire, nous perdons notre temps. Tout est contre Maugeri. Vous allez devoir trouver autre chose pour vous débarrasser de… (Colomba s'interrompit avant de lâcher Santini. On ne sait jamais qui peut vous écouter, légalement ou non.) … de vous savez qui.

— Torre, il en dit quoi ?

— Il pense déjà à un complot.

— Tu vois ?

Dante était arrivé jusqu'au belvédère. Il regarda en bas un instant et chancela ; s'il ne s'était pas agrippé à la balustrade, il tombait la tête la première.

Colomba raccrocha en vitesse et courut vers lui.

— Vous êtes sujet au vertige ?

Dante sourit, en restant accroupi contre la balustrade.

— Ça se voit tant que ça ?

— C'était juste une hypothèse.

— Ça va passer. (Il respira quelques secondes avant de se relever.) Je ne pensais pas que c'était si haut, ça m'a surpris. Qu'a dit votre chef ?

— Que l'arme a été achetée par le mari.

— Il y avait ses empreintes dessus ?

— Non.

Dante s'agrippa à la rampe et se releva.

— Alors peut-être que notre assassin est allé la chercher chez lui.

— Un peu téméraire, vous ne trouvez pas ?

Dante haussa les épaules.

— Je vous l'ai dit. (Il regarda timidement par-delà le bord du rocher.) Il n'est pas très sensible à la peur. Où étaient les chaussures ?

Colomba indiqua l'endroit. Maintenant il y avait, dans le buisson, une étiquette portant un numéro.

Dante regarda sans lâcher la balustrade.

— Toute une mise en scène. (Puis il se retourna brusquement et poursuivit le long du sentier.) Allons-y tant qu'il y a de la lumière.

Colomba le suivit ; elle peinait à ne pas se faire distancer. Dante gambadait au milieu des pierres.

— Et pourquoi un assassin, aussi impitoyable que lucide, s'en prendrait aux Maugeri ? lui cria-t-elle.

— Ah, ça, je ne le sais pas encore.

Dante s'arrêta net devant les barrières qui entouraient le lieu de la découverte. Deux voitures de patrouille contrôlaient l'accès et un agent jeta sa cigarette tandis qu'il venait à leur rencontre. Colomba sortit sa carte pendant que Dante, impatient, s'avançait dans la clairière.

L'agent la salua et Colomba se rappela l'avoir croisé quelques années plus tôt.

— Qui est-ce ? Voldemort ? lui demanda-t-il en désignant Dante qui déambulait au milieu des rochers, en cercle, attentif à ne pas piétiner les marques laissées par les techniciens, faisant voleter les pans de son imperméable de cuir noir.

— Un conseiller, lui répondit-elle vaguement.

— Tant mieux. J'avais peur que ce ne soit un collègue.

Colomba rejoignit Dante, alors qu'il grimpait sur un arbre.

— Un retour à l'enfance ? lui demanda-t-elle. (Elle se mordit aussitôt la langue.) Excusez-moi.

— Mais pourquoi ? J'ai eu aussi des moments heureux quand j'étais enfant. Quand il considérait que je l'avais mérité, le Père me donnait des plats chauds, par exemple.

— Le *Père* ?

— Il voulait que je l'appelle comme ça. Et vu que vous n'avez jamais compris qui c'était…

Il grimpa à la force des bras sur une branche à deux mètres de haut, puis il s'y accroupit. On aurait dit un gros corbeau noir en train d'attendre sa proie.

— Vous voyez quelque chose d'intéressant de là-haut ? l'interrogea Colomba.

— Un Stonehenge en réduction. Impossible de trouver un meilleur endroit pour un crime rituel.

— Ou pour une mise en scène, ajouta Colomba.

— Vous m'avez ôté les mots de la bouche. Selon vous, l'assassin, les chaussures, il les a accrochées avant ou après avoir tué la mère ?

— Avant, ça me semble difficile, rétorqua Colomba. Elle se serait aperçue qu'un truc n'allait pas.

— Vous tuez quelqu'un et ensuite vous décorez les alentours ? Le sang-froid, je veux bien, mais là c'est trop.

— S'il s'agissait de votre tueur à la main ferme, peut-être que cela fait partie de la mise en scène. Ou bien l'enfant les a perdues en route et quelqu'un les a accrochées pour que leur propriétaire les retrouve.

— Que disent les empreintes ?

— Trop de pluie, trop de boue et trop de gens qui sont passés avant de comprendre. Même s'il y avait les empreintes de l'assassin ou de l'enfant qui s'éloignaient, elles ne seraient plus reconnaissables.

— Donc nous ne savons pas de quel côté il est parti. Si c'est Maugeri, il est revenu vers le lieu du pique-nique et il a commencé à faire semblant de chercher sa femme et son fils.

— Lui, on l'a déjà écarté, non ? dit Colomba.

— Vous l'avez écarté. Pas moi. Pour le moment, je suis seulement perplexe. (Dante réfléchit quelques secondes.) Je ne crois pas que l'assassin soit parti dans la direction que nous avons prise, nous, en venant. C'est une route trop fréquentée et il ne voulait sûrement pas prendre le risque de se faire voir.

— Donc il a accroché les chaussures et il est revenu sur ses pas ?

Dante hocha la tête.

— Peut-être. Ce qui rend son geste encore plus significatif, mais je ne sais pas pourquoi. (Il regarda autour de lui, puis il montra le sentier qui continuait. Il sauta à terre agilement.) Allons-y.

Et il se mit en route sans attendre de réponse.

Colomba le suivit, n'en revenant toujours pas de son énergie. Dans son appartement, il paraissait incapable de faire deux pas sans quelqu'un pour le soutenir.

Ils poursuivirent le long du sentier, croisant un couple de ramasseurs de champignons, des paniers d'osier au bras. Dante les salua d'un signe.

— Vous avez trouvé quelque chose de bon ?

— Pas grand-chose, répondit l'un des deux.

— Les gens qui cherchent des champignons sortent toujours après la pluie, et hier il a plu, fit-il remarquer lorsque les promeneurs furent assez loin. Peut-être que quelqu'un a croisé l'assassin.

— Personne ne s'est présenté pour témoigner.

— Parce qu'on ne l'a pas remarqué. Et je doute que vos collègues se soient donné beaucoup de mal pour chercher des témoignages.

— Pas après l'arrestation de Maugeri, admit Colomba. Mais maintenant tout le monde est au courant de la disparition de l'enfant, sa photo est partout. Si un passant l'avait vu se promener avec quelqu'un, il nous l'aurait signalé.

— Je ne crois pas qu'il se promenait. (Dante montra un randonneur, un peu en dessous d'eux. Il avait dans les bras un enfant à moitié endormi, accroché à son cou.) Celui-là, vous voyez son visage ?

— Non, répondit Colomba.

— À six ans, il est un peu grand pour être dans des bras, mais personne n'y prête attention.

— Si l'on admet que ce mystérieux ravisseur existe.

— Peut-être que l'enfant s'est envolé sur un mini-poney ailé.

Dante accéléra le pas après avoir dépassé les arbres, forçant Colomba à faire quelques pas de course pour le rejoindre. Elle sentit une légère douleur au niveau de son tendon recousu, déjà mis à l'épreuve lorsqu'elle avait poursuivi l'homme au blouson.

Ils débouchèrent sur une esplanade, avec, au centre, une petite chapelle bleue dédiée à la Vierge, entourée d'énormes rochers.

— Si votre hypothèse est juste, le ravisseur aurait dû se garer pas trop loin d'ici, dit Colomba.

— Et s'il s'était éloigné avant qu'il ne fasse noir, il pourrait n'avoir rencontré personne. Les randonneurs rentrent au coucher du soleil, d'habitude.

Elle s'aperçut que Dante ne l'écoutait pas. Il fixait un objet métallique qui pendait à mi-hauteur sur un poteau, en dessous du panneau. Colomba s'approcha pour mieux voir.

C'était un sifflet en métal, cylindrique et mat, attaché à une corde de chanvre effilochée. Elle tendit la main pour l'attraper, mais Dante lui saisit le poignet. L'étreinte était glacée et forte, presque douloureuse.

— Ne le touchez pas, ordonna-t-il.

Colomba se libéra d'un mouvement brusque.

— Et vous, ne me touchez pas, s'il vous plaît.

Elle s'aperçut que Dante était livide.

— Qu'est-ce qu'il y a ? demanda-t-elle, inquiète.

Dante répondit après quelques tentatives infructueuses, la voix réduite à un murmure.

— Quand il m'a enlevé… Quand le Père m'a enlevé, j'avais avec moi un objet que j'avais trouvé dans le pré où je jouais. C'était un sifflet de scout. (Il posa les yeux sur elle. Mais il ne la voyait pas. Il contemplait une terreur ancienne, immense.) Celui-ci, dit-il en le montrant du doigt.

6

Dante était assis au bord de la chaussée, les bras serrés autour de ses jambes. Il n'avait rien dit, il n'avait pas fait un geste.

Colomba ne se sentait pas le courage de s'éloigner en le laissant là, tout seul, mais elle devait appeler Rovere et elle ne voulait pas qu'il l'entende.

— Comment vous sentez-vous, monsieur Torre ? lui demanda-t-elle.

Dante demeura immobile et silencieux, le regard perdu au loin.

— Monsieur Torre, il faut que je vous laisse pendant quelques minutes. Mais je ne peux pas le faire tant que vous ne m'avez pas assurée que vous allez bien.

Toujours aucune réaction.

— Dante…

En entendant son nom, il se reprit.

— Je ne vais pas mourir, dit-il d'une voix atone. Faites ce que vous avez à faire.

Colomba s'éloigna de quelques pas et appela de nouveau Rovere.

— Dante n'est pas bien, dit-elle. Ce n'est pas qu'il ait été beaucoup mieux *avant*...

— Qu'est-ce qui s'est passé ?

— Il a vu un sifflet accroché à un poteau et il a commencé à dire que c'était le ravisseur du fils Maugeri qui l'avait mis là, et que ce ravisseur serait celui qui l'avait enlevé, lui. Parce qu'il est persuadé que son *vrai* ravisseur n'a pas été arrêté.

— Et pourquoi aurait-il laissé ce sifflet ?

Au ton de sa voix, on aurait dit que Rovere réfléchissait à la question ; Colomba s'en étonna.

— Je n'en ai aucune idée, et d'après moi, Torre non plus. Écoutez, je vais le ramener chez lui.

— Et tu as l'intention d'ignorer ce qu'il t'a dit ?

— Expliquez-vous. D'après vous, qu'est-ce que je devrais faire ?

— Communiquer cette information à celui qui est en charge de l'enquête.

Colomba crut qu'elle avait mal compris.

— Commissaire Rovere... Torre est en plein délire ! Nous l'avons mis face à une affaire qui ressemble à celle qui a été la sienne et il a déraillé.

— Le sifflet peut constituer une preuve en cas d'enlèvement et d'homicide, répondit Rovere avec entêtement.

— Et maintenant c'est vous qui délirez. (L'envie de se payer Santini était-elle assez forte pour faire disjoncter Rovere ?) Si je vais raconter un truc de ce genre à De Angelis, il va me rire au nez.

— C'est lui qui en assumera la responsabilité, pas nous.

— Je me retire de cette affaire, commissaire, dit Colomba d'une voix glaciale.

— Ce soir. Pour le moment, attends que quelqu'un arrive. C'est moi qui irai parler à De Angelis, répondit Rovere, avant de raccrocher sans lui dire au revoir.

Va te faire foutre, pensa Colomba. Mais elle garda un goût amer dans la bouche.

Santini fut le premier à arriver, une heure après. Entre-temps, Dante avait prononcé peut-être quatre ou cinq mots, et il avait refusé de rentrer chez lui. La voiture du commissaire adjoint du SIC était suivie par un break portant sur ses portières le logo de l'UACV. Les deux techniciens à bord, Colomba les avait déjà vus la veille.

— Et nous revoilà ! s'exclama le plus âgé des deux en descendant. Je commence à ne plus pouvoir sentir cet endroit.

Santini se dirigea immédiatement vers eux.

— Qui a eu l'idée de cette connerie ? demanda-t-il.

Colomba cacha son embarras en gardant un visage impassible.

— Devine tout seul, génie.

— Tu me le paieras.

Elle montra du pouce derrière elle.

— Le poteau, c'est celui-là. Pourquoi tu te le mets pas dans le cul ?

Santini fit signe aux techniciens.

— Allez, bougez-vous.

Les deux techniciens, qui n'avaient pas mis les combinaisons blanches des grands jours, photographièrent le sifflet, puis le glissèrent dans un sachet stérile. Santini ne lâchait pas Colomba.

— Tu as peur que j'en accroche un autre ? lui répliqua-t-elle.

— Tu sais très bien que tu auras déjà beaucoup de chance si on t'envoie tamponner les passeports quand tu reviendras, non ?

— Tu devrais m'apprendre à lécher les bottes des gens qui comptent. Comment ça va avec De Angelis ? Tu lui portes son café au lit ?

Santini lui lança un regard haineux.

— Fais attention à ce que tu dis.

Colomba retourna s'asseoir à côté de Dante tandis que les techniciens recouvraient le poteau de poudre pour faire ressortir les empreintes : il y en avait tout un fouillis.

— Il est revenu, murmura Dante. Après toutes ces années.

— On verra bien ce qu'ils disent au laboratoire, répondit-elle, diplomatiquement.

— J'ai toujours su qu'il était encore là, quelque part.

L'ombre de Santini s'étendit sur eux.

— Les techniciens ont fini, Caselli. Dis à ton copain qu'il doit venir avec nous pour bavarder un peu avec le procureur.

— Non, répondit Dante. Et vous pouvez vous adresser à moi, je ne suis ni sourd ni débile.

— Je sais qui vous êtes, Torre, rétorqua Santini. J'ai des collègues qui ont eu affaire à vos « consultations ». Et aucun d'entre eux ne vous a apprécié.

— Peut-être parce qu'ils ne savent pas faire leur métier.

Santini se pencha vers lui.

— Vous pouvez répéter ?

Colomba se leva et se campa devant lui.

— Arrête de faire ton caïd.

— Dégage.

— Tu ne vois pas qu'il est pas bien.

— J'en ai rien à foutre.

— Vraiment ? (Colomba fit un pas en avant et Santini fut obligé de reculer.) Il a été victime d'un enlèvement qui lui a causé un grave traumatisme, il souffre de claustrophobie et il est sous traitement médical. Si tu l'emmènes contre sa volonté, tu seras accusé de violence privée et d'abus de pouvoir.

— C'est toi qui nous l'as mis dans les pattes, Caselli ! dit Santini, exaspéré.

Colomba sentit la culpabilité l'assaillir.

— C'est vrai. Mais à partir de maintenant, c'est toi qui es responsable.

Santini fit un effort pour paraître maître de lui.

— Le procureur veut l'entendre. Qu'est-ce que je dois lui dire, d'aller le voir chez lui ?

— Et pourquoi pas ?

— Parce que ce n'est pas comme ça que *ça marche*.

L'un des deux techniciens posa la main sur l'épaule du commissaire adjoint du SIC.

— À un kilomètre d'ici, il y a un Autogrill avec un restaurant tout en baies vitrées. Qu'est-ce que vous en dites, ça peut vous convenir, monsieur Torre ?

Colomba se pencha vers Dante.

— Si vous refusez, je vous ramène immédiatement chez vous.

— Il faut que j'y aille.

— Non, vous n'êtes pas obligé.

— Laissez-moi décider, madame le commissaire, s'il vous plaît.

— Alors ? insista Santini. Ça vous va, ce putain d'Autogrill ?

— D'accord, répondit Dante.

Pendant que Santini se mettait d'accord avec De Angelis par téléphone, le technicien plus âgé lui sourit.

— Il parle comme ça mais il n'est pas méchant, dit-il. C'est juste une merde.

— Vous vous connaissez ? demanda Colomba.

Dante secoua la tête et parut se désintéresser de la conversation.

— On ne s'est jamais rencontrés, mais je sais qui il est, expliqua le technicien à Colomba. Tu te souviens du cas de la maternelle de Putignano ?

— Évidemment.

Cela s'était passé juste après le Désastre et cette histoire avait réussi à percer la carapace qu'elle s'était construite pour se protéger. Même si elle se sentait mal, *indéniablement* mal, il lui avait paru impossible que quelqu'un puisse y croire. Tout le corps enseignant d'une école maternelle accusé d'abuser des élèves, et ce, d'une manière abracadabrante. Sans autre preuve que la parole de certains parents. Et pourtant, un très grand nombre de gens y avaient cru.

— Il a quelque chose à voir là-dedans ? interrogea-t-elle.

— D'après la légende, oui.

— La légende ?

— À vrai dire, aucun d'entre nous ne l'a jamais vu, mais on disait qu'il faisait un travail de consultant pour les avocats des accusés. Il y avait plein de bruits qui couraient sur lui… et, à vue de nez, ils étaient tous vrais. (Il sourit.) Il a niqué la partie civile en beauté.

— Ça n'a servi à rien, intervint Dante d'une voix spectrale.

— Il y a eu un non-lieu, objecta Colomba.

— Ils ont dû changer de ville. Tous, poursuivit Dante. Les parents sont toujours persuadés d'avoir raison. Et les enfants ne sont plus capables de distinguer la réalité des élucubrations pathologiques qu'on leur a assenées. Ils grandiront de travers, ils auront plein d'ennuis.

Le technicien acquiesça.

— C'est vrai.

Santini finissait sa conversation.

— M. De Angelis nous rejoindra à l'Autogrill dans une heure. (Puis il ajouta :) C'est quand même une perte de temps colossale.

Une voiture s'était entre-temps garée sur l'esplanade. Quand les deux agents en descendirent, Santini montra le poteau.

— Surveillez que personne ne s'en approche ou ne le touche, OK ? Et si on vous demande pourquoi, dites que c'est un ordre de la police de la route.

— De la police de la route ? demanda l'un des deux, perplexe.

— Qu'est-ce qu'il y a ? Tu es sourd ? rugit Santini.

L'agent sursauta.

— Non, monsieur.

— C'est toi qui amènes ton copain, pas vrai ? dit Santini à Colomba en montant dans sa voiture. Comme ça, tu ne pourras pas nous accuser de l'avoir maltraité au cours du voyage.

— Conduis prudemment, lui recommanda-t-elle.

7

L'entrée de l'Autogrill était déjà surveillée lorsque Colomba et Dante arrivèrent avec Alberti, toujours plus geignard à cause de son nez gonflé. Les clients pouvaient entrer et sortir, mais l'accès à la zone du restaurant, une vaste salle vitrée, avait été défendu. Pendant le voyage, le sentiment de culpabilité de Colomba s'était amplifié de façon démesurée. Dante allait se ridiculiser face à des hyènes comme De Angelis et ses copains. Et tout ça parce qu'elle n'avait pas été capable de dire non à son futur ex-chef. Quand elle entendit Dante téléphoner à son avocat, elle se sentit un peu soulagée : c'était peut-être l'échappatoire qu'elle cherchait.

Dante regarda l'entrée de l'Autogrill comme un condamné face à la corde. Son thermomètre interne était dangereusement près de dix et les deux cachets de Xanax qu'il avait pris dans la voiture lui donnaient seulement des vertiges et la nausée. Les images du passé se bousculaient dans sa tête. Le Père, sa prison, la lumière qui filtrait de la fissure dans le ciment. La glace qui se formait sur le vasistas en haut. La puanteur de ses excréments. Une des phrases que le

Père répétait très souvent résonnait dans son cerveau : « Jamais, dans aucun autre lieu, tu ne seras en sécurité comme ici. » Alors Dante y avait cru. Parfois il y croyait encore.

— C'est presque fini, pour aujourd'hui, dit Colomba. Ça vaut ce que ça vaut, mais je suis vraiment désolée de vous avoir impliqué dans cette affaire. Vraiment.

— Ce n'est pas vous qui m'avez impliqué. C'est lui.

— Le Père ?

— Oui.

Nous voilà bien, pensa Colomba.

Un homme grand et maigre en veston de tweed les rejoignit à grandes enjambées à l'entrée de l'Autogrill. Il ressemblait vaguement à Jeremy Irons, quelques années plus tôt, avec les cheveux plus courts et la peau bronzée. Colomba comprit rapidement qu'il s'agissait de Minutillo. L'avocat mit les mains sur les épaules de son client.

— Comment tu vas ?

Dante ignora la question.

— C'est le Père, Roberto, dit-il.

L'avocat secoua la tête, préoccupé.

— Tu en es sûr ?

— Oui, répondit Dante.

— Alors, tu dois le faire. (Il tendit la main à Colomba.) Roberto Minutillo. Si mon client a des problèmes à cause de cette histoire, je vous considérerai comme responsable.

— Je peux vous parler deux secondes en privé ?

Minutillo regarda Dante.

— Vas-y, dit celui-ci.

Ils s'éloignèrent de quelques pas.

— Emmenez-le loin d'ici, dit aussitôt Colomba.

— Je ne peux pas l'y obliger.

— Mais vous avez entendu ce qu'il a dit ? Il pense que son ravisseur est revenu.

— J'ai appris à respecter ses convictions, même lorsqu'elles semblent farfelues.

— Celle-ci est plus que farfelue. C'est de la folie.

Minutillo leva un sourcil.

— Vraiment ?

— Torre a été enlevé il y a trente-cinq ans. Qu'il ait retrouvé la trace de son ravisseur grâce un vieux jouet dont il aurait gardé un hypothétique souvenir est tout simplement impossible !

Minutillo l'examina quelques instants et les ridules au coin de ses yeux se détendirent légèrement.

— Merci de votre intérêt. C'est vraiment très appréciable. Mais maintenant nous devons rentrer.

Et, sans attendre de réponse, l'avocat revint vers son client qu'il prit familièrement sous le bras. Colomba soupira : « D'accord. » D'une manière ou d'une autre, l'affaire serait vite réglée.

L'aire d'autoroute était surveillée et Colomba dut sortir sa carte pour y accéder et retrouver les autres. Dante prit soin de tourner les yeux vers l'extérieur jusqu'au moment de rejoindre De Angelis et Santini, assis à l'une des tables près de la baie vitrée. Avec eux, il y avait un troisième homme, un ordinateur portable posé devant lui, que Colomba ne connaissait pas. Colomba fit les présentations, Santini fit comme si elle n'existait pas et De Angelis lui jeta un regard soupçonneux, mais tous serrèrent la main à l'avocat. De l'autre côté de la salle, près du comptoir, se tenaient deux inspecteurs du SIC que Colomba avait remarqués la veille sur le lieu du crime. Ils chuchotaient entre eux, en ricanant. Ils s'interrompirent lorsqu'ils s'aperçurent qu'elle les fixait. De Angelis se tourna vers Minutillo.

— La présence d'un avocat n'était pas nécessaire.

— Nous avons préféré procéder ainsi. Si vous y voyez un inconvénient, cependant, monsieur De Angelis, nous ne voulons pas vous faire perdre votre temps. Nous pouvons organiser une rencontre plus adéquate à un autre moment.

De Angelis secoua la tête.

— Mais pas du tout, maître. Asseyez-vous, je vous en prie. D'ailleurs, asseyez-vous tous.

Il présenta l'homme avec l'ordinateur comme l'inspecteur chargé de rédiger le procès-verbal. Celui-ci recopia les informations des papiers d'identité de chacun, ensuite il enclencha un enregistrement numérique. De Angelis donna la date, l'heure et le nom des personnes présentes, puis il fit glisser une feuille imprimée en couleurs sous les yeux de Dante. C'était la photo d'un sifflet, portant le tampon de l'UACV. Colomba pensa qu'ils avaient fait vite.

— Je montre à M. Torre une image du sifflet retrouvé près d'un parking à environ cinq cents mètres du lieu de l'homicide de Mme Balestri, précisa-t-il pour les besoins de l'enregistrement. Confirmez-vous qu'il s'agit du même objet que celui que vous avez retrouvé aujourd'hui et qui a été mis au registre au titre d'indice par mes services ?

— Il semble que ce soit le même.

— Vous avez déclaré à Mme Caselli ici présente que ce sifflet a un rapport avec le meurtre de

Mme Balestri et avec l'enlèvement du petit Luca Maugeri. Est-ce exact ?

— Il n'a pas dit exactement cela, intervint Colomba.

De Angelis leva une main.

— Madame, contentez-vous de répondre seulement quand et si on vous pose des questions. Soyez assez aimable pour cela.

Aimable mon cul, pensa Colomba mais elle répondit :

— Excusez-moi.

Dante lui adressa une moue de sympathie.

— Les mots que j'ai prononcés ne sont pas exactement ceux-là, le commissaire Caselli a raison. Et je ne crois pas avoir été très cohérent pendant un certain temps. Ce que je voulais exprimer était que ce sifflet est identique à celui que je possédais lorsque j'ai été enlevé. Sifflet qui m'a été ensuite retiré par mon ravisseur. Le retrouver à quelques pas de l'endroit où a disparu un enfant du même âge que celui que j'avais au moment de mon enlèvement me laisse penser qu'il ne s'agit pas d'une coïncidence.

— Vous pouvez vous expliquer plus clairement ?

— Je crois que c'est mon ravisseur qui l'a laissé là. Donc j'imagine que c'est mon sifflet, resté en sa possession.

De Angelis et Santini échangèrent un coup d'œil.

— L'homme qui vous a enlevé est mort, monsieur Torre, dit De Angelis en détachant ses mots, comme on le fait avec un idiot. Il s'appelait Bodini et il s'est tiré une balle dans la tête, dans sa ferme, avant que n'arrivent les forces de l'ordre.

— Ce n'était pas lui. Bodini était seulement un imbécile fort utile, devenu bouc émissaire.

De Angelis se tapota la pointe du nez avec un stylo.

— Oui. Je sais que ça a toujours été votre version… Le sifflet était-il dans la liste des choses qui vous appartenaient, rédigée par vos parents ?

— Non.

— Et vous en avez parlé aux autorités après votre libération ?

— Non. Mais je ne l'ai pas inventé aujourd'hui, si c'est ce que vous insinuez.

De Angelis le regarda d'un air réprobateur.

— Monsieur Torre, ce n'est pas mon travail que d'insinuer. Je pose des questions et, vous, vous êtes un témoin ayant l'obligation de me répondre, même dans ce cadre… informel.

— Il y a déjà un rapport de la police scientifique ? demanda Minutillo.

— Vu les délais, seulement un rapport préliminaire, répondit Santini, dont on m'a communiqué les résultats par téléphone. Il n'y a ni empreintes ni résidus organiques. Difficile de dire en fonction du degré d'oxydation pendant combien de temps il est resté exposé puisqu'on ne sait pas dans quel état il était auparavant. Pas très longtemps, de toute façon. Il est assez bien conservé.

— L'année de fabrication est compatible avec le récit de mon client ? demanda encore Minutillo.

— Seulement en principe. Ce modèle a été produit en Italie entre 1960 et 1977 ; il peut dater de n'importe laquelle de ces années.

De Angelis sourit à Dante, mais il n'y avait pas la moindre sympathie dans ce sourire.

— Monsieur Torre, mettons que ce sifflet soit identique au vôtre. (Il leva une main comme pour anticiper une possible objection.) Mais prenez en compte le calcul des probabilités. Combien y a-t-il de chances que ce sifflet soit effectivement le vôtre, mis là par une mystérieuse main, et non pas celui perdu par un promeneur ou par un enfant, peut-être, à qui l'un de ses parents l'avait offert ? Et pour qu'ensuite quelqu'un l'ait accroché là comme pour une bonne action, afin qu'il soit retrouvé, comme on le fait avec des gants ou des clés ?

— Je n'ai pas besoin de faire de calcul de probabilités. Je le sais avec certitude, affirma Dante.

— Mais pas nous. Il n'y a aucun élément, malheureusement, qui corrobore votre version.

— Vous vous trompez, objecta Dante.

Le sourire de De Angelis se fit glacial.

— Dites-moi. En quoi est-ce que je me trompe ?

— Il n'y a pas d'empreintes. Le gamin qui l'aurait perdu ne l'aurait donc jamais touché, d'après vous ?

— Peut-être que celui qui l'a ramassé l'a nettoyé de la boue qui le salissait.

— En effaçant toute trace ? Et même en effaçant tout résidu organique, de salive par exemple ? Ou bien pensez-vous que personne n'a jamais soufflé dedans ? Vous savez, c'est ce qu'on fait avec les sifflets…

Colomba éprouva un mouvement d'admiration pour Dante. Il ne se couvrait pas de ridicule comme elle l'avait craint.

— La pluie l'a lavé, monsieur Torre, répliqua De Angelis.

Santini se pencha en avant, posant un coude sur la table.

— À moins que celui qui l'a mis là ne veuille pas qu'on découvre qui il est, dit-il. Parce qu'il savait que nous ferions immédiatement un contrôle ADN.

— Vous accusez mon client ? demanda Minutillo.

Si le sourire de De Angelis était de glace, son regard était brûlant.

— On discute seulement, dit-il.

— Excusez-moi, monsieur le procureur. (Santini regarda Colomba.) Tu peux nous certifier que tu ne l'as jamais perdu de vue, même une seconde, lorsque vous êtes descendus ?

— Je n'ai pas la moindre putain de chose à te dire, à toi.

— Vous avez raison, monsieur De Angelis, intervint encore Minutillo. Et si la déposition de mon client doit se poursuivre dans ce climat, nous allons vite nous retirer.

— D'accord, d'accord, calmons-nous tous, dit De Angelis. Mais je suis tenu de poser la même question à madame ici présente.

— Qui fait une déposition ? Mon client ou madame ? demanda Minutillo.

— Votre client. Mais je voudrais gagner du temps, si vous en êtes d'accord.

— Non.

— Excusez-moi, maître, intervint Colomba, mais faisons vite. Je l'exclus.

— Vous êtes satisfait maintenant ? persifla Dante. Ou vous pensez que madame ment aussi ?

— Monsieur Torre, comprenez bien que n'importe quelle personne qui penserait à mal trouverait la coïncidence suspecte.

— Il n'y a aucune coïncidence, répliqua Dante. C'est *lui* qui l'a mis là, exprès.

— Votre ravisseur.

— Oui.

— Et pour quelle raison l'aurait-il fait ? Pour envoyer un message ? lancer un défi ? apposer une signature ?

Dante hésita et Colomba eut la nette impression qu'il ne disait pas tout.

— Je ne sais pas ce qu'il avait en tête. Je ne le savais pas il y a trente ans et je ne le sais toujours pas aujourd'hui.

— Et il ne pouvait pas passer inaperçu, votre sifflet ? rester là jusqu'à rouiller complètement ? finir dans une poubelle ?

— Je ne suis pas la personne la mieux placée pour juger de ses intentions. Je suis… influencé, dirais-je, par le fait qu'il m'a appris à le considérer comme un dieu, tant qu'il me retenait prisonnier. Et il est difficile de comprendre l'esprit d'un dieu.

Un autre échange de regards entre De Angelis et Santini.

— Très bien, monsieur Torre… Je vous remercie. J'ai fini, dit De Angelis.

Jusqu'à présent, Dante avait parlé à voix basse, sans bouger ou presque. D'un seul coup, il bondit en avant, et De Angelis eut un mouvement de recul en s'appuyant au dossier de la chaise.

— Vous savez ce qui l'attend maintenant, cet enfant ? dit Dante. Des années de captivité, si ce n'est toute la vie. Des violences psychologiques, des violences physiques. Et le risque d'être tué, s'il n'apprend pas ou s'il désobéit.

De Angelis l'observa.

— C'est ce qui vous est arrivé, n'est-ce pas ? suggéra-t-il.

— Oui. C'est ce qui m'est arrivé à moi.

— Vous comprenez alors pourquoi cela fait de vous un témoin facilement influençable par les événements, n'est-ce pas ?

— C'est votre façon de dire « peu fiable » ?

— Je suis désolé.

Dante acquiesça lentement.

— Il fallait que j'essaye. Je peux m'en aller ?

— Oui, nous avons terminé, indiqua De Angelis. Il vous sera demandé de signer le procès-verbal lorsque votre déposition aura été transcrite.

— Vous nous en informerez et nous nous présenterons, dit Minutillo en se levant.

Dante l'imita.

Colomba se leva à son tour.

— Auriez-vous l'obligeance d'attendre une minute, madame ? l'interpella De Angelis.

— Comme vous voulez.

Minutillo et Dante sortirent. De Angelis se lissa le menton, puis il engloba dans un même regard Santini et l'inspecteur.

— J'ai besoin d'échanger deux mots en privé avec madame.

L'inspecteur ferma l'ordinateur et partit. Santini tendit la main à De Angelis.

— Alors je fais un saut au commissariat et ensuite je rentre, si tu n'as rien d'autre pour moi.

— Non, non, vas-y. Je t'appelle demain.

Santini marcha vers la sortie, l'inspecteur se dirigea vers une fenêtre ouverte et alluma une cigarette.

— Vous savez déjà ce que je veux vous demander, n'est-ce pas ? dit De Angelis à Colomba dès qu'ils furent seuls.

— Non. Aidez-moi.

— Si vous voulez compliquer les choses… Que faisiez-vous sur le lieu d'une enquête dans laquelle vous n'êtes pas impliquée ?

— Je voulais que M. Torre voie le site, répondit-elle, impassible.

— Pour quelle raison ?

— C'est un conseiller expert en disparitions de personnes.

— C'est quelqu'un de psychologiquement fragile, payé par des cabinets d'avocats pour grenouiller et ramasser de l'oseille.

— C'est votre avis. Pas le mien.

— Maugeri est un client de Torre ? sa femme ?

— Non.

De Angelis joignit le bout des doigts.

— Si c'était le cas, vous pourriez ne pas le savoir. Et cette histoire de sifflet pourrait être la première pierre de la théorie de la défense.

— C'est moi qui suis allée le chercher. Torre ne travaille pour personne en ce moment.

— À quel titre, puisque vous n'êtes pas en service ?

— En tant que citoyenne. Je suis entrée en contact fortuitement avec l'enquête, j'ai cherché à apporter une contribution…

De Angelis s'assit et se laissa aller contre le dossier, en la fixant dans les yeux. Colomba soutint son regard.

— Vous n'êtes pas sous serment, mais je veux entendre la vérité, eu égard à la fonction qui est la mienne. Et vous mentez. C'est Rovere qui vous a envoyée. Il n'a pas apprécié qu'on se passe de lui, ce qui prouve encore une fois que j'ai bien fait de ne pas l'impliquer.

Il aurait été juste de mettre Rovere en cause, après ce qu'il l'avait forcée à faire, mais Colomba n'était pas du genre à retourner sa veste.

— Absolument pas, répondit-elle. Il ne sait rien de mon initiative.

— Je ne vous crois pas, madame. Vous êtes intimes, tous les deux, n'est-ce pas ?

— Qu'entendez-vous par « intimes » ?

De Angelis écarta les bras.

— Rien de mal ! Je veux dire qu'il a été votre supérieur pendant plusieurs années. Et qu'il a été très proche de vous pendant votre convalescence. Et qu'il a fait beaucoup pour vous, qu'il ne vous a pas reniée quand beaucoup l'auraient fait, après ce qui vous est arrivé.

Colomba enfonça ses ongles dans les paumes de ses mains.

— Il est nécessaire d'en parler ?

— Seulement pour vous expliquer pourquoi je ne vous crois pas. Vous n'agiriez jamais derrière le dos de Rovere. Derrière le mien et celui de Santini certainement. Et vous ne trahiriez pas sa confiance, en me le révélant.

— Si vous le savez déjà, à quoi rime cet interrogatoire ?

— Je voulais vous donner une chance. Il est bien dommage que vous ne l'ayez pas saisie.

— Je peux partir ?

De Angelis baissa les yeux vers les papiers qu'il avait devant lui.

— Bonne soirée, madame.

Dehors, pendant ce temps, sous prétexte de fumer une cigarette, Dante attendait Colomba pour la saluer, après avoir envoyé stratégiquement Minutillo passer un coup de téléphone dans le parking. Cette soirée finie, il ne reverrait plus la policière aux yeux verts et en était désolé. En partie parce que c'était une belle femme, peu conventionnelle – et des belles femmes, il n'en fréquentait pas depuis trop longtemps –, en partie parce qu'il allait se trouver encore plus seul face à ses fantômes. À ce moment-là, Santini sortit des toilettes en s'essuyant les mains sur les jambes de son pantalon. Il vit Dante tout seul et son expression devint tout à coup avide. Il franchit en courant les quelques mètres qui les séparaient et attrapa Dante par le bras.

— Putain, qu'est-ce que vous faites ? dit Dante en laissant tomber son paquet de cigarettes.

Santini lui couvrit la bouche de sa main et le poussa dans l'un des toilettes. Il était exigu et sans fenêtre. Ça puait la merde.

Santini ferma la porte derrière lui. Il faisait noir. Dante voyait seulement la silhouette de l'autre se détachant sur le gris du mur et ses yeux qui semblaient briller. L'obscurité lui pesa sur la conscience, commença à l'oppresser. Santini retira la main de sa bouche, mais Dante ne hurla pas. Sa voix ne sortait pas. Les murs l'enveloppaient et ses jambes se dérobèrent. Il serait tombé si Santini ne l'avait pas soutenu par le col de son blouson.

— Tu as peur de rester dans un endroit fermé, pas vrai ? Tu as peur aussi du noir, peut-être. Tu dors avec une veilleuse sur ta table de nuit ? en forme de petit canard ?

Dante ne répondit pas, il se concentra pour rester conscient. Le passé maintenant brillait comme un éclair et retentissait comme le tonnerre. La voix de Santini lui parvenait amortie comme venue de derrière un mur de ciment.

Le mur du silo.

« Laisse-moi », essaya-t-il encore de dire, mais sa voix ne sortit pas.

— C'est de *moi* que tu dois avoir peur. Si tu viens encore nous casser les couilles avec ton histoire de sifflet ou n'importe quoi qui concerne l'enquête, je t'enferme dans un trou. Dans un trou sous terre. Avec un tuyau pour respirer. T'as compris ?

Dante ne comprenait pas. La voix du Père recouvrait tout. Elle venait d'en haut et elle lui dictait la Loi. Elle lui disait qu'il s'était trompé, une fois encore, en répétant ce qu'il lui avait appris et que, pour expier cette faute, il devait se punir. Et qu'il devait prendre le bâton et se frapper la mauvaise main. En même temps qu'il comptait.

Dante saisit un bâton imaginaire et chercha à le lever, mais Santini lui bloqua le bras.

— Arrête de t'agiter. Dis-moi seulement que tu as compris. Dis-le !

Dans le noir du silo, Dante trouva une fenêtre vers le présent et il s'y agrippa, en se projetant dans ces chiottes malodorantes, face au policier. Une petite part de lui revint à la réalité, suffisamment pour lui faire bouger les lèvres et dire qu'il avait compris. Même s'il ne savait pas quoi. Ou qu'il l'avait oublié. Il se sentait léger.

Santini le lâcha et ouvrit grande la porte en sortant. Le flot de lumière frappa Dante comme une décharge électrique. Il tomba à genoux sur les carreaux trempés, puis il se mit à quatre pattes et rampa au milieu de la saleté vers la porte de sortie.

Dehors, Colomba vit Santini monter à bord de sa voiture et démarrer en faisant crisser le gravier. Elle se demanda ce qui s'était passé avant de voir Dante sortir piteusement des toilettes.

Colomba s'agenouilla pour lui soulever la tête ; au même instant, Minutillo interrompait son coup de téléphone et courait vers eux, se maudissant pour son imprudence.

— Comment vous sentez-vous ? Qu'est-ce qui s'est passé ? demanda Colomba.

— Rien. Foutez-moi la paix, murmura Dante.

— Vous avez entendu, laissez-le, dit Minutillo, derrière elle, en la poussant sans ménagement.

Il se pencha sur Dante.

— Tu vas arriver à te relever ?

— Donne-moi un coup de main.

Minutillo le souleva presque comme un poids mort. Le pantalon et le blouson de Dante étaient dégoûtants. Minutillo enleva son pardessus et en enveloppa Dante.

— Maintenant je te ramène chez toi.

— Monsieur Torre, dit Colomba. Attendez un instant.

Dante détourna les yeux.

— J'ai vu Santini partir en courant. Il vous a fait quelque chose ?

Dante secoua la tête.

— Ça n'a pas d'importance.

— Pour moi, ça en a.

— Rien que des mots et sans témoin. (Dante indiqua le restaurant dont De Angelis sortait au même instant, faisant mine de ne pas les voir.) Vu la façon dont ils ont réagi aujourd'hui, vous pensez que quelqu'un pourrait me croire ?

— Moi, je vous crois.

— Pas pour les questions importantes, à ce qu'il paraît.

Dante se laissa entraîner par son avocat. Colomba shoota dans un caillou, mais cela ne suffit pas à chasser ses mauvaises pensées. Au contraire, elles l'assaillirent jusqu'au moment où elle décida de leur donner libre cours et sauta dans la voiture. Alberti se ressaisit.

— Où est-ce que je vous emmène, commissaire ?

— Au commissariat central. Et mets cette putain de sirène.

Alberti conduisit rapidement et, chaque fois qu'il osait ralentir à un croisement, Colomba le pressait.

Ils arrivèrent Via San Vitale au moment où la voiture de Santini passait la barrière du commissariat.

Colomba sauta hors de la voiture et agita sa carte sous le nez du planton. Quand Santini ouvrit sa portière pour sortir, il la trouva devant lui.

— Caselli ? Qu'est-ce que tu veux, bordel ?

Elle lui lança un coup de pied en plein visage. Elle l'atteignit sous le menton, de la pointe de son ranger, et Santini tomba à l'intérieur de l'habitacle en voyant littéralement trente-six chandelles.

— Approche-toi encore une fois de Torre et je t'arrange le portrait, le menaça-t-elle.

— Mais tu es devenue folle ? marmonna-t-il alors qu'il cherchait à se redresser en s'agrippant au montant de la portière.

Il était comme un boxeur sonné, ses mains ne lui répondaient pas.

— Tu m'as entendue.

Deux agents en uniforme arrivèrent en courant, même si tout s'était déroulé si rapidement que personne n'avait vraiment compris ce qui s'était passé. Colomba marchait déjà vers la sortie. Derrière elle, Santini commença à vociférer, mais elle ne s'arrêta pas pour écouter ce qu'il avait à dire.

8

Minutillo raccompagna Dante à son appartement et monta avec lui parce qu'il savait que sa présence lui permettrait d'affronter plus facilement l'escalier. Pendant tout le temps que dura l'ascension, ils ne parlèrent que de sujets légers, gardant leur esprit le plus loin possible du bois et des silos. Dante ne voulut pas raconter ce qui était arrivé dans les toilettes, et Minutillo savait qu'il était inutile d'insister.

Au fur et à mesure qu'ils montaient, l'humeur de Dante s'améliorait et quand ils furent arrivés à l'appartement, il semblait avoir récupéré sa verve habituelle. Minutillo fut frappé par le désordre. Un désordre fonctionnel, avec des sentiers clairement dessinés entre les objets empilés sur le plancher et assez propre, mais signe que Dante vivait là en reclus depuis trop longtemps. L'avocat nota mentalement qu'il lui faudrait vérifier plus souvent les conditions de vie de son ami, même quand il se montrait prolixe ou détendu au téléphone.

— Tu ne crois pas que c'est le moment de mettre un peu d'ordre ? demanda-t-il.

— Je n'ai pas encore dépassé la cote d'alerte. Tu vois, les affaires n'arrivent pas jusqu'au poêle.

Il s'enferma dans la salle de bains, arracha ses vêtements et prit une bonne douche. Ils parlèrent à travers la porte.

— Fais-toi un café si tu en as envie, proposa Dante.

— Jamais après cinq heures. Qu'est devenue la femme de ménage ?

— Partie. Elle avait l'esprit trop étroit.

— Tu aurais pu me le dire, je t'en aurais trouvé une autre.

— J'ai des scrupules à te faire mal voir par les agences.

Dante s'essuya. Il avait encore l'impression de sentir cette odeur de pisse, mais ce n'était peut-être que son cerveau qui lui jouait des tours.

— Ce n'est pas la première fois.

— Je les avertis toujours que tu es excentrique…

— Alors trouve-m'en une qui ne sache pas parler italien. Comme ça je n'aurai pas besoin de cacher mes papiers.

— Et la fille que tu fréquentais ? Comment elle s'appelle… demanda l'avocat en devinant déjà ce que serait la réponse.

— Partie elle aussi. Et tu ne peux pas m'en trouver une autre dans une agence.

— Désolé. Mais pourquoi ?

— Elle avait un esprit trop étroit.

— Tu t'es déjà servi de cette excuse.

— Ah bon ? (Dante ouvrit la porte, en peignoir anthracite, il jeta ses habits sales dans un panier de linge qui débordait déjà.) Peut-être que je ferais mieux de les brûler.

Il s'affala sur le canapé, les pieds sur l'accoudoir. Mais il se rappela que c'était la position qu'avait adoptée Alberti quelques heures plus tôt, et il se rassit normalement. Alberti lui apparaissait trop comme un pauvre type pour se risquer à l'imiter.

Minutillo resta debout.

— Je suis inquiet pour toi, dit-il. Tu ne sors pas et tu ne vois personne. Et maintenant il y a aussi cette histoire…

— Quelle histoire ?

— Ne fais pas l'imbécile.

— Roberto, j'étais déjà persuadé que le Père était toujours vivant et maintenant j'en ai la preuve. Ça ne change pas grand-chose pour moi.

— Ça change pas mal de choses, au contraire.

— J'ai survécu jusqu'à maintenant, je continuerai à le faire. De temps à autre, c'est vrai, je penserai à cet enfant qui est en train de vivre ce que, moi, j'ai vécu, mais il aura peut-être plus de chance.

— Pourquoi tu ne pars pas faire un petit voyage ? Tu supportes bien les trains. Ou alors tu te trouves un chauffeur.

Dante eut un petit rire.

— Et pourquoi pas deux vigiles armés devant ma porte ?

Minutillo resta impassible.

— Je peux t'arranger ça.

— Je ne suis plus un gosse, je ne corresponds plus à sa proie type.

— Nous ne savons pas quelle est sa proie type.

— Tout le monde croit qu'il n'a enlevé que moi et qu'il est mort.

— Mais pas toi. Et par conséquent, moi non plus.

Dante agita la main.

— Maintenant, va-t'en, je veux m'avaler un cocktail de psychotropes et d'alcool. Et je ne peux pas le faire si tu me regardes.

— Et en ce qui concerne le policier qui t'a agressé ?

— Il s'en tirera comme c'est toujours le cas, ou presque, quand un flic va trop loin.

— Surtout si on ne porte pas plainte.

— Je lui rendrai la monnaie de sa pièce un jour ou l'autre, même si je ne sais pas encore comment. J'ai la mémoire longue, tu le sais bien.

Minutillo prit le pardessus que Dante avait laissé tomber par terre et le replia.

— J'ai vu tous ces paquets étalés par terre. De nouveaux achats pour ta collection ?

— Ce n'est pas une collection, c'est un hommage au temps qui s'est enfui.

— Attention à ne pas t'enterrer là-dedans.

Dante guetta l'horrible bruit de l'ascenseur en train de descendre, puis il perdit son air paisible. Il se leva d'un bond et éteignit la lumière. La baie vitrée devint brillante, projetant des arabesques au sol. Sous la lueur des réverbères de la rue se détachait la silhouette de l'immeuble d'en face. Dante attendit que ses yeux s'habituent à l'obscurité, puis il ferma les rideaux, ne laissant qu'une étroite ouverture, par laquelle il glissa la tête. Il pouvait maintenant voir une portion du quartier, derrière le reflet de son visage.

Le Père était là, dehors, quelque part.

La cage était désormais aussi vaste que le monde, mais Dante était toujours son prisonnier.

9

Tandis que Dante éteignait la lumière et espérait qu'un monstre lui rende son regard, Colomba s'était fait conduire devant la maison de sa mère. Elle lui avait téléphoné sur le chemin du retour, et le ton de sa voix était si théâtralement blessé de n'avoir pas reçu le moindre appel durant les deux jours précédents qu'elle avait décidé d'avancer le dîner hebdomadaire.

Alberti la regarda comme un chien battu, en lui ouvrant la portière.

— Demain je me fais porter pâle, commissaire. Je suis vraiment au bout du rouleau.

— Informes-en ton supérieur.

— Mon supérieur, c'est vous.

— Pas depuis que je suis descendue de l'estafette. (*Et sans compter le coup de pied dans la tête d'un collègue*, pensa-t-elle.) Dis bonjour pour moi au commissaire Rovere.

— Alors nous nous croiserons en ville, commissaire, dit Alberti.

Colomba sourit et Alberti réalisa combien son visage était beau.

— Fais ce qu'il faut, lui dit-elle. Sinon tu finiras comme moi.

La mère de Colomba habitait derrière la Piazza dell'Orologio dans un immeuble du XVIIIe siècle dont elle avait autrefois hérité de son père, l'un des rares biens encore en possession dans la famille – une famille dont les quartiers de noblesse avaient été dilapidés en même temps que la fortune.

Sa mère avait soixante ans, les mêmes yeux qu'elle et un maquillage violent, avec quelques nuances de bleu. Quand elle lui ouvrit, elle avait mis les boucles d'oreilles que Colomba lui avait offertes pour Noël. Elle les lui montra, après l'avoir embrassée pour lui dire bonjour.

— Tu vois que je les mets ?

— J'ai vu, merci.

— Mais qu'est-ce que tu es sale… Tu es allée à la campagne ?

Colomba défit les lacets de ses rangers pleins de boue et les enleva, tout comme ses chaussettes humides. Dédaignant les mules que sa mère lui tendait, elle marcha pieds nus sur le sol de marbre. Une chose qu'elle aimait faire depuis qu'elle était enfant.

— Oui.

Le visage de sa mère s'illumina.

— Tu as repris ton travail ?

— Non, maman, je suis toujours en congé.

Sa mère fit une grimace de déception, et laissa ostensiblement tomber son regard sur la photo du jour où elle avait prêté serment, suspendue dans l'entrée.

— Tu as vu comme tu étais bien, ce jour-là ?

— Jeune et bête.

— Mais ne dis pas ça, s'indigna sa mère. (Elle la fit entrer dans la cuisine. Sur la table, il n'y avait qu'un couvert.) J'ai déjà mangé.

Colomba s'assit.

— Pardon mais… si tu m'invites à dîner, tu manges avec moi, non ?

— J'ai grignoté toute la journée, je n'ai pas faim.

Elle posa un verre devant Colomba et le remplit de vin : c'était la bouteille qu'elle avait débouchée pour elle la semaine précédente.

— Je suis allée te chercher quelque chose à la rôtisserie qu'ils viennent d'ouvrir au bout de la rue. C'est délicieux. Ça coûte la peau des fesses mais c'est bon.

— Merci.

Sa mère lui servit du veau, sorti directement de la barquette d'aluminium. Une câpre solitaire flottait dans la sauce trop liquide. Colomba mangea en silence, tandis que sa mère, debout, la regardait.

— Je me disais pourtant que je te trouvais bien. Tu as l'air en forme, non ? Tu ne boites plus.

— De temps en temps j'ai encore mal au genou, répondit Colomba.

— Mais on *voit* que tu vas bien.

Colomba posa brutalement sa fourchette, sans vraiment frapper sur la table mais presque.

— Et alors ?

— Si tu rencontres un de tes collègues, qu'est-ce qu'il va penser de toi ?

— Que j'ai de la chance. Ce n'est pas comme dans les films, maman. S'ils peuvent se planquer, mes collègues se planquent.

— Tous ?

— Non, pas tous. Mais c'est un boulot, pas une vocation. (Colomba recommença à manger. Et elle ajouta mentalement : *Si je l'avais, je l'ai perdue.*) Et la plupart du temps, c'est un boulot chiant.

— Ce que tu fais, toi, n'est pas ennuyeux.

— Si finir à l'hôpital est le prix à payer pour avoir un travail amusant, alors vive l'ennui.

— De toute façon, tu peux reprendre le service quand tu veux, pas vrai ? (Sa mère disait « le service » comme une expression de policier.) Il suffit que tu dises que tu te sens bien.

— C'est un peu plus compliqué que ça.

— Mais tu pourrais, non ?

Colomba soupira.

— Oui, je pourrais. Mais je ne le ferai pas.

— Et quand penses-tu reprendre ton service ?

— Jamais. Je démissionne.

Colomba avait pensé le lui annoncer de manière plus délicate, mais c'était sorti tout seul. Sa mère se tourna vers la cuisinière éteinte sur laquelle était posé l'emballage graisseux de la rôtisserie.

— Ah.

Colomba savait qu'il valait mieux faire comme si de rien n'était, mais elle demanda :

— *Ah* quoi, putain ? Maman ?

Sa mère la regarda à nouveau. Elle avait le visage déçu des grandes occasions. Comme lorsque à quatorze ans Colomba avait dit qu'elle voulait arrêter les compétitions de natation, à seize le piano, et à vingt-deux qu'elle voulait présenter le concours pour devenir commissaire au lieu de continuer ses études en droit.

— C'est ton choix, dit-elle. Si tu veux foutre en l'air tout ce que tu as bâti, je ne peux pas t'en empêcher. Même si ton père et moi avons fait beaucoup de sacrifices pour que tu puisses faire des études.

— Je te signale que j'ai eu ma licence. Et tu ne voulais même pas que je passe le concours. Tu m'as dit : « Quelle horreur ! Tu vas mettre des amendes ! »

— Mais après, j'ai compris que ton travail te plaisait. Je te voyais heureuse.

— Tu as vu mon nom sur le journal. Tu t'es monté la tête.

— Et qu'y a-t-il de mal à ça ?

— Que mon travail a failli me tuer, maman. Ça ne t'inquiète vraiment pas ?

Sa mère se mit à pleurnicher.

— Comment peux-tu me dire des choses pareilles ?

Colomba perdit son calme, elle rangea les assiettes dans le lave-vaisselle, remit ses rangers sans chaussettes et sortit en claquant la porte. Elle marcha jusque chez elle, l'estomac serré, avec l'envie d'être agressée par n'importe quel gros porc qui lui donnerait l'occasion de se défouler. Elle fit exprès de passer par les ruelles les plus sombres, en ralentissant le pas, pleine d'espoir, au moment de croiser des individus de sexe masculin, mais le nuage noir qui l'entourait suffisait à les tenir éloignés. Quand elle entra chez elle, elle était encore plus frustrée et elle eut presque envie de frapper à la porte du voisin qui, un jour, lui avait rapporté son string tombé du fil à linge (le lendemain elle avait acheté un sèche-linge) et qui s'était présenté avec des yeux perçants comme des rayons X. « Il doit sûrement vous aller très bien », avait-il dit. Elle s'était contentée de le lui arracher des mains et de le renvoyer, mais maintenant elle aurait aimé le rencontrer, lui et son petit sourire plein de sous-entendus.

Or c'est Rovere qu'elle trouva, assis sur la dernière marche.

10

Colomba pensa tour à tour qu'elle pouvait l'ignorer, le contourner, l'attraper par la cheville pour le tirer dans l'escalier, lui jeter tout à la gueule. Elle choisit la quatrième option et s'assit à côté de lui.

— Santini a le menton tout bleu et il est dans une colère noire, dit Rovere.

— Dénoncez-moi.

— Il aurait l'air malin, frappé par une femme… Il vaut mieux qu'il minimise l'incident. (Il alluma une cigarette.) C'est lui qui t'a fait ces marques sur le cou ?

Colomba se frotta la nuque, elle avait oublié.

— Non. Un type qui passait sous la fenêtre de Torre.

— À l'évidence, tu as pris l'affaire à cœur.

Colomba ne répondit pas.

— Tu emporteras ton mégot quand tu partiras. Je ne voudrais pas que la concierge pense que c'est moi, dit-elle.

— On peut entrer chez toi pour parler ? demanda Rovere.

— Non.

— Comme tu veux.

Il ouvrit la mallette qu'il avait posée sur la marche en dessous. Il en sortit un étui de ceinture et un Beretta qui semblait être l'exacte réplique d'un Beretta réglementaire. Un PX4 compact. Dix balles dans le chargeur ordinaire, une dans le canon. Facile à dissimuler.

— Vous plaisantez ! s'exclama Colomba.

Rovere posa entre eux deux le semi-automatique, deux boîtes de munition de 9 mm et un chargeur. Il couronna le tout d'un permis de port d'arme flambant neuf. Avec la photo de Colomba cinq ans plus tôt. La même que celle qui lui avait servi à renouveler sa carte.

— Port d'arme au titre de la défense personnelle, expliqua Rovere. L'arme est déclarée à ton nom. Ton pistolet de service, comme tu peux l'imaginer, je ne peux pas te le rendre tant que tu es en congé.

— C'est-à-dire jusqu'à demain. Je vais vous chercher ma lettre de démission.

— Tu ne peux pas abandonner maintenant.

Colomba tapa de la main contre la rampe, qui résonna comme un gong le long de la cage d'escalier.

— Si nous avions une chance pour intervenir dans l'enquête, nous l'avons perdue. Torre a complètement déraillé !

— Et s'il avait raison ?

Colomba se leva.

— Vous voulez baiser Santini et vous êtes prêt à tout pour ça ! Pas moi, désolée. Ne bougez pas, je vous apporte cette putain de lettre.

Rovere la retint par le bras.

— Torre a dit la vérité à propos du sifflet.

— Et comment vous le savez ?

Rovere ouvrit de nouveau la mallette et en sortit des feuilles, dans une pochette de plastique transparent.

— Aujourd'hui on a contesté à Torre le fait qu'il n'ait jamais parlé du sifflet, et lui, il l'a admis. En réalité il n'en a jamais parlé aux enquêteurs, mais il en a parlé à un journaliste. Lisez. Sa première et dernière interview.

Il lui tendit la pochette de plastique ; elle contenait la photocopie en couleurs d'un article de l'hebdomadaire *Oggi*. L'en-tête portait la date d'août 1991. Deux ans après la libération de Dante. Trois photos de lui illustraient l'article. Il était assis sur un banc dans un parc, avec pas mal d'années en moins et quelques kilos en plus. Une barbichette laborieuse et une pose qui se voulait pensive, la bonne main sous le menton et la main massacrée dans la poche le faisaient ressembler à un petit garçon qui essayait de faire l'adulte.

L'interview abordait à peine la période de séquestration et se focalisait sur la vie retrouvée de Dante. Son rapport avec son père, son retour à la maison après tout ce temps… La journaliste précisait que Dante avait voulu lui donner rendez-vous au jardin public de la Piazza Roma à Cremone, parce qu'il s'efforçait de passer le plus de temps possible à l'air libre. « J'ai été enfermé trop longtemps », expliquait-il. Peut-être souffrait-il déjà de claustrophobie et le cachait-il, peut-être que les symptômes s'étaient manifestés plus tard. Tout était édulcoré et artificiel. Dante qui confiait vouloir s'inscrire à l'université après avoir passé les examens en candidat libre, qui racontait qu'il se promenait à bicyclette le long des rives du Pô pour se sentir libre. « J'aimerais bien obtenir une licence et passer le concours de la police. Pour empêcher qu'il arrive à d'autres enfants ce qui m'est arrivé à moi » : c'était la phrase qui concluait l'interview. Et, en effet, le titre en était : « Enfermé dans un silo pendant onze ans, l'enfant veut devenir policier. » Il y avait même la photo du silo. Colomba ne l'avait jamais vu. Il était en ciment, six mètres de hauteur, quatre de diamètre, noirci par la fumée de l'incendie que Bodini avait mis à la ferme, juste avant de se suicider. L'espace d'un instant, Colomba s'imagina enfermée là-dedans.

L'une des phrases prononcées par Dante avait été surlignée en jaune par Rovere, la seule dans laquelle Colomba retrouvait un peu de la verve qu'elle lui connaissait. « La police a retrouvé un grand nombre de mes affaires de classe. Malheureusement, j'ai perdu un sifflet en métal que je considérais comme un porte-bonheur. Mais apparemment il ne m'a pas porté chance. »

Rovere pointa la phrase du doigt.

— Impossible que M. Torre ait fait cette mention pour s'en servir vingt ans après.

— Ça prouve seulement qu'il n'a pas menti sur son passé, et pas qu'il a raison sur le présent. Son ravisseur est mort et enterré.

— Et si les collègues de l'époque s'étaient trompés ? Si M. Torre criait la vérité depuis des années et que personne ne l'avait jamais cru ?

— Il doit bien y avoir une raison, vous ne croyez pas ? dit Colomba, qui voulait se montrer plus sûre d'elle qu'elle ne l'était.

— Tu peux me jurer que ce n'est pas lui qui a déposé le sifflet ?

— Oui.

Rovere fit de grands gestes, le mégot éteint à la main.

— Regarde l'image qui est accrochée derrière l'article.

Colomba enleva le trombone. C'était la photo de l'esplanade à côté de la rocade.

— Les hommes de l'UACV sont ce qu'ils sont, commenta Rovere, mais ils ont contrôlé toutes les routes qui partaient du lieu du crime. Comme ils s'amusent à prendre des photos, ce matin ils ont aussi photographié le poteau sur lequel vous avez trouvé le sifflet.

— Ça résout le problème. Ce n'est pas l'assassin en fuite qui l'a mis là, fit remarquer Colomba.

— Il est apparu après, tu as raison. Mais ce n'est pas la pluie qui a fait partir les résidus organiques : aujourd'hui, il n'a pas plu !

Colomba le regarda avec suspicion.

— Vous êtes au courant de bien des choses que De Angelis a dites aujourd'hui, et je doute que ce soit lui ou Santini qui vous les ait rapportées. L'inspecteur qui dressait le procès-verbal ?

— Un vieil ami, dit Rovere, un peu embarrassé. Quoi qu'il en soit, l'assassin est revenu après que l'UACV est passée et il a accroché le sifflet.

— Il a pris le risque d'être vu.

— Peut-être qu'il avait une bonne raison.

— Signer son forfait ?

— Oui, et juste avant que la seule personne en mesure de *lire* cette signature passe par là.

— Mais c'est de la folie, murmura Colomba qui sentait pénétrer en elle un froid intense. De la folie pure et simple.

— Bien sûr. C'est peut-être une coïncidence. Torre a pu perdre définitivement la raison. Ou alors…

— Ou alors le ravisseur était toujours dans le coin, murmura Colomba. Et il l'a reconnu.

— À toi de décider à quelle version tu veux croire.

Colomba saisit le pistolet et partit en courant.

11

Dante avait choisi un point d'observation idéal. Il était assis sur le plancher, le dos contre la porte d'entrée. De là, il pouvait regarder par la fenêtre du séjour à travers l'interstice entre les deux rideaux . En bougeant la tête, il avait une perception visuelle de presque cent quatre-vingts degrés sur les bâtiments environnants, tandis que personne ne pouvait le voir de l'extérieur, protégé comme il l'était par l'obscurité et par la table devant lui. Il était toujours en peignoir et sentait ses fesses glacées contre le plancher, mais il était trop épuisé pour s'habiller. La seule pensée de se lever pour faire autre chose qu'observer faisait grimper son thermomètre intérieur à des niveaux inquiétants.

Par deux fois, Dante avait perdu conscience de l'endroit où il se trouvait. La première fois, il avait pensé être encore dans le silo, la deuxième dans la clinique où il avait connu Lodovica.

Elle avait été sa première petite amie, deux ans et six mois après sa libération. Elle était hospitalisée pour décrocher des amphétamines, sur conseil de l'avocat de son père, après avoir perdu le contrôle dans un lieu très fréquenté. Dante trouvait la clinique ennuyeuse et la Suisse, de manière générale, horrible. Il ne pouvait pas savoir qu'il y resterait les quatre années suivantes, incapable de rentrer à la maison et incapable de choisir un endroit meilleur.

À l'état civil, Lodovica était plus jeune que lui de quelques années, mais la connaissance qu'elle avait du monde était incommensurablement plus vaste et profonde que la sienne. Dante avait passé les jours d'après sa libération à se documenter sur le présent, mais ce qui était pour lui des informations abstraites, elle les portait, elle, inscrites dans sa chair. Fille d'un diplomate, Lodovica avait changé de ville et de nation au moins dix fois avant de terminer sa scolarité, en repartant chaque fois de zéro pour tisser des liens d'amitié et s'acclimater. À quatorze ans, elle avait commencé à sniffer de la coke, occasionnellement, avec des amis plus âgés et à se soûler presque tous les soirs, s'apercevant que les *bad girls* avaient plus de facilité à se faire inviter aux fêtes. À quinze ans, elle avait perdu sa virginité avec le fils d'un ambassadeur du même âge, celui-là même qui lui avait appris à faire la « base » en mélangeant de la coke à de l'acétone pour les ongles et en mettant le tout au réfrigérateur. À seize ans, elle avait été hospitalisée pour une overdose de méthadone et, depuis ce jour, elle avait commencé à entrer et sortir, à faire le tour des cliniques. Celle-ci était la quatrième.

Ils avaient fait l'amour pour la première fois dans la salle d'activités, dont elle s'était procuré la clé. Après, Lodovica lui avait caressé la mauvaise main et lui avait demandé si le Père ne l'avait jamais agressé sexuellement. Dante en avait été tellement scandalisé qu'il n'avait pu dire mot. Entre lui et le Père, il ne s'était jamais rien passé de ce genre. Mais lui expliquer ce qu'étaient leurs rapports, exprimer l'amour qu'il éprouvait pour lui malgré ce qu'il lui avait fait, s'était révélé impossible et il avait fondu en larmes. Elle l'avait consolé en gardant sa tête sur ses jambes à elle, jusqu'à l'aube.

Ils avaient été inséparables pendant trois mois. Même quand Lodovica avait pu sortir de la clinique, elle venait le retrouver tous les jours ; il lui arrivait de dormir dans son lit, en cachant la tête sous les draps et en riant comme une folle chaque fois que passait un infirmier. Ensuite son père à elle avait changé de lieu de travail – il avait été muté dans un pays africain quelconque – et Lodovica l'avait suivi. Le jour de son départ, Dante avait eu une attaque tellement forte qu'il n'avait pas pu quitter sa chambre et n'était pas allé lui dire au revoir. Le psychiatre avait parlé d'exhibition psychotique d'abandon.

Maintenant, Dante se demandait si Lodovica avait continué à se faire du mal jusqu'à se tuer ou si elle avait épousé un vague fils de diplomate. Il espérait que c'était la deuxième solution, même s'il en aurait été légèrement déçu.

On sonna à la porte et Dante se figea en plein milieu d'une pensée qu'il ne réussit pas à retrouver. La sonnette retentit encore et, cette fois, résonna avec elle la voix de Colomba.

— Monsieur Torre. C'est moi, Caselli ! Ouvrez-moi, s'il vous plaît.

Il ne bougea pas. Colomba sonna encore.

— Monsieur Torre. Si ça va et que vous m'entendez, dites quelque chose.

Dante tendit la main et fit tourner la clé, se déplaçant comme s'il évoluait dans de la mélasse. Le courant d'air fit s'entrouvrir la porte.

Colomba la poussa lentement.

— Monsieur Torre ?

Elle ne voyait rien au-delà du seuil.

Mécaniquement, sans détourner le regard, Colomba ôta son nouveau pistolet de sa ceinture et elle le tint à deux mains devant elle, le trouvant bizarre et trop léger. Avec l'index droit, elle fit sauter le cran de sûreté, puis le bloqua sur le canon de façon à éviter tout coup de feu accidentel. Elle poussa le battant de la porte avec le pied. Il se bloqua à mi-course, butant contre quelque chose.

Pour Colomba, qui était déjà extraordinairement tendue, ce fut la goutte qui fit déborder le vase. D'un seul coup, le noir se mit à grouiller d'ombres et ses oreilles s'emplirent de hurlements et de sifflements qu'elle seule pouvait entendre. Elle se mit à trembler violemment, les poumons serrés comme dans un étau, pendant que, dans sa tête, elle se disait à elle-même : *Va-t'en !* Mais au lieu de cela, elle entra dans l'appartement, les jambes flageolantes, et pointa son arme vers la forme sur le plancher qui avait bloqué l'avancée du battant. À ce moment-là seulement, elle comprit qu'il s'agissait de Dante, couché dans son peignoir.

Colomba ressentait un besoin brûlant d'oxygène. Elle frappa le mur avec ses phalanges blessées et comme toujours la décharge électrique desserra l'étreinte. Elle respira et elle toussa, regardant à contre-jour sa propre silhouette, gigantesque, tenant l'arme, projetée sur le mur de la chambre.

— Vous allez bien, monsieur Torre ? articula-t-elle d'une voix étranglée.

— Oui, lui répondit-il sans bouger.

— Vous êtes seul ?

— Oui, mais sortez de la lumière. (Dante montra la fenêtre.) Il est là…

Colomba remit le semi-automatique dans l'étui et, en tâtant le mur, trouva l'interrupteur de l'halogène. Dante cligna des yeux, tandis qu'avec le flot de lumière s'évanouissaient les fantômes. Colomba l'aida à se relever. La maison éclairée semblait être pour Dante un souvenir flou. Colomba claqua des doigts sous son nez.

— Vous êtes avec moi, monsieur Torre ?

— Oui, oui. (Dante se laissa tomber sur le canapé. Son thermomètre intérieur descendait à un niveau acceptable.) Je me suis un peu perdu.

— Ça vous arrive souvent ?

— Plus maintenant.

Colomba lui apporta un verre d'eau, ensuite elle traîna une chaise de l'espace cuisine et elle s'assit à califourchon devant lui, le menton sur les mains.

— Vous pensez que le Père vous surveille.

— Il a laissé le sifflet pour moi. Ça veut dire qu'il sait que je m'occupe de cette affaire.

— Pourquoi ne l'avez-vous pas dit, si vous en êtes persuadé ?

— À qui ? À ces deux types sympathiques qui m'ont questionné ?

— À moi.

Dante émit une pâle imitation de son habituel ricanement.

— Je n'y ai même pas pensé.

— Vous en avez parlé au moins avec votre avocat ?

— Il est déjà trop soucieux. (Dante vida son verre et le posa sur une pile de revues de voyage.) Comment se fait-il que vous ayez été prise d'un doute ?

— J'ai vu le rapport de l'UACV. Le sifflet n'y était pas quelques heures avant que nous arrivions.

— Et vous ne pensez pas qu'il s'agisse d'une coïncidence.

— Je ne crois pas au retour de votre ravisseur, monsieur Torre. Au contraire, jusqu'à maintenant, je n'ai aucune raison de douter de la culpabilité de Maugeri.

— Alors pourquoi êtes-vous là ?

— Parce que, *déraisonnablement*, j'ai peur de me tromper. Et si je me trompe, vous êtes en danger.

Dante sourit – il avait enfin retrouvé son sourire habituel.

— Merci d'être venue à mon secours, je sais combien cela a dû vous coûter.

— Juste l'essence de la voiture.

— Je ne parlais pas de cela.

Colomba le fixa, soupçonneuse.

— Et de quoi, alors ?

— Vous souffrez de quelque chose qui, étant donné votre travail, est probablement un trouble posttraumatique de stress. Crise de panique, désorientation sensorielle… Lorsque vous êtes entrée, j'ai eu peur que vous ne me tiriez dessus. Cela expliquerait le fait que vous ne soyez pas en service.

— Vous n'étiez pas dans votre état normal. Et moi, je vais très bien.

— Vous vous êtes gratté le nez, vous mentez.

— Arrêtez.

— Pourquoi ? C'est intéressant de parler de nez. Vous savez que la longueur de votre pouce est égale à celle de votre nez ?

Colomba résista à la tentation de vérifier.

— Alors, vous allez réussir à me dire quelque chose qui puisse transformer ma crainte en un doute concret ? Quelque chose que je puisse apporter au procureur ?

— Vous savez ce qu'il voulait me dire, le Père, avec ce sifflet ?

— Il est mort, Torre. Il y a très longtemps.

— Il voulait me dire : « Reste loin de mon territoire. » Et j'ai intention de le faire.

— Admettons l'hypothèse absurde que ce soit le Père… Vous ne pouvez pas vraiment savoir comment il raisonne. Je dois vous répéter ce que vous avez dit au sujet de son esprit impénétrable ?

— Quelle alternative me proposez-vous ? demanda Dante.

Colomba hésita. Elle était sur le point de s'engager dans quelque chose qu'elle aurait préféré éviter. Mais elle était déjà impliquée, et il le savait.

— Je peux vous aider à faire des recherches. Vous aurez accès à toute la documentation sur votre affaire et sur celle des Maugeri, dit-elle.

— Et qu'est-ce que je devrais en faire ?

— Prouver ce que vous avancez. Que l'enfant n'a pas été tué par son père, qu'il y a des points communs avec votre enlèvement. Je ferai parvenir le matériel à qui de droit, l'enfant aura quelques chances de s'en tirer et vous serez en sécurité.

— Et si je ne réussis pas ?

— Cela voudra dire que l'enfant a été tué par Maugeri et qu'il n'y a personne, dehors, qui vous en veut. Je retournerai à ma vie, vous à la vôtre.

Dante se laissa aller contre le dossier.

— Qu'est-ce qui vous est arrivé ?

— Pardon ?

— Qu'est-ce qui fait que vous vous préoccupiez tellement de moi et de cet enfant ? Nous ne sommes rien pour vous, mais vous voulez nous aider, contre toute logique.

— Peut-être que j'en ai marre de me tourner les pouces.

Dante plissa les yeux, qui devinrent, pendant une seconde, impitoyables. Prédateurs.

— Ou peut-être que vous avez des péchés à expier. Qui vous réveillent la nuit et vous empêchent de respirer.

Cette fois, pas un muscle du visage de Colomba ne bougea.

— Je dors très bien.

— Vous me demandez de collaborer avec vous et vous continuez à me mentir sur votre état. Ça vous paraît réglo ?

Colomba détourna les yeux malgré elle et Dante comprit qu'elle avait honte. Cela lui arrivait à lui aussi, avant.

— Si vous voulez vraiment m'aider, j'ai besoin d'avoir confiance en vous, continua Dante. Et j'ai besoin de savoir la vérité. La vôtre. Autrement, j'aurais cherché sur Internet.

Colomba se leva brusquement et Dante pensa avec un élancement de contrariété qu'elle allait partir et qu'il ne la reverrait plus. Mais elle se mettait seulement à l'aise. Elle enleva ses rangers et massa ses pieds gelés. Dante se demanda où elle avait laissé ses chaussettes puisqu'elle ne s'était pas changée de l'après-midi.

— Sur Internet, vous ne trouveriez pas ce que vous cherchez. Mon nom n'a jamais été cité. Secrets de flics. (Elle ramena son regard vers lui.) On va faire comme ça, monsieur Torre, quand je me sentirai bien avec vous, et il n'est pas dit que cela arrive jamais, un jour où je serai particulièrement de bonne humeur ou particulièrement triste, je vous raconterai tout. Pour le moment, contentez-vous de savoir que je réussis à gérer mon état.

— Sans psychotropes.

— Je n'aime pas me gaver de saloperies. Mais, quel que soit mon état, je n'utiliserai jamais mon pistolet s'il n'y en a pas réellement besoin et je ne vous mettrai jamais en danger.

— Sur combien de personnes avez-vous tiré, CC ?

— CC est un surnom idiot. Et je n'ai pas l'intention de vous parler de ça non plus. Il faut me prendre comme je suis.

Dante la regarda dans les yeux, qui maintenant avaient une nuance noisette. Et c'est cela qui lui fit dire oui. Le plus rationnel des hommes, c'est du moins ainsi qu'il aimait à se définir, se faisait rouler par un regard de femme. Il se leva.

— Je vous prépare un café avant que vous retourniez dans le froid.

Colomba se leva.

— Je n'ai pas l'intention de sortir. Mais un café me sera utile parce que j'ai un travail à faire. Je dois perquisitionner votre maison.

12

Dante cligna des yeux.

— Je suis encore dans le cirage ? J'ai cru que vous disiez *perquisitionner*.

Mais Colomba était déjà occupée à regarder tout autour d'elle.

— Si quelqu'un est en train de vous surveiller, il ne le fait pas avec une paire de jumelles. Ou pas uniquement. Je vais vérifier s'il y a des microphones et des microcaméras.

Dante regarda avec nervosité les lumières de l'immeuble d'en face.

— Vous voulez vraiment fouiller dans mes affaires ?

Colomba leva les sourcils.

— Vous pouvez faire disparaître ce que vous ne voulez pas que je trouve.

— Quoi ? Non… vous avez mal compris. Je n'ai rien d'illicite dans cette maison, à part quelques médicaments achetés sur Internet. C'est juste que je ne veux pas que vous mettiez du bordel dans mes archives.

Dante réajusta son peignoir, puis se dirigea vers la chambre d'amis et en ouvrit la porte.

— Jetez un œil.

Colomba s'arrêta sur le seuil.

La pièce, de trois mètres sur quatre, était pleine jusqu'au plafond de grandes boîtes. Il restait juste un étroit passage au centre, en face de la fenêtre qui donnait sur la cour, au milieu duquel pendouillait une ampoule nue qui éclairait à grand-peine.

— Les archives du temps perdu, commenta Dante.

— Pardon ?

— Vous vous rappelez quoi de l'année 1984 ?

— Là, à chaud, rien.

— Les Alphaville sont entrés dans le hit-parade avec « Forever Young ».

— Ah, oui.

— Et *Aube rouge* de John Milius est sorti sur les écrans. Un grand film. Le remake est horrible, en comparaison.

Colomba s'en souvenait vaguement.

— Et puis ?

— Je ne sais pas ce qui fait de nous ce que nous sommes, CC…

— Arrêtez de m'appeler CC…

— … mais, pour une partie, ce sont nos souvenirs, même ceux qui nous semblent quantité négligeable.

Dante ouvrit une boîte à côté de la porte et il en sortit une figurine bleue.

— Comme celui-ci.

Colomba le reconnut aussitôt : le Grand Schtroumpf arbitre.

— Il était dans les Kinder Surprise. Dans ceux de 1989, pour être précis. Vos parents vous en achetaient ?

— Oui. Et j'échangeais les doubles à l'école.

— Tout le temps que le Père m'a gardé prisonnier, il ne m'a jamais donné de bonbons. Uniquement ce qu'il considérait comme de la nourriture saine. Il ne m'a jamais permis d'écouter de musique, il ne m'a jamais laissé regarder un film. J'ai découvert l'existence du Grand Schtroumpf arbitre sur eBay, où je l'ai acheté quarante euros. (Il sourit.) Aux dires des collectionneurs, j'ai fait une affaire.

— Vous cherchez à récupérer ce que vous avez manqué pendant que vous étiez dans le silo, dit Colomba, interloquée.

Pauvre diable, pensa-t-elle. *Même dans la prison la plus sévère, on n'est pas autant coupé du monde.* Qu'il ait pu s'en sortir, même en y laissant quelques plumes, lui paraissait relever du miracle.

Dante approuva.

— J'ai commencé le jour où je me suis aperçu que je ne comprenais parfois pas les références des gens de mon âge. Ils parlaient d'un film, ou ils entraient en transe en entendant une chanson qui signifiait pour eux un tas de choses et pour moi, absolument rien.

— Et vous rassemblez tout ?

— Non. Rien que la culture populaire occidentale. L'histoire officielle, on peut l'étudier dans les livres, mais les programmes télé, il faut les voir, et les jouets, il faut les toucher pour y comprendre quelque chose. Et la musique, si on ne l'écoute pas, on ne peut rien en faire. Mais j'ai arrêté d'acheter des CD depuis qu'il y a Spotify.

— La moitié des choses que vous collectez, tout le monde les a oubliées.

— Tout le monde *croit* les avoir oubliées. Cela fait combien de temps que vous n'avez pas pensé aux Schtroumpfs que vous échangiez à l'école ?

— Un bout de temps.

— Mais ils vous sont tout de suite revenus à l'esprit. La façon dont vous agissez, dont vous parlez, dont vous riez à une plaisanterie, dont vous prenez une décision est influencée par votre expérience. Je n'aurais pas pu exercer ma profession sans mes boîtes de temps. L'année dernière, j'ai retrouvé une jeune fille bipolaire qui avait fugué parce que j'ai compris ce que voulait dire sa petite sœur quand elle me racontait qu'elle était « partie avec Scooby-Doo ».

— À savoir ?

— Un fourgon Volkswagen T2, un combi. Les membres de Mystère & Cie en ont un, couvert de fleurs, la « Mystery Machine », parce que ce sont des hippies. Vous savez qu'il existe une théorie selon laquelle Scooby est en réalité une hallucination de ses amis, qui se font des trips au LSD ?

— Il y a des théories sur tout, répondit Colomba que cela intéressait peu. (Elle montra la chambre.) Je peux ?

— Je vous en prie.

Colomba entra dans la pièce et, tandis que Dante restait prudemment sur le seuil, elle ouvrit une boîte au hasard. Elle contenait des cassettes vidéo. La première était celle d'une série télévisée.

— *Non Stop* ? lut-elle.

— Une série qui a été diffusée de 1977 à 1979. Les films, ils les repassent de temps en temps à la télé, mais les programmes, il faut se les faire donner par les producteurs ou par les collectionneurs.

— Un tas de navets.

— Dans celle-là, il y a un type habillé en marin qui met dans sa bouche des tasses tout entières.

Un détail chatouilla la mémoire de Colomba.

— Jack La Cayenne. Je n'étais pas encore née, comment se fait-il que je m'en souvienne ?

— Parce que c'est rentré dans l'imaginaire collectif. Ou plus probablement encore vous en avez vu des extraits dans les rediffusions estivales. Alors, vous voyez que j'ai raison ?

Colomba referma la boîte, dubitative.

— Il y a votre collection complète, là-dedans ?

— Non, là il y a ceux que je n'ai pas encore regardés. La collection complète se trouve dans un box que je loue et, une fois par mois, je paie un gars pour qu'il fasse la poussière. Je la léguerai à une fondation qui portera mon nom quand je serai mort.

Ils mettront tout au feu, pensa Colomba.

— Je vais commencer par là, alors, si vous êtes d'accord. Ça me paraît l'endroit le plus difficile. Je vous promets que je ne mettrai pas de bazar.

Dante acquiesça.

— Mais si tu dois fouiller dans mes affaires, ça t'ennuie pas qu'on se tutoie ? Ça me gênera moins.

Elle approuva.

— Bien sûr que non.

Il lui tendit sa bonne main.

— Dante.

Elle la lui serra.

— Colomba.

— CC.

— Va te faire foutre.

Il rit.

— Je vais te faire un bon café.

Pendant tout le reste de la nuit, Colomba ouvrit des boîtes et des tiroirs, poussa des meubles, tapota sur des carreaux, démonta des prises électriques et des lampes en essayant de ne pas faire trop de bruit pour ne pas réveiller les voisins, même si Dante avait fait isoler le sol et les murs. Elle tituba de sommeil deux ou trois fois, mais ce n'était pas sa première nuit blanche, et farfouiller dans les affaires de Dante était plus intéressant que de rester postée dans un fourgon de police, un casque sur les oreilles pour les écoutes téléphoniques.

Les archives de Dante la ramenèrent plus d'une fois à des moments heureux et elle trouva même un flacon de parfum au patchouli qu'elle portait quand elle était au lycée. En le humant, elle s'étonna de voir combien ses goûts avaient changé.

Dante resta auprès d'elle pendant quelques heures, louant ou décrivant un objet ou un autre – on aurait dit qu'il avait une réserve inépuisable d'anecdotes pour chacun d'entre eux –, puis sa voix devint pâteuse et Colomba le retrouva à plat ventre sur le lit de la terrasse. Elle en fut soulagée. Ces derniers jours, Dante avait parlé avec davantage de personnes que durant les six derniers mois et il avait besoin de calme.

À sept heures, Dante ouvrit les yeux et vit Colomba qui sortait de la salle de bains, les cheveux mouillés noués sur la nuque par un élastique et une tasse de boisson chaude dans les mains. Son tee-shirt collait à sa peau humide. Elle avait fini son travail et avait pris une douche.

— Je ne voulais pas te réveiller, dit-elle.

Dante glissa vers le bord du lit, enroulant son corps nu dans le drap. Il avait oublié qui elle était et pendant un instant il avait pensé que c'était son ex.

— Qu'est-ce qu'il y a dans ta tasse ?

— Du café au lait.

Dante eut un frisson.

— Quel café as-tu pris ?

— Je ne sais pas, un café quelconque que j'ai trouvé par là.

— Je n'ai pas de café *quelconque* chez moi, marmonna Dante.

— Prends ta douche, il faut qu'on parle, grogna-t-elle.

— Oui, madame.

Dante se dirigea vers la salle de bains, en traînant des pieds, il en sortit une demi-heure plus tard avec quelques gouttes d'eau sur le visage et un costume noir, avec une chemise et une cravate assorties.

Colomba l'attendait à la table de la cuisine en train de grignoter un morceau de pain sec.

— Mais tu t'habilles toujours comme un croque-mort ? dit-elle d'une voix sombre.

— Comme Johnny Cash, plutôt.

— Qui ?

— Laisse tomber. Alors ?

— Rien. Et j'ai même démonté la télévision. Peut-être que ta paranoïa n'est que de la paranoïa.

— Peut-être qu'il m'écoute grâce à un laser qui analyse les vibrations des vitres, répliqua Dante.

— Tu lis trop de conneries. Mais, quoi qu'il en soit, tu ne peux plus rester ici.

Dante s'immobilisa, la tasse en l'air.

— Tu plaisantes ?

— À tous les coups, là, dehors, il n'y a pas le moindre putain de type qui te surveille ou qui te veut du mal, mais si c'est vraiment ton ravisseur qui a accroché le sifflet, tu es devenu une cible. Ici, il n'y a pas de concierge, tu dors pratiquement dans la rue, depuis les fenêtres d'en face on te voit…

— Tu ne peux pas te contenter de mettre une voiture de police en bas ? demanda Dante qui sentait que son thermomètre montait.

— Je n'en ai pas le pouvoir.

— Je ne suis pas un témoin ?

— Dante… Pour tous ceux qui s'occupent de cette affaire, le coupable est un mari violent. Et, franchement, moi aussi, je pense que c'est l'explication la plus probable.

— Mais pas la préférable.

— Tu préfères qu'on ait affaire à un ravisseur récidiviste ?

— Si c'était Maugeri le coupable, il aurait déjà tué son fils. Le Père, au contraire, le gardera vivant tant qu'il pourra le garder dans un endroit sûr.

Colomba ne réussissait pas à savoir laquelle de ces deux perspectives lui semblait la pire.

— Ce matin, j'ai appelé Rovere. Il nous donnera tout ce qu'on lui demandera sur l'enquête en cours.

— Qu'est-ce qu'il a à gagner en risquant sa carrière ? À part ridiculiser le procureur ?

Colomba hésita, puis elle secoua la tête.

— Peut-être que c'est juste ça qu'il veut. Alors, où est-ce qu'on déménage ?

— Tous les deux, tu veux dire ?

— Tu n'as pas de pistolet. Moi si. Tant que je n'aurai pas la preuve que tes élucubrations sont juste de la paranoïa, je te collerai au cul. Crois-moi, ça m'enthousiasme pas tellement, moi non plus.

— Je connais peut-être un endroit où on pourrait aller, dit-il avec un sourire. Attends que je passe un ou deux coups de fil.

— C'est où ?

— Surprise.

— Je n'ai jamais aimé les surprises.

— Je ne sais pas pourquoi mais je m'en doutais.

Pendant que Dante téléphonait et que Colomba s'allongeait pour faire une petite sieste, un homme s'arrêta dans la rue, sous le balcon, à l'abri des regards. Il portait un imperméable fermé jusqu'au cou et il tenait à la main un sac en plastique, contenant tout ce qu'il fallait pour une alimentation équilibrée, adaptée à un enfant de six ans. Un enfant qui ne voulait pas manger et qui réclamait ses parents à grands cris. L'homme à l'imperméable savait que l'enfant se montrerait bientôt beaucoup plus docile. C'était toujours comme ça que ça finissait. Si personne ne lui mettait des bâtons dans les roues, pour faire tout capoter. L'homme à l'imperméable leva les yeux vers le sixième étage. Ce qui se passait en ce moment derrière les fenêtres de Dante ne lui plaisait pas du tout.

Il allait devoir y mettre bon ordre.

V

AVANT

Au fond de la penderie en teck et en papier de riz, dans le petit sac à dos imitation Invicta, il y a une cocotte-minute qui contient environ deux kilos d'un mélange de cyclotriméthylènetrinitramine, dit aussi RDX, et de polyisobutylène. C'est un mélange très stable appelé communément C4. Il peut être façonné comme de la pâte à modeler, à laquelle il ressemble par sa consistance – la couleur est en revanche d'un blanc mat ; il peut être comprimé, mouillé et même brûlé dans des conditions de relative sécurité. Mais, en aucun cas, il ne doit être en même temps brûlé et comprimé ou bien porté à plus de deux cent cinquante degrés. Car il explose alors en dégageant une énergie considérable. Le C4 est un explosif à fort potentiel, très apprécié des militaires. Lors de la guerre du Vietnam, les soldats le faisaient brûler pour se chauffer. Ou bien ils l'ingéraient pour se faire porter pâles. Il est relativement simple à synthétiser, y compris dans un laboratoire artisanal, même si le processus présente un risque. C'est pour cette raison qu'il est aussi très apprécié par les terroristes.

À 21 h 30, une minuterie numérique prélevée sur un chauffe-eau de fabrication suédoise envoie l'impulsion électrique à une petite capsule d'acier. C'est le détonateur qui contient vingt grammes de poussière noire. Le détonateur se met en marche, produisant la température nécessaire à la déflagration. Le C4 explose, se transformant instantanément en gaz qui se déplace à une vitesse supérieure à celle du son : pour être exact, 8 550 m/s. La cocotte-minute explose en des milliers d'éclats, déplaçant une masse d'air considérable que sa vitesse de propagation rend brûlante.

Des éclats métalliques, des débris de la penderie, de la poussière de ciment et de l'air brûlant frappent le couple de personnes âgées assis à cette table, près de l'entrée. Le premier à être atteint est l'homme, qui est littéralement soulevé dans les airs. Pendant un instant, il prend la position d'un homme que l'on aurait crucifié, le bassin en contact avec la table, puis les membres se désarticulent et sont arrachés du corps, tandis que les éclats, les débris et la poussière le traversent de part en part.

L'onde meurtrière se diffuse et atteint la femme. Elle a encore la tête baissée au-dessus de la table, plongée dans ses sombres réflexions, elle est projetée en position semi-fœtale. C'est comme si elle roulait en arrière, mais à chaque tour son corps perd de la consistance. Il s'émiette, pour ainsi dire. Des morceaux de son corps, de celui de son mari, de leur table, des verres, de la bouteille de chardonnay dont le contenu s'évapore, viennent grossir le nuage de débris. Ils retombent sur le couple de jeunes mariés assis derrière eux. C'est la jeune mariée qui est frappée la première. La petite cuillère de l'homme âgé se fiche dans son œil gauche tandis que son corps traverse la table et frappe celui de son époux, qui commence à glisser en arrière, toujours assis sur sa chaise, tenant dans sa main le menu qui va prendre feu. Mais les flammes ne se sont pas encore propagées que l'onde meurtrière et l'amas de débris fondent sur le manager en microcomposants et sur son roman. Le cubitus et l'humérus de la femme âgée lui traversent le crâne et la poitrine comme des lances. Il tombe en arrière, effleurant avec ce qui reste de sa nuque les pieds du jeune marié qui continue à glisser à travers la salle.

L'onde meurtrière atteint maintenant le groupe de Japonais et le maître d'hôtel. L'énergie cinétique est inégale, il y a des différences de pression et de direction dues aux obstacles et à la résistance de l'air. C'est pour ça que ces cinq-là ne sont pas simplement soulevés, mais éclatés dans toutes les directions en même temps, comme s'ils étaient condamnés au supplice de l'écartèlement, attachés à quatre chevaux. Les membres supérieurs de trois Japonais sont arrachés. Le dos du quatrième s'ouvre des omoplates au coccyx, mettant à nu la colonne vertébrale. Le maître d'hôtel, partiellement protégé par les quatre Japonais mais plus grand qu'eux, est frappé à la nuque par un morceau de ciment gros comme un savon. Le morceau passe à travers les os et les tissus mous et ressort par la bouche. Le maître d'hôtel tombe en avant, tandis que l'onde meurtrière, les débris et les éclats atteignent les fenêtres et les pulvérisent. Une partie de l'énergie de l'explosion se disperse à l'extérieur, mais pas assez. Éclats, débris et poussière brûlante continuent à cavaler dans la salle.

Ils mitraillent le serveur qui attend que le DJ ait lâché sa plaisanterie. Ils lui trouent le dos, réduisant cœur, poumons, foie et intestins en bouillie, criblent le visage de l'agent, toujours en train de chercher le titre du film de Woody Allen, et frappent le DJ et son amie amoureuse de lui, en les projetant contre une colonne porteuse. La main gauche du DJ et la main droite de la fille, encore enlacées, se détachent et volent jusqu'aux quatre top models albanaises et à leur accompagnateur, précédant de peu une pluie de morceaux de béton. Un morceau de la penderie en feu, d'environ cinquante centimètres, s'enfonce dans la colonne vertébrale d'une des filles, juste au-dessus d'un tatouage représentant deux papillons qui s'embrassent, et ressort par le nombril. Puis l'onde meurtrière fait tomber le groupe comme si c'étaient des quilles, et les cinq glissent sur le plancher de la salle, prenant feu sous l'action de la friction. Le sternum de l'accompagnateur se casse vers l'intérieur, écrasant le muscle cardiaque.

Tandis que la tête du DJ est projetée en arrière, brisant les vertèbres cervicales, le jeune marié traverse ce qui reste d'une fenêtre. Il commence à tomber vers la route à l'instant même où l'une des mannequins, qui était en train de se lever pour aller se faire une ligne de coke, s'écrase contre une autre colonne porteuse, se cassant le bassin. Le plateau de la table à laquelle elle et les autres étaient assises s'est soulevé. Il vole comme un Frisbee de trente kilos.

Les ondes meurtrières continuent à tourner. Pendant qu'une partie envahit la salle, une autre s'engouffre dans la cage d'escalier. L'air sous haute pression siffle comme un train dans un tunnel en devenant encore plus brûlant. Il détache un morceau de rampe, il arrache le crépi des murs et il retombe sur l'étage en dessous. Une barmaid se retrouve les jambes en l'air, pendant que la trépidation des murs, semblable à un tremblement de terre de magnitude quatre, fait tomber les placards et les bouteilles, explose les vitrines abritant les desserts et projette le percolateur sur la barmaid, lui cassant six côtes et une vertèbre. L'onde meurtrière se propage dans le grand magasin. Le faux plafond des toilettes s'écroule entraînant avec lui les fils électriques de l'éclairage et prive de courant l'étage inférieur. Mannequins et commodes tombent. Les vitrines du bar et celles du magasin volent en éclats, recouvrant de verre les voitures en stationnement. Sur l'une d'entre elles, une Smart aux phares allumés en stationnement interdit – la propriétaire boit l'apéritif à deux pas de là –, se termine le long voyage du jeune marié. Qui défonce le toit de la voiture avec la partie supérieure de son corps. À l'instant de l'impact son visage est presque complètement dépourvu de nez, de lèvres et de paupières.

La table transformée en Frisbee termine elle aussi son vol. Elle est lourde et rien qu'en parcourant quelques mètres elle a perdu beaucoup de sa poussée initiale. Il suffirait qu'elle heurte légèrement une des colonnes ou que se crée un nouveau tourbillon d'air chaud pour la faire dévier et la rendre inoffensive. Mais ce n'est pas un jour pour les miracles, et le Frisbee poursuit sa trajectoire sans interruption. La femme aux yeux pénétrants ne le voit pas vraiment, même si elle sera bientôt convaincue de l'avoir au moins pressenti, comme l'ombre d'un bolide entrevu du coin de l'œil. La table lui tombe dessus à plat, la jetant à terre, lui ôtant lumière et respiration.

Trois secondes ont passé depuis l'explosion. Le grondement rebondit le long des murs des maisons et arrive jusqu'à la place, où il effraie les pigeons.

Alors commencent les cris.

VI

VISITES À DOMICILE

1

L'hôtel Impero était un mélange de design moderne, vaguement japonais, et d'architecture éco-soutenable, avec de petites cascades d'eau dans les couloirs et de l'herbe qui poussait sur le toit au quinzième étage. Il avait été aménagé dans un immeuble de bureaux qui datait du XIXe siècle, dans une petite rue perpendiculaire à la Via del Corso, le cœur du shopping romain, à deux pas de l'Ara Pacis. Le bar était une véranda transparente située sur un côté du jardin intérieur, qui, lui aussi, avait un petit air japonais avec ses galets blancs zen.

Colomba traversa les marbres du hall, avec l'impression que son sac à dos et son jean n'étaient vraiment pas dans le ton. Quand elle était en service, elle utilisait sa carte comme un passe-partout, mais quand elle était en civil, elle éprouvait un certain embarras vis-à-vis des codes sociaux. Elle aurait dû être plus attentive quand sa mère lui expliquait comment doit se comporter une jeune fille de bonne éducation.

— Il doit y avoir une chambre réservée au nom de M. Torre, dit-elle à l'un des réceptionnistes du comptoir, tandis que défilait à côté d'elle un harem en tchador escorté de deux gardes du corps barbus.

Le réceptionniste pianota sur son ordinateur et son sourire s'élargit.

— Bien sûr, madame. Le directeur va venir tout de suite pour vous accompagner à votre suite.

Colomba fit comme si de rien n'était mais elle pensa : *Suite ?* Elle sortit ses papiers de son portefeuille mais son interlocuteur eut un geste de refus.

— Non, ce n'est pas nécessaire. Si vous voulez vous asseoir…

— Je vais dans le jardin.

— Très bien, madame. Je vous fais porter un drink ?

— Non, merci. C'est très bien comme cela.

Elle sortit encore stupéfaite et elle rejoignit Dante à l'une des petites tables disposées çà et là au milieu des palmiers nains et des lauriers-roses : il fumait tout en observant une blonde siliconée à la table d'à côté. Il s'était bourré de Xanax pour lutter contre le stress du déménagement et il avait l'œil à moitié clos.

— Dis-moi un peu, tu es riche à millions ? lui demanda-t-elle.

— Même si tu me secoues par les pieds, tête en bas, il ne tombera pas un centime.

— Foutaises. Ici, si tu n'as pas une carte Gold, ils ne te permettent même pas de faire les poubelles.

— Tu te souviens de l'histoire que je t'ai racontée : celle de la gamine qui est partie avec le camion de Scooby-Doo ?

— Je ne suis pas encore atteinte de démence sénile.

— C'était la fille du propriétaire, et il a accepté de me payer en nature. Maintenant, il suffit que je passe un coup de fil et on me donne une suite même si l'hôtel est overbooké. Gratuitement.

— Et qu'est-ce que t'en as à faire, si tu ne sors jamais de chez toi ?

— Ça impressionne les filles.

— Comme la blonde derrière moi ? C'est plus qu'une carte Gold qu'il te faut, avec elle.

— Laisse-moi rêver.

Le directeur arriva et s'inclina quasiment devant eux, tandis que deux bagagistes déposaient l'assortiment de valises de Dante et le sac à dos de Colomba sur un chariot, puis disparaissaient vers le monte-charge. Eux, en revanche, et toujours en compagnie du directeur, prirent l'ascenseur de cristal qui partait du centre du hall. Il était entièrement transparent et il montait tellement lentement que Dante accepta de l'utiliser, même s'il ne parvenait pas à dissimuler complètement un soupçon d'angoisse.

— Le seul ascenseur que j'aie pris au cours de ces dix dernières années ! s'exclama-t-il tout joyeux.

Colomba profita du temps que dura l'ascension pour examiner le dispositif de sécurité en dessous d'elle. Dans le hall, elle identifia au moins quatre vigiles aux larges épaules d'ex-militaires, portant un costume sombre et une oreillette. Compte tenu du niveau social de la clientèle, ils devaient être efficaces et habitués à remarquer la moindre anomalie. Ce n'était pas un hasard s'ils avaient braqué les yeux sur elle quand elle était entrée. Si elle n'avait pas eu son semi-automatique dans son sac – il faisait trop chaud ce jour-là pour porter une veste –, ils s'en seraient aperçus à coup sûr.

L'ascenseur s'arrêta face à la porte de la suite que le directeur ouvrit, en restant sur le seuil.

— M. Torre connaît bien notre hôtel et je vous dispense de la visite guidée. Si vous avez la moindre question, n'hésitez pas à me contacter, dit-il.

Colomba essaya de lui tendre ses papiers, le directeur fit semblant de ne pas les voir et remonta dans l'ascenseur avec un sourire.

Colomba les rangea, elle se sentait de nouveau très embarrassée.

— Mais pourquoi ne les veulent-ils pas ? demanda-t-elle à Dante.

— Je suis dans leur fichier, et mes invités ont droit à la *privacy*. C'est un avantage de plus.

— Contraire à la loi.

— Mon Dieu, ce que tu es chiante !

— La prochaine fois que tu le vois, explique-lui que je ne suis pas l'une de tes maîtresses.

La suite comportait deux chambres à coucher, chacune avec une salle de bains ultraluxueuse, et un grand living avec cheminée, auprès de laquelle, en moins de cinq minutes, arrivèrent deux employés pour installer un percolateur de bar et un moulin à café électrique.

— Attends que je devine, s'amusa Colomba. Un avantage de plus.

— Bravo.

— Il y a aussi quelqu'un qui vient te frotter le dos sous la douche ?

Dante émit son petit ricanement.

— Seulement si je demande.

Dante attribua à Colomba la chambre la plus petite, qui était quand même grande comme la moitié de son appartement ; il garda pour lui la plus spacieuse, mais il précisa qu'il le faisait parce qu'elle était pourvue de beaucoup plus de fenêtres et d'une terrasse avec jacuzzi et sauna.

— Où je dormirai.

— Et tu n'utiliseras pas le grand lit rond de la chambre ? demanda Colomba qui n'avait jamais vu de lits pareils sauf dans les films.

— Pas pour dormir… Si tu vois ce que je veux dire.

Colomba soupira :

— Non.

Elle vérifia la vue depuis la terrasse : elle donnait sur le patio et il n'y avait pas de bâtiment adjacent. Bien sûr, elle n'était pas rassurée à cent pour cent mais, étant donné les impératifs de Dante, c'était cela ou s'installer en rase campagne.

— Tire les rideaux pour dormir, d'accord ? dit-elle. Et laisse la lumière éteinte dans ta chambre, autrement on voit ta silhouette.

— Tu penses à un tireur d'élite ? demanda-t-il, sans bien savoir si elle plaisantait ou non.

— Je ne pense à rien du tout, mais fais-le.

— Oui, maman.

Colomba alla ranger ses affaires. Le lit était un rectangle réglementaire, mais à trois places, recouvert d'une couette blanche et vaporeuse. Sur un mur, il y avait une télévision à led et sur l'autre une armoire de métal bruni et une bibliothèque. Elle se demanda, pour la centième fois de la journée, si faire déménager un reclus volontaire psychologiquement fragile, sous prétexte d'une vague possibilité de danger, avait du sens ou si elle s'était laissé gagner par la paranoïa. Elle espéra qu'elle allait vite pouvoir trancher, avant de se fourrer dans un guêpier encore pire. Elle disposa ses vêtements dans les tiroirs et ses chaussures dans la salle de bains, puis elle revint au salon.

Dante remarqua qu'elle avait remis son étui à pistolet à sa ceinture, mais il ne dit rien. Il était en train de sortir les paquets de café en grains de sa valise, et de les disposer, par ordre alphabétique, sur le bar derrière le percolateur. Blue Mountain, Mérida, Vintage Colombian… L'odeur de torréfaction se répandit dans la pièce.

— Il y a une magnifique piscine chauffée au dernier, et, devine ! le toit est transparent. On pourrait aller piquer une tête et prendre l'apéritif là-haut, suggéra-t-il.

— J'ai une meilleure idée : si on se mettait au travail ?

Dante soupira.

— Tu n'aimes vraiment pas profiter de la vie, hein ?

Alberti avait été averti et, moins d'une demi-heure plus tard, il déchargea dans le hall deux grosses boîtes de documents que Colomba descendit chercher. Alberti était habillé en civil.

— Tu as pris ta voiture personnelle, non ?

— À vrai dire, je n'ai pas de voiture à moi. Je me la suis fait prêter par un ami.

— Ça ira quand même.

Son nez avait bien dégonflé, même si on voyait qu'il ne redeviendrait plus jamais comme avant. *Mais cela ne lui allait pas mal*, pensa Colomba. Ça lui donnait un air plus adulte. Il lui offrit un coup de main pour monter les cartons jusqu'à l'étage et il regarda la porte de la suite avec curiosité.

— Mais vous habitez vraiment là, commissaire ?

— Juste pour quelques jours. Et ce n'est pas moi qui paie, répondit-elle, lui claquant la porte au nez avec un éclair de malice.

— Le père Noël est passé ! s'exclama Dante, en contemplant les cartons. Mais pourquoi donc est-ce que vous n'avez aucune archive numérique ?

— L'affaire Maugeri est presque entièrement au format numérique, dit Colomba en les ouvrant. Mais ton affaire est encore, en grande partie, en version papier. On manque d'argent pour numériser les fonds anciens.

— Je ne suis pas un « fonds ancien », s'indigna-t-il, piqué au vif.

Colomba lui balança quelques classeurs.

— Remercie Rovere de s'être procuré ça.

— Par où on commence ? demanda Dante tandis qu'il en feuilletait un : le rapport de l'un des enquêteurs qui étaient chargés de le rechercher.

— Par toi. C'est la partie du dossier que je connais le moins bien.

— Je vais faire un café.

Colomba et Dante burent plus d'un café, étudiant les documents et discutant pendant presque vingt-quatre heures d'affilée. Ils mangèrent dans la suite et s'arrêtèrent juste pour aller dormir ; la chambre de Dante, où la femme de chambre avait interdiction absolue de pénétrer, s'était recouverte d'une couche uniforme de papiers et de photos. Pour s'y déplacer, Colomba devait slalomer entre les piles de documents et les tasses vides, mais elle resta allongée la plupart du temps sur la chaise longue Le Corbusier, posant des questions à Dante sur son histoire. Et il la lui raconta avec une grande précision, pour la première fois depuis qu'il avait été libéré.

Dante avait été enfermé dans un des deux silos qui se trouvaient sur la propriété d'une ferme appartenant à Antonio Bodini, un ex-caporal de l'armée à la retraite, qui en avait hérité à la mort de ses parents. Le silo en question était utilisé par le père de Bodini pour engranger le blé jusqu'à ce que, peu de temps avant de mourir, il vende la plus grande partie de ses terres, aujourd'hui cultivées pour le compte d'une exploitation agricole voisine. Depuis ce jour, les silos étaient restés inutilisés, du moins officiellement. Durant les onze années pendant lesquelles Dante était resté prisonnier, Bodini avait continué à vivre normalement, cultivant son potager, nourrissant ses poules et ses coqs, allant retirer l'argent de sa pension à la poste. Dans le village, tout le monde se souvenait de lui comme d'un homme réservé et taciturne, trop sauvage pour avoir une famille, qui échangeait quelques mots sur le temps qu'il faisait quand il partait en courses, mais qui, au bar, buvait tout seul. Les soirs d'été, on pouvait le voir assis à la table devant sa maison, en pantalon élimé et tricot de peau. La découverte de sa véritable identité et des actes qu'il avait commis avait bouleversé tous les habitants et, depuis, on l'appelait « le fou ». Sa tombe avait été profanée deux fois avant que le corps ne soit finalement exhumé, incinéré et déposé dans un ossuaire commun. Pour expliquer ce qu'il avait fait, la raison que les enquêteurs et les experts avançaient tous était la frustration de ne pas avoir de famille, qui l'aurait conduit à la folie.

— Le problème, c'est que ce n'était pas lui, le Père, s'entêta Dante.

Colomba feuilleta les documents.

— On n'a trouvé que ses empreintes, la propriété était à lui et on ne l'a jamais vu avec personne.

— Quel accent est-ce que j'ai ?

— Quel accent ? (Colomba réfléchit.) Plutôt un accent du Nord, sauf quand tu utilises des expressions en dialecte romain. Mais léger, quoi qu'il en soit.

— C'était déjà comme ça quand je suis sorti du silo, à part les expressions en romain.

— Et alors ?

— Bodini a fréquenté l'école jusqu'à la fin du primaire, et il parlait presque toujours en dialecte de Crémone. Ce ne peut pas être lui qui m'a éduqué.

Car, durant sa captivité, son ravisseur avait appris à Dante à lire, à écrire, à faire des calculs sur de vieux manuels scolaires. La police en avait retrouvé quelques-uns, il s'agissait d'éditions datant du début des années soixante, vraisemblablement achetés chez des bouquinistes. L'éducation donnée par le Père avait été pour le moins bizarre.

— Parfois, il me demandait d'apprendre par cœur de longs textes extraits de livres que je ne voyais jamais, raconta Dante. Il m'apportait les pages et me les laissait pour toute la nuit. Si le lendemain je me trompais, il me privait de nourriture et d'eau, ou alors…

Il leva sa mauvaise main. Le Père l'obligeait à se frapper la main avec un bâton ou un couteau. C'était la partie de son corps réservée aux châtiments physiques. Dante avait appris par cœur des extraits de textes des plus grands auteurs italiens jusqu'au XIXe siècle, et il se les rappelait toujours à la perfection. Il n'avait jamais lu l'intégralité des œuvres de certains d'entre eux. Le Père faisait aussi une fixation sur Crémone : Dante avait dû apprendre sur le bout des doigts le nom des rues sur un plan. Le Père voulait qu'il se livre à nombres d'activités mnémotechniques parmi lesquelles celle qui consistait à lui montrer des morceaux d'images de monuments et d'édifices qu'il lui fallait reconnaître. Selon les experts qui avaient examiné Dante à sa libération, les enseignements qui lui avaient été dispensés avaient pour seul but de permettre au Père d'exercer sa domination sur lui.

— Peut-être que Bodini était un autodidacte qui cachait sa culture au reste du monde.

— Ça, c'est ce qu'ont dit tes collègues. Mais ça ne tient pas debout.

— Et puis il n'y avait que ses empreintes à lui sur les livres. Et aussi son ADN, poursuivit Colomba, lisant le rapport. Là, je vois qu'ils ont fait des tests sur des échantillons à la fin des années quatre-vingt-dix. C'est toi qui les avais demandés.

— Oui. À l'époque de ma libération, on ne les pratiquait pas encore. J'ai dû me les payer moi-même et ça n'a servi à rien.

— Et pourtant tu es sûr que le Père et Bodini ne sont pas la même personne.

— Bodini lui louait seulement une part de la propriété. J'en suis certain. D'autant plus que je l'ai vu en face : ce n'était pas Bodini.

Colomba s'installa plus confortablement sur la chaise longue. C'était le soir du deuxième jour de recherches : elle n'avait rien trouvé qui puisse corroborer les thèses de Dante, mais elle n'était pas parvenue non plus à repérer des incohérences patentes dans ses récits. Il était lucide et il avait une mémoire infaillible pour tous les détails de ce qui lui était arrivé. Et pas seulement. Il avait une mémoire quasiment parfaite pour tout.

— Raconte-moi, le pria-t-elle.

— Tout est écrit.

— Pas tout, tu le sais bien.

Dante haussa les épaules, feignant l'indifférence.

— Comme tu veux. Il y avait une fissure dans le ciment. Petite, cachée par la soupente dans laquelle je dormais. Je regardais dehors quand j'étais sûr que le Père ne pouvait pas s'en apercevoir, et même comme ça… (Il secoua la tête.) … j'étais toujours persuadé qu'il me regardait.

— Qu'est-ce qu'on voyait ? demanda Colomba.

— Un bout de champ et l'autre silo. Il était identique au mien, mais je croyais qu'il était vide.

— Et il ne l'était pas, selon ta déposition.

— Qui n'a pas eu de suite, malheureusement. Les silos avaient deux portes, sur les côtés opposés. Elles avaient l'air normales, mais le Père ou Bodini les avaient insonorisées. Tout au moins la mienne l'avait été, depuis l'extérieur, on ne pouvait rien entendre, même si je tapais dessus. Chose que j'ai arrêté de faire à la fin de la première semaine.

— Et donc toi non plus tu n'entendais pas les bruits qui venaient de l'extérieur.

— Très peu. La vibration des camions quand ils passaient sur la départementale, les sirènes des ambulances, les orages… Parfois les oiseaux. Alors qu'à l'intérieur, tous les bruits étaient amplifiés. C'était comme s'ils montaient jusqu'au toit et qu'ils me retombaient sur la tête. (Dante frémit.) Tu sais ce qui peut paraître le plus incroyable ?

Colomba fit non de la tête, elle ne se fiait pas à sa voix.

— Que j'aie survécu. Ça me paraît incroyable à moi aussi. On s'habitue à tout, putain.

Dante sortit sur le balcon pour fumer une cigarette. Le sol était jonché de mégots. Il rentra au bout de dix minutes, il semblait avoir retrouvé son calme.

— Je crois que le Père entrait et sortait de l'autre silo en utilisant la petite porte sur le côté qu'on ne pouvait pas voir – du moins à partir du moment où j'ai commencé à regarder à travers la fissure. Et peut-être qu'il faisait cela la nuit, parce que je n'ai jamais eu l'occasion de le voir arriver par là. Mais le tout dernier jour, c'est ce qu'il a fait. Il tenait par la main un petit garçon de mon âge.

Colomba savait tout cela. C'était la partie la plus controversée de la déposition de Dante, juste après sa libération ; quand elle l'avait lue, cela lui avait paru peu crédible, mais en entendant Dante raconter les faits de vive voix, elle changeait d'opinion.

— Et c'est là que tu as vu son visage.

— Entre trente et quarante ans, cheveux courts, yeux bleus très clairs. Joues creusées. J'ai essayé de faire un portrait-robot mais il était trop général. Il faisait sombre. Et j'étais agité.

Colomba le regarda : le visage de l'homme que Dante avait vu était à peine esquissé. Mis à part les yeux, durs.

— Le visage de Dieu… comme tu dis.

Jusqu'alors, il avait toujours porté un passe-montagne en laine, avec un béret de style militaire cousu par-dessus et des lunettes noires. D'après Dante, il en avait utilisé cinq, tout au long de sa captivité, tous identiques.

— Tandis que le gamin… je l'ai encore moins bien vu… C'était comme… regarder une planète à contre-jour d'une étoile… Il m'a semblé grand et maigre, plus grand que le Père qui était de taille moyenne, et de mon âge. Cheveux longs tombant sur les épaules, comme les miens. Il y a une chose, pourtant, dont je suis sûr. Il riait, ou bien il pleurait. Ou les deux à la fois parce qu'il poussait de drôles de petits cris aigus.

Colomba jeta un coup d'œil sur le portrait-robot, elle le trouva aussi peu convaincant que le précédent. Cela pouvait être n'importe quel enfant de l'âge de Dante à cette époque.

— Cela ne pouvait pas être des visiteurs ? Le père et le fils qui faisaient un pique-nique ?

Dante secoua la tête.

— Oh, non.

— Et ensuite, que s'est-il passé ?

— Le Père a accompagné l'enfant le long du champ. Il est passé à côté de mon silo. J'avais un champ de vision restreint, même en collant l'œil contre la paroi. C'était rien qu'une fissure d'un centimètre, putain… Et au moment où ils allaient disparaître de mon champ de vision, j'ai vu l'autre main du Père, celle qu'il gardait derrière son dos. Il avait un couteau. Maintenant que je m'y connais un peu, je crois que c'était un hachoir.

— Tu as dit que tu étais persuadé que le jeune garçon avait été tué. Est-ce que tu as assisté à la scène, d'une façon ou d'une autre ? Est-ce que tu as entendu des cris ?

— Non. Je sais que l'on n'a pas retrouvé le cadavre, ni de traces de sang, mais j'ai peu de doutes sur ce que le Père lui a fait.

— Cela a dû être un choc pour toi.

— « Choc » n'est pas le mot juste. Pour la première fois en onze ans, je voyais le Père à visage découvert, et un autre être humain. Ensuite, quelques minutes après, j'ai vu de nouveau le Père. Il était seul et il se dirigeait vers mon silo.

— Et il avait son couteau ? demanda Colomba.

— Oui. Je l'ai entendu ouvrir la porte. Il ne s'attendait pas à une réaction de ma part. Je n'avais jamais eu aucune réaction durant toutes ces années. Mais là, je l'ai frappé avec le seau pour les excréments et je me suis enfui. Je ne savais pas trop ce qu'il fallait faire.

— Qu'est-ce qui t'a poussé à réagir ? Tu as eu peur ?

Dante eut un sourire triste, différent de son rictus habituel.

— Non, murmura-t-il. Je me suis enfui parce qu'il m'avait trahi. J'avais toujours cru que j'étais le seul.

2

Dante sortit pour allumer une cigarette et Colomba eut envie de le suivre, même si elle avait arrêté de fumer en première année d'université. Elle avait le sentiment de pénétrer avec de gros souliers dans la zone la plus délicate et la plus intime de la personnalité de Dante, une zone qu'il avait appris, au fil des années, à dissimuler au monde.

Son métier l'avait conduite à interroger et à écouter des centaines de victimes, de suspects et de coupables, pourtant elle s'était rarement sentie aussi bouleversée. Peut-être parce que l'histoire de Dante était très loin d'être banale, peut-être parce qu'il commençait à lui devenir sympathique.

Quand il rentra, l'air détaché, Dante continua son récit.

— Je ne me suis pas retourné pour voir comment il allait, je me suis enfui et c'est tout – et il s'en est fallu de peu que je me casse le cou en descendant l'échelle. Je ne savais pas comment m'y prendre, si ce n'est en théorie. Comme tant de choses que l'on ne peut pas faire dans un silo.

— Comme faire de la bicyclette, ajouta Colomba, cherchant à alléger l'atmosphère.

— Comme faire de la bicyclette. (Il sourit.) Ou simplement courir.

Tant bien que mal, il avait pourtant réussi, même pieds nus, puisqu'il avait déboulé sur la départementale où une voiture l'avait renversé. Par chance, le conducteur l'avait soulevé de terre et amené à l'hôpital sans attendre l'ambulance. À l'hôpital, Dante était parvenu à dire qui il était et, surtout, à ce qu'on le croie.

Quand la police était arrivée au silo, Bodini s'était tiré une balle dans la bouche avec le pistolet militaire qu'il avait gardé sans l'avoir déclaré – après avoir arrosé de fioul la ferme et mis le feu à toute la propriété. Les silos en maçonnerie avaient résisté aux flammes, mais la police scientifique avait eu du mal à en tirer quelque chose, et la ferme avait brûlé jusqu'aux fondations. On n'avait jamais retrouvé la moindre trace de l'autre homme, décrit par Dante, et encore moins du jeune garçon. Ni sang, ni cadavre, ni vêtements ou objets personnels. L'hypothèse la plus plausible était que Dante avait imaginé cet enfant, comme une sorte de projection de lui-même. Ses protestations n'avaient pas réussi à faire changer d'avis les enquêteurs.

— S'il existait vraiment, comment peux-tu être sûr qu'il se trouvait dans l'autre silo ? demanda Colomba. Peut-être qu'il le retenait prisonnier dans la ferme ?

— Pour deux raisons. La première est que Bodini a mis le feu à ce silo aussi. S'il ne servait pas de prison, pourquoi aurait-il fait cela ?

— Peut-être qu'il servait pour autre chose. Que Bodini y entreposait des choses, je ne sais pas, moi. Ou alors il avait tout simplement déraillé.

— Peut-être, mais je ne crois pas que ce soit Bodini qui ait fait ça. C'est le Père. Il a tué son complice, il a effacé toutes les traces et il a disparu.

— Et pourquoi n'a-t-il pas laissé le cadavre du deuxième enfant ?

— Parce que ce corps aurait pu, en quelque sorte, mettre les enquêteurs sur sa piste, je crois… Je ne me souviens pas du visage de cet enfant mais je me rappelle la façon dont il se déplaçait. À petits pas, étonné et effrayé par ce qui l'entourait. Comme s'il avait perdu l'habitude de se trouver à l'air libre. Je me déplaçais comme ça, au début, après ma captivité.

— Mais pas au moment où tu t'es enfui.

— Je me souviens seulement des phares de la voiture qui m'a renversé.

Colomba réfléchit un instant.

— Et donc le jeune garçon est resté prisonnier aussi longtemps que toi, ou presque.

— Je n'ai jamais réussi à l'identifier, bien que l'on m'ait fait voir des dizaines de photos. À l'époque, pas d'Internet pour signaler les disparitions, et aucune base de données commune pour les parquets. Si ça se trouve, des tas de signalements se perdaient. J'ai continué à m'intéresser à lui quelque temps, puis j'ai renoncé.

— De ce point de vue-là, tu n'as aucune responsabilité, c'est nous qui sommes fautifs, admit Colomba en regardant sa montre.

Dix heures. Elle commençait à avoir faim.

— Maintenant, tu sais tout ce qu'il faut savoir, conclut Dante.

— Détrompe-toi. Je ne connais que ta version. Il y a aussi les enquêtes et les interrogatoires faits par mes collègues et par les juges. Je les ai parcourus mais il faut que je les examine en détail.

— J'ai déjà fait ce travail. Tu veux savoir ce qu'il en est ressorti ?

Dante se leva et se dirigea vers le tableau blanc qu'ils avaient accroché à un mur et couvert de Post-it. Il en détacha un et écrivit « ZÉRO » avec un feutre effaçable.

— Tout ce qu'ils ont trouvé allait toujours dans la même direction : un seul ravisseur, c'est-à-dire Bodini, aucun étranger, aucun autre enfant.

— Mais c'est possible qu'il n'y ait jamais eu de contrôle de la ferme par une autorité quelconque durant ta captivité ? Les pompiers, les services sanitaires…

— Il y en a eu plus d'une fois, et Bodini était toujours là. Or personne n'a jamais pensé à inspecter ses silos, même quand on a suspecté que j'avais pu être enlevé. Seul un homme du voisinage s'est manifesté : il habitait une ferme à un kilomètre de celle de Bodini et il a déclaré qu'il voyait souvent une voiture qui s'arrêtait tout près, les phares allumés. Mais il pensait qu'il s'agissait d'un couple d'amoureux.

— Et peut-être que c'était le cas.

— Si tu crois ça, nous perdons notre temps et c'est tout.

— Dante, je te l'ai déjà dit, je cherche des preuves, ne serait-ce qu'une seule, de l'existence d'un lien entre toi et le fils Maugeri.

— Le sifflet.

— À part ça. On en a déjà parlé.

Colomba ouvrit l'un des fascicules avec lequel elle était allée se coucher la veille au soir. Il contenait la liste, parfois même le signalement, des personnes interrogées après la fuite de Dante ou qui pouvaient, de quelque manière, sembler suspectes.

— Le parquet a interrogé trente personnes, pour trouver un éventuel complice.

— Tes collègues ont fait sortir du chapeau un peu de *sexual offender* et des criminels ordinaires, mais ils n'ont rien trouvé, et pour aucun d'entre eux.

— Et toi, qu'est-ce que tu en penses ?

— Je les écarte tous. Le Père m'a retenu prisonnier pendant onze ans, sans interruption, en venant me voir au moins un jour sur trois. Tous ceux-là avaient fait des séjours en prison ou à l'hôpital, qui rendaient impossible une telle régularité.

— Et tu es sûr que le Père et Bodini ne venaient pas à tour de rôle ?

— Je l'étais à l'époque et je le suis encore plus maintenant. Et puis, les suspects qu'ils m'ont montrés n'avaient pas le physique adéquat. Sa voix, il la travestissait en parlant tout doucement, mais pour sa corpulence, il ne pouvait rien. Tu as appris à me connaître un peu… tu crois vraiment que j'ai imaginé cet homme et cet enfant ?

— Je veux être honnête avec toi, Dante. Je n'en sais rien.

Dante se laissa retomber, en position allongée.

— Si tu dois choisir entre gentillesse et honnêteté, opte toujours pour la seconde solution avec moi. Surtout, pas de compassion.

— Parfait, parce que beaucoup de gens disent que je ne suis pas capable d'en ressentir. Dis-moi s'il y a d'autres points communs qui te viennent à l'esprit.

— L'âge de l'enfant des Maugeri.

— OK.

— Et puis mon père aussi a été accusé d'être le coupable, exactement comme Maugeri.

— Mais ton père n'a pas été accusé d'avoir tué ta mère. Elle s'est suicidée.

— Il a tué avec une arme blanche, exactement comme il l'a fait pour le garçon de l'autre silo.

— La majorité des meurtres commis en famille le sont à l'arme blanche ou avec des objets contondants. Tout le monde, en Italie, n'a pas une arme à feu à la maison.

— Il n'y a aucune trace de l'enfant. Aucune, continua Dante.

— Mis à part le sang dans le coffre des Maugeri.

— C'est le Père qui l'y a mis.

— Bref, le Père est une machine de guerre. Il détourne l'attention de lui, il fait retomber la faute sur qui il veut, il ne se fait jamais prendre…

— Exactement.

— Alors que pouvons-nous espérer si notre adversaire ne commet pas la moindre erreur ?

— Il en a commis une. J'ai réussi à m'enfuir. (Dante bâilla et s'étira.) J'ai faim et j'en ai marre. Et si on mangeait comme il faut, pour une fois, qu'est-ce que t'en dis ?

— Il faut que je mette une robe de soirée.

— Tu en as une ?

— Tu veux vraiment que je te réponde ?

Ils dînèrent au bar de l'hôtel – le restaurant était trop *fermé* pour Dante – où l'on avait installé, spécialement pour eux, une table derrière un paravent. Colomba était mal à l'aise face aux serveurs à gants blancs. Même si, dans sa vie, elle n'avait pas fréquenté que des gargotes, elle n'avait jamais fait l'expérience du pingouin qui reste debout et immobile dans votre dos. Deux fois, elle reçut du vin sur les doigts parce qu'elle s'obstinait à vouloir se servir seule.

— Profite un peu de la vie, CC, lui conseilla Dante.

Pour l'occasion il avait mis une cravate couleur anthracite sur un complet noir de chez Giorgio Armani.

— Je ne me sens pas très à l'aise, ici.

— Fais comme si tu étais en vacances.

Elle sourit.

— Je ne serais pas ici avec toi.

— Merci. En tous les cas, c'est quand même mieux que le self de la police.

— Avec le boulot que je faisais, j'étais presque toujours en mission et je mangeais où je pouvais. Quand je mangeais. (L'assiette de Dante ne contenait que des légumes.) Tu es végétarien ?

Dante sourit.

— Je suis resté en cage trop longtemps pour ne pas être horrifié par les élevages.

— L'homme a toujours mangé de la viande, je ne me pose pas de questions, répondit Colomba en portant à sa bouche un autre morceau de son tournedos Rossini.

— Si tu vas par là, il a toujours opprimé son prochain. Heureusement, notre intelligence nous permet de faire des choix. Et puis, ça me protège du cancer du côlon.

— Mais pas du cancer des poumons, avec tout ce que tu fumes.

— Il faut bien mourir de quelque chose.

— Comment se fait-il que tu sois habitué au luxe comme ça ?

— Pendant un temps, j'avais pas mal d'argent, expliqua Dante. Mon père a fait des procès au monde entier quand il a pu prouver que je n'avais pas été assassiné. Il les a tous gagnés, et il a également été indemnisé par l'État pour détention abusive et pour tout ce qui lui est arrivé en prison.

— Il est tombé malade ?

— On l'a violé et poignardé.

Colomba perdit soudain tout intérêt pour son assiette.

— Oh, putain.

— C'est ce qui arrive à ceux qui agressent des enfants. Il était dans le quartier protégé, mais il y a eu un *dysfonctionnement* alors qu'il se rendait au parloir… Mon père est persuadé que tout cela a été organisé par l'un des gardiens qui le détestait, mais il n'est jamais parvenu à le prouver. Il s'en est quand même sorti.

— Quel âge a-t-il ?

— Il va avoir soixante-dix ans cette année. On ne se parle pas très souvent. Nous n'avons pas réussi à renouer vraiment des liens quand je suis revenu. Nous étions deux étrangers et nous le sommes restés, même si nous essayons d'être gentils l'un avec l'autre. Je crois qu'il me reproche de lui avoir gâché sa vie. Quelque part, il a raison. (Dante repoussa son assiette et un serveur vint la reprendre, avec sollicitude.) Quand j'ai atteint la majorité, il m'a donné un peu d'argent, avant tout, j'imagine, pour ne plus m'avoir dans les pattes. Pendant un moment, je n'ai pas eu besoin de travailler. J'ai voyagé. Quand je n'étais pas dans une clinique ou une autre, je voulais profiter de la vie.

— Des cinq étoiles, comme celui-là.

— Et plus encore, et des tas de cabines de luxe spacieuses sur des paquebots, puisque je meurs de trouille à l'idée de grimper dans un avion. (Dante sourit.) J'ai toujours été un panier percé. Et quand je n'ai plus eu d'argent, il a fallu que je m'invente un travail.

— Tu n'as pas choisi le plus facile.

— Je n'ai aucun diplôme et je ne peux pas rester enfermé. C'était ça ou maître-nageur.

Le garçon leur demanda s'ils désiraient un café, Dante refusa pour tous les deux, puis ils sortirent dans le jardin, où l'on pouvait fumer. Les arbres étaient éclairés par des lampes dissimulées dans les frondaisons et des haut-parleurs diffusaient une musique en sourdine. Les tables étaient presque toutes occupées par une clientèle que Colomba estima en grande partie étrangère. Ils trouvèrent deux fauteuils, à demi cachés dans des buissons, et ils s'assirent. Dante commanda deux « Moscow mule », son cocktail préféré : vodka, ginger ale, citron vert et une tranche de concombre. On les leur apporta dans des verres en cuivre, remplis à ras bord de glace pilée, avec deux pailles. Colomba but à peine une gorgée et cela lui sembla un peu acidulé mais rafraîchissant.

— Et donc, CC ? lui demanda Dante. Tu jettes l'éponge ?

— Non, mais on arrête avec le passé. On est sur l'affaire Maugeri. C'est une piste fraîche, à la différence de la tienne, qui est ancienne.

— Pour chercher d'autres points communs.

— J'ai besoin seulement d'un accroc. Quelque chose qui me fasse dire que ce n'est pas Maugeri qui a tué sa femme. À partir de là… que ce soit ton ancien ravisseur ou quelqu'un qui l'imite, je saurais au moins que nous ne sommes pas en train de tout inventer. Bien évidemment, si entre-temps, on retrouvait l'enfant, on rentrerait tous à la maison.

— Ça n'arrivera pas, CC. (Dante finit les dernières gouttes de son verre puis ficha les deux pailles dans celui de Colomba.) Puisque tu ne termines pas…

— Tout ce qui sortira à propos des Maugeri m'arrivera en direct par Rovere. Nous le confronterons à ce que nous savons déjà.

— Et lui, qu'a-t-il à gagner à risquer sa carrière ? Si ce n'est de ridiculiser ce connard de De Angelis ?

— Je n'en ai pas la moindre idée.

Dante alluma une énième cigarette.

— J'ai lu les procès-verbaux des premières dépositions, reprit Colomba. Il n'y a rien d'intéressant pour nous. On a seulement demandé à des parents ou à des amis si Maugeri avait fait des confidences, et s'ils savaient où pouvait être l'enfant. Imagine qu'il ne s'agisse pas du Père ou d'un de ses *copycats* ? Que ce soit un enlèvement normal…

Dante leva un sourcil.

— Normal ?

— Un de ceux dont tu t'es occupé par le passé. Comment agirais-tu ?

— Je chercherais la réponse à la question qui me taraude depuis que je suis allé aux Pratoni.

— Laquelle ?

— Pourquoi la femme de Maugeri est-elle montée sur le Monte Cavo avec le petit ? Elle l'a fait de sa propre volonté, personne ne l'y a obligée. Le ravisseur lui avait donné rendez-vous et elle s'y est rendue, en laissant son portable, après avoir attendu que son mari s'endorme. Pourquoi ? Qu'est-ce qui l'a poussée à y aller ?

— Chantage ? Menace physique ?

— Ou bien un amant qui lui a proposé de fuir un mari violent. Ou un ami qui lui offrait son épaule pour pleurer. Dans tous les cas, elle a dû se confier à quelqu'un. Même si elle n'a pas tout dit.

— Tu as vu la liste des témoins. Quel est le plus probable ?

Dante éteignit son mégot et fit signe au garçon qu'il lui apporte un autre cocktail.

— Les sœurs savent toujours tout.

3

Colomba téléphona à Giulia Balestri à l'heure du petit déjeuner, le lendemain, après avoir obtenu l'accord de Rovere. Elle essaya de tenir un discours aux accents officiels sans rien dire de précis toutefois, afin d'éviter que De Angelis ne puisse trouver des éléments à sa charge.

— Je me suis occupée de l'affaire de votre sœur, et il y a quelques éléments que je souhaiterais clarifier avec vous, affirma-t-elle.

— Il y a du nouveau ?

— Malheureusement non. Quand pouvons-nous nous rencontrer ?

— Venez avant le déjeuner, si cela vous convient.

— Je vous remercie.

Colomba raccrocha, ennuyée d'avoir dérangé cette femme dont la voix laissait entendre qu'elle n'attendait plus que de mauvaises nouvelles.

Sur le seuil de sa porte, elle trouva un paquet de journaux et elle en lut la moitié, en écoutant la radio, avant que Dante ne surgisse de sa chambre, en robe de chambre couleur charbon, affichant un visage cadavérique.

— C'est pas un peu fini, ce bordel ? C'est l'aube, protesta-t-il.

— Il est dix heures. Remue-toi un peu.

Dante regarda avec désapprobation la tasse de café au lait de Colomba.

— Tu sais que le lait est responsable de la formation de caséine, substance impossible à digérer.

— C'est exactement ce que je voulais entendre… J'ai appelé Mme Balestri.

— Qui ?

— La sœur de la défunte.

— Ah !

— Elle nous attend.

Dante se traîna jusqu'à la machine à espresso avant de répondre :

— Elle t'attend, *toi*. Moi, je ne sais pas faire le boulot d'un flic. Sans vouloir t'offenser.

— Le boulot de flic, c'est moi qui m'en charge. Toi, tu restes là à observer et tu me fais des remarques intelligentes.

Dante remplit deux tasses à la fois.

— CC… c'est pas mon truc. Je ne suis pas doué avec les gens.

— Tu es doué pour les observer.

— De loin. Les manifestations d'émotion me mettent mal à l'aise.

— Pauvre petit.

— Tu ne peux pas m'y obliger.

Colomba sourit et ne répondit rien. Dante alla s'habiller.

Une heure après, Giulia Balestri ouvrit la porte à Colomba.

— Je suis le commissaire adjoint Caselli. Je vous ai téléphoné tout à l'heure.

Giulia Balestri acquiesça. Elle avait trente-six ans, des extensions rasta et un corps potelé. Elle portait une tenue d'intérieur et des pantoufles.

— Entrez, je vous en prie.

— Si vous pouvez descendre, M. Torre aussi voudrait vous rencontrer.

— Pourquoi ne le faites-vous pas monter ?

— C'est une longue histoire. Soyez gentille.

— Très bien.

Giulia Balestri alla enfiler une paire de chaussures. Colomba observa l'appartement meublé de bric et de broc, avec des jouets de petit garçon qui traînaient partout. Devant les toilettes, il y avait une paire de tongs d'homme, à motif tropical. *Une petite famille heureuse*, pensa-t-elle.

— Nous devons faire vite parce que d'ici une heure, je dois aller chercher mon fils à l'école, dit Giulia Balestri comme si elle avait lu dans ses pensées. Elle avait enfilé un gilet jaune citron.

— Quel âge a votre fils ? demanda Colomba, se repentant aussitôt de sa question : cela ne la regardait pas.

— Sept ans et demi, un an de plus que Luca. (Son visage se contracta, soucieux.) Il n'y a vraiment rien de nouveau ?

— Non, je suis désolée.

Son interlocutrice chercha à déchiffrer l'expression de Colomba, sans succès.

— Il est mort, c'est ça ?

— Madame… je vous assure que nous n'en savons rien. Il faut garder l'espoir du meilleur.

— Mais comment pourrait-il être encore vivant ? Si personne ne lui donne à manger…

— Peut-être que quelqu'un s'occupe de lui, madame…

— Qui ça ? Un ami de mon beau-frère, ce fils de pute ?

Colomba ne répondit pas. Devant la porte de l'immeuble, elles trouvèrent Dante qui les attendait appuyé contre le mur, l'air lugubre, fumant une cigarette.

En le voyant une cigarette aux lèvres, Giulia eut une envie folle d'en griller une. Elle avait arrêté quand elle avait su qu'elle était enceinte, mais maintenant elle en rêvait la nuit.

— M. Torre, dit Colomba.

— Mes condoléances pour votre sœur, marmonna-t-il sans la regarder en face.

Giulia remarqua que la main gauche de Dante était couverte d'un épais gant noir.

— Que voulez-vous me demander ? J'ai déjà tout dit.

— Il y a quelques détails, d'ordre privé, que nous avons besoin de connaître.

— Sur ma sœur ? De quel genre ?

— Du genre : avait-elle un amant ? marmonna à nouveau Dante.

Giulia sentit la colère l'envahir.

— Comment osez-vous ?

— Dante, putain ! éclata Colomba.

— C'est toi qui as insisté pour que je vienne.

Colomba leva les yeux au ciel.

— Madame, je vous prie d'excuser l'absence de tact évidente de mon collègue, mais… j'ai besoin que vous répondiez.

Giulia croisa les bras.

— Ma sœur n'allait pas avec d'autres hommes que son mari – Dieu seul sait pourquoi. Vous étiez au courant qu'il la frappait ?

— Oui, répondit Colomba. C'est pour cela que nous avons pensé qu'elle aurait pu…

— Vous avez mal pensé.

— Pourquoi ne l'a-t-elle pas quitté ?

— Parce qu'elle était amoureuse de lui. De ce malade mental. Elle m'a toujours dit que si jamais il touchait un cheveu du petit, elle s'enfuirait, mais elle n'arrivait pas à le faire… Elle n'y est jamais arrivée, se corrigea-t-elle.

— Elle se rendait compte que son enfant n'allait pas bien ? demanda Dante.

Cette fois-ci, Giulia ne s'indigna pas.

— Et vous, comment le savez-vous ?

— J'ai regardé les photos.

— Vous avez raison : il était devenu triste et il ne parlait presque jamais. Quand je le gardais, il avait toujours l'air de vivre sur une autre planète.

— Surtout l'année qui a précédé les événements, non ? suggéra Dante.

Giulia le dévisagea à nouveau, se disant que c'était le policier le plus étrange qu'elle ait rencontré. Elle acquiesça.

— Et votre sœur s'en était aperçue ? demanda Colomba

— Elle, oui. (Giulia secoua la tête, écœurée.) Mais pour son mari, le petit était tout à fait normal. Et il ne voulait entendre parler de rien.

— Elle ne s'est jamais adressée à un spécialiste ?

— Non. Stefano ne voulait pas…

Mais elle l'avait dit sans conviction. Dante le perçut.

— Elle l'a fait en cachette ?

— Pas que je sache. Mais elle voulait consulter un médecin.

— Le pédiatre ? interrogea Dante, dont les yeux étaient devenus de verre.

Colomba eut l'impression que l'air crépitait autour de lui tant sa concentration était intense.

— Non. C'était un nouveau médecin, qui a appelé ma sœur pour fixer un rendez-vous.

— Quand cela s'est-il passé ?

— Il y a deux semaines, environ.

— Et où l'avait-elle connu ?

— Lors d'une visite à l'Unité sanitaire locale. Dans le cadre de l'école.

Dante regarda Colomba, qui reprit la parole.

— Vous savez s'ils ont pu se rencontrer ?

— Non, je n'en sais rien, murmura-t-elle. J'ai oublié de lui demander. (Une larme perla au coin de son œil droit. Elle l'essuya du revers de sa manche.) Excusez-moi.

Giulia se retourna et s'éloigna de quelques pas.

— Elle est en train de pleurer, chuchota Colomba à Dante. Tu sais, on a tué sa sœur… Ça arrive.

— C'est pour ça que, d'habitude, je laisse faire mon avocat.

Giulia se moucha énergiquement et revint vers eux, les yeux rouges.

— Vous disiez ?

— Vous vous souvenez du nom de ce médecin ? ou si votre sœur a noté son numéro quelque part ? demanda Colomba.

— Je sais seulement qu'il l'a appelée sur son portable. Elle était venue chez moi prendre un café avant de réouvrir son magasin. Pourquoi pensez-vous que c'est important ?

— Nous ne savons pas si ça l'est, s'empressa de répondre Colomba.

— Vous croyez que mon beau-frère a un complice ? ou qu'il n'est pas le coupable ?

— Nous devons examiner toutes les possibilités. Mis à part ce médecin, votre sœur avait-elle rencontré quelqu'un ces derniers temps ? De nouvelles relations, de nouveaux copains de votre neveu ? demanda-t-elle.

— Non, je ne crois pas. Et, comme je l'ai déjà dit à vos collaborateurs, elle n'avait pas reçu de menace, pas plus qu'elle n'avait vu qui que ce soit rôder aux alentours de chez elle. Et moi non plus. (Elle fixa de nouveau Colomba.) Le seul individu dangereux, il était dans la maison.

— Merci pour votre collaboration, madame.

Giulia avança d'un pas pour faire face à Colomba, ses yeux semblaient de feu.

— Il s'en sortira pas comme ça, ce fils de pute. Vous avez compris ?

— Pensez à votre neveu. Il doit passer avant tout le reste, répondit Colomba en soutenant son regard.

— Mon neveu est mort, dit Giulia avant de faire volte-face et de rentrer en courant chez elle.

Colomba soupira et s'appuya contre le mur, à côté de Dante.

— C'est toujours aussi chaud ? demanda-t-il.

— Quelquefois, c'est pire. Qu'en penses-tu ?

— J'en pense que la prochaine fois, je ne viendrai pas, même si tu me mets les menottes.

— À part ça ?

— Elle se sent coupable de ne pas avoir assez protégé sa sœur de son beau-frère, quand c'était encore possible. Elle aimerait bien qu'on découvre que ce n'est pas lui l'assassin, ça soulagerait sa conscience. Mais elle n'y croit pas.

Colomba fit une moue dubitative.

— Elle n'irait pas inventer une histoire mensongère.

— Non. Le premier accroc, CC.

— On n'en voit même pas l'ombre.

— Alors, on fait comme si de rien n'était ?

— Tu n'imagines pas comme j'en aurais envie. Allez, monte.

Colomba avait loué un monospace avec un toit panoramique, en espérant que Dante se sentirait plus à l'aise et qu'ainsi elle ne serait pas obligée de rouler à deux à l'heure. Cela n'avait pas marché mais, en revanche, la voiture était équipée d'un kit mains libres dernier cri lui permettant de téléphoner sans lâcher le volant.

Elle appela le directeur de l'école du fils Maugeri, lequel ne s'étonna pas de l'entendre puisqu'il avait été convoqué à de multiples reprises ces derniers jours ; si bien que Colomba n'eut pas besoin d'inventer une excuse : il lui suffit de donner son grade.

Le directeur se rappelait la visite médicale de l'enfant. Cela faisait partie d'un programme de prévention de l'Unité sanitaire locale.

— Poids, taille, thorax… rien de très indiscret, dit-il.

— Les médecins sont restés en contact avec les familles ? interrogea Colomba.

— Je n'en ai aucune idée.

— Est-ce qu'il y avait aussi un bilan psychologique ? s'informa Dante, en se penchant vers le micro qui se trouvait derrière le miroir du rétroviseur.

— Absolument pas. Pour de nombreux parents, les psychologues sont encore les médecins des fous.

— Vous pouvez me donner le numéro de l'USL ? s'enquit Colomba.

— Un instant, je le cherche.

Il le trouva mais cela ne servit à rien. Le responsable refusa de répondre à toute question, en vertu du secret médical.

Colomba aurait pu lui forcer la main en se rendant sur place. Mais c'était prendre le risque que le médecin lui demande un document officiel, ou aille se plaindre auprès du parquet, ce qui lui aurait valu pas mal d'ennuis. Elle se résolut donc à demander un service à Tirelli : il connaissait suffisamment de collègues à Rome pour atteindre, en quelques coups de fil, l'objectif qu'elle lui fixerait.

Tirelli les rejoignit à dix-huit heures, au bar de l'hôtel.

— Tu t'embêtes pas, fit-il remarquer en s'asseyant à leur table, sur laquelle on avait déposé une théière d'argent pour Colomba et un Moscow mule pour Dante.

Colomba désigna Dante.

— C'est lui qui paie. Dante Torre.

— Vous gagnez plus que moi, alors, commenta Tirelli en lui serrant la main.

— Je suis invité. Le propriétaire est l'un de mes vieux amis, expliqua Dante.

Colomba mordit dans un biscuit, choisi parmi ceux qui reposaient sur le plateau à trois coupelles.

— Il lui a retrouvé sa dingue de fille.

— Elle n'était pas dingue, corrigea Dante, irrité. C'est un terme fort peu correct.

— Bipolaaaaiiiiire, reprit-elle en allongeant le « ai » pour se moquer de lui.

— Félicitations. (Peut-être en raison du caractère étrange de la situation, Tirelli adoptait des attitudes encore plus affectées que d'habitude, il se tenait raide comme la justice.) Puis-je vous demander où vous l'avez retrouvée ?

— Chez un de ses amis toxicos, avec un début de gale et une envie folle de rentrer chez elle.

— Sans ça, elle serait restée là-bas ?

Dante haussa les épaules, il détestait parler de son travail avec des étrangers.

— J'ai beaucoup de respect pour la liberté des autres. Bipolaires ou pas. Vous imaginez bien pourquoi. Comment se fait-il que cela vous intéresse ?

Tirelli sourit, laissant voir ses dents jaunies par la réglisse.

— Parce que j'ai entendu parler de vous, monsieur Torre. Et je me demande pourquoi vous avez voulu impliquer Caselli dans cette stupide affaire.

— C'est le contraire : c'est moi qui l'ai impliqué, reconnut Colomba.

— Parole d'évangile, ironisa Dante.

— Et pourquoi, pour l'amour de Dieu ? La moitié du parquet est en train d'enquêter sur les Maugeri, et toi, tu n'es même pas en service ! Tu penses qu'ils se trompent sur toute la ligne ? que l'enfant est vivant ?

— Pour le moment, je ne pense rien du tout. C'est pour cela que je mène l'enquête.

— Rovere est au courant ?

— Pourquoi ? Tu te fais du souci pour le règlement ?

— Je me fais du souci pour toi. Et pour ta carrière. Avec ce qui t'est arrivé…

Il laissa sa phrase inachevée.

— Ce qui m'est arrivé et ce qui m'arrivera ne regarde que moi. Désolée de te dire ça…

— Tu es en train de me mouiller dans l'affaire. Si je t'aide, je suis responsable moi aussi.

— Tu as le droit de refuser. Mais arrête de me faire la morale.

Une serveuse demanda à Tirelli s'il voulait boire quelque chose, il commanda un verre de blanc sec qu'on lui apporta avec un énorme plat d'amuse-gueules. Tirelli but une gorgée, sans mot dire.

— Alors ? le pressa Colomba, impatiente. Tu m'aides ou pas ?

— Je t'aide… mais c'est la dernière fois si tu ne me donnes pas de raisons valables.

— Si j'en avais, je te les donnerais. Alors ?

— J'ai posé la question à un de mes collègues de la Direction générale des affaires sanitaires. Aucun des médecins du programme d'actions scolaires n'aurait eu les moyens de contacter les parents après la visite, expliqua Tirelli. Ils n'ont pas accès aux données sensibles. Du moins en théorie, parce qu'il leur suffisait de les demander aux familles au cours de la visite médicale. Quelqu'un a contacté les Maugeri ?

— Arrête de poser des questions, lui intima Colomba. Tu as trouvé qui lui avait fait passer la visite ?

Tirelli la dévisagea encore pendant quelques instants, puis il lui tendit un bout de papier plié en quatre.

— Petite, ne me fais pas faire des cheveux blancs, d'accord ? lui recommanda-t-il en se levant. (Il regarda Dante.) Et vous, ne lui faites pas commettre trop de bêtises.

En guise de réponse, Dante aspira bruyamment son cocktail.

Quand Tirelli se fut éloigné, Dante saisit le bout de papier.

— L'accroc s'agrandit.

Colomba se leva.

— Il faut en avoir le cœur net.

4

Le médecin qui avait rédigé le billet s'appelait Marco De Michele. Il était interne aux urgences de l'hôpital Sant'Andrea, sur la Via Cassia, dans la zone de Grottarossa, dans le nord de Rome.

Rien qu'en l'apercevant de loin, Dante comprit qu'il ne pouvait être le Père. Trop jeune, la quarantaine. Peut-être un de ses complices, alors ?

Quand il sortit pour fumer une cigarette avec eux, Dante observa chacun de ses mouvements. Hâte, fatigue, ennui. Aucun sentiment de culpabilité ne semblait peser sur ses épaules, aucune crainte non plus, si ce n'est celle que suscitait fatalement la rencontre avec une policière.

De Michele affirma ne se souvenir d'aucun des enfants qu'il avait examinés dans le cadre du programme de prévention de l'école.

— À moins que ce ne soit cet enfant qui avait un grave problème de *pectus excavatum.*

— Thorax en entonnoir ou poitrine de cordonnier, expliqua Dante. À cause de la position que les cordonniers adoptaient pour travailler, la chaussure pointée contre leur poitrine.

Colomba soupira. Quelquefois, Dante lui faisait l'impression d'être un Wikipédia sur pattes.

— Je suis en train de parler de Luca Maugeri, coupa-t-elle.

— Le nom me dit quelque chose… (De Michele écarquilla les yeux.) Mais ce n'est pas l'enfant qui a été tué par son père ?

Dante jugea que sa stupeur était crédible, et il échangea un regard avec Colomba, qui hocha la tête car elle avait eu le même sentiment.

— Non, c'est seulement un homonyme, mentit-elle. Il y avait plusieurs médecins pour chaque enfant ?

— Nous étions trois, mais chacun voyait un enfant différent. On se les répartissait par numéro, comme à la poste.

— Y avait-il du personnel médical ou paramédical qui attendait avec eux ? demanda Dante.

— Non. Les infirmières se limitaient à ouvrir la porte de temps en temps. (Il se gratta le crâne, gêné.) Il s'est passé quelque chose, avec cet enfant. Quelqu'un l'a agressé ou…

— Sa mère a reçu des coups de téléphone obscènes, répondit hâtivement Dante.

De Michele sourit.

— Je suis gay. Mais je n'ai pas appelé le père non plus, je vous le dis avant que vous ne me posiez la question…

Dans la voiture, au milieu de la circulation plus que dense du grand raccord annulaire, le périphérique de Rome, Colomba regretta de ne pas avoir de gyrophare.

— C'est une impasse, conclut-elle.

— Ce n'est pas lui qui a téléphoné, mais quelqu'un qui était au courant de la visite médicale l'a fait.

— Il peut y avoir cent mille personnes dans ce cas.

— Tu veux laisser tomber ?

— Non. On va regarder les relevés d'appels de Lucia Balestri et on va voir si on arrive à repérer qui l'a contactée. (Rovere les leur avait fournis avec le reste.) Ce qui est sûr, c'est que ce n'est pas un repris de justice et qu'il n'a pas particulièrement insisté, sinon les collègues s'en seraient aperçus.

— Si quelqu'un s'est donné la peine de vérifier.

— Ils ont quand même dû faire un minimum de boulot, autrement le juge leur aurait botté le cul à l'audience préliminaire.

Oubliant qu'elle ne disposait plus d'une voiture de service, Colomba appuya sur l'accélérateur pour doubler, dépassant largement la vitesse autorisée.

Dante s'agrippa au siège des deux mains.

— Mais le juge, c'est pas De Angelis ?

— Non, lui, c'est le procureur. Comment ça se fait que toi qui sais tout, tu n'y connaisses rien en droit pénal ?

— Parce que c'est ennuyeux et que j'ai un avocat pour ces choses-là. Attention, tu roules beaucoup trop vite.

— Tu veux me mettre un PV ?

— Non, mais je n'ai pas envie de vomir dans une voiture de location. C'est moi qui ai donné ma carte de crédit.

Colomba doubla un camion, le rasant avec son rétroviseur.

Dante ouvrit la fenêtre et respira à pleins poumons.

— On t'a jamais dit que tu conduisais comme si t'étais bourrée ?

— Si tu veux, je te laisse descendre et tu prends un taxi.

Dante considéra la situation.

— On s'est engagés dans la bonne direction, CC.

— Parce que tu veux que ce soit la bonne.

— Non. Je ne me trompe pas. Je ne saurais te dire pourquoi, mais je sais que ça me fait très peur.

Dante ne prononça plus un mot du trajet et, au dîner, il ne mangea presque rien, les yeux perdus dans le vide. Il refusa de prendre l'ascenseur et Colomba le suivit tout au long des dix étages de la cage d'escalier, qu'il monta d'un pas lent, le regard éteint, pour s'engouffrer aussitôt dans sa chambre.

Colomba enleva ses chaussures, et le suivit, s'asseyant en travers de la chaise longue.

— Tu te souviens si un médecin a appelé ta famille avant ton enlèvement ?

— Ça y est, tu commences à croire qu'il y a un lien ?

— Non, je t'ai dit que j'allais tout vérifier, et c'est ce que je veux faire.

— Aucune personne étrangère n'est entrée en contact avec ma famille durant la période qui a précédé mon enlèvement. Du moins, c'est ce qu'ils ont toujours dit.

— Passe-moi les relevés de Mme Balestri, demanda Colomba.

Dante se pencha sous le lit et lui lança le paquet de feuillets agrafés. Au grand dam de Colomba, il trouvait toujours tout du premier coup – elle aurait bien aimé jouir du même superpouvoir.

Dante revint s'asseoir en position de fakir au centre du lit.

— Certains témoins ont parlé d'une voiture bizarre, devant chez nous, quelques jours avant ma disparition, mais on ne l'a jamais retrouvée, et c'est peut-être un bobard.

— Et ton médecin de famille ? demanda-t-elle sans lever les yeux.

— Mort. Mais de mon temps, il était normal de passer des visites à l'école. Il y avait des plans de lutte contre le rachitisme et les morpions.

— Tu as grandi sur un bateau de pirates ?

— Non, seulement dans la campagne profonde. Comment se fait-il que tes collègues n'aient pas contrôlé les numéros ?

— Ils se sont concentrés sur le jour du meurtre, ou sur d'éventuels coups de fil à répétition dans les jours qui ont précédé, ou à des horaires insolites. Mais ils ne se sont pas attaqués à la vérification systématique de tous les appels entrants. T'imagines le temps que ça prend ?

— Surtout si tu penses que cela n'en vaut pas la peine.

Colomba encercla un numéro sur le relevé.

— Il y a un appel depuis un téléphone fixe, à Rome, qui apparaît pour la première fois durant la période dont a parlé la sœur de la victime, un vendredi.

— À quelle heure ?

— À deux heures et demie de l'après-midi. Ça correspond aux horaires de fermeture du magasin.

— Regarde s'il y en a d'autres.

Colomba parcourut le reste de la liste. Elle ne lisait que le dernier chiffre de la colonne, pour aller plus vite. Le numéro du vendredi se terminait par un 9, et chaque fois que Colomba voyait un 9, elle s'arrêtait pour vérifier. Si elle avait eu ces informations au format électronique, elle aurait pu faire une recherche automatique, mais Rovere n'avait pu se procurer que la version papier.

— Il apparaît une autre fois le lundi suivant. C'est elle qui l'a appelé.

— Ensuite, plus rien ?

— Non.

— Récurrence trop faible pour sauter aux yeux de tes collègues. Ils n'ont pas les yeux pour ça.

— Exact.

Colomba prit l'ordinateur et vérifia le numéro sur les pages blanches.

— Il n'est pas dans l'annuaire.

— C'est lui ! s'écria Dante.

— Ne t'excite pas trop, aujourd'hui la majeure partie des numéros sont sur liste rouge.

Dante sortit sur la terrasse et alluma une cigarette, Colomba téléphona à Rovere et lui demanda de faire identifier le numéro.

La réponse arriva quelques minutes plus tard, mais elle fut très différente de ce que Colomba avait imaginé. Elle fit un signe à Dante qui entrouvrit la porte-fenêtre, en restant accroupi sur la chaise d'osier, les genoux sous le menton.

— Qui est-ce ?

— Skype, répondit Colomba. Tu t'abonnes et on te donne un numéro local pour appeler et te faire appeler.

— Mais celui qui t'appelle n'en sait rien. (Dante alluma une autre cigarette.) Le Père sait que Lucia Balestri est préoccupée par les symptômes d'autisme de Luca. Il entre en communication avec elle et lui propose de l'aider. Ils se rencontrent quelque part, et il la convainc de n'en parler à personne et de ne pas utiliser son téléphone.

— Ou alors c'est quelqu'un qui veut faire des économies sur sa facture.

— Un médecin qui appelle depuis son cabinet ? Tout à fait crédible. Imagine un instant que quelqu'un… je ne dis pas le Père… ait enlevé le fils des Maugeri. Faire semblant d'être médecin est une excellente stratégie.

Colomba dut en convenir, malgré elle.

— Elle vivait avec un homme violent qui ne voulait pas entendre parler de la maladie de son fils. Peut-être que c'est elle qui a eu l'idée d'une rencontre dans un lieu à l'écart. Mais comment a-t-elle pu s'éloigner sans que son mari s'en aperçoive ?

— Qu'a donné le test toxicologique ?

— Alcool et psychotropes. Il avait l'habitude d'en prendre, contre le stress.

— Peut-être qu'elle lui en a rajouté quelques-uns dans sa bière.

Colomba restait sceptique.

— Et le ravisseur, comment il aurait eu toutes ces informations sur le fils Maugeri ?

— Une fois qu'il a repéré sa proie, il s'est renseigné. Il les a espionnés. Il a eu deux mois devant lui depuis la visite médicale.

— Pour l'instant nous avons seulement un numéro bizarre. On pourrait essayer de l'appeler.

Dante secoua la tête.

— J'ai déjà essayé, il y a cinq minutes. Numéro non attribué.

— La prochaine fois, dis-le-moi. Tu n'as pas procédé de manière très orthodoxe.

— J'étais sûr que le Père l'avait désactivé.

— Arrête de faire une fixation sur lui.

— Tu crois que c'est une coïncidence ?

Colomba haussa les épaules.

— Tu sais ce qu'ils t'enseignent tout au début, quand tu apprends à mener une enquête ? À ne pas te polariser sur une théorie. Parce que si tu es trop convaincu, tu vas voir des choses qui n'existent même pas.

Dante alluma une autre cigarette avec le mégot de la première.

— C'est exactement ce que l'on m'a dit quand je me suis échappé du silo.

— Je ne faisais pas référence à ça, et tu le sais. Si on reste sur le terrain des hypothèses, selon toi, le ravisseur aurait rencontré le gamin dans le service hospitalier ?

— Puisque je crois qu'il ne s'agit pas d'un ravisseur quelconque mais du Père, je dirais que non.

— Il courait très peu de risque, au milieu de tant de gens. Il pouvait se faire passer pour le gentil grand-père.

— Non, dit sèchement Dante. Il a vécu tranquille pendant vingt-cinq ans après mon évasion. Il n'y serait pas arrivé s'il n'était pas prudent jusqu'à l'obsession. Et lui, laisse-moi te dire, il est plus qu'obsessionnel.

Colomba secoua la tête. Elle se sentait toujours accablée quand Dante parlait du Père avec tant d'assurance.

— Je jetterai un coup d'œil, de toute façon, sur les enregistrements de surveillance du service de l'USL.

Dante se retourna, la cigarette à demi consumée :

— Qu'est-ce que tu as dit ?

— Il doit y avoir un système de surveillance d'un genre ou d'un autre, expliqua Colomba. Je peux demander à Rovere de nous trouver les bandes.

Dante jeta sa cigarette sans même l'éteindre et se précipita à l'intérieur. Il saisit Colomba par les épaules.

— Il faut qu'on trouve le moyen de rentrer dans le service, lui dit-il.

Elle se dégagea, étonnée de sa véhémence.

— Demain matin, je vais essayer à nouveau de parler au directeur…

— Non. Tout de suite, l'interrompit Dante. Demain matin, ce sera peut-être trop tard.

— À cette heure-ci, c'est fermé.

— Fais-toi ouvrir, CC. C'est important.

— Mais tu peux me dire ce qui se passe ?

Dante lui expliqua. Colomba saisit le téléphone.

5

Le dispensaire de l'USL où le petit Maugeri était allé passer une visite médicale se trouvait à l'entrée du périphérique est, dans un parallélépipède de ciment gris, difforme, de la Via Nomentana. On aurait dit un cube pour enfants qui aurait atterri dans un four et en serait sorti recouvert de bulles et de protubérances, éparpillées de manière fortuite sur les façades. Lorsque Dante et Colomba arrivèrent, autour de minuit, la voiture d'Alberti était déjà garée devant l'entrée, les warnings allumés.

Celui-ci vint les saluer, accompagné de son collègue plus âgé, gras à faire éclater son uniforme, qui empestait la transpiration : avant même de lui serrer la main, Colomba avait compris à quel type de policier elle avait affaire. Il sourit et, l'air de rien, lui regarda les nichons.

— Le médecin ? demanda Colomba.

Alberti lui désigna De Michele, près de la voiture. Il semblait un peu agacé.

Elle le rejoignit et lui serra la main.

— Merci d'être venu.

— Votre collègue a dit que c'était très important. Donc j'imagine que l'enfant dont vous m'avez parlé n'est pas un homonyme. C'est vraiment celui qui a été tué par son père.

— Nous ne le donnons pas encore pour mort.

— Et qu'est-ce que je viens faire là-dedans ?

— Vous, rien.

Le gardien de nuit arriva à ce moment pour ouvrir la porte, Colomba regagna la voiture et commença à tambouriner sur la fenêtre de Dante. Il était resté à bord, affalé sur son siège comme un sac à moitié vide.

— Il ne manque plus que toi, lui dit-elle.

— Si on faisait ça une autre fois.

— Demain, la moitié des responsables de l'USL appelleront Rovere pour se plaindre, et nous ne pourrons pas remettre les pieds ici avant le prochain millénaire.

— Tu n'as pas *vraiment* besoin de moi.

— Tu descends. Ne m'oblige pas à m'énerver.

Dante soupira.

— Alors on fait vite, dit-il.

Avant de quitter l'hôtel, il s'était préparé un cocktail de pilules et de gouttes qui aurait suffi à abattre un bœuf, mais l'adrénaline en neutralisait les effets. Son thermomètre interne était sur dix bien tassé : un peu plus, et la vapeur allait lui sortir en sifflant par les oreilles. Colomba prit son bras, le guidant vers l'entrée. Le gardien ouvrit la porte et déclencha d'un seul coup toutes les lumières à l'intérieur. Les néons du hall s'allumèrent en clignotant.

De Michele regarda le visage blafard de Dante.

— Vous ne vous sentez pas bien ?

— Non, montrez-moi le chemin, répondit-il, la voix étranglée.

— Quel chemin ?

— Celui que les enfants ont pris avec leur famille.

De Michele resta un instant perplexe, puis il les emmena dans le hall de l'entresol. Sur le fond se trouvaient les guichets des entrées et celui des informations au public. Ils étaient restés dans le noir et Colomba pensa à *The Walking Dead*, lorsque ceux qui ont survécu aux zombies se réfugient dans les édifices publics abandonnés. Pour son travail, elle était allée souvent dans des lieux étranges, parfois dangereux, mais celui-ci avait un charme bien à lui.

— On entre par ici, dit De Michele, et on monte au premier étage avec l'ascenseur ou par l'escalier.

— L'escalier, grogna Dante. (Le hall lui semblait être une caverne grise et étouffante. En se forçant à maîtriser sa respiration, il monta les marches presque en courant, les précédant tous.) Et ensuite ? dit-il, en haletant.

Le couloir était un boyau éclairé par une seule fenêtre. Le noir de la nuit appuyait contre la vitre.

— Votre collègue est tout essoufflé, fit remarquer De Michele à Colomba.

— C'est parce qu'il est content. Et maintenant ? répliqua-t-elle.

De Michele indiqua les deux portes de part et d'autre du couloir dont les murs étaient épinglés de dessins d'enfants représentant des insectes et des fleurs.

— Ici, nous sommes dans le département de la médecine scolaire ; là, il y a les cabinets de consultation.

Il ouvrit une porte, laissant voir une salle carrée avec une autre porte et des chaises alignées contre le mur.

— Et ici les enfants et leurs familles attendent jusqu'à ce qu'on les appelle.

— Et vous, quel cabinet avez-vous utilisé ? demanda Dante d'une toute petite voix.

— Mmh… celui-là.

C'était celui du milieu. Dante partit au galop. Il dépassa la première porte, traversa la salle d'attente, déboula dans la salle de consultation et ouvrit en grand la porte blanche. C'était une boîte sombre. Dante s'immobilisa, glacé d'une sueur froide, jusqu'à ce que les autres le rejoignent et allument le plafonnier. Dans la pièce se trouvaient une table de métal et quatre chaises, un petit lit et un paravent pour se déshabiller. Une porte cachait une petite salle d'eau. Dante releva la fenêtre à guillotine et respira à pleins poumons l'air humide. L'alarme se déclencha immédiatement.

— Putain, jura Colomba.

La radio d'Alberti se mit à grésiller. C'était le collègue plus âgé.

— Bande de brêles, faites gaffe, l'alarme est branchée ! hoqueta-t-il.

Colomba arracha la radio à Alberti.

— Fais-la désactiver par le gardien.

— Il ne peut pas le faire d'ici, elle est commandée par la centrale.

— Alors appelle la centrale. Bouge-toi.

— Oui, commissaire.

La sirène hurla pendant encore une minute. Dante se tint tout ce temps les mains plaquées sur les oreilles, dans une posture qui faisait penser au *Cri* de Munch. Lorsque l'alarme s'arrêta, il se mit à fouiller partout. Derrière la table, il chercha un angle de la pièce d'où l'on pouvait voir aussi bien la chaise des patients que le petit lit. *En haut*, pensa-t-il. Il leva la tête et vit la grille de l'air conditionné. *Tellement banal*… Il la montra à Colomba.

— Démontez-la.

— Tu es sûr ?

Dante ne répondit pas et sortit en coup de vent, claquant la porte derrière lui.

— Il est toujours comme ça ? s'étonna De Michele.

— Seulement dans ses meilleurs jours, répondit Colomba.

Elle n'atteignait pas la grille, même les bras tendus. Elle traîna le bureau et monta dessus. Maintenant que la grille était à la hauteur de son visage, il lui fallait regarder derrière : elle était maintenue par quatre vis en étoile.

— Vous avez besoin d'un coup de main, commissaire ? demanda Alberti.

— Tu as un tournevis sur toi ?

— Non.

— Moi oui, dit De Michele. J'ai été scout. *Estote parati*. (Il lui lança un couteau suisse multifonction.) Qu'est-ce que vous espérez trouver, exactement ?

Colomba choisit une lame à pointe plate.

— J'espère ne rien trouver.

Mais il y avait quelque chose, et Colomba le comprit dès qu'elle s'attaqua à la première vis. Elle tournait trop facilement : quelqu'un l'avait dévissée peu de temps auparavant. Elle dévissa la troisième vis et fit tourner la grille en se servant de la quatrième comme d'un pivot. Et elle la vit.

Dans le conduit d'air conditionné, fixée à la paroi avec du ruban adhésif, il y avait une caméra.

6

Dante avait fumé la dernière cigarette du paquet quand Colomba sortit avec deux petits gobelets de café.

— La machine du rez-de-chaussée est allumée, dit-elle en lui en tendant un.

— Tu veux m'empoisonner ?

— Il y a un tas de gens qui boivent ça, et ils n'en meurent pas.

— Un tas de gens boivent l'eau du Gange.

— Qu'est-ce que tu peux faire, comme histoires ! (Colomba versa le contenu du second gobelet dans le sien et le but d'un trait.) L'important, c'est que ça tienne éveillé.

L'inspecteur Dino Anzelmo de la brigade de lutte contre la cybercriminalité les rejoignit. C'était un homme d'une trentaine d'années qui avait l'air d'un étudiant tout juste diplômé, avec ses lunettes à monture noire. Envoyé sur place par Rovere, il avait amené avec lui deux subordonnés et un mandat de perquisition.

— Nous avons trouvé des empreintes, dit Anzelmo. Il les avait fait disparaître de la caméra mais pas de la cassette, et il y en a aussi une, partielle, sur le mur. (Il leva l'ordinateur de poche qu'il avait à la main, un terminal relié à l'AFIS, le système d'identification des empreintes.) Et nous avons eu de la chance.

— Il est fiché ? demanda Colomba.

— Il a été arrêté pour coups et blessures volontaires, il y a quinze ans, répondit Anzelmo. Et il a fait l'objet d'une plainte pour paris clandestins. Aucun délit sexuel. Mais pour ce qui est d'espionner, c'est un professionnel : la caméra était dotée d'un capteur de mouvement. S'il n'y avait personne dans la pièce, elle restait en stand-by.

— Quel âge a-t-il ?

— Cinquante, répondit Anzelmo en lisant l'information sur l'écran.

Il lui passa le terminal et Colomba vit un homme portant une petite barbiche, les cheveux poivre et sel coupés court. Il s'appelait Sabino Montanari, né et résidant à Rome. Divorcé, sans enfants.

— Il travaille ici, c'est ça ? s'enquit Dante.

— C'est un employé, le renseigna Anzelmo. Vous devriez rentrer dans la police.

— Je m'engagerai seulement en cas de guerre.

Anzelmo cligna des yeux, perplexe, et préféra se tourner vers Colomba.

— J'ai averti le procureur, qui a pris des mesures pour une garde à vue. J'ai parlé d'un signalement anonyme, je m'arrangerai pour qu'il y en ait un.

— Merci, dit Colomba, qui savait ce qu'Anzelmo risquait en la couvrant. Dante la tira par le bras pour l'inciter à s'éloigner de quelques pas.

— Je ne te savais pas si patriotique, observa-t-elle.

Dante la regarda sans comprendre.

— Patriotique ?

— Tu as dit que tu t'engagerais en cas de guerre.

— C'est juste parce qu'en temps de guerre il y a plus de civils qui meurent que de soldats, tu ne le savais pas ? Il faut que je lui parle.

— À qui ?

— À Montanari.

— Oublie ça. Les collègues vont l'arrêter et c'est le juge qui l'interrogera.

— Le Père est passé par lui pour arriver à Luca Maugeri.

— Même s'il y a un lien entre la caméra et l'enlèvement, Montanari peut avoir fait ça tout seul.

— Et si c'est lui et que c'était Luca qu'il voulait, pourquoi n'a-t-il pas enlevé la caméra ?

— Peut-être qu'il n'a pas eu le temps.

— Elle était allumée ou éteinte ?

— Allumée.

— La batterie ne dure pas quatre jours. Montanari est un homme de main du ravisseur, que tu crois ou non à l'existence du Père. Et si tu laisses faire et qu'il tombe dans l'engrenage de la justice, on se fera avoir. Pour pouvoir lui parler, il me faudra attendre qu'ils le relâchent.

Colomba leva les yeux au ciel et revint vers Anzelmo.

— Qu'est-ce qu'il t'a dit, Rovere ?

— De te donner un coup de main, c'est tout.

— Alors continue à me donner un coup de main. Fais en sorte que je participe à l'arrestation.

Anzelmo secoua la tête.

— Tu n'es pas en service.

Et je sais même pourquoi, ajouta-t-il dans sa tête. Colomba ne s'avoua pas vaincue.

— Pour Montanari, je serai seulement un policier parmi les autres qui lui posent des questions. Il ne lui viendra même pas à l'esprit de signaler que j'étais là, si personne ne le lui demande. Et, putain, qui va lui demander ? Allez, collègue, ne te fais pas prier.

Anzelmo montra Dante, resté à quelques pas de distance.

— Et lui ?

— Il restera dans la voiture.

— Et tu y resteras toi aussi jusqu'à ce que je lui aie mis les menottes, d'accord ? Parce que s'il a un pistolet et qu'il te tire dessus, c'est moi qui devrai faire disparaître ton cadavre.

— OK, acquiesça Colomba.

Son visage resta impassible.

Même d'où il était, Dante comprit qu'elle mentait.

7

Montanari habitait le long de la Via Salaria. Il ne répondit pas au coup de sonnette. Alberti et son collègue plus âgé crochetèrent la serrure et se mirent sur le côté pour laisser entrer Anzelmo et Colomba, leur pistolet à la main.

Anzelmo s'arrêta tout de suite après l'entrée en pointant son arme vers le centre de la pièce et en criant : « Police. Avancez les mains en l'air ! »

Chaque fois qu'il prononçait cette phrase, il avait l'impression de jouer dans un mauvais film. Pourtant, il n'en avait jamais trouvé d'autre qui soit aussi efficace. Heureusement, étant donné la nature de son poste, cela ne lui arrivait pas souvent, et il n'avait jamais utilisé son arme qu'à l'entraînement. Colomba, en revanche, lui semblait être du genre à se servir de son pistolet même à la maison, pour ouvrir des bouteilles. Anzelmo était stupéfait de la voir si active après ce qu'il avait entendu à son sujet. Trop active même.

Dès qu'ils étaient arrivés à hauteur de l'immeuble, elle était descendue de la voiture, en la laissant au milieu de la chaussée, et elle s'était ruée sur tous les interphones des voisins pour se faire ouvrir.

Anzelmo avait couru pour la rejoindre.

— Tu as déjà oublié que nous avons un accord ?

Colomba l'avait ignoré. Une voix de femme avait jailli de l'interphone, et Colomba avait répondu aussitôt.

— Je suis restée enfermée dehors. Vous pouvez m'ouvrir, s'il vous plaît ?

— Caselli… tu m'écoutes ? avait protesté Anzelmo, qui se sentait vraiment pris pour un idiot.

La porte s'était ouverte et Colomba s'était engouffrée dans le hall pour examiner les boîtes aux lettres. Ses deux collègues l'avaient regardée, perplexes.

— Elle ne devrait pas venir avec nous, avait dit l'un d'eux.

— Tu veux essayer de la convaincre ? lui avait répondu Anzelmo.

L'autre avait fait un pas en arrière :

— Non.

Après Colomba, les deux collègues d'Anzelmo entrèrent dans l'appartement de Montanari, Alberti et son associé fermèrent la marche.

— Il n'est pas là, dit Colomba en remettant son arme dans son étui de ceinture.

Anzelmo, qui était allé voir jusque dans les toilettes, en fit autant avec son arme d'ordonnance.

— Je fais émettre un avis de recherche, déclara-t-il.

— Tu penses qu'il a flairé quelque chose ? demanda un collègue. Il est deux heures du matin.

— Peut-être qu'il nous a vus au dispensaire, suggéra Anzelmo.

Colomba avait commencé à faire le tour de l'appartement, en regardant partout autour d'elle.

— J'ai l'impression qu'il n'a pas fait ses valises. (Elle jeta un coup d'œil à l'unique armoire fermée et boiteuse.) Vous avez une paire de gants ?

Anzelmo leva les yeux au ciel.

— Caselli, pour quelqu'un qui ne devrait pas être là, tu remues pas mal de bordel.

— Gants, répéta-t-elle.

Un collègue d'Anzelmo lui tendit une petite boîte de gants jetables. Colomba en enfila une paire, ouvrit l'armoire et l'examina avec attention. Il lui sembla que l'alignement de vêtements ne présentait pas de vides significatifs. Quand quelqu'un s'enfuit en vitesse, il laisse toujours du désordre. Or l'armoire, comme le reste de la maison, était plutôt bien rangée.

— Regarde par là, dit un collègue.

Il avait ouvert un buffet, découvrant un petit bureau escamotable avec un portable. Le portable était connecté à un lecteur de mini-DV, semblable à ceux qu'utilisait la caméra vidéo qu'ils venaient de saisir.

— S'il s'est enfui, il n'est pas passé par chez lui, en déduit Colomba. Autrement il l'aurait pris.

Elle s'approcha et releva l'écran du portable qui s'alluma en affichant la page d'accueil de Windows.

— Ne perds pas de temps, dit Anzelmo. J'emmène tout au laboratoire. Je te dirai après ce qu'il y avait là-dedans, si tu veux.

— Tu peux faire un premier examen sur place ? demanda Colomba. De toute façon, il faut qu'on attende, au cas où Montanari reviendrait.

— Je pensais laisser une voiture, répondit Anzelmo. (Il jeta quand même un rapide coup d'œil au contenu du disque dur.) Il a un programme de montage vidéo, mais pas un seul film. Il doit les stocker en réseau. Ou sur un disque externe. Si le contenu est passé par l'ordinateur, nous en trouverons la trace.

— Tu peux le faire ici ? s'enquit Colomba.

— Non. D'abord il faut faire un backup total et enregistrer le contenu tel qu'il est. Et puis, de toute façon, moi, je ne suis pas un technicien. Il y a certaines choses que je leur laisse faire.

Colomba le fixa.

— Tu n'es pas un hacker ou quelque chose de ce genre ?

— Je devrais ?

— Tu fais partie de la brigade de lutte contre la cybercriminalité, vous passez votre temps sur les ordinateurs.

— Et toi, tu fais partie de la criminelle et tu passes tes soirées avec des cadavres. Tu t'y connais en pathologie ?

— Excellent argument.

Colomba referma l'ordinateur et détacha la prise murale.

— Si tu as l'intention de l'emporter, je jure que cette fois je t'attache au radiateur, menaça Anzelmo.

— Je le descends juste dans la rue.

Ils s'installèrent dans le monospace de Colomba. Dante et elle derrière, Anzelmo se tordant le cou pour voir par-dessus le siège.

Dante avait pris le contrôle du pavé tactile et il commença à ouvrir et à fermer des dossiers.

— Qu'est-ce que tu fais ? demanda Colomba qui, à un certain moment, avait cessé de suivre.

— Je cherche la mémoire d'exécution des programmes, pour comprendre comment ils ont été utilisés ces derniers temps.

— Ça, je pouvais le faire moi-même, objecta Anzelmo au-dessus d'eux, se contorsionnant pour essayer de voir quelque chose.

— Après je vous laisse jouer avec tout le temps que vous voudrez, concéda Dante.

— Je veux qu'il se fasse une idée, lui dit Colomba.

— C'est un hacker ? demanda Anzelmo en imitant Colomba.

— Non, mais c'est lui qui a trouvé la caméra.

— Mais nous, nous ne la cherchions pas, se justifia Anzelmo.

Dante ricana.

— Justement… OK, Montanari s'est connecté à Internet en utilisant Tor.

— Et c'est quoi ? interrogea Colomba.

Elle savait se servir d'un ordinateur, mais quand on abordait des questions techniques, elle n'y comprenait plus rien.

— Un programme pour rendre les connexions anonymes, répondit Anzelmo.

— Voilà ! dit Dante. Et avec ça, tu peux trouver des sites que tu ne trouverais pas autrement.

— Darknet, commenta-t-elle.

— Arrête… c'est un terme de journalistes…

Anzelmo acquiesça.

— Sur les sites anonymes, si tu y as accès, tu peux acheter en réseau des trucs qui sont illégaux dans presque tous les pays du monde. Armes, drogues…

— Et pédophilie, conclut Colomba.

— Exact, même si la plupart des gens se servent de Tor uniquement pour télécharger des films piratés, précisa Dante. Nous ne savons pas à quel serveur se connectait Montanari, ni où il mettait ses saloperies. Mais… minute… il a un compte PayPal. Et un reçu de paiement de Marcus Welby, un Américain, par le biais d'une carte de crédit virtuelle émise aux îles Caïmans. Dix mille euros. Pas mal. Les autres mouvements, je ne peux pas les voir sans son mot de passe.

— Il existe, ce Welby ? demanda Colomba.

— Si tu dois utiliser ton vrai nom, alors autant te servir d'une carte de crédit normale, répliqua Dante. C'est l'*alias* d'un de ses acheteurs.

— Tu penses qu'il vendait les images ? questionna Colomba.

— D'après toi, qu'est-ce qu'il en faisait ?

— Peut-être qu'il aimait les regarder, suggéra Anzelmo.

— Il y avait des photos d'enfants chez lui, même innocentes ? Sur les murs, sur le frigo ? voulut savoir Dante.

— Non, répondit Anzelmo.

— Des jouets, des vêtements, des bandes dessinées pour enfants ?

Colomba fit non de la tête.

— En revanche, il a quatre applications différentes pour des casinos en ligne. C'est un joueur compulsif, il a besoin d'argent.

— Quoi d'autre ? demanda Colomba.

— Il a un seul profil Skype. Mais il ne s'en est pas servi dans les six derniers mois. Et il n'a pas d'abonnement pour les numéros locaux.

— Parce que vous pensiez qu'il en avait un ? s'étonna Anzelmo.

Dante et Colomba échangèrent un regard et ne répondirent pas.

— Mais il a utilisé un programme de tchat, dit Dante.

— Tu peux voir ce qu'il a dit ?

— Non. Ça, il l'a effacé. La dernière personne avec qui il a tchaté aujourd'hui se fait appeler Zardoz. Et j'ai sous les yeux l'adresse depuis laquelle Zardoz s'est connecté.

Il montra à Colomba la série de chiffres qui révélaient l'identité du serveur de celui qui s'était mis en contact avec Montanari ; il la tapa dans le navigateur de son iPhone pour en identifier la provenance.

— C'est un serveur Tor, annonça-t-il au bout de quelques instants.

Il parlait avec difficulté, comme distrait par une pensée surgie à l'improviste.

Colomba se tourna vers Anzelmo.

— Il y a moyen de remonter à l'identité de Zardoz ?

— Non, parce que le serveur Tor efface les identifiants de connexion, répondit Anzelmo. Mais peut-être que Montanari sait de qui il s'agit. Attendons de l'avoir arrêté et il nous le dira.

— Je peux te parler en privé ? dit Dante à Colomba.

Elle regarda Anzelmo.

— Si tu dois sortir, je prends l'ordinateur, fit-il remarquer, vexé.

Dante le lui donna sans même le regarder.

— Je vous en prie.

Anzelmo le prit et descendit.

— Qu'est-ce qu'il y a ? demanda Colomba lorsqu'ils furent seuls.

— Tu as vu le film *Zardoz* ? demanda Dante.

— Jamais entendu parler.

— C'est un film de science-fiction des années soixante-dix, avec Sean Connery.

— Le beau gosse.

— Il a plus de quatre-vingts ans…

— Le beau gosse quand même. Et alors ?

— Le film parle d'une société du futur dominée par un faux dieu qui se fait appeler Zardoz, et dont le personnage est inspiré du *Magicien d'Oz*. Il a l'aspect d'un masque énorme avec une voix tonnante, comme une espèce d'astronef.

— Et quel rapport avec nous ?

— Zardoz attend du peuple assujetti un tribut bien spécial. Du blé. Les esclaves remplissent le masque-astronef de blé au début du film. Le masque n'est autre qu'un silo volant, CC. Zardoz, c'est le Père. Et Montanari peut nous conduire jusqu'à lui.

8

Sabino Montanari était assis dans sa Stilo GPL, garée tout près d'un poteau sur le périphérique, en face des escaliers qui donnent accès à la gare de Rome-Tiburtina. Il y a deux ans encore, il possédait une Mercedes, mais il l'avait perdue au jeu, pièce par pièce, tout comme l'appartement qu'il avait acheté quand les cartes lui étaient encore favorables. Désormais il vivait dans un studio qu'il louait et qui se trouvait si loin du dispensaire qu'il lui fallait deux heures pour rejoindre son lieu de travail. Deux foutues heures de sa vie qui partaient comme ça, tous les matins, et une heure le soir pour rentrer. Il ne faisait que penser à ça. Tous les jours. Il avait songé à laisser tomber son travail régulier dès qu'il aurait mis un peu d'argent de côté, mais les choses ne s'étaient pas passées comme prévu.

C'est pour ça qu'il avait commencé avec les vidéos, même si ces trucs-là, pour lui, avaient vraiment quelque chose de dégueulasse. La caméra qu'il avait installée en gynécologie, oui, celle-là lui donnait parfois des images amusantes… mais en pédiatrie ? De la merde à l'état pur. Le problème, c'était que les vidéos de femmes jambes écartées ne valaient rien. Si tu cherchais à les mettre sur le marché, tu trouvais au mieux quelqu'un qui te proposait de les échanger avec les siennes. Alors que les enfants…

Les enfants, c'était de l'or.

La plupart du temps, les enfants restaient habillés et les pédiatres examinaient leurs amygdales. Quelquefois seulement ils enlevaient leur tee-shirt, et plus rarement encore ils baissaient leur pantalon pour que le médecin examine les parties inférieures. Ces images-là, lui, il les vendait cent euros la minute, et il y avait toujours quelqu'un pour les acheter, après avoir vu la *preview* gratuite. Et puis Zardoz était arrivé. Son code d'utilisateur était un numéro assigné par le système et Montanari ne connaissait pas son vrai nom. Le système lui disait seulement qu'il était sur le serveur depuis plus d'un an et qu'il avait effectué des achats sans problème auprès de vendeurs encore actifs. C'était une information importante : elle donnait à Montanari la certitude rationnelle qu'il ne s'agissait pas d'un flic de la cyberpolice qui cherchait à le coincer. Zardoz avait acheté quelques minutes, puis il lui avait fait une offre presque trop belle pour être vraie : l'intégralité du film pour un forfait de dix mille euros. Montanari savait qu'il y avait des types pleins aux as qui fréquentaient le site, mais la plupart des clients ne dépensaient pas tout leur argent chez le même vendeur, ils voulaient de la diversité. Montanari était resté sceptique tant que l'argent n'avait pas été versé sur son compte PayPal.

« Branle-toi à mort », lui avait-il souhaité en téléchargeant le document, mais Zardoz était revenu à la charge. Encore et encore. À la fin, Montanari lui avait soutiré trente mille euros, dont il avait cramé la moitié en moins d'un mois autour d'un tapis vert, dans l'arrière-boutique d'une boucherie. Rien que pour cela, quand Zardoz lui avait demandé une rencontre en face à face, Montanari avait réfléchi à deux fois. C'était contraire à toutes les règles de survie – tous ceux qui faisaient des affaires sur Internet le savaient pertinemment. Quand il vendait, Montanari transitait par le biais d'un serveur hébergé quelque part sur la planète, qu'il rejoignait en utilisant une connexion protégée. Un jeu d'enfant, une fois que tu savais comment faire. C'est un type qui l'avait plumé au hold'em et qui vendait des amphétamines sur la Toile qui lui avait expliqué. Il ne savait même pas qui étaient ses clients, lui avait-il précisé. Il recevait la commande, il attendait que l'argent soit versé, et il expédiait la marchandise par voie postale, en utilisant comme nom d'expéditeur celui d'une boîte qui n'existait pas. La connexion protégée, on pouvait la louer pour trois fois rien, toujours online. Tu passais par un serveur qui te rendait anonyme. Si la cyberpolice t'avait mis sous contrôle, elle pouvait suivre ta trace jusque-là. Mais à partir de là, tu étais invisible.

Rencontrer les clients physiquement, en revanche, c'était comme jouer à la roulette. Si c'était le mauvais numéro qui sortait, tu te retrouvais avec un flic qui t'attendait au tournant. L'acquéreur l'avait convaincu grâce à une exigence caractéristique des mecs de son genre. Il voulait l'exclusivité sur ce que Montanari vendait. Et pour en être sûr, il voulait lui fournir une caméra avec un cadenas en même temps que l'argent. Montanari lui avait demandé de la déposer quelque part, le client avait refusé. Le matériel coûtait trop cher et c'était trop dangereux si quelqu'un le trouvait. Il fallait qu'ils se rencontrent. Montanari avait pensé refuser, mais la somme que Zardoz lui avait proposée – quarante mille euros de plus, en une seule fois – avait vaincu ses réticences. Et si ça avait été un flic… de toute façon, lui, il n'avait jamais rien sur lui, et tous ses trucs, il les mettait en ligne sur un disque virtuel anonyme. Même si on l'arrêtait, on n'aurait aucune preuve contre lui.

Zardoz lui avait donné rendez-vous à une heure du matin. Encore dix minutes à attendre. Montanari commençait à avoir sommeil. En plein bâillement, il aperçut dans le rétroviseur quelqu'un qui marchait en direction de sa voiture. De là où il était, il ne parvenait pas à distinguer son visage, il devinait seulement qu'il avait l'air grand et qu'il portait un imperméable élégant, boutonné jusqu'au col. Quand il frappa de sa main gantée sur la fenêtre, Montanari comprit que c'était lui. Il baissa la vitre.

— Oui ? dit-il en restant vague.

La description qu'il avait donnée de lui-même avait, elle aussi, été volontairement assez vague. Seul l'endroit était celui qu'ils avaient décidé ensemble.

— Je crois que vous m'attendez, dit l'homme à l'imperméable.

— Peut-être, répondit Montanari.

— Zardoz. Laissez-moi monter et parlons d'argent.

Montanari hésita. La voix de Zardoz était froide et courtoise. Il s'était attendu à un maniaque excité.

Il déverrouilla la voiture et, quand Zardoz fut à bord, Montanari se rendit compte que c'était un vieux. *Un vieux pervers plein aux as*, pensa-t-il.

Le vieux planta ses yeux dans les siens. À la lumière du réverbère, ils semblaient d'un bleu électrique.

— Vous avez été très aimable de me rencontrer malgré ce délai extrêmement court, dit-il.

— Je ne l'ai pas fait par gentillesse. Je l'ai fait pour l'argent.

— Et j'imagine que vous n'avez avec vous rien de compromettant.

— Vous me prenez pour un con ?

— Non. Bien sûr que non.

— Où est la caméra ? Elle est tellement petite que vous pouvez la mettre dans votre poche ?

— C'était seulement une excuse pour pouvoir vous rencontrer, je crains, répondit le vieux.

Puis il fit un geste trop rapide pour que Montanari puisse le percevoir dans sa totalité. Il ressentit tout à coup une sensation de froid sur la gorge. Le froid se fit glace en un instant, puis douleur brûlante.

Montanari ouvrit la bouche pour dire quelque chose mais il s'aperçut qu'elle était pleine de sang et qu'il n'arrivait plus à respirer. Le vieux avait dans la main quelque chose de brillant qu'il remit dans la poche de son imperméable, d'où maintenant s'écoulait du sang. Son sang.

Le vieux se pencha vers lui et lui baissa la fermeture Éclair de son pantalon pour en sortir son sexe. Montanari essaya de le repousser, mais ses mains ne répondaient plus.

Le vieux le regarda.

— Ne vous inquiétez pas, je n'ai pas l'intention de vous agresser sexuellement. C'est juste pour ceux qui vont vous trouver, vous comprenez ?

Mais Montanari ne comprenait plus rien, si ce n'est que ses pensées semblaient s'échapper de son cerveau comme le sang de sa gorge tranchée. La dernière fut pour la partie de cartes à laquelle il n'allait pas pouvoir participer, le lendemain. Il imaginait la main qui lui aurait porté chance, une séquence royale à pique. Le noir des cartes à jouer lui emplit les yeux et l'esprit.

Le vieux sortit de sa poche un sachet de plastique, il en retira un mouchoir en papier sale et un petit chapeau souple qu'il déposa sur le siège. Puis il ouvrit l'étui d'un préservatif et le passa, tant bien que mal, sur le sexe de Montanari. Il le retira aussitôt et le remit dans un sachet. Après quoi, il s'en alla d'un pas rapide.

Vu de l'extérieur, appuyé contre la vitre, on aurait dit que Montanari dormait.

9

La perquisition était terminée et Colomba commençait à ressentir le manque de sommeil. Elle rejoignit Anzelmo dans l'appartement.

— Il y a du nouveau ? demanda-t-elle.

Anzelmo répondit que non.

— Et pas de nouvelles de Montanari. Nous avons diffusé le mandat d'arrestation, mais pour l'instant il n'y a pas de signalement.

Colomba regarda attentivement l'appartement sens dessus dessous.

— D'après ce qu'on voit ici, il n'a pas assez d'argent pour fuir à l'étranger.

— À moins qu'il n'ait tout mis de côté.

— Je crois davantage à la théorie de Dante : il a tout joué.

Anzelmo se frotta une joue, mal à l'aise.

— Excuse-moi si je te le demande, Caselli. Mais c'est qui exactement, ce type ?

— Une longue histoire, que je n'ai pas envie de te raconter.

— C'est très gentil, dit Anzelmo. Rappelle-moi de te rendre encore service.

Colomba lui serra le bras.
— Désolée. Quand tout ça sera fini, je t'offrirai un verre.
Anzelmo sourit.
— J'y compte bien.
— Mais ne te mets pas en tête des idées bizarres.
À cet instant, l'un des hommes d'Anzelmo entra en courant.
— Qu'y a-t-il ? demanda Anzelmo.
— Montanari. Ils l'ont trouvé à Tiburtina. Séché.
Colomba donna un coup de poing dans le mur.
— C'est pas vrai, putain.
— Que se passe-t-il, Caselli ? questionna Anzelmo, nerveux.
Colomba pointa son index vers lui.
— Dante et moi, nous n'étions pas là, OK ?
— Pas besoin de me le dire. Je suis déjà assez dans la merde comme ça.
Elle descendit l'escalier quatre à quatre et obligea Dante à remonter dans la voiture avant de lui expliquer ce qui était arrivé.
— Qu'est-ce qu'on fait ? grommela Dante, l'estomac serré.
La réponse de Colomba fusa.
— On y va.
— On ne peut pas s'en dispenser, du cadavre ?
— Si tu veux, je te laisse là.
— Non, non. C'est bon.
Colomba n'ouvrit pas la bouche pendant tout le reste du trajet et Dante se retrancha dans des pensées tellement sombres que son thermomètre intérieur bouillait. Il avala un Xanax qui commença à faire effet lorsqu'ils arrivèrent à destination.

La partie de la chaussée à côté du pylône du périphérique avait déjà été sécurisée et deux agents de la police de la route déviaient la circulation. Colomba leur mit sa carte sous le nez en ralentissant à peine et gara la voiture en amont de la zone délimitée par un cordon : elle descendit d'un bond, sans attendre Dante. Il la suivit, les jambes flageolantes.

Malgré l'heure matinale, une petite foule de curieux s'était massée autour du pylône, cherchant à voir au-delà du cordon. Parmi les badauds, quelques photographes d'agences mitraillaient la scène de loin, faute d'être autorisés à s'en approcher.

Des agents en uniforme parlaient dans leur radio et dans leur portable, les employés d'une ambulance qui patientaient avant d'enlever le corps plaisantaient entre eux.

Dante pensa que ce qu'il voyait là avait été le monde de Colomba avant ce qu'elle appelait « le Désastre » et il se demanda si cela lui manquait. Lui considérait cela comme un rêve bizarre ; avec ces cellules photoélectriques qui aplatissaient les couleurs et donnaient à la scène un sentiment d'irréalité. Le faisceau du projecteur était dirigé vers la voiture de Montanari, qui brillait et dégageait une légère vapeur. À une dizaine de mètres de là, Dante aperçut une forme sombre derrière la vitre du conducteur et il comprit que c'était la tête du mort. Son premier mort qui ne soit pas sur une photographie. Il ralentit l'allure.

Près de la voiture de Montanari se trouvaient deux agents de la police scientifique avec Infanti, l'inspecteur en chef de la troisième section. Infanti avait été l'adjoint de Colomba pendant trois ans, et même un ami, mais comme les autres collègues, elle ne l'avait pas revu depuis qu'elle était sortie de l'hôpital. Il avait dû se contenter des nouvelles que donnait Rovere, le seul à qui, quelquefois, elle répondait au téléphone. C'est pour cela que, lorsqu'il la vit courir dans sa direction, il pensa que la fatigue lui jouait des tours. Il la reconnut vraiment au dernier moment : quand elle le poussa sans ménagement pour regarder dans la voiture, s'arrêtant juste un millimètre avant de pénétrer l'aire sacrée de la scène du crime.

— Qu'est-ce que tu sais ? lui demanda-t-elle.

Infanti se remit de sa surprise.

— Colomba… Tu as repris le service ?

À contrecœur, Colomba détacha les yeux de la voiture pour les poser sur lui.

— Non.

Infanti secoua la tête, abasourdi. Il trouvait Colomba amaigrie, mais en forme. Elle paraissait être la Colomba de toujours, et pas la poupée de chiffon du lit d'hôpital. Il l'aurait embrassée, mais elle était tendue comme une corde. Il garda donc une certaine distance.

— Tu m'as fait un choc.

— Désolée. Dis-moi tout, maintenant.

— Nous venons juste d'avoir l'autorisation de l'emmener. La mort a été provoquée par sectionnement de la carotide, au moyen d'une lame très effilée.

— Un bistouri ? suggéra Colomba, de plus en plus tendue.

— Peut-être. Il avait son petit oiseau hors de la cage et des traces de ce qui ressemble à du spermicide. Dans la voiture, il y avait un chapeau de femme, l'emballage d'un préservatif et un mouchoir plein de rouge à lèvres. (Il montra la chaussée de la main.) Il s'est mis à l'écart avec une prostituée, elle a commencé à s'occuper de lui puis ils se sont disputés pour une question d'argent, et elle lui a coupé la gorge. Ou peut-être qu'elle avait dans l'idée de le tuer dès le départ, va savoir.

— Quelle coïncidence, justement ce soir… murmura Dante qui venait d'arriver.

Infanti le regarda, stupéfait.

— Il est avec toi ? demanda-t-il à Colomba.

— Oui. Tu as dit qu'il y avait un emballage de préservatif ? reprit Colomba.

— Oui

— Et le préservatif ?

— On ne l'a pas retrouvé. Peut-être que la fille l'a pris avec elle. À cause de l'ADN.

— Et donc la morue aurait laissé un mouchoir sale mais emporté le préservatif ? intervint à nouveau Dante. Un peu bizarre, vous ne trouvez pas ?

— Putain, on peut savoir qui vous êtes, vous ?

Dante montra Colomba du doigt :

— Un ami à elle.

Une voiture banalisée, avec un gyrophare, s'arrêta près d'eux, et Rovere en descendit.

— Voilà le chef, s'écria Infanti.

Colomba choisit précisément ce moment-là pour se laisser gagner par une attaque. Elle s'en était défendue pendant le trajet, la repoussant de toute la force de sa volonté, mais la vue de Rovere la fit craquer.

Le monde autour d'elle se déforma tandis que deux bras de granit lui serraient la poitrine. Elle écarta son collègue et courut en apnée jusqu'à la petite route de traverse plongée dans l'obscurité. Les ombres bondirent sur le bitume et se jetèrent à l'assaut, des hurlements déchirèrent ses oreilles. Colomba s'écrasa contre le mur et tomba à terre. Elle retrouva son souffle tandis qu'une vague de sanglots la submergeait. Elle resta à genoux sur le trottoir, gémissant comme un chien blessé, incapable de se maîtriser.

— Mon Dieu, articula-t-elle à travers ses larmes. Mon Dieu.

Dante avait donc raison. Il y avait un ravisseur sans pitié qui agissait dans l'ombre. Il existait réellement. Tout le reste, elle pouvait l'écarter en le considérant comme une simple coïncidence, une conviction résultant de la fixation de Dante, la conséquence de cette peur qu'elle avait ressentie pour lui quand elle était accourue à son domicile, son arme à la main. Mais la mort de Montanari, ça, non. Cela ne pouvait pas être une coïncidence, même aux yeux du plus stupide des flics. Et elle n'était pas stupide, même si, en ce moment précis, elle aurait préféré l'être. Ils avaient approché le ravisseur au-delà de l'épais rideau de fumée qu'il avait créé pour se protéger et, en guise de réponse, le criminel avait supprimé le dernier lien qui pouvait permettre de remonter jusqu'à lui. C'était un monstre et, en le titillant, ils l'avaient poussé à agir, à répandre le sang et la mort. De nouveau, l'air lui manqua. Elle se mordit la lèvre et le goût du sang lui emplit la bouche. Elle cracha et recommença à respirer. *Zardoz*, pensait-elle, *Zardoz*.

Une ombre se détacha de la lumière du réverbère et Colomba faillit se remettre à suffoquer avant de comprendre qu'il s'agissait de Rovere, qui se penchait sur elle, avec inquiétude.

— Colomba ? Ça ne va pas ?

Il tendit la main pour l'aider à se relever, mais elle l'ignora et s'assit contre le mur.

— Putain, tout ça, c'est votre faute, sanglota-t-elle.

— De quoi parles-tu ?

Colomba leva la tête pour le regarder, le visage brouillé de larmes et de poussière.

— C'est vous qui avez manigancé pour que je sois en charge de l'enquête ! Pas officiellement, par-derrière, pour mieux pouvoir embrouiller Santini ! Et voilà le résultat !

Rovere se pencha davantage vers elle.

— Tu es sûre que ce meurtre est lié à l'enlèvement de Luca Maugeri ?

Colomba s'essuya les yeux.

— Mais oui, putain. Et je n'ai aucun moyen de le prouver ! Si nous avions retrouvé Montanari vivant, nous aurions pu nous servir de ce qu'il nous aurait dit, rapporter ses propos au procureur. Mais là, nous n'avons rien de rien !

— La caméra.

— La caméra a filmé des centaines d'enfants ! Et un seul a été enlevé. Si j'allais raconter ça, De Angelis me traiterait encore plus mal qu'il n'a traité Dante. Et ça, je ne le supporterai pas !

La dernière phrase fut un cri.

— Si tu as commencé à t'en approcher, tu peux aller encore plus près, dit Rovere d'un ton paternel. Tu es sur le bon chemin, Colomba ! Tu ne t'en rends pas compte ?

— Et s'il a la trouille et qu'il tue le petit ? Vous avez pensé à ça ?

— C'est un risque que nous devons prendre…

Colomba écarta la main qu'il lui tendait.

— Allez vous faire foutre.

— Colomba…

— Vous avez compris ce qu'elle vous a dit ? renchérit Dante.

Il venait de surgir au croisement de la route, et la lumière derrière lui projetait son ombre, incroyablement longue. Il serrait les poings pour s'armer de courage et éviter de faire volte-face.

Rovere se redressa vivement et s'avança vers lui.

— Monsieur Torre, nous ne nous sommes pas encore présentés. Je m'appelle Rovere.

Dante recula d'un pas.

— Je sais qui vous êtes.

— Colomba ne se sent pas bien. Si vous pouvez nous laisser quelques minutes…

Rovere parlait d'un ton calme et amical, et Dante ressentit à nouveau l'envie irrépressible de tourner les talons. Mais il ne pouvait pas faire ça.

— On va s'y prendre autrement. Éloignez-vous, vous.

— Monsieur Torre… Peut-être n'avez-vous pas bien compris ce qui est en train de se passer…

— Si, je crois bien que si. (Il le contourna et s'approcha de Colomba, qui prit la main qu'il lui tendait pour se relever.) Ça va ? C'est passé ?

Colomba n'essaya même pas de faire semblant.

— Presque.

Il lui donna un mouchoir en papier.

— Tu as la lèvre qui saigne.

Elle se tamponna la bouche.

— Ce n'est rien.

— Respire calmement, et si tu as besoin de quelque chose, j'ai ma trousse à pharmacie avec moi.

— J'en veux pas, de tes cochonneries.

Dante se tourna vers Rovere.

— Pourquoi avez-vous choisi Colomba ? Pourquoi l'avez-vous envoyée chez moi ?

— Parce que j'ai confiance en vous.

Dante secoua la tête.

— Putain de menteur, murmura-t-il.

— Vous ne me connaissez pas, Torre.

— Mais je connais les gens comme vous.

— On y va, décida Colomba en se dirigeant vers la voiture, à pas lents.

Rovere voulut lui emboîter le pas mais Dante fit non de la tête.

— Vous ne faites pas partie de ce « on ».

— Il faut que nous parlions de ce qui vient de se passer, protesta Rovere.

— Pas maintenant, répliqua Dante. C'est nous qui vous appellerons.

Quand il arriva à la voiture, Colomba était déjà au volant.

— Tu te sens capable de conduire ? lui demanda-t-il.

— Tu veux prendre le volant, toi ?

— Je pensais à un taxi.

— Oublie.

— OK, mais va lentement. Je ne suis pas très bien moi non plus.

— Je ne veux pas rentrer tout de suite. J'ai besoin d'air, affirma-t-elle en mettant le contact.

— Si tu ouvres la fenêtre de ta chambre, tu feras entrer tout l'air que tu voudras.

— Je préfère aller à Trastevere.

— Tu ferais mieux de m'écouter, tu as besoin de te reposer.

— Non.

Dante garda la tête à la fenêtre jusqu'à ce que Colomba se soit garée devant le ministère de l'Éducation nationale. À cette heure-là, les touristes étaient peu nombreux, à part un groupe d'Anglais ivres qui riaient à grand bruit.

— Je t'attends ici, dit Dante. Laisse ma vitre ouverte.

— Allez, descends. On va faire une petite promenade. Ou tu as aussi la phobie des promenades ?

— Qu'elle est douce... commenta Dante avant de la suivre.

Ils marchèrent le long de l'avenue, où les bars et les magasins de souvenirs étaient déjà fermés. Seuls deux Pakistanais, qui vendaient des roses et qui les suivirent un petit moment, et un pub, qui se voulait irlandais, résistaient encore. La fin de l'été avait fait disparaître jusqu'aux marchands ambulants de *grattachecca*, ce granité constitué d'un unique bloc de glace qu'on ne trouve qu'à Rome.

Colomba était contente d'être revenue dans ce quartier qui lui était familier, bien loin de l'odeur écœurante du sang. Elle s'y rendait souvent, quand elle le pouvait, avec des amis et des collègues. Pour fêter quelque chose d'important, elle allait toujours dans un restaurant fréquenté par des comédiens, Via della Gensola, face à l'île Tibérine.

— Je suis née tout près d'ici, expliqua-t-elle. Et quand je viens là, je me sens chez moi.

— Intéressant, marmonna-t-il.

— Et toi, où est-ce que tu te sens chez toi ?

— Dans mon appartement. Là où je n'ai plus le droit d'aller.

— Et à part ça ?

— Au bar Marani, à côté de là où j'habite. Il y a des tables à l'extérieur, à l'abri d'un claustra.

— Comme on pourrait s'en douter ! (Colomba regarda autour d'elle.) Je commence à avoir faim.

— On rentre à l'hôtel ? Ici, tout est fermé.

— Je connais un endroit, dit Colomba, soudain radieuse. (Elle le guida jusqu'au rideau de fer d'une boulangerie fermée.) Tu n'es jamais venu là ? lui demanda-t-elle.

— Le pain, on me le porte.

— Forno la Renella. L'une des meilleures boulangeries de Rome.

— Je suis de Crémone. Et puis, de toute façon, c'est fermé.

— Dis-moi ce dont tu as envie.

— Un *Krapfen* avec de la confiture, s'ils ne mettent pas de saindoux. Et même deux. Les médicaments m'ont donné faim.

— Attends-moi là.

Colomba tourna au coin de la rue et frappa à la porte vitrée entrouverte d'où s'échappait une délicieuse odeur de pain juste sorti du four. Derrière les carreaux translucides on devinait des rangées de plateaux débordants. Un boulanger que Colomba n'avait encore jamais vu lui ouvrit et elle lui demanda les *Krapfen* de Dante et une part de *focaccia bianca* pour elle. On les lui donna encore brûlants et ils les mangèrent tout en se dirigeant vers la voiture.

Dante se brûla avec la première bouchée.

— Ah.

— Ne fais pas le goinfre, lui recommanda Colomba, la bouche pleine.

— Quiconque n'a pas essayé la confiture bouillante dans l'œsophage ne sait rien de la vie. Tu venais là quand tu étais enfant ?

— Non, pas enfant. Quand j'étais de garde la nuit.

— Des flics et des putes, commenta Dante.

— Et des drogués.

Dante avala le dernier morceau du premier *Krapfen* puis il commença le second.

— Ça y est, tu es convaincue maintenant ?

— Quelqu'un a enlevé le fils des Maugeri.

— Pas *quelqu'un*.

Colomba avait le ventre plein à éclater. Elle jeta le dernier bout de *focaccia* dans la serviette en papier, imbibée d'huile.

— Si tu veux que je te dise que j'ai la certitude que c'est bien le Père qui se cache sous le nom de Zardoz… je suis désolée, mais je ne peux pas. L'histoire du blé dans le film est une belle coïncidence mais… cela ne me suffit pas, tout comme le sifflet ne me suffisait pas.

— Alors reste avec tes doutes. Travailler avec quelqu'un de sceptique aide à garder un esprit ouvert. (Il jeta le sachet et se lava les mains à l'eau d'une fontaine.) Même si c'est une épine dans le pied.

Colomba fit de même. L'eau glacée qu'elle se passa sur le visage dissipa pour un instant la brume de sommeil.

— Si tant est que l'on continue à travailler, observa-t-elle.

— Il y a une alternative ?

— Une. Laisser Rovere se débrouiller tout seul. Il a une équipe. Qu'il la mette sur le terrain pour traquer Zardoz, quelle que soit son identité réelle. Ou qu'il persuade le SIC de se bouger le cul.

— Tu penses qu'ils te croiraient ?

— Rovere est déjà convaincu. De Angelis considérerait tout cela comme une simple coïncidence, il demanderait un complément d'enquête… Et pendant ce temps, Zardoz pourrait décider qu'il n'a pas tellement intérêt à garder l'enfant plus longtemps. Et il le tuerait. (Colomba le prit par le bras, et se remit à marcher. Dante fut surpris et charmé par son geste.) S'il ne l'a pas déjà décidé.

— Donc tu veux continuer.

— La chose la plus sensée serait de se retirer, mais…

Elle secoua la tête.

— Tu n'y arrives pas.

— Non. Je ne peux pas faire ça.

— À cause du fardeau que tu traînes.

— Peut-être.

Il la regarda.

— Tu es assez triste pour pouvoir m'en parler ?

— Il y a cinq minutes, peut-être. Mais après avoir mangé, je me sens mieux.

— J'ai loupé le coche.

Ils marchèrent en silence pendant quelques minutes encore.

— Je sais bien que je ne devrais plus te solliciter, après le meurtre, finit par ajouter Colomba.

— Et la chose la plus sensée, pour moi aussi, serait de me retirer. (Dante ricana.) Mais je me suis fait un point d'honneur à vivre loin du sens commun.

— Combien de temps penses-tu qu'il nous reste ?

Dante réfléchit le temps de faire quelques pas de plus.

— Chaque fois que le Père agit, il augmente ses chances de se faire prendre, surtout maintenant que nous soupçonnons qu'il est encore en activité. Il est vieux. Il gardera l'enfant jusqu'au dernier moment.

— Tant mieux pour nous.

Dante fit une moue dubitative.

— Qu'est-ce qu'il y a ? demanda Colomba. Tu n'es pas d'accord ?

— Si. Mais s'il pense, lui aussi, que le petit Maugeri est sa dernière victime… il n'attendra pas tranquillement que nous allions le cueillir. Et j'ai peur de ce qu'il pourrait faire.

10

L'homme qui se faisait appeler Zardoz était de retour dans l'immeuble où personne ne savait ce qu'il faisait réellement. À l'entrée de son appartement, il avait placé sur la poignée intérieure de la porte une pile de pièces de monnaie dans un ordre précis. Il entrouvrit à peine la porte et glissa sa main pour les attraper avant qu'elles ne tombent. Il vérifia qu'elles étaient bien dans l'ordre établi, puis il ouvrit. Ce système était aussi simple qu'efficace. Cela n'aurait certainement pas arrêté un voleur, mais il ne craignait pas les cambrioleurs, juste les intrus et les espions.

Non qu'il croie véritablement que quelqu'un ait des soupçons à son égard. Pas après tous ces mois passés à se forger une identité incolore et irréprochable. Il enleva son imperméable et se lava les mains. Le bistouri qu'il avait utilisé pour tuer Montanari avait fini dans le Tibre, cassé en deux. Il jeta les gants et le préservatif dans un bac d'eau de Javel. Il se prépara un thé, puis il entra dans la pièce où il travaillait.

Elle faisait trois mètres sur deux, les murs étaient recouverts de panneaux insonorisants et les stores étaient baissés. Au centre, une petite table avec un PC et une chaise. Pas d'autre meuble, à part une commode. Pas de tableau, pas de tapis. Pas d'autre objet. L'ordinateur était équipé d'un micro et d'un casque et il était connecté à Internet par une connexion pirate au wi-fi d'un voisin dont il avait trouvé le mot de passe. Il appuya du pouce sur le bouton de mise en route et redressa l'écran, puis il se connecta au serveur lointain sur lequel il stockait des données et les programmes qu'il utilisait pour son travail. Le virus qu'il avait propagé avait fait son boulot, effaçant tout contenu compromettant sur le disque dur virtuel de Montanari, et il était en train de faire de même pour le site où Montanari effectuait ses échanges. Il les avait contaminés il y a un moment déjà à l'aide d'un programme killer qu'il pouvait déclencher à tout instant – ce qu'il avait fait juste avant de sortir pour tuer. L'ordinateur de Montanari avait depuis été déconnecté du réseau, en toute vraissemblance par la police.

Il réfléchit quelques secondes. Que pouvaient-ils découvrir ? Certainement pas l'identité véritable de Zardoz, ni le matériel qui avait fait l'objet de transactions. Tout cela avait disparu pour toujours. Pour faire bonne mesure, il effaça toute trace de Zardoz sur le Web. L'identité cessa d'exister et d'avoir une histoire, pendant que des sites entiers du darknet étaient détruits par son attaque. Mais le fait que l'ordinateur de Montanari ait été déconnecté aussi rapidement prouvait que la police était déjà sur ses traces. L'homme qu'avait été Zardoz était trop prudent pour négliger un tel avertissement. Il y avait des yeux qui regardaient dans la bonne direction : ils cessaient d'être un problème et devenaient un danger.

Tandis que l'aube naissait, Zardoz organisa minutieusement le meurtre à suivre.

11

Revenue dans la suite, Colomba s'écroula sur le lit comme une masse, retirant seulement ses rangers. Dante se fit une infusion de café vert, en regardant par le balcon les fenêtres de Rome qui s'éteignaient une à une, tandis qu'il fumait cigarette sur cigarette et prenait des notes. L'appel de la réception arriva à six heures du matin et il faisait déjà jour ; quand il descendit, il trouva Santiago allongé sur l'un des petits canapés du hall, ses pieds chaussés de baskets dorées sur la table basse de cristal.

Santiago était un Sud-Américain, avec d'épouvantables tatouages qui dépassaient au niveau du cou et des poignets, les mêmes dessins que ceux de son blouson. C'étaient les symboles des Cuchillos, l'un des gangs de Latinos qui se disputaient les rues de Rome, sans que ceux qui n'étaient pas latinos le sachent, à l'exception des policiers. Son bras entourait la taille d'une très jeune fille, portant un jean tellement moulant qu'on aurait dit là aussi un tatouage et une coiffure rasta : Dante espéra qu'elle était au moins majeure.

— Je suis là ! hurla Santiago quand il le vit.

Il se leva pour le serrer dans ses bras et lui faire une bise sur la joue.

— Comment ça va, toi ? demanda Dante, en s'asseyant sur le canapé en face.

— Toujours sur le fil du rasoir. Tu me connais, non ? (Santiago était un Romain de deuxième génération, né dans la capitale où il avait passé son enfance, mais qui prenait un accent colombien pour se donner un genre. Il fit une caresse à la fille.) Elle, c'est Luna.

Dante ébaucha un baisemain, Luna ricana.

— C'est quoi, le numéro de ta chambre ? demanda Santiago.

— F, répliqua Dante après une légère hésitation.

Santiago leva un sourcil.

— F ?

— Les suites ont des lettres, pas des numéros. Mais je ne crois pas que ce soit le moment.

Santiago ignora sa remarque et caressa à nouveau Luna.

— Tu as entendu ? F. Allez, maintenant installe-toi au bar. (Il lui montra le comptoir au fond du hall où un serveur à demi endormi attendait la relève.) Tu prends quelque chose et tu le fais mettre sur le compte de mon ami. (Santiago attendit que Luna se soit éloignée en tortillant des fesses sur ses sandales de liège, puis il se tourna de nouveau vers Dante.) Tu as eu peur que je te l'envoie dans ta chambre ?

— Je dois reconnaître que cette idée m'a effleuré.

— Je ne suis pas en train de travailler pour le moment ; elle est avec moi parce que ça lui plaît.

Dante acquiesça.

— Bien sûr.

— Qu'est-ce que je peux faire pour toi, *hermano* ?

— Une recherche sur un type qui se fait appeler Zardoz sur le Web. Il achète des films avec des gosses.

— Tu n'as que son nom ?

Dante lui passa la feuille qu'il avait remplie en l'attendant.

— Là, il y a tous les sites qu'il a utilisés et le nom d'un homme avec qui il a fait des affaires. Je t'ai mis aussi son mail.

— Et cet homme-là ?

— Il est mort. Je t'ai dressé aussi une liste de sites qu'il a peut-être piratés. Vérifie s'il l'a fait. Fais gaffe, la police est sur le coup.

Santiago glissa la feuille dans la poche de son blouson.

— Quand je me déplace, ils ne voient même pas la poussière que je soulève.

— Fais gaffe quand même.

— Ça va douiller, tu le sais, non ?

— Combien ?

— Quatre mille.

— Deux. Après on verra en fonction de ce que tu m'apportes. Comment je te paie ?

Santiago lui dicta le numéro d'une carte péruvienne prépayée. Dante lui promit de lui faire le virement dans la journée.

Santiago hocha la tête.

— Avant tout, je veux savoir une chose, *hermano*.

— La règle, c'était pas *aucune question* ?

— Si tu couches avec une flic, la règle ne compte plus.

Dante poussa un soupir. Il aurait dû se douter que Santiago allait se renseigner.

— Je ne couche pas *avec* elle. Nous partageons seulement la même suite. Et elle n'est pas en service.

— Mais ça reste une flic quand même.

— Y a un problème ?

— Non. Tu fais ce que tu veux. Tu es mon ami, tu ne fais pas partie de la famille. (Dante acquiesça.) Mais tu dois me dire pourquoi tu ne lui as pas demandé, à elle, plutôt qu'à moi.

— Tu l'as dit toi-même : tu es plus rapide.

— Juste pour ça ?

— Et je n'ai pas confiance dans ses réseaux à elle.

Santiago se mit à rire.

— Tu as raison. Ne jamais faire confiance à un flic.

— J'ai confiance en elle, autant que tu le saches.

— Et donc tu lui diras, pour moi ?

— Oui. Mais ne t'inquiète pas, cela n'aura aucune conséquence.

Pas pour toi, en tout cas, ajouta-t-il en son for intérieur.

Santiago se leva et appela la fille d'un signe. Elle posa son cocktail avec une petite ombrelle sur la table et accourut aussitôt.

— Je ne m'inquiète jamais ; s'inquiéter, c'est bon pour les faibles, ajouta-t-il.

— Tu as de la chance.

— Je t'écris bientôt.

— Bientôt, quand ?

— Je ne sais pas, *hermano.* D'ici un ou deux jours.

— Santiago… j'ai besoin de quelque chose tout de suite. S'il te plaît.

Santiago fixa le visage tendu de Dante, puis il hocha la tête.

— Je vais voir ce que je peux faire.

Ils s'embrassèrent de nouveau, puis Santiago sortit, enlacé à Luna. On aurait dit deux amoureux.

Dante se traîna jusqu'à sa chambre, mort de fatigue, et il s'endormit tout habillé. Il ne sommeilla que trois heures, parce que Santiago s'était mis au travail tout de suite et qu'il avait envoyé les premiers résultats sur le serveur que Dante utilisait pour les missions de ce genre. Quand il les découvrit, il n'eut plus du tout envie de dormir.

12

Colomba se réveilla à deux heures de l'après-midi et elle prit une longue douche, en repensant aux événements de la nuit. À la mort de Montanari, à Zardoz, à la longue promenade avec Dante aussi. Elle s'était sentie à l'aise avec lui dans le quartier du Trastevere, comme cela ne lui était pas arrivé depuis des mois avec un être humain. Elle se demanda si elle ne se prenait pas d'affection pour lui. Cette idée la préoccupait. Elle n'était pas encore prête à se lier à quelqu'un, pas après le Désastre. Et puis, quand l'affaire serait terminée, ils ne se reverraient probablement jamais.

Elle enfila le peignoir blanc avec le logo de l'hôtel et se dirigea vers la salle de séjour où elle trouva des tasses à café sales près de la machine à espresso. Dante devait être réveillé depuis un bon moment, et la musique hindi qui venait de sa chambre signifiait qu'il était déjà en train de travailler sur quelque chose. Il allait toujours sur Spotify pour choisir une musique de fond bollywoodienne quand il était sur son ordinateur. Colomba, elle, n'arrivait pas à distinguer une chanson d'une autre.

Elle se prépara un cappuccino et frappa à la porte de Dante, sa tasse à la main.

À peine eut-elle franchi le seuil qu'elle fut assaillie par l'odeur de tabac. Dante était assis au milieu du lit, le portable sur ses jambes croisées, avec ses habits de la veille. La fumée était tellement épaisse qu'on avait du mal à le distinguer. Il avait neutralisé le détecteur de fumée avec du ruban adhésif, de façon à éviter que l'alarme ne se déclenche. Quand il la vit, il éteignit la musique.

Colomba ouvrit en grand la porte-fenêtre, laissant prudemment les rideaux tirés.

— Tu veux mourir étouffé ?

— Tu m'as dit que la nuit, il fallait que je laisse tout fermé.

— Oui, mais maintenant il ne fait plus nuit.

Colomba évalua la quantité de mégots contenus dans un verre posé sur la table de chevet, puis le degré de fatigue sur le visage de Dante, et elle pensa très justement qu'il avait passé une nuit blanche ou presque.

— Mais tu n'as pas besoin de dormir ?

— Je connaissais un type qui ne dormait jamais, répondit Dante.

— Et comment il a fini ?

— On lui a tiré une balle dans la tête, maintenant il dort un peu trop.

Il sourit mais Colomba comprit qu'il était tendu.

— Que se passe-t-il ? lui demanda-t-elle en s'asseyant au bord du lit.

Dante fouilla dans le paquet de cigarettes, attrapa la dernière et l'alluma en dépit du regard désapprobateur de Colomba.

— J'ai pu obtenir des informations. Utiles.

— Quelles informations ?

— Sur Zardoz. J'ai passé tous les renseignements que j'avais à une de mes connaissances et je lui ai dit d'aller fouiller sur Internet.

Colomba eut soudain envie d'attraper Dante, de l'enfermer dans un coffre et de le laisser se débattre.

— Qui c'est, ta *connaissance* ?

— Il s'appelle Santiago Hurtado.

— C'est pas celui des Cuchillos, au moins ?

Dante fit signe que si.

— Mais tu sais ce que c'est, les Cuchillos.

— CC, ça n'a pas d'importance maintenant.

— Mais si, bordel, ça a de l'importance. Hurtado, on l'a arrêté il y a deux mois, avec quatre de ses amis, pour avoir poignardé un homme. Et il s'en est tiré simplement parce que trois témoins ont certifié qu'il était en train de prendre de la cocaïne dans une discothèque au moment des faits.

— C'est vrai.

— Et c'est à *lui* que tu as donné les informations confidentielles d'une enquête sur un meurtre et un enlèvement ?

— À sa manière, c'est un homme de parole.

— L'honneur des délinquants, rétorqua Colomba, sarcastique. Comment tu l'as connu ?

— On peut sauter cet épisode ?

— Non. On ne peut pas.

Dante haussa les épaules : il n'avait pas envie de se battre et, cette fois-ci encore, Colomba comprit qu'il avait la tête ailleurs.

— Comme tu veux. Minutillo était l'avocat de Santiago. Je lui ai donné un coup de main pour trouver les témoins auxquels tu faisais allusion.

Colomba frémit d'indignation.

— Donc c'est ta faute.

— Santiago n'est plus un Cuchillo, au sens strict. Après ce qui s'est passé, il a arrêté de dealer.

Colomba croisa les bras.

— Ça, ça me console beaucoup… Non, pardon. Continue. Je ne veux pas t'interrompre.

— Ça a toujours été un geek et il s'est aperçu qu'il était très doué pour entrer avec son ordinateur là où certains ne voudraient pas qu'on aille. Maintenant, il fait son business avec ça.

— Dealer puis hacker. Rien que parce que nous nous servons de lui, nous pouvons finir en prison, tu le sais, non ?

— Luca Maugeri est entre les mains d'un monstre. Tu t'en souviens de ça, non ?

— La brigade contre la cybercriminalité… suggéra Colomba sans grande conviction.

— C'est une plaisanterie ?

— Qu'est-ce qu'il a trouvé sur Zardoz ? le coupa-t-elle.

— Qu'il est en train de brûler tous les ponts. Tous les sites que Montanari a utilisés ont été rabotés.

— *Rabotés ?*

— Les disques durs des serveurs ont été effacés. Santiago ne désespère pas de trouver quelque chose, mais il faudra du temps.

— Et c'est tout ?

— Non, il a découvert que Zardoz a pénétré il y a environ deux mois sur le serveur de l'USL. Quelques jours après que le petit Maugeri est venu pour sa visite médicale.

— C'est si facile que ça ?

Dante haussa les épaules.

— Avec ce qu'il a utilisé pour *trouer* le site de l'Unité des affaires sanitaires, même toi, tu aurais réussi.

— Pourquoi ? Qu'est-ce qu'il a utilisé ?

— Un *malware spybot*, un petit programme espion qui se cache sur le serveur, transmet les données à distance et permet à celui qui l'a installé de trouver les mots de passe du système en plus de tout le reste. D'après Santiago, c'est le même que celui utilisé par les hackers chinois pour entrer sur les serveurs d'Apple.

— Je n'ai pas l'impression que Santiago soit chinois.

— Des logiciels comme ça, tu peux en télécharger facilement sur le Net. Il suffit de savoir où. La seule chose, c'est qu'il s'agit d'une version très récente. Ça veut dire que c'est un professionnel. Ou alors il a un professionnel qui travaille pour lui, comme Santiago pour moi. Et il a utilisé un logiciel semblable.

Colomba réfléchit quelques instants.

— Et donc Zardoz n'avait pas assez confiance en Montanari pour lui demander les renseignements concernant l'enfant. Il a préféré se débrouiller tout seul.

— Mais la fiche de l'enfant ne suffisait pas pour le reconnaître.

— Comment tu le sais ?

— J'ai appelé le directeur de l'USL. Après ce qui s'est passé, il a été collaboratif. Je lui ai demandé de me donner les listes.

— Tu t'es fait passer pour un collègue ?

— Pas directement.

Colomba ferma les yeux.

— C'est la merde.

— À partir des fiches que le directeur m'a envoyées, on pouvait identifier les enfants qui avaient participé au programme des visites médicales scolaires, mais il n'y avait pas de photos, de descriptions physiques ou d'indications d'horaires et de dates. Et il y a eu plus de trois cents enfants.

— Comment Zardoz a-t-il fait pour trouver celui qu'il voulait ?

— Comme je l'ai fait moi-même. J'ai écarté les filles puis les garçons dont les fiches portaient la signature du père.

— Parce que Luca a été accompagné par sa mère. Ça se voyait sur la vidéo, poursuivit Colomba.

— Exact. Il restait vingt noms. J'ai écarté ceux qui avaient été examinés par un médecin femme.

— Parce qu'on voyait aussi le médecin sur la vidéo…

— Il n'en restait plus que quatorze. Je leur ai téléphoné ce matin, avant que tu ne te réveilles.

— Et ?

— Quatre d'entre eux ont reçu un coup de téléphone de Zardoz.

Le cœur de Colomba s'arrêta de battre un instant.

— Nom de Dieu, murmura-t-elle.

Dante éteignit sa cigarette et reposa son verre sur la commode.

— Deux de ces conversations ont été extrêmement brèves parce qu'on a compris tout de suite que c'était une erreur. Une a été un peu plus longue parce que la mère s'est inquiétée.

— Zardoz cherchait un enfant bien particulier. Aucun de ceux-là ne faisait l'affaire.

— Oui. L'enfant autiste d'une femme seule. Qui aurait fait n'importe quoi pour lui.

— Comment s'est-il présenté ?

— Docteur Zedda de l'Unité sanitaire nationale. (Dante secoua la tête.) J'ai vérifié, il n'existe pas. Mais j'aurais pu me dispenser de le faire : Zed est l'un des personnages du film, l'homme qui se cache derrière l'immense masque.

— Zed, *Zedda*, murmura Colomba.

— Exact. Le docteur Zedda disait que le médecin du dispensaire lui avait parlé, lui décrivant les symptômes de l'enfant. Puis il commençait à poser des questions pour savoir si le petit était distrait, absent, triste, etc. Si la mère restait perplexe, il demandait à quoi ressemblait l'enfant puis il s'excusait en disant qu'il avait confondu deux fiches. La quatrième maman, en revanche, était tellement inquiète pour son fils qu'elle a dit oui à tout. Zedda lui a donné rendez-vous à la gare Termini. Il a fait semblant d'être de passage à Rome pour un colloque. Elle l'a attendu mais il n'est jamais venu. Il avait compris que cette femme-là n'était pas celle qu'il lui fallait.

— Putain, il s'en est fallu de peu ! s'exclama Colomba. (Mais l'expression tendue de Dante laissait comprendre qu'il y avait quelque chose d'autre.) Ou pas ? murmura-t-elle.

— Elle a raconté que, tandis qu'elle partait, elle avait eu la sensation que quelqu'un la regardait, et… peut-être qu'elle se trompe, mais peut-être que… (Il ricana mais il n'avait jamais paru aussi nerveux.) Peut-être que cette femme l'a vu.

13

La « mère qui n'était pas celle qu'il fallait » s'appelait Chiara Pacifici. Elle buvait un chocolat chez Castroni, l'un des salons de thé de la Rome des gens bien, accompagnée de son saint-bernard qui mourait de chaud. Ils étaient une centaine à s'entasser entre les vitrines réfrigérées et les étals, où les *gourmandises* se vendaient aussi cher que des bijoux. Colomba lui montra sa carte et lui demanda de venir s'asseoir à l'une des petites tables du bar voisin, en terrasse, pour éviter la foule.

— Je ne pensais pas qu'il s'agissait d'une affaire aussi grave, répondit nerveusement la mère de famille.

— Ce n'est pas grave, madame, c'est juste un contrôle normal, mentit Colomba.

— Mais si vous êtes venue jusqu'ici… Dites-moi la vérité, qui est la personne qui m'a téléphoné ?

Dante chercha maladroitement à temporiser.

— Un harceleur, madame, répondit-il. Il se fait passer pour un médecin pour aborder des femmes et les agresser.

— Mon Dieu… mais s'il recommence ? S'il veut me faire du mal…

Colomba serra le bras de Dante pour le faire taire.

— Vous avez mal compris, madame, rectifia-t-elle. L'homme que nous recherchons n'est pas dangereux, il n'est pas violent. C'est…

— … un exhibitionniste, conclut Dante.

— Il se promène pour montrer son *machin* ? demanda la femme.

— Exactement, il se promène pour montrer son machin.

— Quelle horreur ! commenta la femme, rassurée. Heureusement, avec moi, il ne l'a pas fait.

— Mais il l'a fait avec de nombreuses femmes et c'est pour cela que nous le recherchons, expliqua Colomba. C'est un malade, pas un criminel.

— En quoi puis-je vous aider ?

— Vous avez dit que vous l'avez peut-être vu.

— Je ne suis pas sûre que c'était lui. Il était tout près de l'endroit où je me trouvais – là où je me serais mise, moi aussi, si je devais attendre quelqu'un. Je ne sais pas si vous me comprenez. Peut-être que c'était seulement un homme qui… me regardait. Mais ces hommes-là ne font rien de mal…

Dante ne percuta pas, jusqu'au moment où Colomba lui envoya discrètement un petit coup de pied. Alors il afficha le sourire le plus artificiel qu'elle ait jamais vu.

— Je dirais que non, madame.

— Mais si c'était lui, vous nous aideriez beaucoup en nous le décrivant, reprit Colomba.

— Je ne suis pas sûre de bien m'en souvenir.

— Mais il vous a marquée, insista Dante, sur le point de perdre patience. Autrement vous ne m'en auriez pas parlé. (Il sortit de sa poche un carnet et un crayon à papier avec un clip en argent qu'il tenait de la bonne main.) Si vous me dites à quoi il ressemble… je peux essayer de le dessiner.

— Comme un portrait-robot ?

— Exactement. C'est un peu ma spécialité. Mais pour dessiner, il faut que j'enlève ça, dit-il en levant sa mauvaise main, encore cachée par le gant noir. J'ai eu un accident et ce n'est pas un spectacle très agréable.

— Mais pensez donc, cela ne m'impressionne pas du tout, répondit la femme. (Pourtant lorsque Dante découvrit sa main, l'expression de son visage changea.) Mon pauvre. Ça vous fait mal ?

— Seulement quand je joue du piano… On essaye ? Commençons par la stature ?

— Corpulent.

— Corpulent ?

— Pas très grand mais style camionneur.

— Épaules larges ? demanda Colomba.

— Et un peu de ventre.

— Âge ? s'enquit Dante

— La soixantaine, je crois. Peut-être un peu plus. Il avait un veston et une cravate, et une valisette noire à la main. Une mallette à outils.

— Les yeux ?

— Bleus. Très clairs.

La bonne main de Dante fut traversée d'un spasme violent et il laissa tomber son crayon. Il se figea, le regard perdu dans le vide.

Sans se faire remarquer par la femme, Colomba lui serra la cuisse.

— Nous sommes bien mal élevés, Dante. Nous n'avons rien proposé à madame. Pourquoi n'irions-nous pas lui chercher quelque chose ?

— J'aimerais bien un Coca, suggéra-t-elle.

— On revient tout de suite, enchaîna Colomba en serrant à nouveau la cuisse de Dante, cette fois-ci un peu plus fort.

Il se reprit et ils se levèrent tous les deux, Colomba le soutenant par un bras, donnant l'impression d'être seulement prévenante.

— Pas à l'intérieur, marmonna-t-il après quelques pas à peine. Trop de monde.

Elle le poussa au coin de la rue. Dante s'appuya contre le mur, en tremblant sans pouvoir se contrôler. Colomba lui prit la bonne main.

— Tout va bien. Dante…

La voix de Colomba lui arriva comme à des années-lumière, tandis que son visage s'évanouissait et qu'un mur gris se dressait entre eux. Le mur du silo. La fissure. Le Père qui le regardait depuis la prairie, son couteau à la main.

— C'est lui, CC, murmura-t-il si doucement qu'il ne put même pas s'entendre lui-même.

Colomba lui prit délicatement le visage dans ses mains, l'obligeant à la regarder.

— Reste avec moi, Dante.

Il frissonna de nouveau. Son front était couvert de sueur.

— Tu peux le faire, Dante. Reste avec moi, répéta Colomba.

Dante ferma les yeux un instant puis il les rouvrit et revint à la réalité.

— Je suis là, déclara-t-il, la gorge sèche.

— C'est bien. Tu veux que je fasse évacuer le bar, comme cela tu pourras rentrer et te passer de l'eau sur le visage ?

Il sourit faiblement.

— Tu serais capable de le faire.

— Ça, ce n'est rien.

Dante s'accroupit, la main sur le ventre, en respirant doucement.

— Merci. Retourne auprès d'elle, je vais me calmer encore un peu et je trouve un serveur. D'accord ?

— Je peux te faire confiance ?

— Ne t'inquiète pas.

Colomba revint à la table, tandis que Dante continuait à contrôler sa respiration, se sentant de mieux en mieux. Le Père n'était plus une entité abstraite, il n'était plus un fantôme qui flottait dans les airs autour de lui. C'était un être de chair et d'os, qui respirait, qui parlait au téléphone, qui portait une cravate. C'était un être humain.

Il n'était pas infaillible.

Il se releva et arrêta un serveur pour qu'il leur apporte à boire. Puis il revint à la table et se mit à dessiner pendant la demi-heure qui suivit, selon les indications de la femme. Colomba s'étonna de la précision de son trait, comme celui des dessinateurs d'autrefois, que la police employait avant l'arrivée des logiciels de graphisme. Et de la fidélité de son dessin : il n'ajoutait aucun détail, aucune fioriture, aucune suggestion. Quand le portrait fut achevé, l'homme qui la regardait depuis la feuille avait l'apparence concrète de la réalité : soixante ans passés, un cou épais, un double menton, les joues creuses, le nez bossu et une expression brutale. Les cheveux, gris, étaient coupés court et devenaient plus rares sur le front que barraient trois rides profondes comme des cicatrices. Dante avait aussi dessiné ses mains, dont la femme se souvenait très bien : fortes, avec des veines en relief sur le dessus, le pouce large avec un ongle carré. Des mains de paysan, d'ouvrier, certainement pas de l'intellectuel raffiné que Dante imaginait. Les mains de quelqu'un capable de décapiter et de trancher des gorges.

Une fois que Dante eut terminé, Colomba congédia la femme, la rassurant et lui promettant de la tenir informée. Elle lui demanda également de ne pas ébruiter l'affaire autour d'elle, et elle insista beaucoup sur ce point. La « mère qui n'était pas celle qu'il fallait » parut comprendre, mais Colomba n'avait aucun doute : elle allait se pendre au téléphone pour tout raconter dès qu'elle serait arrivée chez elle.

Elle attendit qu'elle se fût éloignée, puis elle commanda un granité au café et une vodka pour Dante, qui se méfiait de la qualité des cocktails.

— Tu sais pourquoi cette idiote est encore vivante ? reprit Dante. Parce que le Père ne sait pas qu'elle l'a vu. Autrement, on aurait au moins trois cadavres – si on considère qu'il n'y en a pas d'autres dont nous ignorons encore l'existence.

Colomba ne pouvait pas détacher les yeux du portrait-robot.

— Elle n'est pas si idiote que ça, si elle l'a reconnu, protesta-t-elle. Mais peut-être que ce n'est qu'un type quelconque qui allait prendre son train et que nous sommes en train de nous faire des films.

Dante sortit une feuille pliée de sa poche. C'était le portrait-robot de l'homme qu'il avait vu depuis la fissure du silo, celui qu'avait établi la police de Crémone. Il le posa à côté de l'autre.

La ressemblance était telle que Colomba en eut le souffle coupé.

Même forme de visage, mêmes petites oreilles, et surtout mêmes yeux. Si le dessin n'offrait pas une vue complète, les lignes ébauchées par l'ancien portrait-robot se superposaient parfaitement à celles du nouveau, malgré les outrages du temps. C'était le même homme, avec vingt-cinq ans de plus. Dante avait raison depuis le début.

14

Une heure après, Colomba se gara face à l'une des entrées de la villa Pamphilj, avenue Martin-Luther-King, et elle éteignit le moteur.

— Tu vas réussir à rester tout seul pendant dix minutes ? demanda-t-elle à Dante.

Il était pratiquement étendu, le dossier du siège complètement abaissé. Il avait mis sa cravate sur ses yeux pour se protéger de la lumière, et l'effet était plus comique que pathétique.

— Vas-y, répondit-il.

— Ne te bourre pas de saloperies.

Il lui tira la langue : une capsule bicolore y était posée.

— Trop tard.

Elle claqua la portière et s'avança dans le parc, respirant à pleins poumons l'odeur de l'herbe à peine coupée. Enfant, elle allait à la villa Pamphilj pour donner du pain dur aux ragondins, lesquels ressemblaient à de gros rats mais ne lui faisaient pas peur. Elle avait lu qu'on les avait depuis transférés ailleurs. Cela l'ennuyait un peu. Elle alla jusqu'au pont Nanni, traversa l'un des étangs en même temps qu'un groupe de joggeurs qui couraient, des écouteurs d'iPod dans les oreilles. Elle vit Rovere immobile au milieu du pont, appuyé à la balustrade, en train de fumer, la tête basse. Il lui sembla encore plus vieux et abattu que lorsqu'elle l'avait rencontré aux Pratoni. Il l'aperçut et lui fit un signe de salut, un sourire fatigué aux lèvres. Colomba vint se mettre à côté de lui, prenant garde à ne pas se trouver dans le sens de la fumée de sa cigarette.

— Merci de m'avoir appelé, dit Rovere. Avant-hier, j'ai eu peur que tu m'en veuilles.

— Je vous en veux de m'avoir embarquée dans cette galère. Mais je ne peux pas continuer toute seule. Surtout maintenant. (Elle lui passa le portrait-robot et Rovere ouvrit de grands yeux. Pendant un instant il sembla effrayé.) Vous le connaissez ?

— Non… C'est juste que j'ai été surpris. Qui est-ce ? demanda-t-il sans détacher le regard de la feuille.

— L'homme qui a enlevé le fils des Maugeri. Et gardé prisonnier Dante Torre.

Rovere la scruta, fiévreux.

— Tu es sûre ?

— Oui. Il s'est servi de Montanari pour trouver sa proie, ensuite il l'a tué. Sur le Net, il se fait appeler Zardoz. Il est très doué pour disparaître et ça fait trente-cinq ans qu'il commet des trucs dégueulasses. Avant de s'enfuir, Dante l'avait vu tuer un garçon.

— Je me souviens, murmura Rovere. Mais on n'a jamais pu prouver que cet homme existait.

— De deux choses l'une : soit les collègues qui ont enquêté étaient des couillons, soit c'est le Zardoz en question, le Père ou je ne sais quel autre petit nom, qui est un génie pour faire disparaître les cadavres.

Rovere s'était remis de sa stupeur.

— Un homme qui séquestre des enfants n'est pas un génie. C'est un malade mental.

— Si c'est le cas, c'est le fou le moins fou que j'aie jamais croisé. Il sait ce qu'il veut et il sait s'y prendre.

— Un serial killer organisé, remarqua Rovere. Ce ne serait pas le premier.

— À ce niveau, il va bien au-delà des cas qu'on trouve dans les manuels spécialisés. Il utilise des complices, il se fait passer pour un médecin, il navigue sur Internet comme un professionnel, il manipule les scènes de crime… Et tout ça pour pratiquer des jeux sadiques sur les enfants et les tuer lorsqu'ils deviennent trop grands. (Colomba secoua la tête.) Ça ne tient pas debout, mais je n'ai pas de meilleure explication.

— Quelqu'un l'a vu ? demanda Rovere.

— Une des mères qu'il a contactées en cherchant le petit Maugeri.

— Et il sait qu'on l'a vu ?

— Heureusement non. Qu'est-ce qu'on fait maintenant ?

Rovere replia la feuille et la mit dans la poche de sa veste.

— Je vais rentrer le portrait-robot dans le système et voir ce que ça donne. Entre-temps, toi et M. Torre, vous ne faites rien.

— Pardon ? s'étonna Colomba.

— Il y a quelque temps encore, nous étions dans le domaine des hypothèses, maintenant nous avons la certitude qu'il y a un assassin en liberté. Je ne veux pas te mettre en danger.

— Avoir affaire à des assassins, c'est mon travail.

— C'était.

Colomba n'en croyait pas ses oreilles.

— Vous êtes sûr d'être la même personne qu'hier, quand vous vouliez que je continue alors que j'étais en train d'agoniser sur le trottoir ? Mais, putain, qu'est-ce qui vous est arrivé ?

— Rien. Je suis juste inquiet pour toi. Laisse-moi faire mes recherches.

— Nous devons interroger les autres mères, Maugeri, les voisins, les habitués des Pratoni… insista Colomba.

— Je m'en occupe, moi. Toi, pendant ce temps, sois sage. D'accord ?

Colomba, dans un mouvement d'exaspération, frappa de la main sur le parapet.

— Je n'arrive pas à y croire. Vous m'impliquez dans cette histoire et quand ça commence à avoir un sens, vous voulez me laisser à l'écart.

— Colomba, le problème, ce n'est pas seulement ton immunité personnelle. Aujourd'hui, le commissaire m'a posé des questions sur toi. De Angelis lui a cassé les couilles et il voulait savoir ce qu'on trafiquait tous les deux. Et même les types de la brigade contre la cybercriminalité se demandent ce que tu sais de plus qu'eux.

— Mais qu'est-ce qu'on en a à foutre, de la cyberpolice et du commissaire. On peut pincer le coupable !

— Pas si nous agissons de manière impulsive. Repose-toi quelques jours. Ce n'est pas une recommandation…

Colomba resta là à le regarder pendant un instant sans rien dire, puis elle tourna les talons et s'éloigna à grands pas, bousculant un joggeur qui arrivait en sens inverse. Quand elle arriva à la hauteur de la voiture, elle trouva Dante étendu sur le capot.

— Si tu veux voyager comme ça, c'est ton problème, grommela-t-elle.

— Je voulais seulement regarder le ciel. (Il sauta à terre et il semblait être redevenu le Dante d'autrefois.) Que dit ce génie qui te sert de chef ?

— Rien de très intéressant.

— Je t'ai déjà dit qu'il y a quelque chose chez lui qui ne me revient pas ?

— Tu me l'as fait comprendre. On rentre à l'hôtel.

— Pas encore. Santiago m'a appelé, il semble qu'il ait trouvé quelque chose sur le réseau. Je ne sais pas quoi, parce que au téléphone on évite de trop parler. Tu es prête pour un tour dans les bas-fonds ?

Colomba repensa à la conversation avec Rovere et à la façon dont il lui avait suggéré de tout laisser tomber.

— Je meurs d'impatience ! s'exclama-t-elle.

15

Encore nerveuse, Colomba conduisit jusqu'au quartier de Tor Bella Monaca où habitait Santiago. C'était l'une des zones à plus fort taux de criminalité de Rome, avec des immeubles de quinze étages reliés entre eux par des dédales de rues, de logements sociaux occupés par des familles démunies ou des mafieux en transit. Les descentes et les arrestations que Colomba y avait effectuées s'étaient toujours finies avec des bouteilles ou des pierres balancées depuis les balcons, avec des pneus incendiés et des vociférations. Quand un policier entrait à Torbella – comme l'appelaient ses habitants –, il pénétrait en territoire ennemi. Colomba savait que bien des personnes qui vivaient là étaient de braves gens qui ne pouvaient pas aller s'installer ailleurs, des personnes âgées et des chômeurs pris en otages par les délinquants qui vivaient autour d'eux. Mais cela ne l'aidait pas à moins détester ce quartier : elle savait que de chaque porte pouvait sortir le canon d'un pistolet qui lui ferait un trou dans la tête.

Dante la dirigea vers un groupe de quatre logements sociaux, hauts de six étages, disposés en forme de C allongé, avec des murs de couleur gris fumé, des portes et des fenêtres qui tombaient en ruine. Les boîtes aux lettres étaient noircies par les pétards qu'on y avait allumés ou bien couvertes de tags, les sonnettes arrachées du mur. En contrebas, il y avait un bout de terrain couvert de ronces et de gravats, où un groupe d'enfants crasseux jouaient à se lancer des mottes de terre.

Tous les bâtiments se trouvaient autour de la même cour intérieure, et la voiture de Colomba s'approcha d'une des entrées. Immédiatement, la route lui fut barrée par trois garçons en mobylette. Ils conduisaient sans casque et le plus grand, un Maghrébin, devait avoir moins de quatorze ans. Ce fut lui qui frappa contre la vitre, du côté de Colomba.

— Chez qui vous allez ? demanda-t-il.

— C'est pas tes oignons, morveux, répondit Colomba, du tac au tac.

Dante se pencha vers lui presque en même temps.

— Chez Santiago.

— Comment tu t'appelles ? s'informa le gamin.

— Dante.

Le jeune Maghrébin fit un geste à un autre garçon en mobylette, tellement petit que ses pieds peinaient à toucher le sol.

— Va le prévenir.

Le gamin remit les gaz et disparut dans la cour intérieure. Les deux autres s'écartèrent de quelques mètres de la voiture, en continuant quand même à bloquer le passage, et ils allumèrent une cigarette.

— Ici, c'est comme ça que ça marche, expliqua Dante à Colomba.

— Je prendrais les parents de ces gosses et je les enverrais en prison sans même attendre la sentence.

— À tous les coups, ils y sont déjà, remarqua Dante.

Au bout de quelques minutes, Santiago sortit de la cage d'escalier avec deux garçons à peine âgés de dix-huit ans, tous deux sud-américains. Contrairement à Santiago, qui, mis à part son blouson de cuir et ses baskets de couleur, s'habillait de manière plutôt ordinaire, ils portaient des baggys, des casquettes à l'envers et des tee-shirts avec des slogans violents. Colomba, à sa grande surprise, en reconnut un. Il s'appelait Jorge Pérez, et elle l'avait arrêté pour agression deux ans plus tôt, alors qu'il était encore mineur. Santiago donna une tape amicale au Maghrébin et lui fit signe de rejoindre les autres vigies, tandis que Jorge lançait un juron en espagnol.

— C'est un flic, celle-là, dit-il à Santiago en faisant à Colomba un geste rapide qui, dans le langage de la rue, était une menace de mort muette.

Elle lui répondit de son majeur tendu, en même temps que, de l'autre main, elle sortait discrètement son pistolet de l'étui et le calait entre ses jambes.

— T'as vu ce qu'elle m'a fait ? demanda Jorge à Santiago.

Santiago l'ignora.

— Pourquoi tu l'as amenée avec toi ? demanda-t-il à Dante. Je t'avais dit de venir seul.

— Parce que tout seul, il pourra rien faire, répondit Colomba.

— C'est pas à toi que je cause, lui lança Santiago.

Dante descendit et Colomba sentit sa poitrine se serrer. Si l'un des trois était armé, il aurait pu prendre le geste de Dante comme une agression et lui tirer dessus. Mais Santiago resta calme, et les deux autres ne bougèrent pas.

— Je t'ai dit que j'ai confiance en elle. On est tous les deux dans la même galère.

Santiago regarda Jorge.

— *Cómo es que la conoces ?*

— *Me ha enviado a la cárcel,* répondit Jorge en répétant son geste de menace.

Santiago se tourna de nouveau vers Dante.

— Non.

— Tu as déjà fait le travail. Tu veux vraiment renoncer à ton fric ?

— J'en gagne comme ça, du fric, dit Santiago, lui claquant des doigts devant le nez.

— Tu veux renoncer à un ami comme moi ? Je t'ai été utile par le passé. Je pourrais l'être encore.

Santiago regarda la pointe de ses chaussures, indécis.

— Tu te portes garant d'elle ?

— Absolument.

— Si elle rentre, il faut qu'on la fouille, exigea Jorge.

Colomba remit le semi-automatique à sa ceinture et descendit.

— Essaye un peu, tête de nœud.

— Avec son pistolet, elle n'entre pas, confirma Santiago. Sur ce point, je ne peux pas te faire de concessions, Dante.

— Tes hommes sont armés.

— Mes hommes ne sont pas des flics.

Dante regarda Colomba.

— C'est à toi que je dois demander de me faire confiance, alors.

— Pas de pistolet parce que je suis un flic.

— C'est ça.

Avec des gestes lents, du bout des doigts, Colomba ôta l'arme de sa ceinture et la glissa dans celle de Dante.

— Ce n'est pas un flic, non ?

Santiago éclata de rire.

— Lui, non.

Jorge essaya de protester, mais Santiago le fit taire d'un coup de pied au derrière.

— *Cállate antes de que yo me enojo, OK ?*

Dante regarda le boyau qui s'ouvrait sous l'immeuble et il sentit le souffle lui manquer.

— On ne pourrait pas plutôt discuter ici ? Là-dedans on est un peu à l'étroit.

— Ne t'inquiète pas. Je connais tes goûts, le railla Santiago. On va en haut.

— En haut ?

Santiago indiqua le toit.

— C'est là que se trouve mon bureau.

Ils se dirigèrent vers l'entrée. Dante laissa Colomba venir à sa hauteur.

— Je ne me sens pas à l'aise avec ce truc, murmura-t-il en indiquant la crosse du pistolet.

— Tais-toi. Et reste à mes côtés. Maintenant, tu es mon étui sur pattes.

Les ascenseurs de l'immeuble étaient hors service : les câbles avaient été coupés. Ils montèrent le long d'un vieil escalier de secours en métal qui se dressait sur la façade intérieure de l'édifice principal.

Pour Dante, rien ne fut simple : il s'immobilisait à chaque craquement, et il y en eut beaucoup. À la fin, il ferma les yeux et Colomba fut obligée de lui servir de chien de guide pendant l'ascension. Sans se faire remarquer, elle observa les lieux. Ils étaient structurés comme un véritable fort, avec des vigies, presque toujours des gamins ou même des enfants, qui contrôlaient chaque accès, assis sur leur mobylette ou debout aux fenêtres. Il y avait des gardiens même sur les plates-formes où, à chaque étage, débouchait l'escalier de secours. Sur l'une d'elles, un toxico se faisait un shoot. Les autres l'ignorèrent, tout comme Colomba, même si elle avait bien envie de faire venir les collègues en force.

— On est arrivés ? demanda Dante avec un filet de voix.

— Oui, tu peux ouvrir les yeux, le rassura Colomba. Et tu ne sais pas quel beau spectacle tu as manqué.

Ils étaient parvenus sur le toit, dans la partie destinée à être, initialement, un espace commun où profiter du soleil et étendre le linge. Santiago et sa bande l'avaient transformé en un salon à ciel ouvert, en y traînant une demi-douzaine de canapés défoncés, autant de tables en plastique et un réfrigérateur branché à l'électricité *via* un câble qui disparaissait dans la cage d'escalier. À côté d'un des canapés, il y avait même un narguilé, de plus d'un mètre de hauteur, dont sortaient quatre embouts de caoutchouc ondulé. Le ciment était couvert de mégots, de bouteilles vides et de fiente d'oiseau, sauf un coin parfaitement propre. Là, sous un auvent de plastique lui-même protégé de la pluie par une toile, se trouvait un petit laboratoire électronique, avec deux ordinateurs flambant neufs, dotés d'écran trente pouces et d'un graveur numérique, le tout connecté à une antenne satellite.

S'apercevant que Colomba le regardait, Santiago donna une tape sur le poteau de l'auvent.

— Pour la connexion, on passe directement par le satellite. Le ping est lent, mais personne ne peut nous repérer.

Colomba opina, étonnée du contraste entre l'apparence de Santiago et ses capacités techniques évidentes.

Dante s'était remis de la montée.

— Qu'est-ce que tu as trouvé de si intéressant ? demanda-t-il à Santiago.

Santiago montra ses deux comparses.

— Ton ami Zardoz a fait du bon travail, je n'ai jamais vu autant de sites brouillés en une nuit. Mais il a fait quand même quelques petites erreurs. Il a utilisé un autre site pour ses affaires. Il a écrasé ce site aussi, mais avec moins de soin.

— C'est moi qui l'ai trouvé, dit Jorge en s'allumant un joint. Il est allé sur ce site il y a cinq mois.

— Vous êtes en train de parler d'un autre site du darknet ? demanda Colomba, faisant frémir tous ceux qui se trouvaient là.

— Tu regardes trop la télévision, flicaille, dit le second comparse qui était jusque-là resté muet.

Sur le dos de ses mains il avait tatoué le terme *Mirrorshades*.

— Peu importe, c'était un autre site d'échange. Pas de PayPal ou de conneries du genre, rien que des bitcoins, ajouta Santiago.

— Monnaie électronique, traduisit Colomba.

Tous tordirent de nouveau la bouche.

— Elle se débrouille, la fille, concéda Jorge.

— Et qu'est-ce qu'il a acheté avec les bitcoins il y a un an ? s'inquiéta Colomba. D'autres vidéos ?

— C'est ça le plus fort, il n'a pas acheté, il a vendu, répondit Jorge.

— Et pour un *montón de dinero*. L'équivalent de vingt mille euros, dit Santiago. Il a peut-être vendu d'autres choses, mais nous ne pouvons pas le savoir. S'il l'a fait… puff… tout a disparu.

— Qu'est-ce qu'il a vendu ? demanda Dante.

— Sur le site piraté, on ne peut pas savoir. Mais on a pu remonter jusqu'à l'acheteur. C'est un *maricón* français. J'ai trouvé son disque dur virtuel. Plein de merdes. Des enfants et des animaux, *lo entiendes* ?

— Tu ne peux pas le laisser dans la nature, dit Dante, les yeux soudain vitreux.

— Ce n'est pas mon problème. Ce n'est pas notre boulot.

— Je vous paye un extra, dit encore Dante. Baisez-le.

Santiago regarda son acolyte taciturne.

— On peut le faire. On envoie un mail anonyme à la police de son pays avec un lien vers son disque dur. De toutes les façons, j'ai enlevé ce qu'il avait acheté à Zardoz.

— Vous avez tout ça ici ? demanda Colomba.

— C'est pour ça qu'on vous a fait venir, dit Santiago.

Dante passa sa langue sur ses lèvres desséchées.

— C'est vraiment dégoûtant ?

— Pas trop. C'est… *extraño*.

— Je peux regarder toute seule si tu ne t'en sens pas capable, proposa Colomba.

Dante secoua la tête.

— Non, c'est bon. Voyons ça.

Santiago s'assit devant la console, tandis que les deux autres s'allongeaient sur un canapé. Lorsqu'il se déplaçait entre les machines, sa façon d'être changeait. Elle devenait presque délicate.

— *Con mucho gusto.*

Il tapa et la barre de commande de la vidéo apparut sur l'écran. Au début, on ne voyait que du noir qui grouillait de taches plus sombres, puis l'image vira au vert : celui qui avait filmé avait utilisé une caméra à infrarouge. L'objectif cadrait en plongée un jeune garçon, à peine plus qu'un enfant, qui se lavait avec un torchon qu'il humectait dans un seau posé sur un tabouret de bois. Il frottait son corps avec soin, méticuleusement, passant le linge sur ses parties génitales, entre les fesses. Peut-être que c'est ça qui avait excité l'acheteur. Quand il passa le torchon sur son cou, Colomba vit qu'il gardait les yeux fermés. Il avait un visage ovale avec un menton peu prononcé, des cheveux noirs et bouclés.

— Les détails de la pièce ont été effacés. On a essayé de nettoyer, mais on n'a pas réussi, expliqua Santiago.

— Zardoz a fait du bon travail.

Colomba hocha la tête, elle comprenait pourquoi on ne réussissait à voir que la zone au contact du garçon, comme un cercle grisé.

— Chaque centimètre deux fois. Chaque centimètre, murmura Dante. Chaque centimètre deux fois.

Colomba détacha ses yeux de l'écran et s'aperçut que Dante répétait les gestes du garçon, comme dans une sorte de transe, frottant de la bonne main son cou et son visage.

— Chaque centimètre deux fois, répéta-t-il, les yeux rivés vers l'image.

— Tu éteins ce truc, ordonna Colomba à Santiago, puis elle entraîna Dante jusqu'au canapé et le fit asseoir de force.

— Vous n'avez pas quelque chose à boire ici ?

Dante s'était immobilisé, mais il continuait à regarder dans le vide.

Santiago apporta une bouteille de whisky et il l'approcha des lèvres de Dante.

— Bois un coup.

Il but une gorgée et se mit à toussoter, puis il en avala une autre, plus consistante.

— Vas-y doucement, t'as pris tout un tas de saletés, lui recommanda Colomba. Comment tu te sens ?

Le thermomètre de Dante descendit de quelques degrés, ce qui lui permit de parler.

— Il m'a pris par surprise, murmura-t-il.

— Le gamin sur la vidéo ? Tu as vu pire.

— C'est la première fois que je vois quelqu'un comme moi. (Il essuya ses yeux pleins de larmes.) Un prisonnier.

16

Santiago fit des captures d'écran et de nombreux tirages couleur. En échange, Dante se servit de l'ordinateur pour transférer sur un compte étranger ce qui sembla à Colomba une somme d'argent outrancière. La quantité de délits qu'ils commettaient rien que pour suivre cette piste augmentait dans des proportions vertigineuses, mais elle se rendit compte que tout cela lui était égal, à présent. Elle n'avait jamais été une grande fanatique des règlements, néanmoins, à l'inverse de nombreux collègues, elle ne passait jamais la frontière entre ce qui était illégal et ce qui était pénalement répréhensible, aussi ténue soit-elle. Non de crainte d'en subir les conséquences, mais par respect envers l'uniforme qu'elle gardait suspendu dans son armoire, comme une barrière entre ce qu'il y avait de bon dans le monde et tout le chaos qui le menaçait et l'érodait aux marges. Au fur et à mesure qu'elle s'enfonçait dans cette histoire, toutefois, elle s'apercevait que cela lui importait de moins en moins. Elle voulait seulement mettre la main sur le Père, et tout le reste passait au second plan. À cet instant précis, après avoir vu l'écran, elle se sentait débordante d'une fureur chauffée à blanc à laquelle elle était pressée de donner libre cours.

Au retour, ils firent le chemin sans escorte : Santiago et ses amis étaient occupés à prendre de la coke sur la terrasse. Avant de remonter en voiture, Dante obligea Colomba à faire quelques pas sur le terrain plein de ronces. Même si personne ne chercha à s'approcher d'eux ni à les déranger, Colomba se sentait observée de chaque fenêtre éclairée sur les façades.

Dante fuma deux ou trois cigarettes, sans parler.

— Tu ne peux pas être certain que c'est un prisonnier, lança Colomba quand elle l'estima en mesure de répliquer.

— La façon de se laver… C'était celle qu'il m'avait enseignée à moi. Les mêmes mouvements. Je les fais encore quelquefois sous la douche. La seule chose, c'est que dans le silo l'eau était une denrée rare.

— Si le Père a déjà un prisonnier, pourquoi a-t-il enlevé le petit Maugeri ?

— Un seul, ça ne lui suffit pas. Personne ne m'a cru quand je le disais, mais il y en avait un autre avec moi. Et maintenant, il y en a un autre avec Luca.

— Ne l'appelle pas par son prénom.

Dante repoussa l'objection en traçant un arc lumineux de sa cigarette.

— Arrête avec ça. Pour ce qu'il veut faire, le Père a besoin de fonds. Vendre des vidéos à de vieux cochons est le meilleur moyen. Ils ne parlent pas et, s'ils le font, personne n'est en mesure de remonter jusqu'à lui ou jusqu'à la victime. L'enfant de l'écran peut avoir été filmé dans n'importe quelle partie du monde. Il n'y a que nous qui savons qu'il est italien.

— Nous croyons le savoir. Peut-être que le Père a fait un tour à l'étranger.

— Je te l'ai déjà dit : il est trop vieux pour changer ses habitudes. L'enlèvement de Luca le prouve. S'il voulait aller en Thaïlande, il l'aurait déjà fait. Et il aurait même fait des économies.

Colomba réfléchit.

— Il a vendu la vidéo il y a cinq mois, juste avant de commencer à s'occuper du fils Maugeri.

— Des fonds pour la nouvelle opération, observa Dante avec tristesse.

Colomba s'assit sur un morceau de ciment grand comme une borne, en chassant un insecte.

— Ça peut être n'importe qui.

— La vidéo de Santiago a cinq mois. Quel âge donnerais-tu au gamin ?

Colomba examina l'une des photos à la lumière de son portable.

— Je dirais sept ans. Mais vu les conditions, il pourrait être plus vieux.

Colomba vit un point rouge bouger de haut en bas dans le noir : Dante acquiesçait, la cigarette au bec.

— Je suis d'accord avec toi. Entre sept et huit ans. Pas plus. S'il a été enlevé autour de six ans, il était prisonnier depuis un ou deux ans au moment de la vidéo.

— Donc il a été enlevé entre 2011 et 2013, si on ne fait pas complètement fausse route. On peut vérifier toutes les disparitions.

— Inutile, la coupa Dante.

— Comment tu le sais ?

Dante poussa un soupir.

— C'est mon domaine de compétence, tu te souviens ? Des mineurs disparus ces trois dernières années, il y en a environ cent cinquante. Mais, parmi eux, il y a très peu d'enfants et je me les rappelle un à un. Dans la plupart des cas, d'ailleurs, c'est l'un des parents qui a emmené son enfant à l'étranger.

— Et ça ne peut pas être l'un de ceux-ci ?

— L'âge et le visage ne correspondent pas. Même s'ils ont changé.

— Tu as vu toutes les photos ?

— Bien sûr.

— Il y a aussi les étrangers, poursuivit Colomba. Il est difficile de savoir combien d'enfants arrivent ici des pays de l'Est. Ils les vendent pour mendier, parfois ils se déplacent d'un pays à l'autre, les parents se les partagent. Le Père pourrait pêcher à pleines mains parmi ces gamins qui demandent l'aumône.

— Et dans bien des cas, personne ne ferait de signalement.

— Ils n'ont pas confiance en nous. Ils ont peur de finir en prison.

— On se demande bien pourquoi, ironisa Dante, sarcastique. De toute façon, le Père ne s'intéresse pas à ces enfants-là. Il a fait des pieds et des mains pour kidnapper Luca, peut-être que les gamins des rues, il les considère comme de la marchandise de second choix.

De la maison derrière eux arriva un bruit de verres cassés suivi de deux voix d'hommes qui se disputaient en arabe. *Demain je le lirai dans le journal*, pensa Colomba amèrement.

— Donc il s'agirait d'un enfant dont personne ne suspecte qu'il ait été enlevé ? demanda-t-elle. Et comment est-ce possible ?

— Pense à mon cas.

— Ils te croyaient mort.

— Voilà.

— Et d'après toi, c'est la même chose pour le garçon que nous avons vu sur la vidéo ?

— Pourquoi pas ? Ils penseront cela aussi de Luca, tôt ou tard, si nous ne trouvons pas quelque chose. Que son père l'a tué et enterré dans les bois.

Il y a quelques jours encore, Colomba aurait écarté cette hypothèse, la considérant peu crédible. Maintenant, elle aurait parié que c'était la vérité. Et pourquoi pas, au fond ? Si un type était assez fou pour enlever des enfants à répétition, il devait avoir une stratégie de survie tout aussi folle.

— Un enfant que tous pensent mort, mais dont on n'a jamais trouvé le cadavre… Je n'ai pas en tête de cas récent.

— Pas nécessairement un meurtre, juste un accident. Une voiture tombée dans un fleuve quelconque peut aussi bien faire l'affaire.

— Il y en a des tonnes, objecta Colomba. Jusqu'en 1994 au moins, cent enfants par an mouraient dans des accidents de la route ; aujourd'hui, peut-être un peu moins, avec l'obligation du port de la ceinture et des sièges enfant, mais il n'y a pas de statistiques sûres.

— Parce que s'il y en avait, tu les connaîtrais, bien sûr ?

— Excuse-moi si je fais consciencieusement mon travail… Ensuite, il y a ceux qui se noient en mer, ceux qui tombent dans un putain de ravin en montagne. Mais dans la plupart des cas, on retrouve le corps. Il faut recueillir les données de la police de la route, de celle des forêts… C'est le bordel.

— Vous n'avez pas une base de données centrale ?

— Nous l'avons depuis peu, même pour les homicides.

Dante poussa un soupir.

— Ça me surprend toujours que vous arriviez à arrêter quelqu'un, quelquefois. Tu peux demander à Rovere ?

— Non. Il a décidé de se passer de notre concours.

Dante s'arrêta au milieu du geste qu'il faisait pour allumer une autre cigarette.

— Quand pensais-tu me le dire ?

— Pourquoi, ça change quelque chose ? aboya Colomba, qui s'était sentie prise en défaut.

— Je n'ai pas confiance en lui. Et encore moins maintenant qu'il nous fout dehors.

— Il dit qu'il se fait du souci pour moi.

— Foutaises ! Il tient à toi mais ce n'est pas ça qui le pousse. Il a d'autres raisons, seulement, je n'arrive pas à comprendre lesquelles. Donc ça m'inquiète.

Je commence à penser comme toi, songea Colomba.

— De toute façon, j'ai d'autres personnes à qui demander. Rentrons en ville. Ce soir, je vais boire tant de ces cocktails dont tu as le secret que je risque d'oublier jusqu'à mon nom.

17

Pour seule et unique source, Colomba avait l'inspecteur Carmine Infanti. Au téléphone, il se montra moins heureux de l'entendre qu'il ne l'avait été de la voir, à côté de la voiture où gisait le cadavre de Montanari. Il aurait pu lui refuser son aide, mais l'habitude qu'il avait d'obéir à Colomba et le respect qu'il lui portait le poussèrent à agir dans le sens inverse. Après avoir raccroché, il commença à poser des questions autour de lui et à promettre ici ou là des contreparties. Il trouva un secours inespéré auprès de l'Observatoire national de la sécurité routière, qui avait récemment fait une recherche détaillée sur les mineurs décédés les cinq dernières années, et d'un vieil ami carabinier devenu un officier haut placé. Il passa toute une journée à recueillir une quantité suffisante de données – durée pendant laquelle Colomba but en réalité très peu et Dante fuma sans discontinuer, les yeux rivés vers le plafond de sa chambre où il avait collé les photos de l'enfant. Il écoutait sa musique tellement fort que, pour la première fois, la direction de l'hôtel protesta.

Ils parlèrent peu, comme si chacun analysait à sa façon ce qui venait d'être découvert. La seule nouveauté fut un coup de téléphone pour Colomba : le bureau du personnel de la police demandait à la rencontrer au plus vite. L'interlocuteur au téléphone était poli, mais Colomba comprit tout de suite qu'il s'agissait de la première étape vers son licenciement définitif. Peut-être à cause du coup de pied en pleine figure donné à Santini, ou peut-être parce que Anzelmo avait parlé de sa présence lors de la perquisition à l'agence sanitaire. Quoi qu'il en soit, il était inévitable que tôt ou tard ses activités hors service commencent à être connues. Elle se demanda si ça avait été une initiative directe du procureur, comme le craignait Rovere. Pour dissiper sa nervosité, après avoir ordonné à Dante de ne pas bouger de la suite, elle rentra chez elle prendre une tenue de rechange et relever le courrier. Le livre laissé ouvert sur l'accoudoir du fauteuil lui causa un terrible accès de mélancolie. Elle ne savait pas si son ancienne vie lui manquait ou si, au contraire, elle regrettait le temps perdu à faire l'ermite pendant qu'un monstre fauchait des enfants tout près d'elle. Pour chasser ses idées noires, elle enfila un jogging et des baskets et alla courir sur les quais du Tibre, pour une fois au coucher du soleil, afin d'éliminer en transpirant ses mauvais rêves et son stress. Quand elle rentra, elle trouva un appel manqué d'Infanti sur son portable, le rappela, et ils se mirent d'accord pour se voir à la fin du second tour de permanence.

À vingt heures, elle passa prendre Dante et le traîna avec elle, malgré ses protestations, jusqu'au bar Momart dans le quartier de Nomentana : grâce au beau patio en plein air où se retrouvaient les fumeurs, Dante ne serait pas forcé d'attendre dans la voiture.

Infanti était déjà là, à patienter devant une bière. Il se leva pour les saluer.

— Nous nous sommes déjà rencontrés, dit-il à Dante.

— Vous avez fini par le trouver, le préservatif ? lui retourna celui-ci, sarcastique.

— Vous savez ce que c'est, le secret de l'enquête, n'est-ce pas ?

Dante ricana.

— Vous ne l'avez pas trouvé.

Ils s'assirent à table et Dante commanda son Moscow mule habituel, tandis que Colomba demandait une eau minérale. En courant, elle s'était sentie en petite forme et avait décidé de renouer avec une vie plus saine. La soirée était tiède ; Dante pensa pour la énième fois que le climat de Rome était l'une des quelques raisons qui le poussaient, obstinément, à vivre ici. Colomba et Infanti échangèrent quelques instants sur la pluie et le beau temps pendant que Dante expliquait avec une précision maniaque la composition du cocktail à la serveuse. Puis, l'air de rien, Colomba demanda des nouvelles de Rovere.

— Je ne l'ai pas beaucoup vu ces dernières semaines, répondit Infanti, prudent. Mais il n'a pas l'air d'aller très bien.

— C'est-à-dire ?

— Barbe mal rasée, mine défaite. Tu te rappelles comment il était, juste après la mort de sa femme ?

— Pas très bien, j'étais presque toujours à l'hôpital. Mais je vois ce que tu veux dire.

— Hier, il est resté au bureau et il ne répondait même pas au téléphone. Aujourd'hui il ne s'est pas présenté à la réunion du commissaire… qui a pété un câble parce qu'il dit que ça fait une semaine qu'il l'évite. Peut-être qu'il a besoin de vacances.

Colomba rumina l'information. Si ce que disait Infanti était vrai, Rovere et le procureur ne s'étaient pas rencontrés au cours des jours précédents. La décision de la mettre hors de l'enquête, Rovere l'avait donc prise seul et, encore une fois, elle donna raison à Dante et à ses soupçons.

— Rovere est veuf ? s'enquit Dante.

Infanti acquiesça.

— Depuis un an. Elena, sa femme, a eu une sale maladie.

— Et il n'a pas d'enfant ? poursuivit Dante.

— Non. (Infanti ouvrit la sacoche et en sortit son portable pour changer de sujet. Il n'avait pas envie de parler de son chef devant un étranger qui semblait si maladivement intéressé.) J'ai ce que tu voulais, Colomba.

— Tu as tout trouvé ?

— Tous les accidents et les meurtres où des mineurs ont été impliqués. En ce qui concerne les meurtres, je suis sûr qu'ils y sont tous. Il y en a une quarantaine.

— Quarante-trois, le corrigea Dante.

Infanti hocha la tête.

— Oui, exact. Félicitations. (Il ouvrit l'ordinateur qui se mit en route en soufflant.) Pour les accidents, je ne crois pas avoir vraiment tout. Mais c'est le mieux que j'aie pu faire.

— Il y a les descriptions des cadavres ?

— Pas toujours, mais encore une fois…

— Mieux que ça, tu ne pouvais pas, conclut Colomba. Je le sais, merci.

Infanti inséra une clé tellement abîmée qu'elle tenait avec du scotch.

— J'ai tout transféré sur Excel. Il y a trois cent douze fiches, dit-il en indiquant l'écran. Je t'enregistre une copie.

Dante regarda par-dessus son épaule.

— Il n'y a pas les photos, marmonna-t-il, la paille de son cocktail entre les dents.

— Les photos des cadavres ? demanda Infanti, avec un certain agacement.

Il faisait des efforts pour supporter Dante, mais il n'y parvenait pas très bien.

— Des victimes, avant qu'elles ne deviennent des cadavres.

— Il n'y en a pas dans nos systèmes, ni dans ceux des autres unités. Au mieux, je peux trouver les photos des accidents, en passant par la police de la route.

— Il nous faudra les demander aux familles, insista Dante.

Infanti n'en revint pas.

— Vous plaisantez, j'espère ?

— Oui, j'ai un sens de l'humour un peu particulier.

Infanti se tourna vers Colomba.

— Tu peux m'expliquer à quoi vous servent les photos des enfants morts ?

Elle haussa les épaules, mal à l'aise.

— Nous faisons une recherche.

— Quelle recherche ?

— Laisse tomber.

— Non, je ne laisse pas tomber. Il suffit que l'un des parents à qui tu téléphones se plaigne pour qu'on découvre que je t'ai aidée. Dis-moi dans quoi tu m'impliques.

Colomba soupira.

— Je ne peux pas.

Infanti fit une grimace de dépit. Il avait pensé apporter son aide à l'une de ses supérieures qui, durant les trois années où ils avaient travaillé ensemble, avait montré une capacité et une fermeté hors du commun. Mais la femme qu'il avait devant lui n'en était qu'une pâle copie. Triste, déséquilibrée, avec quelque chose qui la travaillait. Il se rendit compte qu'il avait commis une erreur.

— Je suis désolé, Colomba, j'ai changé d'avis.

Dante allongea brusquement le bras et sortit la clé. L'ordinateur fit un *pling* mécontent.

— Trop tard.

Infanti lui saisit le bras et le tira vers lui, furieux.

— Comment oses-tu, salopard ?

Dante ne dit rien. Pourtant Infanti n'ouvrit pas le poing et continua à serrer sa prise. La violence était tellement étrangère à Dante que sa réaction habituelle face à l'agressivité des mâles lambda, ou supposés tels, était de se retirer en lui-même – à part les deux ou trois fois où, par le passé, il avait perdu le contrôle et s'était mis dans une situation délicate.

— Lâche, lança Infanti en lui coinçant le bras.

Dante continua à lui opposer une résistance passive, sans le regarder dans les yeux. Il se sentait extrêmement mal à l'aise.

— Laisse-le, Carmine, intervint Colomba. Ne fais pas l'imbécile.

— Dis-lui de me redonner la clé.

— Laissez-le, inspecteur.

Le ton était celui de la Colomba d'autrefois et Infanti lâcha Dante brusquement, en baissant les yeux.

— C'est pour le gamin des Pratoni, non ? Tu fais une fixation sur cette affaire.

— Mêle-toi de tes oignons.

Dante détacha sa montre pour regarder les marques rouges sur sa peau.

— Je vais avoir un bleu, grogna-t-il, retrouvant son état d'esprit habituel.

Personne ne lui prêta attention.

Infanti le montra d'un geste :

— C'est lui qui t'a entraînée dans cette galère ? Qu'est-ce qu'il t'a mis dans la tête ?

— Personne ne m'a rien mis dans la tête.

— Et alors pourquoi tu enquêtes sur une affaire dans laquelle tu ne devrais pas intervenir ? Et sans l'autorisation du procureur ?

— Parle moins fort, on nous regarde, dit Colomba.

C'était vrai. Aux tables voisines se trouvaient surtout des étudiants et beaucoup avaient tourné les yeux dans leur direction. Ils pensaient à une dispute en famille ou à une affaire de cornes : lui, elle et l'autre. Pour l'assistance, aucun des deux hommes n'était vraiment à la hauteur pour former un couple avec Colomba. Squelettique et farfelu pour l'un, massif et le nez en trompette pour l'autre. Cette femme athlétique qui était face à eux pouvait aspirer à mieux – bien des mâles présents se seraient portés volontaires.

— Dis-moi ce que tu espères découvrir toute seule avec cet abruti ? continua Infanti, un ton plus bas.

— Hé, protesta Dante. Tu deviens désagréable, Carmine. C'est moi qui paye la tournée.

— Non, non, il manquerait plus que ça, répliqua Infanti d'une voix rageuse, se levant en jetant un billet de dix sur la table. Moi, j'étais pressé que tu reprennes le service. Je n'ai jamais voulu croire à ce que disaient les autres.

Colomba plissa les yeux, et encore une fois Infanti se rendit compte qu'il ne pouvait pas soutenir ce regard vert qui, en réaction à sa colère, était devenu plus sombre, prenant la couleur de l'émeraude.

— Ah oui ? Et qu'est-ce qu'ils disaient ?

— Laisse tomber.

— Qu'est-ce qu'ils disaient, inspecteur ?

Infanti hésita une fraction de seconde.

— Qu'à Paris, tu as perdu la tête. Et malheureusement je comprends maintenant que c'était vrai.

Paris ? pensa Dante. *C'est là qu'il lui est arrivé ce qui lui est arrivé ?* Il commença à passer en revue ce qui était advenu dernièrement, de l'autre côté des Alpes.

— Tu peux y aller, ordonna Colomba, glaciale.

— Je suis vraiment désolé pour toi, ajouta Infanti en glissant l'ordinateur dans la sacoche avant de tourner les talons. Mais peut-être qu'il vaut mieux, vraiment, que tu te trouves un autre travail.

— C'est un con, commenta Dante lorsqu'il se fut éloigné.

Mais il continuait à réfléchir : *Paris... Paris...*

Colomba secoua la tête.

— Non. À sa place, je me serais comportée de la même manière. Sous peu, quelqu'un me demandera ce que je fais. Nous n'avons pas beaucoup de temps.

— J’ai bien compris, dit Dante distraitement.

Colomba fit la moue, en devinant où allaient les pensées de Dante.

— Alors, tu as trouvé ?

Dante cligna des yeux.

— Quoi ?

— Je vois tes méninges qui s’activent.

Dante chercha à faire entendre son ricanement mais il n’y parvint pas, parce que au même moment une idée lui avait traversé l’esprit.

— Depuis quand tu n’es plus en service ?

— Entre l’hôpital, la convalescence et la mise en disponibilité ? Presque neuf mois aujourd’hui.

Colomba fit un signe au garçon et, quand il s’approcha, elle lui demanda de lui apporter une bière. Dante avait la chair de poule. Les images du carnage qui avaient été à la une de tous les journaux un an plus tôt tournoyaient dans sa tête.

— Je ne savais pas qu’il y avait aussi des policiers italiens, murmura-t-il.

— Un seul. Moi.

Ses yeux étaient devenus encore plus sombres maintenant, comme une mer profonde.

— L’enquête m’a disculpée, mais je le sais : neuf morts et dix-sept blessés ; et tout cela par ma faute.

18

Même si Dante avait compris désormais quel était le fardeau de Colomba, il voulait absolument entendre sa version à elle. Il lui fallut toutefois attendre d'être rentré à l'hôtel, parce qu'elle n'avait pas envie de raconter ça au milieu de la foule.

Ils s'installèrent sur le balcon de la chambre où Dante pouvait fumer, les stores baissés et la lumière éteinte, pour davantage de sécurité. Dans la pénombre éclairée par les seuls lampadaires de la cour dont la lumière filtrait à travers les lattes, Colomba était assurée que Dante ne pourrait lire sur son visage les émotions qu'elle ne souhaitait pas montrer.

— Il y a un an, on a reçu un signalement, commença-t-elle, comme quoi un serial killer avait trouvé refuge en France. Il s'appelait Andrea Bellomo.

— Je sais. Ils en ont parlé.

— Laisse-moi le raconter à ma manière, c'est déjà assez difficile comme ça.

— Excuse-moi.

— Bellomo avait été reconnu coupable de deux homicides, de quelques hold-up et d'attentats commandités.

— Polyvalent.

— Il faisait tout ça pour avoir de l'argent. Il était en cavale depuis trois ans, et le dernier signalement remontait à sept mois plus tôt environ, lorsqu'il s'était enfui en abandonnant sa voiture au barrage des carabiniers. Les *cousins* avaient ouvert le feu, mais ils n'avaient pas réussi à le prendre. On supposait qu'il avait été blessé, or il ne s'était présenté dans aucun hôpital : soit il s'était soigné lui-même, soit il avait trouvé un médecin complaisant. Comme le premier homicide avait été perpétré à Rome, notre parquet avait encore la main sur les enquêtes. Nous avons découvert où il s'était caché car l'un de ses vieux complices, Fabrizio Pinna, a parlé. Bellomo s'était réfugié chez lui pour se soigner après la fusillade et avait suffisamment confiance en Pinna pour lui dire qu'il allait se rendre à Paris, pour y retrouver sa maîtresse.

— Comment elle s'appelait, elle ? Son nom m'échappe.

— Caroline Wong, franco-chinoise. Pinna ne connaissait que son prénom, mais nous l'avons retrouvée, en faisant attention d'y aller doucement : si Bellomo avait compris que nous étions sur ses traces, il aurait de nouveau pris la fuite. Il était rusé et il l'avait déjà prouvé.

— Mais pourquoi Pinna a-t-il parlé ?

— Parce qu'il a découvert, juste après le départ de Bellomo, qu'il était atteint d'un cancer au stade terminal. Rovere et moi, on pense qu'il voulait avoir sa conscience pour lui. Même si ensuite… (Colomba secoua la tête.) Laisse-moi raconter dans l'ordre. Donc, Rovere me charge de coordonner l'opération avec les Français. J'ai l'avantage de connaître un des policiers là-bas, rencontré à l'une des nombreuses réunions de coordination Schengen, et puis je parle un peu français. Nous mettons sous surveillance la maison de Wong et le lieu où elle travaille : elle s'occupe du vestiaire dans un restaurant japonais de luxe au dernier étage d'un grand magasin.

— *Le* restaurant.

— Oui, celui-là. L'opération est entre les mains des policiers locaux, je suis seulement observatrice. Ils me laissent porter mon arme par pure gentillesse et je suis censée me limiter à interpeller Bellomo dans le vestiaire. Mais après deux jours d'embuscade sans résultat, et puisqu'un membre de l'équipe doit toujours se trouver au restaurant en se faisant passer pour un client, j'y vais. Pour mon malheur. Je suis là, faisant semblant de manger lorsque Bellomo entre. Il me voit et il me reconnaît. (Colomba secoua la tête, accablée.) La suite, tu la connais.

— Bellomo fait exploser une bombe.

Colomba était retournée, un instant, au milieu de la fumée et des flammes.

— Oui, dit-elle doucement. Et il fait un massacre. Il la gardait dans la penderie. Sa fiancée lui faisait cette faveur. Je ne sais pas si je ressens plus de colère ou de chagrin.

— De chagrin, je crois, puisqu'elle est morte. Comment Bellomo a-t-il fait pour te reconnaître ? Vous vous étiez déjà rencontrés ?

— Jamais. Il y a deux explications possibles. Ou il avait un flair exceptionnel pour repérer les flics et chez un type comme ça, ça ne m'étonnerait pas, ou bien

Pinna lui avait décrit mon visage. Je suis certaine qu'il m'a reconnue. Et Pinna l'avait averti, c'est ce qui est ressorti ensuite.

— Pinna vous a trahis ?

— Il s'est pendu le jour même de l'explosion en demandant pardon pour le bordel. Dans sa lettre, il a expliqué qu'il avait changé d'avis et qu'il avait averti Bellomo « par amitié ». On pense que c'est à travers Wong.

— Pourquoi Bellomo ne s'est-il pas enfui ?

— Peut-être qu'il en avait assez de fuir. Peut-être qu'il voulait seulement qu'on se souvienne de lui comme du salopard qu'il était. Et il s'était préparé à nous accueillir. (Colomba reprit son souffle, ses poumons avaient commencé à lui faire mal.) Je l'ai vu actionner le détonateur, tu sais. Il m'a regardée dans les yeux et il a mis une main dans sa poche. J'ai cherché à sortir mon pistolet mais… je n'ai pas eu le temps. Le ciel nous est tombé sur la tête.

Après l'explosion, Colomba s'était réveillée avec les oreilles qui sifflaient et la tête qui cognait. Elle ne se rappelait rien de la dernière minute… Qu'avait-elle fait ? Que s'était-il passé ?

Les plombs avaient sauté et les yeux de Colomba avaient dû s'habituer à l'obscurité presque totale avant de réussir à distinguer, à travers la fumée, les trous béants qui étaient auparavant des fenêtres. Les flammes léchaient une extrémité de la pièce, et dans cette grisaille phosphorescente et surréelle, elle avait vu l'une des top models qui étaient assises à la table centrale, étendue à quelques dizaines de centimètres d'elle, sa robe réduite en lambeaux. Le sang qui lui sortait de la bouche formait une flaque noire. Autour, des gravats, de la poussière, des flammes et encore de la fumée. *Une bombe*, avait pensé Colomba. *Une bombe a explosé*. Elle avait perdu son oreillette, mais même si elle l'avait eue, elle n'aurait pas pu s'en servir parce que la détonation l'avait rendue sourde. En rampant sous le plateau de la table qui l'avait protégée, Colomba avait rejoint la top model et elle l'avait secouée légèrement. Sa tête avait bougé comme celle d'une poupée. Dans des conditions normales, Colomba aurait immédiatement compris que la jeune femme était morte, mais elle avait perdu toute lucidité. Elle était sous le choc, avec une grave commotion cérébrale, deux côtes cassées, un genou hors service et une épaule luxée. Mais elle ne ressentait aucune douleur à ce moment-là, rien qu'une fatigue énorme, et elle avait du mal à accommoder sa vision de près. Elle pensait confusément que la fille était blessée et qu'elle avait besoin d'être secourue tout de suite. Elle s'était relevée sans chaussures, ses pieds protégés par des chaussettes s'étaient seulement blessés sur les morceaux de verre et les gravats brûlants, mais elle n'avait pas senti cette douleur-là non plus. Elle avait chargé la jeune fille sur ses bras, le plus délicatement possible, et elle avait marché au milieu de la fumée. Elle chancelait et elle ne savait pas où elle se dirigeait. Elle visait les fenêtres qu'elle entrevoyait mais elle ne cessait de buter sur les décombres et les vestiges de mobilier, courant le risque de tomber ou de faire tomber la victime. À un moment, elle avait piétiné quelque chose de souple et elle avait senti que cela bougeait. Elle s'était baissée et elle avait vu une main qui sortait de sous une étagère renversée, chargée de bouteilles.

Aujourd'hui encore Colomba ne savait pas à qui appartenait cette main. Cela lui avait semblé être celle d'un homme, mais avec un éclairage si faible, elle ne pouvait pas en être certaine. Qui que ce soit, peut-être était-il mort parce qu'elle ne s'était pas arrêtée pour l'aider, mais entre toutes les fautes dont elle portait la culpabilité, elle s'était absoute de celle-ci. À ce moment-là, elle pensait seulement à la jeune fille qu'elle tenait dans ses bras et, sans doute, elle ne pensait pas du tout. Elle avait poursuivi sa traversée, qui semblait se prolonger à l'infini comme si elle tournait en rond. Petit à petit, ses oreilles avaient recommencé à entendre et, derrière un bourdonnement féroce, elle avait entendu le bruit du feu qui dévorait les rideaux, les plaques de crépi qui tombaient des plafonds. Et les cris, faibles, désespérés, de ceux qui étaient restés ensevelis ou qui étaient trop gravement blessés pour pouvoir bouger.

« Je reviens vite vous chercher, avait-elle crié, ou avait-elle pensé crier, la gorge brûlée par la poussière et la fumée. Je vous promets que je reviens. » Mais entre-temps, elle avait repéré le contour de la porte, qui donnait sur l'entrée du restaurant. Au fur et à mesure qu'elle s'en approchait, l'atmosphère devenait plus respirable tandis que le courant d'air dissipait les fumées, et sur le palier – celui qui autrefois comportait un petit bureau pour l'accueil – un signal lumineux resté intact lui indiquait la route du salut. C'était l'escalier. Sur les premières marches y gisait le corps renversé d'un serveur, les membres inférieurs arrachés. Dans son délire, Colomba avait songé : *Mon Dieu, comme nous avons eu de la chance, cette fille et moi. Il s'en est fallu de peu. Vraiment peu.* Son chargement sur les épaules, elle n'aurait pas réussi à descendre l'escalier. Or une petite foule était alors apparue dans l'obscurité. Des serveurs, des vendeurs du grand magasin vêtus de noir, des passants qui, au lieu de s'enfuir, cherchaient à porter secours. Ils s'étaient précipités à sa rencontre, tous hurlaient et pleuraient, tous voulaient lui enlever la jeune fille des bras ; ils lui disaient : « Assieds-toi, reste calme, viens ici. » Elle les repoussait. Elle criait, ou croyait crier : « Pensez aux autres, aux autres ! » Elle s'était réveillée à l'hôpital Sainte-Anne de Paris et, dans la torpeur des sédatifs, un médecin au visage triste lui avait annoncé que la jeune fille qu'elle avait portée, la top model albanaise bourrée de cocaïne, était morte sur le coup quand une table – celle-là même qui avait sauvé la vie de Colomba – lui avait réduit le crâne en bouillie. Mais Colomba était restée presque indifférente à cette nouvelle. Elle n'avait plus de tripes, elle n'avait plus rien. Elle n'était qu'un gouffre recouvert d'une fine couche de peau. Et que ce gouffre continue de respirer, continue de ressembler à un être humain, lui aurait paru incroyable si elle avait été en capacité de s'étonner de quelque chose. Elle n'avait presque pas parlé la première semaine. Elle n'avait pas ouvert la bouche face à ses collègues et à sa mère venus l'embrasser, face aux représentants des institutions qui étaient « de tout cœur avec elle », face à cette sous-merde qui avait jusqu'alors été son fiancé et qui prendrait le large dans les mois suivants, incapable de soutenir Colomba dans sa nouvelle incarnation de personne malade et souffrante.

Entretenir des rapports avec tous ceux-là l'aurait obligée à se sentir encore un être humain, et elle n'en était pas capable. Elle voulait être un morceau de mur, un drap, l'une des fleurs de ce bouquet que lui avait fait porter le commissaire, « avec toute son affection et l'assurance de sa plus vive compassion ». N'importe quel objet qui ne ressente rien, une chose parmi les choses. Elle n'y était pas parvenue, mais elle avait passé son temps à essayer tandis qu'ils l'opéraient pour réparer son tendon et son épaule, tandis qu'ils cherchaient à la nourrir, tentant d'abord de la convaincre de manger avant de la soumettre à l'alimentation forcée. Et même la visite de Rovere n'avait pas réussi à lui faire ressentir quelque chose ; pourtant il s'était assis à côté d'elle et avait cherché à la réconforter, lui disant que ce n'était pas sa faute et continuant à le lui répéter les jours d'après, alors que commençaient les attaques de panique, les cauchemars et les interrogatoires de la commission d'enquête. Un Rovere aussi bouleversé qu'elle, peut-être encore davantage parce qu'il venait de perdre sa femme – une souffrance s'ajoutait à une autre – et que pesait sur lui un sentiment de culpabilité pour l'avoir envoyée se faire tuer, ou presque.

— La commission d'enquête, à la fin, m'a innocentée. Mais j'aurais tout aussi bien accepté une condamnation. Je sentais et je sens encore que j'ai commis une faute, avait conclu Colomba.

Dans l'obscurité profonde qui l'entourait et dans celle que Colomba évoquait, Dante hésitait presque à respirer.

— CC… Mais pourquoi est-ce que cela devrait être ta faute ? Qu'est-ce que tu pouvais faire ?

— L'arrêter avant qu'il n'entre dans le restaurant.

— Mais tu l'as vu seulement au dernier moment.

— Oui. Mais pas les collègues dans la rue. Ils l'avaient vu entrer par la porte du grand magasin. Et je leur ai dit d'attendre. Que nous le tenions, que c'était sûr, qu'il allait monter voir sa petite amie. Que j'allais m'occuper de lui et que je ne le lâcherais pas. Les sorties étaient surveillées, il n'avait aucun moyen de s'enfuir, nous pouvions agir tranquillement. Techniquement, je n'avais pas la responsabilité de l'opération, mais les collègues français ont suivi mon conseil. Et dans le rapport, ils ont écrit qu'ils l'ont fait « en se fiant à mon expérience et à ma connaissance de l'individu », texto. Il s'agit là du plus grand fiasco de la police française de la seconde moitié du siècle, et peut-être de toute l'Europe. Personne ne voulait en prendre la responsabilité. Le préfet a démissionné, le chef de la police française a accusé le coup, les insultes ont volé entre les ambassades. Et depuis, les rapports entre les Français et nous ne sont plus aussi bons.

— Tu avais certainement tes raisons. Je sais comment tu fonctionnes.

— Je connaissais les antécédents de Bellomo. J'avais peur qu'il soit armé et qu'il se mette à tirer au beau milieu de la foule. Que quelqu'un soit blessé. Mais ce que j'ai fait est bien pire.

— Il aurait actionné le détonateur de toute façon, dès qu'il aurait compris que vous étiez sur le point de l'arrêter.

— C'est ce qu'a établi la commission, celle qui a fait en sorte que mon nom ne finisse pas dans les journaux et que je ne sois pas expulsée à coups de pied de la police. Et c'est ce que je continue de me répéter. Mais la vérité, c'est que je n'ai pas pris la bonne décision. Raison pour laquelle je ne peux plus exercer mon métier. Et non pas à cause des attaques de panique. De ça, on peut guérir. Le problème, c'est que je n'ai plus confiance en moi et en mon jugement.

Dante glissa sur la chaise longue pour s'approcher d'elle. Maintenant quelques centimètres seulement les séparaient et il éprouva le désir douloureux et presque irrépressible de la prendre dans ses bras. Mon Dieu, comme cela lui manquait de serrer une femme, et dans cet instant de fragilité, Colomba, simple silhouette dans l'obscurité, lui apparaissait comme la quintessence de ce qu'il aurait voulu sentir contre lui. Tandis que cette pensée se formait dans son esprit, Dante fut surpris de ce qu'il éprouvait et il n'acheva pas le geste de lui prendre la main. Ce n'était pas le moment, vraiment pas. Il reprit sa position initiale, appuyé contre le dossier.

— CC, je ne suis pas très fort pour consoler les autres. Je me suis complu dans l'autoapitoiement si longtemps que ma stratégie, quand les autres vont mal, est d'attendre que ça leur passe. Mais je peux te dire une chose : je suis convaincu que si c'est à toi qu'on avait confié mon cas quand j'étais enfermé dans le silo, tu m'aurais retrouvé.

Colomba soupira.

— C'est pas mal, ce que tu dis.

— C'est vrai ? C'est sorti tout seul. Tu veux dormir ?

— Non.

Colomba se leva et s'étira en faisant craquer les vertèbres de son cou. Elle éprouvait un agréable engourdissement des muscles des jambes dû à la course de l'après-midi et encore une fois elle pensa qu'elle devait reprendre le rythme des entraînements.

— Je ne sais pas si je t'aurais retrouvé, mais cet enfant de la vidéo, je veux le délivrer avant qu'il ne devienne comme toi. Un Dante Torre dans le monde, ça suffit largement.

19

À l'aube, la liste fournie par Infanti s'était réduite à une trentaine de cas, et ils n'étaient plus que dix à six heures. Tous les autres avaient été écartés, soit parce que le cadavre avait été identifié avec certitude, soit parce que l'âge ou le sexe des mineurs en question ne correspondait pas. Les victimes de meurtre avaient été les premières à être rayées de la liste. Il s'agissait, pour la plupart, de nouveau-nés ou d'enfants en bas âge. Les six qui restaient formaient comme un échantillon de la méchanceté du destin : un enfant emporté par le courant pendant une inondation et jamais retrouvé ; un autre brûlé vif dans la maison de ses parents ; un troisième enseveli par une avalanche ; le quatrième et le cinquième décédés dans des accidents de la route provoqués par la vitesse et l'imbécillité des automobilistes – leur corps ayant subi tant de traumatismes que toute identification était rendue impossible, même par les parents. Le sixième cas était le plus sanglant et le plus ironique. Un minibus était tombé dans un ravin avec à bord six personnes parties en pèlerinage dans un sanctuaire de la province de Macerata. Il avait pris feu sous l'impact du choc. Tous les occupants du véhicule étaient morts, leurs corps avaient été rendus méconnaissables par l'accident et l'explosion du réservoir à essence – un scénario qu'on voyait très souvent dans des films mais nettement plus rare dans la réalité. Dépourvu de tout système de sécurité moderne, ce vieux minibus appartenant à la paroisse n'aurait même pas dû circuler.

Avec les six noms affichés devant elle, et après avoir bu une cafetière de pur arabica de Saint-Domingue, Colomba se prépara à la tâche la plus pénible : contacter les familles. Dante s'était défilé. Autant il s'amusait à mentir et à se faire passer pour un autre au téléphone, autant il se sentait incapable d'affronter la douleur d'autrui, surtout celle de la perte d'un fils ou d'un petit-fils. Dans les relations personnelles, sa capacité à analyser les expressions du visage et le langage corporel lui permettait de conserver une certaine distance, mais quand l'échange avec ses interlocuteurs était strictement verbal, il ne pouvait pas s'empêcher de reconnaître dans leurs voix les mille nuances de la souffrance et de les ressentir aussitôt. Et puis, si dans les situations de deuil une personne possède normalement toute une panoplie de phrases et de gestes de circonstance, Dante, lui, était un pur idiot social, capable des pires catastrophes.

Ce travail s'annonçait difficile, il le fut, et même au-delà de ce que Colomba avait imaginé. Les coups de téléphone de Colomba faisaient resurgir des cauchemars, provoquaient des larmes, des jurons, voire, dans un cas au moins, des cris de douleur. Et même dans ces moments-là, Colomba devait continuer, insister. « Pouvez-vous nous envoyer une photo, s'il vous plaît ? Par mail, ce serait l'idéal, mais même par fax, nous pouvons nous équiper. » Elle parlait des recherches statistiques de la police, de la recension de données qui auraient sauvé des vies, et elle ne mentait qu'à moitié. Ce qui compliqua encore l'affaire, c'est que seulement deux des personnes contactées possédaient une connexion Internet ou un ordinateur, et que Colomba dut convaincre les autres de se rendre dans des maisons de la presse ou dans des points Internet pour régler les choses au plus vite. Par miracle, personne ne s'y refusa et, en l'espace de quelques heures, elle réussit à obtenir tout ce qu'elle cherchait. Pendant ce temps, Dante dormait mal, un masque sur les yeux, s'assoupissait et se réveillait continuellement, ressassant inquiétudes et questionnements. C'était comme si, dans cet état d'agitation extrême, il cherchait à recomposer un puzzle avec des pièces qui refusaient de s'emboîter les unes avec les autres. Et parmi ces pièces, il y avait le Père, bien sûr, mais aussi l'enfant inconnu, et les raisons mystérieuses qui faisaient agir Rovere. Quel était le lien avec le reste ? Il ne le savait pas, mais il sentait que sa tristesse et ses motivations étaient un fil important de la pelote à démêler. Ses pensées étaient fébriles comme elles le sont lorsqu'on est dans l'obscurité et qu'on a beau rester allongé, les yeux clos, on ne réussit pas entrer dans le sommeil. Dante revenait sur les aspects connus, comme dans les jeux d'énigme où il faut noircir certaines parties d'un dessin abstrait pour révéler les objets familiers cachés.

Tout à coup un flot de lumière le fit revenir à la réalité. Colomba lui avait enlevé le masque des yeux et elle le fixait maintenant d'un air fatigué.

— Je les ai. Et j'ai pu me faire ma petite idée.

— Les photos des enfants ? grogna-t-il, la gorge sèche, en tâtonnant pour trouver son paquet de cigarettes.

— Oui. Elles sont sur l'ordi. Tu es opérationnel ou tu as besoin d'un peu de temps ? demanda-t-elle, sarcastique.

— Une minute, le temps de me passer de l'eau sur la figure.

Il sortit du lit tout habillé. Il enleva sa chemise et se débarbouilla à l'eau froide du robinet de l'évier, il avala un assortiment sophistiqué de gouttes et de cachets pour soulager un peu cette anxiété qui le tourmentait, puis il retourna au salon, sa serviette sur les épaules. C'était la première fois que Colomba le voyait torse nu et, cette fois-ci encore, elle repensa au David Bowie du vieux film de science-fiction, tellement maigre qu'on aurait dit un bâton. Pourtant, malgré les excès, sa maigreur n'était pas maladive : on aurait presque dit celle d'un adolescent grandi trop vite. À part, peut-être, les quelques poils de barbe blancs qui avaient poussé ces deux derniers jours sur son menton, on ne lui donnait pas l'âge qu'il avait.

— C'est bon ? dit-elle.

— Pas encore. Désolé, j'ai besoin de caféine.

— Vas-y doucement, hein.

— Du calme, ne sois pas agressive. Tu veux un café ?

Colomba en aurait bien voulu, mais elle n'avait pas envie d'aller dans son sens et elle refusa. Dante se prépara un des mélanges dont il avait le secret avec la précision d'un herboriste, puis il but deux tasses à la suite sans leur donner le temps de refroidir.

— Prêt, dit-il alors. Où sont-elles ?

— Ici.

Colomba fit pivoter l'écran de l'ordinateur vers lui. En attendant qu'il finisse ses cafés, elle avait affiché les six photographies sur une seule fenêtre ; elle avait scanné à la réception celles qui étaient arrivées par fax à l'hôtel – on les reconnaissait parce qu'elles étaient en noir et blanc. Six photos d'enfants entre cinq et six ans, tous également souriants. En les regardant de nouveau, Colomba réalisa pour la première fois que celui qu'elle recherchait, s'il se trouvait parmi eux, était le plus chanceux. Enlevé et retenu prisonnier par un fou, mais vivant, contrairement aux autres. Dante regarda l'assemblage de photos pendant dix secondes, les bras croisés, puis il indiqua une photo d'un doigt décidé.

— Celui-là, dit-il.

Colomba expira dans un sifflement.

— Moi aussi, je crois que c'est le plus probable, mais je n'en suis pas certaine à cent pour cent. Et tu ne peux pas l'être toi non plus. Les enfants grandissent vite et ils changent beaucoup.

— Sûr à cent pour cent, insista-t-il. Lequel est-ce ?

— Celui du minibus de Macerata. Ruggero Palladino.

— Putain.

Et l'écho du rêve non-rêve revint un instant à l'esprit de Dante, confondant un drame avec l'autre. Mais il ne dit rien à Colomba, en partie parce qu'il n'aurait rien pu lui raconter de sensé.

— Six morts pour l'avoir.

— Mais pourquoi es-tu si sûr de toi ?

— Tu ne remarques rien ? Quelque chose qui le différencie des autres enfants.

Colomba pensa aux photos du petit Maugeri et à l'analyse précise que Dante avait faite de son état de santé. Mais cette fois-ci, il n'y avait qu'une seule photo, et, en outre, les enfants posaient. Puis elle remarqua les yeux.

— Il a l'air un peu oriental.

— Des yeux petits et allongés, c'est vrai. En revanche, le menton, qu'en dis-tu ?

Colomba soupira. Lorsque Dante commençait à se prendre pour un professeur devant un amphithéâtre d'étudiants, c'était insupportable. Mais elle entra dans son jeu.

— Peu prononcé. Comme celui du garçon dans la vidéo, mais il était dans une autre position et je ne peux pas en jurer.

— « Menton fuyant », selon l'expression. Cela ne lui vient pas de son père ou de sa mère. C'est une dysmorphologie faciale, résultant d'un problème de développement de l'os mandibulaire. C'est un des symptômes typiques du FAS.

— Pardon ?

— *Fetal Alcohol Syndrome*. Syndrome d'alcoolisation fœtale, expliqua-t-il comme si c'était une évidence. Son imbécile de mère prenait des cuites alors qu'elle était enceinte. Le fœtus n'est pas en mesure d'éliminer les résidus métaboliques de l'alcool qui lui parviennent à travers le placenta…

— Oui, tout ça, je le sais. Je suis une femme fertile.

Dante fit aussi peu de cas de sa remarque que du bourdonnement d'une mouche.

— … et cela entraîne des malformations.

— Quel est le degré de sa pathologie ?

— Il y a différents types de FAS en fonction de la quantité d'alcool consommée par la mère et de la période à laquelle elle boit, si c'est dans les trois premiers mois ou même après. On parle d'ARND (*Alcohol Related Neurodevelopmental Disorder*) quand il y a uniquement des problèmes de développement neurologique, et d'ARBD (*Alcohol Related Birth Defects*) quand il y a aussi de graves problèmes physiques. L'enfant sur la vidéo se déplaçait correctement, donc disons ARND. Dieu seul sait comment il arrive à se débrouiller en étant enfermé. (Il regarda Colomba.) C'est pour ça que je suis sûr que Ruggero est l'enfant que nous cherchons. Il a du retard dans son apprentissage et dans son développement mental, comme Luca, même si c'est un retard d'une nature différente. Apparemment, le Père choisit entre tous les enfants les moins gâtés par le sort.

20

Dans des conditions normales de circulation, pour aller de Rome à Fano, il faut un peu plus de deux heures. Voyager avec Dante, cependant, n'avait rien de normal à cause de son obsession des limites de vitesse et de ses fréquentes crises pour se retrouver à l'air libre. Colomba se résigna donc à mettre le double de temps et à arriver tard dans la soirée, se promettant, la prochaine fois, de verser en cachette dans le café de Dante le contenu entier d'un de ses flacons de contrebande. Mais quand la frustration montait, en partie à cause du manque de sommeil, Colomba marmonnait trois mots magiques – « les moins gâtés » –, qui rendaient immédiatement muet son fastidieux passager.

— C'est une décision qu'il a prise récemment, répliqua-t-il quand il commença à en avoir par-dessus la tête de cette allusion.

Ils avaient laissé depuis peu le péage et pris la route départementale. Il faisait sombre et les véhicules qui roulaient étaient presque exclusivement des poids lourds.

— Tu as dit qu'il ne changeait pas de système. Qu'il est toujours égal à lui-même.

— Il est toujours égal à lui-même *dans ses méthodes*, OK ? Pas dans le choix de ses victimes.

— Ce sont toujours des enfants d'environ six ans.

— À part ça, avant, il *ne* cherchait *pas* les moins gâtés par le sort.

Elle lui jeta un coup d'œil à la dérobée.

— Tu en es sûr ?

— À la maternelle, j'allais très bien. Et je savais déjà lire un peu quand il m'a enlevé. Et même écrire toutes les lettres de l'alphabet. Aucun retard cognitif.

— Si c'est toi qui le dis.

Dante pencha la tête en arrière.

— Pourquoi est-ce que tu ne téléphones pas à mon père pour lui demander confirmation ? Et j'étais même très sociable avec les enfants de mon âge.

— Tu as beaucoup changé, alors.

— Mais va te faire voir, coupa-t-il.

Il abaissa le dossier et fit semblant de se mettre à dormir. Elle lui donna une tape sur une épaule.

— Ne t'endors pas, nous sommes arrivés.

Annoncée par l'écriteau ZONE MILITAIRE et par une barrière de fil barbelé, la caserne des carabiniers se trouvait devant eux. Colomba avait téléphoné pendant le voyage et demandé à parler à l'adjudant dont le nom apparaissait en bas du procès-verbal de l'accident. S'ils étaient arrivés plus tôt, il les aurait attendus dans un bar du village, mais à cette heure-ci, il était déjà entré en service pour la garde de nuit. Colomba prit la première place de stationnement disponible, tandis que Dante allongeait son siège au maximum.

— Moi, je ne rentre pas là-dedans.

— Ne t'inquiète pas. J'ai déjà eu des problèmes pour justifier que je m'intéresse à cette affaire. Si tu me suis, cela ne fera que provoquer de nouvelles questions. Et, à propos… (Elle décrocha l'étui de sa ceinture et le mit sous le siège de Dante.) Garde-moi ça.

Il se redressa d'un bond.

— Tu as fini de le laisser n'importe où, comme si c'était un jouet ? Un jour ou l'autre tu vas me tirer dessus sans le faire exprès.

— Ce ne sera pas sans le faire exprès, répliqua-t-elle en imitant plutôt bien le ricanement de Dante, et elle descendit.

En réalité elle n'était pas du tout d'humeur sereine. Si l'adjudant avait deviné quelques failles dans son récit, il allait se cantonner dans cette imprécision dont les *cousins* étaient spécialistes quand ils se sentaient acculés. C'était aussi pour ça qu'elle avait laissé son arme dans la voiture. Ce n'était pas un pistolet de service et un carabinier s'en serait vite aperçu.

Colomba sonna à la grille, puis donna son identité au planton à l'entrée : celui-ci lui fit le salut réglementaire et débloqua la porte de sécurité. C'était une petite caserne, avec des murs qui auraient eu besoin d'un coup de peinture. Il y avait quatre chaises en plastique pour ceux qui attendaient de pouvoir porter plainte. À cette heure-ci, il n'y avait personne, rien qu'un caporal-chef, intrigué, son petit gobelet de café à la main, qui la dévisagea jusqu'à ce qu'il voie la plaque dorée que Colomba avait accrochée à sa ceinture, en retournant sa carte. *Spataccare*, comme on disait en argot, exhiber son insigne, c'était pour elle une réaction instinctive lorsqu'elle se trouvait dans des commissariats ou des casernes où personne ne la connaissait. C'était plus rapide que de se présenter chaque fois que quelqu'un arrivait, et cela décourageait les petits malins. Pas toujours, mais souvent, en tout cas.

L'adjudant-chef Colantuono, la soixantaine, arborait des moustaches tout droit sorties d'une image d'Épinal et avait l'accent de Palerme. Il ne se montra pas du tout méfiant à son égard et il ne fit aucune difficulté pour lui raconter ce qu'il savait de l'accident du minibus. Colomba sous-estimait toujours l'effet qu'elle produisait sur les hommes, en uniforme ou non, et elle avait tendance à oublier toutes les fois où un bouton défait de sa chemisette avait fait bien plus de miracles que sa carte professionnelle.

L'adjudant-chef crut donc à un fumeux supplément d'enquête faisant suite à la plainte de l'une des parties et, après lui avoir offert un café que Dante aurait fortement réprouvé, il raconta ce qu'il savait. C'était la police de la route de Macerata qui avait effectué les premières vérifications après l'accident. Sa caserne, et lui en personne, s'était occupée d'avertir les familles et de pourvoir à l'identification des corps. La carte grise du minibus était au nom du curé de Sant'Ilario ; le véhicule était sorti de la route dans un virage en épingle sur la départementale 362.

— À cet endroit-là, il y a une forte pente sur une dizaine de mètres et le véhicule est tombé dans le ravin après que le chauffeur en a perdu le contrôle. Je vous jure, commissaire, que de toute ma vie, je n'ai jamais vu un carnage pareil.

— Le conducteur allait trop vite ? demanda Colomba.

— D'après ce qui a été établi par l'expertise mécanique, il y a eu un problème sur le système de freinage. Mais je voudrais ajouter que, le curé, je le connaissais, et qu'il roulait doucement même à bicyclette. Imaginez donc un peu dans ces virages-là.

— Dans quel état étaient les corps ?

— Écoutez, commissaire, je ne veux pas vous choquer, mais vous voyez ce que cela donne quand on oublie une saucisse sur le grill ? Ils ressemblaient à ça. Si vous ne saviez pas que c'étaient des chrétiens, vous pouviez vous y tromper.

— Mais les parents les ont identifiés ?

— Oui, et ce n'était pas difficile. J'exagérais un peu tout à l'heure.

L'adjudant-chef ouvrit la fenêtre et prit une cigarette.

— Cela vous dérange ?

— Non, non, allez-y.

— Sale habitude. Je n'arrive pas à arrêter. Quand j'essaie, je prends deux kilos et je recommence. Et les kilos restent. Qu'est-ce que je vous disais ?

— Vous m'expliquiez que les proches ont pu les identifier.

— Oui, je disais que tous les corps avaient des parties encore intactes. Pour *u parrinu*, le curé, on voyait encore bien le visage, et pareil pour le maître d'école. L'autre prêtre, c'est à ses vêtements qu'on l'a reconnu. L'un des enfants – quand j'y pense ça me serre le cœur – s'était recroquevillé sur lui-même et il s'était protégé le visage.

De sa cigarette allumée, il montra vaguement une zone située entre la tête et le ventre.

— Vos souvenirs sont précis.

— Ah, une chose pareille, je vous l'ai dit, je n'avais jamais vu. Et pourtant, des accidents, je m'en suis payé un lot.

— Il y avait deux enfants à bord.

— Oui. Le fils de l'instituteur, celui qui s'était pelotonné. Le second, en revanche, le fils Palladino, était un morceau de charbon. C'est grâce à la chaîne qu'il portait au cou qu'on l'a reconnu. Et à son portefeuille.

— C'était le plus brûlé de tous.

— Maintenant que vous m'y faites penser, je dirais que oui. Déjà, il était né malchanceux. Avec les problèmes de sa maman… Pensez un peu : elle s'était rendue dans une clinique pour ne plus boire d'alcool quand elle a su qu'elle était enceinte. Et elle a eu cet enfant-là. C'est son mari qui me l'a raconté, M. Palladino. C'est un employé de la commune et, aujourd'hui encore, on dirait un fantôme.

— Et on a fait un examen d'ADN sur les corps ?

— Non. Et pourquoi ? On ne pouvait pas se tromper.

Colomba se leva et lui tendit la main.

— Merci. C'est très gentil de votre part.

— Vous partez déjà ? (L'adjudant-chef sourit.) Quel dommage.

— Peut-être que je reviendrai vous voir s'il me vient à l'esprit d'autres questions.

— Espérons. Si je puis me permettre, de belles femmes comme vous, on n'en voit pas beaucoup chez nous. Et pas bien plus chez vous.

— Merci.

Tandis qu'il l'accompagnait jusqu'à la sortie, l'adjudant-chef Colantuono ajouta :

— Un vilain accident, et une certaine ironie du sort. Ils revenaient juste d'un pèlerinage au sanctuaire, et voilà comment le bon Dieu les a récompensés. Les voies du Seigneur sont impénétrables.

— Impénétrables, reprit Colomba qui avait cessé de s'interroger ainsi depuis le catéchisme.

— Mais ça aurait pu être pire, hein. Il aurait pu y avoir un mort de plus.

Colomba se figea.

— Un mort de plus ?

Colomba revint vers la voiture. Dante était sorti pour fumer et il s'était acheté une barre de Toblerone chez le buraliste d'à côté. Il lui en offrit un morceau.

— Non merci, refusa Colomba. Je sais comment ils ont fait.

— Pour maquiller le meurtre en accident ? riposta Dante qui avait compris au vol.

— Oui.

Ils remontèrent dans la voiture, pour parler loin d'éventuelles oreilles indiscrètes.

— Un automobiliste qui a dépassé le minibus avant qu'il ne s'écrase a dit qu'il l'avait vu arrêté sur le bord de la route et qu'un homme parlait au conducteur à travers la vitre. Il s'en souvient parce qu'il a reconnu le curé au volant.

— Il a vu l'homme qui parlait avec lui ? demanda Dante.

— Pas en face, et il ne l'a pas décrit. Il a dit avoir pensé que c'était quelqu'un qui faisait du stop. Il faisait sombre et la lumière de ses phares l'a éclairé à peine un instant.

— Le Père. Il les a tués sur place et il a enlevé l'enfant.

— Ou peut-être qu'il les a juste endormis et qu'ensuite il s'est débrouillé pour faire tomber le minibus dans le précipice. Mais je ne suis pas convaincue, Dante. Pour une personne seule, c'est pratiquement impossible.

— Le chauffeur n'a vu que lui.

— À ton époque, il avait un aide, Bodini. Peut-être que c'est encore le cas aujourd'hui. Quelqu'un qui se cachait sur le bord de route. Ou plus probablement dans un véhicule tout près de là. Dans lequel se trouvait le cadavre qu'ils ont mis à la place de l'enfant.

— Où l'ont-ils trouvé ?

— J'espère qu'ils l'ont volé dans une morgue quelconque, peut-être en soudoyant un médecin. Mais j'ai peur que ce ne soit…

— Une autre de ses victimes. Un prisonnier qui s'est rebellé peut-être… Tellement petit. (Dante semblait sur le point d'exploser.) Nous devons faire exhumer le corps de l'enfant, dit-il rageusement. Nous devons savoir qui il est.

— Il faut un ordre du procureur. Et nous n'avons aucune preuve, rien que nos hypothèses. Il faut que nous trouvions le Père et toutes les pièces du puzzle s'ajusteront. Pour le petit, rien ne presse. Et pour ses parents, non plus. Si les choses se sont passées comme nous le pensons, ils le croient mort.

— Bon Dieu, grogna Dante. (Pour faire bonne mesure, il fourra dans sa bouche un comprimé, le prenant sans regarder ce que c'était et l'avalant sans eau.) Pendant toutes ces années, il a continué à enlever et à tuer.

— Nous ne pouvons pas en être sûrs. Peut-être qu'il a recommencé depuis peu.

— Moi, j'en suis sûr. Il ne s'est jamais arrêté. Et il ne s'arrêtera pas avant qu'on lui mette une balle dans la tête. À ce propos, récupère ton pistolet.

Elle le prit.

— Je ne suis pas le justicier de la nuit, Dante. Je suis un policier. Je veux le voir en prison.

— Pas moi. Je veux le voir mort. Il doit arrêter de respirer notre air.

Elle vit qu'il tremblait.

— Il ne te touchera plus, je te le jure, le rassura-t-elle.

— Je n'arrive pas… commença-t-il, puis il s'arrêta et reprit d'une voix plus ferme. Je n'arrive pas encore à me contrôler lorsque je sens sa présence tout près. Je pensais que j'y arriverais, tôt ou tard.

— Tu te maîtrises très bien. Et moi aussi j'aurais peur à ta place. Après ce qu'il t'a fait.

— Et toi, il ne te fait pas peur ?

— Je ne ressens que de la colère. Et… je ne sais pas… du désarroi, c'est peut-être le mot juste. Il me semble impossible qu'un monstre de ce genre puisse exister réellement. On dirait l'ogre des contes, Freddy Krueger dans *Les Griffes de la nuit*. Mais je ne continuerai pas à faire semblant de ne pas y croire. Il existe, il est là, dehors, quelque part, et nous devons trouver le moyen de convaincre les autres qu'il existe. (Colomba mit le moteur en marche.) Maintenant il faut qu'on aille voir la famille Palladino. Ne pense pas une minute que tu vas rester dans la voiture. J'ai besoin de ton avis.

— Même si je malmène la mère ?

— Essaye un peu, et je t'enferme dans le coffre.

— Tu n'oserais pas.

— Teste-moi !

Mais ce ne fut pas nécessaire. Les instincts belliqueux de Dante disparurent dès qu'il se trouva face à la tristesse qu'ils perçurent dans la maison des deux parents, surpris de leur arrivée à la fin d'un dîner frugal. C'était comme s'ils étaient rongés de l'intérieur par une de ces maladies qui vous dévorent, petit à petit, sans jamais vous achever complètement. D'après les informations que Colomba et Dante avaient recueillies, le père avait quarante ans et la mère trente-cinq, mais à les regarder, on les aurait dits du troisième âge : lui, marqué de profondes rides, le cheveu rare et les joues creuses ; elle, la chevelure prématurément blanche, retombant sur le front en longues mèches désordonnées. Colomba pensa que cette femme n'avait jamais cessé de se punir de la mort de son fils en renonçant à prendre soin d'elle-même, fût-ce un minimum : un rendez-vous régulier chez le coiffeur et un soupçon de maquillage si nécessaire. Son mari, lui, avait des yeux qui semblaient enfoncés dans leurs orbites. Si Colomba n'avait jamais rencontré de Père ou de ravisseur en série, elle avait, en revanche, une certaine habitude des couples de ce genre, après les crimes de sang dont elle s'était occupée. Les parents des victimes, les parents des assassins ou les assassins eux-mêmes. Ces derniers, mis face à leurs responsabilités, commençaient à comprendre qu'ils avaient gâché deux vies : celle de leur victime et la leur ; leur vie qui désormais ne pouvait plus être mesurée qu'à l'étalon carcéral. Le petit pavillon des Palladino laissait voir ce que cette perte avait causé : des photos de l'enfant partout, même sur une sorte d'autel qui occupait un mur entier du séjour, avec des crucifix et des images de la Vierge.

Submergé par cette douleur, Dante se réfugia derrière l'analyse clinique de leurs gestes tandis qu'ils parlaient. De sa position en retrait, près de la grande fenêtre centrale de la salle qui s'ouvrait sur un croissant de lune, il comprit qu'ils n'avaient pas le moindre doute sur le destin de leur fils : ils se reprochaient tous les jours de l'avoir laissé partir sans eux à cette excursion organisée par le curé – curé qu'ils jugeaient responsable de ce qui s'était produit.

— Il était trop vieux pour conduire, dit l'homme. Et il se promenait dans un fourgon qui n'était qu'un tas de ferraille. J'aurais dû l'amener moi-même, avec ma voiture, mon fils, si vraiment il voulait voir ce putain de sanctuaire.

— Carlo… lui reprocha sa femme à mi-voix.

L'homme la regarda avec pitié mais sans le moindre amour.

— Elle continue à croire en Dieu, dit-il à Colomba et à Dante. Pas moi. Vous y croiriez encore après ce qui s'est passé ? Mais pourquoi est-ce que vous êtes ici, exactement ?

Colomba leur donna une version légèrement modifiée de ce qu'elle avait raconté à l'adjudant-chef. Qu'il y avait une enquête en cours pour non-assistance à personne en danger, en laissant entendre qu'elle les informerait s'il y avait officiellement du nouveau. Elle avait présenté Dante comme un expert pour les cas de ce genre.

— Même si quelqu'un s'était arrêté pour les aider, à quoi cela aurait servi ? maugréa le mari. Mon fils est mort sur le coup.

— C'est ce qu'a conclu l'autopsie ? demanda Dante, qui ouvrait la bouche pour la première fois.

— Nous n'en avons pas demandé, répondit la mère. Il avait déjà été massacré. Ils en ont fait une au père Paolo, qui conduisait. Ils voulaient voir s'il avait eu un malaise.

— Et alors ? questionna Colomba.

La mère haussa les épaules.

— Il n'y avait rien.

Colomba pensa que tout semblait conspirer pour que les plans du Père se réalisent toujours, tandis que Dante, qui ne croyait pas aux coïncidences, y vit un élément qui compliquait encore l'affaire, qu'il ne réussissait pas à déchiffrer. Comment le Père avait-il fait pour assurer aussi bien ses arrières ? pour effacer ses traces ?

Puisque la glace était rompue, Colomba passa ensuite à des questions qui avaient peu à voir avec l'accident. Dante lui avait assuré que ses interlocuteurs n'auraient pas de soupçons, mais qu'ils supporteraient sans doute difficilement d'être contraints de revivre ce qui s'était passé. Toutefois, même la colère semblait s'être éteinte chez eux. Même les jurons que le mari prononçait n'étaient animés d'aucune force, d'aucune conviction.

— C'est la paroisse qui avait organisé l'excursion ?

— Non, répondit pour la première fois la mère. C'était une initiative privée du père Paolo. Il allait prier là quand il le pouvait. Il a demandé si nous voulions venir nous aussi, ou si cela nous ferait plaisir que Ruggero y aille avec lui. Nous lui avons dit oui. Que cela nous faisait plaisir…

— Combien de temps avant vous a-t-il informés de ce voyage ? interrogea Dante.

— Quelle importance ça a ? répliqua le mari.

— Je crains que mes supérieurs me posent des questions auxquelles je ne saurais pas répondre. Et je ne veux pas vous déranger de nouveau, expliqua Dante.

— La semaine précédente. Il m'a téléphoné et il me l'a demandé, précisa la mère.

Cette fois-ci, Colomba et Dante pensèrent la même chose : une semaine était un délai trop court pour organiser un enlèvement, à moins d'être déjà prêt à saisir la bonne occasion. Le Père avait surveillé leur maison. Mais comment avait-il choisi sa proie ?

— Et, mis à part les défunts, y avait-il quelqu'un d'autre d'impliqué dans l'organisation ? relança Colomba.

— Je ne crois pas, répondit l'homme.

— Personne ne vous a contactés dans les jours qui ont précédé ? Peut-être un médecin ? un nouveau ? s'informa Dante.

Cette fois-ci, la question était tellement étrange que les parents de l'enfant s'étonnèrent.

— Pourquoi un médecin ?

— Je pensais à quelqu'un qui le suivait. Pour l'aide dont il avait besoin, ajouta Dante en regardant fixement la mère.

La femme baissa la tête et rougit comme si elle avait reçu une gifle.

— Ah, vous êtes au courant, murmura-t-elle.

— Oui, confirma Dante en continuant à la regarder bien qu'elle eût détourné les yeux.

— J'ai arrêté tout de suite, dès que j'ai su que j'étais enceinte, se justifia la mère.

— Ces questions n'intéressent pas ces messieurs-dames, coupa son mari, laissant apparaître sa colère. Et puis, c'était pas vraiment tout de suite.

— Mais presque. Presque, répéta la mère en cherchant un signe de solidarité du regard.

Dante resta impassible, Colomba lui sourit, elle ressentait pour cette femme une grande pitié.

— Parlez-nous du médecin, s'il vous plaît, reprit-elle en cherchant à changer de sujet.

— Il voyait son pédiatre. Et puis il allait à la Boussole d'argent.

— Qu'est-ce que c'est ? demanda Colomba.

— C'était un centre de soutien pour enfants à problèmes.

— Pourquoi en parlez-vous au passé ? fit remarquer Dante, dont les antennes s'étaient dressées.

Ils apprirent que la fondation possédait des sièges dans toute l'Italie, mais que, peu après la mort de l'enfant, elle avait définitivement fermé en raison de graves problèmes financiers.

Colomba et Dante posèrent encore quelques questions qui ne débouchèrent sur rien d'intéressant, puis ils se dirigèrent vers la porte.

Dans le patio, Colomba chuchota :

— Tu penses qu'il a repéré l'enfant par le biais de la Boussole ?

— Et peut-être pas seulement cet enfant-là. Nous devons nous procurer les listes des patients, répondit Dante.

Mais il le dit distraitement, et pas uniquement parce qu'il profitait de l'air libre – il avait beaucoup souffert à l'intérieur, même si son thermomètre n'était pas monté au-delà de la limite « danger » –, mais il avait l'esprit occupé par de sombres pensées qu'il ne réussissait pas à chasser. Les fils qui reliaient les différents événements étaient désormais totalement enchevêtrés, et pourtant toujours incomplets et effilochés. Au fur et à mesure qu'il avançait dans l'enquête, au lieu de trouver des réponses à ses interrogations, il rencontrait sans cesse de nouvelles questions auxquelles, chaque fois, il était plus difficile de répondre. Quand il imaginait le Père posté dans le noir, attendant le moment propice pour l'enlever, il ne s'étonnait pas que personne n'ait réussi à le ferrer. D'abord parce que personne, à part lui, ne croyait en son existence, et ensuite parce que Dante avait autant de respect pour l'intelligence de son ravisseur que de mépris pour les forces de l'ordre. Mais maintenant qu'il avait découvert que le Père avait continué à agir, tuant sans pitié, il se demandait comment il avait fait pour effacer si parfaitement ses traces. Comment était-il possible que parmi toutes les choses qui pouvaient compromettre sa réussite – comme un parent désespéré qui demandait un test d'ADN pour son fils, par exemple – aucune ne se soit produite ? Pas seulement pour le prendre au piège, mais aussi pour que naisse un soupçon, une interférence qui aurait rendu son « travail » plus difficile.

Dante, qui n'en avait jamais eu beaucoup, ne croyait pas à la chance et il croyait encore moins que le Père puisse s'y fier. Le Père, donc, devait avoir élaboré un plan de survie complexe et raffiné que Dante n'était pas encore en mesure de deviner. Mais une autre chose le tourmentait : comment se faisait-il que la police, la première fois qu'elle avait entrevu une faille dans la stratégie du Père, se soit adressée justement à lui, qui avait été victime du Père ? C'était une coïncidence trop incroyable pour qu'il puisse croire que c'en était une. Mais, dans ce cas aussi, après avoir cerné le problème il n'avait pas réussi à en trouver la solution jusqu'au moment où, prenant congé de la mère de l'enfant qui les avait accompagnés jusqu'à la porte, son regard tomba sur une sorte de petit monument, à l'entrée du pavillon. Il se composait d'un piédestal en marbre d'une hauteur d'environ un mètre, sur lequel était posée une paire de chaussures d'enfant coulée dans du bronze. Le déclic dans son cerveau, tandis que certaines pièces du puzzle se mettaient finalement en place, fut tellement fort qu'il lui sembla que même les autres auraient pu l'entendre. Il montra la statue d'une main tremblante et demanda à la femme ce que c'était, même s'il était déjà sûr de la réponse.

— Après l'accident dont a été victime Ruggero, quelqu'un nous a laissé ses chaussures devant la maison. Peut-être qu'il les avait trouvées sur la route et qu'il nous les a portées. Mon mari en a fait une statue. Au début nous pensions la mettre sur sa tombe mais… elle est restée ici.

Dante semblait en proie au délire. Autant il était pâle quelques instants plus tôt, autant il était rouge et respirait maintenant avec difficulté.

— Tu te sens bien, Dante ? s'inquiéta Colomba.

Il fit un signe qui voulait dire tout et rien et il suivit la mère de l'enfant dans la maison, alors que déjà elle les saluait et s'apprêtait à refermer la porte.

Colomba l'entendit dire : « Excusez-moi. Une chose encore », pendant qu'avec la bonne main il extrayait son portable de sa poche et qu'il montrait à la femme, puis au mari, quelque chose sur l'écran. Colomba ne comprit pas de quoi il s'agissait et elle n'entendit pas non plus les réponses, mais elle vit les deux conjoints faire oui de la tête et Dante être saisi d'une agitation plus grande encore, comme un pantin monté sur ressort.

Quand il sortit, il était transfiguré. La première résolution de l'énigme qui le tourmentait lui avait fait l'effet d'un électrochoc.

— Dante, qu'est-ce qu'il y a ? demanda Colomba. Je deviens nerveuse et ce n'est pas le moment, parce que je dois conduire. Et tu n'aimes pas que je sois nerveuse quand je conduis.

Dante émit son ricanement, qui se transforma en un immense sourire.

— Tu n'as jamais eu un *satori* ?

— Quoi ?

— Une illumination.

— À propos du Père ?

— En partie. J'ai compris les vraies raisons pour lesquelles, toi et moi, nous nous occupons de cette affaire. Je ne sais pas où cela nous conduira, mais ça m'a enlevé quelques toiles d'araignée dans le cerveau.

(Il regarda Colomba et son sourire s'éteignit.) En fait, j'ai peur que ce que j'ai compris ne te plaise pas beaucoup.

— Rien dans cette histoire ne me plaît. Alors ?

— Rovere, révéla Dante. Je sais ce qu'il cache.

21

Cosa sei disposto a perdere[1] *?* « Qu'es-tu prêt à perdre ? » Les mots de la chanson avaient hanté Rovere toute la journée. Ils lui étaient entrés dans la tête le matin, au moment où son radioréveil avait retenti. C'était un modèle obsolète, qu'il s'obstinait à garder sur sa table de nuit. Avant de se mettre en marche, il émettait un bourdonnement de plus en plus fort, comme les vieux téléviseurs à tube cathodique. En temps normal, Rovere l'éteignait avant qu'il se déclenche, mais cette fois-ci, il l'avait laissé faire, trop épuisé pour bouger. La voix du chanteur l'avait presque surpris. Il semblait jeune, peut-être qu'il l'était. Elena l'aurait su, elle qui se tenait toujours au courant des goûts des jeunes. Elle enseignait dans une école supérieure et pensait nécessaire de connaître le monde de ses étudiants pour les comprendre. Ils étaient tous venus à son enterrement, tristes comme s'ils avaient perdu un de leurs parents. Mais il s'était demandé, malgré lui, combien d'entre eux faisaient

1. Titre du troisième album du groupe italien Cattive Abitudini (ex-Peter Punk). *(N.d.T.)*

semblant d'être affligés pour avoir une expérience à raconter ou pour être bien sur des photos prises avec leur portable.

« Qu'es-tu prêt à perdre ? » Rovere ne savait pas qui était le chanteur et il avait oublié le reste du texte, mais il avait la réponse à cette question.

Tout. Il était prêt à tout perdre si cela lui permettait d'en finir avec son obsession.

La voiture de service le laissa en bas de chez lui, Rovere salua d'un signe distrait l'agent qui conduisait. Puis il se dirigea vers la porte d'entrée. Même si ses parents avaient été de fervents catholiques, Rovere avait grandi en proie au doute, ce doute constant et cette volonté de comprendre qui l'avaient aidé dans sa carrière de policier. Mais comment appliquer la pensée rationnelle à l'inconnu, au transcendant ? Trop sceptique pour croire et trop imprégné de tradition pour refuser l'idée de Dieu, Rovere oscillait entre les deux. Il n'allait pas à la messe, mais il ne se disait pas athée, ni même agnostique. Dieu existait probablement mais il était tellement loin du monde et des hommes qu'y croire ou pas ne faisait aucune différence. Quand Elena était tombée malade, pourtant, il avait recommencé à prier, avec la ferveur d'un enfant. S'il existait la moindre possibilité que cela soit utile, il ne pouvait pas la négliger. Il s'était appliqué à la prière avec méthode, comme en toute chose, alternant neuvaines et suppliques tout au long de la journée. Et il avait continué même après la mort d'Elena, ayant trouvé du réconfort dans les moments de désespoir, lorsque la solitude était un plomb qui le faisait couler.

Depuis une semaine, toutefois, il avait arrêté et savait que plus jamais il ne recommencerait. Si Dieu avait jamais posé son regard sur lui, Il lui avait désormais tourné le dos, le dédaignant pour ses erreurs, pour sa stupidité. Il ne restait plus à Rovere que l'espoir de pouvoir se racheter au moins en partie. Mais pour se racheter, il devait plonger encore davantage dans l'abîme. « Quel est le châtiment pour la trahison ? se demanda-t-il pour la centième fois. Pour le mensonge, pour les intrigues ? »

La réponse était, cette fois, simple : il allait payer tout cela, pour finir. Mais cela en avait valu la peine. Même si les fragments de vérité qu'il en retirait n'avaient fait qu'augmenter le fardeau qu'il portait en lui. Il alluma une cigarette sur le pas de la porte. À travers les petites fleurs dépolies de la vitre, la lumière du hall découpait sa silhouette sur l'immeuble voisin. Rovere en fut presque étonné. Il se sentait désincarné, privé de substance. Il se forçait à manger seulement pour rester debout, il cherchait à s'occuper des affaires courantes, mais c'était un combat qu'il était en train de perdre. Maintenant il n'était plus qu'un acteur jouant son propre rôle, un acteur qui remplissait le vide laissé par lui-même.

« Qu'es-tu prêt à perdre ? »

Au début, le doute avait été quantité négligeable. Il pouvait le maintenir aux marges de son esprit, tant celui-ci était empli de douleur après la perte d'Elena. Il rampait sur les bords de sa conscience, il remuait doucement dans son ventre, mais il pouvait l'ignorer, ou faire semblant de l'ignorer. Cependant quand le chagrin du deuil s'était atténué, même si c'était seulement de manière imperceptible, voilà que le ver avait trouvé une force nouvelle – il avait commencé à mordre, à s'agiter. Quand était-il devenu un compagnon inséparable ? Sans doute suite à sa visite à Colomba, à l'hôpital parisien, quand il l'avait vue portant, sur le visage, le masque de la mort. Et, pour la première fois, il avait perçu que le doute qui l'habitait était peut-être fondé, qu'il ne trouverait plus même un semblant de paix s'il n'établissait pas la vérité avec certitude. Et qu'avait-il trouvé derrière les brouillards et les miroirs ? derrière les paravents et les jeux d'éventail ? L'abîme. Qui l'avait englouti.

« Qu'es-tu prêt à perdre ? »

Que me reste-t-il encore à perdre ? Je suis nu jusqu'à l'os. Il tira une dernière bouffée et ouvrit la porte. C'est à cet instant que deux mains sorties du noir l'attrapèrent et le projetèrent contre le mur. Rovere n'était pas habitué à la violence. Sa carrière de fonctionnaire lui avait toujours évité les bagarres de rue, les arrestations difficiles, à coups de pied et de poing. Mais il répliqua quand même, en essayant de planter son coude derrière lui, pour atteindre son agresseur au visage. En même temps, il se traitait d'idiot. Il aurait dû s'attendre à ça, savoir que le monstre qui agissait sous le nom du Père allait comprendre tôt ou tard combien il était dangereux. Son agresseur lui bloqua le coude dans une étreinte douloureuse et il le plaqua contre le mur de ciment avec encore plus de force.

— Ne bougez pas, putain, lui intima une voix féminine.

En la reconnaissant, Rovere cessa aussitôt de lutter :

— Colomba ! cria-t-il.

C'était elle, furieuse et fatiguée par le trajet depuis Fano, pied au plancher, tandis que Dante se lamentait, criait et vomissait par la fenêtre avant de s'écrouler sans forces. Un voyage horrible, avec la colère qui montait kilomètre après kilomètre. La soif de sang, littéralement. Jamais elle ne s'était sentie aussi trahie, aussi manipulée.

— Si vous criez encore, je vous casse les dents ! Mettez les mains contre le mur, rugit-elle.

— Colomba, je ne comprends pas ce qui se passe, dit Rovere sur un ton plus calme.

Colomba lui colla un coup de pied à la cheville gauche afin de lui faire écarter les jambes.

— Contre le mur et on ne bouge pas.

Elle commença à le fouiller.

— Tu sais bien que je ne suis pas armé.

— Il y a beaucoup de choses que je pensais savoir.

Du coin de l'œil, Rovere vit arriver Dante. Il semblait encore plus pâle que d'habitude, peut-être à cause de la lumière du palier. Dante resta sur le seuil, comme si la maison cachait Dieu sait quels dangers.

— Monsieur Torre, veuillez, vous au moins, avoir la bonté de m'expliquer…

La rage aveugla Colomba. Elle prit Rovere par le col de son imperméable et le secoua avec violence, lui cognant plusieurs fois le thorax contre le mur.

— Assez ! Assez avec les mensonges, assez avec les subterfuges. Dites-nous la vérité, bordel !

— Vous saviez, pour le Père. Depuis le début, insista Dante.

Rovere soupira, il ressentait un mélange d'orgueil pour celle qu'il considérait comme son élève et d'effroi parce qu'il craignait sa réaction.

— Non, je ne le savais pas !

— Putain, je vous ai dit d'arrêter ça ! hurla Colomba.

— C'est la vérité. J'avais seulement… (il s'interrompit) … des craintes. Des soupçons. Je me croyais fou de pouvoir penser ça.

— Alors vous vous êtes servi de nous pour dissiper vos doutes, poursuivit Colomba.

Elle faisait beaucoup d'efforts pour se dominer, mais elle savait qu'elle était au bord de l'explosion.

— Comment avez-vous compris ça ? demanda Rovere.

— Je cherchais un sens, rétorqua Dante. Un sens au fait d'avoir été impliqué dans cette enquête. S'il ne s'agissait pas d'une pure coïncidence, cela signifiait que vous, vous qui m'aviez impliqué à travers CC, vous deviez en savoir plus que ce que vous aviez dit. (Dante fit une pause, passant en revue dans sa tête toutes les raisons qui justifiaient qu'il se traite de crétin.) Mais je ne comprenais pas comment c'était possible. Vous aviez appelé CC tout de suite après la découverte du cadavre aux Pratoni. Comment pouviez-vous avoir découvert tout ça aussi vite ? Vous étiez de mèche avec le Père ? Impossible, vous n'auriez pas fait tant de remue-ménage. Vous connaissiez la victime ? Non. Le *modus operandi* du Père n'était pas reconnaissable dans cet enlèvement. À moins d'être le seul à connaître un détail qui, pour les autres, ne signifiait rien. Et j'ai compris : les chaussures. Le Père laisse les chaussures de ses victimes bien en vue. C'est un signe. J'ai raison ?

— Oui.

— Vous savez ce que ça veut dire ?

— Non.

— Mais vous aviez noté ce détail avant même d'aller aux Pratoni ? par le biais de la famille Palladino ? demanda Dante.

— Oui, admit Rovere, se parlant presque à lui-même.

Colomba sentit ses forces l'abandonner et elle relâcha Rovere, en faisant un pas en arrière.

Tout était vrai.

En sentant cesser la pression qui s'exerçait sur lui, Rovere se retourna, en arrangeant sa veste.

— Je suis désolé, Colomba. Je t'en aurais parlé au bon moment.

Colomba ne dit rien, incapable même de le regarder.

— Comment ça s'est passé pour les Palladino ? demanda encore Dante.

— Je ne peux rien dire. Pas maintenant. Je peux seulement vous dire que, tous les deux, vous avez accompli un miracle.

— Un miracle, répéta Colomba, accablée.

— C'est l'enquête la plus importante de ta vie, Colomba. Et tu étais la seule personne en qui j'avais confiance, dit Rovere sur un ton qui s'efforçait d'être convaincant. Et lui… (il montra Dante d'un geste) … c'était le seul qui pouvait te mettre sur la bonne piste.

— Vous avez de la chance que je déteste la violence. Et qu'on m'ait confisqué mon crochet du gauche, dit Dante.

— Je veux tout savoir, ordonna Colomba, décidée.

— Ce n'est pas le moment. Fais-moi confiance, je t'en prie. Pendant quelque temps encore. Quelques jours. Je cherche à te tenir en dehors de tout ce qui se passera.

Et en disant ces mots, il commença à monter l'escalier.

Colomba, surprise, perdit quelques secondes avant de le suivre.

— Mais, putain, vous croyez aller où ?

— Chez moi. Une patrouille passe sous mes fenêtres toutes les demi-heures. Je préfère qu'on ne nous voie pas ensemble.

Il voulut monter encore, mais Colomba surmonta le trouble qui voulait la forcer à l'immobilité, comme une statue de sel. Elle l'attrapa violemment par le bras.

— Ou vous me dites ce que vous savez, ou j'appelle De Angelis et vous vous expliquez avec lui.

Elle sortit son portable et le mit sous ses yeux : le numéro du procureur s'affichait déjà sur l'écran.

— Il étouffera tout, dit Rovere. Je ne sais pas encore si c'est un arriviste ou un véritable ennemi. Mais tu ne dois pas lui faire confiance.

Colomba posa son doigt sur le bouton d'appel.

— Dernière chance.

Rovere comprit que Colomba ne céderait pas. Ce qui restait de respect et d'affection entre eux se volatilisait à chaque seconde, à chaque mot. Avec douleur, Rovere pensa qu'il n'arriverait pas à négocier avec elle, quels que soient ses efforts.

— Tu dois me promettre de ne rien répéter de ce que je te dirai, et à personne, si je ne t'en donne pas la permission.

— Pas de promesse. Je déciderai après.

Encore une fois, Rovere comprit qu'il lui fallait céder.

— D'accord.

Il lui fit signe de le suivre et ils montèrent ensemble jusqu'au palier.

— Allons discuter chez moi.

Colomba se tourna vers Dante, qui restait appuyé à la porte vitrée, l'air sombre.

— Qu'est-ce que tu fais ?

Il regarda le porche en mordillant le gant de sa mauvaise main. Maintenant que la minuterie avait déclenché la lumière de l'escalier, l'endroit lui semblait encore moins accueillant. Mais ce que Rovere avait à dire l'intéressait, et pas qu'un peu.

— Donne-moi une minute pour que je prenne ma respiration. Ne commencez pas sans moi.

— Grouille-toi, répondit Colomba en rejoignant Rovere qui tournait la clé.

— Je préférerais que M. Torre ne participe pas à notre entretien, dit Rovere.

— Ce que vous voulez ne me concerne plus. Allez, dépêchez-vous, ordonna Colomba.

Rovere poussa le battant. Dans l'obscurité de l'appartement, il y eut une étincelle électrique. Presque blanche, tellement lumineuse qu'elle laissa son fantôme sur la rétine. Ce fut la dernière chose que Colomba vit avant l'explosion.

22

L'explosion projeta Dante jusque sur le trottoir. Lorsqu'il revint de son étourdissement momentané, il se découvrit couvert de morceaux de verre brisé, mais sans une égratignure. L'immeuble était plongé dans le noir. Les vitres avaient disparu jusqu'au troisième étage et des panaches de fumée grasse et épaisse s'échappaient des fenêtres. *Une bombe*, pensa-t-il, étourdi, cherchant à se relever. *C'était une bombe*. Les alarmes des voitures en stationnement se déchaînaient, mugissantes. Un homme criait quelque chose d'incompréhensible depuis l'immeuble d'à côté. Dante posa prudemment sa mauvaise main sur le trottoir parsemé d'éclats de verre, mais il aurait glissé si un passant ne l'avait soutenu.

— Vous n'avez rien ? lui demanda l'homme.

Dante l'ignora. Autour de lui s'était formé un attroupement d'une dizaine de personnes qui téléphonaient et prenaient des photos avec leur portable. Il se traîna jusqu'au seuil de la porte d'entrée, dans l'espoir de voir au-delà de la fumée. On ne voyait rien. *CC est là-dedans*, pensa-t-il, encore en état de choc. Un couple de personnes âgées en pyjama sortit de la fumée en toussant.

Dante leur barra le passage.

— Il y avait une femme dans l'escalier. Brune, grande. Vous l'avez vue ? demanda-t-il, avalant ses mots sous le coup de l'émotion.

L'homme se racla la gorge.

— Il fait trop noir ! répondit-il. Et il y a trop de fumée…

Puis sortirent une femme en robe de chambre et un homme en veston-cravate qui semblait à peine rentré du bureau. Il parlait tranquillement à son portable. Pas de Colomba. Dante pensa qu'elle était en train de mourir parmi les flammes tandis qu'il restait là, dans la rue, comme un idiot. Il devait la secourir, vite, s'il en était encore temps. La petite voix qui lui annonçait les mauvaises nouvelles lui disait qu'il était déjà trop tard, qu'à en juger par les fenêtres l'épicentre de l'explosion s'était trouvé en bas, exactement là où se trouvait Colomba. La petite voix, rendue plus aiguë par le stress et la peur, ajouta que, dans la poussière et dans la fumée qui s'élevaient, il y avait des lambeaux de son corps. Que jamais plus il ne la reverrait.

Dante fit taire la petite voix et ferma les yeux. Il pensa à des plages inondées de soleil, à des ciels limpides. Il pensa qu'il volait comme un planeur, qu'il courait dans des prairies, la nuit. Il essaya de retourner en pensée au moment où, étendu sous les fenêtres de son balcon, il regardait une étoile et qu'il se sentait sur le point de s'endormir. Une bonne minute passa, et deux personnes âgées sortirent en se soutenant l'une l'autre. Pas de Colomba.

Son thermomètre interne descendit en même temps que ralentissaient les battements de son cœur. *Je peux y arriver*, se dit-il, en cherchant à faire taire la petite voix qui lui disait que non, qu'il ne pouvait pas, et que c'était de la folie. Il retira sa cravate et, les yeux toujours fermés, il baissa la fermeture Éclair de son pantalon et urina sur la cravate, sans s'écarter de la foule qui se dispersa loin de lui, dégoûtée. Quelqu'un protesta à haute voix. *Ils se foutent de moi*, pensa-t-il. Il enroula la cravate mouillée autour de sa bouche et de son nez, alluma la lampe torche de son portable et entra.

Pendant une seconde, il ne vit rien. Ensuite la fumée se dissipa et la lumière à led éclaira le bas de l'escalier qui paraissait intact. L'explosion semblait ne pas avoir endommagé la structure portante du bâtiment mais des morceaux de crépi noircis et des gouttes de plastique provenant des câbles électriques fondus continuaient à tomber.

— Sors de là ! lui cria quelqu'un de l'extérieur.

Dante s'apprêtait à le faire, car la résolution fiévreuse qui l'avait poussé à entrer faiblissait déjà. Puis il vit quelque chose de clair bouger faiblement sur le palier au fond de la première volée de marches, vraiment tout près du gouffre qui avait été l'appartement de Rovere d'où sortaient maintenant des flammes violacées et des fumées toxiques. Cela suffit pour qu'il se jette en avant, projetant devant lui le rayon du téléphone pour éviter les obstacles. L'escalier lui permit d'atteindre le premier étage. Peu avant le palier, une marche manquait et Dante fut obligé de sauter. Il atterrit maladroitement sur un monceau de gravats. Lorsqu'il retrouva son équilibre, il comprit que la chose blanche qu'il avait vue était un plafonnier de plastique qui voletait au gré des appels d'air. *Putain, je n'en peux plus. C'est trop dur*, pensa-t-il. Mais, en se retournant pour descendre, il aperçut une masse sombre pelotonnée contre le mur du couloir. À la lumière du téléphone, il distingua le visage de Colomba, à demi enterrée sous les décombres, couverte d'une poussière blanche qui luisait dans les lueurs de l'incendie.

Dante cria son nom et se pencha vers elle. Il vit son visage plein de sang et, le temps d'un instant, pensa au pire avant de découvrir qu'il s'agissait d'une blessure au front. Superficielle, grâce à Dieu.

— CC ! hurla Dante. (Les paupières de Colomba tremblèrent.) Tu m'entends ? CC !

Une vague de fumée les enveloppa et, malgré son masque improvisé, Dante toussa à s'en faire éclater les poumons. Quand la nuée se dissipa, une autre lumière était apparue dans le couloir. C'était celle d'une lampe de camping, tenue par un garçon grand et gros, en bermuda, qui pressait un mouchoir mouillé sur son visage. Il resta à distance.

— Comment vous sentez-vous ? cria-t-il pour dominer le grésillement des flammes.

— Aide-moi à la porter dehors, répondit Dante, la bouche masquée par la cravate.

— Il faut attendre l'ambulance avant de la déplacer. C'est ce qu'on dit toujours, répliqua le garçon.

— On ne peut pas la laisser ici, insista Dante. On ne sait pas dans quel état est l'immeuble.

— Alors on ferait mieux de sortir, tu crois pas ? lui fit remarquer le garçon.

— Pas sans elle, protesta Dante.

Un père, une mère et trois enfants descendirent en courant, tous en pyjama. L'homme s'éclairait avec une torche de journaux enflammés. *La chose la plus stupide à faire juste après une explosion*, pensa Dante. À leur passage, un grand morceau de crépi tomba entre lui et le garçon, qui fit un pas en arrière, effrayé.

— Attends ! Ne t'en va pas. (Dante se pencha à nouveau sur Colomba. Elle avait les yeux ouverts.) Tu m'entends ? répéta-t-il.

— Oui… oui, répondit-elle faiblement.

— Bouge tes jambes. Bouge-les !

— Quoi ?

— Tes jambes ! Je dois voir si ton dos est touché.

Elle remua à peine un pied, puis l'autre, en serrant les poings.

— Comment est-elle ? demanda le garçon.

— Elle peut marcher si tu me donnes un coup de main, répondit Dante, en souhaitant de tout son cœur ne pas se tromper.

Mais il voulait que Colomba sorte de là le plus vite possible. Et lui aussi.

Un nouveau nuage de fumée venu de l'appartement les enveloppa. Cette fois il puait le papier et le bois brûlé : le feu dévorait la bibliothèque dans le séjour. Le garçon s'approcha finalement et aida Dante à soulever Colomba. Dès qu'elle fut debout, elle vomit poussière et sang.

— Rovere, bégaya-t-elle.

Elle tenait debout toute seule, mais elle était encore confuse et faible.

Dante pensa : *Qu'il brûle*. Mais très vite, il comprit qu'elle voulait apprendre ce qu'il savait, qu'elle en avait besoin encore plus que d'air pur.

— Tu vas arriver à l'accompagner dehors tout seul ? demanda-t-il au garçon, s'étonnant de réussir à parler.

— Oui. Je crois.

— Fais-la descendre et attends l'ambulance. Ne la laisse pas seule avant que les secours arrivent ou alors, je te jure que je te retrouverai.

Le regard de Dante était suffisamment féroce et le garçon acquiesça.

— Ne t'inquiète pas.

— Attention à la première marche.

Dante laissa, à regret, Colomba et le garçon puis s'approcha de l'entrée de l'appartement en flammes. L'explosion avait éventré le mur principal, projetant des gravats et mettant à nu tous les fers du béton armé de la façade. Elle avait aussi défoncé le plafond, faisant s'écrouler le salon de l'appartement de l'étage supérieur. C'était dans cette cavité que se concentrait la fumée, aspirée par les trous béants des fenêtres du deuxième étage. C'était grâce à cela que Colomba n'était pas morte étouffée et que Dante se trouvait encore là, à jouer les explorateurs. L'adrénaline faisait battre son cœur tellement fort qu'il lui cognait dans les oreilles. Il tendit la tête au-dessus de l'énorme crevasse. Les flammes crépitaient avec violence au fond du couloir, et la chaleur rendait impossible de s'approcher plus près. Une table de marbre, tombée de l'appartement du dessus, s'était fichée dans le plancher et il s'en était fallu de peu qu'elle ne le fasse s'effondrer à son tour. Le reste du mobilier était en morceaux ou en train de brûler.

De Rovere, il n'y avait pas la moindre trace. Dante balaya encore le périmètre du rayon de son portable, puis il comprit qu'il lui fallait arrêter là, car le cauchemar allait lui tomber dessus comme la massue d'un boucher. Il s'imaginait piégé sous un morceau de mur, en train de se débattre, le visage couvert de gravats, incapable de respirer. Plus que l'imaginer, il en percevait l'imminence. Il devait vite sortir de là, tant qu'il en était encore capable, avant que son thermomètre interne n'ait déclenché le signal d'alarme. Pendant qu'il regardait une dernière fois autour de lui, il lui sembla que la porte de l'appartement, soufflée par l'explosion, bougeait. C'était une porte blindée et c'était uniquement parce qu'elle se trouvait là que Colomba avait été épargnée. Presque totalement intacte, elle avait fini sur le côté du couloir, sur ce qui paraissait être un amas de décombres, mais que Dante identifia comme une tête humaine. Celle de Rovere, noircie par la fumée : la porte lui était tombée dessus et l'écrasait. Il était allongé sur le dos, emprisonné de la taille aux pieds. De son bras libre, il cherchait à toucher son visage.

Dante s'agenouilla à côté de lui, il lui essuya les yeux et la bouche.

— C'est moi, Torre, tenez bon.

Rovere ouvrit la bouche sans réussir à rien dire et Dante vit qu'il n'avait plus de dents. Sa bouche était obturée par un grumeau de sang, de poussière et d'éclats d'os. Contenant son dégoût, il y plongea le doigt et fit sortir ce caillot, permettant à Rovere de mieux respirer. Le sang coulait, épais et tellement foncé qu'il semblait noir, mais Rovere ouvrit les yeux. Il attrapa la mauvaise main de Dante dans une étreinte spasmodique.

— Ils seront là dans quelques secondes, mentit Dante. Je crois que j'entends déjà les sirènes. Ils vont venir vous chercher.

Tout à coup, il n'avait plus rien à faire des secrets de Rovere. Il voulait seulement sortir.

L'étreinte se fit encore plus forte. Rovere avait peur, une peur plus forte encore que la sienne. Peur d'être abandonné dans cet enfer de chaleur et de mort.

Dante ferma les yeux un instant. *Ciels bleus, mers, prés, l'espace cosmique.*

— Tout va bien, je ne vous laisserai pas. J'essaye juste de vous enlever ce truc qui vous écrase. (Il posa son téléphone sur le plancher afin d'éclairer ses gestes.) Lâchez ma main une seconde. Je vous jure que je reste ici, dit-il, le souffle court, en se dégageant doucement de l'étreinte.

De ses deux mains il saisit un côté de la porte et chercha à la soulever, sans réussir à la déplacer d'un millimètre. Peut-être aurait-il pu la faire glisser s'il avait trouvé quelque chose pour faire levier, mais d'abord il devait constater l'état de Rovere.

Il se pencha pour regarder et souffla l'air de ses poumons dans un long soupir d'horreur.

Une partie du blindage de la porte s'était détachée, formant une lame grossière, triangulaire, qui s'était plantée sous le sternum de Rovere, transperçant la colonne vertébrale et le clouant au plancher. Le sang avait formé une large flaque et s'écoulait maintenant entre les plaques de marbre, tombant à l'étage inférieur comme une pluie rouge. Dante revint se mettre à genoux et regarda les yeux désespérés de Rovere, essayant de trouver un mensonge pour le rassurer. Puis il comprit qu'il ne pouvait pas faire cela. Personne ne méritait un mensonge comme adieu au monde.

Il lui caressa le front.

— C'est fini, murmura-t-il. (Un éclair passa dans les yeux fébriles de Rovere.) Je suis désolé. Quelles que soient les conneries que vous ayez pu faire, vis-à-vis de moi ou de Colomba, considérez que vous êtes pardonné. OK ?

Rovere murmura encore quelque chose, que Dante ne réussit pas à saisir. Dante évoluait à présent dans un monde de chimères, et tout lui semblait tellement irréel qu'il se sentait tranquille. Peut-être qu'il était mort lui aussi et qu'il ne le savait pas. Il s'assit jambes croisées et prit la tête de Rovere entre ses mains, en la posant délicatement sur ses genoux.

— Ça fait mal ?

Rovere bougea les yeux pour dire non.

— Alors ce sera plus facile. Tu vas partir pour le grand voyage, tu sais ? Le plus important de tous. Le seul qui compte vraiment. Aie confiance, ce sera très beau. Bientôt tu sauras ce qu'il y a à savoir sur tout. Il n'y aura plus de mystères, plus aucune ombre, plus aucune peur.

Le souffle de Rovere se fit plus lent.

— Le voyage commence maintenant. Mais imagine-toi en train de monter dans un avion énorme, transparent comme l'air, continua Dante. Tu le vois ? Il est déjà sur la piste. Il ondule au gré du vent, il est impatient de décoller et de s'envoler. Il y a plein de gens déjà assis à bord qui t'attendent. Parce que là, le temps n'existe plus et tu peux rencontrer tout le monde. Tous tes amis, ceux qui t'ont aimé, ceux que tu pensais avoir perdus pour toujours. Mais regarde comme ils sont nombreux… Tu ne savais pas qu'il y en avait autant, hein ? (Rovere esquissa un petit sourire et ferma les yeux.) Attends, ne va pas t'asseoir tout de suite sur le premier siège libre. Il y a plein de gens qui veulent te saluer. Tes parents. Tu les vois ? Ils sont en pleine forme, avec leurs habits des grandes occasions. (Dante avala une gorgée de salive amère.) Il y a aussi ta femme. Regarde comme elle est belle, comme elle est heureuse de te retrouver ! Il y a longtemps qu'elle t'attendait ! Tu sens qu'elle est en train de t'embrasser ?

Le souffle de Rovere devint irrégulier.

— Maintenant vous pouvez partir, ensemble. Et le plus beau, c'est que tout ce que tu croyais être important a moins de valeur, en réalité, qu'une seule minute de ce voyage-là…

Dante se tut : Rovere avait cessé de respirer. Dehors, entre-temps, les premiers secours étaient arrivés.

Avant qu'ils montent l'escalier, Dante commença à fouiller le cadavre. Et il comprit soudain les derniers mots articulés à grand-peine par les lèvres sanglantes de Rovere : « Il n'est pas seul. »

Il n'est pas seul.

VII

AVANT

Il attrape la main qui le secoue. C'est une réaction instinctive, il est encore à moitié endormi. Il cherche même à l'agripper avant de se rappeler où il est. Ensuite, il se rappelle, il jure et il ouvre les yeux. Ricchione se tient près de son lit de camp en caleçon, il secoue sa main meurtrie en gémissant. Il dit qu'il voulait lui rendre service. Il dit qu'il voulait lui éviter une punition. Fabrizio est content que ce soit lui. Si ça avait été quelqu'un d'autre – Cul-Terreux ou Pieds-Pourris par exemple – il aurait réagi. Il aurait été obligé de se défendre, et peut-être pas seulement avec les mains. Il a un couteau, qu'il garde enfoncé dans son matelas, et une chaussette pleine de pièces de monnaie. La chaussette, il s'en est déjà servi le deuxième soir après son arrivée. Le couteau, il s'est contenté de le montrer, pour faire comprendre aux autres qu'il fallait le laisser tranquille. Ici, presque tout le monde a un couteau. Pieds-Pourris a même un poing américain. Il dit qu'il se l'est fabriqué lui-même, là où il était avant, parce qu'on l'avait envoyé dans un atelier. Fabrizio ne le croit pas : Pieds-Pourris ne sait rien faire de ses dix doigts. Il a dû le voler à un autre con, ou alors il l'a acheté.

Ricchione, en revanche, n'est pas le genre de type qui réagit. Il cherche à devenir ami avec tout le monde, ou bien il se plaint et il crie. Comme la fois où deux gars sont montés sur son lit de camp, la nuit. Il a crié jusqu'à ce qu'ils lui plaquent un oreiller sur le visage. Ce qu'ils lui ont fait, Fabrizio ne le sait pas et il ne veut surtout pas le savoir. Mais le lendemain, les deux types avaient un sourire grand comme ça, et Ricchione s'est fait porter pâle. Ils devraient le renvoyer chez lui, Ricchione, il n'est pas à sa place ici. Mais il doit avoir cassé les couilles à quelqu'un et maintenant il paye.

Fabrizio regarde vers la chambrée. Tous les autres sont déjà debout au milieu, au garde-à-vous, essayant de prendre, dans la mesure du possible, une pose martiale. Il n'a pas dû entendre le contre-appel inattendu.

Il écarte Ricchione et il se met en rang avec les autres. Il fait un froid de gueux, et les pieds sont vite gelés. Mais putain, quelle heure est-il ? Trois heures, dit l'horloge sur le mur. Évidemment, qu'il ne s'est pas réveillé. Ce n'est pas un contre-appel, ce doit être une connerie, du genre entraînement de nuit, parcours dans la boue.

Mais ce n'est pas ça, comme l'explique le sergent, ce Calabrais d'un mètre, un connard avec des yeux comme deux mouches mortes. Dans son italien plus que limité, à moitié en dialecte, il dit qu'il y a une corvée à faire, mais qu'on a seulement besoin de six d'entre eux. Vu que c'est un travail de merde, il ajoute qu'il choisira ceux qui lui ont le plus cassé les couilles ces derniers jours. Et il choisit le type qui est arrivé il n'y a même pas une semaine – il a dû ouvrir la bouche deux fois en tout –, Pieds-Pourris, et ceux qu'on appelle les « Deux Frangins » parce qu'ils sont toujours ensemble, Droghiere, qui est toujours à moitié ruiné, et, bien sûr, lui.

Quand il le lui dit, le sergent le regarde dans les yeux et lui adresse un petit sourire à la con. Fabrizio a envie de lui sauter à la gorge. Mais il ne le fait pas, parce que c'est pour une connerie de ce genre qu'il a atterri à Peschiera. Un autre sergent, un autre petit sourire à la con. Le sergent avait trouvé que ses rangers étaient sales. Elles ne l'étaient pas. Il avait seulement oublié de passer du cirage sur les coutures avec une brosse à dents, une chose tellement idiote que Fabrizio n'arrivait jamais à s'en souvenir. L'autre sergent, avec l'autre petit sourire à la con, avait alors poussé une gueulante. Il lui avait dit qu'il pouvait mettre une croix sur la sortie du soir et même de tous les soirs jusqu'à la fin de la semaine. Et qu'il avait de la chance, parce qu'il l'avait déjà repéré, qu'il avait bien vu que c'était un fainéant. Fabrizio avait enlevé sa ranger droite et s'en était servi pour le frapper au visage jusqu'au moment où le sergent était tombé à terre. Et alors qu'il était au tapis, il lui avait dit qu'il avait de la chance, parce qu'il l'avait déjà repéré.

Évidemment, ils l'avaient emmené. Et évidemment, il avait passé un an et demi à maudire son caractère de merde, pendant qu'il essayait de ne pas se faire piétiner par les gardes ou tuer par les insectes. Parce que c'était vrai ce qu'on disait, que la prison militaire était mille fois pire qu'une prison normale, et que la pire des casernes était de loin préférable à la meilleure des cellules.

C'est pour ça que maintenant Fabrizio ne réagit pas. Au contraire, il reste au garde-à-vous et il dit quelque chose qui peut ressembler à un « oui, sergent », ce qui, venant de lui, est presque une blague. Du reste, le sergent ne l'écoute pas.

Ceux qui ont eu de la chance retournent dans leur lit de camp, les six désignés ont dix minutes pour s'habiller et, quand ils sortent dans la cour, il y a déjà un camion qui les attend. Quand ils montent derrière, prêts à se laisser emmener Dieu seul sait où dans la nuit, ils ont la bonne surprise de trouver une boîte en carton pleine de petites bouteilles de gnôle. Quelqu'un a dû l'oublier, pense Fabrizio, même si Droghiere dit qu'ils l'ont laissée exprès. Ils en liquident la moitié, pendant que le camion cahote le long des routes de campagne qui l'éloignent de Mezzanone di Zerbio, l'endroit où a été installée cette espèce de « poudrière » dans laquelle ils sont une petite cinquantaine, avec un officier et deux sous-officiers, qui a été conçue exprès pour les types comme eux. Des types que personne n'accepte plus nulle part.

Le voyage dure peut-être une demi-heure, entre nids-de-poule et rasades. Ils sont tous joyeux à cause de l'alcool, sauf Pieds-Pourris qui se plaint, comme toujours, de ses rangers et de ses ampoules. Il dit qu'à la fin de son service militaire, il ne pourra plus marcher et qu'il trouvera un avocat pour se faire remettre à neuf, comme s'il y avait un avocat prêt à écouter un pauvre diable comme lui. Comme s'il ne savait pas qu'au service militaire tu prends ce qui vient quand tu n'es pas assez rusé ou habile pour te défiler. Surtout si tu pètes un plomb et que tu finis aux arrêts dans une caserne, comme c'est le cas de tous ceux qui sont là.

Le camion stoppe et le sergent leur crie de descendre. Ils sont face à un hangar en ciment avec un toit de tôle, long d'une vingtaine de mètres. Le hangar est au cœur d'un espace délimité par une clôture et cet espace est au milieu de rien, quelques arbres et l'obscurité. Fabrizio pense que c'est un dépôt militaire, même si, à part l'écriteau, rien n'indique s'il s'agit d'une caserne secondaire ou d'une unité. Il y a un camion-benne près du hangar, avec une plaque d'immatriculation civile et, à côté, quatre soldats en tenue de camouflage qui ne sont pas des leurs. Fabrizio cherche à comprendre à quelle unité ils appartiennent, mais ils n'ont aucun insigne d'aucune sorte. À part l'un deux, qui porte les galons de caporal-chef et qui dirige les autres avec des gestes secs. Il a un physique assez banal, mais Fabrizio comprend tout de suite qu'il ne doit pas approcher ce caporal. C'est comme s'il avait autour de la tête une auréole semblable à celle des saints. Si ce n'est que la sienne est noire comme du goudron.

Le sergent remonte à bord du camion et s'en va sans dire un putain de mot. Ils échangent des regards étonnés : mais bordel, que se passe-t-il ? L'un des soldats en tenue de camouflage le leur explique en quelques mots et sans sourire. Ils doivent entrer et vider le hangar. Il y aura des camions qui feront la navette, eux devront seulement s'occuper de les charger et faire en sorte que cela soit fini avant l'aube. Les fûts ressemblent à ceux qui servent pour le kérosène. Ils sont pleins et lourds, mais les hommes sans insigne font tout à la force des bras, sans chariot. Fabrizio espère que les choses à charger ne seront pas toutes aussi lourdes, sinon il se barrera, et que le caporal-chef aille se faire foutre, avec sa tête de tueur. Il a de la chance : dans le hangar, il y a seulement quelques centaines de sacs-poubelle fermés avec du ruban adhésif et des vieux meubles, qui semblent être ceux d'un bureau. On dirait que toutes ces affaires ont été jetées là à la va-vite, entassées en bordel.

Un soldat sans insigne leur explique où trouver le ruban adhésif pour fermer les sacs déchirés et dit qu'ils peuvent fumer, s'ils veulent, et même continuer à boire, parce qu'il a remarqué que les Frangins ont fait passer la gnôle en cachette. L'important, c'est que le travail ne s'arrête pas. Pendant qu'il parle, il ne vient à l'esprit de personne de le contredire : tous font oui de la tête. Et Fabrizio, qui depuis le début est hanté par un vague souvenir, réalise enfin où il a déjà vu cet homme. Le soldat sans insigne est de son village. Il ne l'a pas reconnu tout de suite parce que la dernière fois qu'ils se sont rencontrés, ils allaient encore à l'oratoire jouer au ballon et s'échanger des bandes dessinées cochonnes. Emilio, il s'appelle Emilio. Tandis que les autres commencent à charger, Fabrizio s'approche de lui et se présente. Ils se tapent mutuellement sur l'épaule, mais Emilio ne répond pas à ses questions sur cet endroit et sur sa compagnie. Il lui dit seulement de se bouger, que le caporal-chef ne plaisante pas. Emilio aussi semble avoir peur du caporal aux yeux mauvais, au point que quand il le voit entrer dans le hangar, il s'arrête aussitôt de parler.

Fabrizio fait comme si de rien n'était et il se baisse vers l'un des premiers sacs. Il est souple et léger, peut-être qu'il contient des chiffons.

Mais l'un des sacs se déchire et Fabrizio voit ce qu'il contient.

Il en fera des cauchemars toute sa vie.

VIII
SUIVRE LA BOUSSOLE

1

Tous, ils arrivèrent. Les pompiers et les ambulances, les artificiers et les ingénieurs de l'armée. Des voitures de patrouille et des blindés, des grues, des camions à échelle. Le maire et le préfet, le procureur et l'adjoint du procureur, le président de la Chambre et une poignée de députés. Ils arrivèrent. Des journalistes et des photographes, une avalanche de curieux, les studios mobiles des principales chaînes de télévision nationales, l'ANSA, une télévision japonaise et le correspondant de CNN, ils arrivèrent. L'inspecteur chef Infanti, l'inspecteur Anzelmo de la brigade de lutte contre la cybercriminalité, les gradés de la brigade mobile qui n'étaient pas en service et tous les ex-collègues de Colomba arrivèrent.

Elle ne vit personne, comme elle ne vit pas non plus arriver Santini et De Angelis, parce qu'elle avait déjà été transportée aux urgences pour une commotion cérébrale et un nombre important d'ecchymoses et de brûlures. Pendant de longues heures, elle se laissa manipuler comme une poupée, consciente seulement par intermittence de l'endroit où elle se trouvait. À de nombreuses reprises, elle se trompa et se crut de nouveau le jour du Désastre. Le même bruit blanc dans ses oreilles, le même goût de cendre et de chaux dans la bouche, la même puanteur de brûlé.

Pendant ce temps, Dante était emmené par les hommes du SIC et transféré au commissariat central. Malgré ses protestations, il fut enfermé dans un bureau, menotté à une chaise et laissé seul avec un planton qui ne voulut rien entendre de sa supplique pour être déplacé dans un lieu en plein air. Dante commença immédiatement à se sentir mal, car l'effort qu'il avait fourni dans l'immeuble en flammes quelques heures plus tôt l'avait rendu plus sensible encore. Il cria jusqu'à devenir bleu, il tapa du pied. Quand le planton lui allongea une gifle, il roula par terre en cassant la chaise. Il se releva aussitôt et, en faisant tournoyer l'accoudoir du fauteuil relié à la menotte qui lui pendait au poignet, il tint à distance le garde qui cherchait à l'attraper. Trois autres agents vinrent en renfort et le plaquèrent au sol. Il en eut le souffle coupé et il s'évanouit.

Il se réveilla enchaîné par des menottes à la balustrade d'un balcon ; plus loin, Santini engueulait les agents en uniforme parce qu'ils l'avaient laissé dans un lieu clos. Il avait la bouche sèche et il avait du mal à retrouver ses esprits ; ce fut seulement parce qu'il ressentit une vive douleur à l'estomac qu'il revint à la réalité. En dessous de lui, la Via San Vitale était fermée à la circulation par des barrières et des voitures de police.

— Ils me gardent prisonnier contre ma volonté et ils me torturent, cria-t-il pour que ceux qui se trouvaient dans la rue l'entendent. Avertissez mon avocat !

Il s'appelle Roberto Minutillo, vous le trouverez sur Internet.

Santini s'approcha en courant.

— Fermez-la ou je vous fais ramener à l'intérieur. Et je vérifierai qu'il n'y a pas de fenêtres.

— Et si j'y passe ? Vous ferez disparaître mon cadavre ?

Santini se pencha vers lui.

— Un fonctionnaire de police a été tué. Vous croyez qu'on me cherchera beaucoup d'ennuis pour ce qui peut vous arriver ?

— J'étais sur les lieux, vous l'avez oublié ?

— C'est pour cette raison que vous êtes ici.

Santini tira vers lui un tabouret à roulettes. Une demi-douzaine d'agents en uniforme et en civil étaient massés contre la porte-fenêtre, observant la scène.

— Laissez-moi vous expliquer la situation. Il y a eu un attentat. Il y a déjà des gens qui réclament la loi martiale et qui parlent du retour des Brigades rouges. Mais les personnes comme moi doivent chercher à comprendre ce qui s'est passé. Et elles ont très peu de patience avec ceux qui ne collaborent pas.

— Personne ne m'a encore posé une seule question.

— Je suis en train de le faire. Pour le compte du procureur en charge de l'affaire.

— Laissez-moi deviner, De Angelis ?

— Cela ne vous regarde pas. Vous le rencontrerez plus tard pour établir le procès-verbal.

— Si je suis gentil, autrement vous me jetterez du haut du balcon.

Santini serra les dents.

— Pourquoi voulez-vous que je perde patience ?

Dante songea que Santini n'était vraiment pas touché par la grâce de Dieu. Est-ce qu'il allait le frapper ? Non, sans doute pas. Même s'il en avait très envie, les yeux du pays tout entier étaient braqués vers ce commissariat, en ce moment même. S'il avait eu le sentiment que Dante avait quelque chose à voir là-dedans, peut-être qu'il n'en aurait pas tenu compte. Mais, là, Santini ne savait pas. On voyait clairement à la ligne de ses épaules que pesait sur lui le poids de ce qui était arrivé, et le fait qu'il se touche sans cesse le visage et qu'il s'humecte imperceptiblement les lèvres révélait son incertitude et sa peur. Il faisait la grosse voix, mais il ne comprenait rien à ce qui se passait. Ou bien – c'était une autre hypothèse – il savait très bien ce qui se passait, mais il ne savait pas sur quel pied danser. Et ça, c'était encore plus inquiétant.

Jusqu'à présent, Dante avait considéré Santini comme un barbare dépourvu de cerveau, un flic pour rire tout juste capable de piétiner les preuves de ses grands pieds plats et de provoquer une confusion certaine. Mais les derniers mots de Rovere laissaient entendre que le Père n'agissait pas seul, et Dante ne pensait pas qu'il se référait à quelque sous-fifre impliqué pour un sale boulot, comme l'avait été Bodini. Rovere redoutait d'autres complices. Lesquels ? Un agent du SIC peut-être ? Le même que celui dont Colomba aurait dû se méfier ?

Dante sentait la vérité à portée de main, mais trop loin encore. Il fallait qu'il parte d'ici et, si Santini était vraiment impliqué, l'unique façon de procéder était de se faire passer pour un couillon. Toutes ces pensées défilèrent en quelques secondes dans sa tête, pendant que Santini l'observait, soupçonneux. *Rappelle-toi que c'est un flic, qu'il a l'habitude de fréquenter des gens qui mentent*, se dit-il. Et s'il était impliqué dans cette affaire, il était moins stupide qu'il n'en avait l'air.

— Demandez-moi ce que vous voulez savoir, dit Dante en baissant les yeux, imitant assez bien une posture d'humilité. Mais d'abord, s'il vous plaît, donnez-moi des nouvelles de Mme Caselli.

— Je n'ai pas de nouvelles de l'hôpital, mais son état ne semblait pas préoccupant, répondit Santini, en continuant à l'observer. Vous êtes très intimes ?

— Non.

— Pourtant on dirait.

— C'est ça que vous voulez savoir, si nous sommes intimes ? s'indigna Dante en oubliant le rôle qu'il devait tenir.

— C'est une de mes questions.

— Non, nous ne sommes pas intimes. Nous nous sommes seulement fréquentés un peu durant cette dernière semaine.

— C'est pour ça que vous vivez ensemble dans un hôtel ?

Ils le savaient, bordel.

— Nous ne vivons pas ensemble. C'est moi qui vis là, répondit Dante. Elle est venue me voir quelquefois. Demandez au concierge si vous ne me croyez pas.

— Pour le moment, ça ne m'intéresse pas. Que faisiez-vous dans l'immeuble du commissaire Rovere au moment de l'explosion ?

— Je suis arrivé après.

Santini s'approcha encore davantage de lui.

— Après ? Vous voulez me faire croire que vous êtes entré après l'explosion ? Vous qui ne pouvez même pas entrer dans un lieu fermé, vous vous seriez jeté là-dedans comme un pompier ?

Dante replia les jambes, faisant mine d'être plus effrayé qu'il ne l'était. Il devait laisser croire à Santini que c'était lui qui contrôlait la situation.

— J'étais sous le choc, murmura-t-il.

— Je ne vous ai pas entendu, aboya Santini.

— J'étais sous le choc. Je ne sais pas très bien ce que j'ai fait.

Santini acquiesça d'un air satisfait comme le maître d'un chien qui se roule par terre quand on lui en donne l'ordre.

— Et pourquoi étiez-vous dans ce quartier-là ?

— J'avais accompagné le commissaire Caselli qui devait rencontrer le commissaire Rovere, dit Dante un ton plus haut, en simulant un léger tremblement dans la voix.

— Et quelle était la raison de cette rencontre ?

Santini avait conduit des milliers d'interrogatoires, Dante ne pouvait pas mentir ouvertement. Il devait se limiter à manipuler la vérité, en lâchant les quelques éléments que Santini avait déjà devinés.

— L'enlèvement de Luca Maugeri.

Santini hocha la tête.

— Donc le commissaire Caselli s'intéressait encore à cette affaire ?

— Oui.

— Pour quelle raison ?

Là encore, inutile de mentir.

— À la demande du commissaire Rovere. Il n'avait pas confiance dans la façon dont vous meniez l'enquête.

— Nous, les agents du SIC ?

— Oui. Et il ne se fiait pas non plus au procureur. Il disait que c'était un crétin.

La dernière phrase était un mensonge total, mais il jugea que cela pouvait passer. Quelqu'un comme Rovere aurait pu la prononcer, ne serait-ce que pour tranquilliser Dante sur ses motivations. En cachant les vraies raisons.

Il n'agit pas seul.

Santini fit la moue.

— Ça, on va peut-être pas le mettre dans le procès-verbal, hein ? On ne va pas ternir l'image de ceux qui sont morts.

— C'est vous qui décidez.

— C'est le commissaire Rovere qui vous a demandé d'intervenir comme consultant ?

Il prononça « consultant » comme si c'était un gros mot.

— Oui.

— Et qu'est-ce que vous vouliez dire à Rovere hier soir ?

— Que nous avions besoin de davantage de temps.

— C'est Rovere qui vous a demandé de consulter les listes des enfants morts depuis quelques années ?

Infanti avait déjà tout raconté. Colomba aurait dû se choisir de meilleurs amis.

— Non, c'est moi qui ai eu l'idée. Je cherchais des liens avec ce qui s'est passé aux Pratoni.

Santini plissa les yeux. Par véritable intérêt ou par crainte ? Et s'il s'agissait de crainte, c'était celle de ne pas assurer ou avait-il d'autres raisons d'avoir peur ?

Il n'agit pas seul.

— Et vous en avez trouvé ?

Dante devait jouer le plus finement possible. Et il s'en tira en protestant.

— J'ai besoin de davantage de temps, putain ! affirma-t-il. Il y a des milliers de cas qui peuvent être mis en relation.

Il exagéra délibérément le nombre.

Santini esquissa un sourire. Dérision ou soulagement ? Dante détestait l'incertitude.

— Des milliers ?

Dante enfonça le clou.

— Le Père agit dans l'ombre depuis plus de trente ans ! Vous imaginez le nombre d'enfants sur lesquels il a pu mettre la main ?

Il avait presque dit la vérité, mais d'une façon telle que n'importe qui l'aurait pensé fou à lier.

— Le Père, c'est votre ravisseur, pas vrai ? Revenu d'entre les morts.

Dante tenta une petite contre-offensive. S'il s'était montré trop docile, cela aurait pu éveiller les soupçons de Santini.

— Vous vous foutez de moi.

— Absolument pas, répondit Santini avec un sourire plus ostensible, à présent. Et la preuve, c'est ce sifflet qu'on a trouvé à un kilomètre de la scène de crime. C'est ça ?

— Si vous voulez dire les choses comme ça.

— C'est ça ?

— Oui, dit Dante avec humilité.

Quelqu'un près de la porte émit un murmure incrédule et, pour Dante, ce fut comme le premier applaudissement à la représentation qu'il donnait.

— Et Caselli vous croit ?

Attention.

— Elle commençait à se laisser convaincre, répondit-il en insinuant le contraire.

— « Elle commençait » ? J'ai compris. Et vous, vous lui avez donné d'autres preuves (il insista sur ce mot) … en plus du sifflet ?

— J'étais en train d'en chercher. Je vous l'ai dit : il faut du temps !

Santini l'observa. Dante savait que son instinct le portait à douter mais, qu'il soit impliqué ou non, ce que Dante était en train de lui dire était ce qu'il voulait entendre.

— Vous n'êtes jamais allé chez le commissaire Rovere ? demanda Santini.

— Non.

— Nous avons les moyens de savoir si vous mentez, Torre.

— Pourquoi est-ce que je vous mentirais ? Vous croyez que c'est moi qui l'ai mise, la bombe ?

— D'après vous, qui l'a mise, alors ?

Dante retint son souffle. Ils étaient arrivés au moment crucial.

— Le Père. L'homme qui m'a enlevé.

Cette fois, il y eut bien plus d'un murmure. Santini se tourna pour les faire taire, mais Dante comprit qu'il jouait la comédie. Il aimait avoir un public.

— Vous avez trouvé un autre sifflet, Torre ? demanda-t-il encore.

— Il n'y en avait qu'un.

— J'oubliais. Le vôtre. Et pourquoi l'homme qui vous a enlevé aurait-il voulu tuer le commissaire Rovere ?

Dante se sentit dans le même état que lorsque, à vingt ans, il avait joué l'argent de l'hôtel à la roulette d'un casino à Bad Gastein. Une mise risquée : tout sur le rouge. Face à Santini, il fit la même chose.

— Parce qu'il a peur de moi. Parce qu'il savait que Rovere, tôt ou tard, allait finir par me croire.

Quand il avait parié en Autriche, Dante avait dû s'enfuir au cours de la nuit, en laissant ses vêtements, pour ne pas payer l'addition de l'hôtel. Cette fois-ci, il s'en sortit mieux. Les épaules de Santini s'abaissèrent de quelques millimètres et il sut qu'il avait gagné.

— J'ai compris.

Santini lui posa encore quelques questions de routine – s'il avait vu quelqu'un, s'il avait entendu quelque chose –, puis il se leva. Dante mit la cerise sur le gâteau : il allongea sa mauvaise main et le retint par la veste. L'inspecteur se libéra d'un mouvement plein de dégoût, mais Dante fit semblant de ne pas s'en apercevoir.

— Mais vous, vous me croyez, n'est-ce pas ? dit-il d'un ton pathétique. Vous enquêterez sur le Père ?

Santini lui tourna le dos et s'adressa à l'un des agents en uniforme. En avançant la tête, Dante vit que c'était Alberti. Il se retint de lui faire un clin d'œil.

— Apporte-lui de l'eau et quelque chose à manger, ordonna Santini. Montrons-lui que nous ne sommes pas des bêtes.

Puis il sortit. Alberti s'approcha, plein de sollicitude.

— Que désirez-vous ? Un café, monsieur Torre ?

Dante changea d'expression.

— N'essaye même pas. Un thé, ça ira très bien. Et des clopes, putain. Je suis tellement en manque de nicotine que je pourrais en crever.

Étonné de ce soudain changement – Dante lui avait semblé abattu et épuisé –, Alberti lui porta un thé tiède, un paquet de biscuits du distributeur et une cigarette sans filtre.

Une heure plus tard, alors qu'on avait déjà enlevé les menottes à Dante, Minutillo arriva.

L'avocat exigea de pouvoir parler à son client sans témoins et ferma la porte-fenêtre au nez des policiers.

— Comment ça va ? demanda-t-il quand ils furent seuls.

— Comme tu peux te l'imaginer, répondit à voix basse Dante, qui ne pouvait pas savoir si quelqu'un écoutait à la porte. Santini est convaincu que je ne suis pas un danger pour lui. Pour l'instant.

— Pourquoi est-ce que tu devrais être un danger pour lui ?

— Peut-être qu'il est mouillé.

— Dans l'affaire du Père ?

— Rovere était persuadé que quelqu'un aidait le Père. Et il a dit explicitement de ne pas faire confiance à De Angelis.

Il alluma la cigarette que lui avait tendue Minutillo.

— Mais pourquoi De Angelis ou Santini aideraient un assassin ?

— Je n'en ai pas la moindre idée.

Dante fit un anneau en soufflant sa fumée.

— Si tu me l'avais demandé il y a six heures, je t'aurais dit que c'était une bêtise. Mais après la bombe…

— Les choses peuvent ne pas être liées.

— Et moi, je me suis enlevé tout seul comme un grand.

— N'écarte pas l'hypothèse, Dante.

Dante hocha la tête.

— Tu as fait disparaître mes affaires de l'hôtel ?

— Évidemment. C'est pour ça que je suis arrivé si tard. Dès que j'ai su qu'ils t'avaient emmené, j'ai couru à l'hôtel. Juste à temps, je crois. Au moment où je sortais, j'ai vu entrer des types qui m'ont semblé être des agents en civil.

— Probablement ceux du SIC. Qui t'a averti ?

— J'ai des amis ici. Et toi aussi. Plus que Santini.

Dante ricana.

— C'est pas difficile ! Je suis sur le point de faire une chose dégoûtante, Roberto. Je m'en excuse d'avance, mais joue le jeu. (Puis, à haute voix, il ajouta :) Je ne me sens pas trop bien. Je…

Il roula de gros yeux, se pencha en avant et vomit thé et biscuits sur les chaussures de Minutillo. Ainsi que l'objet qui lui avait provoqué des spasmes à l'estomac. Un petit rectangle de plastique bleu. Une clé USB.

— Mon Dieu, cria Minutillo en se redressant théâtralement d'un bond.

— Pardon ! Attends, je vais t'aider ! s'écria Dante, en faisant maladroitement semblant de vouloir nettoyer les chaussures de l'avocat avec une serviette en papier.

Habilement, il en enveloppa la clé et fit une boule du tout.

— Laisse, je vais le faire moi-même, dit Minutillo en lui prenant la serviette des mains et en essuyant ses chaussures avec.

Pendant qu'il était penché, il lui chuchota à l'oreille :

— Qu'est-ce qu'il y a dedans ?

— Elle était dans la veste de Rovere. J'espère des trucs utiles. Autrement il l'aurait laissée au bureau avec son PC.

— Je comprends, murmura Minutillo, loin d'être ravi. (Puis, à voix haute, il ajouta :) Je vais me rincer aux toilettes.

Dante le fixa.

— Bien.

Minutillo s'éloigna, la serviette sale à la main, bien en évidence. Comme Dante l'avait prévu, il ne vint à l'idée de personne d'aller la fouiller.

2

Tandis que Dante attendait de pouvoir quitter le commissariat, si possible avant que quelqu'un comprenne que sa déposition ne tenait pas debout, alors que Minutillo se dirigeait vers son cabinet, l'impression d'avoir en poche une grenade plutôt qu'une clé USB, Colomba passait la journée dans sa chambre d'hôpital, au deuxième étage, sous l'effet des tranquillisants et des antalgiques. Le mélange repoussait la crise, atténuait les souvenirs et faisait plus rapidement passer le temps. À seize heures, l'infirmière lui enleva la perfusion et, juste après, une silhouette bien connue franchit la porte, un bouquet à la main. C'était De Angelis. Il venait juste de se faire interviewer et photographier avec les fleurs. Il avait expliqué à la presse que c'était une visite de courtoisie à une policière courageuse. Colomba tourna la tête vers la fenêtre. On voyait les arbres du parc de l'hôpital. Privée de médicament, sa tête recommençait à cogner. De Angelis posa les fleurs sur la table. Il tira une chaise près du lit et s'assit.

— Comment vous sentez-vous, Caselli ? demanda-t-il.

— Cela ne vous regarde pas, répondit Colomba à voix basse. (Sa gorge avait été abîmée par la fumée brûlante.) Et je ne crois pas que cela vous intéresse.

— Je sais que vous étiez très liée au commissaire Rovere, continua calmement le procureur. Et j'imagine combien vous êtes bouleversée par sa mort. Je veux vous dire que cela me fait de la peine à moi aussi. J'ai eu l'occasion d'apprécier ses qualités. C'était un grand policier. (Colomba ne bougea pas et ne dit rien. De Angelis poursuivit, imperturbable.) Je suis très ennuyé de vous déranger dans ces moments difficiles. Mais il est fondamental que, tous les deux, nous nous expliquions au plus vite.

Colomba ne dit rien.

— La dernière fois que nous nous sommes rencontrés, cela ne s'est pas très bien passé. Mais cela ne veut pas dire que les choses ne pourraient pas changer. Que nous ne pourrions pas nous donner un coup de main.

— Que voulez-vous ?

— Seulement savoir qui a tué le commissaire Rovere.

Colomba se retourna brusquement, et elle vit des étoiles.

— Et vous pensez que moi, je ne veux pas le savoir ?

— C'est pour ça que je suis ici. Nous savons déjà que vous avez travaillé de façon… (il eut un sourire fugace) … disons « clandestine » sur l'enlèvement de Luca Maugeri. À la recherche d'une théorie alternative à celle qu'a mise en avant mon bureau.

— Et qui vous dit que c'est vrai ?

— C'est une certitude, pas un doute, répliqua le juge en laissant transparaître une pointe de dureté. Et si, au départ, c'était seulement un péché véniel, dont vous pouviez vous sortir en vous faisant tirer les oreilles, maintenant les choses ont changé. Je dois savoir si vous croyez que la mort du commissaire Rovere est liée à votre enquête.

Les mots de De Angelis étaient ceux de la raison et Colomba sentit qu'ils faisaient fléchir sa volonté, qui, à cet instant-là, était fragile comme jamais. Mais Rovere n'avait pas confiance en De Angelis, et cette méfiance avait été son testament.

— Je ne le sais pas, répondit-elle. Comment pourrais-je le savoir ?

— Ne jouez pas avec moi, commissaire. Si vous aviez approché une preuve quelconque qui corroborerait une hypothèse, disons *alternative*, sur l'enlèvement de Luca Maugeri, cela pourrait être, aux yeux d'un ravisseur et d'un assassin déséquilibré, une raison suffisante pour faire cesser les enquêtes. Surtout si le commissaire Rovere vous soutenait ouvertement dans ces enquêtes. Et plus encore s'il en avait été à l'origine.

— Vous parlez du Père ?

— Je parle de n'importe qui, n'importe quoi qui soit susceptible de m'aider à arriver jusqu'aux responsables de l'attentat. Il y a eu six morts en plus du commissaire, vous savez ? Et deux blessés graves.

— Je doute que vous puissiez me croire.

— Mettez-moi à l'épreuve. Quant à votre position personnelle, et même si c'est un peu illégal, je déclarerai que vos enquêtes ont été menées avec l'autorisation de mon bureau.

Il se débarrasse déjà de Santini, pensa Colomba. *Maugeri est en prison depuis deux semaines et il n'a pas avoué. De Angelis n'a pas trouvé d'autres preuves contre lui. Il commence à avoir peur de s'être fait avoir.* Si elle avait été totalement sûre de lui, elle aurait tout dit, mais encore une fois elle fit siens les soupçons de Rovere.

— Je n'ai rien trouvé.

— Je vois. Et à quoi vous ont servi les données que vous avez demandées à l'inspecteur Infanti ?

Colomba pensa qu'elle aurait dû mieux choisir ses amis. Et, sans le savoir, elle apporta de l'eau au moulin de Dante.

— M. Torre voulait faire des recherches sur des cas semblables, en établissant des correspondances. Malheureusement, il n'en a pas trouvé.

— S'il n'a rien trouvé, pourquoi êtes-vous allée voir Rovere ?

— Visite de courtoisie.

De Angelis enleva ses lunettes à la lourde monture noire, il nettoya les verres avec sa cravate et les remit sur son nez.

— Donc vous n'avez aucun soupçon, même vague ? Pas seulement sur le ravisseur appelé le Père. Quelque chose à quoi le commissaire Rovere aurait pu faire allusion.

— Il ne s'attendait pas à être tué. Ça, je vous le garantis.

Pour cacher ses larmes, Colomba tourna de nouveau la tête vers la fenêtre.

De Angelis lui prit le menton et tourna son visage vers lui.

— Je suis venu ici pour vous offrir mon amitié. Je vous en prie, acceptez-la.

Colomba planta ses yeux dans ceux du procureur. À cet instant, les siens étaient étranges, avec le vert de l'iris qui se détachait sur les cornées rougies. Ceux de De Angelis étaient deux miroirs opaques, cachés derrière les verres fumés de ses lunettes : il était impossible d'y détecter la nature de ses pensées.

— Ne me touchez jamais plus, le menaça-t-elle, ou je ne réponds pas de moi. (Le magistrat retira sa main.) Et… je n'ai rien d'autre à vous dire.

De Angelis se leva.

— Vous avez fait votre choix, Caselli.

En sortant, il fit semblant de heurter le table par maladresse. Les fleurs se répandirent sur le sol.

3

Ce fut comme si la visite de De Angelis avait donné le signal. Dans les deux heures qui suivirent, Colomba ne réussit jamais à être seule. Ce fut d'abord sa mère, qui avait envie d'être consolée, puis le couple d'amis auquel elle avait fait faux bond le soir où elle s'était rendue aux Pratoni pour voir le cadavre de Lucia Balestri et dont elle n'avait plus eu de nouvelles depuis. Quand ils lui demandèrent si elle avait besoin de quelque chose, elle les pria d'aller chez elle, chercher des vêtements de rechange, puisque sa mère s'était déclarée trop bouleversée pour le faire.

Ils lui promirent de revenir le lendemain matin et lui firent jurer qu'à compter de ce jour, ils ne se perdraient plus jamais de vue. Après eux, ce fut un groupe de collègues de la mobile, tous choqués de la voir si pâle et si souffrante. En sortant, ils se firent la remarque qu'elle était « vraiment comme *l'autre fois* » – ils faisaient allusion au Désastre – et que c'était une étrange coïncidence que Colomba ait survécu à deux attentats à la bombe. L'un d'eux se risqua à observer : « Et si ce n'était pas une coïncidence… », tous les autres en restèrent muets. Ils ne savaient pas qu'au même moment De Angelis disait à peu près la même chose, en d'autres termes, à Santini, éprouvé par une longue journée d'interrogatoires et d'inspections.

Alberti aussi vint à l'hôpital, très mal à l'aise dans son rôle de visiteur. Il était en civil ; avec sa polaire Abercrombie et son jean, il ressemblait plus que jamais à un étudiant qui aurait grandi trop vite. Même épuisée par les va-et-vient, Colomba fut contente de le voir. Alberti lui tendit un petit paquet. Elle l'ouvrit et découvrit un lecteur MP3. Un modèle pas vraiment récent, mais qui fonctionnait bien.

— Tu es fou, je ne peux pas l'accepter, lui reprocha-t-elle. Je sais combien tu gagnes.

Il rougit.

— Pour tout vous dire, je l'ai acheté d'occasion et, déjà au départ, c'était un truc chinois à deux euros. Le cadeau, c'est ce qu'il y a à l'intérieur.

Colomba regarda le lecteur, surprise. Elle avait du mal à saisir, entre les médicaments et le choc.

— Et qu'est-ce qu'il y a ?

— De la musique. Que j'ai composée moi-même. Électronique émotionnelle. Je ne sais pas si vous connaissez Nicolas Jaar… il m'inspire beaucoup.

Colomba n'avait pas la moindre idée de ce dont Alberti était en train de parler.

— Je crois que je me suis arrêtée aux Red Hot Chili Peppers, mais merci. Je ne savais pas que tu étais compositeur.

— Pour l'instant, c'est seulement un hobby. Si mes morceaux ne vous plaisent pas, vous les effacez et vous mettez ce que vous voulez. (Il hésita.) J'ai vu M. Torre aujourd'hui.

Colomba perdit son sourire et saisit Alberti par un bras.

— Comment va-t-il ?

Il baissa la voix.

— Il dit que c'est son ravisseur. Qu'il a enlevé des milliers d'enfants. Si je puis me permettre, il n'avait pas l'air dans son assiette.

— Qui l'a interrogé ?

— Santini. Mais il ne l'a pas cru. Et, franchement, c'était difficile.

— Et Dante, comment il a justifié son affirmation ?

— Il ne l'a pas justifiée. C'est pour ça que Santini lui a ri au nez. J'étais désolé pour lui.

Colomba ferma les yeux une seconde, sous le coup de l'émotion. Ils l'avaient cuisiné et Dante n'avait rien dit quitte à passer pour un idiot. Lui non plus, il n'avait pas confiance.

— Et maintenant, où il est ?

— Toujours au commissariat, même si son avocat se met en quatre pour l'en faire sortir. Je crois que les magistrats le renverront rapidement chez lui. Ils n'ont aucune raison de le retenir, si ?

Le regard d'Alberti était presque implorant.

— Il n'a rien à cacher, confirma Colomba.

— Je n'en doutais pas, commissaire. Il m'est sympathique, malgré son caractère. Il a eu pas mal la poisse dans la vie.

— Qu'est-ce qu'on sait de l'explosion ?

— La scientifique est encore en train de chercher des indices.

— Ils ont vu quelqu'un entrer ? Ils ont trouvé quelque chose ?

— Commissaire… s'ils ont trouvé quelque chose, ce n'est pas à moi qu'ils vont le dire. Je ne suis qu'un pingouin au volant d'une voiture de police.

Colomba comprit qu'il avait raison.

— Si tu entends quelque chose, s'il te plaît, dis-le-moi.

— Bien sûr. Maintenant je m'en vais, je vous laisse vous reposer.

— Merci.

Mais Colomba avait la tête trop pleine pour dormir. Quand elle fermait les yeux, elle revoyait l'étincelle qui s'allumait dans le noir de l'appartement de Rovere, elle sentait le crépitement des flammes, tellement semblables à celles qui avaient réduit en cendres le restaurant, à Paris. Et tout à coup, elle revenait dix mois en arrière, et les ombres qui chuchotaient tournoyaient dans sa tête. Elle se réveilla et se rendormit trois fois au moins, avant de renoncer finalement et de persuader le médecin de ne pas lui donner de tranquillisants. Dans la perfusion qu'on lui posa avant le dîner, il n'y avait que des antibiotiques et des antalgiques qui calmèrent – juste ce qu'il fallait – son mal de tête, suffisamment pour lui permettre de réfléchir. La douleur provoquée par la mort de Rovere continuait à remonter à la surface de sa conscience, malgré ses efforts pour la tenir à distance. Il lui semblait encore impossible de l'avoir perdu. Elle se le rappelait durant les premières années à Palerme : l'un des rares fonctionnaires à rejoindre les agents dans la rue quand il se passait quelque chose. En tant que commissaire adjoint, elle avait demandé à pouvoir aller à la brigade d'intervention, mais Rovere avait voulu qu'elle reste avec lui à la brigade des stupéfiants. Il pensait qu'une femme ferait mieux l'affaire comme couverture, et il avait raison. Pendant deux ans, Colomba avait été acheteuse, toxicomane, dealer, et personne n'avait jamais soupçonné qu'elle était de la police. Puis son visage était devenu trop familier, et elle avait été mutée à la criminalité de rue – la première femme à intégrer la brigade des Faucons. Rovere suivait toujours ses progrès à distance et la soutenait contre les fonctionnaires misogynes, qui remettaient en question ses mérites.

Colomba avait perdu son père, mort d'un infarctus quand elle était petite. Elle avait toujours été attirée par les figures masculines fortes qui, en quelque sorte, jouaient ce rôle de père. Souvent ces hommes l'avaient déçue, comme ces fiancés qui s'étaient montrés incapables de la suivre dans ses soudains changements de carrière. Rovere jamais. Il avait toujours été là. À distance discrète – leurs rapports ne prévoyaient pas de manifestations affectives ou de relations sociales, mis à part quelques dîners à l'époque où Elena allait bien – mais pas de manière assidue. Puis il l'avait trahie. Ou était-ce elle qui avait commencé ?

Dans les moments de lucidité que lui concédait la fièvre, Colomba pensait que c'était peut-être elle qui, la première, avait cassé leur pacte tacite le jour où elle avait décidé de démissionner, et qu'elle l'avait fait en lui cachant la vérité sur son état de santé. Ses attaques de panique, ses peurs. Mais est-ce que cela suffisait à justifier les actions de Rovere, le fait qu'il se soit servi d'elle comme d'un pion dans sa partie d'échecs contre le Père ?

Elle répondit non à sa propre question. Il avait dû y avoir une autre raison, quelque chose de plus fort que l'affection que Rovere – Colomba en était certaine – éprouvait pour elle, plus fort que la loyauté qu'il avait toujours montrée envers ses subordonnés, plus encore qu'envers ses supérieurs. Et ce n'était certainement pas une lutte de pouvoir pour prendre la place de Santini au SIC. À présent, Colomba comprenait qu'en lui donnant cet argument, il lui avait menti, tout simplement pour qu'elle arrête de lui poser des questions sur ses motivations réelles. Rovere avait accepté de passer à ses yeux pour un arriviste envieux et mesquin, du moment qu'il réussissait à l'impliquer dans cette affaire. S'il n'était pas mort, Colomba aurait laissé tomber mais, maintenant, elle savait qu'il lui fallait recueillir son héritage, aussi lourd soit-il.

Tandis qu'elle pensait à la façon dont elle allait poursuivre ses recherches, l'ombre d'un homme en blouse blanche se découpa entre elle et la fenêtre qui laissait entrer les derniers rayons du soleil. C'était Tirelli, qui la regardait avec tendresse.

— Mario, qu'est-ce que tu fais là avec ta blouse ?

Tirelli sourit, en remettant le bâtonnet de réglisse dans la petite poche de son vêtement.

— Tu as oublié que je suis médecin ? (Il s'approcha pour l'examiner.) Fais-moi voir comment tu vas. Les pupilles sont bien… Lève les yeux au plafond… Maintenant à droite…

Colomba remua, mal à l'aise.

— Tu ne vas quand même pas me faire passer une visite médicale…

— Où est le problème ?

— Le problème, c'est que d'habitude tes patients sont morts.

— J'ai d'autres spécialisations, ma petite. Mais j'admets qu'avec les corps refroidis je donne le meilleur de moi-même. (Son expression devint triste.) Ils m'ont demandé de pratiquer l'autopsie du corps de Rovere, mais… j'ai préféré laisser faire mes assistants.

Les larmes que Colomba avait réussi à maîtriser ces dernières heures affleurèrent de nouveau à ses yeux.

— Comment est-il mort ?

— Une hémorragie due à la lésion de l'artère mésentérique supérieure. Un fragment métallique l'a littéralement tranchée.

Colomba se moucha dans un mouchoir en papier.

— Il a souffert ?

— Pas beaucoup. Et je ne dis pas ça pour te consoler. Il avait une sévère lésion à la moelle épinière, il était insensible du sternum jusqu'aux pieds. Et il n'est pas mort seul.

— Qui était avec lui ?

— Ton ami. M. Torre. Il est resté avec lui. Quand les secours sont arrivés, il était près de lui et il lui tenait la tête.

Colomba était stupéfaite.

— Dante est entré dans l'immeuble ?

— Oui. Tu ne te souviens de rien ?

— De rien. Mais il a peur des lieux clos, imagine-le un peu entrer dans un immeuble en flammes… Comment a-t-il pu y arriver ?

Tirelli lui fit une caresse.

— Peut-être qu'il avait une bonne raison. Il t'a fait évacuer.

— Mon Dieu… (Tout lui semblait encore irréel.) Mario, tu dois me donner un coup de main.

Tirelli s'assit sur la chaise où quelques heures plus tôt De Angelis avait fait son petit discours.

— Pour quoi faire ?

— Dante avait raison. Derrière l'enlèvement du fils Maugeri, il y a le Père. Et je crois que c'est lui qui a mis la bombe chez Rovere.

— Tu dois te reposer, Colomba…

— Non, non. Je n'ai pas perdu la tête. (Colomba se redressa, s'assit et fit son possible pour ressembler à autre chose qu'à une pauvre folle en plein délire.) Nous avons enquêté. Et nous avons trouvé des points de contact. Rovere savait que le Père agissait toujours. C'est pour ça qu'il a voulu impliquer Dante dans l'affaire.

Tirelli la regarda avec attention.

— Tu es sûre de ce que tu avances ?

— Rovere me l'a confirmé avant de mourir. Il savait quelque chose qu'il n'a pas eu le temps de nous dire, c'est pour ça qu'ils l'ont tué.

Tirelli reprit la réglisse et recommença à la mordiller.

— Je t'avoue que tu me prends de court, là. Tu en as parlé à De Angelis ?

— Non. Rovere n'avait pas confiance en lui. Et moi non plus, je n'ai pas confiance. Si j'avais des preuves certaines, je les jetterais au visage de quelqu'un. Mais je n'en ai pas. Je n'ai que des hypothèses. Je sais qu'elles sont justes, mais… je dois le prouver. (Colomba but un peu à la bouteille pour calmer la douleur de sa gorge.) Tu imagines ce qu'il se passerait si j'allais raconter ça au procureur ? Déjà qu'il pensait que le Désastre de Paris était ma faute. Mais si je réussis à lui donner quelque chose…

— Qu'est-ce que tu veux que je fasse, Colomba ?

— Tu n'as jamais entendu parler de la Boussole d'argent ?

— Non.

— C'était une association qui s'occupait d'enfants à problèmes.

Elle lui parla des Palladino et de ce qu'elle et Dante avaient compris.

— Et tu penses que le Père a choisi l'enfant par le biais de l'association ? demanda Tirelli quand elle eut fini.

— C'est une possibilité. Et peut-être qu'il n'a pas été le seul à être repéré comme ça.

— Mais l'enfant des Pratoni ne fréquentait pas cette association…

— L'association a fermé et le Père a dû trouver une autre façon de choisir ses victimes.

— … Si on persiste à penser qu'il y a vraiment un lien.

— C'est pour ça que je t'en parle. Tu connais un tas de gens : médecins, volontaires… Peux-tu savoir qui la gérait ? Il suffit que tu me trouves quelqu'un que je puisse cuisiner.

Tirelli se releva à grand-peine, ses genoux craquèrent.

— Tu te rappelles ce vieux téléfilm, *Quincy* ?

Colomba fit signe que non.

— Il y avait un médecin légiste qui poursuivait des assassins. Je l'ai toujours trouvé ridicule. J'enquête à l'intérieur des corps, pas dans les rues.

— Tu es le seul à qui je peux demander ça.

Il approuva.

— Je sais, c'est pour ça que je ne peux pas refuser. Je passerai quelques coups de fil.

— Merci.

Tirelli se retourna pour s'en aller. Elle le rappela.

— Mario… Parle seulement avec des personnes en qui tu as confiance et dis-en le moins possible. Fais attention.

Tirelli sourit.

— Bien sûr que je vais faire attention. Je tiens à cette vieille carcasse, dit-il en montrant sa poitrine.

Colomba le suivit du regard tandis qu'il sortait. En pensant à ce que le Père avait été capable de faire, elle ne pouvait s'empêcher d'être soucieuse.

4

L'homme que Colomba et Dante appelaient le Père avait fait du profil bas son mode de vie. Il faisait ses achats dans les grands magasins uniquement, et il changeait régulièrement d'enseigne pour éviter qu'à la longue les caissiers ne finissent par le reconnaître. Il ne portait que des vêtements très ordinaires, mais toujours en bon état, propres, pour ne pas se faire remarquer. Il écartait les couleurs vives, les fantaisies clinquantes. Il aimait le gris et le marron, mais pas le noir, trop extrême. Sa voiture était une voiture familiale achetée d'occasion, son appartement un deux-pièces, son gymnase une série d'instruments qu'il rangeait dans le cagibi et qu'il sortait tous les matins. Il ne possédait pas de compte en banque à son nom, il ne déjeunait jamais au restaurant, il n'allait jamais au cinéma ou au théâtre. Une fois tous les quinze jours, il s'autorisait à aller voir une prostituée, choisie dans la rue exclusivement parmi les étrangères qui ne parlaient pas italien. Il payait ce qu'il lui devait et ne la rencontrait plus jamais. Ses autres distractions étaient la télévision et les livres d'histoire militaire.

Il ne buvait pas, il ne fumait pas. Il se suffisait à lui-même, et son travail lui suffisait pour remplir sa vie. Il n'avait pas d'amis, et parmi les quelques êtres humains qui le connaissaient, rares étaient ceux qui avaient connaissance de son vrai nom ou de sa véritable activité.

L'un d'eux se trouvait en face de lui, en ce moment précis, à la station essence située au kilomètre huit du périphérique, dans un coin de l'aire en dehors du champ des caméras. *Il a mal vieilli*, pensa-t-il. Les poignées d'amour à la taille et la poitrine tombante trahissaient un manque d'exercice physique, les vaisseaux apparents sur le nez, un excès de débauche. Et puis il souriait et bavardait comme un couillon, cherchant à lui remémorer des épisodes que lui avait prudemment oubliés. En le regardant, l'homme que Dante et Colomba appelaient le Père ou Zardoz faillit renoncer. Faire semblant de rien et le saluer, puis le suivre jusque chez lui et l'éliminer. Des gens comme lui, incapables d'autodiscipline et de sobriété, incapables de fermer leur gueule, ne représentaient rien d'autre qu'un danger. Mais un danger plus grand menaçait à présent son travail, et il comprit qu'il ne pourrait pas le tuer maintenant. Qu'il devait le faire disparaître, c'était une certitude ; mais plus tard, quand il ne lui serait plus utile. Pour l'instant, il avait besoin d'un partenaire pour diminuer les risques. Un partenaire *temporaire*.

L'homme, qu'il n'avait pas vu depuis plus de vingt ans, hocha la tête avec satisfaction quand il lui proposa le travail, satisfaction qui se transforma en enthousiasme dès lors qu'il connut la somme qu'il percevrait – et dont il n'allait jamais pouvoir profiter. Après des tonnes de bavardages inutiles, après les plaisanteries et les tapes sur l'épaule, il posa les seules questions qui comptaient : quand, et où.

— Cette nuit, répondit le Père. À l'hôpital.

Et il lui passa la seringue.

5

Minutillo ne réussit à faire délivrer Dante qu'à sept heures du soir et il dut le soutenir alors qu'il descendait l'escalier du commissariat. Dante n'avait pas dormi depuis plus de vingt-quatre heures, il n'avait mangé que les biscuits du distributeur et il était en manque de médicaments et de caféine. Le peu de lucidité qui lui restait à la sortie du premier interrogatoire, il l'avait perdue face au magistrat de l'équipe de De Angelis qui avait recueilli sa déposition. La suite, il ne se la rappelait que par flashes, jusqu'au moment où le visage amical de l'avocat était apparu sur le balcon où on l'avait relégué, heureusement, en lui enlevant les menottes.

Comme cela s'était passé après la rencontre avec De Angelis à l'autogrill, Minutillo accompagna Dante chez lui et attendit qu'il ait fini de se doucher, d'avaler une dose d'éléphant d'un assortiment de psychotropes avec un pichet de café. Dans le mélange, Dante glissa en cachette deux comprimés de Ritaline, le médicament prescrit aux États-Unis pour calmer les enfants hyperactifs, mais qui produit l'effet inverse chez les adultes. Entre caféine et comprimés, Dante fut en peu de temps capable de faire refonctionner son cerveau, et Minutillo réussit même à lui faire avaler un hamburger de soja et un paquet de crackers. À ce moment-là, Dante s'aperçut que quelque chose n'allait pas : l'appartement était bien plus en désordre que quand il l'avait quitté. Les piles de livres s'étaient écroulées, les boîtes de conserve n'étaient plus rangées par couleur, les enveloppes avaient été ouvertes. De son ordinateur, il ne restait plus que l'écran. Les tiroirs étaient entrouverts et laissaient voir leur contenu. En y réfléchissant, il comprit que les vêtements aussi étaient en vrac et que, pour se changer, il avait dû fouiller dans un tas indistinct au fond de l'armoire. S'il n'avait pas agi comme un robot, il s'en serait aperçu aussitôt.

— Que s'est-il passé ? demanda-t-il, en redoutant la réponse.

— Ils ont perquisitionné ta maison, répondit l'avocat.

Dante laissa tomber les couverts.

— Oh, putain.

— Ne t'inquiète pas, je te ferai tout restituer.

— Tout quoi ? Qu'est-ce qu'ils ont pris ?

Minutillo hésita, embarrassé.

— Dante…

Mais Dante n'écoutait plus, il s'était déjà précipité dans la chambre d'amis. Les boîtes du temps qui, ce matin encore, la remplissaient jusqu'au plafond avaient disparu. Par terre, il ne restait plus que l'étui de la cassette vidéo de la seconde saison de *Supercar* et un petit tas de cartes téléphoniques. Dante se baissa pour les ramasser : elles étaient d'années différentes. Les policiers avaient probablement ouvert les boîtes et jeté tout par terre, en vrac.

— Je suis désolé, dit Minutillo dans son dos.

Dante prit les cartes et les serra dans son poing, en se faisant mal avec le plastique rigide.

— Putain ! Putain ! cria-t-il. Deux ans de travail partis en fumée. Deux ans de recherches, de catalogage !

— Tout reviendra ici.

— Sale, tout mélangé ! Putain !

Dante lança les cartes contre le mur, puis il saisit la couverture du lit qui, ces dernières années, avait en permanence été recouverte par sa collection et il la secoua, la faisant claquer contre le plancher et soulevant un nuage de poussière, jurant en trois langues différentes.

Minutillo le laissa se défouler, ce qui, compte tenu de la faiblesse physique de son ami et client, ne dura pas longtemps. Dante, les yeux brillants, se laissa tomber sur la couverture, avec le sentiment d'avoir été violenté. Il avait envie de pleurer.

— Je suis resté là tout le temps de la perquisition, dit Minutillo, en cherchant à le consoler. J'ai limité les dégâts.

— Maintenant, je comprends pourquoi le café est dégueulasse. Ils ont mélangé les grains. Il va falloir que je les trie un par un. Ou que je jette tout.

Minutillo chercha à dédramatiser.

— Tu peux l'appeler « mélange De Angelis ».

— C'est lui qui en a donné l'ordre, pas vrai ? (Dante leva une main.) Non, ne réponds pas. Je me sens déjà assez débile de t'avoir posé cette question. C'est évident. Mon nom est inscrit dans le registre des gens sur lesquels on enquête ?

— Pas encore. Mais le fait que tu te sois trouvé sur le lieu de l'explosion constitue pour le parquet une excuse suffisante pour te retourner comme une chaussette.

— Ils ont perquisitionné aussi la maison de CC ?

— Oui. Et ils l'ont même suspendue : mesure préventive. Ce qui est un non-sens puisqu'elle est déjà en disponibilité. On m'a dit qu'ils lui ont confisqué son arme et sa carte pendant qu'elle était sous sédatifs.

— De Angelis nous fait payer le fait que nous nous soyons immiscés dans les enquêtes sur Luca Maugeri, dit Dante, sombre.

— Et, à mon avis, ce n'est qu'un début. S'il a le moindre petit élément contre vous, il s'en servira. Et…

Dante écarta les bras dans un geste de découragement.

— Et quoi ? Vas-y, crache. Au point où on en est…

— Le bruit transpirera en dehors du parquet, d'une façon ou d'une autre. On saura que tu es une « personne informée des faits » ou un suspect. Tu finiras dans les journaux.

— Toute la vieille histoire ressortira alors.

— Oui.

Dante se prit la tête dans les mains.

— Putain.

— Je te trouverai un endroit où tu pourras t'installer.

— Tu sais combien ça m'a coûté d'aménager cet appartement ? demanda Dante, toujours incrédule.

— Bien sûr que je le sais. (Minutillo sourit.) Tu as fait un procès à l'architecte.

— Parce que c'était un escroc. Et maintenant, il va falloir que je le vende. Et qui va vouloir l'acheter, aménagé comme ça ? Un exhibitionniste ? Une star du porno qui veut qu'on la voie nue depuis la rue ?

— Quand les choses se seront calmées… commença Minutillo.

Dante l'interrompit.

— Elles ne se calmeront pas. Même si le Père disparaissait par magie en même temps que De Angelis et tous ses amis. Ici, on commencera à voir défiler des gens qui cherchent des parents disparus. « S'il vous plaît, sauvez-nous », dit-il, imitant une voix désespérée. J'ai déjà connu ça.

Minutillo ne répondit pas : il savait bien que Dante avait raison. Cela s'était déjà produit dans le passé, exactement comme il le disait.

— Maintenant, tu calmes le jeu. L'important est de ne pas fournir d'autres prises à De Angelis. Autrement, il est capable d'y aller encore plus fort.

Dante regarda le bout de ses chaussures.

— Qu'est-ce qu'il y avait sur la clé USB de Rovere ?

— Je ne suis pas parvenu à l'ouvrir. Elle me demande le mot de passe et j'ai préféré éviter d'en saisir un au hasard.

— Tu l'as avec toi ? Donne-la-moi, s'il te plaît.

Minutillo passa une main dans ses cheveux qu'il portait presque en brosse.

— Tu as entendu ce que je viens de te dire ? sur ce que tu risques ?

— Peut-être que De Angelis me laissera tranquille si je me cache la tête dans le sable, mais le Père ?

— Jusqu'à présent, il ne s'en est jamais pris directement à toi.

— C'est vrai. Il a seulement tué… combien de personnes ? Et tout ça juste parce que nous enquêtions sur lui. Tu penses qu'il pourrait laisser tomber maintenant ?

Dante secoua la tête.

— Je brûle, Roberto. Il est trop tard pour laisser tomber.

Minutillo soupira.

— Qu'est-ce que tu penses trouver sur cette clé ?

— Tu connais quelqu'un, toi, qui se donne la peine de mettre un mot de passe à une clé ?

— Non, personne.

— Alors, quoi que ce soit, ce doit être important.

Minutillo fixa son ami en silence pendant quelques secondes.

— Je suis inquiet pour toi, Dante, confia-t-il. Comme je ne l'ai jamais été.

Dante sourit et fit semblant de bâiller.

— Il ne faut pas, je suis bien trop fatigué pour me mettre dans le pétrin. Au contraire, là, je vais faire un bon petit somme.

Minutillo partit, et dès que Dante entendit le bruit de sa voiture qui s'éloignait en bas dans la rue, il glissa la clé dans une enveloppe qu'il mit dans sa poche, et sortit emmitouflé d'une parka grise qui le faisait presque entièrement disparaître. Descendre l'escalier fut une promenade de santé en comparaison de ce qui s'était passé quelques jours plus tôt. Grâce aux effets de son cocktail hallucinogène, il le descendit en moins de dix minutes. Une fois dans la rue, il observa autour de lui avec attention. Il n'avait jamais été suivi de sa vie, mais il était sûr d'être capable de détecter si quelqu'un le filait. Après avoir multiplié les volte-face dans la Via San Lorenzo qui commençait à se remplir de jeunes, il n'eut plus aucun doute : personne n'était sur ses traces.

Il fit une première étape au Bar Marani, au début de la Via dei Volsci. Les gérants le connaissaient bien, il était le seul client à s'asseoir dans la courette même l'hiver sous la pluie, et ils avaient de la sympathie pour lui. Il leur déposa l'enveloppe en les avertissant que quelqu'un passerait la retirer avant la fermeture, puis il rejoignit à pied la cabine téléphonique de la Via Boccanegra. Cette promenade d'une vingtaine de minutes lui fit du bien, époussetant son cerveau de ses dernières toiles d'araignée. Il appela Santiago, il lui indiqua où retirer l'enveloppe, il lui expliqua ce qu'il devait faire et lui demanda de se bouger en vitesse. Oui, il lui donnerait l'argent, bien entendu, mais une fois le travail accompli.

Quand il raccrocha, il comprit qu'il n'avait aucune envie de rentrer chez lui pour dormir. La Ritaline qui, au début, avait balayé toute trace de sommeil, brûlait à présent en lui comme de l'essence. Son cerveau continuait à gamberger, élaborant hypothèses et scénarios autour de la personne de Rovere. Maintenant qu'il avait résolu le mystère de son implication dans l'enquête sur Luca Maugeri, une autre question commençait à se poser. Quand Rovere avait-il commencé à s'en occuper ? Et, surtout, pourquoi ?

Le peu que Colomba avait réussi à apprendre sur lui, de ses enquêtes précédentes n'avait absolument rien à voir avec le Père. Et Rovere donnait l'impression d'être un policier solide, prudent, attentif aux pas qu'il faisait dans le cadre de son travail comme au-dehors. Sûrement pas un inconscient qui se jetait dans l'enquête d'un autre par simple plaisir.

Dante espérait qu'au moins une partie de la réponse se trouverait sur la clé USB qui, très prochainement, arriverait dans les mains expertes de Santiago. Mais il avait très envie de comprendre tout de suite, et il n'y avait qu'une seule personne avec laquelle il pouvait discuter de cela. Il attendit qu'un Maghrébin ait fini de téléphoner à sa lointaine fiancée pour passer un autre appel. Cette fois-ci à une femme qui avait cherché sa sœur pendant des années, jusqu'à ce que Dante lui permette de la retrouver sous le plancher de son beau-père. Elle travaillait à l'hôpital où Colomba était hospitalisée et elle se sentait redevable envers lui. Elle lui donna le numéro de la chambre, mais s'excusa de ne pas être d'astreinte. Après avoir reçu ses indications sur la topographie du service, il se dit qu'il allait pouvoir se débrouiller tout seul. L'idée d'attendre le lendemain matin ne traversa même pas l'antichambre de son cerveau tant il était déjà en ébullition. Il appela un taxi et fit le trajet, les fenêtres grandes ouvertes. Il demanda à être déposé à quelques mètres de l'hôpital, puis il enjamba la clôture et s'avança dans le parc. Ce faisant, il regardait les fenêtres du second étage, en comptant. Le plan du bâtiment tournoyait dans sa tête : s'il fermait les yeux, il pouvait le voir comme un dessin tridimensionnel. Il s'arrêta sous un cyprès : la chambre était juste au-dessus de lui, au second étage. Il se servit de l'arbre comme d'une échelle. C'était un jeu qui lui réussissait bien depuis toujours. Il grimpait comme un singe, bien qu'il n'ait qu'une main vraiment opérationnelle ; sa mince corpulence l'y aidait. L'une des dernières branches assez solides pour supporter son poids arrivait à la hauteur de la fenêtre. Il y grimpa à califourchon pour s'apercevoir que l'appui de la fenêtre était trop loin pour qu'il puisse l'atteindre d'un saut. De là, cependant, il voyait le lit faiblement éclairé par la veilleuse que Colomba avait laissée allumée et son visage qui se détachait sur l'oreiller.

Tandis qu'il s'apprêtait à descendre pour ramasser des cailloux à jeter contre la fenêtre, il s'aperçut qu'il y avait quelqu'un en train de se déplacer dans la chambre. L'inconnu se trouvait juste à la limite du halo de lumière projetée par le lampadaire de la rue et Dante le distinguait avec difficulté de l'endroit où il était. Pourtant, il fut certain aussitôt qu'il y avait quelque chose de louche chez lui. Il portait bien une blouse, mais il ne bougeait pas comme le font les médecins ou les infirmières dans un hôpital : avec des gestes efficaces, presque brusques, caractéristiques des personnes habituées à côtoyer la souffrance d'autrui. Qui que ce soit, il était *a priori* très nerveux, comme s'il avait conscience de se trouver dans un endroit où il n'aurait pas dû être.

L'homme fit un pas vers le lit, et Dante put voir ses mains. Il serrait de ses doigts les revers de sa blouse, à hauteur de poitrine, un geste universel d'anxiété et d'autodéfense. Ses mouvements furtifs étaient ceux de quelqu'un qui s'apprête à affronter une tâche difficile ou dangereuse. Dante ne voulait pas attendre qu'il agisse, il devait donner l'alerte, réveiller Colomba et l'hôpital tout entier s'il le fallait. Mais avant qu'il ait pu tenter quoi que ce soit, un chuchotement se fit entendre dans le noir, au milieu des arbres, et il en fut frappé comme d'un coup de fouet. Immédiatement, il commença à trembler de manière incontrôlable. Ce chuchotement réveillait en lui des cauchemars terribles et jamais apaisés, il lui dévorait les viscères et lui glaçait le sang.

Il s'agrippa à la branche, comme si une force irrésistible l'entraînait vers le sol. *Ne regarde pas*, se dit-il. *Ne regarde pas en bas*. Mais ce murmure agissait sur lui, réduisant sa volonté à néant. Lentement, il tourna le regard en direction d'où provenait le son, la bande noire entre deux lampadaires. Un homme se tenait près du mur de l'hôpital, les bras le long du corps, des yeux brillants au point d'en être presque blancs, comme vides. Des yeux que Dante avait vus une seule fois dans sa vie, mais qu'il ne pouvait oublier. Cet homme lui disait de descendre. Il lui disait qu'il était une stupide Bête et qu'il allait le punir.

C'était le Père.

6

Dans la chambre de Colomba, l'homme en blouse fit un pas vers le lit, se maudissant pour ce qu'il s'apprêtait à faire. Non que sa conscience lui causât quelque remords, mais parce qu'il avait cru, un temps, en avoir définitivement fini avec les jours de sang et de danger. Pourtant, personne ne disait non à l'Allemand, surtout quand il vous regardait comme s'il mesurait déjà la taille de votre gorge pour mieux la trancher. Il avait commis la grave erreur de ne pas raccrocher le téléphone quand il avait entendu cette voix, unique entre toutes, venue d'un passé désormais très lointain.

Qui aurait pu imaginer que l'Allemand soit encore enlisé dans ces vieilles histoires ? À dire vrai, l'homme était persuadé qu'il était déjà mort depuis longtemps. Mais non : même avec des cheveux blancs et un cou tout ridé, il était toujours le même fils de pute. Le pire de tous.

L'Allemand… L'homme en blouse retourna le mot dans sa tête, en prenant du temps pour y réfléchir. Il n'avait jamais connu son vrai nom. Jamais de noms. Jamais de notes. Jamais de bavardages. C'étaient ça, les règles que l'Allemand avait imposées à l'âge d'or, même si elles n'étaient pas valables pour lui. Il savait toujours tout sur tous.

Il essuya la sueur de son front avec sa manche et pensa encore une fois à tout laisser tomber et à filer. Mais même s'il avait réussi à s'enfuir et à ne pas se faire prendre, il savait ce qu'il serait arrivé ensuite : la faim. Plus de chèque mensuel, plus de cul au chaud. Et l'idée de se remettre à chercher du travail après toutes ces années passées à se tourner les pouces ne lui disait rien. Vraiment rien. Mieux valait obéir aux ordres de l'Allemand, un grand coup et c'est tout, puis recommencer à mener la belle vie. L'homme en blouse fit un autre pas en direction de Colomba. Il la voyait bien à présent que ses yeux s'étaient habitués à l'obscurité : elle respirait doucement, avec le sifflement crépitant de ceux qui ont le nez bouché. *Dieu sait ce qu'elle a pu trafiquer pour mettre l'Allemand en colère*, pensa-t-il. Il ne l'avait pas demandé. Il n'avait même pas demandé pourquoi elle devait mourir.

Il sortit la seringue de sa poche, en tâtonnant un peu car les gants de caoutchouc réduisaient sa sensibilité. La seringue n'était longue que de cinq centimètres ; elle se terminait par une épaisse aiguille de vétérinaire, plus résistante et moins prompte à se casser. L'Allemand lui avait dit de planter l'aiguille dans le tube de la perfusion pour ne pas laisser de traces sur le corps. Un travail facile, dont il aurait pu se charger lui-même. Sauf que la femme connaissait son visage et qu'elle aurait pressenti quelque chose en le voyant, debout devant elle. Le calme était une qualité fondamentale pour accomplir cette tâche, tout comme l'anonymat.

Il était entré en faisant semblant d'être un parent en visite puis il s'était enfermé dans les toilettes de la caféteria, au rez-de-chaussée, en attendant que la nuit tombe. Il savait qu'elles ne seraient nettoyées que le lendemain matin, de même qu'il savait que, dans le service qu'il visait, se trouvaient seulement deux infirmières, alors que le médecin de garde restait aux urgences. Il avait attendu jusqu'à minuit passé, puis il avait enfilé la blouse et monté l'escalier, en suivant le chemin qu'il s'était fixé et se cachant si nécessaire. Cela avait été facile, et il allait être plus facile encore de sortir. Si quelqu'un s'apercevait de sa présence… bah, les instructions ne prévoyaient pas qu'il se fasse prendre.

L'homme en blouse examina le visage de Colomba pour s'assurer qu'elle était toujours endormie, puis il allongea un bras au-dessus d'elle pour attraper la canule de la perfusion posée de l'autre côté du lit. Ce fut à ce moment-là que retentit un fracas de verre brisé dans son dos. Il se retourna d'un coup, le cœur battant dans la gorge, et découvrit que quelqu'un avait fait exploser la fenêtre de la chambre en y lançant une chaussure, qui roulait lentement sur le plancher.

— Qu'est-ce qui se passe ? murmura Colomba, presque complètement aphone.

Putain, elle s'est réveillée, pensa l'homme en blouse.

— Je dois changer votre perfusion, dit-il en souriant et en cherchant à paraître professionnel. Vous pouvez continuer à dormir.

Colomba tordit le nez. L'homme puait l'alcool et il ne ressemblait pas aux infirmiers qui lui avaient souhaité bonne nuit. Puis elle vit la fenêtre cassée et elle se redressa sur un coude, ahurie.

— Attendez une minute…

— Ne bougez pas, s'il vous plaît.

L'homme en blouse lui mit une main sur l'épaule pour l'obliger à s'allonger, pendant qu'il tendait l'autre vers la perfusion.

Colomba, maintenant parfaitement réveillée, sentit de tout son être que quelque chose n'allait pas. Elle le repoussa.

— Ne me touchez pas.

Pour toute réponse, l'homme la saisit à la gorge de sa main libre, et le geste fut si soudain et si violent que Colomba sentit ses poumons se fermer d'un coup. Aussitôt les ombres dans la chambre commencèrent à s'agiter et ses oreilles à se remplir de sifflements et de cris. L'homme la renversa sur le lit, la maintenant du genou tandis qu'il continuait à lui serrer la gorge ; pendant ce temps, de la main gauche, il cherchait encore à atteindre la canule. Proche de l'évanouissement, Colomba étira sa main droite jusqu'au visage de son agresseur, les doigts tendus. Elle eut de la chance, elle l'atteignit à l'œil et elle sentit l'ongle de l'index s'enfoncer dans la paupière. L'homme poussa un cri sourd et porta les mains à son visage, relâchant un instant le cou de Colomba. Aussitôt elle essaya de hurler, mais de sa gorge ne sortit même pas un filet de voix.

L'homme lui allongea un coup de poing dans le visage, elle roula sur le côté et glissa par terre, entraînant la perfusion dans sa chute. Sa tête cogna lourdement contre le sol et la souffrance aiguë qu'elle en ressentit chassa les ombres. Elle prit une grande inspiration et essaya à nouveau de hurler, mais cette fois-ci encore sa gorge se referma comme un piège. Son agresseur, dont l'œil gauche saignait, lui donna un coup de pied dans les côtes en l'envoyant bouler contre le mur, puis essaya de la piquer au cou avec la seringue. Peu lui importait maintenant de faire les choses comme prévu, il voulait juste l'achever.

Mobilisant ses dernières forces, Colomba leva une jambe et le frappa aux testicules du haut de son pied. L'homme tomba sur l'autre lit de la chambre, haletant et gémissant, et elle courut à quatre pattes vers la porte, incapable de se relever. Elle tendit la main vers la poignée, qui tourna dans le vide. Elle s'aperçut à cet instant seulement que son agresseur avait bloqué la porte avec un coin de bois. L'homme l'attrapa par-derrière et la fit alors rouler contre le mur. L'espace d'une seconde Colomba ne vit plus que du noir et le scintillement d'étoiles d'argent. La douleur à la tête était terrible.

L'homme en blouse, à demi aveuglé par le sang, essaya à nouveau de la piquer avec l'aiguille. De ses deux mains, Colomba arrêta désespérément le coup à quelques centimètres de sa poitrine. Penché sur elle, l'homme transpirait et haletait comme un soufflet de forge, le visage devenu rouge d'effort, la bouche ouverte qui exhalait une haleine nauséabonde.

— Pétasse, murmura-t-il. Je vais t'arranger, sale truie.

Colomba changea brutalement sa prise, en tirant vers le bas. La seringue traça un arc de cercle et se planta juste au-dessus de la rotule de son agresseur. Elle poussa le piston à fond d'un coup de main. L'homme ouvrit la bouche pour hurler, mais il n'en sortit aucun son. Les veines du cou et du visage se mirent à gonfler et il devint violet, puis il s'écroula sur le côté, l'œil encore intact désormais vitreux, de la bave à la bouche. Quel qu'ait été le produit contenu dans la seringue, l'effet avait été immédiat. Colomba entendit des gargouillements et elle le vit se tortiller quelques secondes comme un ver, puis il s'immobilisa. Elle lui tâta le cou, pour détecter les pulsations du cœur, mais elle ne les trouva pas. Il était mort. C'est à ce moment qu'on frappa contre la porte.

7

Du couloir, une infirmière criait le nom de Colomba, cherchant à ouvrir la porte.

Colomba ne répondit pas et resta là, à regarder le cadavre, le souffle coupé.

Je l'ai tué, pensa-t-elle. La sensation d'avoir mis fin à une autre vie fut comme une flamme qui la consuma un instant. Elle se mit à trembler intérieurement, comme si elle allait se briser en mille morceaux. Qui que soit cet homme, elle avait tout anéanti de lui : son futur et son passé, ses rêves et ses peurs. D'un geste elle l'avait fait passer du statut d'être vivant à celui de chose. Dans un éclair, elle revit les morts du Désastre, puis le cambrioleur sur lequel elle avait tiré le premier de l'an à Palerme et qu'elle avait vu agoniser sur le trottoir, puis son premier cadavre, un drogué qu'elle avait retrouvé chez lui une semaine après sa mort, étendu sur un matelas dégoûtant, le visage couvert de mouches. Elle sentit peser sur elle le poids de toutes ces morts, comme une chape de ciment, elle se sentit de nouveau sur le point d'étouffer. Elle planta ses ongles dans la paume de sa main. *Pas maintenant*, se dit-elle. *Pas pour ce fils de pute qui voulait te tuer.*

Les coups contre la porte s'intensifièrent. À la voix de l'infirmière s'ajouta celle d'un homme.

— Je crois que la policière est tombée du lit, dit l'infirmière.

— Ce n'est pas la serrure, répliqua l'homme. Il y a quelque chose qui bloque le battant.

Colomba se remit debout le plus silencieusement possible. Que devait-elle faire ? Il aurait été logique d'ouvrir et de faire appeler les collègues, mais elle savait que personne ne l'aurait crue si elle avait dit que cet homme avait été envoyé par le Père pour la tuer. Et entre-temps, on aurait perdu de précieuses minutes, des heures même. Et le Père aurait effacé toute trace, en supposant qu'il en avait laissé.

— Je vais chercher quelque chose pour faire levier, dit l'homme dehors.

Colomba se passa une main sur le visage. Si elle décidait de n'en faire qu'à sa tête, le risque qu'elle courait était énorme. Celui d'être inculpée pour homicide, avant tout, parce que la victime d'une agression ne s'enfuit pas en laissant un cadavre sur le plancher. Si elle le faisait, elle s'exposait à être soupçonnée. Elle hocha la tête, s'énervant contre elle-même. Ce n'était vraiment pas le moment de penser aux conséquences. Elle avait une dette envers Rovere, et aussi envers les enfants que le Père avait enlevés.

Elle regarda autour d'elle, cherchant par où elle pourrait sortir. Elle vit la vitre cassée et se rappela la chaussure qui était passée à travers la fenêtre et l'avait réveillée juste à temps. Une chaussure que, maintenant, elle reconnaissait : les Clippers de Dr. Martens, celles qui sont coquées, avec une semelle épaisse comme deux doigts – il n'y avait qu'une seule personne pour en porter.

Elle se pencha à la fenêtre. Elle s'attendait à voir Dante en bas, sur la pelouse, et elle resta interdite en le trouvant agrippé à la branche de l'arbre devant elle. La lumière du lampadaire faisait briller son visage hagard.

— Dante ! l'appela-t-elle en forçant sa voix aphone.

Dante resta immobile, sans bouger les yeux. Il agrippait la branche des bras et des jambes et semblait avoir oublié où il se trouvait.

Pendant ce temps, la voix masculine se fit de nouveau entendre dans le couloir.

— J'essaye avec ça. (Il y eut un bruit aigu, quelque chose de métallique qu'on glissait contre le chambranle.) La dame à l'intérieur n'a pas répondu ?

— Non. Elle n'était pas dans un état alarmant. Je ne voudrais pas qu'elle se soit cogné la tête en tombant.

— Je fais le plus vite possible.

« Merde », murmura Colomba. Elle saisit son agresseur par le col et le traîna jusqu'à la salle de bains. Il était plus petit qu'elle et assez fluet, mais elle manqua s'évanouir sous le coup de l'effort. Elle ferma la porte et courut vers le lit pour remettre en place la perfusion, en collant la canule sur son bras. Elle tira ensuite le rideau devant la fenêtre cassée et cacha la Clipper sous le lit d'un coup de pied. Il restait encore les morceaux de verre, mais elle n'y pouvait pas grand-chose. Elle se contenta de déplacer la table au centre de la chambre et mit la chaise face à la porte, puis elle enleva la cale en la tirant d'un coup sec. La porte s'ouvrit tout grand avec un tremblement métallique. L'infirmière et l'homme d'entretien trouvèrent Colomba assise face au seuil, bloquant l'entrée.

— Mais c'est vous qui l'avez fermée ? demanda l'homme, surpris, tenant à la main un gros tournevis.

— Non, murmura Colomba. Elle s'était coincée. J'ai voulu vous le dire mais je n'ai pas de voix.

— Vous vous sentez bien ? s'enquit l'infirmière.

— Oui.

L'homme d'entretien ramassa ses outils et s'éloigna, perplexe.

L'infirmière resta là à observer Colomba. Elle ne savait pas quoi faire. Si cela avait été une patiente ordinaire, elle l'aurait obligée à retourner au lit, mais la policière était un cas unique. À l'hôpital, tout le monde savait qui elle était et des bruits peu rassurants couraient sur elle. Qu'elle avait perdu la tête, notamment. Et que même ses collègues avaient des soupçons sur elle. Il suffisait de voir la tête qu'ils faisaient quand ils entraient et sortaient de sa chambre. L'infirmière se demandait pourquoi on n'avait pas mis un agent de garde comme dans les films.

— Il faut que vous retourniez au lit, déclara-t-elle, en cherchant à se montrer autoritaire. Attendez que je vous aide.

— Je préfère rester assise, chuchota Colomba, en la regardant droit dans les yeux.

Dans ses yeux, l'infirmière lut une sombre menace, même si en réalité le regard de Colomba était implorant : *Je t'en prie, va-t'en.*

— Vous êtes sûre que vous vous sentez bien ?

— Autant que faire se peut, oui, chuchota Colomba. S'il vous plaît, laissez-moi seule.

L'infirmière fit un pas en arrière. Elle n'avait jamais été attaquée par un patient, mais c'était arrivé à certains de ses collègues par le passé, et l'un d'eux avait même contracté une hépatite après avoir été mordu par un alcoolique en delirium tremens : non merci.

— Je vais dire au médecin de monter vous voir, conclut-elle.

— Ça n'est pas nécessaire, répliqua Colomba.

— Nous verrons, marmonna l'infirmière, en lui tournant le dos, sentant un frisson la parcourir.

Colomba attendit quelques instants, puis elle se releva d'un bond et faillit bien tomber. Elle avait l'impression d'avoir un melon à la place de la tête. Elle referma la porte, remit la cale et retourna dans la salle de bains. Le corps de son agresseur était là où elle l'avait laissé. Une large tache d'urine s'était formée sous lui. *Ça aussi*, pensa Colomba en se baissant pour le fouiller. Elle trouva un portefeuille, un trousseau de clés, la carte électronique d'une Opel et un badge. Pas de portable. Elle tourna le badge entre ses mains. Elle savait que dans beaucoup d'hôpitaux le personnel en utilisait un comme celui-là pour accéder aux différents services, mais le nom du possesseur et sa photo auraient dû y figurer. Sur celui-là, ils n'y étaient pas.

Un faux, spécialement fabriqué pour permettre à son agresseur d'entrer pour la tuer. Le portefeuille contenait un peu d'argent, une carte de crédit et un permis, qui semblait authentique, établi au nom de Luciano Ferrari, né en 1958 et résidant à Rome, 1 Via Pompeo Magno. Colomba le remit dans le portefeuille, qu'elle replaça dans la poche, et cacha tout le reste dans sa manche de pyjama. Elle se dirigea vers la petite armoire métallique de la chambre. Ses habits n'y étaient plus, et elle se maudit en se rappelant les avoir donnés à ses amis venus lui rendre visite.

Elle prit son portable et enfila ses rangers. En se baissant pour faire les lacets, elle sentit que le sang lui montait à la tête et que la lumière s'éteignait. Cette fois encore, elle planta ses ongles dans sa paume de main et résista au vertige. Elle jeta un coup d'œil vers la fenêtre – Dante était toujours agrippé à sa branche –, fit sauter la cale d'un coup de pied et entrebâilla la porte : le couloir était désert. Elle se souvint de la chaussure et revint sur ses pas pour aller la chercher, puis elle sortit et se dirigea vers la porte de l'escalier, qu'elle atteignit sans que personne la voie. La descente fut fatigante et son mal de tête augmenta encore, faisant monter la nausée. Au rez-de-chaussée, elle se trouva face au couloir qui conduisait à l'accueil – fermé par deux portes vitrées automatiques qui ne fonctionnaient pas à cette heure – et à la sortie de secours. Elle s'apprêtait à s'y engager quand elle réalisa qu'elle risquait de faire sonner l'alarme dans tout l'hôpital.

Elle descendit encore un étage et arriva devant une porte métallique sur laquelle était écrit : ACCÈS RÉSERVÉ EXCLUSIVEMENT AU PERSONNEL MÉDICAL. Elle était fermée, mais sur le montant, Colomba vit un lecteur magnétique. Elle essaya le badge. La porte s'ouvrit et elle entra dans un couloir de service éclairé par de faibles lumières orangées. Des flèches de plastique colorées indiquaient les directions : vestiaires, magasin, blanchisserie. Colomba les parcourut, espérant trouver une porte qui donne sur l'extérieur. Elle tomba sur celle qui conduisait au garage couvert, où l'on pouvait accéder au parc de l'hôpital, jonché de mégots.

En frissonnant de froid dans son pyjama de flanelle, elle fit le tour du bâtiment, cherchant à repérer l'endroit où se trouvait sa chambre. Il lui sembla que cela durait une éternité, mais finalement elle reconnut sa fenêtre : à travers la vitre cassée, le bord du rideau s'agitait au vent. Elle leva les yeux vers Dante, toujours agrippé à sa branche. Elle chercha en vain à attirer son attention, puis, comme elle n'y parvenait pas, elle lui lança la chaussure en visant l'un de ses bras.

La chaussure le frappa à la tempe et il s'en fallut de peu que Dante ne tombe la tête la première sous le coup de la peur et de la douleur. La chaussure pesait un demi-kilo, ou presque, et cela n'avait pas été une chiquenaude. Mais le choc le fit revenir à lui.

— CC ? murmura-t-il comme s'il revenait de loin.

— Descends, grouille-toi, chuchota-t-elle.

Dante resta encore immobile quelques longues secondes, puis il se laissa glisser à terre, le regard absent.

— Tu es vivante, dit-il.

Colomba ramassa la chaussure et la lui tendit.

— Oui, et grâce à toi. Nous en parlerons plus tard. Donne-moi ton blouson.

Dante enleva sa parka avec des mouvements de somnambule, il ressemblait maintenant à un louveteau tout noir. Elle enfila le vêtement, il était un peu juste d'épaules, mais il lui arrivait en dessous du genou. Si elle n'avait pas porté un pantalon de pyjama avec des petits cochons, cela aurait pu passer inaperçu.

— Je l'ai vu, CC, dit Dante avec une voix blanche.

— L'homme qui était dans ma chambre ?

— Non. Le Père.

— Tu le vois toujours au mauvais moment, répondit-elle. Allez, on s'en va.

Dante l'attrapa par le bras et l'immobilisa.

— Tu ne comprends pas, CC. Le Père était ici. Il m'a parlé.

— Et à quoi il ressemblait ?

Dante cligna des yeux.

— Je ne me rappelle pas bien.

— OK, alors tu me raconteras plus tard. Maintenant il faut lever le camp.

Il leur fallait traverser les urgences. Grâce à la carte magnétique, ils entrèrent par la porte de derrière, passèrent devant des médecins et le personnel soignant, tous très occupés et notant à peine leur présence. Ils se mélangèrent à une vingtaine de personnes qui attendaient là et sortirent avec elles. En vitesse, car au moment où Colomba entraînait Dante hors du parc, la lumière de sa chambre s'était allumée : dix minutes plus tard, l'endroit serait envahi de patrouilles de police. Pendant qu'ils s'éloignaient, Dante lui raconta comment il avait vu le Père.

— C'est pour ça que tu as lancé une chaussure ?

— Je ne réussissais pas à bouger, dit-il. Ou à crier.

— Et tu es sûr que c'était vraiment le Père ? demanda Colomba qui le guidait sur la première route transversale, loin des caméras de surveillance.

— Oui.

— Parce que si ça avait été une hallucination, tu t'en serais rendu compte, pas vrai ? demanda-t-elle encore, sceptique.

— Je me rends toujours compte du moment où je deviens fou.

Le cerveau de Dante s'était remis en marche et il avançait d'un pas plus fluide. Le passé était un mélange d'images décousues et fragmentaires.

— Et il a dû sortir avant nous ?

— Peut-être qu'il est encore dans l'hôpital. (Dante s'arrêta.) Il faut qu'on aille le chercher, CC.

— Ils nous arrêteraient à l'entrée.

— Pourquoi ? Qu'est-ce qui s'est passé avec le type qui était dans ta chambre ? demanda-t-il, soupçonneux.

— Attends.

Colomba l'entraîna vers un endroit plus sombre parce qu'elle apercevait les phares d'une voiture de police qui s'approchait. La voiture passa sans détecter leur présence.

— Tu l'as tué ? insista Dante.

Colomba soupira et ne répondit pas.

— Oh, putain. J'espérais un dénouement moins tragique. Mais c'était de la légitime défense. Je témoignerai en ta faveur.

— Tu sais bien la valeur qu'aura ton témoignage… Nous devons trouver un véhicule. Nous ne pouvons pas traverser la ville à pied.

— On n'a qu'à prendre sa voiture. Tu as la clé, non ? Montre-la-moi.

— Comment tu sais que je l'ai prise ?

— Si nous devons nous enfuir si vite, c'est parce que tu veux enquêter sur lui. Autrement tu serais restée là à te faire interroger.

— Quelquefois, tu es presque agaçant.

Elle lui tendit la clé.

— Opel Agila à en juger par le dispositif antivol, affirma Dante. (Il regarda autour de lui.) Il ne s'est pas garé près de l'entrée, mais il ne peut pas l'avoir laissée trop loin. Il pouvait en avoir besoin pour s'enfuir en vitesse.

Sur le plan qui s'affichait sur son portable, il repéra la route principale, qui décrivait une courbe au niveau de l'arrivée des urgences, et il examina les rues qui y débouchaient. Il écarta celles qui étaient trop éloignées, celles qui comportaient un feu de circulation et celles à sens unique. Il en restait deux. Il les lui montra.

— On se sépare et le premier qui la trouve siffle.

— Tu peux toujours courir pour que je te laisse seul. On y va ensemble.

Ils trouvèrent l'Agila rouge foncé en cinq minutes, tandis que la sirène d'une voiture s'approchait. Colomba se mit au volant et Dante s'allongea sur le siège arrière.

— Ça ne te fait rien de circuler avec une voiture volée ? Parce qu'elle l'est sûrement.

— S'il s'en servait, ça veut dire qu'elle est assez sûre.

Colomba mit le contact et s'éloigna. La Via Pompeo Magno se trouvait dans le quartier du Prati : il leur fallait une vingtaine de minutes pour y arriver, si tout allait bien. Mais elle voulait être sûre de ne pas se tromper de maison et elle appela Alberti, qui fut très surpris de l'entendre. Peut-être un peu plus que surpris, étant donné l'heure. Heureusement il avait mis son téléphone sur vibreur parce qu'il était en train de composer, un casque sur les oreilles.

— Commissaire… vous avez écouté les morceaux ? demanda-t-il aussitôt.

Colomba n'eut pas le cœur de lui dire que son lecteur MP3 de quatre sous était resté dans la chambre avec le cadavre.

— Pas encore. Excuse-moi, j'ai besoin que tu me rendes un service. Que tu me contrôles une identité.

— Je ne suis pas en service, commissaire.

— Tu as bien un ami quelconque qui l'est, non ? Appelle-le et demande-lui.

— D'accord. Je vous écoute.

— Luciano Ferrari. D'après ce que je sais, il est né en 1958 à Rome. Cherche ses domiciles précédents et son adresse actuelle, et rappelle-moi. Et s'ils te demandent pourquoi tu t'intéresses à lui, dis qu'il t'est rentré dedans avec sa voiture.

— Commissaire, vraiment je ne pourrai pas…

Mais Colomba avait déjà raccroché, parce qu'elle avait un appel d'Infanti en attente. Dante ferma les yeux pour ne pas la voir conduire d'une seule main – il se serait jeté par la fenêtre s'il avait su dans quel état elle était réellement. La migraine et la nausée étaient maintenant accompagnées d'étincelles lumineuses qui explosaient dans son champ visuel comme des serpentins, et Colomba avait du mal à se concentrer sur la route. La voix d'Infanti explosa dans son oreille.

— Mais putain, où tu es ? hurla-t-il.

— Tu es déjà au courant ? demanda Colomba.

— Bien sûr que je suis au courant. La moitié du bureau est à l'hôpital et tu as disparu !

— Je ne pouvais pas rester.

— Tu ne pouvais pas rester ? Mais putain, qu'est-ce que tu racontes ? Qui est le type dans les chiottes ?

— Je ne sais pas, mentit-elle. Mais il voulait me tuer.

— Et qu'est-ce qui s'est passé ?

— C'est un accident.

— Et il y a un mort, c'est plus qu'un accident ! Tu dois absolument revenir à l'hôpital.

— Ce n'est pas un lieu sûr. Je vais directement au commissariat.

— Tout de suite, Colomba, ou tu vas avoir des ennuis.

— Presque tout de suite.

— Colomba !

Elle raccrocha.

— Tu devrais enlever la batterie de ton téléphone, grogna Dante. Pour ne pas te faire localiser.

— Ils ne commenceront pas tout de suite à me donner la chasse. Nous avons quelques heures devant nous.

— Et après ?

Colomba brûla un feu rouge.

— Je me rendrai.

— Et qu'est-ce que tu leur raconteras ?

— Que je me suis enfuie sous le coup de la panique.

— Ils ne te croiront pas.

— Mais ils n'auront pas d'éléments pour me retenir.

— Et s'ils le faisaient quand même ? Tu ne peux pas faire confiance à De Angelis.

— Alors tu continueras tout seul. Jusqu'à ce que tu trouves une preuve qui fasse l'effet d'une bombe pour ton cas et pour celui du fils Maugeri. Jusqu'à ce moment-là, je n'ouvrirai pas la bouche même s'ils me condamnent à perpétuité.

— Je ne peux pas y arriver tout seul, CC, pleurnicha Dante. Tu ne peux pas me faire porter cette responsabilité.

— Tu es entré dans un immeuble en flammes pour m'en faire sortir. Tu te débrouilles bien mieux que tu ne le penses. Merci, à propos. Et merci pour la chaussure. Deux à zéro.

Dante se redressa pour s'asseoir et il lui parla à l'oreille.

— CC, le Père sait que nous sommes sur ses talons. Autrement, il n'aurait pas pris de risque pour t'éliminer. Cela ne lui ressemble pas d'agir à découvert comme cela.

Colomba revit pendant un instant le visage de Ferrari à quelques centimètres du sien, déformé par la colère. Elle sentit ses poumons se contracter.

— Et alors ?

— Et alors nous avons peu de temps avant qu'il ne disparaisse et efface toute trace de lui. Et par toute trace, j'entends Luca et les autres enfants. Tout seul, je risque de mettre trop de temps.

— Mais est-ce qu'il y a une autre solution ?

— Ne te rends pas. Continue à travailler avec moi sur cette affaire.

— Ils me chercheront, et cela ne durera pas très longtemps.

Colomba se gara à la hauteur du kiosque fermé d'un fleuriste, sous un immeuble couleur vieux rose. Dante vit le numéro de la maison : le 1. Ils étaient arrivés.

— Cela pourrait durer le temps suffisant. Je connais des endroits où je pourrais te cacher. Et je connais des personnes qui peuvent te fournir des documents…

Colomba respira à fond.

— Dante, je ne peux pas. J'ai fait un tas de conneries depuis que toi et moi nous travaillons ensemble, mais je reste un policier. Je ne peux pas et je ne veux pas franchir une certaine limite. (Elle ouvrit la portière.) Allez, on y va.

Dante regarda la façade de l'immeuble et secoua la tête.

— Désolé. Je n'en suis pas capable.

— Justement maintenant ?

— C'est par moments, CC. Tu le sais. Mais je peux t'aider d'ici.

— Comment ?

Il sortit son smartphone.

— Appel vidéo. *Via* Skype.

Colomba comprit que ce n'était pas la peine d'insister et descendit avec difficulté.

— Ne reste pas dans la voiture. S'il y a un contrôle, ils ne doivent pas te trouver à bord. Avant de descendre, efface les empreintes.

Dante hocha la tête.

— OK.

Colomba se dirigea vers l'immeuble. Mais elle s'arrêta très vite. Il y avait une question qu'elle n'avait pas osé poser jusque-là et qu'elle ne pouvait désormais plus différer.

— Il a souffert ?

Dante comprit que Colomba parlait de Rovere.

— Comme un chien. Du moins au-dessus de la taille, parce qu'en dessous…

Colomba leva une main, se repentant de l'avoir demandé. Dante était incapable d'enjoliver les choses.

— Ça suffit comme ça, merci. Et allume ce putain de téléphone.

Puis elle ouvrit la porte d'entrée avec les clés du mort.

8

Ferrari habitait un hôtel particulier, avec une conciergerie vieux style avec son bow-window caractéristique, ses boîtes aux lettres en bois sombre, son pavement de marbre polychrome et un vague parfum de désodorisant au citron. Une ambiance qui aurait mieux convenu à l'étude d'un notaire qu'à la maison d'un assassin. Car, sur le fait que Ferrari en ait été un, passé ou présent, Colomba n'avait pas le moindre doute. Trop déterminé pour en être à son premier coup, trop précis dans ses mouvements, du moins tant que Colomba n'avait pas réagi. Et puis, si c'était le Père qui l'avait envoyé, il n'avait certainement pas pris le premier à passer dans la rue. Mais quelles étaient leurs relations ? Pourquoi Ferrari collaborait-il avec un fou, ravisseur en série ? Elle repensa aux mots prononcés par Rovere que Dante lui avait rapportés, au fait que le Père ne travaillait pas tout seul. Elle en avait eu la preuve.

Elle ralluma son portable qui vibra aussitôt, affichant les appels sans réponse et les textos. La moitié de la police était à ses trousses, et ce fut cela, plus qu'autre chose, qui lui donna la mesure de la situation. Elle était recherchée par ses collègues, chose qu'elle n'avait jamais pensé qu'il puisse lui arriver, même pas dans les instants de désespoir les plus noirs. Et voilà qu'elle se retrouvait en train de commettre une effraction après avoir commis un homicide, certes involontaire (mais l'avait-il *vraiment* été ? n'avait-elle pas poussé volontairement le piston de la seringue ?), en tournant le dos à son ancienne vie d'une façon encore plus radicale que si elle avait donné sa démission.

Colomba eut l'envie, aussi forte qu'irrationnelle, de rappeler tous les collègues qui avaient essayé de la joindre, sa vraie famille pendant plus de onze ans, pour leur demander de venir la chercher. Mais elle la réprima en pensant une fois encore à Rovere qu'une bombe avait foudroyé, sur les escaliers, après qu'il l'avait mise en garde. Personne ne pouvait l'aider pour le moment. Elle effaça le journal des appels et désactiva la sonnerie pour éliminer toute tentation. Aussitôt s'alluma sur l'écran le logo de Skype. Elle mit l'écouteur et répondit.

Le visage de Dante apparut sur l'écran, éclairé par une sinistre lumière bleue.

— Tu es entrée ? demanda-t-il.

— Pas encore, chuchota Colomba. Je cherche l'appartement.

Sur le palier, chaque porte n'était marquée que d'un numéro, et elle devait examiner les serrures pour trouver celle qui correspondait aux clés à la lumière de son portable. Elle maudit les maniaques de la confidentialité en montant un étage après l'autre, avec toujours plus de difficultés. Ses jambes se dérobaient, et plusieurs fois elle dut s'appuyer au mur.

— Demande au concierge, suggéra Dante.

— Excellente idée, je te félicite.

Elle trouva la porte au troisième étage. Sur la sonnette il y avait seulement un 9, mais la serrure correspondait.

— C'est celle-là, dit-elle, et elle tourna son téléphone pour la lui montrer.

Dante l'observa depuis l'objectif.

— Qu'est-ce que tu fais s'il y a quelqu'un dans l'appartement ?

— À l'état civil, il est célibataire.

— Peut-être que sa fiancée l'attend au lit.

— Un type comme ça n'a pas de fiancée. Mais si c'était le cas, je lui dirais que Ferrari m'a donné les clés pour venir lui chercher des vêtements de rechange. (Elle introduisit la clé dans la serrure.) Ce qui m'inquiète davantage, c'est l'alarme.

— Alors tu peux être tranquille. Tu ne mets pas d'alarme si tu as quelque chose à cacher, fit remarquer Dante. Tu risques de trouver les flics chez toi si elle se déclenche alors que tu es sorti.

— C'est vrai, approuva Colomba, et elle tourna la clé.

Elle se faufila à l'intérieur et ferma la porte blindée derrière elle. L'appartement était sombre. Il puait le cigare et une odeur douceâtre qui lui était familière mais qu'elle n'arrivait pas à identifier. Quelque chose d'organique, d'animal… La réponse lui arriva en un éclair.

Chien !

À ce moment-là, dans l'obscurité, elle entendit des ongles crisser sur le sol et un grognement sourd et guttural. Elle eut à peine le temps de se pousser qu'une masse sombre s'abattit sur la porte blindée. Colomba chercha à tâtons l'interrupteur, appuya et se retrouva devant le corps nerveux d'un doberman qui la fixait en grognant.

— Qu'est-ce qui se passe, CC ? lui cria Dante dans l'oreille.

Colomba ne répondit pas, occupée à évaluer les distances. À l'école supérieure de police d'Ostia, elle et les autres élèves commissaires avaient rencontré un instructeur de l'unité canine. L'homme, qui s'était présenté avec une vidéo où un chien-loup happait un mannequin, avait donné quelques instructions de base – ne pas regarder la bête dans les yeux, ne pas s'enfuir, ne pas montrer sa peur –, puis il avait expliqué comment frapper en cas de nécessité. Mais aucune de ces simulations ne prévoyait de se trouver dans un couloir, désarmé, et confronté au problème de ne pas pouvoir faire de bruit.

Le chien baissa les oreilles et aboya deux fois, puis il se jeta sur Colomba en visant directement la gorge. Elle leva instinctivement le bras gauche et le doberman le mordit : elle sentit les dents traverser le tissu et transpercer sa chair. Elle ne chercha pas à libérer son bras, au contraire elle le poussa encore plus au fond de la gueule de l'animal, lui bloquant les mâchoires et l'empêchant ainsi de serrer avec le maximum de sa force. Elle tomba à genoux et se trouva pendant un instant à la hauteur des yeux de la bête qui la fixaient férocement. Des yeux qui semblaient dire : « Je sais ce que tu as fait » et transformaient le chien en une incarnation de la vengeance. Colomba en fut terrifiée, mais elle continua à pousser et les dents s'enfoncèrent encore plus profondément. La morsure lui broyait le bras et son sang coulait sur le plancher, mêlé de bave. Pour empêcher le chien de lâcher son bras et de mordre un autre endroit découvert de son corps, elle lui attrapa la tête de son bras libre, en le tirant contre elle. Il chercha à s'éloigner, mais les pattes grattèrent le marbre sans réussir à trouver de prise. Elle poussa encore. C'était comme si elle maniait un tuyau d'arrosage à haute pression, un ressort d'acier chargé, mais elle sentit que le chien perdait un peu de force, à demi étouffé par la chair qu'il avait dans la gueule.

Au prix d'un effort qui sembla lui faire exploser la tête, Colomba le tourna sur un côté et commença à lui donner des coups de coude dans les côtes, là où elle imaginait que se trouvait le cœur. Le chien chercha à se dégager, alors elle le serra avec plus de force et continua à le frapper. Au cinquième coup donné avec la force du désespoir quelque chose se cassa, et Colomba ne réussit pas à savoir s'il s'agissait de son coude ou d'une côte de l'animal. Les yeux du doberman s'étaient élargis, la fureur avait laissé place à la peur et à la souffrance. Colomba continua à frapper jusqu'à ce qu'elle sente son coude s'enfoncer sans plus de résistance.

— Crève, crève ! gémit-elle. Je t'en prie, meurs !

Le chien régurgita et déféqua, et Colomba l'agrippa fermement jusqu'à ce que ses pattes cessent de trembler, puis elle se laissa tomber sur les fesses, en tenant son bras blessé. La bête avait les yeux vitreux, une flaque de sang s'élargissait sous son corps à l'endroit où les côtes cassées avaient perforé les viscères.

Colomba glissa par deux fois dans la boue de sang et de merde avant de réussir à se lever. Son bras saignait et était traversé de pulsations, en synchronisation avec sa tête, et elle ressentait une brûlure au niveau des côtes, là où Ferrari l'avait frappée à coups de pied. Elle entra dans la salle de bains et prit une serviette pour tamponner la plaie. Malgré le blouson de Dante, les dents étaient arrivées jusqu'à l'os, et Colomba pleura de douleur quand elle versa de l'eau oxygénée sur la blessure. Aveuglée de larmes, elle la nettoya du mieux qu'elle put, avant d'enrouler une serviette propre autour de son bras pour arrêter l'hémorragie. Elle laissait du sang et des empreintes partout, pensa-t-elle tristement. *Quel bordel. Quel putain de bordel !*

Même si on lui avait demandé de le faire, elle aurait eu des difficultés à se justifier, mais pour l'instant, cela n'avait pas d'importance. C'était une éventualité trop lointaine, alors que le simple fait d'atteindre l'heure qui viendrait lui semblait une entreprise titanesque. En chancelant, elle revint dans le couloir et ramassa le téléphone tout près d'une flaque de sang – le sien ou celui du chien, elle n'aurait su dire. Tout en se baissant, elle regardait la carcasse avec la peur qu'elle puisse se relever de nouveau et enfoncer ses crocs dans sa chair. À présent elle n'aurait plus été capable de se défendre. À présent, elle se serait laissé dévorer.

Sur l'écran, se superposant au visage inquiet de Dante qui bougeait silencieusement les lèvres, il y avait la liste des messages et des appels manqués. Une autre dizaine. Elle les effaça eux aussi et mit son écouteur.

— J'allais monter, dit Dante, soulagé.

— Il y avait une alarme, l'informa Colomba avec un filet de voix. À quatre pattes.

— J'ai vu. Pauvre bête.

— Putain de sale bête, si tu permets. Au lieu de jouer le défenseur des animaux, donne-moi un coup de main : j'ai du mal à réfléchir.

— Allume toutes les lumières et laisse-moi jeter un coup d'œil.

Colomba s'exécuta, se déplaçant dans l'appartement en tenant son portable devant elle comme un exorciste sa croix. L'appartement de Ferrari mesurait environ deux cents mètres carrés, avec des sols en marbre et du parquet, un ameublement classique, d'acajou et de verre. Trois chambres à coucher, même si une seule semblait être utilisée, un grand séjour avec un téléviseur panoramique dans un cadre argenté, des canapés en cuir, une petite salle de gymnastique transformée en débarras.

Colomba fouilla les armoires et les tiroirs, en sentant la douleur à la tête et au bras augmenter de minute en minute. Sa vue se voila à plusieurs reprises et, chaque fois, il lui fallut s'arrêter pour se passer de l'eau glacée sur la figure. Le visage qu'elle voyait dans le miroir ressemblait à celui d'un fantôme.

Elle ne trouva rien de compromettant, rien qui soit le moins du monde en lien avec des enfants ou de la violence, à part les photos de type militaire accrochées un peu partout et une collection de vieux fusils à plomb et de sabres datant de l'époque de Garibaldi ou de la Première Guerre mondiale, bien en vue dans le séjour.

— Qu'est-ce que tu en penses ? demanda Colomba.

— Qu'il a acheté ou loué la maison déjà meublée. Ces meubles anciens jurent complètement avec ses goûts en matière de vêtements et avec le reste du mobilier. Le réfrigérateur rouge, le téléviseur style *Star*

Trek… argenté mais de mauvais goût. Et ensuite… montre-moi la bibliothèque…

Colomba lui fit voir l'unique tablette qui contenait des livres, une étagère devant la cuisine. C'étaient des ouvrages d'histoire, beaucoup sur le fascisme.

— Maintenant le lit, si tu veux bien.

À présent habituée aux façons de faire de Dante, Colomba obéit à nouveau. La couverture du lit était parfaitement tendue.

— Tu as remarqué ? Le lit est fait. Tu connais beaucoup d'hommes qui le font aussi bien ? demanda Dante.

— Non, et pas beaucoup de femmes non plus, mais peut-être que la femme de ménage est venue.

— Non. Dans l'évier il y a la tasse du petit déjeuner. Le lit, c'est lui qui l'a fait. Et tu sais quels hommes refont instinctivement leur lit le matin, de manière parfaite ?

— Les obsessionnels comme toi.

— Et ceux qui ont vécu longtemps dans les institutions où tu es puni si tu laisses ton lit en désordre.

— Type, la prison ?

— Non, le pensionnat ou l'armée. Tu as vu la photo à l'entrée, celle où Ferrari s'apprête à sauter en parachute ?

— Oui. Un vol civil.

— Mais cela aussi me fait pencher pour l'ex-militaire.

— S'il avait été dans l'armée il aurait été répertorié dans les données. Alberti ne m'a rien dit.

— Peut-être qu'il a oublié.

En fouillant, Colomba trouva le portable de Ferrari, qu'elle mit dans sa poche, une poignée de quittances et une lettre encore fermée qui provenait de la Blackmountain Found Italie et ressemblait à un courrier officiel. Il y avait un extrait de compte, qu'elle montra à Dante.

— Tu y comprends quelque chose ?

— Un peu. Ton ami était titulaire d'un fonds d'investissement d'assurance de la Blackmountain, à coupon mensuel.

— Ce qui veut dire…

— Que chaque mois, il lui tombait quelque chose comme six mille euros net. Ce qui signifie un discret magot investi dans des actions. Mon père avait fait un truc de ce genre, mais moi j'ai bouffé assez vite le capital.

— Donc Ferrari vivait de ses rentes ?

— Apparemment. Tu as trouvé des photos de lui à part celle de l'entrée ?

— Quelques-unes dans la cuisine. Lui et le chien.

— Rien de plus ancien ? Rien qui ait à voir avec son passé ?

Colomba s'assit sur le lit en froissant le pli impeccable. Le matelas moelleux l'attira comme le chant des sirènes et, pendant quelques secondes, elle dormit les yeux ouverts.

La voix de Dante la rappela à la réalité.

— Colomba, tu es toujours là ?

— Oui, excuse-moi… Qu'est-ce que tu disais ?

— Que s'il regrette vraiment son passé militaire, il doit avoir quelque chose chez lui qui le lui rappelle.

— Il n'était pas forcément dans l'armée, c'était peut-être juste un fanatique qui n'a jamais fait un jour de service. Genre maniaque « survivaliste ».

— Les survivalistes se maintiennent en forme. La salle de gym est à l'état d'abandon.

— Ou alors ce n'est pas ici qu'il gardait les souvenirs auxquels il tenait le plus.

— Tu peux refaire un tour dans les tiroirs ?

— Dante, sous peu ils viendront me chercher. J'ai pris son portable, peut-être que ça va nous servir à quelque chose, mais il ne faut pas qu'ils me trouvent ici.

— Encore une fois, s'il te plaît.

Colomba se releva avec difficulté, pendant qu'une voix en elle lui criait de s'arrêter et de se jeter sur ce lit si accueillant. Une voix qui s'en foutait de savoir que c'était le lit d'un mort. Elle recommença à faire le tour, en vérifiant le fond des tiroirs, en regardant sous les armoires, en retournant les tableaux.

— Rien. Et maintenant il faut vraiment que j'y aille. J'arrive à la fin, et pas seulement de mon temps.

— OK, admit Dante déçu.

Colomba retourna dans la chambre pour prendre les quittances et les reçus, mais au moment où elle allait sortir, Dante cria.

— Reviens en arrière… Que je suis bête…

— Qu'est-ce que tu as vu ? demanda Colomba, qui perdait de nouveau sa voix.

— La photographie sur le mur, celle dans le cadre argenté…

— Oui, et alors ?

— C'est une vieille photo qui semble avoir été découpée dans une revue militaire, pas un tirage de qualité comme les autres. Mais il l'avait placée face à son lit, à un endroit où il pouvait constamment la voir.

— Peut-être que cette photo a un sens pour lui…

— Peut-être, mais regarde-la bien.
— Je l'ai déjà fait.
— C'est la dernière chose que je te demande.

Colomba revint sur ses pas et saisit le cadre. Elle l'avait retourné quelques instants plus tôt et n'avait rien remarqué de spécial : il ne contenait que la photo d'un char de la Seconde Guerre mondiale. Malgré son état d'extrême épuisement, Colomba était maintenant d'accord avec Dante : ce morceau de revue découpé, et mal découpé, détonnait avec tout le reste. La voix qui voulait l'envoyer dormir se remit à crier, Colomba lui dit : *Dans une minute*, puis elle décrocha le cadre et le regarda de nouveau en transparence.

— Il n'y a rien d'autre, confirma-t-elle.

Mais au moment même où elle prononçait ces mots, elle comprit qu'elle se trompait : il y avait, au centre de l'image, une zone opaque, car quelque chose empêchait le passage de la lumière. Elle découvrit qu'un mince carton avait été collé au dos de la photo et qu'il y avait, entre les deux, un carré très fin d'environ dix centimètres de côté. *Tu déralles, ma belle*, lui dit la voix. *Je te l'ai dit, tu dois te reposer*.

Colomba enveloppa le tableau dans un coin du couvre-lit et le frappa contre le rebord de la table de chevet. Le verre se cassa, elle sortit la coupure de presse et gratta pour décoller le support : une vieille photo Polaroid glissa sur la descente de lit.

Colomba la ramassa. Elle représentait cinq hommes en tenue de camouflage, trois assis sur la plate-forme d'un camion découvert, deux debout. L'un de ceux-là était sans aucun doute Ferrari, trente ans plus tôt, et près de lui se tenait un type qui ressemblait comme deux gouttes d'eau au portrait-robot du Père, dessiné par Dante. Tous avaient leurs rangers accrochées au cou par les lacets, et comme si c'était une plaisanterie secrète entre eux, ils faisaient le signe de la victoire.

— Tu avais raison, Dante, chuchota Colomba. Tu ne vas pas croire à ce que je suis…

Elle s'interrompit et le souffle lui manqua. Elle avait reconnu l'un des hommes debout. Elle avait reconnu son sourire, même s'il apparaissait sur la photo beaucoup plus jeune, et aussi son regard. Un gouffre s'ouvrit, béant, dans son esprit.

— Qu'est-ce que tu as trouvé ? demanda Dante, qui, appuyé à un kiosque du fleuriste, scrutait son écran d'iPhone.

Colomba ne répondit pas, et Dante comprit qu'elle marchait, le portable tourné vers ses pieds. Sur l'écran, il vit défiler les lattes de plancher, puis l'alternance de lumière et de noir tandis qu'elle dévalait l'escalier en marmonnant prières et jurons. Puis il la vit apparaître devant la porte, titubant, le regard hagard. Il courut à sa rencontre, et frissonna quand il vit le bras blessé d'où gouttait du sang. Colomba fuyait son regard, elle haletait.

— CC… qu'est-ce qu'il y a ? Qu'est-ce que tu as vu ? lui demanda-t-il, inquiet.

Colomba, sans dire un mot, lui tendit la photo et s'assit sur le bord du trottoir, comme si elle avait oublié où elle se trouvait. Dante s'empara du cliché et vit le visage de l'homme qu'il appelait le Père. Pendant quelques secondes, il fut incapable de détacher ses yeux des siens, qui semblaient le regarder en transperçant la couche d'acétate. À l'exception de la tenue de camouflage, l'homme était en tout point identique à celui qu'il avait vu cette nuit de 1989 marcher vers lui, un couteau à la main. L'espace d'un instant, Dante retourna dans son passé, et fut de nouveau ce garçon qui avait grandi dans un milieu hostile à toute existence humaine. Puis la main de Colomba saisit doucement la sienne et il se ressaisit.

— Pas lui, murmura-t-il. Pas lui, et il ferma les yeux.

Dante passa en revue les autres visages. Il reconnut Ferrari, presque un gamin, mais les autres étaient des visages inconnus… ou non ? Il s'aperçut que l'homme debout près de Ferrari avait quelque chose de familier. Peut-être était-ce son visage qui avait perturbé Colomba ? Il l'imagina plus vieux, plus dégarni, plus gros, et lorsqu'il lui ajouta une barbe grisonnante autour du menton, il fut traversé d'un frisson : certaines pièces manquantes du puzzle se mettaient finalement en place. L'homme qui souriait à l'objectif avec un air indolent était Emilio Bellomo, l'assassin qui avait fait exploser le restaurant de Paris.

9

Une petite fille de trois ou quatre ans, qui portait une culotte seulement, la regardait en léchant une énorme sucette en forme de spirale.

— *Estás despierta ?* demanda-t-elle.

— Qu'est-ce que tu dis ? répondit Colomba, étourdie.

L'enfant ne répondit pas et sortit en courant et en hurlant :

— *Mamá ! La policía está despierta !*

La policía ? pensa Colomba, sans réussir encore à bien comprendre. Elle était dans un lit inconnu, dans une chambre inconnue qui puait la friture ; de l'autre côté du mur, on entendait crier en espagnol et en italien, sur fond de jeu vidéo de guerre.

Colomba se sentait reposée mais faible. Son mal de tête était passé, mais la morsure à son bras gauche restait douloureuse. La blessure était protégée par une gaze propre, fixée avec du ruban adhésif, et elle la démangeait un peu ; son coude droit, lui, avait pris une couleur bleu-violet jusqu'à l'avant-bras. En bougeant, elle ressentit un élancement à l'endroit où Ferrari l'avait bourrée de coups de pied, mais il semblait qu'il n'y avait rien de cassé. Elle se rappela vaguement s'être écroulée sur le trottoir, et encore plus vaguement s'être agitée dans un sommeil fiévreux, se réveillant pour de brefs instants, parfois dans le noir et parfois à la lumière, tandis que quelqu'un lui donnait à boire et lui faisait faire pipi dans une bassine de plastique. Une femme à la peau sombre, dont l'image demeurait floue comme celle d'un vieux rêve.

Elle essaya de se lever, mais dès qu'elle s'assit, les jambes au bord du lit, elle fut prise de vertiges et resta là, à regarder autour d'elle. La chambre était petite et encombrée de cartons de vêtements emballés de cellophane, éclairée faiblement par une fenêtre au store cassé qui ouvrait sur un ciel de crépuscule. Sur le mur en face d'elle se trouvaient un énorme crucifix et un buste en plastique de la Vierge couvert de fleurs artificielles. Même si elle était encore étourdie, Colomba était certaine de ne jamais avoir vu cet endroit auparavant. De la porte par laquelle était sortie la petite fille entra une femme que Colomba pensa âgée d'une quarantaine d'années, avec d'épais cheveux frisés et une paire d'énormes boucles d'oreilles qui tintaient à chaque pas. Elle aussi était sud-américaine et portait un tee-shirt qui laissait voir son nombril et un jean très moulant. Elle s'assit à côté d'elle et lui prit la main.

— *Dónde vas ?* lui demanda-t-elle. Tu ne peux pas te lever !

De près, Colomba s'aperçut qu'elle lui avait donné au moins une quinzaine d'années de trop : le maquillage chargé et le visage marqué l'avaient trompée. Elle retira sa main.

— Où suis-je ?

— Chez moi. Je m'appelle Ayelén.

— C'est toi qui m'as soignée ? (Colomba montra la chemise de nuit avec des petits cœurs qu'elle portait.) Et qui m'a donné ça ?

— Moi et ma mère. Et mes sœurs. Tu as beaucoup dormi.

— Combien de temps ?

— Trois jours.

Colomba ferma les yeux.

— Putain, murmura-t-elle. (Ses collègues devaient déjà l'avoir portée disparue.) Où sont mes affaires ?

Intimidée par le ton brusque de Colomba, Ayelén perdit le sourire.

— *No sé*, répondit-elle.

— Tu sais au moins où est Dante ? C'est celui qui m'a amenée ici.

— *El gringo loco ?*

— C'est ça.

— Il est avec mon frère. *En el techo*.

— Pardon, je n'ai pas compris.

— Sur le toit.

Colomba fit le lien entre l'espagnol et le toit. Elle avait compris.

— Ton frère ne s'appellerait pas Santiago, par hasard ? demanda-t-elle brusquement.

— Si, madame.

Sous le coup de la colère, Colomba se leva, ignorant les protestations d'Ayelén, et sortit de la chambre à vive allure. Elle traversa un couloir orné d'un poster géant du Che, puis une petite salle de séjour où Jorge Pérez jouait à la PlayStation 4 sur une télévision qu'elle avait déjà vue quelque part. Deux ou trois enfants, en short et débardeur, regardaient Jorge avec admiration et l'encourageaient. Celui-ci eut un sourire insolent quand elle entra :

— Ah ! La voilà, *la puta*.

Les enfants rirent et répétèrent :

— *Puta, puta.*

— Je vais te la faire voir, moi, *la puta*, rugit Colomba en saisissant Pérez à la gorge de sa main valide. Et arrête de parler espagnol, tu es né à Rebibbia !

— Mais putain, tu veux quoi ?

— Santiago. Et mes bottes.

Cinq minutes après, Colomba était sur le toit, ses rangers aux pieds et une couverture sur les épaules. Dante, qui était en train de parler avec Santiago sur le canapé défoncé, se leva et courut à sa rencontre, tout joyeux.

— CC ! Comme te sens-tu ? s'écria-t-il.

Il portait sa parka, avec une déchirure bien visible au bras gauche et des taches claires aux endroits où le sang de Colomba avait été lavé.

Elle le repoussa.

— C'est pas le moment de s'extasier. Qu'est-ce que je fais ici ?

Dante sembla embarrassé.

— Laisse-moi t'expliquer.

— Il n'y a rien à expliquer, bordel. Tu devais juste appeler une ambulance et demander qu'on vienne me chercher. Ou appeler Carmine au commissariat ! Pas me cacher dans cette porcherie !

— Ils t'auraient arrêtée.

— C'était de la légitime défense !

— Dis-le-lui, Dante ! cria Santiago derrière lui. *Si no rompe las bolas todo el día.*

— Je vais te les briser à coups de pied, les *bolas*, cria à son tour Colomba, contente d'avoir retrouvé sa voix.

Santiago lui fit un doigt d'honneur.

— CC… les choses se sont aggravées… reprit Dante.

— Évidemment qu'elles se sont aggravées ! Je me suis éloignée de la scène de crime et j'ai disparu ! Trouve-moi un téléphone ou une voiture pour m'amener au commissariat.

— Ce n'est pas à cause de Ferrari, l'interrompit Dante. Ou pas seulement.

Colomba sentit un frisson la parcourir et elle serra la couverture autour de ses épaules.

— Et pour quoi, alors ?

Dante soupira.

— Assieds-toi, CC.

— Quelle putain de nouvelle tu vas encore m'annoncer ?

— S'il te plaît. Assieds-toi. Autrement, je ne continue pas.

Colomba pensa l'étrangler, lui aussi, mais l'expression sincèrement inquiète de Dante l'en dissuada : quelque chose n'allait vraiment pas. Elle s'installa dans un fauteuil de similicuir, près du matériel informatique.

— Alors ?

— Ils te cherchent pour le meurtre de Rovere.

Le cœur de Colomba s'arrêta de battre.

— Quoi ? dit-elle dans un souffle.

— En perquisitionnant ta maison, ils ont trouvé des traces de C4.

Autre coup au cœur, plus fort. Colomba dut avaler sa salive à deux reprises avant de réussir à parler.

— Qui te l'a dit ?

— Roberto.

— Minutillo ? Ton avocat ?

— Oui. Quand tu t'es évanouie, je ne savais pas quoi faire et je l'ai appelé. Il m'a communiqué les derniers bruits qui couraient au parquet. Heureusement, il a des amis là-bas.

Colomba ne réussissait pas à raisonner avec lucidité.

— Ils ne peuvent pas croire sérieusement à une chose de ce genre… bégaya-t-elle – c'était la première fois de sa vie qu'elle bégayait.

— De Angelis est tellement impatient de te mettre en prison, de balancer la clé et de me savoir dans la cellule voisine. Sans compter que c'est peut-être lui ou Santini qui a fourni les preuves.

Colomba se laissa aller contre le dossier.

— Et ça… (d'un geste, elle balaya la terrasse autour d'elle) … ça, c'était ta solution ?

— Je n'en avais pas de meilleure. Tant que j'y étais, j'ai fait disparaître toutes tes traces. La voiture de Ferrari a fini dans un compacteur et maintenant elle est grande comme ça. (Il fit un geste avec les mains.) Et les gars de Santiago ont nettoyé l'appartement à l'eau de Javel.

— C'est pour ça que sa télévision est ici ?

Dante fit une grimace embarrassée.

— Je savais que ça ne t'aurait pas échappé. Mais on a bossé pour rien. On ne sait pas comment ça se fait, mais l'appartement a pris feu deux heures après. Quelqu'un était encore plus inquiet que nous.

— Le Père.

— C'est ça. Je te l'ai dit, il sent que le temps presse. Et j'ai peur de ce qu'il peut encore faire.

L'esprit de Colomba continuait à patiner. Elle était en dehors de son milieu, en dehors de son monde. Elle ne comprenait pas.

— Pourquoi Santiago a-t-il accepté de t'aider ? demanda-t-elle.

— Parce qu'il voudrait que je sois son débiteur, et pour de l'argent. (Dante fit une grimace.) J'ai flambé tout mon compte en banque. Si nous sortons vivants de cette histoire, il faudra que je trouve un moyen pour gagner de la tune en vitesse.

— Toi aussi, ils t'accusent ? voulut savoir Colomba.

De sa mauvaise main, Dante sortit une page de journal qu'il avait dans sa poche. Il ne portait pas de gant, signe qu'il se sentait plus à son aise ici que Colomba. C'était la première page de *La Repubblica*, et en bas à droite se trouvaient une vieille photo de Colomba et une plus récente de Dante. Le titre disait : « *Le couple mystérieux toujours en fuite* – Du massacre de Paris au mort suspect de l'hôpital de Rome : quel lien unit l'ex-policière à l'enfant du silo ? »

— Ils ont tout ressorti. Paris, le massacre… Ton rôle. Et ma vie, avec tous les commérages qu'il faut. De moi, ils disent que je suis fou, de toi, que tu l'es probablement devenue. Et que tu nourrissais de la rancune vis-à-vis de Rovere pour t'avoir écartée après l'affaire de Paris.

— Il ne m'a pas écartée. C'est moi qui…

— Moi, je sais. Mais pas eux. Et donc, si tu vas raconter ce que tu sais, ils croiront que c'est une autre folie. Roberto m'a dit qu'ils me cherchaient uniquement comme personne au courant des faits, mais que, si je me présente, ça leur sera difficile de me laisser repartir : donc je reste au large et je te tiens compagnie.

Dante tira à lui un tabouret et s'assit.

— Peut-être que ma mère… murmura Colomba.

— Elle a lancé un appel au journal télévisé pour que tu te rendes. Elle était, comment dire… un peu mélodramatique.

Colomba ferma les yeux. C'était pire que tout ce qu'elle avait pu imaginer. Elle sentit qu'elle s'enfonçait dans le fauteuil : elle évita de remuer par peur de tomber, doucement, un niveau après l'autre, jusqu'au centre de la terre, au milieu des damnés. Et le damné qui riait le plus fort avait la tête de Bellomo.

Elle ouvrit tout grands les yeux.

— La photo ! Où elle est ?

Dante la sortit de la poche de sa parka et la lui donna. Colomba l'agita en l'air.

— Bellomo et Ferrari sont ensemble ! Ils devront enquêter sur ça.

— Et qu'est-ce qu'ils pourraient découvrir, si tant est qu'ils découvrent quelque chose ? La vie de Bellomo a déjà été fouillée de fond en comble sans qu'on trouve rien qui le lie au Père ; et avec Ferrari, ce sera pareil. Pour tes collègues, le Père n'existe pas. Et ils diront probablement que le type sur la photo n'est pas Bellomo, mais quelqu'un qui lui ressemble. Si tu ne savais pas ce que tu sais, tu y croirais ?

La bouche de Colomba se crispa en un pli amer.

— C'est plus simple de penser que nous sommes les nouveaux Bonnie et Clyde.

— Bonnie et Clyde ne mettaient pas de bombes et, entre nous, leur renommée est très surfaite par rapport à ce qu'ils ont commis. (Dante alluma une cigarette en se servant de sa mauvaise main, presque un tour de magie.) De toute façon, maintenant, nous savons au moins pourquoi Rovere nous a impliqués dans l'affaire. Il a commencé à enquêter sur le Père aussitôt après le massacre de Paris et la mort de sa femme. Il ne l'aurait pas fait s'il n'avait pas su qu'il y avait un lien entre ces affaires.

— Son sens du devoir l'aurait poussé à s'en occuper de la même façon, s'il avait eu des informations utiles.

— Tout seul ? En secret ? (Dante secoua de nouveau la tête.) Le sens du devoir ne suffit pas à justifier son comportement, mais son sentiment de culpabilité, oui.

— C'est une hypothèse intéressante, mais tu ne peux pas en être sûr, répondit Colomba.

— Tu te trompes. (Dante émit son ricanement habituel et Colomba comprit combien il lui avait manqué.) Parce que notre ami Santiago a réussi à ouvrir la clé de Rovere.

10

Monsieur le ministre de l'Intérieur,
Monsieur le procureur,
Monsieur le préfet,

Je vous prie tout d'abord de m'excuser pour le caractère informel de cette lettre, rédigée chez moi ces jours derniers après une profonde réflexion et un chagrin personnel, mais je suis entré en possession d'informations de nature à nécessiter des mesures extraordinaires pour la sauvegarde de l'ordre public et la protection des citoyens, mesures que seules les plus hautes autorités de notre pays peuvent mettre en place.

J'ai tout à fait conscience que mon comportement au cours des derniers mois est passible de sanction, mais il a été dicté par les circonstances hors du commun auxquelles j'ai dû faire face. Je chercherai ici à être le plus synthétique et le plus clair possible, même si certains des faits que je vais vous exposer présentent de nombreuses omissions ou lacunes, et ce, en dépit de ma volonté. L'événement sur lequel j'attire votre attention a été porté à ma connaissance à la fin de l'année dernière, au moment où étaient menées les enquêtes afin d'intercepter l'assassin en fuite EMILIO BELLOMO, *connu de nos services en raison d'abord de l'homicide de sa concubine* ROSELLA CALABRO, *puis pour une série d'actions criminelles dont les actes figurent en annexe. Au cours de l'enquête, mon bureau est entré en contact avec un ami et comparse de Bellomo, le dénommé* FABRIZIO PINNA, *inculpé pour détournement, vol avec effraction et hold-up, alors atteint d'un cancer aux poumons en phase terminale. Pinna, interrogé par monsieur le procureur et par mes services, a nié détenir des informations utiles aux enquêtes. Mais, par la suite, il m'a contacté en privé par le biais de l'institut où il suivait un traitement de chimiothérapie et où j'accompagnais mon épouse, qui y recevait les mêmes soins. Se sentant peut-être proche de moi en raison des circonstances, Pinna, en s'excusant pour cette intrusion, m'a expliqué qu'il souhaitait s'enlever un poids du cœur avant que la maladie n'achève son évolution funeste. Il y mettait une seule condition : que ce soit auprès de moi qu'il se décharge de ce poids et que je n'en souffle mot à personne. Il a affirmé, et je n'ai pas de raison d'en douter, m'avoir choisi pour faire son aveu parce qu'il était convaincu d'être confronté à un « policier honnête » qui pouvait comprendre les conditions de santé dans lesquelles il se trouvait.*

Il a été facile pour moi de lui promettre ma discrétion, promesse que, je le souligne, je n'ai jamais eu l'intention de tenir. Après avoir obtenu l'autorisation de monsieur le procureur, j'ai procédé aux entretiens avec Pinna, qui s'est peu à peu ouvert à moi, me donnant des informations sur ses rapports avec Bellomo, datant, selon ses dires, de décembre 1989.

À cette époque-là, Pinna faisait son service militaire dans une unité qualifiée de « punitive », pour avoir frappé grièvement son supérieur pendant la période de service obligatoire. Ces faits avaient été sanctionnés par deux ans de prison militaire, à la suite desquels il avait été transféré dans une caserne d'armurerie dans les environs de la centrale nucléaire de Caorso.

Au beau milieu d'une nuit de décembre – il n'était pas certain de la date précise –, Pinna et cinq de ses compagnons d'armes, affectés eux aussi au bataillon punitif, furent réveillés, embarqués sans préavis sur un camion bâché et transporté jusque dans la campagne, à la frontière de la province de Crémone. Pinna et les autres, parmi lesquels un homme surnommé « Pieds-Pourris », avaient été sommés de vider complètement un hangar militaire qui s'élevait « au milieu du rien », selon les mots de Pinna, et qui contenait, en plus de mobilier, des cartons de vêtements et de matériel médical, ainsi que des livres et des vivres. Ils avaient ordre de tout brûler sur le terrain adjacent et, au cas où ces matériaux n'auraient pas été combustibles, de les réduire en morceaux et de les enterrer. Aucune explication ne leur avait été fournie, mais Pinna avait remarqué que toutes les opérations étaient surveillées et supervisées par des soldats provenant d'une autre unité, lesquels portaient des tenues sans insigne, et qui semblaient coutumiers de ce type d'opération. Parmi les membres de cette unité dépourvue d'insigne figurait Emilio Bellomo, que Pinna connaissait pour l'avoir fréquenté durant son enfance, dans la région de Latina. Bellomo et Pinna avaient échangé quelques mots, desquels Pinna avait déduit que Bellomo avait l'habitude de pareilles tâches. La conversation avait été brève car Bellomo avait indiqué à Pinna qu'il redoutait son supérieur, surnommé « l'Allemand », à ses dires un individu dangereux et violent. Cet Allemand était présent durant les opérations et, selon Pinna, il n'aimait pas les bavardages. Pinna a décrit l'Allemand comme un homme de taille moyenne et d'une corpulence athlétique, ayant un cou taurin, des cheveux blonds et des yeux d'un bleu clair particulier.

Selon le récit de Pinna, Bellomo et lui s'étaient perdus de vue pendant le reste du service et s'étaient revus l'année suivante, une fois le service militaire terminé, dans leur village d'origine, où Bellomo coulait une vie aisée à la limite du luxe. Vis-à-vis de Pinna, il s'était montré à plus d'une occasion généreux et amical, mais réticent à parler de la période du service militaire. Pinna m'a indiqué avoir eu le sentiment que Bellomo était préoccupé ou mal à l'aise, en raison de faits qui se seraient produits à cette époque. Pinna n'avait réussi à soutirer à Bellomo qu'une seule indiscrétion : la raison de ces opérations concernait « un gamin ». Pinna avait tout d'abord suspecté que Bellomo avait des déviances sexuelles, bien que son comportement dans ce domaine fût, en apparence, normal et qu'il eût à cette époque une relation amoureuse avec Mlle Calabro, laquelle deviendrait sa première victime. Ayant pris la fuite après le meurtre de Mlle Calabro et dépourvu de moyens de subsistance, Bellomo avait rejoint Pinna, au sein d'une association de malfaiteurs qui se consacrait aux vols et aux hold-up, et à laquelle l'arrestation et l'incarcération de Pinna mirent fin en 1999. Pendant cette période, Pinna a déclaré avoir interrompu tout contact avec Bellomo. Il savait seulement qu'il était toujours en fuite et que, selon certaines connaissances communes, il se trouvait peut-être à l'étranger.

Pinna, déjà malade, avait été relâché en 2010, il avait trouvé un emploi comme manœuvre dans une entreprise de construction et, à ses dires, il avait cessé toute fréquentation avec le milieu criminel. Sa surprise avait été grande quand, début 2013, il avait reçu de nuit une visite de Bellomo à son domicile. Bellomo, blessé dans une fusillade aux environs de Latina pendant un contrôle routier, cherchait un refuge car, avec raison, il se sentait traqué. À cette occasion, il avait exprimé à Pinna son intention de traverser la frontière française à pied, afin de trouver refuge chez sa maîtresse d'origine franco-chinoise, la dénommée Caroline Wong, employée au vestiaire d'un restaurant parisien à la mode. Par ailleurs, Bellomo avait révélé, selon les termes de Pinna, avoir commis une grave erreur en acceptant, par désespoir, un « travail » que lui avait proposé son ex-supérieur, l'Allemand mentionné ci-dessus. Durant les jours passés au domicile de Pinna et jusqu'à la complète guérison de sa blessure, Bellomo avait peu à peu ajouté certains détails. Que le travail, dont il n'avait pas précisé la nature, s'était déroulé près de la ville de Fano, dans les Marches, et que Bellomo l'avait accepté en échange d'une somme d'argent suffisante pour commencer une nouvelle vie. Il avait également ajouté que ce qu'il avait fait pesait lourdement sur sa conscience, car encore une fois un gamin avait, je cite, « trinqué ». Après une semaine chez Pinna, Bellomo, sa blessure enfin guérie, était parti pour la France, en expliquant à Pinna comment le contacter en cas de nécessité. Comme il n'avait jamais trahi sa confiance, même durant son incarcération, Bellomo considérait Pinna comme une personne sûre et fiable.

Je suis tenu de vous dire que la déposition de Pinna, que j'ai transcrite ici de façon synthétique et chronologique, a été enregistrée en réalité en plusieurs épisodes, parfois à mon domicile, parfois à celui de Pinna, parfois à l'hôpital, de manière souvent confuse et ponctuée d'éclats de colère, de pleurs ou de moments de totale aphasie. À l'occasion d'un moment où il était gravement troublé, Pinna m'a expliqué qu'il souhaitait parler et collaborer uniquement avec moi car il n'avait confiance ni dans la magistrature ni dans mes collègues. Au fil des années, il s'était en effet persuadé que cette mission, assignée en décembre 1989 comme renfort à l'unité de Bellomo, avait en réalité servi de couverture à un grave accident nucléaire, qui se serait produit dans les environs de Caorso et que les autorités auraient dissimulé à l'opinion publique.

Pinna pensait que les personnes contaminées avaient été secrètement soignées dans le hangar qu'il avait été chargé de démanteler et que le gamin mentionné par Bellomo n'était pas une victime des désirs malsains de son comparse, comme il l'avait cru au début, mais que sa mort avait été causée par des radiations. Pour preuve, il m'a donné un sifflet de fer-blanc abandonné par Bellomo avant qu'il ne fuie à Paris. Pinna pensait qu'il avait appartenu au gamin en question et que Bellomo l'avait jalousement conservé comme une sorte de douloureux mémento. Pinna a ajouté être certain que sa maladie était également due aux radiations, à cause du travail exécuté pendant cette nuit de 1989 sans aucune protection.

Comme vous pouvez facilement le déduire de mon compte rendu, l'histoire de Pinna semblait n'être ni plus ni moins que les élucubrations d'un fou. Néanmoins, dans l'attente de recevoir les indications nécessaires à l'arrestation de Bellomo, je me suis senti le devoir de mener quelques recherches. J'ai découvert, comme je le supposais déjà, qu'aucun accident important ne s'était jamais produit à la centrale nucléaire de Caorso. Seule une fuite de poussière, légèrement radioactive, avait été enregistrée en 1985, qui avait contaminé quelques ouvriers, sans conséquence pour aucun d'entre eux. S'il y avait eu d'autres accidents dans les années suivantes, il est certain qu'ils auraient été de notoriété publique, puisque l'activité de contestation des militants antinucléaires était à cette période très intense, preuve en est que l'incident évoqué avait eu un écho considérable dans les quotidiens et qu'il avait également fait l'objet d'une interpellation parlementaire.

En ce qui concerne le service militaire de Bellomo, les données en ma possession ne coïncidaient pas avec le rapport de Pinna. Ayant demandé des éclaircissements au ministère de la Défense, j'ai reçu une brève note dans laquelle on lisait que Bellomo avait été jugé inapte au service. Pour cette raison, et dans la crainte que la déposition de Pinna ne soit considérée comme sans fondement, j'ai, de manière coupable, transmis à monsieur le procureur uniquement la dernière partie de l'entretien : celle qui concernait la nouvelle localisation de Bellomo à Paris, que je tenais pour raisonnablement fondée. J'ai donné, en collaboration avec les autorités françaises, le signal de départ à l'opération qui aurait dû conduire à son arrestation. Comme l'affaire était très délicate, j'ai confié cette tâche à ma collaboratrice la plus compétente, le commissaire adjoint Caselli, qui aurait pu également assurer la direction de mes services dans le cas où le récit de Pinna sur Bellomo aurait relevé de la pure fantaisie.

Mais deux faits d'une très grave importance ont fait s'effondrer mes certitudes pour distinguer, dans le discours de Pinna, ce qui pouvait relever de la fantaisie et ce qui appartenait à la réalité. Le premier a été l'issue terrible de l'opération pour arrêter Bellomo, un massacre que je n'ai pas besoin de vous rappeler. Le second a été le décès de Pinna, qui s'est donné la mort par pendaison à son domicile, le jour même de notre funeste opération.

Durant ces terribles journées, qui furent pour moi encore plus difficiles en raison de la disparition de ma femme, et tandis que je m'occupais avec une grande tristesse des tâches relevant de mes services, un doute faisait cependant son chemin dans mon esprit ; j'avais beau essayer de le chasser, il revenait me tourmenter avec toujours plus d'insistance. Je me demandais si, abstraction faite de la mystérieuse hypothèse de contamination nucléaire, l'unité sans insigne de Bellomo avait réellement existé. Le récit fait par Pinna de sa rencontre avec Bellomo avait été vivant et riche de détails, qui, contrairement à d'autres, semblaient parfaitement rationnels et pertinents. Et si ce qu'il disait était vrai, cela signifiait que le ministère cachait la vérité au nom de la raison d'État, cette raison d'État qui, c'est triste à dire mais nécessaire, couvre encore toute une partie de l'activité des dispositifs chargés de la lutte contre le terrorisme. Je me demandais si je portais la responsabilité de ce qui s'était produit parce que j'avais, comme on dit, ouvert la boîte de Pandore d'un secret militaire – peut-être des opérations d'intelligence en lien avec les derniers feux d'activités subversives des années soixante-dix, dont les entraînements se seraient déroulés près de la centrale nucléaire.

Le travail nocturne dans le dépôt auquel avaient participé Pinna et Bellomo pouvait très bien concerner le démantèlement d'une centrale de surveillance et d'écoute, mais rien ne pouvait justifier l'allusion récurrente à un gamin victime d'une telle activité. Sauf s'il s'agissait de couvrir un accident advenu au cours du service de cette unité, laquelle aurait dû par la suite garder le secret. Et peut-être même vis-à-vis de ses supérieurs.

S'il en avait été de la sorte, aussi improbable que cela puisse paraître, cela signifiait que la bombe qui avait explosé dans le restaurant parisien ainsi que la mort de Pinna n'étaient pas des événements isolés, conséquences de la folie de certains individus. Il fallait y voir des actions de repérage, supervisées par ce qui restait de l'unité sans insigne, pour empêcher qu'on découvre la vérité sur ce qui s'était passé à l'époque. Je le sais, à la lecture de ces lignes, on pourrait penser que moi aussi j'avais été frappé de la même démence que Pinna, mais je sentais peser sur moi la responsabilité de ces morts et j'avais besoin, pour la tranquillité de ma conscience, de découvrir ce qu'il y avait de vrai dans cette histoire. Dans les semaines qui suivirent, je me suis donc jeté dans une activité de recherche frénétique pour trouver tout élément corroborant le discours de Pinna que j'avais dans un premier temps écarté, en partant de faits les plus proches, c'est-à-dire du « travail » que, selon Pinna, Bellomo avait accompli début 2013, et dont avait été victime un autre gamin.

Mon attention a été attirée par ce triste fait divers : l'accident mortel survenu au cours d'une excursion au sanctuaire Beato Rizzerio, dans la commune de Coda de Muccia, dans la province de Macerata. En janvier 2013, à l'occasion de la fête de l'Épiphanie, un minibus parti pour une excursion au sanctuaire était tombé dans un ravin, après que le chauffeur avait perdu le contrôle du véhicule en raison d'une avarie qu'on avait attribuée à la vétusté mécanique et au manque d'entretien. À bord du minibus, il y avait quatre adultes : deux prêtres, un chauffeur et un instituteur ; mais aussi deux enfants de six et huit ans venant de la paroisse de Sant'Ilario à Fano. Tous étaient morts sur le coup. L'impact avait causé de tels dommages – auxquels s'était ajouté, phénomène très rare, l'incendie du moteur – qu'il avait été difficile de récupérer puis de reconstituer les corps. Ce qui me frappait était l'extraordinaire coïncidence de cet événement avec le lieu et la date du « travail », pour reprendre les mots de Pinna, exécuté par Bellomo. Travail qui avait provoqué chez lui cette crise de conscience dont je vous ai parlé plus haut. Et si, en réalité, le véhicule avait été saboté pour provoquer un autre massacre absurde ? Mais pourquoi ? Cela aussi devait s'inscrire dans la perspective d'une couverture des activités du passé ? Quelqu'un à bord devait se taire pour toujours ? Il paraissait insensé, je m'en rends compte et je le répète, ne serait-ce que de le penser, mais cette idée ne quittait pas mon esprit.

En utilisant mon temps libre et les jours de congés que j'avais cumulés en grand nombre, je me suis rendu sur le lieu de l'accident et j'ai été à la rencontre des forces de police locales pour me renseigner sur les enquêtes qui avaient été menées. J'ai découvert qu'au cours des expertises on n'avait trouvé aucun élément qui aurait pu laisser supposer une détérioration volontaire du véhicule – une de ces détériorations qu'un homme comme Bellomo, expert en mécanique, aurait pu accomplir. En revanche, tous les enquêteurs considéraient pratiquement impossible le concours de circonstances qui avait conduit à la mort de tous les passagers. Le minibus, en effet, avait perdu le contrôle exactement à l'endroit le plus dangereux de la route, où s'ouvrait le précipice le plus inaccessible et où coulaient les eaux impétueuses d'un fleuve en crue qui avaient dispersé et déchiqueté davantage encore les restes des victimes. Non satisfait de cette découverte, mais au contraire encore plus tourmenté par la pensée que la « coïncidence » pouvait être en réalité le fruit d'une stratégie précise, je suis allé voir les parents des défunts, à la recherche des liens qu'il pouvait exister entre eux et la mystérieuse unité sans insigne. Je n'ai pas besoin de vous dire la peine immense que j'ai éprouvée pour ces familles privées de ceux qui leur étaient chers. Leur irrévocable sentiment de perte et de culpabilité a renforcé davantage encore mon désir de découvrir s'il y avait une vérité cachée.

L'unique détail étrange, si on peut dire, que j'ai retiré de mon enquête, m'a été rapporté par la famille d'un des enfants, qui a déclaré avoir retrouvé ses chaussures sur le seuil de sa maison : un détail resté inexplicable. Quelques mois plus tard, ce détail allait devenir fondamental et révélerait que mes soupçons avaient peut-être quelque fondement ; mais quand j'eus quitté la ville de Fano, il ne me restait plus que des doutes, des coïncidences... Et une inquiétude qui ne parvenait pas à s'apaiser. Tandis que les enquêtes attribuaient la responsabilité du massacre de Paris à un geste de folie de Bellomo, je continuais à chercher quelque chose qui puisse réfuter ou confirmer mes hypothèses. Je commençai ainsi à fouiller dans le passé de Bellomo et de Pinna, à rechercher des éléments sur cette nuit de décembre 1989, quelle que soit la nature de ce qui s'était produit. Et mon enquête a fini par recouper l'histoire bien connue, quoiqu'elle soit déjà très datée, de celui qu'on a appelé l'« enfant du silo ». C'est alors que

Le fichier de Rovere s'achevait sur ces mots, suivis d'un espace blanc inattendu. Mais ce que Colomba avait lu était suffisant pour retrouver le Rovere qu'elle connaissait, le chef qui l'avait toujours aidée et soutenue, l'homme intègre incapable de détourner le regard. Il avait gardé le secret pour défendre les institutions auxquelles il croyait, et quelqu'un, pour cette raison, avait mis fin à ses jours.

11

Dante ricana lorsque Colomba leva les yeux de ces feuilles, même s'il semblait beaucoup moins joyeux que d'habitude. Le soleil, à présent, s'était couché et la terrasse n'était plus éclairée que par quelques lampes Ikea et les cigarettes fumantes de Dante et de Santiago. Ce dernier était devant son ordinateur avec Jorge, tandis que le tatoué soliloquait à voix basse en tapant sur son clavier.

— *Celui qui meurt pour la patrie a vécu suffisamment ?* déclara Dante, comme s'il avait lu dans les pensées de Colomba.

— Tais-toi, répondit-elle sèchement.

— Prends le temps que tu veux pour donner sens à ces informations. J'y ai passé trois jours et je n'y suis pas encore arrivé. Dommage qu'il ne nous ait pas tout dit dès le début, ton chef, ajouta-t-il avec sarcasme. Peut-être que nous aurions une longueur d'avance.

— Il ne voulait pas… commença Colomba, mais elle s'interrompit aussitôt.

— Oui, je sais, poursuivit Dante, énervé. Il pensait avoir levé le voile sur un des dix mille secrets d'État de l'Italie, et il craignait le scandale. Dommage que l'enfant dont parlait Bellomo, ce soit moi. Ou celui que j'ai vu tuer.

— Tu ne peux pas en être sûr.

— Bien sûr que si. Regarde les dates. Décembre 1989. Le moment où je me suis enfui. Et l'équipe du Père a effacé toutes les traces. Mais Rovere craignait le scandale. La boue salissant les institutions. (Dante se mit debout, le dos contre la balustrade du toit, une ombre noire sur la clarté laiteuse des lumières de la ville qui se reflétaient jusqu'au ciel.) Mais il se trompait. Vingt-cinq ans ont passé. Qu'est-ce que tu veux qu'on en ait à foutre, de deux ou trois enfants tués au milieu d'une quelconque manœuvre militaire ?! Ils auraient tout étouffé.

— Moi, j'en ai quelque chose à foutre. Et il y a un tas de gens qui font leur devoir et qui en ont quelque chose à foutre, répondit-elle avec amertume. (Ce qu'elle avait lu bouillonnait en elle.) Ou tu penses que nous sommes tous corrompus ou mouillés ?

— Non. Simplement dépassés par une organisation meilleure que la vôtre.

— Laquelle ? demanda Colomba.

— Je ne sais pas. Mais, à l'évidence, il y a des militaires impliqués. La photo, le récit de Pinna… Et Bodini, l'homme qu'ils ont accusé d'être le Père et qui s'est suicidé : lui aussi venait de l'armée.

— Tu penses vraiment que nous avons l'armée contre nous ? questionna Colomba, effarée.

— Pas aujourd'hui. Le Père s'est adressé à un ami de longue date pour te faire tuer. S'il avait eu l'armée à sa disposition, ou les services secrets, il aurait choisi quelqu'un de plus jeune et de plus efficace : dans le coin, il y a toujours un tas de chair à canon prête à se sacrifier. Sans compter qu'il aurait pu te faire enlever à l'hôpital en montrant n'importe quel papier couvert de tampons et tu serais maintenant à Guantánamo. (Il fit une brève pause.) Mais dans les années quatre-vingt… toi, qu'est-ce que tu en dis ?

— Je ne sais pas quoi penser.

— Moi non plus. Que ce soit pour lui-même ou pour une organisation quelconque, pourquoi ai-je été enlevé ? Pourquoi enlever l'autre garçon, puis le petit Palladino et Luca ? Et tu sais ce qui me bouleverse le plus ? (Dante se retourna pour regarder la cour, les épaules basses.) Toute ma vie, j'ai pensé que j'avais été victime d'un maniaque, génial mais fou. Maintenant je découvre qu'il y en avait un bataillon, et qu'ils avaient peut-être même un mobile. Un *mobile*, tu te rends compte ? Pour me garder au frais comme un morceau de viande dans la chambre froide du boucher.

Colomba se leva et le rejoignit. Ensuite, s'étonnant elle-même de ce qu'elle faisait, elle lui passa un bras sur l'épaule. Le contact le réconforta d'une manière à laquelle il ne s'attendait pas. Depuis combien de temps n'avait-il pas serré quelqu'un dans ses bras ?

— Pinna pensait à un complot atomique, dit-elle en cherchant à plaisanter. Peut-être qu'ils voulaient t'utiliser comme cobaye.

— Je ne suis pas radioactif. Et ils n'ont essayé sur moi ni armes ni bactéries mortelles, répliqua Dante avec un sourire forcé. À part la main et la dénutrition, les médecins n'ont rien trouvé d'anormal. Et puis le Père n'aurait pas perdu du temps à m'apprendre à lire et à écrire.

— Une vengeance, alors ?

— Dans quel but ? Mon père naturel a très mauvais caractère, mais sa vie aussi a été retournée comme une chaussette quand j'ai disparu. Il n'avait auncun lien avec le crime ou avec l'armée, si c'est ce que tu veux savoir. Il n'a même pas fait son service parce qu'il avait un souffle au cœur.

— Quelle que soit la raison qu'ait eue le Père, quand nous le trouverons, je la lui ferai cracher à coups de pied. Je te le promets, assura Colomba, cherchant à paraître plus sûre d'elle qu'elle ne l'était en réalité.

Dante haussa les épaules, en faisant attention à remuer le moins possible. Il ne voulait pas que Colomba s'éloigne.

— Combien de chances avons-nous de le prendre ?

— D'après toi ?

— Je ne sais pas. Mais nous avons encore quelques cartouches en réserve. Je vais te raconter ce que j'ai fait pendant que tu dormais.

À la grande déception de Dante, Colomba s'écarta et retourna s'asseoir.

— Je t'écoute.

Dante s'appuya de nouveau à la balustrade, en prenant un peu la pose.

— Alors, une fois écartée l'hypothèse de l'accident nucléaire, j'ai pensé que les cinq hommes sur la photo devaient agir à proximité de la centrale de Caorso parce que c'était l'endroit le plus surveillé d'Italie, en raison de la menace d'attentat qu'il y avait à l'époque. Pas d'étrangers, contrôle des accès, vidéosurveillance sur les routes. Les uniformes, en revanche, pouvaient s'y déplacer facilement.

— Et le Père était le chef du groupe en uniforme, si on considère toujours que l'Allemand, c'est lui, poursuivit Colomba.

— Il n'avait pas l'accent allemand, ça je peux te le jurer, mais c'est sûrement lui. Et c'est lui qui a permis à Rovere de comprendre qu'il ne s'était pas raconté d'histoires, que tout ça était bien réel. Tu te souviens du jour où il t'a demandé d'arrêter d'enquêter ?

— Je lui avais montré le portrait-robot fait par la « mère qui n'était pas celle qu'il fallait », précisa Colomba, qui se rappelait l'attitude de Rovere et son soudain changement d'humeur qui lui avaient semblé très étranges.

— Le portrait-robot coïncidait probablement à la description que Pinna lui avait faite, même si c'était des années après. Il ne pouvait plus douter que les deux affaires étaient liées. Tu lui avais apporté la preuve dont il avait besoin, et il pouvait te faire retourner à la niche. Il avait compris que Bellomo et le Père travaillaient ensemble. Et qu'en conséquence le massacre de Paris pouvait avoir une tout autre explication. (Il fit une pause.) Et maintenant que le Père a tué Rovere avec une bombe, nous savons que c'est lui qui a œuvré à Paris, pas Bellomo. Il voulait le faire taire pour toujours, il n'avait pas confiance en lui.

— Tu es sûr de ça, Dante ?

— Oui. Tu t'es tourmentée inutilement pendant des mois, CC. Cela n'aurait rien changé si tu avais tiré sur Bellomo dès que tu l'as vu. Le Père était dans le coin. Et c'est lui qui a actionné le détonateur.

— Mais ils ont trouvé les restes du détonateur sur Bellomo…

Colomba en avait le souffle coupé.

— Il ne travaille pas seul, ça, nous l'avons bien compris. Peut-être qu'il a aussi des amis à Paris.

— Mon Dieu, murmura Colomba en se cachant le visage dans les mains.

Dante la regarda sans avoir le courage de s'approcher, en se traitant de lâche, puis il ôta sa parka et la lui posa sur les épaules. Elle sourit.

— Il faudra bien que tu me l'offres, à la fin.

— Il suffit que tu arrêtes de te faire manger par les chiens.

Colomba s'aperçut que, du col de la chemise de Dante, dépassait un sparadrap très visible.

— Qu'est-ce que tu t'es fait ?

— Lorsque je te mettais dans la voiture, j'ai glissé, répondit-il, avec l'expression qu'il prenait quand il voulait éviter un sujet.

Colomba eut la nette impression qu'il mentait. Mais elle n'insista pas et serra la parka autour d'elle.

— Pour le Père, Ferrari devait être encore moins fiable que Bellomo, s'il ne l'a fait intervenir qu'après.

— Vu la façon dont Ferrari s'en est tiré dans le corps à corps, je dirais qu'il avait raison, ricana Dante. J'ai vérifié le portable que tu as pris chez lui. La plupart des numéros sont sans importance, d'autres devront être vérifiés. Mais il y en a un qui est certainement à attribuer au Père. Un numéro Skype, comme celui qu'il a utilisé pour appeler la mère de Luca, même si celui-ci est différent.

— Nous n'avions pas besoin d'autres preuves pour savoir qu'ils travaillaient ensemble, observa Colomba.

— Non, je dirais que non. (Il sortit la photo de la poche de son pantalon et montra les visages des deux hommes sans nom.) Pour en revenir au groupe en uniforme, je dirais que les deux hommes que nous ne connaissons pas sont encore moins fiables ou carrément hors jeu. Morts, ou partis avec un beau magot en poche.

— Comme Ferrari avec sa rente, dit Colomba.

— Ou Bellomo, qui a tout cramé. Pinna disait qu'avant de tuer sa compagne il vivait bien. Puis il a tout perdu. Dans leurs accords, il devait y avoir une clause de bon comportement.

— Établie par qui ?

— Peut-être par le Père lui-même. (Dante fit la moue.) Je n'arrive pas à digérer l'idée qu'il ne soit pas le chef. Et, de toute façon, le Père lui-même a dû être à sec d'argent, à un moment.

— La vidéo, dit Colomba.

— Exact. Il n'aurait pas été obligé de vendre la vidéo du fils Palladino si quelqu'un le finançait encore. Donc, maintenant, il agit pour son propre compte. Il a des couvertures, des connivences, des complices. Peut-être que l'un de ceux qui l'ont aidé à l'époque ou qui lui ont donné des ordres a un poste de responsabilité et continue de lui apporter son aide. Surtout quand il voit une paire de chaussures accrochées sur les lieux d'un crime. Je crois que c'est une espèce de signal : « C'est nous qui avons fait ça, laissez-nous tranquilles. » Et ses amis le couvrent. Ils *oublient* de faire l'autopsie du fils Palladino, ils se dépêchent d'arrêter le père de Luca…

— De la même manière que le sifflet nous est apparu comme un signal qui t'était adressé, ajouta Colomba.

— Même si nous savons maintenant que c'est Rovere qui l'y a mis pour m'attirer. Et il a fait la même chose avec toi. Et dire qu'il avait *justement* sur lui la coupure de presse à te montrer pour te convaincre ! Un fils de pute redoutablement malin, si je peux me permettre. Ce devait être intéressant de travailler avec lui.

— Comme de jouer dans une série A. Toujours, répondit Colomba qui luttait avec les souvenirs qui remontaient à sa mémoire. Tu as demandé à ton ami Santiago de fouiller le site de Blackmountain ? Pour voir si on peut trouver le nom d'un autre bénéficiaire ?

— Oui, mais c'est impossible. C'est une compagnie financière internationale dont le siège se trouve à Portland, et son serveur est trop bien sécurisé pour le pirater. De plus, il y a des millions d'actionnaires dans le monde entier, et je ne sais combien de banques et d'entreprises au conseil d'administration. Dis le nom d'une entreprise et tu peux être sûre qu'elle en est, depuis les armements jusqu'au tabac en passant par les industries pharmaceutiques et aérospatiales. Et même un tas d'ONG qui font de l'humanitaire, parmi lesquelles Save the People. (Dante chercha une cigarette dans son paquet mais il se rendit compte qu'il était vide. Il fit un geste de désappointement et courut trouver Santiago : il revint, une cigarette allumée entre les lèvres et une autre, éteinte, derrière l'oreille.) Et nous ne savons pas si les membres du groupe du Père recevaient leur argent de la même compagnie financière. Et, même si c'était le cas, c'est un peu comme passer par une banque. Il y a juste une chose, et une seule, qui a peut-être une signification, mais rien de sûr.

— Laquelle ?

— Save the People était l'un des bailleurs de fonds internationaux de la Boussole d'argent, le centre de soutien où allait le fils des Palladino. Il y a deux ans, ils ont coupé le robinet.

— C'est peut-être un hasard… commença Colomba. Nous ne savons même pas si la Boussole d'argent a vraiment un lien avec tout ça.

— Mais si c'était le cas, cela voudrait dire que le Père avait des bailleurs de fonds internationaux.

— Pour enlever des enfants ?

— C'est une grosse affaire, CC, dit Dante dans un souffle. Tellement grosse que nous avons du mal à en distinguer les contours. C'est pour ça que nous devons remonter aux origines. Aux années quatre-vingt. À ce que racontait Pinna.

Colomba fit une grimace d'exaspération.

— Si j'étais encore en service, je demanderais des informations au ministère de la Défense.

— Heureusement, Rovere l'a déjà fait. Le ministère ne lui a fourni aucune information sur Bellomo, mais sur l'endroit où se trouvait Pinna, si : la caserne générale Annoni, en réalité une poudrière reconvertie. Elle a été ouverte tant que la centrale de Caorso fonctionnait, de 1981 à 1990. Ils y envoyaient surtout ceux qui avaient un casier judiciaire pas net ou des problèmes de discipline. Durant ces neuf années, il y est passé environ un millier de conscrits, quelque quatre-vingts à la même période que Pinna.

— On a tous les noms ?

— Parmi les quatre-vingts qui y étaient, une soixantaine sont encore en vie, dispersés sur toute la péninsule. Mais avant de me mettre en chasse, je voudrais vérifier une hypothèse.

— Laquelle ?

— Pinna a raconté que la nuit où ils ont démantelé le hangar, il y avait Pieds-Pourris, pas vrai ? S'il s'est souvenu de lui, et pas des autres, j'imagine qu'ils étaient assez proches.

— Peut-être.

— Dans les documents concernant Pinna sur la clé de Rovere, il y avait également une plainte pour bagarre datant de l'époque où il était au service militaire. Il s'est battu dans une taverne pas très loin de là où j'ai habité, enfant. Selon le procès-verbal, il était en compagnie d'Augusto Pedini, âgé de vingt ans. Pedini, piedini, pieds…

— Tu vas loin, observa Colomba.

— Peut-être, mais vu que nous devons commencer par quelqu'un, ce pourrait être la personne idéale. Allons le voir. Il habite à Crémone, dit Dante, un éclair sombre dans les yeux. Ce sera l'occasion de retourner au pays.

Colomba secoua la tête.

— Nous sommes recherchés, Dante. Nous ne pouvons pas aller faire un tour comme si de rien n'était.

— Santiago nous mettra en contact avec quelqu'un qui peut nous procurer une voiture.

— Et puis des faux papiers, dit-elle, sentant sa colère monter.

— Pour ça, il faut trop de temps. Mon père naturel nous trouvera un endroit où on pourra rester.

— Il doit être sous surveillance s'ils te cherchent.

— Mais je sais parfaitement comment il passe ses journées et où le rencontrer. Et c'est la seule personne en qui j'ai confiance, à part toi.

— Je ne sais pas, Dante…

— Quelle alternative avons-nous ? Rester ici et attendre qu'ils nous prennent, ou bien nous rendre et espérer qu'ils nous croient ?

Colomba réfléchit une bonne minute tandis que sa tête se remplissait de scénarios désastreux et sa poitrine de douleurs. Elle avait commencé par enfreindre les règles, puis elle s'était transformée en fugitive, et maintenant elle s'apprêtait à toucher le fond, en allant de subterfuge en subterfuge.

Colomba soupira.

— Je dois me teindre les cheveux. Trouver des vêtements…

— Les sœurs de Santiago ont tout ce qu'il faut. Si tu veux, elles peuvent même te poser des faux ongles. Je penserai à quelque chose pour moi.

— Quand est-ce que tu veux partir ?

— Demain matin. Cette nuit on se prépare et on part à l'aube.

— Il vaudrait mieux partir à l'heure de pointe. Nous serions moins visibles.

— C'est vrai. (Dante éteignit sa dernière cigarette.) Si tu descends, tu peux me rapporter un paquet de cigarettes ? Il y a des cartouches dans le coin.

— Tu ne viens pas ?

Il secoua la tête.

— Trop de gens dans cette maison. Ici, j'ai un sac de couchage et un canapé. Et il y a une salle de bains dans les combles, que j'utilise pour le reste.

— Tout ce qu'il te faut.

— Mon balcon me manque beaucoup, dit Dante avec mélancolie. Beaucoup, beaucoup.

Colomba retrouva le désordre de l'appartement de Santiago où étaient apparues trois autres filles, entre treize et seize ans, et la mère, une poupée peroxydée qui la regardait avec méfiance.

Ayelén comprit ce que Colomba voulait : elle lui tendit une bouteille d'eau oxygénée et lui demanda de choisir entre un flacon de colorant rouge acajou et un de bleu. Colomba cacha son dégoût et choisit le rouge acajou, en refusant cependant de se faire aider. Plus jeune, il lui était arrivé de se teindre les cheveux et elle croyait se rappeler comment on faisait. Ayelén s'éloigna en promettant de lui procurer des vêtements et de lui préparer quelque chose à manger. Colomba se rendit compte qu'elle avait une faim de loup. Elle s'enferma dans la salle de bains, autant que la porte défoncée le lui permettait, et enleva sa chemise de nuit. Elle était couverte de bleus et avait des cernes de toxico : elle se fit de la peine. Elle retira de la baignoire une énorme panière de linge sale et fit couler l'eau, se préparant à se laver les cheveux. Dehors, entre-temps, le tapage avait redoublé d'intensité, ponctué d'éclats de rire, de cris. Et de sonneries de téléphone. L'une d'entre elles attira son attention car c'était la même que la sienne, qu'elle avait justement choisie parmi les moins courantes. D'instinct, elle tourna la tête vers la porte : elle vit, dans l'interstice entre le cadre et le battant, l'une des gamines de treize ans qui répondait à un portable. Quand elle croisa le regard de Colomba, elle prit un air coupable et s'éclipsa. Colomba remarqua que le téléphone qu'elle utilisait était, lui aussi, identique au sien. *Ce n'est pas possible*, se dit-elle, foudroyée par une pensée inquiétante. Elle croyait que Dante avait fait disparaître son portable en même temps que la voiture de Ferrari. Mais elle ne le lui avait pas demandé. Elle renfila sa chemise de nuit en catastrophe, et sortit chercher la fille, qu'elle trouva assise sur le lit de la chambre. Elle parlait à voix basse dans le téléphone. Quand elle remarqua que Colomba la fixait, elle cacha l'appareil dans son dos.

— Qu'est-ce qu'il y a ? demanda-t-elle.

— Où tu l'as pris, celui-là ? gronda Colomba.

— C'est le mien.

Colomba tendit la main.

— Montre voir.

La gamine se fit toute petite.

— J'ai fini la carte… mais je m'en suis servie que deux fois, je te le jure.

— Donne-le-moi ! rugit-elle.

La gamine laissa tomber le téléphone sur le lit et s'enfuit. Colomba attrapa l'appareil et enleva rapidement la batterie. Mais elle savait qu'il était trop tard. Elle sortit de la chambre en courant et faillit foncer dans Santiago, qui arrivait du toit.

— Il faut qu'on parte, Dante et moi. Tout de suite ! lui dit-elle.

Santiago fit une grimace de rage :

— Trop tard.

Et ce fut à cet instant que Colomba, au milieu du vacarme qui l'entourait, entendit le son des sirènes.

12

Dante était resté seul sur le toit, étendu sur le canapé, enveloppé dans la parka que Colomba lui avait rendue au moment de descendre. Il était en manque de caféine, parce qu'il se refusait à boire le café dégoûtant que servait la mère de Santiago, et il avait mal à la tête. Il alluma une cigarette en cherchant à calmer son inquiétude.

Crémone.

Cré-mo-ne.

Il retourna le mot dans sa tête : sa ville natale était un caillot de nostalgie et de regrets, et la seule pensée d'y retourner faisait affluer les pires souvenirs. Bizarre pour une ville considérée comme l'une des plus tranquilles d'Italie, quelques dizaines de milliers d'habitants au cœur de la plaine du Pô, attachée à ses traditions et à son histoire, au touron et aux violons de Stradivarius. *Sans parler du Torrazzo, le campanile le plus haut d'Italie*, se dit Dante, imitant pour lui-même les actualités au temps de la guerre. Le clocher du Torrazzo, il n'y était jamais monté. Il le ferait peut-être cette fois-ci. Ou jamais.

Crémone.

Dante avait cru pendant des années que le Père pouvait encore être là, caché dans une des rues anciennes et poussiéreuses. Maintenant il savait que cet endroit n'avait été qu'une des étapes de son activité de ravisseur et d'assassin. Pourtant, même si Crémone n'était pas plus dangereuse pour lui que n'importe quelle autre ville au monde, Dante tremblait à la seule pensée d'y retourner. En soupirant, il prit un comprimé de sa pharmacie de poche désormais restreinte et l'avala avec une gorgée de la petite bouteille de vodka planquée sous le canapé en espérant que, combinés, leurs effets feraient baisser son thermomètre interne dangereusement proche du signal d'alarme. Et il lui sembla qu'il entendait retentir le signal, avant de s'apercevoir que le son venait d'en dessous.

Des sirènes de police.

Il ouvrit tout grand les yeux et vit Colomba sortir de l'escalier de secours, immédiatement suivie de Santiago et de Jorge. Elle était juste vêtue de sa chemise de nuit et de ses rangers, mais elle tenait à la main ce qui semblait être un sac de vêtements.

— Ils nous ont trouvés, dit-elle sans préciser qui, ce n'était pas nécessaire.

Dante se mit debout d'un bond.

— Comment ils ont fait ?

— La sœur de Santiago a utilisé mon portable. L'intelligence, ça doit être de famille.

— Fais attention à comment tu parles, *puta* ! hurla Santiago.

Colomba grinça des dents.

— Sinon, tu me fais quoi ?

Dante prit Santiago et Colomba par un bras pour les séparer, comme on le fait avec des enfants qui se disputent.

— Comment on fait pour sortir d'ici ?

— Vous ne pouvez pas, répondit Santiago en continuant à fixer Colomba. Mes gars en dessous disent que les flics ont cerné l'immeuble.

— Et ils ont déjà dû installer des barrages sur toutes les voies d'accès à la zone, dit Colomba. En tout cas, c'est ce que j'aurais fait à leur place. Ou plutôt, non. J'aurais mis l'immeuble sous surveillance et j'aurais attendu que le suspect sorte. Ou, au moins qu'il fasse tout à fait jour. Mais ils doivent être très pressés de m'arrêter, ajouta-t-elle amèrement.

Santiago donna une bourrade amicale à Dante.

— Je suis désolé, *compadre*. J'espère que tu resteras fidèle à notre pacte et que tu leur diras que je n'ai rien à voir avec tout ça.

— Oui, bien sûr, répondit Dante mécaniquement.

Jorge avait commencé à démonter le matériel informatique, et Santiago le rejoignit pour lui donner un coup de main.

— Combien de temps on a, avant qu'ils arrivent ? demanda Dante.

— Jusqu'ici ? Au moins une demi-heure si personne ne les aide. Ils m'ont localisée avec le portable, mais ils ne savent rien de Santiago, sinon ils auraient fait une descente ciblée au lieu d'arriver en masse. Ils vont se faire ouvrir tous les appartements.

— Alors tu peux rajouter quelques minutes : ce ne sera pas si simple, fit remarquer Dante.

Et c'était vrai, car en ce moment même, dix étages plus bas, un groupe d'agents de la mobile en tenue antiémeute faisait face à une masse compacte de locataires, hurlants et furieux, qui remplissaient le hall et l'escalier. Entre les deux formations, l'inspecteur en chef Infanti s'égosillait en cherchant à se faire écouter.

— S'il vous plaît ! Ne gênez pas notre travail. Nous sommes à la recherche d'une personne qui n'habite pas ici ! Vous n'êtes pas concernés, cria-t-il.

Et en même temps il pensait que la personne recherchée avait été, quelques mois plus tôt encore, son supérieur direct, et qu'il ne réussissait toujours pas à la croire responsable de ce dont on l'accusait. Qu'elle ait perdu la tête, c'était sûr, mais qu'elle soit capable de mettre une bombe dans la maison de Rovere ? Ça n'était pas possible. Quant aux preuves, quelqu'un à la scientifique avait dû faire une connerie. Ce ne serait pas la première fois. Mais personne ne lui avait demandé son avis sur la question, et la plupart de ses collègues étaient moins convaincus que lui de son innocence.

Une femme bien en chair avança d'un pas en frappant avec une cuillère sur une casserole pour faire taire les autres. Elle avait une perruque de cheveux crêpés et une robe avec des lignes verticales qui la faisait ressembler à un tonneau.

— Qui est-ce que vous cherchez ? demanda-t-elle avec un fort accent du Sud.

— Madame, ce n'est pas votre problème. Vous devez seulement nous laisser faire notre travail.

— C'est chez nous que vous venez la chercher, donc c'est notre problème. Vous croyez qu'on va vous laisser entrer comme ça ?

— Nous ne ferons que vérifier si elle est là. Aucun d'entre vous n'aura de problèmes.

Une vieille se pencha par-dessus la rampe.

— Menteur ! hurla-t-elle. Vous dites toujours la même chose ! Quand vous avez emmené mon fils aussi, vous avez dit que c'était seulement pour un contrôle.

— Madame… je vous jure que c'est vrai, dit Infanti, de plus en plus inquiet en voyant la tournure que prenait la situation, et il se demanda pourquoi il ne s'était pas fait porter pâle ce soir.

Surtout en sachant que le procureur qui avait fait émettre le mandat de détention provisoire était De Angelis. Cet âne bâté.

Au même moment, l'âne bâté en question se trouvait appuyé contre une voiture banalisée garée devant la porte, de l'autre côté de la rue, et il regardait avec crainte les gamins éclairés par les phares qui le fixaient derrière la file des blindés. Ils devaient avoir douze ans au maximum et semblaient déjà prêts à tenir un flingue, pensa-t-il avec un léger malaise. Santini, à quelques mètres de lui, parlait dans la radio à voix basse.

— Mais putain, qu'est-ce qui se passe ? demanda-t-il.

D'après ce qu'il voyait, les agents qui auraient déjà dû procéder à la perquisition restaient plantés là, moitié à l'intérieur et moitié à l'extérieur de l'immeuble, d'où on entendait arriver par intervalles des éclats de voix et des jurons. Santini écarta la radio de son oreille.

— Il y a un problème avec les locataires, dit-il. Ce n'est pas un quartier facile.

— Nous non plus, nous ne sommes pas faciles. Donne le signal.

— Caselli ne peut aller nulle part. On attend que la tempête se calme.

— On n'attend rien du tout, bordel !

— Vous êtes sûr, monsieur le procureur ?

— Arrête de poser des questions et vas-y, s'impatienta De Angelis.

— Bien, monsieur.

En se frayant un passage entre les agents, Santini se retrouva à côté d'Infanti, qui essayait toujours de négocier.

— Pourquoi ça ne bouge pas ? lui demanda-t-il.

— Vous voyez bien, commissaire, dit Infanti, le visage couvert de sueur. Ils ont peur qu'on emmène l'un des leurs.

— Un seul ? Ils n'ont rien compris. Maintenant, je vais leur expliquer. (Santini se fit passer un petit mégaphone par un agent de l'équipe et s'avança de quelques pas. Il alluma l'appareil, qui émit un sifflement déchirant.) Alors, hurla-t-il dans le microphone, et sa voix, transformée en celle d'un robot, ricocha jusqu'à l'étage du haut. Ou vous vous enlevez de là VITE FAIT, ou on vous embarque tous pour résistance à un officier public et entrave aux forces de l'ordre. Vous avez compris ? Vous devez DISSOUDRE IMMÉDIATEMENT CE RASSEMBLEMENT. (Santini abaissa le mégaphone et, pendant une seconde, il y eut un silence de mort. Puis une lampe de chevet vola à travers la cage d'escalier et s'arrêta à un millimètre de ses pieds.) Qui a fait ça ? cria-t-il, le visage rouge, en oubliant le mégaphone. Qui a fait ça, putain ?

— Ta mère ! répliqua quelqu'un deux étages plus haut.

Il y eut un éclat de rire. Santini chercha à comprendre qui avait parlé, mais sans y parvenir. Il revint aux côtés d'Infanti.

— Chargez, ordonna-t-il.

— Ça va finir dans les journaux, commissaire, objecta celui-ci.

— Tant mieux. Comme ça, la prochaine fois, ils réfléchiront.

Santini prit le casque à sa ceinture et le mit sur sa tête. Il ne l'avait pas fait depuis le G8 de Gênes et, ce jour-là, les choses n'avaient bien fini pour personne. Il donna le signal.

Sur le toit de l'immeuble, on entendit l'écho de cris lointains. Colomba était restée avec Dante près du canapé.

— Toi, tu te caches, ils ne savent pas que tu es avec moi. Et, si tout va bien, une fois qu'ils m'auront prise, ils ne perdront pas plus de temps dans le coin.

— Et après ?

— Après tu continues.

Dante secoua la tête.

— Ça ne marchera pas, CC.

— On en a déjà parlé, il me semble.

— Mais je n'étais pas d'accord à ce moment-là et je le suis encore moins maintenant.

Dante s'éloigna de Colomba et se dirigea vers Santiago et Jorge, qui avaient à présent été rejoints par le tatoué. Ils avaient démonté presque tout l'équipement et le rangeaient dans deux gros sacs à dos. Il s'approcha de Santiago et lui parla à l'oreille.

— Tu dois la faire sortir d'ici.

Pris de rage, Santiago jeta par terre le tournevis cruciforme qu'il avait utilisé pour démonter l'antenne satellite.

— Comment as-tu l'audace de me demander une chose pareille ? *No es suficiente el caos que ha causado ?* (Il montra l'ordinateur démonté.) *Mira !* Mon bureau n'existe plus. Avec ça, je faisais de l'argent ! Et j'ai la *policía en mi casa* !

— Tu savais que ça pouvait arriver, Santiago. Mais essaye de comprendre que s'ils ne l'attrapent pas, c'est mieux pour tout le monde. Même pour toi.

Santiago reporta son attention sur l'équipement.

— Il n'y a pas moyen.

— S'il n'y a pas moyen, pourquoi est-ce que tu mets les ordinateurs dans des sacs à dos ? Où tu veux les porter ?

— Ça ne te regarde pas.

Dante força Santiago à se retourner.

— Tu ne peux pas les laisser la prendre.

— Dante, si je lui fais voir comment sortir d'ici, elle le dira à tous ses amis flics ! Et il faudra que je déménage. *Entiendes ?*

— Je te promets qu'elle ne racontera rien à personne, dit Dante, sachant pertinemment qu'il mentait : Colomba était intransigeante sur certaines choses.

Santiago était sur le point de lui répondre encore, quand Colomba cria :

— L'hélicoptère ! Aux abris !

Dante leva les yeux au-dessus des toits. Un faisceau lumineux descendait du ciel vers la route en s'approchant de l'immeuble, accompagné d'un bruit de rotor de plus en plus fort. Dans la fougue de la discussion, ils ne s'en étaient pas aperçus.

Colomba déboula entre eux.

— Il va atterrir ici ? lui demanda Santiago, inquiet.

— Non, il va continuer à tourner au-dessus, surtout pour empêcher que quelqu'un s'éloigne dans le noir. Mais s'il nous voit, il fera vite monter les agents.

Le tatoué montra l'auvent plus bas, de l'autre côté par rapport à eux.

— Il faut aller là !

L'auvent, long d'environ trois mètres, abritait une dizaine de pots rectangulaires remplis de terre dont ne sortait pas un germe. C'était ce qui restait d'une expérience de culture de marijuana à domicile, que Jorge avait entreprise quelques mois plus tôt sans grands résultats, peut-être parce que le toit était en tôle, au lieu d'être transparent.

Le tatoué et Santiago saisirent les sacs à dos et coururent se mettre à couvert, suivis de près par les autres. Ils se tapirent contre les pots, tandis que le faisceau lumineux fouillait le toit et que le son des pales devenait assourdissant.

Dante n'arrivait pas à réaliser que tout cela était vrai, et à en juger par l'expression de Colomba, elle pensait exactement la même chose.

— Santiago ! hurla Dante pour se faire entendre au milieu de ce vacarme. Il faut que tu te décides ! Dis-nous comment faire pour y aller !

— Il y a un moyen ? demanda Colomba. Par où ?

Santiago ne parla pas, et Dante, risquant de se faire voir par l'hélicoptère, s'accroupit devant lui.

— Santiago. Tu as compris ce que nous faisions, CC et moi.

— Ça m'est égal.

— Si ça t'était égal, tu ne nous aurais pas aidés. Je ne t'ai pas suffisamment payé pour les risques que tu as pris. Tu sais à qui nous donnons la chasse, tu sais ce qu'il fait aux enfants. Et je te connais. Il y a beaucoup de choses sur lesquelles nous ne sommes pas d'accord, mais sur celle-là, si : on ne touche pas aux enfants.

— *Los niños son bendecidos por Díos*, récita Santiago malgré lui.

— S'ils prennent CC, personne ne libérera les enfants qui ont été enlevés. Comme ils m'ont enlevé. Tu connais mon histoire. Des enfants qui ont l'âge de ta plus petite sœur. Et qui grandiront comme des animaux en cage.

— Et la flic les retrouvera ? répliqua Santiago, défiant.

— Oui. Je sais qu'elle y arrivera. Et je l'aiderai.

— Même le *chico* de la vidéo.

— Oui, même lui. Et si nous réussissons, ce sera grâce à toi.

— Ne l'écoute pas, dit Jorge. Ils inventeraient n'importe quoi pour pouvoir sauver leur cul.

Santiago le regarda de travers.

— Je connais cet homme, dit-il en montrant Dante. Il ne ment pas.

— Mais la flic ? demanda le tatoué.

— La flic n'est plus une flic. C'est une femme qui fuit la police. *Y no me gusta enviar a la gente a la cárcel.*

— Alors, comment on sort d'ici ? insista Dante.

— Par les caves, répondit Santiago. Elles communiquent toutes. Notre immeuble, celui d'après et celui d'encore après.

— La police a cerné le quartier, objecta Dante.

— Mais pas le parc, fit remarquer Santiago, en pointant le doigt en direction du jardin des Trois Lacs, un espace vert public presque à l'état d'abandon, pas très loin. Depuis le troisième immeuble, il y a moyen d'y arriver.

— Au parc, on sera assez loin de tes collègues ? demanda Dante à Colomba.

— Si nous nous dépêchons, peut-être que oui, répondit-elle. Mais là, nous aurons besoin d'une voiture.

— Tu peux t'en occuper, Santiago ? relança Dante.

— *No crees que estás exagerando ?* intervint Jorge. Maintenant il faut même donner une voiture à ta copine ?

— Je ne t'ai rien demandé, dit Colomba.

— Moi si, rectifia Dante. Ça ne sert à rien de rejoindre le parc si ensuite ils nous prennent. Ils comprendraient vite comment nous y sommes arrivés.

Santiago soupira puis regarda le tatoué.

— Appelle Enrico et dis-lui de laisser une voiture propre dans le virage, les clés sur le contact.

— Tu lui fournis le service complet, à cette putain, dit Jorge, furieux. Je comprends pas.

— C'est pour ça que le chef, c'est moi, le recadra Santiago. *Tiene usted algun problema conmigo ?* attaqua-t-il d'un air mauvais.

— Non, s'empressa de répondre Jorge.

— Mais on ne peut pas descendre à la cave, dit Dante. Il y a des policiers dans l'escalier.

— On va y entrer par l'immeuble d'en face. Je sais comment faire. (Santiago fit un signe à Jorge et au tatoué.) Je montre le chemin à Dante et à la flic. Vous deux, vous prenez *las mochilas* et vous nous suivez.

Pendant que le tatoué appelait Enrico, Colomba examina les déplacements de l'hélicoptère. Il traçait un gros huit au-dessus des trois bâtiments et des rues adjacentes. S'ils partaient au moment où il était loin, ils pourraient descendre du toit sans être vus, mais probablement qu'il les repérerait lorsqu'ils entreraient dans le deuxième bâtiment. Et là, il ne leur resterait plus qu'à courir.

— Donne-nous le signal de départ, dit Santiago, en comprenant que Colomba calculait le bon timing.

Le turbo de l'hélicoptère devint moins fort et le toit fut plongé dans la pénombre.

— Encore quelques secondes… (Colomba compta mentalement.) Maintenant !

Ils s'élancèrent tous les cinq derrière Santiago. La première partie fut relativement simplc. Une échelle métallique de service descendait de la terrasse jusqu'au toit de la galerie qui réunissait les deux immeubles adjacents. Ils la descendirent relativement en sécurité, parce que c'était un modèle avec des échelons à section circulaire, si bien qu'il était difficile de lâcher prise. Colomba fit en sorte que Dante soit toujours devant elle, pour l'avoir sous les yeux, et elle le vit glisser agilement le long des échelons, tandis qu'elle ne pouvait utiliser qu'une main à cause du sac de vêtements. Ce furent Jorge et le tatoué qui eurent le plus de difficultés : il leur fallut enlever les sacs à dos et les porter sur la tête pour ne pas être coincés.

Une fois sur le toit de la galerie, ils se plaquèrent contre le mur, en laissant l'hélicoptère passer, puis ils coururent jusqu'à l'autre extrémité, où s'ouvrait une porte de fer rouillée, haute d'un peu plus d'un mètre et couverte d'inscriptions obscènes. Ils entendaient, en dessous d'eux, le pépiement des radios de police et les voix des agents. Les cris lointains, en revanche, avaient cessé, signe qu'ils avaient réussi à évacuer l'entrée de l'immeuble.

La porte était fermée par un énorme cadenas. Santiago l'ouvrit avec la clé, puis il écarta le battant en grand :

— On y est.

Colomba passa la tête. L'obscurité était totale. Elle se fit prêter le briquet de Dante et éclaira, en vain : les rails de l'ascenseur passaient sur les côtés et, cinq ou six mètres plus bas, on voyait le toit de la cabine. Pour la rejoindre, il fallait utiliser une échelle beaucoup plus étroite que la précédente, et sans la moindre sécurité.

— L'ascenseur marche ? demanda-t-elle à voix basse pour ne pas se faire entendre par ceux qui étaient dessous. Je ne veux pas me transformer en crêpe.

— Il n'a jamais marché, répondit le tatoué. On descend jusqu'au toit de la cabine et on est arrivés dans les caves.

— Je passe devant, dit Santiago.

Il entra en se tournant de dos, et sa tête disparut aussitôt.

— À toi, Dante, dit Colomba.

Dante semblait hypnotisé par la petite porte. Il fixait l'obscurité au-delà du seuil, les yeux ouverts et la respiration sifflante : c'était comme une grande bouche famélique, un gouffre insondable qui voulait l'avaler. Il se sentait attiré vers elle et il devait tendre les muscles de son corps pour ne pas tomber dedans et s'y perdre. Il ne réussissait même pas à en détourner le regard. Appeler de la peur ce qu'il éprouvait était très loin de la vérité. Il était comme un condamné fixant la lame de la guillotine qui allait le décapiter. C'était la certitude de la mort rendue tangible, à quelques mètres de lui.

— Je ne peux pas faire ça, murmura-t-il. Dans les caves, je pouvais résister, mais là… non.

— Dante, c'est le seul moyen.

Il secoua la tête puis, au prix d'un gros effort, il porta les yeux sur elle.

— CC… Je ne peux vraiment pas. Je suis désolé. Vas-y, toi.

— J'ai besoin de toi. (Dante transpirait abondamment.) Tu as dit que s'ils nous séparaient…

— S'ils nous séparent, *toi*, tu peux t'en sortir toute seule.

— Sans toi, le Père, je ne peux pas le trouver.

— Je suis seulement un témoin pour tes collègues, CC. Ils me laisseront partir… et je te rejoindrai où que tu sois. (Il hachait ses mots tant il était bouleversé.) Nous inventerons un code pour communiquer entre nous… ce n'est pas difficile. Ils ne sauront pas que nous sommes en contact.

— Dante… ce n'est pas possible.

— Je t'en prie… Colomba…

Colomba regarda Jorge.

— Donnez-moi vos sacs à dos.

— Pourquoi ?

— Parce que c'est moi qui les porte. Allez.

Était-ce à cause du ton de sa voix ou de la situation, toujours est-il que les deux hommes obéirent. Colomba lança dans le trou le sac des vêtements en prévenant Santiago pour qu'il l'attrape au vol et elle enfila un sac à dos sur chaque épaule. Ils pesaient environ une quinzaine de kilos chacun, et elle se sentit terriblement déséquilibrée, tirée vers l'arrière. Descendre les échelons allait être difficile.

— Et maintenant ? demanda le tatoué.

— Vous le surveillez, dit-elle en montrant Dante. Je porte les sacs en bas et ensuite je reviens et nous le faisons descendre ensemble.

— CC… tu ne peux pas faire une chose pareille, bégaya Dante.

— Je suis désolée, dit Colomba sans le regarder dans les yeux. On y va ! Ou vous voulez qu'ils nous trouvent ici ? L'hélicoptère arrive !

Dante voulut s'échapper, mais le tatoué l'attrapa tout de suite par les épaules et, d'une main sur sa bouche, étouffa ses cris. Jorge, après avoir lancé un regard de feu à Colomba, le maîtrisa immédiatement en lui immobilisant les bras. Dante se démenait comme un diable, et Colomba sentit son cœur se serrer. *C'est le seul moyen*, se répéta-t-elle, puis elle descendit le plus rapidement qu'elle put, courant le risque de s'écraser à chaque barreau. À mi-chemin, elle lâcha prise et si, par miracle, elle ne tomba pas, c'est seulement parce qu'elle réussit à saisir l'un des rails luisants de graisse.

Du haut de l'ascenseur provenait une lumière jaunâtre. C'était Santiago qui tenait une lampe torche à piles.

— Où sont les autres ? lui demanda-t-il quand elle atterrit à côté de lui.

— Ils tiennent Dante, maintenant je remonte le chercher.

— Ce n'est pas un endroit pour lui, ici.

— Tu n'as pas besoin de me le dire.

Sans les sacs à dos, Colomba remonta sans difficulté. Arrivée en haut, elle tambourina doucement à la porte pour attirer l'attention. La tête de Dante fut poussée dans l'orifice, puis la partie supérieure du buste. Il ouvrit la bouche comme pour hurler, mais Colomba eut vite fait de la lui obturer.

— Je t'en prie. Ne crie pas, aide-moi, lui dit-elle à l'oreille.

Dante grogna et secoua la tête. Colomba garda une main sur sa bouche.

— Tu m'as amenée ici, et moi je te sors d'ici, dit-elle.

Ou, du moins, j'essaie, ajouta-t-elle mentalement. Elle ordonna aux deux Cuchillos de pousser et elle reçut tout le poids de Dante, qui s'agrippa à elle. Colomba fut forcée d'utiliser ses deux mains, une pour se tenir et l'autre pour le tenir, lui, mais Dante ne cria pas. Il se contenta de respirer bruyamment sans la regarder. Elle pensa qu'ils pouvaient y arriver, s'ils ne tombaient pas tous les quatre. À ce moment-là, le faisceau lumineux de l'hélicoptère les frappa.

Ils étaient repérés.

13

La nouvelle de l'étrange ballet qui se jouait sur le toit de la galerie arriva vite à la centrale opérationnelle, qui la communiqua à la radio Sienne Uno, c'est-à-dire à Santini – ou « suce-burnes », comme l'appelaient ceux de la mobile qui n'avaient guère apprécié son ingérence. À ce moment-là, la révolte venait à peine d'être réprimée et une bonne partie des habitants de la zone étaient en garde à vue dans la cour ou sur les blindés, les menottes aux poignets, des coupures et des écorchures sur la tête, voire quelques fractures. La perquisition était arrivée jusqu'aux appartements du troisième étage, mais Santini, quand il reçut le message, dérouta les policiers sur l'immeuble d'à côté, laissant seulement quelques hommes pour surveiller, car il avait compris que Colomba s'enfuyait au-dessus de leurs têtes.

En réalité, les fugitifs étaient déjà arrivés au niveau du sous-sol. La descente dans la cage de l'ascenseur avait été rapide, comme la course jusqu'aux caves. Colomba avait passé un bras autour des épaules de Dante pour le soutenir et le réconforter sans s'arrêter, même une seconde, de lui parler à l'oreille comme à un enfant. Dante ne réagissait pas et suivait les autres mécaniquement. Sa conscience s'était retirée, s'enfermant dans une zone lumineuse et réconfortante cachée dans un repli de son cerveau. Il voyait des fleurs et des papillons, des feux d'artifice et des étoiles. En surface, il ne restait qu'un fragment de conscience qui suffisait à lui faire remuer bras et jambes.

Santiago fit traverser au groupe un immense sous-sol encombré de débris, puis ils prirent un couloir souterrain qui reliait les deux immeubles, puis encore un autre sous-sol. Ils couraient en silence, attentifs à chaque bruit. Il arriva que pénètre dans le noir le pépiement d'une radio venu de la rue au-dessus d'eux, et ils faillirent même tomber nez à nez avec une escouade d'agents qui arrivait dans la direction opposée. Mais ce ne fut pas le cas. Avec les années, en effet, les caves s'étaient transformées en une agglomération informelle où régnait la loi du plus fort. Certaines étaient remplies de déchets et de décombres, d'autres avaient été élargies en abattant les murs mitoyens et en englobant les pièces à côté, jusqu'à se transformer en tavernes, chambres d'hôte, pièces blindées qui cachaient Dieu sait quelles marchandises, quels garde-manger.

Colomba vit même une zone barbecue aménagée au croisement de deux couloirs, où une famille de Péruviens cuisinait un poulet à la braise sur la grille du parking, indifférents au chaos au-dessus d'eux et à l'humidité. À certains endroits, le couloir était bloqué par des portes blindées et des barrages de fortune, mais Santiago avait les clés de toutes les serrures, ou savait de quel côté passer. Leur course se termina contre la porte d'une cave, cadenassée comme celle de l'absurde ascenseur par laquelle ils étaient entrés. Santiago ouvrit également celle-ci : la cave contenait une dizaine de sanitaires en mauvais état.

— C'est par ici qu'on arrive au parc ? demanda Colomba, perplexe.

— *Exactamente*, répondit Santiago. Mais il y a encore un bout de route à faire. Plus difficile. (Il indiqua de sa torche une étagère encombrée de pots de peinture.) Déplacez-la, ordonna-t-il.

Jorge et le tatoué obéirent, découvrant dans le mur un trou d'un mètre de diamètre, puis ils retournèrent monter la garde.

Colomba observa la réaction de Dante : aucune ; il semblait ne pas comprendre ce qu'il se passait. *C'est mieux comme ça*, pensa-t-elle. Toute seule, elle n'aurait pas réussi à le gérer.

— C'est vous qui l'avez percé, ce trou ? demanda-t-elle.

— Deux mois de travail, acquiesça Santiago avec orgueil.

Il expliqua qu'à quelques mètres coulait un fossé d'eau de pluie qui arrivait du parc pour se jeter dans le collecteur d'égouts sous l'immeuble. Les Cuchillos avaient creusé une déviation de fortune qu'ils utilisaient comme sortie de secours en cas de descente de police. Quand il pleuvait, le passage devenait parfois impraticable, car le fossé se remplissait presque complètement d'eau, mais ces jours-ci, la météo était bonne : ils ne rencontreraient pas de problèmes.

— C'est par ici que tu t'es enfui lorsque je te cherchais, il y a deux ans, pas vrai ? dit Colomba.

Il rit.

— J'étais innocent, comme toi.

Le tatoué arriva en courant.

— Les flics se pointent. J'ai entendu des bruits de pas et des radios.

— Il est temps d'y aller.

Santiago lui passa la torche et donna une bourrade à Dante qui, une fois encore, ne réagit pas. Il resta impassible même quand Colomba le poussa devant elle dans l'étroit tunnel qui empestait les égouts.

Colomba se retourna pour regarder Santiago.

— Merci, dit-elle à contrecœur.

— Oh, la flic connaît les bonnes manières ! s'esclaffa-t-il en refermant le trou.

Les trois Cuchillos sortirent en courant et dissimulèrent la porte, se dispersant ensuite dans les caves pour cacher les sacs à dos. Non loin de la sortie, Santiago se trouva face à Santini, à la tête d'un groupe d'agents. Il comprit qu'il s'était fait piéger. Ils le plaquèrent contre le mur et lui passèrent les menottes, comme ils l'avaient fait à tous ceux qu'ils avaient croisés dans le sous-sol.

— Où est-elle ? demanda Santini, en lui plaçant sous le nez la photo de Colomba.

— Jamais vue, répondit Santiago avec un sourire insolent.

Santini donna l'ordre de fouiller toutes les caves et même d'abattre les murs « quand c'était nécessaire », tandis que Santiago s'abandonnait aux mains des agents qui l'entraînaient. Avant d'être chargé sur un blindé plein à craquer, il adressa un message à ce *gringo loco* qui voulait sauver des enfants et à la flic aux yeux qui vous transperçaient la peau.

— *Mucha suerte y adelante, compinches,* chuchota-t-il.

Pour la première fois, il apportait son soutien à quelqu'un d'autre que lui-même.

Pendant ce temps, Colomba et Dante rampaient dans le tunnel. Pour être exact, Colomba rampait et poussait Dante, qui avançait par saccades les yeux clos, en tombant souvent le visage dans la boue. Après une dizaine de minutes, les murs de terre furent remplacés par du ciment, et Colomba comprit qu'ils étaient entrés dans le collecteur. Là ils purent avancer à quatre pattes, tandis que l'air se faisait peu à peu plus pur et plus froid. Mais après un virage, ils se trouvèrent face à une marche de ciment qui fermait presque entièrement le tunnel. Dans l'espace libre entre la marche et la voûte il y avait une plaque de métal qui semblait solide.

Colomba était terrorisée à l'idée que Santiago l'avait volontairement trompée. Bloqués devant et derrière, ils finiraient comme des rats pris au piège. L'attaque d'angoisse lui serra les poumons, et elle vit les ombres trembler à la lumière de la torche.

— Pas maintenant, putain, murmura-t-elle et, de toutes les forces qui lui restaient, elle poussa la plaque en prenant appui contre le mur de terre.

La plaque s'écrasa de l'autre côté avec fracas et le tunnel fut faiblement éclairé par une lumière pâle qui tombait d'en haut comme une pluie. Colomba fit passer Dante dans le dégagement qu'elle venait de créer, puis elle y fourra le sac de vêtements et enfin elle s'y engouffra. Elle atterrit dans le canal d'écoulement, un large tuyau de ciment formant un V pointu, dont le sommet ouvert vers le ciel était à demi caché par les racines et les branches.

Elle éteignit la torche pour ne pas se faire repérer et, quand ses yeux se furent habitués à l'obscurité, elle vit, par-delà la cime des arbres, la silhouette des immeubles dont ils s'étaient enfuis : l'hélicoptère tournoyait au-dessus comme une mouche bleue furieuse. Elle se pencha sur Dante, allongé sur un amas de feuilles, qui respirait par la bouche avec frénésie. Il était couvert de poussière et de terre, et la graisse de l'ascenseur lui avait fait de longues stries noires sur le visage et sur les bras. Elle le secoua et vit que ses yeux reprenaient un peu vie.

— Nous sommes dehors, lui dit-elle. Nous avons réussi !

L'espace d'un instant, Dante ne réagit pas, puis l'air libre et la lumière firent leur effet sur lui.

— Dehors où ? demanda-t-il faiblement.

— Je t'expliquerai plus tard. Tu vas arriver à te lever ?

Dante ne bougea pas, elle le saisit par les épaules et le mit debout de force, puis elle le poussa le long du canal qui continuait à travers les arbres, parfois obstrué par des branches et des cailloux, parfois fendu, avec de larges flaques qu'il fallait passer à gué. Le parc était désert à cette heure, et Colomba vit ce qui ressemblait à un lac artificiel fermé avec des barrières pour travaux d'entretien.

Ils arrivèrent devant la clôture qui séparait le jardin de la route. Aucune voiture de police ne les y attendait et Colomba respira à nouveau, s'étonnant du peu de temps qui avait suffi pour qu'elle considère comme des ennemis ceux qui étaient autrefois ses compagnons de vie.

— Reste là, dit-elle à Dante, puis elle se cacha derrière un buisson et se changea, enlevant la chemise de nuit réduite à l'état de chiffon et mettant les vêtements que lui avait donnés la sœur de Santiago : un jean, un tee-shirt avec un logo Giorgio Armani (à l'évidence, une contrefaçon) et un pull-over.

Elle se sentit mieux, même si elle aurait donné un litre de sang pour une douche : elle était sale jusqu'à la pointe des cheveux.

Quand elle revint vers Dante, il était toujours dans la position dans laquelle elle l'avait laissé et suivait du regard l'hélicoptère qui à présent avait élargi les cercles qu'il décrivait.

Quelqu'un a compris que nous nous sommes échappés, pensa Colomba. Très bientôt ils allaient multiplier les barrages routiers, s'il y avait des voitures disponibles.

— Tu vas arriver à sauter la clôture ? demanda-t-elle à Dante.

Il fit oui de la tête, mais ce fut inutile car le grillage était lacéré en de nombreux endroits et ils le franchirent facilement. Quelques mètres plus loin, dans le virage à côté de la grille d'entrée du parc, ils trouvèrent une Opel Corsa grise avec les clés sur le contact. Il n'y avait pas de ruban ni de petite carte, mais Colomba comprit tout de même qu'il s'agissait d'un cadeau de Santiago. *Le dernier pour un bon bout de temps*, se dit-elle. Vu ses antécédents, il irait moisir en prison au moins tant qu'il ne pourrait prouver son innocence.

Elle aida Dante à s'étendre sur le siège arrière et s'assit au volant, tandis que le poids de sa situation lui tombait sur les épaules comme une avalanche de plomb. *Il se faisait des illusions*, pensa-t-elle, *son innocence ne serait jamais prouvée. Les enfants resteraient dans les mains du Père, qui continuerait à sévir jusqu'à ce que l'âge l'en empêche*. Elle eut envie de pleurer et serra les mains sur le volant jusqu'à retrouver son sang-froid. Elle ne pouvait pas se permettre d'être faible, personne ne la ramasserait si elle était à terre. Comme s'il l'avait entendue, Dante grogna du siège arrière :

— Quand est-ce qu'on part ?

Elle sécha rapidement ses larmes avec sa manche en dissimulant le geste à Dante.

— Maintenant, répondit-elle d'une voix brisée, et elle tourna la clé.

Quand Santini et Infanti trouvèrent l'entrée du tunnel, derrière l'étagère, Dante et Colomba étaient déjà loin.

14

Le voyage de Dante et Colomba fut long et difficile. Ils ne purent pas rejoindre l'autoroute ni les rocades parce qu'elles étaient surveillées par des caméras et des patrouilles ; Colomba prit la nationale jusqu'au raccord avec la Via Aurelia, qui reliait Rome au nord, la quittant souvent et volontiers pour des routes départementales si elle humait les relents d'un barrage. À deux heures du matin, quand la circulation devint trop rare pour leur donner un minimum de couverture, ils se garèrent à l'abri d'une haie d'arbres et ils attendirent l'aube en somnolant par moments, trop tendus pour s'endormir véritablement. Quand ils parlaient, c'était toujours du Père, ou des enfants qu'il avait enlevés ces dernières années, de ce qu'il pouvait leur avoir fait et pourquoi, en tournant toujours autour des mêmes hypothèses.

Dante s'était remis, mais il restait plongé dans ses pensées, sombre et nerveux à cause de leur condition de fugitifs traqués, dans une voiture qui puait la sueur et les égouts. Il avait besoin d'un bon bain et d'un café chaud, d'un lit et d'un endroit tranquille. Et il ne réussissait toujours pas à rester en contact avec la réalité. Parfois elle lui échappait, comme du sable entre les doigts, et il se retrouvait dans la plus angoissante période de son passé. Dans ce qui pouvait être tantôt un cauchemar, tantôt une hallucination, le siège de la voiture devenait le fauteuil d'un cinéma où était projetée une synthèse de sa vie, qu'il voyait comme une succession d'instants tragiques et pathétiques. S'il avait eu l'impression d'être un héros, ou presque, lorsqu'il avait sauvé Colomba de l'incendie, les derniers événements l'avaient ramené à sa condition d'origine : celle d'un être dépourvu des capacités de survie les plus élémentaires, qui ne se sentait en sécurité qu'à l'intérieur de sa tête.

Ils repartirent à l'aube, harassés de fatigue et de froid, en choisissant une route moins surveillée et plus fréquentée, où il était plus difficile de les repérer. Mais ils savaient que c'était de toute façon un coup de poker : il suffisait d'un agent de police physionomiste pour arrêter la cavale d'un fugitif, ou même d'un passant un peu trop curieux.

Ils prirent de l'essence à une station trop ancienne pour avoir des caméras. Dans les toilettes, Colomba se teignit les cheveux, elle ressortit la tête enveloppée d'un sac de plastique. Elle se rinça dans une station-service semblable, cent kilomètres plus loin, alors que son cuir chevelu la démangeait tellement qu'elle se serait scalpée. Mais la teinture avait pris et à présent ses cheveux étaient rouge acajou : avec ses lunettes de soleil zébrées achetées chez un buraliste et ses vêtements aux couleurs criardes, elle ressemblait très peu à la photographie qui avait été diffusée par le SIC. Dante, quant à lui, se rasa la tête à l'aide d'un rasoir électrique et se procura des vêtements trop grands sur le marché d'un village qu'ils traversèrent. Avec ces habits-là, il ressemblait à un réfugié, encore plus maigre et éprouvé : s'il gardait sa mauvaise main dans sa poche – dans sa fuite, il avait perdu le gant spécial – personne ne pouvait l'associer à l'ex-enfant du silo, à la une de tous les journaux. Après avoir compté leur argent et calculé combien de temps ils devaient réussir à tenir, ils achetèrent de la nourriture dans un bar de banlieue, choisi parce que les propriétaires étaient des Chinois, peuple que Colomba estimait réticent à se mêler des affaires des autres.

Avant de quitter Rome, ils avaient retiré tout l'argent que Dante avait sur son compte, grâce à sa carte, carte qu'ils ne pouvaient plus utiliser s'ils ne voulaient pas orienter les recherches. Si, à Crémone, ils ne trouvaient pas l'aide qu'ils espéraient, ils auraient aussi de sérieux problèmes pour se nourrir. Au moins Colomba, parce que l'appétit de Dante avait beaucoup diminué ces derniers temps. Depuis le début du voyage il avait dû consommer seulement quelques pommes et une tige de céleri, et Colomba observait avec crainte les signes d'épuisement qui étaient apparus sur son visage.

À onze heures du matin, ils passèrent finalement la frontière avec l'Émilie. Au fur et à mesure qu'ils s'approchaient du but, Dante devenait de plus en plus nerveux et incertain, parlant à tort et à travers de sujets futiles et se rongeant les ongles, chose que Colomba ne lui avait jamais vu faire auparavant. Pour essayer de le tranquilliser, elle lui posa des questions sur les souvenirs positifs qu'il avait de sa ville natale, mais elle découvrit que Dante n'en avait pas. De la vie d'avant l'enlèvement il se rappelait peu ou rien, et quand il avait cherché à la reconstruire, il s'était rendu compte que son enfance était partie en fumée.

— Quand ma mère s'est donné la mort, dit Dante, étendu sur le siège, le dossier complètement baissé, avec le vent de la fenêtre ouverte qui le frappait en plein visage, mon père s'est saoulé et il a mis le feu à la maison, même si on n'a jamais su s'il l'avait fait exprès ou si c'était un accident. La maison en a réchappé, mon père a fini en prison pour la première fois, mais des affaires de famille, il n'est presque rien resté. Rien à moi, surtout. Les seules photos qui ont survécu sont celles dans le gros classeur du parquet que tu as vu, toi aussi.

Même après le silo, Dante ne pouvait pas dire grand-chose de Crémone, en bien ou en mal. Il y avait vécu seulement les deux années suivantes, en passant ses examens pour obtenir le brevet des collèges mais, comme il allait de plus en plus mal, son père avait fini par l'envoyer dans une clinique psychiatrique.

— En Suisse, pas très original. (Dante redressa le siège et alluma une cigarette.) Ne pense pas que c'était un camp de concentration, ça coûtait bien trop cher pour l'être et mon père a bouffé une belle portion de l'indemnisation de dommages et intérêts pour m'envoyer là-bas. C'était avant tout un milieu surveillé, avec des médicaments à gogo et des séances obligatoires de psychothérapie à toutes les sauces – je ne sais pas combien de fois par jour. Aujourd'hui on appellerait ça un *rehab*.

— Combien de temps y es-tu resté ?

— Quatre ans.

— Putain.

— Au bout de la première année, ils m'ont permis de voyager. D'abord avec un accompagnateur, ensuite tout seul en voyages organisés. Si je faisais l'imbécile ou si j'allais mal, la permission était suspendue. J'étais toujours sous surveillance, tu comprends, et donc j'entrais et je sortais constamment. Mais au bout de quatre ans, j'ai réussi à faire en sorte que le tribunal me reconnaisse capable de comprendre et d'exprimer une volonté et je les ai quittés.

— Et tu as fait les voyages luxueux dont tu m'as parlé une fois ?

— Exact. Même s'ils ont été moins nombreux que ce que j'aurais voulu. L'avion est pour moi tabou, et il y a des endroits où l'on ne peut arriver ni par terre ni par mer. Mais depuis que je suis rentré en Italie, je ne suis jamais revenu à Crémone.

— Pas une seule fois ?

— Rien que d'y penser, j'entrais en crise. Comme maintenant, même si après ce que j'ai vécu ces derniers jours, je doute de pouvoir aller encore plus mal.

— Depuis quand tu n'as pas vu ton père ?

— Nous avons déjeuné ensemble l'année dernière. En territoire neutre, à Florence. Il s'est plaint sans discontinuer, puis il a eu une colique. Une soirée inoubliable.

— Peut-être que nous devrions penser à une alternative.

— Il n'y en a pas. À Crémone, il est difficile de se cacher si quelqu'un ne t'aide pas. Et il est la seule personne que je connaisse dans le coin qui soit disposée à m'aider.

Ils y arrivèrent à quatre heures de l'après-midi, en passant le pont de fer qui franchit le Pô et qui relie l'Émilie à la Lombardie. En dessous, il y avait les eaux du fleuve presque en crue et les canoës à deux rameurs. Au premier rond-point, où se dressait la reproduction abstraite d'un violon en métal, Dante demanda à Colomba de prendre une route qui descendait vers le fleuve, puis il la guida le long de la digue. À leur droite coulait le Pô, à gauche s'ouvraient les grilles d'entrée des établissements balnéaires. La journée était limpide mais froide et humide : piétons et cyclistes étaient très peu nombreux, presque tous âgés.

Ils s'arrêtèrent à quelques mètres d'une maisonnette rouge à un étage, des palmiers dans la cour et un grand patio ouvert avec un *chiringuito* peint en bleu. La pancarte disait : LES AMIS DU FLEUVE. Le patio était désert, mais derrière les vitres, on devinait quelques signes de vie.

— Nous sommes arrivés, dit Dante. C'est le cercle où mon père naturel joue aux dames tous les après-midi.

Colomba éteignit le moteur, Dante vissa sur sa tête la casquette de base-ball Mickey qu'il avait achetée et fourra la mauvaise main dans sa poche.

— Tu es sûr que tu vas réussir à entrer ? lui demanda Colomba.

Dante s'arrêta, la bonne main sur la portière.

— Ça fait deux heures que je me prépare psychologiquement. Et c'est plein de fenêtres, tu vois ?

Mais sa voix n'était pas tranquille.

— Si tu as des problèmes, tu files dehors et on essayera une autre fois.

Dante hocha tristement la tête.

— D'accord, dit-il, puis il descendit et s'approcha lentement du bâtiment, respirant avec calme et s'imaginant que c'était juste une façade en toc qui s'ouvrait sur un espace vide, comme celles d'Hollywood.

Allez, se dit-il, *tu as traversé des caves. Et la cage d'un ascenseur. Après cela, tu devrais y arriver sans problème*. Mais il n'y croyait pas, il se sentait alourdi et fragilisé. Arrivé près des marches, il s'arrêta et alluma une cigarette.

Colomba suivit les mouvements de Dante, la gorge nouée. Le voir marcher si lentement au milieu de la rue lui faisait craindre pour sa sécurité. Elle s'attendait presque à voir le Père surgir d'un recoin et le reprendre pour toujours. Mais il n'arriva rien. Dante finit sa cigarette et entra presque en courant.

Colomba attendit patiemment pendant cinq minutes, puis un peu moins patiemment pendant deux autres. De l'endroit où elle se trouvait, elle ne pouvait pas distinguer l'intérieur du club. Si Dante avait été dans le pétrin, ou si quelqu'un avait appelé les urgences, elle s'en serait aperçue au moment où rappliqueraient des gyrophares. Descendre pour vérifier l'exposait toutefois au risque d'être reconnue. Les deux options s'affrontèrent dans sa tête jusqu'à ce que, sans plus réfléchir, elle ouvre grande la portière et marche tête baissée en direction de la baie vitrée.

Elle se cacha le visage des mains et regarda à l'intérieur. C'était un lieu sans prétention, décoré dans le style marin avec des faux poissons et des filets accrochés aux murs, au milieu des inévitables photos de VIP de seconde zone. Une dizaine de personnes étaient réparties autour des tables, en train de jouer aux cartes ou aux échecs, toutes âgées de la soixantaine. En penchant la tête, Colomba put enfin voir

Dante, assis à une table, qui conversait avec un vieux très maigre, un bonnet de laine sur le crâne et des lunettes qui dissimulaient grossièrement sa prothèse auditive. Colomba en conclut que c'était son père naturel et se demanda pourquoi Dante restait à l'intérieur avec lui au lieu de sortir lui présenter.

Dans le dos de Dante, un joueur de cartes leva les yeux et lui adressa un signe de la main en l'apercevant derrière la vitre. Colomba s'écarta rapidement en s'appuyant à l'un des poteaux. Derrière la digue coulait l'eau du Pô : d'apparence sournoise, pleine de tourbillons et de courants, elle semblait capable de t'entraîner vers le fond pour ne plus jamais te laisser remonter. *Comme toute cette histoire*, pensa-t-elle avec amertume. Un pick-up s'arrêta juste devant elle, lui cachant la vue sur le fleuve. En descendit un vieillard énorme dont Colomba jugea qu'il pesait environ deux cents kilos. Il se traînait à l'aide de deux cannes de marche, se déplaçant très mollement. Colomba baissa la tête pour lui dissimuler son visage, mais il lui sembla apercevoir un éclair d'intérêt dans ses yeux porcins. L'homme, au lieu de monter les marches, boita péniblement dans sa direction.

Il se planta en face d'elle, s'appuyant de tout son poids sur les cannes qui semblaient sur le point de rompre. De près, il paraissait encore plus gros, avec le nez défiguré par une tache de naissance violacée.

— Je ne vous ai pas déjà vue quelque part ? demanda-t-il d'une voix de baryton grasse.

Colomba s'efforça de sourire.

— Non. Je ne crois pas. Je ne suis pas d'ici.

— Je n'ai pas dit que vous étiez d'ici, mais que je vous ai déjà vue.

Colomba cette fois le fixa dans les yeux avec dureté.

— Pouvez-vous me laisser tranquille, je vous prie ?

L'homme ne sembla pas impressionné. Mais il eut un sourire féroce et il pointa vers son visage un index épais comme un saucisson.

— Vous êtes la policière ! s'exclama-t-il. Celle de la bombe. Ils ont montré votre photographie à la télévision.

— Vous vous trompez.

— Je ne me trompe jamais. Qu'est-ce que vous êtes venue faire ici ?

Colomba pensa à lui allonger un coup de poing et à détaler. Mais Dante était encore à l'intérieur, elle ne pouvait pas le laisser là. Elle décida de faire l'unique chose possible : elle écarta le gros type et se précipita dans la salle.

Dante la vit et se mit debout d'un bond.

— Qu'est-ce qui se passe ? demanda-t-il.

— Un type m'a reconnue. Nous devons partir, vite. (Puis elle se pencha vers le vieil homme qui la regardait, étonné.) Je suis désolée. Dante se mettra en contact avec vous plus tard. S'il vous plaît, ne dites pas que nous sommes passés ici.

Le vieux était bouleversé.

— Je ne comprends pas, bégaya-t-il.

Colomba entraîna Dante vers la porte.

— Tu devais sortir vite avec lui.

— Et pourquoi ? Ce n'est pas lui mon père.

— Mais qui c'est, ton père ?

Ils étaient arrivés à la porte, et à l'évidence le gros bonhomme savait se déplacer en vitesse quand il voulait, car ils le retrouvèrent sur le seuil, encombrant et monumental. Il pointa l'une de ses cannes vers le visage de Colomba.

— Vous êtes mal élevée ! rugit-il. J'étais en train de vous parler !

Colomba se préparait à le faire tomber à terre d'un coup d'épaule, quand Dante, comprenant ses intentions, l'arrêta de sa mauvaise main.

— C'est lui. Mais je vois que vous avez déjà fait connaissance.

15

Le père naturel de Dante s'appelait Annibale Valle. Il avait soixante-dix ans, un emphysème et le cœur en piètre état. Il remonta dans son pick-up, Dante et Colomba le suivirent avec la voiture de Santiago, attentifs à ce que personne ne les prenne en filature. Apparemment, ils n'étaient pas suivis : avec si peu de circulation, ils s'en seraient aperçus.

Colomba, pendant le trajet, essaya de se remettre du choc. Elle ne s'attendait pas à ce que Valle ressemble à son fils, mais pas non plus à trouver un ogre trois fois gros comme lui. La seule chose qu'ils avaient en commun était la couleur des yeux et l'habitude de croire qu'ils en savaient plus long que les autres.

Valle leur fit traverser Crémone jusqu'à un petit pavillon dans le quartier Boschetto, au milieu de vingt autres pavillons dont seule variait la couleur de la porte du garage. Le petit parc clôturé laissait voir de magnifiques massifs de cyclamens et de nombreux nains de jardin. Colomba gara la voiture dans le garage et la recouvrit d'une bâche. Valle stationna derrière eux.

Valle leur demanda quelques minutes pour parler avec la propriétaire, puis ils furent reçus par une femme d'une soixantaine d'années, les cheveux teints, couverte de bracelets et de chaînes fines, qui les fit asseoir dans un salon meublé comme le chalet suisse des publicités. Sur le poêle à gaz, il y avait une peinture à l'huile : un portrait d'elle datant d'il y a quelques années, auprès d'un homme habillé en chasseur. Wanda embrassa tout de suite Dante, qui était resté prudemment près de la fenêtre en cachant le malaise qu'il éprouvait à se trouver dans ce lieu étranger. Il le percevait comme amical, et cela lui avait permis d'entrer, mais son thermomètre avait grimpé.

— Alors c'est toi, le fils d'Annibale, dit la femme avec un accent régional tellement prononcé que Colomba comprit à peine. Laisse-moi te regarder.

— Bonjour, madame, répondit Dante, raide et embarrassé.

— Tu peux me tutoyer. Tu n'imagines pas combien j'avais envie de te connaître.

Puis elle lui fit une caresse sur le visage, que Dante accueillit en courbant la tête comme un chat. Colomba se fit la réflexion qu'il en avait reçu trop peu dans sa vie.

— Madame… commença Colomba.

La femme se tourna vers elle. Elle avait un fard à paupières de la même nuance bleue que ses pendants d'oreilles.

— Wanda.

— Wanda, M. Valle vous a expliqué la situation ?

— Oui, je ne dois dire à personne que vous êtes ici.

— Nous chercherons à nous arrêter le moins longtemps possible, continua Colomba. Mais vous devez savoir que, si on nous découvre, vous aurez des ennuis pour nous avoir aidés.

— Mais vous n'avez rien fait, n'est-ce pas ? demanda Wanda.

— Non. Nous n'avons rien fait de mal. Mais cela ne change pas la réalité des choses. Vous serez complice d'une fugitive accusée d'homicide.

Wanda eut un sourire forcé.

— Vous voulez m'effrayer ?

— Non. Je veux seulement que vous ayez conscience des risques.

Wanda se tourna vers Valle, qui s'était enfoncé dans un fauteuil, un verre de whisky à la main.

— Annibale se porte garant de vous.

— Seulement de mon fils ! grogna-t-il. La policière, je ne la connais pas. Mais pour l'instant, il me semble difficile de les séparer.

Wanda soupira.

— Alors je les prends tous les deux.

— Merci, Wanda, dit Colomba, sincèrement reconnaissante.

Il y a peu, elle l'aurait simplement considérée comme une criminelle parce qu'elle recevait des fugitifs.

— Je vais vous montrer où est la salle de bains, comme ça vous pourrez vous rafraîchir si vous voulez.

Colomba fut la première à l'utiliser, et elle resta sous l'eau jusqu'à ce que la pulpe de ses doigts se ride. Elle avait mis un bonnet de bain pour protéger ses cheveux tout juste teints. Wanda lui avait donné du linge de rechange et un tee-shirt à sa taille, et quand elle sortit de la salle de bains, elle se sentait presque bien.

Elle trouva Dante dans le salon avec son père, le visage mécontent. Il n'y avait pas besoin d'être un génie pour comprendre que les deux hommes s'étaient disputés – c'était peut-être pour cela que Wanda s'était éclipsée dans la cuisine.

— Tu m'as laissé un peu d'eau chaude ? demanda Dante.

— Oui, tu peux y aller.

Il s'éloigna en glissant, se déplaçant comme si chaque coin de la maison pouvait cacher une surprise déplaisante, et Colomba et Valle restèrent là, à s'observer en silence pendant quelques secondes.

— C'est vous qui lui avez mis ces choses dans la tête ? dit tout à coup Valle du fond du fauteuil dans lequel il s'était affalé.

— Quelles choses ?

— Qu'il doit donner la chasse à celui qui l'a enlevé. Qu'il doit faire le justicier.

Colomba prit une chaise, l'installa devant le fauteuil de Valle et s'y assit à califourchon.

— Il ne doit pas faire le justicier, seulement m'aider à empêcher que quelqu'un fasse du mal à des enfants. Quant à savoir qui a convaincu l'autre, je ne sais plus. Ça a été un jeu d'équipe.

— Si Dante vous dénonçait, il n'aurait plus de problèmes, dit Valle.

— Vous avez essayé de le convaincre de le faire ?

— Et vous, qu'est-ce que vous en dites ?

— Je dis que Dante n'aurait peut-être plus de problèmes avec la police s'il vous écoutait. Mais seulement avec la police.

— Et avec qui d'autre pourrait-il en avoir ?

Colomba plissa les yeux, qui maintenant brillaient d'un vert cobalt.

— Vous savez bien avec qui.

Valle but une gorgée de whisky.

— Vous couchez ensemble ?

Colomba se sentit rougir et cela l'agaça encore plus.

— Ce ne serait pas vos affaires si c'était le cas.

— Donc, c'est oui.

— Donc, c'est *mêlez-vous de vos affaires*.

— C'est mon fils. Ce sont *aussi* mes affaires.

— Il sait s'occuper de lui-même.

— Vraiment ? (Valle soupira.) Je crois que vous êtes la seule personne au monde à le penser. Et ce que vous lui faites ne fera qu'aggraver sa situation. Si tant est qu'il ne finisse pas en prison avec vous.

Colomba l'observa, mais l'expression sur son visage gras était indéchiffrable. Il ressemblait à un gros chat galeux, ou à un bouddha de chiffons.

— Ça vous est égal que celui qui a torturé votre fils soit toujours parmi nous, libre ?

— Même si c'était vrai…

— Ça l'est, dit Colomba sèchement.

— Je ne crois pas que la meilleure chose pour mon fils soit de le chercher. Peut-être qu'il ferait mieux de l'oublier et de s'en aller loin. Et vous pourriez l'accompagner.

— À la manière dont vous le dites, ça ressemble plus à une proposition qu'à une simple option.

Valle vida le verre et se versa une liqueur d'une autre bouteille qu'il prit sur la table de verre.

— Je suis riche, madame Caselli. L'argent que m'a donné l'État et que je n'ai pas reversé à mon fils, je l'ai bien investi, quand on pouvait encore le faire, et j'ai eu de la chance. Tout ce que je possède, à part une petite somme qui me servira pour continuer à vivre les quelques années qui me restent, je le mets sur la table. Achetez-vous un billet pour où vous voulez, achetez-vous une putain d'île. Vous êtes de la police, vous savez sûrement comment faire pour quitter le pays.

— Et c'est ça que vous voulez pour votre fils ? Qu'il soit contraint à fuir toute sa vie ?

Valle vida le deuxième verre. Il s'en versa un troisième.

— J'ai pleuré sa mort pendant très longtemps. Je ne veux pas que cela se reproduise.

— En ce moment même, il y a d'autres parents qui pleurent des enfants qu'ils croient morts.

— Ce ne sont pas mes enfants. Ça ne m'intéresse pas.

— J'imagine que cette proposition, vous la lui avez également faite. Qu'est-ce qu'il vous a répondu ?

— D'aller me pendre. Et vous savez ce que je lui ai dit ? Que je le ferais si cela pouvait servir à lui garantir une vie heureuse.

— Et je vous dis la même chose. Même si je ne crois pas qu'il existe de corde assez solide pour vous.

Tout à coup, Valle éclata d'un rire qui se transforma en un accès de toux.

— Réfléchissez-y, dit-il dès qu'il eut repris contenance en s'essuyant le visage avec un mouchoir.

Quand ils vous arrêteront, il sera trop tard pour accepter.

Wanda sortit de la cuisine.

— Annibale m'a dit que Dante ne mange pas de viande. Mais vous, ça vous convient, Colomba ?

Colomba se leva.

— Je suis désolée, nous n'avons pas le temps de nous arrêter. Nous devons aller voir quelqu'un, et plus vite nous le ferons, mieux ce sera. Avez-vous un accès à Internet ou un plan de la ville ? Il faut que je me repère.

— Un plan, oui, répondit Wanda. Je vais vous le chercher.

Dante sortit à ce moment-là de la salle de bains. Il était pieds nus et portait un tee-shirt propre, avec le logo d'une association de chasse, qui lui allait comme un sac.

— Finis de t'habiller, il faut qu'on parte, dit Colomba.

— Je m'en doutais. (Il regarda son père, immobile, le menton sur la poitrine.) On a besoin de ton pick-up, lui dit-il.

— Et si je ne voulais pas te le prêter ? Tu m'arracherais les clés de force ?

— Papa…

Valle lui lança le trousseau, puis il se tourna vers Wanda.

— Passe-lui ton portable.

— Je ne peux pas… répliqua Dante.

— Bien sûr que tu peux. Wanda ne s'en sert jamais et moi, en tout cas, je ne l'ai jamais appelée à ce numéro. S'ils l'avaient mis sur écoute, cela voudrait dire que les flics sont devenus tout à coup géniaux. Et ça, je n'y crois pas.

Colomba hocha la tête, et Dante mit le portable dans sa poche.

— Cette histoire finira mal, Dante, répéta Valle.

— Mal pour qui ? dit Colomba.

16

De Angelis avait soumis Santiago à un interrogatoire judiciaire la nuit de son arrestation et il l'avait entendu, de nouveau, le soir suivant. Le prévenu n'avait répondu à aucune question et le magistrat avait eu du mal à garder son sang-froid. Maintenant, de retour dans son bureau, il se laissa aller pendant cinq bonnes minutes, jusqu'à ce que Santini frappe à la porte et entre accompagné d'un homme qu'il ne connaissait pas.

— Le voici, le génie, ironisa De Angelis. Quoi de neuf ?

— Rien, monsieur le procureur, répondit Santini.

— Si vous aviez mené l'opération comme il le fallait, nous ne serions pas ici à jouer à cache-cache.

Puis il parut tout à coup se souvenir de l'homme qui était entré avec Santini et qui attendait patiemment. Il avait une soixantaine d'années et portait d'épaisses moustaches rousses à tendance grisonnante. Il lui tendit la main.

— De Angelis.

— Maurizio Curcio, répondit son interlocuteur.

— Excusez-moi, je pensais que vous vous étiez déjà rencontrés, intervint Santini. Le commissaire Curcio est le nouveau responsable de la mobile. Il était chef de la brigade d'intervention de Reggio Calabre.

— Félicitations pour cette promotion, dit De Angelis. Même si elle s'est produite dans de terribles circonstances.

Curcio s'assit. C'était un homme calme, qui pesait ses mots.

— C'est pour cela que je me suis permis de vous déranger, afin d'avoir les dernières informations sur l'enquête en cours.

De Angelis regarda Santini, qui s'éclaircit la voix.

— Deux heures après que Caselli s'est enfuie de l'immeuble de la Via del Redentore, Torre a retiré de l'argent dans un distributeur à Tor Bella Monaca, où nous pensons qu'ils étaient tous deux hébergés par le repris de justice Santiago Hurtado, dit Santini. Nous pensons que cet argent a servi à financer leur cavale.

— Si je ne m'abuse, Hurtado est membre d'une espèce de gang sud-américain ? demanda Curcio.

— Oui, répondit Santini. Il faisait partie des Cuchillos, mais maintenant il s'est mis à son compte.

— Et comment donc cet individu a-t-il aidé Caselli ? Difficile de penser qu'ils aient des intérêts en commun.

— Nous ne le savons pas, coupa court De Angelis. Mais Caselli nous le dira quand nous la retrouverons.

— Même sa relation avec Torre ne s'explique pas. Au moins d'après ce que j'ai lu.

Santini et De Angelis échangèrent un regard.

— De ce que nous savons, Caselli a impliqué Torre dans une sorte d'enquête non autorisée sur l'enlèvement de Luca Maugeri.

— Le père de l'enfant est encore en détention ? demanda Curcio.

— Oui, répondit De Angelis. Nous considérons que c'est lui le responsable.

— Mais Caselli n'est pas d'accord.

— Franchement, ce que pense Caselli est difficile à comprendre.

Curcio lissa ses moustaches. Un geste qui, pour une raison ou une autre, porta sur les nerfs de De Angelis.

— S'il n'y a rien d'autre… dit le procureur. J'ai eu une journée fatigante et c'est l'heure de dîner.

— Je me demandais pourquoi vous étiez convaincus de la culpabilité du commissaire Caselli.

— Vous oubliez les traces d'explosif trouvées à son domicile ? répliqua De Angelis.

— Je ne les oublie pas et je n'ai pas d'explication, mais je continue à ne pas comprendre. Elle a été un bon policier jusqu'au massacre de Paris. Et tout d'un coup, elle serait devenue une terroriste ?

De Angelis se laissa aller contre le dossier de son fauteuil et le fixa en plissant les yeux.

— Vous avez lu le rapport psychiatrique de son hospitalisation ?

Curcio acquiesça.

— Oui. Syndrome posttraumatique, assez normal après ce qui lui est arrivé.

— Vous savez qu'elle n'a plus voulu suivre de psychothérapie après sa sortie de l'hôpital ?

— Ça arrive.

— Une personne dans cet état-là, qui n'est pas suivie… Qui sait ce qui peut se passer dans sa tête ?

De Angelis frappa sa tempe du doigt.

— Je l'ai rencontrée deux fois après son hospitalisation, dit Santini. La première fois, elle m'a agressé verbalement pour des raisons futiles. La seconde, elle m'a frappé, sans que je l'aie provoquée. J'ai fait un rapport de circonstance.

— À mon avis, continua De Angelis, on aurait dû la mettre en arrêt-maladie, plutôt qu'en disponibilité. Je suis désolé de devoir dire ça, mais Rovere est en partie responsable de ce qui lui est arrivé. Il la protégeait.

— C'est indéniable, répondit Curcio. (Mais De Angelis comprit qu'il voulait dire exactement le contraire.) Et l'homme qui a cherché à tuer Caselli, Ferrari, quel rôle joue-t-il dans cette histoire ?

De Angelis leva un sourcil.

— Qu'il ait cherché à la tuer, c'est ce qu'elle a raconté par téléphone à un collègue. Nous ne savons pas exactement de quoi il retourne.

— Difficile de penser que c'est Caselli qui a fait venir Ferrari à l'hôpital pour le supprimer avec du poison.

— D'après la Scientifique, ce n'était pas du poison, mais un mélange de pancuronium et de chlorure de potassium. Des substances qui provoquent la paralysie et un arrêt cardiaque immédiat, expliqua Santini. Et qui sont très faciles à trouver dans un hôpital.

— Mais alors, comment Caselli pensait-elle se débarrasser du cadavre ? demanda Curcio sur un ton excessivement courtois. Ou bien, elle avait déjà l'intention de s'enfuir, selon vous ?

De Angelis dissimula son irritation en arrangeant ses boutons de manchettes.

— Nous n'avons pas encore toutes les réponses, dit-il. Mais elle a peut-être été obligée d'agir pour empêcher Ferrari de la dénoncer.

— Nous pensons que Ferrari était son complice dans l'attentat, intervint Santini. Ferrari n'avait pas d'antécédents, mais personne ne sait comment il gagnait sa vie. Puisqu'il n'avait pas de travail stable et que ses parents étaient pauvres. Nous cherchons donc s'il avait des contacts avec le milieu criminel.

— Vous saviez que Ferrari avait eu affaire à Bellomo ? reprit Curcio.

De Angelis et Santini le fixèrent.

— Il y a un rapport établi par les carabiniers et daté d'octobre 1998, continua Curcio. Apparemment, Bellomo a utilisé une voiture mise au nom de Ferrari pour une cavale. Ferrari a été interrogé, il a affirmé que la voiture avait été volée et, pour finir, il a été acquitté.

— Tu en savais quelque chose ? demanda De Angelis à Santini, avec un regard de feu.

— C'est la première fois que j'entends cela, répondit Santini.

— Le rapport des *cousins* vient juste de me parvenir, précisa Curcio avec un sourire d'excuses. Je n'ai pas eu encore le temps de le passer au service central d'investigation. Certes, il pourrait s'agir d'une coïncidence, mais cela pourrait aussi prouver que Bellomo et Ferrari étaient en contact.

— Dans quel but ? riposta De Angelis.

— Je ne le sais pas, admit candidement Curcio. C'est comme si dans cette histoire il y avait trop de pièces qui ne s'ajustent pas. Il y a quelque chose qui ne me satisfait pas.

De Angelis le fixa avec dureté.

— Je suis désolé de devoir vous le rappeler, mais ce n'est pas vous que cela doit satisfaire. J'espère m'être bien fait comprendre.

— Naturellement, monsieur le procureur, répliqua Curcio en se levant et en serrant la main à De Angelis. Merci pour le temps que vous m'avez consacré.

Curcio serra également la main à Santini et sortit.

— Celui-là, je le sens, il va nous casser les couilles, dit De Angelis à Santini. Et pas qu'à moitié.

— Il veut seulement montrer qu'il est le premier de la classe. Vous avez des dispositions pour moi ?

De Angelis hocha la tête.

— Nous allons aussi enquêter sur les parents et les amis de Torre. Si Colomba est avec lui, peut-être qu'il lui donne un coup de main pour se cacher. Entre fous, on se comprend.

Santini approuva.

— Et Hurtado ? Il a laissé échapper quelque chose à l'interrogatoire ?

De Angelis secoua la tête.

— C'était du cinéma muet. En partie à cause de cette tête de nœud qui lui sert d'avocat et qui l'a très bien conseillé. C'est aussi l'avocat de Torre, quelle coïncidence !

— Minutillo, dit Santini. Et les autres amis de Hurtado ?

— Malheureusement, le GIP n'a pas entériné les arrestations : manque d'indices certains de délit, répondit De Angelis.

— On en est toujours aux indices certains ? Avec des gens pareils ? s'étonna Santini.

— Mais oui, confirma De Angelis. J'ai donc dû les faire relâcher.

L'un d'eux était Jorge, qui en ce moment même marchait dans les rues de Rome, le cœur léger, des ailes aux pieds. Il n'aurait pas parié un demi-centime qu'il s'en serait tiré si facilement après le bordel qu'il y avait eu à Torbella, même s'il n'avait pas opposé de résistance quand ils l'avaient coincé dans les caves. En taule, malgré tout, il n'avait passé qu'une nuit, le temps de saluer Santiago qui, lui, s'était déjà résigné à y rester pour un bail. Quand il avait téléphoné à Anita, juste avant que sa batterie ne soit complètement déchargée, elle avait éclaté en sanglots. La pauvre préparait déjà le paquet de linge à lui envoyer en prison.

— Je te l'avais bien dit que, moi, je retombais toujours sur mes pattes, lui avait-il fait remarquer, en se félicitant de sa chance.

— Tu peux rentrer tout de suite à la maison, hein ? Je veux te voir, lui avait-elle intimé.

Et il le lui avait promis. Il l'aimait bien et puis, où aurait-il pu en trouver une comme ça ? Elle ne lui cassait jamais les couilles, même s'il restait toute la nuit dehors ou s'il se ramenait à la maison avec des amis comme ceux du *posse*, qui s'en allaient en laissant traîner derrière eux toutes leurs merdes. Et elle n'était même pas jalouse, il suffisait qu'il ne fasse pas le mariole avec les autres devant elle.

Jorge et sa compagne habitaient à San Basilio, dans un des quelque trois cents appartements d'une HLM qui ressemblait à un gigantesque U, affreux, de couleur rose sale. Les bâtiments étaient dégueulasses : il y avait toujours une odeur fétide dans les escaliers et des enfants qui pleuraient dès le matin – on entendait tout parce que les murs étaient épais comme du papier à cigarettes –, mais ils ne payaient pas de loyer. Au début, c'était la grand-mère de Jorge qui habitait là mais après sa mort, il avait occupé l'appartement. Et même si, de temps en temps, l'administration envoyait une lettre en le menaçant d'expulsion, Jorge savait qu'il ne se passerait jamais rien. Des gens comme lui, sans droits, il y en avait Dieu sait combien dans cet immeuble, et encore plus dans les immeubles à côté. Et que pouvait faire la commune ? Les envoyer tous dormir dans la rue ?

Quand il ouvrit la porte de l'appartement, il s'attendait à ce qu'Anita lui saute au cou pour l'embrasser, mais ce ne fut pas le cas.

— Weendy, je suis rentré ! dit-il en imitant la voix caverneuse de Jack Nicholson dans *Shining* : il faisait ça quand il avait envie de plaisanter.

Mais cette fois-ci non plus il ne se passa rien.

— Anita ? appela-t-il.

Elle était sortie pour lui acheter à manger ? Ou alors elle était sous la douche. Tandis qu'il ouvrait la porte de la salle de bains, il aperçut une tache rouge sur le plancher du couloir, presque parfaitement circulaire. Il l'effleura d'un doigt qui en fut tout collant.

Du sang. Une goutte de sang qui s'était écrasée au sol et n'était pas encore figée. Jorge en découvrit une autre un peu plus loin, et une autre encore, et encore. Anita devait s'être coupée, un doigt ou quelque chose de ce genre, mais bizarrement elle ne s'était pas précipitée dans la salle de bains pour se soigner, car les gouttes pointaient dans la direction de la chambre à coucher. Il y en avait une au milieu du couloir à l'endroit où il se trouvait lui, comme si Anita s'était coupée devant la porte d'entrée.

Avec un peu d'appréhension, Jorge l'appela encore puis il entra dans la chambre.

Anita était recroquevillée sur le plancher comme un paquet de chiffons et, sous son corps, s'élargissait une flaque de sang tellement large que Jorge comprit vite qu'il ne devait pas lui en rester une goutte. Sur le lit, en train de nettoyer la lame du couteau avec un morceau de papier, il y avait un homme âgé, avec des yeux bleus, tellement clairs qu'ils semblaient transparents.

— Toi et moi, il faut qu'on cause un peu, dit l'homme que Dante appelait le Père.

Jorge essaya de crier, mais il n'y parvint pas.

17

Augusto Pedini, le vieux compagnon d'armes de Pinna, habitait près de la cathédrale. Colomba gara le pick-up de Valle à proximité de la zone piétonne du baptistère, en face des lions de pierre qui en gardaient la porte. Dante les regarda dans l'espoir de les replacer dans son enfance, mais il n'y réussit pas. Tout ce qu'il croisait ne faisait revenir aucun souvenir à sa mémoire, si ce n'est quelques brefs éclairs d'après sa libération. Enfant, n'était-il jamais monté sur ces lions ? jamais allé à la messe dans la cathédrale ? Il n'en avait pas la moindre idée. Crémone lui était indifférente, même si le peu qu'il en avait vu lui plaisait, surtout la zone centrale où demeuraient des vestiges romains.

Colomba le sortit de ses pensées.

— Qui se charge de l'appeler ?

— Une femme a plus de chance d'être écoutée par un homme, dit Dante. Surtout si elle a une belle voix.

— J'ai une belle voix, moi ?

— Quand tu ne prends pas ta voix de chef, oui.

— Mais tu es plus doué que moi pour mentir. Appelle, toi.

— Des conseils ?

— Ne pas le faire fuir. Ne pas l'effrayer. Trouve une excuse pour le rencontrer.

— OK.

Dante prit le portable de Wanda et fit le numéro de Pedini, en mettant le haut-parleur.

— Pieds-Pourris ?

Colomba sursauta : elle ne s'attendait pas à une approche aussi brutale.

Pedini hésita un instant.

— Oui. Qui est à l'appareil ? demanda-t-il prudemment.

— Je m'appelle Dante Pinna. Je suis le fils de Fabrizio Pinna.

Deuxième sursaut : Colomba tendit la main pour arracher le téléphone à Dante, qui lui tourna le dos pour l'en empêcher.

— Ah. Je suis désolé pour votre père. Toutes mes condoléances. Que puis-je… ?

— Je voudrais vous rencontrer, l'interrompit Dante. Je dois parler avec vous de toute urgence. Puis-je passer chez vous d'ici dix minutes ? Je suis avec une amie.

— Excusez-moi, mais là je suis en train de dîner en famille. Je ne peux pas…

— Il vaudrait mieux que vous vous libériez.

— Et pourquoi ?

— Parce que sinon, j'appelle la police, et il vous faudra expliquer pourquoi vous n'avez pas dit que mon père vous avait contacté avant de se donner la mort.

Colomba ferma les yeux et Dante patienta tandis que Pedini respirait bruyamment au téléphone. Cela dura une dizaine de secondes.

— Et vous voulez seulement me *voir* ? demanda Pedini.

Dante fit le signe de la victoire.

— Et vous parler. Cela vous prendra, disons, une heure de votre temps. Alors je peux passer ?

— Non, c'est moi qui viens. Dites-moi où.

— À l'entrée du baptistère, à vingt mètres de chez vous. Je suis dans un pick-up.

— D'accord. À tout de suite.

Dante raccrocha avec un ricanement triomphant et il alluma une cigarette pour fêter ça.

Colomba ouvrit la vitre : à présent qu'elle s'était douchée, la fumée avait recommencé à l'importuner.

— Comment as-tu fait pour savoir que Pinna l'avait contacté ?

— Si tu n'as pas vu quelqu'un depuis vingt-cinq ans, quand on te dit son nom, tu ne réagis pas aussi vite. En revanche, lui, il avait celui de Pinna à l'esprit, et le ton de sa voix m'a laissé deviner que cela l'inquiétait. Donc il avait été en contact avec lui avant que le Père ne le pende et il craignait que, tôt ou tard, quelqu'un ne vienne lui demander des comptes à ce sujet.

— Il aurait pu l'avoir lu dans le journal.

— Il a réagi beaucoup trop vite, même à son propre surnom. J'ai pris un risque, mais s'il ne l'avait pas reconnu, nous pouvions éviter de perdre du temps avec lui. Ah, le voilà qui arrive, dit-il en montrant du doigt un homme d'environ quarante-cinq ans portant une veste de tweed matelassée qui traversait la rue.

À Crémone, il faisait vraiment plus froid qu'à Rome, surtout quand l'air du soir devenait humide et lourd.

— Tu sais quelle tête il a ? demanda Colomba.

— Non, mais regarde ses chaussures. Ce sont des chaussures micro-aérées, parfaites pour ceux qui souffrent d'hyperhidrose. Et si on l'appelait Pieds-Pourris, il devait bien y avoir une raison.

L'homme se dirigea vers le pick-up et Colomba comprit que Dante avait vu juste. Elle descendit et lui tendit la main.

— Monsieur Pedini ? Ravie de faire votre connaissance. Montez, je vous prie, dit-elle en ouvrant la portière arrière.

— On ne peut pas plutôt aller dans ce bar, là ? demanda-t-il en montrant le glacier au coin de la rue. Il est pratiquement vide.

— Ici nous serons plus à l'aise. Je vous en prie.

Pedini haussa les épaules et s'assit. Colomba s'installa à côté de lui. Dante resta devant mais il se tourna sur son siège pour pouvoir assister à la conversation.

— Vous êtes certainement Pinna, lui dit Pedini.

— Quelle perspicacité. Mais parlez plutôt avec mon amie, répliqua Dante.

— Je vous jure que je ne comprends pas ce qui se passe.

Dante ricana.

— Ça s'appelle discuter.

— Pourquoi Pinna vous a-t-il contacté, monsieur Pedini ? commença Colomba.

Pedini se tourna vers elle.

— Si je peux être sincère : parce qu'il n'était pas bien dans sa tête.

— Continuez, l'encouragea Colomba.

— Fabrizio était obsédé par l'histoire des radiations. Il disait que son cancer s'était déclaré à cause du service militaire. Il m'a demandé de contacter les autres gars de la caserne Annoni pour savoir qui avait des problèmes de santé, mais je les avais tous perdus de vue. Comme lui, du reste. Quand il m'a appelé, ça a été une surprise. (Il fit une pause.) Et une plus grande surprise encore quand j'ai lu dans les journaux qu'il avait été en prison et qu'il était ami avec celui qui a mis la bombe à Paris.

— Bellomo.

Pedini hocha la tête.

— Oui. Fabrizio était un bagarreur à l'époque, comme moi. Nous étions tous un peu agressifs, autrement, ils ne nous auraient pas envoyés à l'Annoni. Mais moi j'ai changé. J'ai fondé une famille, je me suis calmé. Pas lui.

— C'est le moins qu'on puisse dire, renchérit Colomba en regardant Dante, qui acquiesça imperceptiblement d'un mouvement de la tête : Pedini était sincère.

— Que vous a-t-il dit d'autre ? insista Colomba.

— Il m'a demandé si je me rappelais une corvée que nous avions faite une nuit. Il était convaincu que c'était là qu'il avait été contaminé.

— Et vous vous la rappeliez, poursuivit Dante.

Ce n'était pas une question. Pedini confirma de nouveau.

— Oui. C'est une de ces choses que tu fais au service militaire et qui te restent imprimées dans la mémoire. Mais l'histoire des radiations, c'est une vaste connerie. Je travaille pour la commune et je m'occupe des espaces verts. Il n'y a jamais eu de contamination à Caorso. Les déchets resteront dangereux pendant quelques millions d'années encore, mais ils sont déjà tous en France. Ensuite il y a le noyau, en effet, qui…

— Parlez-nous de cette corvée, l'interrompit Colomba.

— Excusez-moi, mais vous êtes de la police ? s'inquiéta Pedini. Parce que j'ai vraiment l'impression d'être soumis à un interrogatoire.

— Moi aussi, vous croyez que je suis un policier ? demanda Dante.

— Non, vous, je ne crois pas.

— Tant mieux.

Pedini sourit.

— Donc. Le jour exact, je ne m'en souviens pas, mais c'était en décembre, avant les fêtes. Le sergent nous fait sortir de nos lits de camp, puis il en choisit six pour un travail extra. Ils nous font monter sur un camion et ils nous amènent à quelques kilomètres de là. En pleine campagne, un froid de canard. Il y a un dépôt militaire, et ils nous demandent de jeter toutes les affaires qui sont à l'intérieur.

— Et qu'est-ce que vous avez jeté ?

— Du mobilier, du matériel médical, des livres, mais surtout des sacs de vêtements.

Dante se raidit.

— Des vêtements ?

— Oui. Qui n'étaient pas neufs. Des vêtements civils, pas militaires. Ça me dégoûtait de les toucher parce qu'ils puaient et qu'ils étaient sales. Mais ils étaient presque tous déjà dans des sacs. Nous avons tout brûlé. Je me souviens que cela avait beaucoup frappé Pinna de voir ça.

— Pourquoi ? demanda encore Dante en le transperçant du regard.

Pedini hésita.

— C'était il y a tellement longtemps.

— Essayez quand même, dit Dante, sans le quitter des yeux.

On aurait dit un serpent devant un rat.

— Il disait qu'ils étaient trop petits pour des vêtements d'adultes. Des affaires d'enfants. De garçons.

Colomba et Dante restèrent silencieux. Embarrassé, Pedini poursuivit.

— Mais probablement qu'il se trompait. La plupart des sacs, nous les avons brûlés fermés. Et puis, qu'est-ce que des gamins pouvaient bien avoir à faire avec le service militaire ? (Dante et Colomba continuèrent à se taire, et Pedini eut peur d'avoir dit quelque chose qu'il ne fallait pas.) Au téléphone, Fabrizio m'a soutenu qu'il pensait qu'ils avaient appartenu à des enfants victimes des radiations. Que ce hangar était une espèce d'hôpital secret, pour ne pas révéler l'affaire de la contamination. Mais comme je vous ai dit tout à l'heure, il parlait à tort et à travers…

Colomba se reprit et sortit de sa poche le Polaroid.

— Pinna disait qu'il y avait un groupe de militaires qui venait d'une autre caserne. Avec des tenues de camouflage sans insigne. Ce sont eux ?

Pedini regarda la photographie.

— Je ne suis pas très physionomiste… Je me souviens que les types de l'autre caserne me faisaient peur, mais ceux que je vois là me semblent être des jeunes comme tous les autres. À part celui-là, rectifia-t-il en montrant l'Allemand. Il me fait peur même maintenant. C'est peut-être celui qui commandait, mais je n'en suis pas sûr. Je suis désolé.

Il lui rendit la photo.

— Que vous rappelez-vous d'autre ?

— Ce que j'ai dit à Fabrizio. Que j'ai vu ceux de l'autre compagnie charger sur un camion des fûts de kérosène. Fabrizio m'a demandé si j'étais sûr qu'il y avait bien du kérosène à l'intérieur, et je lui ai dit que non. (Il regarda d'abord Colomba, puis Dante.) Toujours à cause de cette histoire du nucléaire.

— Pinna croyait que les fûts pouvaient contenir des déchets radioactifs ? demanda Colomba.

— Exact, mais je lui ai dit que, dans ce cas, toute la population aurait été contaminée, et je n'en ai pas l'impression.

— Pourquoi ? intervint Dante.

— Parce que je sais où ils les ont déchargés.

— Comment disposez-vous de cette information, monsieur Pedini ? relança Colomba.

Pedini s'appuya à la portière. Il avait mal au cou à force de tourner la tête pour regarder la femme dans les yeux. Même si ça valait la peine, malgré la couleur absurde de ses cheveux.

— Je vous ai dit que je travaille pour la commune. J'ai recensé les carrières de gravier de la zone. C'est une des activités d'extraction qu'on développe dans la province de Crémone. Gravier et terreau. Même si la plupart des carrières sont fermées depuis des années. Quelques-unes sont devenues des décharges pour le traitement de l'amiante, d'autres ont tout simplement été abandonnées.

— Merci pour l'explication, mais revenons aux fûts, s'impatienta Colomba.

— Ce soir-là, j'ai entendu un des types de l'autre compagnie discuter avec le chauffeur du camion. Il a parlé de la carrière de Comello, entre Plaisance et Crémone, sur l'Adda. Elle était déjà fermée à l'époque.

— Et elle fait partie de celles que vous avez recensées ? demanda Dante.

— Oui. Je m'en suis souvenu après le coup de téléphone de Fabrizio. Vous savez comment ça se passe, vous ne pensez pas à une chose pendant des années et des années, et voilà que tout d'un coup elle refait surface… J'ai cherché les documents. En 1989, il avait été décidé qu'elle serait transformée en décharge pour le traitement des déchets industriels. Avec l'ancienne loi, c'était possible.

— Mais ça ne s'est pas fait, continua Dante.

— Non. C'est devenu une zone de repeuplement de la faune. (Le portable de Pedini vibra. Il regarda l'écran, mais ne répondit pas.) C'est ma femme, elle commence à s'inquiéter. Il faudrait vraiment que je rentre, maintenant.

— Donnez-nous l'adresse, s'il vous plaît.

Pedini la leur indiqua et descendit rapidement.

Colomba reprit le volant, alluma le GPS et mit le moteur en marche.

— Après vingt-cinq ans, trouver des fûts dans une décharge, ce n'est pas tâche facile, fit observer Dante, avec cette expression qu'il prenait toujours quand son cerveau tournait à mille tours-seconde.

— Tu n'as pas entendu ce qu'a dit Pieds-Pourris ? Ils ne l'ont pas faite, la décharge. D'ailleurs, les fûts ne peuvent pas être visibles, sinon quelqu'un les aurait enlevés. Peut-être même ceux qui les y avaient mis.

— Il y a moyen de les trouver, j'en suis certain. La police ne possède pas quelques-uns de ces géoradars… ?

— Nous en avons, pour trouver les cadavres enterrés. Mais nous deux, nous ne sommes pas de la police.

Plus, ajouta mentalement Colomba.

— On va en acheter un. Ou un détecteur de métal, comme les chercheurs de trésors. Mon père a de l'argent, on peut même embaucher une centaine de personnes qui nous donneront un coup de main.

— Pendant que, nous, nous finissons en prison ?

— Ça n'aura plus d'importance à ce moment-là.

— Tu penses que toutes les réponses sont dans les fûts ?

— Pas toutes. Mais une, c'est sûr.

— La réponse à quelle question ?

Dante ne répondit pas et indiqua un écriteau sur la départementale, juste après un hameau. On pouvait lire : ANCIENNE CARRIÈRE DE COMELLO – OASIS VERTE. La flèche indiquait un chemin non goudronné que, dans le noir, on distinguait à peine. Colomba s'y engagea en roulant au pas, à cause des trous. Lorsque la route s'interrompit, ils poursuivirent à pied, à l'aide de la torche électrique qu'ils avaient trouvée dans le pick-up. Ils repérèrent facilement la carrière : il était impossible ne pas la voir. Et ils comprirent ce qu'entendait Pedini par zone de repeuplement de la faune.

Les carrières de gravier sont creusées près de la nappe phréatique, et quand on arrête d'extraire, surtout si on est allé très profond et qu'on n'a pas comblé le site, la nappe commence à remonter.

Les secrets que le Père et ses hommes avaient enfermés dans les fûts étaient désormais sous des millions de litres d'eau. La carrière était devenue un lac.

18

Le bureau au cinquième étage de la Via San Vitale empestait le cendrier froid et le cuir du vieux canapé rouge, accolé au mur. En écoutant le bruit qui montait de la rue, Curcio pensa que chaque ville avait une voix différente. Parfois le matin, les yeux fermés et à moitié endormi, il avait du mal à se rappeler où il se trouvait et il cherchait à le deviner en écoutant les bruits. Même la lumière changeait, les aubes et les couchers de soleil n'étaient pas les mêmes.

À dix heures du soir, debout depuis plus de vingt heures, Curcio luttait contre le sommeil. Ce n'était pas une grande consolation de penser que, une fois sorti du commissariat, un logement minable l'attendait, dans lequel il allait devoir vivre jusqu'à ce que soit prêt l'appartement attribué par le ministère. Sa femme arriverait ensuite avec leurs affaires, et il leur faudrait des mois pour ouvrir tous les cartons, et davantage encore pour découvrir ce qui s'était perdu dans le transport. Quelques cartons étaient restés fermés depuis le dernier déménagement, de Palerme à Reggio de Calabre. À tous les coups, il faudrait qu'il rachète ce roman de Coelho qu'il avait laissé sur sa table de chevet, dont il avait à peine lu la moitié et qui avait seul le pouvoir de lui permettre de trouver le sommeil, même si Dieu sait qu'il en avait à rattraper.

Il fit une boule du paquet de bonbons vide et chercha la corbeille sous le bureau, se rappelant au bout de quelques secondes qu'il n'y en avait pas. Le bureau avait été aménagé à la hâte dans une salle de réunion de la prévention criminelle, en attendant que celui de Rovere ait été vidé de ses effets personnels après l'enterrement d'État prévu pour ce dimanche. Pour Curcio, c'était très bien : il n'était pas pressé de s'asseoir sur la chaise d'un collègue mort, même si ça n'avait rien d'une première.

On frappa à la porte. C'était un jeune agent, la peau claire avec quelques taches de rousseur ; sur son nez, un large bleu perdait sa couleur.

— Agent Alberti Massimo, commissaire, dit-il, au garde-à-vous.

— Assieds-toi. (Curcio lui montra la chaise.) Je dois te poser quelques questions.

Alberti eut un instant d'hésitation, puis obéit, en restant très raide.

— Commissaire… j'ai fait quelque chose de mal ? demanda-t-il, inquiet.

— C'est ce que je voudrais comprendre, répondit Curcio. Le commissaire Caselli t'a téléphoné la nuit où elle s'est enfuie de l'hôpital. Nous l'avons vu sur les relevés.

Alberti rougit violemment.

— Commissaire… je ne savais pas ce qu'elle avait fait.

— Si quelqu'un pensait que tu le savais, tu serais en garde à vue, dit Curcio, sévère. Qu'est-ce qu'elle te voulait ?

Alberti passa un doigt dans le col de sa chemise, comme si elle l'étranglait.

— Elle souhaitait que je recherche un nom dans le système. (Il baissa la voix.) Celui de Luciano Ferrari. Mais elle ne m'a pas expliqué pourquoi. Je ne savais pas qu'il était…

Il s'interrompit.

— Mort. J'imagine bien. Tu pensais seulement rendre un service à un supérieur, même si elle n'est plus en fonction.

— Oui, commissaire.

— Tu sais qu'on pourrait te faire un procès pour une chose pareille ? Et surtout parce que tu n'as pas communiqué l'information. Tu viens juste de commencer dans le métier et, déjà, tu peux fusiller ta carrière.

Alberti baissa les yeux.

— Je sais, commissaire, murmura-t-il.

— Et ensuite qu'a dit ou fait le commissaire Caselli ?

— Je n'ai plus eu de contact avec elle. On m'a dit que Ferrari avait cherché à la tuer.

Curcio secoua la tête.

— On ne parle pas des enquêtes en cours si on n'y participe pas. Pourquoi le commissaire s'est-elle adressée à toi ? Elle avait de nombreux collègues qu'elle aurait pu solliciter.

— Elle ne me l'a pas dit, commissaire.

— D'après toi ?

Alberti rougit encore.

— Je crois que… elle n'avait pas beaucoup de rapports avec les autres collègues. Et qu'elle me voyait… comme quelqu'un d'inoffensif.

Curcio le soupesa du regard : ce garçon n'était pas vraiment sot. Son visage se détendit et il lui fit même un demi-sourire.

— Quand est-ce que tu l'as connue ? demanda-t-il sur un ton moins sévère.

— On m'avait donné l'ordre de la conduire aux Pratoni del Vivaro, le jour où le petit Luca Maugeri a été enlevé.

— Qui t'avait donné cet ordre ?

Alberti nomma son supérieur direct et raconta qu'il s'était porté volontaire pour rechercher Luca et sa mère, quand on les croyait encore disparus. Il imaginait que l'ordre était venu de Rovere, parce qu'il avait emmené Colomba directement auprès de lui.

Curcio se lissa les moustaches.

— Ensuite tu l'as ramenée chez elle ?

— Pas tout de suite. (Alberti s'était un peu détendu en comprenant que Curcio ne s'intéressait pas à lui. Il enleva son béret et le posa sur ses genoux.) Tout d'abord, j'ai accompagné le commissaire Caselli et le commissaire Rovere dans un restaurant pas très loin, où ils ont discuté.

— De quoi ?

— Je n'ai pas assisté à la discussion, commissaire. Mais après cette rencontre, le commissaire Caselli a paru très troublée. Le jour suivant, j'ai reçu ordre, cette fois directement du commissaire Rovere, de l'accompagner au domicile de M. Dante Torre. Ensuite, j'ai conduit ces deux personnes de nouveau aux Pratoni, puis pour finir à une rencontre avec le procureur De Angelis.

— Au parquet ?

— Non, dans un autogrill. M. Torre souffre de claustrophobie. Vous devriez voir son appartement…

— Le motif de cette rencontre ?

Maintenant Curcio ne cherchait plus à dissimuler son intérêt.

— On ne me l'a pas communiqué. Mais je crois que cela concernait l'enlèvement. Ensuite j'ai raccompagné le commissaire Caselli tout d'abord ici…

Il s'arrêta, embarrassé.

— Au point où tu en es, il vaut mieux que tu me dises tout.

— Le commissaire Caselli a eu une dispute avec le commissaire Santini. Je crois que… ils en sont venus aux mains.

— Suite à la rencontre à l'autogrill ?

— M. Torre s'était trouvé mal. Je crois que… le commissaire Caselli tenait le commissaire Santini pour responsable de son état.

Curcio se laissa aller contre le fauteuil.

— Ensuite tu l'as accompagnée chez elle.

— Oui. C'est la dernière fois que je l'ai vue. À part quand je suis allé lui rendre visite à l'hôpital. (Alberti hésita encore.) Commissaire…

— Je t'écoute.

— Ce n'est pas elle qui a tué le commissaire Rovere, dit-il, les yeux baissés. Je ne sais pas pourquoi elle s'est enfuie. Je ne sais pas pourquoi Ferrari a cherché à la tuer, mais… elle est innocente.

Curcio soupira.

— Allez, tu peux y aller.

Alberti bondit sur ses pieds, remit son béret et fit un salut. En ouvrant la porte pour sortir, il faillit heurter Infanti, en manches de chemise et cravate, qui s'apprêtait à frapper, quelques feuilles à la main.

— Commissaire Curcio, je peux vous déranger ?

Curcio fit un effort pour se rappeler son nom.

— Entrez, Infanti.

— Permettez… (Infanti posa sur le bureau la version imprimée d'un procès-verbal.) Les carabiniers de Modène ont reçu le signalement d'un marchand ambulant qui dit avoir reconnu Mme Caselli et Dante Torre aux alentours de son kiosque, en train d'acheter des denrées alimentaires. Mme Caselli avait les cheveux rouges, mais pour le reste la description correspond.

Le « Mme Caselli » n'échappa pas à Curcio. *Encore un qui n'y croit pas*, pensa-t-il.

— Vous l'avez déjà transmis aux collègues du SIC ?

— Pas encore. D'abord, je voulais vous en informer.

— Laissez-le-moi, je m'en occupe.

— Oui, commissaire.

Curcio resta là, à regarder la feuille pendant une bonne minute, le menton sur les mains. Puis il pensa que son logement pouvait attendre encore un peu.

Selon le savoir-vivre des rapports hiérarchiques, c'est toujours le fonctionnaire de grade inférieur qui se déplace dans le bureau du supérieur, mais Curcio décida de faire exception à la règle. Il emprunta le couloir du commissariat et descendit l'escalier. À cette heure-là, les agents étaient peu nombreux et presque personne ne le salua : beaucoup ne le connaissaient pas encore.

À l'étage en dessous, il suivit les indications pour le SIC et frappa à la troisième porte, la seule à avoir une vitre dépolie encore éclairée. Il entra sans attendre l'autorisation. Santini leva la tête de l'ordinateur et, lorsqu'il le reconnut, son visage exprima la surprise.

— Commissaire Curcio ! (Il se leva pour lui serrer la main.) Votre première journée n'en finit pas.

— Et peut-être que ce sera pire demain.

— Un problème, commissaire ? demanda Santini.

— Je voulais seulement vous porter ce procès-verbal rédigé par les carabiniers de Modène, dit-il en lui tendant la feuille. Un signalement concernant Caselli et Torre.

Santini le prit.

— Merci. Il ne fallait pas vous déranger.

L'expression de surprise était devenue circonspecte. Il savait que cela ne pouvait pas être la véritable raison de la visite de Curcio.

— Ça m'a dégourdi les jambes, répondit Curcio.

Santini parcourut la feuille.

— Cela confirme l'idée que nous nous sommes faite. Torre couvre Caselli. Modène est sur la route de Crémone, où vit la famille de Torre.

Curcio s'assit, apparemment peu intéressé par ce que disait Santini. Il se mit à jouer avec un stylo.

— Je peux faire quelque chose pour vous ? reprit Santini.

Curcio lui sourit.

— Comment c'était, Naples ? dit-il d'un ton distrait.

Pris de court, Santini revint derrière le bureau et il s'assit à son tour.

— Pardon ?

— Comment c'était, Naples, quand vous y étiez ?

— Il y avait la guerre de Scampia. Le bordel.

— J'ai travaillé avec un des juges du pool, il y a deux ans. (Il le nomma, et Santini acquiesça.) Il avait une grande considération pour vous. Il disait que vous aviez fait du bon travail.

— Je vous remercie… (Santini fit une moue.) Commissaire… Qu'est-ce que vous cherchez à me dire ?

Curcio sourit.

— Que vous et moi, nous avons deux choses en commun. Nous portons tous les deux des moustaches, même si les miennes sont plus belles, et nous sommes tous les deux de bons flics.

— J'essaye de l'être.

— Vraiment ?

Santini écarta les bras, exaspéré.

— Je peux vous demander à quoi vous faites allusion ?

— Je crois que vous le savez.

— Ce n'est pas moi qui dirige l'enquête sur Caselli, protesta Santini. J'exécute seulement les ordres du procureur.

— Vous attaquez le convoi là où votre patron veut que vous le fassiez, dit Curcio, pour la première fois avec une certaine dureté. Et ce n'est pas le bon endroit. Le commissaire Caselli n'est pas la bonne personne.

— Et vous avez compris cela en un jour, commissaire ?

— Colomba Caselli travaillait pour le commissaire Rovere. Elle ne s'est pas interposée sur un coup de tête dans l'enquête des Pratoni. Et si Rovere lui avait confié une tâche de ce genre et qu'elle l'avait acceptée, cela veut dire qu'ils se faisaient confiance mutuellement.

— C'est possible. Comme il est possible que la tâche dont vous parlez leur ait court-circuité le cerveau.

— Ou bien que quelqu'un n'ait pas apprécié leur intervention. Et que Rovere soit mort pour ça.

— Allez le dire à De Angelis, martela Santini.

— Je vous le dis à vous. Parce que vous êtes un collègue. Et parce que je sais que vous me croyez. Au-delà du respect que vous pouvez éprouver pour De Angelis, ou de votre antipathie personnelle pour le commissaire Caselli.

Santini lutta pour ne pas perdre son sang-froid.

— Je vous remercie de votre suggestion, commissaire, dit-il en serrant les dents. Je prendrai cela en considération. Je peux faire autre chose pour vous ?

Curcio se leva.

— Non, rien. Merci pour la conversation. Pensez-y. Je serais désolé de vous voir vous engager à fond dans toute cette histoire. Il n'y a pas beaucoup de bons collègues. Surtout avec des moustaches.

Il quitta la pièce. Santini resta là, à regarder la porte pendant quelques secondes, puis il cassa le stylo avec lequel Curcio avait joué et le jeta dans la corbeille.

— Va te faire foutre, fulmina-t-il à voix basse.

Mais pour la première fois depuis que cette affaire avait commencé, il éprouva une impression désagréable. C'était comme si un mille-pattes de glace lui grimpait le long de la colonne vertébrale. Il l'écarta et commença à organiser son voyage à Crémone.

19

Colomba s'était réveillée à l'aube. Elle n'était plus habituée à dormir au côté de quelqu'un et, même si Dante s'était pelotonné sur le petit canapé près de la fenêtre, elle avait senti sa présence toute la nuit, tandis qu'elle s'endormait et se réveillait sans cesse. Elle avait rêvé du Père et de l'explosion de Paris, de ses collègues qui l'arrêtaient, puis encore du Père, et du silo. À huit heures, fatiguée de se retourner dans son lit, elle s'était levée. Dante dormait encore en ronflant légèrement, la bouche grande ouverte et le visage tourné vers la fenêtre dont il avait remonté les stores pour faire entrer la lumière, enveloppé pudiquement dans un survêtement qui avait appartenu au défunt mari de Wanda et qui était trop large et trop court pour lui.

Colomba s'était habillée dans la salle de bains et, lorsqu'elle en était sortie, elle avait trouvé sur la table de la cuisine un mot de Wanda qui annonçait son retour à l'heure du déjeuner : elle accompagnait Valle pour aller chercher ce que Dante lui avait demandé la nuit précédente, en revenant de la carrière. Comment

Dante l'avait-il convaincue de les aider à nouveau ? Colomba l'ignorait, mais il y était parvenu.

Colomba avait pris seule son petit déjeuner de biscottes rassies et de miel, accompagnées d'un pichet entier de café. Puis elle s'était mise à déambuler dans la maison, aussi nerveuse qu'un lion en cage. Wanda possédait ce qui apparaissait comme la collection complète des livres de la Sélection du Reader's Digest, en plus d'une quantité infinie de bibelots et de figurines en bois sculpté, le plus souvent en forme d'animaux sauvages. Colomba se demanda si elle les avait hérités de son mari chasseur ou s'il s'agissait des cadeaux de Valle, dont on pouvait déceler la présence partout dans la maison : des lunettes d'homme, une paire de pantoufles, une robe de chambre qui semblait assez grande pour qu'il rentre dedans et quelques numéros de *Il Sole 24 Ore* empilés et couverts de poussière, qui n'allaient pas très bien avec les livres de la Sélection.

Dante apparut dans son ridicule survêtement, le visage pâle, une mine de déterré.

— Je ne peux pas continuer comme ça, dit-il. Il y a du café dans la maison ?

— Oui. Mais pas celui qui te plaît à toi, répondit Colomba avec un sourire fatigué.

— Ça ne fait rien. J'ai décidé de me sacrifier. En prison ce sera même pire, et je suis dans un tel état de manque que même un toxico…

— Je vais te le préparer. Toi, tu n'as qu'à aller dans la salle de bains, dit Colomba en se levant d'un bond.

Dante la regarda, perplexe.

— Tout va bien ?

— J'en ai juste marre de ne rien faire.

— Et tu es nerveuse.

— Bien sûr que je suis nerveuse. Pas toi ?

— Non, Wanda a une belle réserve de Xanax. Enfin, *avait*, pour être tout à fait honnête.

Pendant que Dante prenait un petit déjeuner tardif, ils entendirent le moteur d'un camion dans la cour. Colomba regarda discrètement, cachée derrière le rideau, faisant signe à Dante de ne pas faire de bruit. C'était un fourgon découvert, doté d'un treuil plus gros que ceux des dépanneuses et fixé à la plate-forme. Le câble était plus fin et se terminait par deux crochets reliés à autant de chaînes qui semblaient robustes.

— Rien d'anormal ? demanda Dante qui s'était immobilisé, un sablé à mi-chemin entre l'assiette et sa bouche.

— On dirait que le service à domicile est arrivé, annonça Colomba. Mais je n'ai pas vu qui était à bord.

La portière s'ouvrit du côté passager et Wanda apparut : elle hésita à descendre, inquiète de la hauteur de la cabine. Le chauffeur courut vers elle et l'aida. C'était un Maghrébin d'une cinquantaine d'années, en complet gris et cravate rouge.

— Viens voir, dit Colomba à Dante. Wanda est là avec un type.

Dante lâcha le biscuit et épia derrière le rideau, se déplaçant d'une manière exagérément prudente, tel un mime dans un rôle de voleur. Il sourit quand il vit l'homme.

— C'est Andrea, l'homme à tout faire de mon père. Une espèce de sous-fifre, et probablement l'unique ami qu'il ait.

— Tu as confiance en lui ?

— Oui, mais je ne sais pas ce qu'il sait. Il vaut mieux que, *toi*, il ne te voie pas.

— OK, dit Colomba qui partit dans la chambre de Wanda.

À travers la porte entrebâillée, elle pouvait facilement observer l'entrée. La chambre sentait le Coloniali, et Colomba ne put s'empêcher de remarquer d'autres vêtements d'homme et, appuyée contre un côté du lit, la bouteille d'oxygène pourvue d'un masque qui permettait à Valle de dormir sans s'étouffer.

Entre-temps, Wanda et Andrea étaient entrés. Dante embrassa l'homme, sincèrement content de le voir.

— Tu as grossi, dit Andrea. Bientôt tu ressembleras à ton papa.

— Tu voudrais bien. Comme ça, tu en aurais deux à tyranniser.

Andrea partit d'un bref éclat de rire, puis il redevint sérieux.

— Le camion est ce que j'ai pu récupérer de mieux sur le chantier. La carrière fait vingt-cinq mètres de long et ils m'ont assuré qu'il peut soulever deux ou trois tonnes. Mais je n'ai pas vérifié.

— Ça devrait aller.

Wanda prononça quelques mots que Colomba n'entendit pas bien. Peut-être avait-elle proposé à Andrea quelque chose à boire ou à manger.

Il refusa gentiment.

— Je dois retourner au bureau. Mais avant, il faut que je décharge le reste des affaires. (Il hésita et se tourna à nouveau vers Dante.) Ton père m'a prié de te rappeler que son offre est toujours valable, dit-il avec une pointe d'embarras.

— Qu'est-ce qui lui fait croire que j'ai changé d'avis en quelques heures ?

— Il dit que tu es du genre lunatique.

— Ces derniers temps, on dirait que non… répondit Dante, légèrement mélancolique. Je te donnerais bien un coup de main pour décharger, mais il vaut mieux que je ne me fasse pas voir de la rue.

— J'ai compris. (Andrea leva les bras en signe de reddition.) J'y vais.

Il ouvrit la porte d'entrée et Colomba se déplaça pour échapper à son regard. Du genou, elle heurta une pile de magazines de déco près du mur, et les numéros glissèrent un à un au sol. Quand elle se baissa pour les ramasser, elle s'aperçut qu'il y avait parmi eux un album de photos, un de ceux qu'on utilisait autrefois avec des feuilles de vélin pour séparer les pages. Malgré l'impression de fouiner, elle l'ouvrit, un peu amusée : la première photo, comme elle s'y attendait, était celle d'un couple qui se mariait à l'église, portant des tenues typiques des années soixante-dix. La femme ne ressemblait pas du tout à Wanda, alors que le mari… Colomba comprit que l'homme qui regardait le prêtre avec sérieux, tiré à quatre épingles dans une veste aux épaules étroites, était Valle, avec quarante ans et sans doute cent kilos de moins. La femme brune en robe blanche était donc la mère de Dante.

Pendant que, dehors, Andrea déchargeait le camion, Colomba s'assit sur le bord du lit et feuilleta l'album. Quelques photos en noir et blanc avaient été prises dans une station balnéaire, qui pouvait être Rimini ou Riccione, avec des femmes en maillot une pièce et Valle qui jouait avec une raquette. Trois photos plus tard, la mère de Dante, avec un gros ventre, fumait sur le balcon de la maison. Puis voilà qu'arrivait Dante, couché nu sur un tapis, six mois environ. Colomba brûlait d'impatience de lui montrer la photo, même si elle craignait un peu sa réaction. Peut-être que voir des photos d'amis et de parents que le silo avait effacés de sa mémoire, des personnes qui applaudissaient son premier déplacement à quatre pattes, lui ferait un petit choc. Dante croyait que tous ses souvenirs avaient été détruits dans l'incendie, or quelque chose avait été préservé, quelque chose que son père avait oublié de lui montrer. *Cela n'a pas été un oubli*, pensa aussitôt Colomba. *Il ne l'a pas voulu.* Cela expliquait pourquoi l'album était caché entre des revues dans la seule chambre où Colomba, en sa qualité d'hôte, n'aurait pas dû entrer. Elle imagina que Valle l'avait fait disparaître rapidement quand il était entré dans la maison pour annoncer leur arrivée.

Elle revint aux premières photos, recommença à feuilleter l'album avec plus d'attention et vit finalement quelque chose qui, d'abord, la laissa perplexe, puis lui glaça le sang. Elle tourna rapidement les pages pendant que la sensation de froid se faisait plus forte, mais elle s'arrêta dès qu'elle entendit les talons de Wanda qui s'approchaient. Elle se dépêcha de remettre l'album à sa place. *Ce n'est pas le moment*, pensa-t-elle. *Pas maintenant.*

Wanda ouvrit la porte et trouva Colomba debout devant la fenêtre, la pile de revues remise en place.

— Vous pouvez venir, maintenant, Colomba.

— Merci.

— Andrea m'attend dehors pour m'accompagner jusque chez Annibale. Il pense qu'il vaut mieux que je ne reste pas ici.

— Je le pense aussi, en convint Colomba.

Wanda hésita.

— Aujourd'hui, la police s'est présentée chez lui pour Dante. Ça ne s'est pas passé comme les fois précédentes. Ils ont été plus agressifs. Vous pensez qu'ils soupçonnent Annibale de vous aider ?

Colomba haussa les épaules.

— Je n'en sais rien. Mais j'ai idée qu'ils le découvriront, d'une manière ou d'une autre, si nous restons ici. Aujourd'hui, c'est le dernier jour, je vous le promets.

— J'ai un peu peur, murmura Wanda. Au début, ça me semblait être un jeu, mais maintenant…

— Je sais. Dante et moi, nous nierons que vous étiez impliquée. C'est le minimum. Et une fois qu'ils nous auront pris, ils ne perdront pas trop de temps avec vous.

— Vous parlez comme si vous étiez sûre d'être arrêtée.

— Parce que je le suis. (Elle serra la main à Wanda.) Merci pour tout.

Colomba attendit que Wanda soit sortie, puis elle revint dans le salon où Dante, assis sur le canapé, observait au centre de la pièce trois cartons empilés sur le tapis, estampillés d'une marque de sport.

— Le Père Noël est passé, dit-il.

— Ah, non. Les pères, j'en ai ma dose pour aujourd'hui, dit Colomba en cherchant à parler d'un ton léger. Et elle pensa encore : *Pas maintenant*.

Elle demanda à Dante de l'aider à ouvrir les cartons. Ensemble, ils en déballèrent le contenu avec précaution sur le tapis : c'était une combinaison de plongée complète de dix millimètres d'épaisseur avec capuchon d'hiver, une lampe frontale, une bouteille de quinze litres et un magnétomètre portable pour détecter les métaux.

— Tu es sûre que tu sais t'en servir, s'inquiéta Dante.

— La dernière fois, c'était il y a trois ans, mais je crois me rappeler l'essentiel, lui répondit-elle. Ou alors c'est toi qui essayes ?

— Je serai mort avant d'avoir touché l'eau.

— Alors il faudra que tu manœuvres le treuil.

Colomba observa l'ordinateur de plongée, beaucoup plus sophistiqué que le profondimètre auquel elle était habituée. Il calculait même la durée d'air disponible sur la base de la profondeur et des temps de remontée. Elle décida de lire les instructions d'un bout à l'autre, parce que, cette nuit, elle allait lui confier sa vie.

Parce que, cette nuit, elle allait plonger dans la carrière.

20

Vers vingt heures, les Amis du fleuve se peuplait de la clientèle du soir, plus variée et plus jeune que celle de l'après-midi. Plusieurs couples fréquentaient le lieu avec régularité, même les jours de semaine, à l'heure où les habitués plus âgés rentraient chez eux, pour peut-être se montrer de nouveau après dîner et boire un digestif – du moins ceux qui étaient assez en forme pour se déplacer à bicyclette.

Les échiquiers furent rangés et les tables dressées, avec des nappes à carreaux blancs et rouges choisies pour rappeler les tavernes d'autrefois, et dans l'air commença à se répandre le fumet des oignons frits avec lesquels on mettrait bientôt à rissoler les grenouilles, spécialité de la maison. Le cuisinier, qui écrivait le menu du soir sur une ardoise de bakélite, fut le premier à voir le gyrophare bleu tournoyer sur le toit de l'Alfa Romeo qui était garée juste en face de l'entrée, puis les deux hommes en civil qui en descendirent. L'un avait des moustaches poivre et sel, le visage creusé et une stature athlétique, tandis que l'autre était petit et chauve : ils se dirigèrent droit vers le comptoir. Le cuisinier pensa que les ennuis s'annonçaient et, parmi les joueurs de dames, certains des plus âgés firent la grimace en flairant une sale odeur de flic. Les Amis du fleuve avaient été fondés dans les premières années du XXe siècle, et même si l'endroit avait beaucoup changé depuis, il avait été jusqu'aux années soixante le lieu de rencontre de ce qu'on appelait la *leggera*, la pègre lombarde qui n'utilisait pas d'armes et qui avait disparu. Combien d'anciens membres de la *leggera* étaient encore en circulation, ce n'était pas facile de le savoir, mais les survivants n'avaient pas perdu l'habitude de s'arrêter dans le coin.

Le policier avec les moustaches montra sa carte au gérant, qui y lut son nom : Marco Santini, commissaire adjoint.

— Bonsoir, dit-il. Nous cherchons deux personnes.

Le chauve sortit de sa poche deux photographies, celle d'une belle femme et celle d'un homme qui semblait sous-alimenté, avec le regard intense d'un chanteur de rock.

Le gérant secoua la tête.

— Je suis désolé, je ne les ai pas vus. Vous êtes sûrs qu'ils sont passés ici ?

Santini posa l'index sur la photographie de l'homme.

— Celui-ci, c'est le fils d'Annibale Valle. Vous savez de qui je parle, pas vrai ?

Le gérant tressaillit, inquiet.

— Annibale, je le connais bien, mais il n'est jamais venu avec son fils. Ce n'est pas lui…

— C'est lui, trancha Santini.

— Dans les journaux, il semblait différent. Vous avez demandé à Annibale ?

Santini fixa le gérant comme s'il avait dit une énormité. Entre-temps, un vieux qui mesurait à peine plus d'un mètre cinquante s'accouda au comptoir avec son verre vide, en faisant comprendre par des gestes qu'il voulait qu'on lui fasse le niveau. Il portait de gigantesques lunettes et deux prothèses auditives tout aussi démesurées, dissimulées parmi les touffes de poils de ses pavillons d'oreilles.

— Attends un instant, j'arrive, lui dit le gérant. (Puis il se tourna vers les policiers.) Je peux faire autre chose pour vous ?

Santini secoua la tête. Il s'apprêtait à reprendre les photos, mais la main du vieux l'arrêta. L'homme bredouilla quelque chose en dialecte qu'il ne saisit pas.

Santini regarda le chauve.

— Tu as compris ?

Son collègue fit oui de la tête. Il était né à Brescia et le dialecte de la région de Crémone était proche du sien.

— Il a dit qu'il l'a vu.

— Torre ? Quand ? demanda Santini.

Le vieux bredouilla encore quelque chose, et le policier comprit qu'il parlait de la veille. Torre s'était assis pour bavarder avec le vieux jusqu'à ce qu'une femme avec des cheveux rouges vienne le chercher. Ils étaient partis avec un gros type qu'on voyait souvent ici, un type qui avait de l'argent.

Santini regarda le gérant, qui ne pouvait cacher son embarras.

— Je vous jure que je ne m'en suis pas aperçu. Je ne l'ai pas vu entrer, Annibale.

— Parce que le gros, c'est Annibale Valle, c'est ça ? demanda Santini.

— Il n'est pas vraiment maigre, répondit le gérant, comprenant qu'il en avait trop dit.

Santini leva la main pour faire taire les protestations, puis il demanda à son collègue de relever les papiers du vieux. Ils avaient trouvé le bon endroit, avec seulement vingt-quatre heures de retard. D'ici peu, cette histoire serait finie et, lui, il n'aurait plus besoin de s'occuper de fous en cavale et d'enfants enlevés. Mon Dieu, les enfants… il avait commencé à en rêver la nuit.

Les deux policiers sortirent, et le vieux retourna avec son verre plein à la partie de dames qu'il avait quittée. Il vit que son adversaire, aussi âgé que lui et dont les mains aux veines apparentes semblaient tatouées à l'encre bleue, avait croisé les bras et le regardait avec mépris.

Il se refusa, malgré l'insistance du vieux, à reprendre la partie.

21

Debout sur l'essieu du camion, Colomba finit de fixer la bouteille au gilet stabilisateur avec l'aide plus que symbolique de Dante. Elle mit la ceinture de lest autour de ses reins et y glissa un petit marteau à tête plate, du type de ceux qu'utilisent les braconniers pour les moules, ainsi qu'une torche étanche. La combinaison était parfaitement à sa taille, alors que les chaussons des palmes étaient trop justes d'une demi-pointure, mais elle pouvait les supporter. Elle attacha la lampe sur son front et elle l'essaya, trouant l'obscurité sur une cinquantaine de mètres devant elle.

— Tu es prête pour aller combattre les aliens, ironisa Dante.

— J'espère que je n'en aurai pas besoin, lui répondit-elle.

Elle inspira dans le détendeur pour contrôler l'afflux d'air. Il était un peu dur et elle desserra la soupape.

— Rappelle-toi d'ouvrir la bouteille.

— Conseil d'expert. Aide-moi à descendre.

Il sauta en bas de la plate-forme et l'attrapa par la taille. Ils se trouvèrent presque enlacés pendant un bref instant, et sans y réfléchir, Dante la serra dans ses bras.

— Tu feras attention là-dessous, chuchota-t-il en lui posant le menton sur l'épaule.

Colomba répondit à l'étreinte pendant quelques secondes, puis elle se dégagea doucement.

— Ce n'est pas aussi dangereux que tu le crois.

— Et si tu as une attaque ?

Colomba soupira. Elle préférait ne pas y penser.

— Il vaudrait mieux que je n'en aie pas. Maîtriser sa respiration est la chose la plus importante quand on est relié à une bouteille.

— Si tu veux un Xanax ou deux…

— Ce serait pire : il faut que je reste lucide.

À la lumière de la torche de Dante, ils s'approchèrent au bord du lac de la carrière qui, dans la nuit, semblait noir comme un four. Autour d'eux, il n'y avait que l'obscurité. En arrivant, ils avaient vu quelques voitures de jeunes couples qui venaient faire l'amour au milieu des arbres, mais personne ne les avait dérangés. Colomba regarda l'eau du lac. Sa combinaison la protégerait un peu du froid, au fond, l'eau serait autour de douze degrés, peut-être moins. Elle aurait préféré avoir une combinaison étanche. Avec son brevet de niveau trois, elle aurait été capable de s'en servir, mais il lui aurait fallu l'acheter en personne. Et puis, c'était plus difficile à trouver.

— D'après la vieille carte, dit Dante en éclairant le terrain avec la lampe électrique, c'est ici que débouchait la route pour la carrière. Donc, j'imagine que le groupe du Père est arrivé par là avec le camion.

— Et que les barils sont là-dessous, ajouta Colomba. Mais tout dépend de la façon dont ils les ont stockés et des mouvements que les courants ont pu provoquer durant toutes ces années.

Le miroir d'eau était grand, long de quatre cent cinquante mètres et large de deux cents maximum, avec de nombreuses cavités et grottes de creusement. Colomba ne pouvait en explorer l'intégralité, pas toute seule et pas la nuit. Elle pouvait seulement croiser les doigts pour que ses tentatives soient accompagnées de ce petit coup de chance que, jusqu'à présent, elle n'avait pas eu.

— Espérons que ça marche comme ils le disent sur le mode d'emploi, marmonna Dante en lui donnant le magnétomètre.

L'appareil ressemblait à une torpille longue de trente centimètres, avec une poignée le long de la partie supérieure et une couronne de led juste après la pointe. Quand Colomba les alluma, les led clignotèrent, passant du rouge au vert, pendant que l'appareil vrombissait et vibrait légèrement. Elle l'avait essayé chez Wanda et avait pu facilement repérer les tuyaux dans les murs. Mais comment il se comporterait dans l'eau, c'était difficile à dire. Dante l'avait réglé sur une sensibilité moyenne pour qu'il ne réagisse pas à la moindre pièce de monnaie.

Colomba le fit passer d'une main à l'autre, puis elle gonfla son gilet, de façon qu'il la soutienne durant les premiers mètres à la nage, tandis qu'elle s'éloignerait du rivage. Les parois de la carrière étaient en pente raide, mais déchiquetées et probablement coupantes.

Le portable de Wanda sonna faiblement dans la poche de Dante.

— Tu l'as laissé allumé ? s'étonna Colomba.

— Pour les imprévus, répondit Dante. (Il décrocha, et Colomba comprit que quelque chose n'allait pas, car à la lumière de l'écran, il sembla devenir encore plus pâle.) Je vois. D'accord. Merci. Bonne chance.

Il mit fin à la conversation, puis il retira la batterie et remit le téléphone dans sa poche.

— Qu'est-ce qu'il y a ? demanda Colomba.

— C'était Wanda. Elle me téléphonait depuis la salle de bains avec le sans-fil. La police est arrivée chez mon père. Ils disent qu'ils savent que nous l'avons rencontré.

— Ce n'était pas une bonne idée de te téléphoner, répliqua Colomba. Ils traceront l'appel.

— Combien de temps ils mettront pour nous trouver ? s'inquiéta Dante.

— L'autonomie de la bouteille à vingt mètres de profondeur, qui est le point le plus bas de la carrière, est d'environ une heure, répondit Colomba. Je pense que nous aurons fini avant qu'ils arrivent. Et nous aurons même le temps de partir. À moins qu'à Crémone, ils ne soient plus efficaces que dans le reste du monde.

— Mieux vaut se bouger, alors.

Colomba se laissa glisser dans l'eau, qui commença à s'infiltrer doucement dans la combinaison et à se réchauffer au contact da sa peau. Elle fit quelques brasses puis elle se mit en position verticale et dégonfla son gilet en ouvrant la soupape. Elle commença immédiatement à couler.

Elle descendit doucement, s'arrêtant tous les trois mètres pour compenser, se bouchant le nez et soufflant. Éclairée par la lampe, l'eau de la carrière miroitait de nuances vertes et violettes, bien plus transparente qu'on ne pouvait le supposer avec toute la végétation et les branches pourrissantes qui flottaient en surface. Elle vit même un couple de brochets irisés filer à toute vitesse à son passage et une carpe énorme, longue de presque un mètre. En position neutre, à dix mètres de profondeur selon l'ordinateur de plongée, elle oublia un bref instant pourquoi elle était là et se délecta de ce panorama fantastique. Puis elle dégonfla encore son stab et reprit sa descente jusqu'à un peu plus d'un mètre du fond. Elle régla de nouveau son équipement, pour que la pointe des palmes ne touche pas la vase, ce qui aurait troublé l'eau, devenue vraiment froide – même si c'était supportable. Elle tourna sur elle-même pour éclairer la paroi près d'elle, recouverte de nudibranches et de petites moules, puis le centre du lac, qui disparaissait dans l'obscurité.

Au milieu de cette immensité, elle se sentit minuscule et songea qu'il était hautement improbable qu'elle trouve ce qu'elle cherchait, à supposer que cela s'y trouvât vraiment. Malgré tout, elle enclencha le magnétomètre et le tint dirigé vers le bas pendant qu'elle se propulsait vers le milieu du lac à l'aide de ses palmes.

Presque aussitôt le voyant rouge du détecteur s'alluma, et Colomba sentit son cœur battre la chamade. Elle allongea une main pour toucher le fond, mais elle ne trouva qu'une chaîne, qui semblait être rattachée à une ancre, couverte de moules et d'algues. *Tu ne peux pas gagner du premier coup*, pensa-t-elle. Elle recommença à nager, se déplaçant en cercles, et le détecteur s'alluma de nombreuses fois, lui signalant des déchets métalliques sans le moindre intérêt : un morceau de cyclomoteur, un bidon d'essence, des boîtes qui avaient contenu des appâts ou de la nourriture, d'autres chaînes ou câbles, la lame d'une pioche et même une télévision. Elle se demanda qui pouvait se donner la peine de la porter jusqu'ici pour la balancer, mais elle savait que les idiots ont toujours du temps à perdre.

Après une vingtaine de minutes de recherches infructueuses, elle jeta un coup d'œil à l'ordinateur de plongée. Il lui restait trente-six minutes d'air. En calculant qu'elle en aurait utilisé au moins cinq pour remonter si elle ne voulait pas risquer une embolie – même si à cette profondeur c'était peu probable –, elle devait trouver une meilleure technique, et vite.

Elle s'efforça de se rappeler la carte de la carrière qu'elle avait regardée sur le portable de Wanda, qui réussissait à se connecter à Internet même si c'était avec une lenteur exaspérante. Dante ne se trompait pas sur la voie d'accès, mais il était possible que le Père et ses sous-fifres aient déplacé le camion en un endroit autre que l'entrée de la carrière. Plus encore, si on considérait les résultats des explorations de Colomba, c'était presque certain. Mais pourquoi n'avaient-ils pas jeté les fûts au plus vite ? Pourquoi perdre du temps et risquer de s'envaser ? Elle le comprit en éclairant la paroi face à elle, qui semblait présenter une saillie. En nageant dans cette direction, elle vit que, sur une dizaine de mètres, la paroi ne descendait pas à pic, mais s'enfonçait plus doucement vers le centre de la carrière.

Colomba espéra que les comparses du Père s'étaient comportés comme tous les soldats de monde, avec ou sans insigne, et que, pour éviter un effort inutile, ils avaient fait rouler les fûts le long de la pente plutôt que les porter jusqu'au fond – lequel devait être déjà boueux à l'époque, ou recouvert de quelques mètres d'eau.

Elle partit de la fin de la pente, en nageant lentement, en petits cercles. Le détecteur de métaux clignota une seule fois, environ à cinq mètres de la paroi. Colomba toucha le fond, et trouva sous la vase une couche dure et compacte. Elle détacha le marteau de sa ceinture et s'en servit pour gratter la couche argileuse. L'eau devint trouble et la lumière pénétrait difficilement entre les particules en suspension, mais elle continua à gratter jusqu'à ce que la pointe du marteau heurte quelque chose d'élastique.

Elle se mit alors à creuser avec ses mains. Elle sentit un profil arrondi, puis, dans la boue, elle distingua l'extrémité supérieure d'un fût de deux cents litres. Elle s'aperçut qu'il était fait d'un matériau qui ressemblait à du plastique épais, avec des lattes extérieures d'acier. Ce n'était donc pas le fût de fioul classique et quand, près du premier, elle en vit un deuxième puis un troisième elle comprit qu'elle avait trouvé. Pour repérer l'endroit, elle alluma la petite torche qu'elle portait à la ceinture, elle la planta dans l'eau, la lumière dirigée vers le haut, puis elle nagea le plus vite possible jusqu'à l'autre extrémité du lac, gonfla légèrement son stab et remonta, en brûlant d'impatience à chacun des deux paliers de décompression qu'elle s'accorda. Pendant qu'elle gagnait la surface, elle ressentit une douleur aiguë dans la mâchoire supérieure et comprit qu'elle avait sans doute des microfractures où s'étaient infiltrées des bulles d'air qui, en se dilatant, appuyaient sur les racines des dents.

Cadeau, certainement, d'une des deux explosions auxquelles elle avait survécu.

Elle émergea à quelques mètres de l'endroit d'où elle avait plongé, et Dante courut vers sa lumière en risquant de tomber à l'eau.

— CC ! Tu es revenue !

Elle enleva son détendeur et respira à l'air libre, presque incapable de parler à cause de la douleur de ses dents qui, heureusement, mit peu de temps à se calmer.

— Oui. Il faut que tu gares le camion de l'autre côté.

Dante comprit.

— Tu les as trouvés ? chuchota-t-il, presque incrédule.

— Oui. Ils sont bizarres, mais ils seront plus faciles à accrocher. Tu vas réussir à faire la manœuvre ?

— Bien sûr, mais il faut que je le pousse à la main.

— Je t'attends là-bas.

Colomba nagea jusqu'à la rive opposée du lac et s'arrêta là où elle imaginait que commençait la paroi. Elle contrôla l'ordinateur de plongée : il lui restait une quinzaine de minutes d'air à vingt mètres. Il valait mieux qu'elle ne se mélange pas les pinceaux avec les câbles.

Les phares trouèrent l'obscurité et elle agita les bras pour indiquer à Dante où s'arrêter et tourner le camion. Sur la rive étaient tombés des arbres qu'on avait laissés pourrir pour préserver l'écosystème, la manœuvre fut difficile, mais Dante réussit finalement à se mettre dans la bonne position, avec les roues au ras de l'eau. Il tira le frein à main, sauta du camion, baissa le plateau arrière et monta sur la plate-forme.

Colomba le vit trafiquer quelques minutes à la lumière de la torche puis elle entendit le moteur électrique du treuil qui se mettait en route et le câble commença à se détendre. Dante le déroula sur quelques mètres, puis il sauta à terre, ramassa les deux crochets aux extrémités et courut dans la boue pour les tendre à Colomba.

— Et maintenant ? demanda-t-il.

— Toi, tu continues à dérouler le câble jusqu'au bout. Il devrait être un peu long, mais ça ne fait rien. Je le guide dans l'eau en veillant à ce qu'il ne s'accroche pas.

— Et quand tu l'as crocheté ?

— Je commencerai à donner des secousses et j'espère que tu comprendras, expliqua Colomba. Rappelle-toi que, pour le crocheter, j'aurai besoin de quelques minutes. Si tu perçois des secousses avant d'avoir terminé de dérouler le câble, cela veut dire que je suis en train de le débloquer. Si je n'y arrive pas, je remonte, mais j'espère ne pas avoir à le faire parce qu'il ne me reste pas beaucoup d'air.

— D'accord.

Colomba reprit l'embout, se retourna et marcha à reculons vers le centre du lac en traînant avec une certaine fatigue l'extrémité du câble. Avec ce poids, elle allait descendre beaucoup plus vite et il lui faudrait compenser très fréquemment si elle ne voulait pas que ses oreilles explosent.

Dante remonta sur la plate-forme et actionna de nouveau le treuil. Il vit la lumière de Colomba disparaître sous l'eau et il aurait donné n'importe quoi pour être avec elle et s'assurer que tout se déroulait bien dans la phase la plus délicate du travail. Un travail qui, à bien y réfléchir, avait commencé vingt-cinq ans plus tôt lorsqu'il s'était enfui du silo et qu'il avait raconté son histoire, dans l'espoir que quelqu'un le croirait.

Le câble continua à glisser jusqu'à ce que le moteur se bloque automatiquement, arrivé au dernier mètre. Quatre minutes avaient passé, et Dante attendit en comptant mentalement les secondes. Au bout de deux autres minutes, il lui sembla percevoir une sorte de vibration, et il posa l'oreille sur le câble pour en être sûr. La vibration se répéta, rythmique. Dante comprit que c'était le signal qu'il avait attendu : Colomba avait crocheté le fût. Il retourna aux commandes mais, au moment où il allait les actionner, il entendit un bruissement près du fourgon et un bruit de bottes qui s'enfonçaient dans la boue. Il fit demi-tour brusquement et le souffle lui manqua.

Debout près de l'eau, éclairé par le seul reflet de la lune, le Père l'observait de ses yeux terribles.

22

Colomba tapa du marteau sur le câble crocheté au fût, puis elle se mit à tirer dessus, sans réussir vraiment à le faire bouger. Le câble continua à rester inerte et Colomba se maudit de n'avoir pas fait acheter une paire d'émetteurs-récepteurs étanches au sous-fifre de Valle. Malheureusement, c'était sa première récupération sous-marine et elle n'y avait pensé qu'après s'être immergée. Elle regarda l'ordinateur et vit qu'il lui restait juste six minutes d'air. Il fallait qu'elle remonte.

Elle remit le marteau à sa ceinture et gonfla son gilet. À la moitié de la remontée environ, elle recommença à sentir la douleur aux dents, douleur qui persista pendant toute la phase de décompression. Quand elle arriva à la surface, elle sortit aussitôt l'embout de bouche pour lui crier : « Bouge-toi, tête de mule. » Mais elle se figea.

Dante était à genoux dans la boue, les mains sur le visage. Il gémissait. Debout derrière de lui, un homme massif tenait pointé sur sa nuque un pistolet au canon exagérément long. *Il a un silencieux*, comprit Colomba. Quand l'homme déplaça le regard vers elle,

Colomba vit ses yeux briller comme un glaçon dans la lumière de la lampe et elle le reconnut.

— Éteins, ordonna l'homme que Dante appelait le Père et que Pinna appelait l'Allemand. (Sa voix semblait être un chuchotement calme mais elle était capable de traverser les mètres qui les séparaient.) Éteins-la vite, ou je lui mets une balle dans la tête.

— Je l'éteins tout de suite, haleta Colomba. Ne lui fais pas de mal.

Elle trouva l'interrupteur avec la main droite et appuya dessus. La rive fut plongée dans le noir et elle comprit qu'elle était totalement à découvert, avec le reflet du lac dans le dos. Sans doute l'Allemand était-il en train d'ajuster son tir pour l'abattre. Ses poumons se fermèrent instantanément, pendant que le noir semblait grouiller de silhouettes sombres. Colomba ne distinguait plus les formes réelles de celles créées par son esprit. Elle recula, perdit l'équilibre et tomba en arrière entraînée par le poids des bouteilles. Le coup retentit dans sa tête, accompagné d'un élancement aveuglant. Ses poumons se rouvrirent et elle avala de l'air et de l'eau, en toussant désespérément.

— Remets-toi debout, dit encore l'Allemand. Remets-toi debout ou je tire.

— Je… le fais, bégaya Colomba. Je suis tombée.

— Ça ne m'intéresse pas. Tu as deux secondes pour te relever. Bouge-toi.

Colomba glissa deux fois sur le fond boueux, puis elle réussit à se mettre à quatre pattes, en continuant à tousser.

— Je me lève… j'enlève la bouteille, autrement je n'y arriverai pas, implora-t-elle.

— Dépêche-toi.

Elle obéit et enleva son gilet avec tout l'équipement. Débarrassée de ce poids, elle réussit à se remettre debout. Ses yeux s'étaient un peu habitués à l'obscurité et elle distinguait à présent le pistolet de l'Allemand, toujours pointé sur la tête de Dante. Qui restait inerte, le visage dans les mains, et pleurait avec un gémissement prolongé et déchirant.

— Ne lui fais pas de mal, répéta Colomba. Tu lui en as déjà assez fait.

— Mais il est vivant, non ?

— Pas grâce à toi.

L'Allemand eut un rire étouffé, et ce fut presque pire que de l'entendre chuchoter.

— Tu crois vraiment que c'est un hasard ? Allez. Viens vers moi.

— Et quand j'y serai ?

— Marche. Nous avons assez parlé comme ça.

Colomba comprit que dès qu'elle serait sortie de l'eau, il tirerait. L'Allemand ne pouvait pas risquer que son cadavre tombe dans le lac et soit entraîné au large ou coule. Il voulait le faire disparaître. Avec le camion et Dante.

Colomba fit un pas, puis un autre. L'eau maintenant lui arrivait aux genoux.

— Dis-moi ce que tu veux, lança-t-elle.

— Juste que tu t'approches. (Dans le noir, Colomba vit l'Allemand bouger la main qui tenait le pistolet et la lever dans sa direction.) Avance. Encore un pas, dit-il.

Le canon du pistolet était à présent dans l'alignement de son visage. Colomba pensa plonger dans l'eau et s'enfuir, mais elle savait qu'elle n'en aurait pas le temps. Et que cette mort-là pouvait être pitoyable et rapide. Un seul coup suffirait. Elle ne sentirait rien. Et surtout, elle ne souffrirait pas l'horreur de voir Dante mourir face à elle. Elle n'était pas une héroïne, et Dieu seul sait combien elle avait eu peur au cours de son existence. Pourtant, en ce moment précis, devant les pleurs désespérés de Dante, elle aurait fait n'importe quoi pour le consoler, ou lui sauver la vie. Même pour une seule seconde, le temps nécessaire à l'Allemand pour la tuer.

Elle leva la jambe pour faire le pas qui la mettrait définitivement au sec. La palme sortit de l'eau en soulevant de la vase et des roseaux. Ses sens semblaient décuplés en cet instant et elle percevait chaque détail comme s'il était gravé dans le cristal. Le bruissement des arbres, le clapotis de l'eau et les pleurs plaintifs de Dante, qui s'arrêtèrent tout à coup. Elle vit sa tête se soulever et se tourner vers l'homme qu'il avait appelé le Père.

— Tu n'es pas lui, fils de pute ! Tu n'es pas lui, cria-t-il.

Et il lui sauta à la gorge en saisissant la main qui tenait le pistolet.

23

L'Allemand appuya sur la détente. Colomba entendit la détonation sourde du silencieux et le projectile ricocher sur l'eau, tout près d'elle. Mais elle était déjà loin. Elle courut comme elle le pouvait, les palmes aux pieds, et se jeta sur l'Allemand qui, d'un coup de poing, avait envoyé valser Dante et braquait désormais le pistolet sur lui.

Colomba ne fit pas l'erreur de viser le bras armé. Elle se jeta au contraire contre la poitrine de l'Allemand et le frappa au visage d'un coup de tête. Elle eut l'impression de heurter un tronc d'arbre. L'Allemand ne chancela même pas. Il lui enfonça un genou dans le ventre et la frappa à la tempe avec la crosse de son arme. Si Colomba n'avait pas eu son capuchon, elle aurait été neutralisée par la violence de l'attaque, mais la crosse glissa sur le caoutchouc. Elle roula dans l'herbe, et entendit le terrain crépiter deux fois près de sa tête alors que l'Allemand appuyait sur la détente. Entre-temps, Dante s'était repris et avait planté ses dents dans le mollet de l'homme, le mordant jusqu'au sang. Cette fois, l'Allemand hurla de douleur ; il pointa son pistolet vers Dante, mais il n'appuya pas sur la détente. Tandis qu'elle rampait jusqu'à lui, Colomba détacha de sa ceinture le petit marteau. Toujours à genoux, elle l'abattit de toutes ses forces sur la pointe du pied gauche de l'Allemand, déchirant sa botte et brisant l'os, puis elle l'utilisa pour frapper le poignet de sa main armée. L'Allemand laissa tomber le pistolet. Colomba n'essaya pas de le récupérer, elle continua à frapper l'Allemand sur le corps, à la tête, aux jambes, tandis que, de ses deux bras, Dante le saisissait par-derrière. Ensemble ils réussirent à le renverser. Dante lui tint les jambes, Colomba lui écrasa le nez au sol en lui faisant respirer la terre. Tremblante sous les effets conjugués de l'adrénaline et de la colère, elle leva le marteau pour le frapper à la nuque et elle n'arrêta son geste qu'au tout dernier moment pour dévier le coup sur la joue qui se déchira, faisant sauter une poignée de dents dans un jet de sang. L'Allemand hurla, la bouche pleine de boue, remuant comme un ours blessé, mais Colomba appuya sur sa tête de tout son poids jusqu'à ce qu'il cesse de bouger.

Puis elle le retourna et lui nettoya le visage pour lui permettre de souffler. Elle ralluma sa lampe frontale et fut bouleversée quand elle le vit de près : c'était un vieux avec des cheveux blancs, tout ridé.

Dante rampa et enfouit de nouveau la tête dans ses mains. Colomba se pencha sur lui sans quitter l'Allemand des yeux.

— Comment tu vas ?

— Je sens que je vais mourir.

Colomba lui mit un bras autour des épaules.

— Mais non, tu ne meurs pas. Tu as été magnifique.

— Je ne peux pas y arriver, CC. C'est trop. C'est trop.

Colomba lui serra le bras.

— Dante. J'ai encore besoin de toi. S'il te plaît, ne me laisse pas toute seule.

Dante respira bruyamment pendant quelques secondes.

— Qu'est-ce que je dois faire ?

— Aide-moi à l'attacher. Avant qu'il reprenne connaissance. Autrement, il faudra encore que je le frappe, et cette fois il en mourrait.

Dante la regarda, les yeux pleins de larmes.

— Et ce serait un mal ?

— Oui. C'en serait un.

Dante se sécha les yeux et Colomba l'aida à se relever.

— Tu vas y arriver ? lui demanda-t-elle.

— Je ne me suis jamais senti aussi mal.

— Tu as bien de la chance. Va voir s'il y a quelque chose sur le camion pour l'attacher.

Dante s'éloigna en pataugeant et Colomba se palpa pour voir si elle avait quelque chose de cassé. Il semblait que non, même si elle avait des douleurs partout. Mais la joie d'avoir en face d'elle l'homme des cauchemars de Dante finalement désarmé était telle qu'elle ne s'en soucia presque pas. Toujours en surveillant l'Allemand, elle se baissa pour chercher le pistolet qui était tombé. Elle le trouva fiché dans la boue, le canon en l'air. C'était un Glock 19, avec la crosse en plastique. Colomba enleva le silencieux, parce qu'elle ne savait pas viser avec ça, et elle le pointa sur son prisonnier qui clignait des yeux.

— Qui es-tu ? lui demanda-t-elle.

L'homme ne répondit pas. Il continuait à émettre un souffle rauque et de son visage tourné vers le ciel coulait du sang.

Dante revint avec deux rouleaux de ruban adhésif.

— Ça fera très bien l'affaire, déclara-t-il d'une voix un peu plus ferme.

— Attache-lui d'abord les pieds, ensuite les mains, dit Colomba.

— OK.

— Mais ne te mets jamais entre moi et ma cible, d'accord ?

— D'accord.

Dante s'approcha de l'Allemand et commença à lui passer le ruban adhésif autour des chevilles. De près, il s'aperçut que le pied que Colomba avait frappé était transpercé de part en part et que des fragments d'os scintillaient dans le sang. Il détourna le regard pour ne pas vomir, en se demandant comment il était possible qu'il ne se plaigne pas.

— Pourquoi tu as dit que ce n'était pas lui, le Père ? demanda Colomba.

— Parce que ce n'est pas lui. Il ne bouge pas comme lui, il ne marche pas comme lui. Quand je l'ai revu à l'hôpital, je ne l'avais pas compris. Maintenant, si.

Colomba sentit que la tête lui tournait.

— Tu veux dire que nous n'avons pas poursuivi la bonne personne ? Ce n'était pas lui au silo ?

— Bien sûr que si, c'était lui.

— Je ne te suis pas.

Quand il en eut fini avec les chevilles, Dante saisit les mains de l'Allemand et les croisa sur la poitrine. Celui-ci n'opposa pas de résistance et continua à regarder le ciel. Dante prit soin de les attacher, redoutant qu'il fasse quelque mouvement brusque.

En comprenant sa crainte, Colomba s'approcha et appuya le pistolet sur le front du prisonnier.

— Tu es sage, hein ? lui dit-elle.

Cette fois-ci encore, il ne réagit pas.

— J'ai dit que ce n'était pas le Père. C'est l'homme que j'avais vu cette nuit-là au silo, mais pas celui qui entrait avec sa capuche sur la tête et ses lunettes noires pour me donner mes leçons. Je crois qu'il est même un peu plus petit et sûrement plus trapu. Quand je l'avais espionné depuis la fissure du silo, je l'avais associé au Père, mais c'était le seul être humain que je voyais à visage découvert en onze ans de captivité. Je me trompais. (Il finit de lui attacher les poignets et se releva pour admirer son travail.) Lui ne s'occupait pas des prisonniers comme moi. Maintenant, je vois clairement que son travail était autre.

Colomba fixa ce visage inexpressif.

— Le tueur… Donc tes pleurs, c'était de la comédie ?

— Disons depuis un certain moment. S'il me croyait complètement sans défense, il ne perdrait pas trop de temps avec moi. (Il se retourna vers Colomba.) Qu'est-ce qu'on fait de lui maintenant ?

— De lui, rien. Nous devons finir de sortir le fût.

Dante acquiesça.

— Nous pouvons y arriver même si tu n'accompagnes pas le crochet ?

— Nous n'avons pas le choix. Je n'ai plus d'air dans la bouteille, et de toute façon je suis en trop mauvais état pour plonger. Il faut seulement espérer qu'il ne s'accroche pas au fond.

— Alors OK. J'actionne le treuil.

Dante allait se mettre en route pour retourner à bord du camion, mais la nuit fut soudain trouée par la lumière de torches électriques. Quelqu'un cria, la sirène d'une voiture hurla, déchirant leurs tympans.

L'Allemand leur avait fait perdre trop temps : la police était déjà arrivée.

24

Colomba et Dante, tremblants de froid, couverts de boue et de sang, furent fouillés. On leur passa les menottes dans le dos, tandis que les policiers des commissariats de Crémone et de Milan quittaient le chemin pour se poster entre les arbres et que les voitures de police étaient disposées en cercle afin d'éclairer la scène de leurs phares.

Quand la zone fut entièrement sécurisée, Santini donna l'ordre d'apporter les premiers soins à l'homme qui gisait dans l'herbe et d'appeler une ambulance.

Colomba pensait au peu de temps qui avait manqué pour qu'ils récupèrent le fût. Dix minutes, peut-être moins. Après tout ce qu'ils avaient fait, ils avaient échoué si près du but. Ce fut le poids de la défaite, plus que la honte d'être arrêtée, qui lui fit baisser les yeux. Dante, refermé sur lui-même, réussissait seulement à penser qu'on allait le jeter au fond de quelque endroit obscur et que plus jamais il ne reverrait le ciel.

Santini s'approcha d'elle, les mains dans les poches, sans avoir jamais sorti son arme d'ordonnance. Il semblait fatigué, presque autant que Colomba et Dante.

— Qui c'est, ce type à moitié mort, Caselli ?

Colomba releva la tête et fit semblant d'être calme.

— On l'appelle l'Allemand. Il travaille pour le Père.

— Tu recommences avec ce Père… Caselli, ça suffit. Personne ne croira que tu es folle comme ton ami.

— Alors, d'après toi, qu'est-ce qu'on fait là ?

— Je ne sais pas. Mais j'ai découvert que ça ne m'intéresse pas. J'ai fini mon travail ici.

Colomba grinça des dents, qui claquaient à cause du froid.

— Facile, non ?

— Tu aurais dû faire la même chose. Il y a bien longtemps.

Un agent remit à Santini le Glock enfermé dans un sachet transparent.

— C'est le tien ? demanda-t-il encore à Colomba.

— Non, c'est le sien, répondit Colomba. Et il nous a tiré dessus avec. Fais-lui faire un *stub* et tu verras.

Santini se tourna vers l'Allemand. Ses blessures avaient été bandées par les agents qui s'étaient occupés des premiers soins. Le pied continuait à perdre du sang, même complètement enveloppé.

— Vous avez entendu ce qu'ils disent ? C'est vrai que vous vouliez les tuer ?

— Je ne sais pas qui c'est, chuchota l'Allemand. Ils m'ont attaqué.

Santini se fit donner les papiers de l'homme.

— Sabino Montanari, lut-il. Et qu'est-ce que vous faisiez ici, monsieur Montanari ?

— Une promenade.

— De nuit ?

— Je vous en prie… je me sens mal. Vous pouvez me libérer, s'il vous plaît ?

Il avait encore les mains et les pieds attachés.

— Peut-être après, répondit Santini. Putain, où est l'ambulance ? cria-t-il.

— Elle arrive dans dix minutes, répondit l'inspecteur du SIC qui l'accompagnait, celui qui parlait le dialecte du Nord. Il y a eu un grave accident sur la départementale et toutes les unités d'urgence sont mobilisées.

— Quelle putain de ville, grogna Santini. Fais emmener Caselli et son ami. Direction Rome, OK ?

— D'accord. Et lui ? demanda-t-il en montrant l'Allemand.

— Passe-le aux collègues de Crémone. Ce sont eux qui aviseront.

L'inspecteur donna quelques ordres. Colomba tremblait de froid et de colère.

— Santini… Dans le lac, il y a la preuve de ce que nous disons ! cria-t-elle. Il suffit que tu fasses remonter le câble ! Il y a un fût au bout !

— Et dans le fût, il y a le Père ? ironisa Santini.

— Il te faut cinq putains de minutes…

— Cinq minutes de trop. Salut, Caselli.

Il tourna le dos aux prisonniers et marcha vers la rive du lac, en allumant une cigarette. Il avait mal à l'estomac et une seule envie : dormir. Mais d'abord un bain et, avant, encore quelque chose de fort dans son verre. Peut-être plus qu'un verre.

— Ils vont vraiment tout laisser ici ? demanda Dante, hagard, pendant que les agents les poussaient vers la voiture près des arbres.

— Ils surveilleront la zone et ils attendront l'arrivée du procureur de Crémone, lui expliqua Colomba. À ce moment, ce sera lui qui donnera l'ordre de remonter le bidon. Peut-être.

— Et qu'est-ce qu'ils en feront ?

— Il sera transporté dans un laboratoire de la scientifique et ouvert.

— Il disparaîtra pendant le trajet, fit observer Dante. Ou au laboratoire. Et il se passera trop de temps. Nous devons le remonter maintenant, CC. Avant que le Père ne comprenne qu'il doit faire disparaître les preuves. Faire disparaître les enfants…

— Dante… nous avons essayé…

Dante regarda autour de lui fiévreusement avant de s'arrêter sur Santini. Comment avait-il fait pour ne pas le remarquer plus tôt ?

— On a encore une possibilité, dit-il en le désignant du menton.

— Ça suffit de parler, vous deux, ordonna l'un des policiers qui les convoyaient.

— Mais va te faire voir, pingouin, répondit Colomba. (Son ton vibrait d'une autorité si forte que le policier en resta muet.) Santini est d'accord avec De Angelis, dit-elle ensuite à Dante.

— Mais pas avec le Père, répliqua Dante avec excitation.

— Qu'est-ce qui te le fait penser ?

— Regarde-le. Il garde les épaules baissées, les mains dans les poches. S'il était content de ce qui se passe, il se frapperait la poitrine comme un gorille. Mais là, il est en crise. Il sait que quelque chose ne va pas. (Puis, à voix haute, il ajouta :) Pas vrai que vous avez compris, Santini ? Il y a quelque chose qui ne va pas. Et vous vous demandez si quelqu'un ne vous a pas mené par le bout du nez !

Santini ne se retourna pas, mais Colomba vit que son dos se raidissait. Les policiers qui tenaient Dante le brusquèrent pour lui faire reprendre le chemin vers les arbres. Il opposa de la résistance et un troisième agent arriva pour aider ses collègues à le soulever de force pour le porter.

— Peut-être que vous ne les aimez même pas, les enfants, cria encore Dante. Mais quand un jour vous découvrirez que Luca Maugeri et Ruggero Palladino sont morts dans une cage, vous ne réussirez plus à dormir la nuit ! Parce que cela aura été votre faute. Parce que vous n'avez pas eu le courage d'agir selon votre conscience.

Santini se retourna, le visage contracté.

— Qui est Ruggero Palladino ?

Les policiers s'arrêtèrent pour laisser leur supérieur parler avec les prisonniers.

— Un autre gamin qui a été enlevé par le Père, répondit Dante. Comme moi. Avec l'aide de cet homme attaché, par terre. Et je crois qu'il y en a encore d'autres qui attendent d'être libérés, même si je ne peux pas être sûr de ça.

— Votre ravisseur est mort il y a vingt-cinq ans, Torre. Vous délirez.

Mais encore une fois Colomba s'aperçut que Santini n'avait pas la brutale certitude d'avant. Dante avait raison, Santini était en crise.

— Et alors pourquoi l'Allemand a-t-il cherché à nous tuer ?

— Je ne sais pas ce qui s'est passé ici.

Dante sourit.

— Mais vous savez au moins que l'Allemand est dangereux, puisque vous ne lui avez pas délié les mains. Et si nous avons raison à son sujet, peut-être que nous avons raison aussi pour les enfants. C'est ce que vous pensez.

— Non, je pense seulement à en finir avec cette histoire, dit Santini sur un ton qui ne lui était pas habituel.

— Et vous pouvez le faire. De la meilleure façon qui soit. Faites remonter et ouvrir le fût.

Colomba était restée silencieuse pour ne pas interrompre la conversation entre les deux hommes. Mais là, elle ne put résister.

— Je sais ce que ça veut dire d'avoir en soi un sentiment de culpabilité, Santini. Je te souhaite que cela ne t'arrive pas, pas pour une chose pareille.

Santini était sur le point de répondre, mais il resta muet. Tout à coup il s'était vu tel que ses hommes pouvaient le voir : un policier d'âge moyen, portant un trench-coat trop léger pour la température de cette nuit, que ses collègues les plus jeunes regardaient avec crainte à cause de ses accès de colère, que ses collègues les plus chevronnés évitaient parce qu'ils n'avaient pas confiance en lui. Et il pensa qu'ils avaient raison, car de toutes les sortes de flics, il appartenait à la pire : celle des flics qui n'en avaient plus rien à foutre. Il n'en avait rien à foutre qu'on arrête le vrai ou le faux coupable, rien à foutre que quelqu'un se fasse mal ou meure, rien à foutre qu'il y ait, derrière les barreaux, un innocent ou un coupable. Parce que l'important, pour lui, c'était de refermer le dossier et de ne pas se laisser casser les couilles. « Aller dans le sens du bois », comme disait sa mère. Enfant, il rêvait d'être le protagoniste d'une de ces scènes qu'on voit dans les films, où le policier, éclairé d'une lumière angélique, est applaudi par ses confrères pour avoir accompli une action héroïque. Mais ce rêve avait lentement disparu, au profit de ce fonctionnaire gris qui savait toujours de quel côté de la table il fallait s'asseoir, à qui donner raison ou tort. Cependant même ça, comprit Santini, même sa carrière ne lui importait plus à cet instant. Il se sentait usé et vieux, sans espoir.

— Tu sais ce que tu me demandes, pas vrai ? reprit-il.

— Oui. De faire ce qui est juste. Depuis quand ça ne t'est pas arrivé ? répliqua Colomba.

Santini ferma les yeux un instant, puis il se tourna vers les agents qui perquisitionnaient le camion.

— Il y en a un parmi vous qui sait comment on se sert de ce putain de treuil ?

L'inspecteur du Nord attrapa Santini par la manche.

— Je peux vous parler une seconde, commissaire ?

Santini se dégagea.

— Non, tu ne peux pas. Alors ? Quelqu'un me répond ou je dois tout faire moi-même ?

Depuis le camion, un agent leva la main.

— Moi. J'ai appris avec mon père, sur les chantiers.

— Je voulais justement que tu nous racontes ta vie… Mets-le en marche et fais remonter le câble avec ce qui est attaché au bout.

— Oui, commissaire, répondit l'agent.

— Et eux, commissaire ? demanda le policier qui tenait Colomba.

— Qu'ils attendent.

Le policier qui avait levé la main se hissa sur la benne et actionna le treuil. Le câble se tendit et se souleva, le régime du moteur augmenta et il sembla forcer, au point que Colomba eut peur qu'il ne se grippe. Puis le câble commença à se rembobiner lentement, entraînant son chargement. Le policier aux commandes savait s'y prendre, car il ralentissait chaque fois qu'il sentait que le moteur peinait trop.

Les agents s'étaient placés en demi-cercle pour observer, parlant à voix basse entre eux, intrigués par l'attente. Le câble se rembobina sur une dizaine de mètres, puis il s'arrêta.

— Il doit s'être accroché, cria le policier au treuil.

Santini secoua la tête, résigné.

— Enfilez vos gants ! cria-t-il.

— Comment ? demanda l'inspecteur du Nord.

— Enfilez vos gants et tirez sur ce putain de câble, bougez-vous. Sauf vous, ajouta-t-il en se tournant vers les hommes qui gardaient les prisonniers.

— Nous ne nous enfuirons pas, Santini, dit Colomba.

— Je ne veux pas courir le risque. Quoi qu'il y ait dans ton bidon, après, je t'emmène à Rome, à pied s'il le faut.

Les agents se disposèrent le long du câble et le saisirent, le secouant par à-coups et le tirant jusqu'à ce que le bidon se détache d'une secousse. Les policiers lâchèrent le câble et quelques-uns applaudirent, satisfaits.

Pour finir, mes applaudissements, je les aurai eus, pensa Santini, presque amusé.

L'un des agents les plus proches du lac siffla dans ses doigts quand la surface de l'eau commença à se rider.

— On voit quelque chose à la surface ! hurla-t-il, excité.

L'homme aux commandes ralentit, et le fût, recouvert d'algues et de boue, glissa très lentement de la ligne d'eau jusqu'à l'herbe pour s'arrêter à quelques mètres sur la rive. Le treuil fut éteint et deux agents libérèrent le baril des crochets, en salissant leur uniforme.

— Vous avez quelque chose pour l'ouvrir ? demanda Santini.

— Un écarteur, répondit Colomba. Il est sur le camion.

Santini donna l'ordre d'aller le chercher, et l'agent qui avait manœuvré le treuil le déchargea sur la prairie, en le traînant jusqu'au bidon. C'était une sorte de grosse pince reliée à une pompe à air comprimé portable. Des outils de ce type étaient utilisés lors des accidents de la route pour découper les tôles des voitures et libérer les passagers prisonniers.

Entre-temps, une ambulance était enfin apparue à l'entrée du chemin non goudronné et deux ambulanciers avec des gilets réfléchissants sortirent de l'habitacle le brancard plié. L'inspecteur du Nord les rejoignit et les conduisit jusqu'à l'Allemand, qui fut rapidement examiné et chargé sur le brancard. Dante ne réussissait pas à détacher ses yeux de lui. Même maintenant qu'il savait qui il était, ou tout au moins qui il *n'était pas*, cet homme exerçait sur lui une fascination morbide, comme l'incarnation d'un cauchemar ; une fascination plus forte que celle du fût de plastique finalement sorti de l'eau. Les ambulanciers enlevèrent la bande adhésive avec un bistouri, puis avec les menottes l'inspecteur attacha l'Allemand au brancard par un poignet et une cheville, de manière à ne courir aucun risque. Malgré son âge et ses blessures, quelque chose en lui inquiétait, et les brancardiers éprouvaient la même sensation ; c'est pourquoi ils ne protestèrent pas comme ils l'auraient fait en d'autres occasions. Pour passer les menottes à la cheville de l'Allemand, l'inspecteur releva le bord de son pantalon, découvrant un petit tatouage sur le mollet. Il représentait un oiseau bleu vaguement semblable au logo de Twitter, dont la couleur avait sans doute pâli avec les ans.

Cette vision pour Dante fut comme la piqûre d'un insecte qui gonflait rapidement jusqu'à devenir un bubon douloureux : tout se déroulait à l'intérieur de sa tête. « Ce n'est pas possible », murmura-t-il. Pourtant cela concordait, tout coïncidait parfaitement. *Mon Dieu... c'est peut-être ça l'explication*, pensa-t-il.

Le policier qui portait l'écarteur s'était entre-temps approché du fût. Il alluma la pompe et essaya la pince, qui s'ouvrit et se referma en grinçant comme la main des robots dans les vieux films.

Santini s'approcha et regarda le fût à la lumière de sa Maglite. Il pensa qu'il était encore temps de revenir en arrière. Il pouvait lui donner un coup de pied et le rejeter à l'eau.

— J'y vais ? demanda timidement l'agent.

Santini fit oui de la tête.

— Oui. Et tu fais attention à ce qu'il y a dedans.

— On y est, Dante, annonça Colomba.

Il ne l'écoutait pas : il était recroquevillé, la tête sur les genoux, et il tremblait.

— Dante ? l'appela Colomba en cherchant à s'approcher, mais le policier l'en empêcha. Lâche-moi ! Tu ne vois pas qu'il se sent mal ?

Dante ne se sentait pas mal. Et, quand il releva la tête, Colomba vit qu'il riait jusqu'à s'en étouffer. Un rire hystérique qu'il ne parvenait pas à maîtriser.

— Mon Dieu, Colomba. L'oiseau bleu, 1989, tu comprends ? Tout correspond.

— Qu'est-ce qui correspond ? Et toi, lâche-moi ! ordonna-t-elle à l'agent.

— Une légende urbaine. J'ai été prisonnier d'une légende. Au contraire. Je n'étais pas un prisonnier. J'étais un artichaut.

— Tu délires, Dante.

— Non...

Et il rit encore.

Colomba allait lui poser d'autres questions, quand sa voix fut couverte par le bruit de l'écarteur qui déchirait le plastique du fût, le fendant dans toute sa largeur sur la partie supérieure. Une terrible puanteur d'œuf pourri se diffusa dans l'air. Le policier fit un pas en arrière, dégoûté, mais il ne lâcha pas la pince et donna une dernière torsion qui répandit sur l'herbe le contenu puant du bidon. C'était un liquide épais, marron clair, qui bouillonnait au contact du terrain.

— Qu’est-ce que c’est que cette merde ? demanda Santini en se protégeant le nez avec son mouchoir.

Puis il se tut, parce que, au centre de la flaque malodorante, il avait aperçu quelque chose qui n’appelait pas de commentaire : le blanc de l’os d’une mâchoire humaine.

25

Il y avait dix-neuf fûts dans le lac. Ils furent repêchés en un jour par l'équipe des plongeurs de la police et examinés par la scientifique de Crémone avec l'aide des collègues du laboratoire d'anthropologie et d'odontologie médico-légal de Milan, le Labanof. Ils contenaient tous un mélange d'acide sulfurique et de restes d'êtres humains, même si pour connaître le nombre exact de victimes il aurait été nécessaire d'attendre les résultats des examens d'ADN : l'acide n'avait laissé que peu de vestiges des corps qui y avaient été plongés – surtout des dents, mais aussi des fragments d'os plus grands, des calculs rénaux, des prothèses et des traces de graisse. L'âge des victimes variait de dix-sept à soixante ans ; elles avaient été tuées au moins vingt-cinq ans plus tôt.

Entre-temps, Santini avait dû renoncer au programme qui prévoyait de rentrer à Rome avec ses prisonniers, parce que ceux-ci avaient été récupérés, après la macabre découverte, par le chef du parquet de Crémone, Angela Spinelli, une sexagénaire énergique et d'un caractère irascible, avertie par un appel de Curcio qui l'avait connue à l'époque où leurs cheveux à tous deux étaient encore bien noirs. De Angelis fit des pieds et des mains, mais sans résultat : Colomba et Dante devaient rester à disposition des enquêteurs lombards. En tous les cas Colomba. Pour ce qui est de Dante… Dès qu'il eut franchi la porte du commissariat, il avait fait une crise que Colomba estima au moins en partie simulée, mais très convaincante, avec des coups de tête dans le mur et des vitres cassées. On l'avait maîtrisé et placé sous surveillance dans le service de neurologie de l'hôpital Majeur, où il fut déclaré incapable de soutenir un interrogatoire et de quitter les lieux.

L'honneur de donner des réponses revint donc à Colomba, qui fit de son mieux pour convaincre Spinelli et ses substituts de la provenance des cadavres ; sans beaucoup de succès, au départ. Son récit d'anciens ravisseurs militaires, liés à l'attentat parisien et ensuite à la mort de Rovere, suscita beaucoup de perplexité, d'autant que pendait toujours au-dessus de sa tête l'accusation d'être une dangereuse psychopathe poseuse de bombes. Dans les brefs instants de pause entre deux interrogatoires, Colomba, en cellule de sécurité, continuait à se demander ce qu'avait voulu dire Dante avec « artichaut » et « oiseau bleu » – en supposant que cela veuille dire quelque chose. Et elle se demanda même si avoir la réponse à cette question lui aurait permis d'être plus crédible. Peut-être que non, à considérer la façon dont raisonnait Dante. Alors que sa situation restait stable, celle de l'Allemand, elle, s'aggravait rapidement.

Les enquêteurs découvrirent presque aussitôt que ses papiers étaient faux, qu'il avait des traces de poudre sur les mains et qu'une empreinte digitale partielle se trouvait sur l'un des projectiles du Glock, signe qu'il l'avait chargé lui-même et non qu'il l'avait eu par hasard entre les mains – si tant est qu'on ait pu croire à sa version. L'Allemand s'était refusé à révéler sa véritable identité ou à donner des explications, il était resté muré dans son silence, d'abord à l'hôpital, puis à l'infirmerie de la prison. Ses empreintes n'étaient pas répertoriées, sa photo ne se trouvait pas dans les fichiers, aucun parent n'était venu le réclamer : un Monsieur Personne, même s'il avait une vague ressemblance avec le portrait-robot fait par Dante lorsqu'il avait retrouvé sa liberté, et toujours consigné dans les archives du tribunal.

De ce qu'il avait fait, en plus de gâcher la plongée de Colomba, on commença à comprendre quelque chose quand on découvrit sur ses vêtements l'ADN de deux personnes retrouvées la gorge tranchée dans leur appartement de Rome : Jorge et sa fiancée. Suite à cette découverte, l'Allemand fut inscrit dans le registre des personnes faisant l'objet d'une enquête, suspecté de meurtre, et son arrêt transformé en arrestation, tandis que ce nouveau dossier d'enquête s'ajoutait aux précédents. Colomba fut transférée dans la prison départementale locale, malgré les protestations de l'avocat Minutillo, arrivé par avion de Rome, qui avait demandé sa libération. Elle fut enfermée dans l'aile protégée, entre des pédophiles et des policiers corrompus, où elle s'endormit à peine arrivée sans se soucier de ceux qui lui faisaient une désagréable compagnie. Pendant qu'elle dormait, la mobile de Rome se rendit à l'appartement anonyme de l'Allemand et y trouva six passeports contrefaits portant différents noms, pas tous d'origine italienne. L'un de ces noms conduisit la police à un garage dans la zone de Tiburtina, où s'entassaient des cartons de médicaments sans étiquettes dans des emballages non commercialisables. Comment l'Allemand se les était-il procurés et à quoi lui servaient-ils ? Interrogé à ce propos, il se contenta de regarder le plafond.

Quatre jours après l'ouverture des barils, tandis que les journaux commençaient à demander si la protagoniste de cet événement était une mythomane meurtrière ou une héroïne malchanceuse, Colomba fut réveillée à l'aube par les agents de la police pénitentiaire et transportée en vitesse dans la salle des interrogatoires, où elle trouva Spinelli. Malgré l'heure et la fatigue, Colomba fit montre du respect habituel pour les organes enquêteurs.

— À votre disposition, madame le procureur, dit-elle.

Spinelli passa le revers de sa main sur son front. Elle aussi semblait fatiguée et préoccupée.

— Je suis venue vous demander votre collaboration, en précisant que, au cas où vous accepteriez, vous n'obtiendrez aucun accord. J'ai les mains liées, en ce sens.

Colomba ne comprenait pas, mais elle acquiesça.

— Dites-moi ce dont vous avez besoin.

— Il y a six heures un signalement est arrivé à la mobile, venu de Rome. Un homme qui a affirmé s'être occupé d'un contrat d'achat et de vente d'un bien immobilier au nom du suspect en détention que nous connaissons sous le nom de « l'Allemand ». Avant que vous ne me le demandiez, même dans ce cas le nom donné s'est révélé faux.

— De quel bien s'agit-il ?

— D'une ferme agricole près de la rocade ouest de Rome. Les hommes de la mobile ont trouvé dans la propriété dix conteneurs industriels. Les conteneurs ont été modifiés, des petites portes d'accès ont été ajoutées… (Elle hésita.) Les portes d'accès ont été minées.

Colomba sentit un frisson d'horreur la parcourir.

— Minées ?

— Avec du C4 et des détonateurs artisanaux extrêmement bien faits. Au cas où les portes seraient forcées ou ouvertes de manière non conforme, les dix conteneurs exploseraient tous.

Colomba bondit sur ses pieds et saisit la main de la juge.

— Ils sont dedans, pas vrai ?

La juge ne retira pas sa main et fit signe à l'agent qui observait l'entretien de ne pas bouger.

— Nous… ne le savons pas avec certitude.

Colomba retomba sur sa chaise.

— Les enfants…

— Peut-être, dit Spinelli. Ce que nous vous demandons est d'aller sur place et de fournir les informations en votre possession pour faciliter la tâche de l'équipe de récupération. Il nous faudra encore environ six heures pour que les artificiers finissent leur travail. À ce moment, vous serez là, naturellement sous surveillance, si vous donnez votre assentiment.

Colomba fut submergée par l'espoir. Elle chercha à éloigner celui-ci par superstition, mais elle n'y parvint pas. Elle continuait à penser aux enfants qui étaient encore vivants.

— Naturellement, madame… Tout ce que vous voudrez. Mais… c'est Dante qui vous sera utile, pas moi.

Spinelli eut un demi-sourire.

— C'est lui qui vous a fait demander. Votre présence est l'une des conditions qu'il a posées pour y être. Entre autres choses.

Les autres choses étaient une cafetière napolitaine, un réchaud de camping et du café arabica fraîchement moulu de chez le torréfacteur Vittoria de Crémone, dont on lui avait dit que c'était le meilleur de la région. Quand elle se rendit sous escorte à sa chambre, à l'hôpital, Colomba le trouva étendu sur le lit en train de boire sa dixième tasse avec un air extatique. Elle avait des menottes, lui un infirmier qui surveillait ses mouvements. Ils ne s'embrassèrent pas, mais ils se sourirent, et Colomba vit qu'il n'était pas dans son assiette.

— Tu as appris, CC ? Ils les ont trouvés.

— Ils n'en sont pas absolument sûrs, répondit Colomba.

Dante soupira.

— Moi si. Fais-moi confiance.

— Seulement quand tu m'auras expliqué ce qu'est l'oiseau bleu.

Il émit son ricanement caractéristique.

— Bientôt. Je ne veux pas en parler avant d'avoir rassemblé mes idées. Et je dois lire un document ennuyeux, en anglais, que m'a apporté Roberto ce matin.

— En anglais ?

— Langue trop diffusée, on est d'accord. J'aurais déjà fini s'ils me laissaient accéder à Internet.

— Tu peux oublier ça, dit l'infirmier.

— Tu vois ? Comment est-ce qu'ils vont nous amener à Rome ? Dans un fourgon blindé ?

— En hélicoptère.

Dante perdit son sourire.

— On n'en parle même pas.

— Héli-ambulance. Tu dormiras pendant tout le trajet. On te donnera ce qu'il faut ici. Et tu te réveilleras en plein air. Avec moi à tes côtés.

Dante s'agita sur le lit.

— Je manque déjà d'air.

— Tu en auras même trop en vol, dit Colomba, sèchement. Pense plutôt pour quoi tu le fais.

Dante continua à s'agiter pendant une bonne minute, en transpirant abondamment.

— OK. Mais je veux être sous sédatif *dès maintenant*, autrement je change d'idée.

— Pas de problème, dit l'infirmier. Comme cela tu te tairas au moins pendant une minute. Je vais appeler le médecin.

Dante fut mis sous sédatif et déposé d'abord sur un brancard, ensuite dans l'hélicoptère. Colomba, Spinelli et trois agents de la mobile de Crémone montèrent avec lui. Colomba trouva que le voyage durait une éternité, mais moins de deux heures plus tard, elle vit s'élargir sous elle la bande de la rocade romaine, puis un édifice en ruine entouré des rectangles couleur terre, des conteneurs à demi cachés par les arbres. Ils atterrirent à dix heures du matin pile. Dante fut réveillé par une injection d'excitant et se leva d'un bond comme un ressort, courant en robe de chambre et en pantoufles vers la rangée de policiers qui entouraient le bâtiment. Il fut arrêté par les hommes d'escorte, on lui passa les menottes et on le conduisit avec Colomba auprès du responsable des opérations : c'était Curcio, qui, comme d'habitude, avait l'air de sortir du lit.

— Monsieur Torre, nous nous rencontrons enfin. Madame le procureur… (Ils se serrèrent la main, puis Curcio regarda Colomba dans les yeux.) Commissaire Caselli, je suis content de vous rencontrer, même si vous préféreriez sans doute être ailleurs.

— Je ne voudrais être ailleurs pour rien au monde, répondit-elle. J'ai su que vous aviez pris mon cas à cœur, commissaire. Je voulais vous en remercier.

Il secoua la tête.

— Attendez de voir comment cela va finir, avant de me remercier. Vous êtes encore en état d'arrestation. Madame le procureur, les menottes sont nécessaires ?

— J'ai peur que oui.

Curcio haussa les épaules et se tourna vers Dante.

— Qu'est-ce que vous pouvez nous dire ?

Dante regarda les conteneurs. C'étaient de la vieille ferraille, ils étaient couverts de graffitis et de rouille, et disposés en un éventail irrégulier, distants les uns des autres d'environ six mètres. Dante songea qu'ils étaient plus petits que son silo. Plus étroits. Il sentit le souffle lui manquer, mais le sédatif qu'il avait encore dans le sang le calma.

— Vous les avez déjà ouverts ? demanda-t-il.

— Pas encore, nous attendons que les artificiers effectuent les derniers contrôles.

— Les enfants vous poseront peu de problèmes, expliqua Dante. Les adolescents, en revanche, vous devrez les mettre sous calmants immédiatement.

— Pourquoi ?

— Parce qu'ils ont grandi là-dedans. Et ils ont appris les règles. On ne sort sous aucun prétexte, on n'y pense même pas. Et donnez-leur du chocolat. C'est la *récompense*.

— La *récompense* ? s'étonna Curcio.

— Quand nous nous conduisons bien, expliqua Dante.

— Je comprends, dit Curcio en réprimant un frisson.

— Et faites venir ici les parents de Ruggero Palladino. Et le père de Luca Maugeri. Eux aussi sont là-dedans.

— Vous ne pouvez pas en être sûr, intervint Spinelli. Et Stefano Maugeri est en détention. Il faut la permission du juge superviseur.

— Alors sa belle-sœur, Giulia Balestri.

Il dicta de mémoire l'adresse et le numéro de téléphone.

Curcio prit note.

— Si vous vous trompez, ce sera cruel vis-à-vis d'eux, fit-il observer.

— Je ne me trompe jamais. Demandez à votre collègue.

La collègue en question était Colomba. Qui sourit.

— Il se trompe souvent, mais pas cette fois.

Curcio acquiesça et passa la feuille avec les noms à l'inspecteur Infanti, qui en voyant Colomba devint violet. Elle l'ignora et il s'éloigna rapidement.

Une demi-heure plus tard, on fit glisser une fibre optique dans le premier conteneur. Sur le moniteur, ils virent qu'il avait été transformé en une minuscule prison, avec toilettes chimiques. Un adolescent aux cheveux longs, sale, qui tremblait de manière incontrôlable, était debout, le visage contre le mur et les mains croisées derrière le dos. *Comme un écolier puni*, pensa Colomba.

Dante conseilla de faire entrer un seul homme, sans uniforme ni arme. On choisit un ambulancier à l'aspect rassurant, titulaire d'une licence en psychologie, qui entra après qu'un des artificiers eut forcé la porte. Le prisonnier continuait à regarder le mur, en faisant semblant de ne s'apercevoir de rien. Sur le conseil de Dante, l'homme l'appela « Fils » et lui mit une main sur l'épaule. Le prisonnier cria et commença à courir en rond dans le conteneur jusqu'à ce qu'il soit capturé et mis sous sédatif.

En voyant dans quel état il se trouvait, l'équipe de secours comprit qu'il ne recevait ni nourriture ni eau depuis plusieurs jours.

Comme Dante l'avait prévu, les enfants réagirent mieux, dans les limites de leur état de santé. Dante reconnut les symptômes de l'autisme, sous une forme plus ou moins grave, chez trois d'entre eux et chez deux adolescents.

Le quatrième adolescent accueillit le sauveteur en brandissant un morceau de bois, mais il l'abaissa immédiatement quand Dante, de l'extérieur, lui cria : « Arrête, Bête ! », et il s'agenouilla, la tête dans les mains.

Dante leur demanda mentalement pardon, il se sentait infâme. Puis il fut submergé par l'émotion, comme cela arriva à presque toutes les personnes présentes et comme cela arriverait le soir à beaucoup de téléspectateurs qui virent les images prises en cachette par un vidéaste amateur depuis les champs voisins.

Le neuvième garçon à sortir était Ruggero Palladino ; ses parents descendirent de l'hélicoptère des carabiniers juste à temps pour l'embrasser avant que le sédatif ne fasse son effet. Le dernier était grassouillet, il portait des lunettes attachées par du scotch et était étrangement calme. Luca Maugeri. Quand elle le vit, sa tante Giulia s'évanouit et dut être ranimée.

— C'est fini, dit Colomba à Dante, en le serrant dans ses bras malgré les menottes.

Elle se trompait lourdement, mais elle ne pouvait pas encore le savoir.

26

Colomba fut reconduite à la prison de Crémone, et Dante à l'hôpital, mais leur situation changea. Colomba s'en aperçut au nombre d'agents qui avaient recommencé à l'appeler commissaire et à la vouvoyer, Dante au nombre de curieux et de fans qui se massaient sous les fenêtres de sa chambre, au fur et à mesure que leur parvenaient les nouvelles de son rôle dans le sauvetage des prisonniers des conteneurs. Si quelqu'un l'avait proposé pour le Nobel ou la béatification, il est probable qu'il aurait été plébiscité. Cela changea aussi la condition de Stefano Maugeri, relâché immédiatement après que son fils avait été retrouvé vivant, et par conséquent celle de De Angelis, auquel le Conseil supérieur de la magistrature enleva définitivement l'enquête des Pratoni par mesure d'urgence. De Angelis tint deux conférences de presse en vingt-quatre heures : la première pour contester la décision, la deuxième pour annoncer son retrait de la magistrature afin d'exercer dans le privé ; toutes les deux furent peu suivies.

Les enquêtes sur Colomba et Dante furent également transférées au parquet de Crémone, qui délivra immédiatement Dante et se prépara à faire la même chose pour Colomba quand, sept jours après l'ouverture des barils, on retrouva l'arsenal de l'Allemand dans les environs de la ferme romaine qui hébergeait les conteneurs. En plus de pistolets et de fusils de diverses provenances et fabrications, il y avait dix kilos de C4 avec le même marquage chimique que celui utilisé dans l'attentat contre Rovere, ainsi que le plan de l'appartement de ce dernier.

Si De Angelis avait été encore à la tête des enquêtes, il aurait probablement soutenu que l'Allemand et Colomba étaient complices, peut-être amants, mais heureusement la situation avait changé. Colomba fut relâchée le matin du huitième jour mais elle n'eut pas le temps de profiter de l'air libre, parce qu'elle fut aussitôt emmenée à une réunion d'information où Dante était le principal intervenant. La réunion se déroulerait sur une terrasse inondée de soleil. Quand Colomba le vit arriver, dans un complet noir impeccable, l'attitude hautaine, elle comprit que les participants allaient assister à un beau spectacle.

Dante s'arrêta à quelques mètres de la table, attendant que tous le regardent. Il sourit, alluma une cigarette, puis serra la main aux personnes présentes en répétant chaque fois son nom. Il y avait là Curcio, Spinelli et son secrétaire, une archéologue médico-légale du Labanof qui avait réalisé l'examen des os, et un homme d'une soixantaine d'années avec une barbe et des cheveux coupés en brosse, sans un poil qui dépassait, que Colomba identifia rapidement comme étant un carabinier. Il s'appelait Di Marco : c'était un colonel des services secrets de l'AISI, l'agence d'information et de sécurité interne.

Dante lui serra la main avec un sourire de satisfaction.

— Ils ont réussi à vous convaincre, se réjouit-il.

— J'espère seulement que ce ne sera pas une perte de temps, répondit le colonel, l'air sombre.

— En réalité c'est ce que vous espérez, au contraire, lui fit observer Dante. (Il s'assit à un bout de la table, en faisant glisser au centre la pile de dossiers qu'il avait avec lui.) C'est un bref rapport que j'ai fait ces jours-ci, simplement pour mémoire. À la fin, vous trouverez une petite bibliographie sur les sujets principaux.

Tous prirent un exemplaire : une vingtaine de feuilles dactylographiées agrafées. Colomba en connaissait déjà le contenu, car Minutillo les lui avait fait lire en avant-première avant qu'on la remette en liberté de façon qu'elle soit préparée. Si elle n'avait pas vécu les événements des dernières semaines, elle l'aurait considéré comme un ramassis d'insanités. Mais, à présent, tout cela prenait parfaitement sens.

L'homme de l'AISI regarda le titre sur la première page du rapport et pâlit. On y lisait : PROJET BLUEBIRD.

— Je rappelle à tous que la réunion d'aujourd'hui a un caractère informel et qu'elle a été organisée pour permettre à M. Torre de nous exposer sa vision des faits, objet de l'enquête de ce parquet, commença Spinelli. Pouvez-vous nous résumer ce dont il s'agit, monsieur Torre ?

Dante sourit.

— En trois mots ? Raison d'État.

— Peut-être que plus de trois mots seront nécessaires, alors, dit Spinelli, perplexe.

— Commençons par les faits avérés. Vous pouvez trouver un tableau récapitulatif en page 2 du document, lança Dante sur un ton exagérément affecté. (Il ne lui manquait plus que les petites lunettes pince-nez pour ressembler à un professeur d'autrefois. Il y eut un bruit de feuilles.) En 1975, la commission Church du Sénat des États-Unis certifia que, à partir de 1950 et jusqu'en, au moins, 1973, la CIA avait effectué avec la collaboration du FBI une série d'expériences sur le contrôle comportemental et l'altération de la personnalité au moyen de drogues comme le LSD et de barbituriques, de violence physique, de coercition et privation sensorielle. Le but avoué était de former des agents capables d'obéir aux ordres même contre leur volonté et de résister aux interrogatoires. Ils étaient terrifiés à l'idée que l'Union soviétique le fasse avant eux, il faut les comprendre, expliqua-t-il, ironique. Ils espéraient utiliser ces agents contre Castro, en même temps que des cigares explosifs.

— Le « Manchurian Candidate », précisa Roberta, la scientifique du Labanof.

Curcio la regarda, étonnée.

— Vous en avez entendu parler ?

— Ils en ont même fait un film, répondit-elle, en souriant.

— Plusieurs, confirma Dante. Mais ceux qui ont sérieusement étudié la question considèrent que le but déclaré était un leurre. Il est impossible d'obliger quelqu'un à tuer sans le vouloir, comme un robot, en répondant à un ordre post-hypnotique. Et payer un tueur coûte moins cher. Altérer la personnalité d'un opposant, la casser ou effacer les souvenirs dérangeants, en revanche, est bien plus utile pour un gouvernement et ses hommes de main.

— Qui ont été les sujets soumis à ces expériences ? demanda Curcio, intrigué.

— Avant tout, des milliers de soldats des troupes des États-Unis qui, selon les règles d'engagement, étaient considérés comme « volontaires ». On sélectionna des prisonniers, des patients d'hôpitaux et d'asiles, mais aussi des citoyens ignorants, choisis au hasard. Il y eut de nombreux suicides, actes d'automutilation, explosions de violence et psychoses durables – surtout parmi ceux à qui on fournissait du LSD à leur insu. On a appris que, dans un cas, tous les clients d'un bordel furent drogués et interrogés brutalement, sachant qu'il leur serait difficile de porter plainte. Dans l'autre, une substance qui devait provoquer des crises psychotiques fut répandue dans le métro par le biais d'aérosols.

— Cela n'a jamais été prouvé, contesta Di Marco.

Dante émit son ricanement.

— C'est vrai, mais aussi parce qu'en 1973 le directeur de la CIA, Richard Helms, fit détruire la plupart des documents sur les expériences. D'autres furent délibérément rangés au mauvais endroit et les retrouver fut extrêmement compliqué, même pour les enquêteurs. Malgré cela, au moins vingt mille pages sont aujourd'hui en possession du Congrès américain ; elles sont à présent déclassées et librement consultables grâce à l'Information Act.

— Je peux vous demander quel est le rapport avec ce dont nous nous occupons ? l'interrompit Spinelli.

— Je vais y venir par étapes, veuillez m'en excuser, répondit Dante. En tout cas, le projet des scientifiques de la CIA s'appelait initialement *Bluebird*, en référence à la *Sialia sialis*, ce merlebleu symbole de l'État de New York. Mais en 1951, il prit le nom d'*Artichoke* parce qu'on se proposait d'« éplucher » l'esprit des sujets, une couche après l'autre, exactement comme on le fait avec les feuilles d'un artichaut.

— Belle image, grommela Curcio.

— Puis c'est devenu MKULTRA, un terme plus neutre. Je crois que vous savez ce que signifie « ultra », colonel.

Di Marco hocha imperceptiblement la tête.

— Cela remonte à la Seconde Guerre mondiale. Le plus haut degré de secret.

— Selon ce que la commission Church a pu établir, il y avait plus de cent cinquante sous-projets qui dépendaient du MKULTRA, tous financés en propre.

— Par souci de la chronique : il a servi à quelque chose, ce déploiement de ressources ? demanda Spinelli.

— D'après ce qu'en dit la CIA, non. Au contraire, selon certains spécialistes, parmi lesquels Naomi Klein, les résultats du MKULTRA sont à la base des techniques modernes de torture employées par les forces spéciales du monde entier.

— Monsieur Torre, l'interrompit à nouveau Spinelli, ce que vous nous dites là est sûrement très intéressant et richement documenté, mais nous parlons d'années lointaines, et d'un autre pays.

— Et il a été mis fin à ce projet en 1974, fit remarquer le colonel.

— Aux États-Unis, peut-être, poursuivit Dante. Dans le reste du monde… il n'y a pas de données qui l'établissent avec certitude. Et celles qui existaient ont été détruites.

— Dans le reste du monde ? s'étonna Curcio.

Dante hocha la tête.

— Après la commission Church, le Congrès des États-Unis a ordonné de cesser les expériences sur les citoyens américains. Mais il ne fut pas fait mention des ressortissants étrangers. Pourtant, il existait une section entière du projet qui s'occupait d'expériences à travers le monde, et nous savons avec certitude qu'elles ont été effectuées dans toute l'Europe, même s'il n'est resté trace que de deux d'entre elles, menées en France et au Canada. La section qui agissait à l'étranger s'appelait MKDELTA. (Il sourit.) Désolé, mais les militaires n'ont pas beaucoup d'imagination.

— Surtout quand ils doivent écouter des histoires à dormir debout, renchérit Di Marco. Vous vous rendez compte de ce que vous dites ?

— Tout ce que j'ai exposé est documenté.

— Mais le fait que vous reliiez la MKULTRA à ce qui vous est arrivé est une pure supposition. (Di Marco regarda le reste des participants : Colomba lui rendit son regard avec le plus de malveillance possible.) Mais est-ce que quelqu'un peut vraiment croire que la CIA soit responsable de ce qui est arrivé à M. Torre ?

Personne ne répondit.

Dante plissa les yeux.

— Vous vous rappelez cette période, colonel ? Les services secrets occidentaux craignaient qu'en Italie n'advienne une révolution communiste, et ils étaient prêts à faire n'importe quoi pour l'empêcher.

— C'était une période terrible, admit Di Marco.

— Qui nécessitait des solutions terribles, évidemment.

— Rien de ce que vous avez dit n'a jamais été objet d'aucune enquête, toutefois, intervint Curcio. Nous en aurions eu connaissance. Comme nous avons eu connaissance d'autres délits commis par des services déviants.

— Vous croyez vraiment que nous savons tout ? répliqua Dante. Et ce dont nous sommes en train de parler n'était qu'une petite expérience surveillée, dont la sécurité était gérée par quelques hommes choisis soigneusement dans les fichiers de l'armée italienne, comme Ferrari et Bellomo, aux ordres de l'Allemand. Et avec seulement vingt cobayes, entre adultes et enfants, isolés, torturés et bourrés de substances psychotropes par un scientifique qui se faisait appeler le Père et qui, avec l'Allemand, était responsable du projet. L'un s'occupait de la sécurité, et peut-être qu'il venait des services de l'armée ; l'autre de la partie scientifique, pour ainsi dire, et c'était un civil.

— Il n'apparaît pas que Bellomo et les autres aient jamais fait partie de l'armée, objecta Spinelli.

— C'est normal si le sommet de la hiérarchie de l'armée, ou plus probablement quelqu'un au sommet de la hiérarchie de l'armée, ne voulait pas que cela apparaisse. Si vraiment l'équipe de l'Allemand n'avait aucun rapport avec l'armée, comment expliquez-vous le récit que Pinna a fait à Rovere avant de mourir ?

— Cela s'appelle du délire, répondit Di Marco.

Dante ricana.

— Je commence à comprendre pourquoi ils vous ont envoyé ici.

— Croyez ce que vous voulez.

— Comment expliquez-vous les fûts, alors ? Qui les a mis dans la carrière ?

Di Marco ne répondit pas et Dante en profita pour observer l'assemblée. Les regards étaient encore médusés, même s'ils étaient en alerte. Le dessin qui était en train de s'ébaucher était tellement horrible que tous espéraient que ce n'était pas vrai. Il était beaucoup plus facile de cohabiter avec l'idée d'un tueur en série qu'avec celle d'une faction pourrie de son propre pays, capable de tuer et d'emprisonner des innocents. Personne autour de cette table n'était naïf. Tous dans leur travail en avaient vu assez pour perdre confiance dans le genre humain. Mais ce que proposait Dante allait bien au-delà : il les faisait douter de ceux qui étaient à leurs côtés, de ceux qui se trouvaient au-dessus d'eux.

— Monsieur Torre, reprit Spinelli après quelques instants, il est clair que l'hypothèse que vous exposez est évocatrice, mais c'est seulement une hypothèse.

— N'est-ce pas cela, le métier des enquêteurs ? Formuler des hypothèses et chercher à les prouver ?

— Pourquoi n'évoquez-vous pas les aliens, dans ce cas ? commenta Di Marco.

— C'est curieux que vous parliez des aliens, dit Dante. Parce que, voyez-vous, quand a été divulguée l'existence du MKULTRA aux États-Unis, il y eut une épidémie de gens qui ont juré avoir été enlevés par des militaires quand ils étaient enfants et ne s'en être souvenus que par la suite. Il y a des nombreuses pages sur Internet à ce sujet, il suffit que vous cherchiez « MKULTRA children », ou « MKULTRA abduction ». Et parmi eux, certains ont affirmé que les célèbres enlèvements d'aliens étaient également une couverture des expériences du MKULTRA. Personnellement, j'ai toujours cru que c'était une légende urbaine. Maintenant, je trouve des points de comparaison inquiétants avec ce qui m'est arrivé à moi. (Il regarda la scientifique du Labanof.) Vous avez trouvé quelque chose qui corrobore ma thèse parmi les restes de ces pauvres gens ?

Surprise, Roberta sursauta.

— Comment faites-vous pour le savoir ?

— J'ai vu votre expression quand je parlais de substances psychotropes.

Roberta regarda Spinelli, qui hocha la tête en signe d'assentiment.

— Nous sommes loin d'avoir fini le travail d'analyse, mais dans le fragment d'un fémur, il y avait encore de la moelle plutôt bien conservée. Et, comme vous le savez, dans la moelle il est possible de trouver des résidus de ce qui est présent dans le flux sanguin à l'instant du décès.

— Continuez, dit Spinelli.

— Nous pensons que la victime avait reçu de nombreuses injections d'une substance semblable au propranolol. Un anxiolytique mis au point dans les années cinquante, mais qui a été objet d'études récemment car il est capable de provoquer des amnésies sélectives.

— Pas seulement, ajouta Dante, dont les yeux brillaient. Il peut être utilisé pour le conditionnement posthypnotique et pour la levée des freins inhibiteurs. C'était une des substances que les scientifiques de la CIA étudiaient pour créer leur sérum de vérité.

— Mais ce pourrait être une coïncidence, intervint Curcio.

— Ça commence à faire un peu beaucoup, vous ne trouvez pas ? Évidemment, si l'Allemand avouait, ou si l'un des autres hommes sur la photo disait ce qu'il sait, tout serait plus facile.

— L'un d'eux a-t-il été identifié ? demanda Colomba.

— Un seul : l'homme debout auprès de Bellomo, répondit Curcio. Nous avons cherché parmi les connaissances de Bellomo et de Ferrari. Il semblerait que c'était un moniteur de parachutisme mort dans un accident il y a six ans.

— Il en manque encore deux, pointa Colomba. Avec celui qui a pris la photo.

— Et nous les cherchons, commissaire, répliqua Curcio. Tout comme nous cherchons d'autres connexions avec l'Allemand.

— On ne sait toujours pas qui il est ? intervint Roberta.

— Malheureusement non, lui répondit Spinelli. Mais ce que nous savons sur lui est suffisant pour, au minimum, le mettre en relation avec les enlèvements et l'homicide de la mère de Luca Maugeri. Monsieur Torre, si ce que vous dites était vrai, pourquoi l'Allemand et son équipe auraient-ils, à un moment donné, tué tous les prisonniers ?

— Parce que les temps avaient changé et qu'on avait mis fin au programme italien du MKULTRA, expliqua Dante.

— Si jamais il a existé, ajouta Di Marco.

— Vous en êtes la garantie. (Dante ricana.) En 1989, après la chute du mur de Berlin, l'idée d'une invasion soviétique était beaucoup moins crédible et il est devenu difficile de justifier l'allocation de fonds nécessaire au maintien de l'opération. L'Allemand a reçu l'ordre de faire le ménage. Et il s'en est occupé quelques semaines plus tard. (Il alluma sa cinquième cigarette depuis qu'il avait commencé à parler.) Dix-neuf cobayes ont fini dans des fûts au fond du lac. L'un des rescapés est ici qui vous parle. Les membres de la brigade affectés à la surveillance et à l'enlèvement des enfants furent mis au repos avec une retraite considérable, l'équipement et les médicaments détruits et brûlés. Nous n'aurions plus entendu parler d'eux, si le Père n'avait pas décidé de reprendre son activité, il y a environ quatre ans, à en juger par la date du premier enlèvement de la seconde fournée. S'il n'y a pas de prisonniers dans d'autres conteneurs dont nous ne savons rien.

— Vous avez dit tout à l'heure que l'idée d'une invasion communiste est maintenant obsolète, fit observer Curcio. Pourquoi le programme MKULTRA aurait-il repris ?

— Je ne crois pas du tout qu'il ait repris, répondit Dante. Je crois en revanche que le Père a à présent changé de patron. Il travaille pour une compagnie privée.

27

Dante alluma sa sixième cigarette en utilisant le mégot encore incandescent de la précédente.

— Je crois que le Père a continué à étudier dans les années qui ont suivi les résultats de ses prétendues « recherches » et qu'il s'est persuadé, à tort ou à raison, que l'un de ses cobayes avait tiré avantage du cocktail de médicaments qui lui avaient été injecté avant d'être tué. Je me trompe, docteur, ou le propranolol est à l'étude aujourd'hui comme traitement potentiel d'une maladie apparemment incurable ?

— Oui, l'autisme, confirma la scientifique du Labanof, se ressaisissant. Même si l'autisme n'est pas une maladie. Il est plus correct de le considérer comme un ensemble de troubles de la personnalité.

— C'est vrai, vous avez raison, admit Dante avec un sourire d'excuse. Et je ne sais pas si l'un des cobayes était vraiment autiste et si son état s'était vraiment amélioré avant de mourir et d'être dissous dans l'acide, ou si le Père est tout simplement un illuminé. Ce que je sais, c'est qu'il a repris l'expérimentation sur des prisonniers, en choisissant des cobayes bien précis.

— Ils étaient tous malades, madame le procureur, même avant l'enlèvement ? interrogea Curcio.

— Pour l'instant, seuls cinq des dix prisonniers des conteneurs ont été identifiés. Tous souffraient d'une forme d'autisme ou de déficit mental, confirma Spinelli.

— Le choix ne peut pas être fortuit, fit observer Dante.

— Et le Père le ferait uniquement pour trouver un remède ? voulut savoir Curcio.

— *Uniquement ?* Mis à part qu'il considère peut-être que c'est là la mission de sa vie, vous savez combien vaudrait sur le marché un remède efficace contre l'autisme ? demanda Dante.

— Des milliards, souffla Roberta. Les autistes sont au moins cinq millions rien qu'en Europe : un marché énorme. Mais, comme je le disais tout à l'heure, c'est un syndrome, pas une maladie. Les patients autistes ont besoin de thérapies du langage et de l'apprentissage, pas d'une injection. Les psychotropes sont utilisés dans certains cas seulement, pour atténuer les crises.

— Et cette théorie selon laquelle l'autisme pourrait être provoqué par des vaccinations ? s'enquit Curcio.

— Des bêtises, répondit Roberta, tendue.

— Je crois que le travail du Père a été financé par quelqu'un qui avait intérêt à ce qu'il poursuive ses expériences. Quelqu'un comme la Boussole d'argent qui lui avait donné accès à un milieu privilégié pour choisir ses cobayes, quelqu'un qui pourtant, il y a deux ans, s'est fatigué de distribuer de l'argent et a serré les cordons de la bourse. Pour cette raison, la Boussole a été fermée et le Père s'est mis à vendre des images pédopornographiques pour récolter de l'argent.

— Et qui seraient ses bailleurs de fonds ? s'inquiéta Curcio.

— Trouvez qui lui a fourni les médicaments et vous aurez la réponse.

— Si vraiment il est persuadé de pouvoir trouver un traitement, intervint Spinelli, pourquoi n'a-t-il pas utilisé un protocole d'expérimentation régulier ?

— Parce que personne n'aurait approuvé une expérimentation basée sur ses méthodes, dès lors qu'il ne pouvait pas raconter comment il avait commencé. Et parce qu'il voulait isoler ses cobayes comme il l'avait fait à l'époque, et cela non plus n'était pas possible. (Dante secoua la tête.) Le commissaire Caselli et moi, nous nous sommes toujours demandé pourquoi le Père ne prenait pas des enfants des rues ou abandonnés. Pourquoi risquer beaucoup, pourquoi tuer et mettre en scène des accidents ? Dans l'optique d'une expérimentation médicale, la réponse est claire : il avait besoin de savoir tout de ses cobayes, y compris les éventuelles tares héréditaires. Il devait savoir qui étaient leurs parents, comment ils avaient vécu, quels traitements ils avaient reçus…

— Des conditions de laboratoire, résuma Roberta.

— Exact. (Dante regarda Spinelli.) Excusez-moi si je me permets de prendre votre place pendant un instant et de poser des questions… mais pouvez-vous me dire si les médicaments trouvés dans le sous-sol de l'Allemand ont été analysés ?

Spinelli fit oui de la tête.

— Pour le moment, on n'a pas encore trouvé d'équivalent avec des médicaments dans le commerce.

— Ils ne sont peut-être pas encore dans le commerce.

— Monsieur Torre, vous excluez la possibilité que l'Allemand ait fait tout cela tout seul ? voulut savoir Curcio. La présence de ce Père n'a jamais été avérée par les enquêtes. L'Allemand pourrait très bien avoir des connaissances en médecine.

Dante secoua la tête.

— Je sais que vous préféreriez croire qu'il n'a jamais existé, mais le Père est encore là, dehors, répliqua-t-il. Il n'a plus d'hommes, il n'a plus l'Allemand pour tuer à sa place, il n'a pas plus de bailleurs de fonds. Mais c'est lui qui a tout échafaudé, et c'est lui le plus dangereux. Et c'est lui qui doit être arrêté avant qu'il ne recommence ailleurs, avec de nouveaux cobayes.

Pendant quelques instants, le silence régna.

— Vous avez fini ? demanda grossièrement Di Marco. Parce qu'il faudrait que je retourne m'occuper de choses sérieuses.

— J'ai fini, dit Dante. Merci pour votre remarquable contribution.

Spinelli serra la main du colonel de l'AISI.

— Merci d'avoir participé à cette rencontre.

— C'est mon devoir, madame.

Di Marco se leva et s'en alla sans dire au revoir. Les autres le regardèrent, incertains et un peu embarrassés. En son for intérieur, Dante soupira. Il avait espéré être porté en triomphe, mais le résultat, malheureusement, avait été l'accueil tiède auquel, au fond, il s'attendait. Il avait planté une graine : peut-être quelque chose germerait. Tous, magistrats et policiers, quand ils allaient se trouver face à une nouvelle coïncidence, à une possible correspondance, ne les relégueraient pas aux archives d'un haussement d'épaules. Au moins, ils y réfléchiraient.

Il alluma une autre cigarette et sentit le besoin immédiat d'un bon café, puis d'un Moscow mule tellement grand qu'on pourrait nager dedans. Pendant qu'il les saluait tous, en les remerciant pour leurs mots élogieux – surtout la scientifique du Labanof, qui lui laissa son numéro de téléphone –, Dante nota que Colomba restait à part, fermée sur elle-même, avec l'air sombre des pires moments. Pourtant, elle était de bonne humeur quand elle était arrivée. Et elle l'avait été pendant presque toute la rencontre. Que s'était-il passé ? Il était sur le point de s'approcher d'elle, mais Curcio le précéda.

Le policier prit Colomba par le bras et l'emmena vers le parapet. Elle lui fit un demi-sourire, il fit un pas en arrière.

— C'était très intéressant, ce à quoi j'ai assisté ce soir, même si je ne sais pas à quoi cela pourrait servir. Vous, qu'est-ce que vous en dites ?

— Que j'y crois, répondit Colomba, d'un air sombre.

Curcio se caressa les moustaches.

— Même sans preuves.

— Les preuves, nous les avons repêchées dans le lac. Merci pour tout, quoi qu'il en soit.

Il sourit.

— Vous m'avez déjà remercié l'autre fois, quand nous nous sommes rencontrés à la ferme, mais si vous voulez vous acquitter… pourquoi ne passez-vous pas au bureau un de ces jours ? Pour parler de votre avenir.

— À la police ? demanda Colomba, étonnée.

— Il faudra le faire un peu avant que votre situation judiciaire soit éclaircie définitivement, mais je suis convaincu que tout finira bien. Donc, pourquoi ne pas anticiper ?

Colomba hocha la tête.

— Donnez-moi encore quelques jours.

— D'accord. Une voiture me raccompagnera à Rome dans quelques minutes. Voulez-vous venir avec moi ? Ainsi que M. Torre, s'il le désire.

— J'ai encore une chose à régler ici. Je dois... rencontrer une personne. (Par-dessus l'épaule de Curcio, Colomba vit que Dante s'approchait et la panique l'aiguillonna.) Je dois y aller, excusez-moi.

Elle tourna les talons et sortit en vitesse, laissant Dante bouche bée, blessé dans son amour-propre. Colomba se sentit coupable de l'avoir abandonné, mais il devinait ses pensées avec une inquiétante facilité. Il aurait fallu qu'elle lui mente et elle n'y aurait pas réussi. Mieux valait s'enfuir et s'excuser après.

Dehors la journée était froide, et les lumières des vitrines faisaient déjà penser à Noël. Colomba remonta l'avenue et arriva dans le centre historique de Crémone, en s'arrêtant dans trois pharmacies avant de trouver ce dont elle avait besoin. Puis elle tourna dans une petite rue piétonne où s'ouvrait la cour d'un immeuble du XVIIIe siècle, dont les pavés étaient disposés en queue de paon derrière le portail de bronze. Elle appuya sur la sonnette et une femme de chambre la fit monter jusqu'au premier étage, traverser un salon avec une cheminée puis emprunter un long couloir tapissé de livres.

Annibale Valle l'attendait, affalé dans un fauteuil énorme, enveloppé dans une robe de chambre qui aurait pu servir de voile à un brigantin. Il buvait un verre de cognac qui disparaissait presque dans sa main.

— Que voulez-vous ?

Il soupira. L'unique ampoule allumée était celle d'une petite lampe à abat-jour auprès de lui, qui dessinait de longues ombres sur son visage.

Il ne lui ressemble pas, pensa Colomba. *Il ne lui ressemble pas du tout. Comment ai-je fait pour ne pas le comprendre tout de suite ?*

— Vous n'êtes pas content que Dante et moi nous ayons été disculpés ?

Il but une gorgée.

— Je l'ai appelé ce matin pour le féliciter. Je l'ai même invité à déjeuner, mais… je crois que ma maison ne lui plaît pas. Elle ne me plaît pas non plus, cela a été seulement un bon investissement. Il en héritera.

Colomba s'assit à califourchon sur une chaise devant lui.

— Demain nous rentrons à Rome.

— Bien, dit Valle.

— Mais d'abord, j'aurais besoin que vous fassiez quelque chose pour moi. (Colomba sortit de sa poche le kit pour les prélèvements d'ADN qu'elle venait d'acheter à la pharmacie. Elle déchira l'enveloppe cachetée et en sortit l'éprouvette, dont elle retira le long coton-tige stérile.) Mettez ça dans votre bouche.

Valle ferma les yeux à moitié.

— Non.

— Ce n'est pas douloureux. Je recueillerai seulement un peu de votre salive.

— Non. Et vous ne pouvez pas m'obliger à le faire.

— Je pourrais la prendre de force.

— Vous seriez prête à frapper un vieillard à demi invalide ?

— Je serais prête à vous frapper.

Valle soupira.

— Comment avez-vous compris ?

Alors c'est vrai, pensa Colomba en perdant la dernière miette d'espoir de s'être trompée.

— J'ai trouvé l'album de famille que vous aviez caché chez Wanda. Celui qui, d'après vous, avait brûlé dans l'incendie.

Il eut un sourire triste qui lui rida le visage.

— Je ne suis jamais arrivé à le détruire. C'étaient les derniers souvenirs que j'avais de lui.

— De Dante.

— Oui. (Il but une autre gorgée.) Je m'étais résigné à l'avoir perdu. En prison… je n'en avais plus rien à faire si personne ne me croyait. Puis mon avocat est arrivé pour me dire qu'on l'avait retrouvé. Qu'il s'était enfui de chez son ravisseur qui le gardait prisonnier dans un silo. Qu'il était très impatient de me voir. Et j'ai cru au miracle.

Moi aussi, pensa Colomba. *Nous y avons tous cru.*

— Ils m'ont donné de beaux habits et ils ont expédié toutes les formalités pour me faire sortir en vitesse, continua Valle. Dans la prison, le bruit s'était déjà répandu. Pour la première fois, les autres détenus ne me regardaient plus avec mépris. Je n'étais plus… le pédophile, l'assassin d'enfant. Quelqu'un m'a offert des cigarettes, du chocolat… je me sentais… (Il secoua la tête.) Je n'arrive même pas à exprimer ce que je ressentais. Ils m'ont emmené à l'hôpital dans une voiture banalisée, sans menottes. Je savais que j'allais le trouver changé, qu'il aurait grandi. Onze ans avaient passé. Je l'avais laissé enfant et je le retrouvais adulte. Mais cela m'était égal. (Il toussa.) J'ai continué à croire au miracle jusqu'à ce que je le voie. Il a crié « Papa ! » et il m'a embrassé. Mais moi, je savais.

— Vous saviez que ce n'était pas lui, dit Colomba, dans un souffle.

— Non. Ce n'était pas Dante. Ce n'était pas mon fils.

28

Valle se versa un autre verre. Il montra la bouteille à Colomba, mais elle refusa d'un geste sec.

— Continuez.

— Si vous y tenez… (Valle passa sa langue sur ses lèvres.) Le gamin parlait des choses que Dante avait faites quand il était petit. Il ne se trompait en rien. Si ce n'est que ce n'était pas lui.

— Mais vous n'avez rien dit.

— Et vous, qu'est-ce que vous auriez fait à ma place ?

— J'aurais dit la vérité.

— Pour retourner en prison même si j'étais innocent ? Je l'ai protégé ! Je lui ai donné une maison ! Et je l'ai aimé… (Un accès de toux l'obligea à s'interrompre puis il ajouta, d'une voix assourdie :) J'ai essayé de l'aimer…

— Vous l'avez chassé.

Valle haussa les épaules.

— Il commençait à s'apercevoir qu'il y avait des différences entre ce qu'il se rappelait et la réalité. Ça le rendait malade. Tôt ou tard, il aurait compris que quelque chose n'allait pas.

— Et il aurait gâché votre vie pour toujours, dit Colomba avec mépris.

— Il aurait gâché la *sienne*, de vie. Tout à coup, il se serait retrouvé à être… rien.

Colomba regarda avec envie la bouteille de cognac, elle regrettait d'en avoir refusé un verre. Mais elle aurait préféré boire du poison plutôt que de toucher quelque chose dans cette maison.

— Il est beaucoup plus que rien, murmura-t-elle.

— Maintenant sans doute. En partie grâce à moi, dit Valle.

— Personne ne s'est jamais douté que Dante n'était peut-être pas votre fils ?

— Non. Ils s'y sont tous laissé prendre, les juges et les flics. Bodini avait mis le nom de Dante dans sa lettre d'adieu avant de se pendre. Et on n'utilisait pas encore les tests d'ADN. On dirait que c'était il y a un siècle… (Valle fixa Colomba.) J'aurais pu vous dénoncer à la police avant que vous n'arriviez au lac. J'aurais pu vous faire arrêter.

— Et pourquoi ne l'avez-vous pas fait ?

— Parce que j'étais fatigué d'attendre que quelqu'un découvre la vérité. Vous n'avez pas idée de ce que l'on ressent quand on doit garder un secret de ce genre.

— Je n'ai aucune compassion pour vous, dit Colomba, durement.

— Non, bien sûr que non. (Valle fit tourner le verre entre ses mains.) Vous êtes l'ange vengeur, venu réparer les torts. Qu'est-ce qu'il y avait dans l'album qui vous a mise sur la voie ?

— Les photos au bord de la mer, répondit Colomba. On voit votre fils torse nu. Il avait une tache de naissance sur la poitrine, comme celle que vous avez sur le visage. Le Dante que je connais ne l'a pas.

Valle acquiesça.

— Vous êtes perspicace. Mais est-ce que vous avez compris pourquoi ils lui ont fait ça ? Pourquoi ils lui ont fait croire qu'il était mon fils ? Moi, ça, je ne l'ai jamais compris. Malgré tous mes efforts. Il n'y a pas une seule raison au monde pour faire ça.

Il y en a une : montrer que c'était possible de le faire, pensa Colomba. *Avec les drogues et la torture. Une expérience réussie*. Mais elle dit seulement :

— Ça ne m'intéresse pas que vous compreniez. À votre manière, vous avez été complice. (Elle sortit de nouveau le bâtonnet pour le prélèvement.) Maintenant mettez ce truc dans la bouche et qu'on en finisse.

Valle le prit.

— Et après ?

— Votre ADN sera confronté avec les restes humains repêchés dans le lac. Pour voir si l'un des cadavres est celui de votre vrai fils. (Colomba s'approcha et lui parla à quelques centimètres du visage. Ses yeux étaient couleur de tempête.) Et espérons qu'il y en aura un. Autrement vous serez de nouveau le seul coupable.

Valle hésita encore, puis il fourra rapidement le bâtonnet dans sa bouche.

— C'est bon, dit Colomba en le récupérant et en le remettant dans le conteneur.

— Vous le direz à Dante ?

— Non, c'est vous qui le lui direz.

Valle s'agrippa aux accoudoirs.

— Vous êtes folle. Je ne peux pas faire ça.

— Dante vous aime, Dieu seul sait pourquoi. S'il l'apprend de vous, cela lui fera moins mal. Et, de toute façon, je ne vous donne pas le choix. (Colomba se leva.) Bougez votre cul.

Valle n'était pas capable de faire la route à pied, mais refusa de prendre sa voiture. Colomba dut appeler un taxi pour les quelques centaines de mètres qui les séparaient du Degli Artisti, l'hôtel design du centre dans lequel Dante avait réservé deux chambres. Colomba y était déjà passée le matin avant la réunion pour prendre une douche et mettre les vêtements que Minutillo lui avait apportés de chez elle. En prison, elle avait dû se contenter de ce qu'elle avait sur le dos au moment de l'arrestation et du linge acheté à la sauvette.

Quand Dante ouvrit la porte de la chambre, il était prêt à reprocher à Colomba d'avoir disparu après la réunion, mais en voyant Valle, il oublia ses rancœurs.

— Papa, il s'est passé quelque chose ?

— Vous devez parler tous les deux, dit Colomba.

— De quoi ? demanda Dante.

Colomba ne répondit pas.

— Appelle-moi lorsque vous aurez fini, tu veux bien ?

Elle s'en alla en essayant d'avoir l'air tranquille, mais quand elle entra dans sa chambre elle attrapa un oreiller et lui hurla sa frustration. Elle aurait eu envie de casser quelque chose ou de se mettre à courir. Elle se contenta de trois séries de flexions à terre et de quelques abdominaux, puis, couverte de sueur, elle se jeta sur le lit avec une bouteille de bière, qu'elle sirota en zappant d'une chaîne de télé à l'autre. Elle n'avait pas faim. Elle compta au moins quatre talk-shows pour ménagères, où l'on parlait des prisonniers des conteneurs, lançant des appels pour identifier celui dont on n'avait pas encore trouvé le nom. Colomba se demanda si les parents ne faisaient pas semblant de ne pas le reconnaître, pour ne pas le reprendre à la maison avec son cortège de problèmes. Elle se demanda aussi si elle n'avait pas jugé Valle avec trop de dureté, bien que sur le moment, seul lui importait Dante. Comment l'aurait-il pris ? C'est-à-dire, comment l'aurait-il *mal pris* ? Parce qu'il n'y a pas de bonne façon de découvrir que votre passé est un mensonge construit par des espions et des médecins ayant perdu la raison. Peut-être qu'elle aurait dû rester avec eux, au lieu de les laisser se débrouiller tout seuls. Mais Dante n'était pas un enfant – même s'il lui arrivait de se comporter comme tel. Il avait le droit de parler en face à face avec celui qu'il croyait être son père sans qu'elle lui tienne la main. Elle ne voulait pas l'humilier. Après cette discussion, elle l'emmènerait boire un verre et elle lui offrirait son épaule pour pleurer. Maintenant, c'était à lui de gérer.

Après environ une demi-heure de programmes inutiles qu'elle regardait seulement d'un œil et pas même une once de cerveau, elle entendit la porte de l'autre côté du couloir claquer. Elle pensa que cela signifiait que l'entretien était fini, elle enfila ses chaussures et courut jusqu'à la chambre de Dante. Elle frappa.

— Tout va bien ? demanda-t-elle. Allez, laisse-moi entrer qu'on parle un peu.

La porte s'ouvrit et Colomba resta surprise de se trouver face à Valle, qui se débattait sur le plancher collant de café et de cendre en cherchant à se relever. Dante l'avait poussé et il s'en était allé.

29

Dante marchait d'un pas rapide en s'éloignant du centre.

La porte de la cave, pensait-il. *Cette maudite porte.*

Il avait pris une direction au hasard et s'était retrouvé sur le boulevard bordé d'arbres qui conduisait au pont de fer sur le Pô, aux frontières de la ville. C'était une route qui lui était familière. Il se rappelait l'avoir parcourue des dizaines de fois avec son vrai père pour arriver au premier kiosque à demi caché par les platanes, où son père achetait le journal et où il recevait en cadeau un paquet de figurines de footballeurs.

Mis à part que, évidemment, ce n'était pas vrai.

La porte de la cave, bon Dieu, pensa-t-il encore.

Enfant, il s'arrêtait toujours face à l'une des petites villas qui longeaient le boulevard, avec cette forme bizarre à mi-chemin entre le château et le minaret et, sur la façade, une énorme araignée de fer. Il pensait que dans cette maison pouvait habiter un magicien ou un monstre. Elle lui faisait peur et elle le fascinait.

Mais non, il n'avait jamais fait ça.

Parfois il parcourait ce morceau de route à bicyclette avant qu'ils ne construisent la piste cyclable. Il se rappelait la fois où il avait réussi à faire du vélo sans ses petites roues, sa mère battait des mains derrière lui.

Mais même ça, c'était une illusion. Comme tout le reste, tout ce qu'il pensait avoir fait ou vu avant le silo.

Pourtant la sensation de liberté de son premier coup de pédale lui semblait réelle, il la sentait physiquement. Peut-être que cela lui était arrivé vraiment, mais dans une autre ville, dans un autre monde, où existait aussi la femme qui tenait sa selle et lui criait bravo. Sa véritable mère, méthodiquement effacée par le Père, dont il ne se rappelait pas même les traits du visage.

Peut-être que tout cela était factice. Pas seulement son enfance, mais aussi les souvenirs du silo. Il ne s'était jamais enfui, il était encore là-dedans et il s'imaginait tout le reste.

Peut-être que je suis mort.

À cette pensée, il lui sembla que le monde entier s'effilochait et s'évanouissait autour de lui, que son corps aussi devenait immatériel. Incapable de continuer à marcher, il s'arrêta en s'appuyant à une grille. Il plaqua son dos contre les barres : elles étaient réelles. Il les sentait à travers son trench-coat. Il se cramponna à cette sensation, s'en imprégnant au plus profond de lui-même, jusqu'au moment où il fut capable de remuer à nouveau les mains et de les glisser dans ses poches à la recherche de cigarettes ; il en alluma une.

J'aurais dû m'en apercevoir, pensa-t-il. *À la porte de la cave.*

Maintenant, et seulement maintenant, il comprenait qu'il y avait eu un premier signe. Un signe qui indiquait que quelque chose n'allait pas dans ses souvenirs, comme la première vaguelette dans un passé qui avait été fabriqué. L'équivalent mental de descendre une marche qui n'existe pas.

Quand il était revenu dans la maison où il pensait avoir grandi, avec celui qu'il croyait être son père naturel tout juste relâché, il était persuadé que dans la cuisine il y avait une porte qui menait au garde-manger, au sous-sol, en descendant un escalier de pierre étroit et raide. Il se rappelait même sa couleur : rouge. Un rouge déteint qui laissait apparaître la trame du bois. L'hiver, cette porte laissait passer des courants d'air terribles que l'on arrêtait avec un boudin de tissu qui ramassait la poussière, mais, l'été, il était très agréable de s'étendre juste devant, au sol, pour sentir l'air frais qui vous caressait le visage.

La seule chose, c'est que cette porte n'existait pas. Elle ne pouvait pas exister parce que l'appartement de son présumé père se trouvait au troisième étage d'un immeuble collectif. Si la porte rouge s'était trouvée là, elle se serait ouverte dans la salle de bains des voisins. Mais Dante continuait quand même à en percevoir la présence lorsqu'il était dans la cuisine. Il la sentait derrière son dos, comme si elle était seulement hors de son champ de vision et que quelqu'un la déplaçait chaque fois qu'il tournait la tête pour la chercher.

Maintenant qu'il y pensait, la porte avait été le premier de toute une série de signaux. La cour qui lui semblait si étroite, sa chambre qui n'avait pas la bonne couleur : il se rappelait une tapisserie à lignes bleues, qui ressemblait à un énorme rideau, et il avait trouvé un mur blanc qui, aux dires de son présumé père, avait toujours été blanc. Autant de détails qu'il avait ignorés. Comme il n'avait pas compris que sa fuite avait été trop facile. Quand, avec Colomba, il avait lutté contre l'Allemand au bord du lac de Comello, il s'était aperçu que celui-ci avait une force prodigieuse malgré son âge. Ils avaient eu beaucoup de mal à le faire tomber par terre. Vingt-cinq années plus tôt, le garçon sous-alimenté qu'il était n'aurait jamais pu le cueillir par surprise et s'enfuir. Il l'avait laissé partir, c'était la seule explication possible. Ce que Dante avait toujours considéré comme l'instant le plus héroïque de sa vie n'avait jamais existé.

Le Père et son équipe avaient tout prévu. La fausse fuite, le faux suicide de Bodini, l'incendie : Dante était la preuve vivante que leur système fonctionnait. Ils voulaient qu'il retourne dehors, pour le tester sur le terrain. Il avait repris sa marche, mais il s'arrêta de nouveau, frappé par une intuition trop horrible pour ne pas être vraie. *L'autre garçon*, pensa-t-il. Celui qu'il avait vu avant que l'Allemand ne le tue. De qui pouvait-il s'agir si ce n'est celui dont il avait pris la place ? Le vrai Dante Valle, qui ne deviendrait jamais Dante Torre, ne jouerait jamais au black-jack à Dubai, ne connaîtrait jamais le goût du Bellini au Harry's Bar, qui ne boirait jamais le café kopi luwak en le considérant comme une preuve de l'existence de Dieu. Quand il avait décrit le garçon de l'autre silo, c'est lui-même qu'il avait décrit. Personne ne l'avait jamais retrouvé, parce que personne ne pensait qu'il avait disparu.

Il vit passer un taxi avec son lumineux allumé et il l'arrêta en agitant la main, sans réfléchir. Quand il dit au chauffeur où il voulait aller, celui-ci protesta à cause de la distance, mais il accepta quand même la course.

Dante se jeta sur le siège arrière, et regarda défiler le panorama autour de lui avec indifférence, le visage appuyé contre la vitre. Ils quittèrent vite le boulevard pour rejoindre la départementale qui traversait les communes situées entre Crémone et Mantoue. Les murs ininterrompus des habitations devinrent vite des petits hameaux de maisons basses, avec des bars Mokarabia et Segafredo, des églises avec les espaces verts de l'oratoire. Puis des maisons isolées, la campagne. Quand la nuit commença à tomber apparurent les premières fermes, les premiers silos blancs, de métal, les premiers champs avec des bottes de foin. À la bretelle en direction d'Acquanegra, Dante donna des indications précises au chauffeur de taxi, étape après étape. Il connaissait très bien la route, parcourue cent fois en pèlerinage au début, puis plus jamais pendant vingt ans et plus. Il retrouvait là des souvenirs qui étaient bien à lui, souvenirs d'après la fuite, ou mieux de sa mise en liberté.

Au coucher du soleil, il fit arrêter le taxi à l'entrée d'un petit chemin qui menait aux ruines d'une ferme avec cour, dont les fenêtres étaient condamnées par des planches et les tuiles couvertes de mousse.

— Vous êtes sûr que vous voulez que je vous laisse ici ? demanda le chauffeur de taxi.

— Oui. C'est l'endroit que je cherchais, répondit Dante en payant la course.

— Si vous voulez rentrer, ici, il n'y a pas de taxi.

— Mais il y a un train, dit Dante. De mon temps, du moins, il y en avait un.

— Je ne sais pas s'il passe encore. De toute façon le village est par là. (Il indiqua la route.) Un beau morceau à pied.

— J'aime beaucoup marcher.

Dante descendit et s'approcha de la ferme, l'estomac serré : derrière le bâtiment, un soleil énorme et tout rond disparaissait. Les murs étaient couverts de graffitis et de tags de *crew* locaux, d'inscriptions obscènes et d'hymnes à Pantani. Il y avait une odeur nauséabonde de marécages et de feuilles pourries. L'odeur n'avait pas changé.

Je suis revenu à la maison, pensa-t-il. *La seule maison que j'aie jamais eue*.

Mais peut-être n'était-ce pas une maison. C'était le ventre maternel dont il était né après onze ans de gestation. Avant cela, rien que le néant.

Il s'approcha de l'entrée et mit son œil contre une fente dans la porte de bois, cadenassée avec une chaîne. À l'arrière, il distingua des débris et des ordures, d'autres inscriptions parmi le lierre. Sur le côté gauche s'ouvrait ce qui avait été la porte de la maison de Bodini, où l'on voyait encore les traces de l'incendie, coups de pinceau noir sur les pierres. Bodini s'était pendu là, au rez-de-chaussée, avec la corde dont on se servait pour attacher les bêtes quand elles paissaient. À droite se trouvait l'appartement de sa mère, resté inhabité après la mort de celle-ci. De là où il se tenait, Dante ne réussissait pas à voir l'étable. Il se rappelait les mugissements au-delà du mur du silo, les pleurs des veaux.

Il contourna l'enceinte de la ferme jusqu'à se trouver sur une plate-forme de ciment crevassée par les années et l'humidité, grande comme un terrain de football. Les silos se dressaient là, autrefois, le sien et celui qui avait abrité sa matrice, son jumeau. Ils avaient tous les deux été abattus quinze ans plus tôt par le nouveau maire, qui en avait assez d'assister au pèlerinage des gamins de la région qui venaient ici se raconter des histoires horribles. Sur le fantôme de l'enfant du silo, qui apparaissait lors des nuits de pleine lune si tu disais son nom, une sorte de Candyman de la plaine du Pô. Quand il avait appris leur destruction, Dante, qui n'était plus jamais revenu après son départ de Crémone, avait passé une journée entière à essayer de comprendre ce qu'il ressentait. Il se sentait violé, en quelque sorte, même s'il ne saisissait pas bien pourquoi.

On apercevait encore, sur la plate-forme, les bases circulaires des silos, taches presque noires sur le gris du ciment. Dante rejoignit le sien, sentant encore le poids des murs autour de lui. Il revit son lit, le seau pour les besoins. Il se rappelait exactement où se trouvait chaque chose. Il s'accroupit à l'endroit où il s'asseyait pour lire les extraits que lui apportait le Père, pour étudier ses leçons. Il entendit le bruit d'un moteur et s'aperçut qu'un fourgon blanc s'était arrêté près de la plate-forme. Dante pensa qu'il s'agissait d'un paysan du coin, ou bien d'un homme chargé de chasser les touristes amateurs de macabre qui s'arrêtaient encore là, la nuit, en quête d'émotions fortes à bon marché.

Il leva la bonne main en signe de salut.

— Ne vous inquiétez pas, je m'en vais tout de suite, dit-il.

L'homme au volant ne bougea pas. Maintenant il faisait presque nuit et Dante ne réussissait pas à le distinguer derrière la vitre.

À cause de son immobilité, il commença à le trouver inquiétant. Il leva encore la main.

— J'y vais ! Je n'ai rien cassé.

Il descendit de la plate-forme du côté opposé au fourgon, avec l'idée de reprendre le sentier jusqu'à la route, à travers les hautes herbes. S'il se salissait, ce n'était pas un problème.

Le fourgon klaxonna brièvement et il lui sembla que l'homme au volant lui faisait un signe.

Dante ne réagit pas jusqu'à ce que le klaxon retentisse de nouveau. Le geste se répéta, catégorique. L'homme au volant voulait qu'il s'approche. Dante le fit, prudemment, traînant les pieds, tandis que la vitre de la fenêtre côté conducteur commençait à se baisser.

Lorsqu'il vit l'homme qui était au volant, Dante chercha à s'enfuir, mais il n'en eut pas le temps.

30

Au début Colomba ne s'inquiéta pas, pas beaucoup en tout cas. Elle ne pouvait pas contacter Dante parce que, comme elle, il s'était débarrassé de son portable au début de leur cavale – une situation que Colomba trouvait extrêmement frustrante à présent. Elle attendit donc qu'il rentre, allant toutes les dix minutes frapper à sa chambre. Vers le soir, elle appela Minutillo, dans l'espoir que Dante lui aurait donné des nouvelles, à lui au moins, puis elle laissa un billet sur la porte pour le prévenir qu'elle allait dîner à la taverne La Bissola avec Roberta, du Labanof, et lui expliquer comment les rejoindre.

Elle y arriva à vingt heures. Le restaurant se trouvait près d'une église romane et proposait une bonne paella qui n'avait rien de très local. Colomba la mangea du bout des lèvres, préoccupée qu'elle était pour Dante et pour la raison qui l'avait amenée dans ce lieu-là : elle venait remettre l'échantillon d'ADN de Valle à l'anthropologue médico-légale, en lui racontant ce qu'elle avait découvert. Elle aurait voulu prévenir Dante avant de le faire, mais cela n'avait pas été possible, et elle se sentait coupable, en plus de redouter d'être prise pour une folle. Roberta, quant à elle, réagit bien. Après un instant de désarroi, elle la crut et lui assura qu'elle ferait passer l'échantillon aux biologistes de l'équipe, en garantissant la plus grande discrétion. Cela au moins tant qu'il n'avait pas eu les résultats : à ce moment-là, elle devrait les communiquer au procureur.

— Y a-t-il quelque possibilité que tu te sois trompée au sujet de M. Valle ? lui demanda-t-elle.

Elles se tutoyaient depuis que Colomba lui avait téléphoné pour la rencontrer et que Roberta l'avait invitée à dîner.

— Aucune, répondit Colomba. Il l'a admis. Et selon moi il avait envie de raconter tout ça depuis un bout de temps.

Roberta piqua un morceau de poulet et le mâcha lentement.

— Je me suis occupée de beaucoup de cas horribles dans mon travail, comme toi dans le tien, je crois, mais celui-ci les dépasse de beaucoup. Et M. Torre, comment va-t-il ?

— Pas bien.

— Le contraire m'aurait étonnée. Si tu le vois, dis-lui que je suis vraiment désolée.

Colomba sourit.

— Il préfère qu'on n'ait pas de compassion pour lui.

— Mais ce n'est pas de la compassion, au contraire. Il a une façon de raisonner extrêmement efficace et je le trouve fascinant, même s'il est maigre comme un clou, admit candidement Roberta. Pour changer de sujet, je crois qu'il est normal que tu saches que

Spinelli est en train de demander l'autorisation pour faire réexaminer les corps du massacre de Paris.

En entendant parler du Désastre, Colomba eut comme toujours un spasme aux poumons.

— Ils rouvrent le dossier ?

— Spinelli s'y essaye, mais ce n'est pas facile. D'après ce que j'ai compris, au-delà de ton témoignage et de celui de M. Torre, il n'y a pas de liens établis avec le groupe qui aurait aidé l'Allemand, ni dans les années quatre-vingt ni aujourd'hui. Les connexions sont toutes… théoriques, disons. Tu penses que les services américains collaboreront ?

— Non, répondit Colomba, l'air sombre. Et les services italiens non plus. Tu as vu toi aussi comment a réagi ce bouffon pendant la réunion.

— Ça ne m'a pas étonnée, dit Roberta. Ils se comportent toujours ainsi.

— Tu avais déjà eu affaire à eux ?

— Par le passé, ils m'ont demandé d'analyser les corps de gens suspectés de terrorisme, expliqua Roberta. Et je n'ai jamais réussi à leur faire cracher la moindre information. La communication va toujours dans un seul sens. Et d'ailleurs, ce sont des services *secrets*, non ?

— Eh oui. Le mur de silence, observa Colomba. Il y a dix-neuf morts et dix personnes enlevées, sans compter les victimes de Paris et les homicides que le Père et l'Allemand ont commis à Rome ces derniers jours, mais tous gardent bouche cousue.

Roberta but une gorgée de sangria.

— Aujourd'hui, j'ai vu le policier qui t'a arrêtée.

— Santini ? s'étonna Colomba. Il est à Crémone ?

— Oui, je l'ai vu descendre à l'hôtel où je suis, l'Ibis. D'habitude je fais des allers-retours depuis Milan, mais demain, j'ai un rendez-vous le matin très tôt avec la scientifique et je préfère passer la nuit ici.

— Et qu'est-ce qu'il fait là ?

— À moi, il ne l'a pas dit. (Roberta sourit, complice.) Je crois que Spinelli lui met la pression. Elle n'a pas réussi à avoir De Angelis, mais lui n'est pas aussi bien protégé.

— Pour quelqu'un qui passe sa vie dans un laboratoire, tu en sais, des choses, commenta Colomba.

— Le fait est qu'ici je suis peu au laboratoire. (Roberta lui sourit de nouveau.) Je passe mes journées au tribunal dans des réunions avec les procureurs et les experts locaux. Et, je dois le dire, c'est infiniment plus fatigant.

Le garçon arriva pour demander si elles voulaient quelque chose d'autre, elles commandèrent un café et l'addition.

— Où en est-on de l'identification des corps ? s'informa ensuite Colomba.

Roberta jeta un regard à la table d'à côté, pour vérifier que personne ne l'entendait parler de cadavres : c'était un sujet qui pouvait gâcher un dîner.

— Nous avons recensé les noms des personnes disparues qui pourraient avoir le même âge que les sujets dont nous avons récupéré les restes. Maintenant, nous allons chercher à contacter les parents et à obtenir d'eux des échantillons d'ADN pour faire une comparaison, sans savoir pour autant si les restes enfermés dans les fûts nous fourniront des éléments utiles pour l'identification. À propos, j'aurais également besoin d'un échantillon de l'ADN de M. Torre, pour croiser les données.

Colomba hocha la tête.

— Ce serait bien de comprendre qui il est véritablement.

— Ne te fais pas trop d'illusions. Trop de temps a passé. Comme pour ces pauvres gens qui ont fini au fond du lac. Si on en identifie deux ou trois, on pourra dire qu'on a de la chance.

— Tu n'es pas un peu défaitiste ?

— Au Labanof, nous avons presque cent morts sans nom dans les réfrigérateurs, et pour beaucoup d'entre eux, nous ne disposons pas de plus d'un bout de dent ayant macéré dans l'acide sulfurique. (Elle sourit encore.) Certains de mes collègues diraient que je suis une incorrigible optimiste.

Quand Colomba rentra à l'hôtel à dix heures, elle tomba dans le hall sur un groupe de journalistes et de photographes qui l'attendaient : le bruit s'était répandu qu'on pouvait trouver là les deux protagonistes de la découverte du lac de Comello. Les flashes l'étourdirent, mais plus encore la sensation de se sentir au centre de l'attention, à laquelle elle n'était pas habituée et qui ne lui plaisait vraiment pas. Elle refusa de se soumettre aux questions et monta l'escalier en courant, pour constater que le Post-it avait disparu de la porte de Dante. Elle respira à nouveau et frappa, sans toutefois obtenir de réponse.

Elle redescendit, quelques photographes retardataires prirent encore des clichés tandis qu'elle se précipitait au comptoir de la réception.

Le réceptionniste l'accueillit avec un sourire d'excuse.

— Nous avons cherché à les renvoyer, madame, mais ils continuent à venir.

— Je ne suis pas descendue pour cela, l'interrompit-elle. Mon ami, Dante Torre, vous pouvez me dire s'il est dans sa chambre ou s'il est sorti à nouveau ?

Le réceptionniste vérifia sur l'écran de l'ordinateur.

— Je crains qu'il n'ait quitté l'hôtel.

Sur le moment, Colomba ne comprit pas.

— Pardon ?

— Il a payé sa note et il est parti.

— Et il n'a pas laissé de message pour moi ?

— Non.

Colomba objecta d'un mouvement de tête.

— Je n'y crois pas. Cela ne lui ressemble pas.

Aussi bouleversé qu'il ait pu être, il ne lui aurait pas fait faux bond de cette manière.

— Qui s'est occupé de lui ?

— La directrice. Vous voulez que je l'appelle ?

— Oui, merci.

Le réceptionniste disparut par la porte de derrière et un photographe en profita pour s'approcher du comptoir et prendre une rafale de photos de Colomba avec un vieux reflex.

Elle lui sauta dessus, avec une expression mauvaise.

— Maintenant, tu commences vraiment à me courir.

— Je fais mon travail, madame, dit le photographe, en reculant et en continuant à mitrailler. Et le hall d'un hôtel est un lieu public.

— Mon visage n'est pas public, putain.

— C'est dommage. Vous êtes une belle femme.

Colomba eut une brusque envie de l'attraper par le col et de lui mettre un coup de boule, mais heureusement la directrice l'appela. C'était une dame d'une quarantaine d'années, l'air sévère.

— Madame Caselli… il y a un problème ?

— Oui. Vous avez vu M. Torre partir ? Est-ce qu'il vous a paru… (elle hésita, en cherchant un mot qui n'existait pas) normal ? conclut-elle, étant entendu que, pour tout ce qui concernait Dante, c'était une définition peu appropriée.

— Je ne saurais vous dire. Et de toute façon, je suis tenue de respecter la vie privée des clients… essayez de me comprendre.

— Vous savez qui je suis, moi, et qui il est, lui ? Exact ? Et pourquoi nous sommes ici à Crémone ? dit Colomba.

La directrice soupira.

— Oui, madame.

— Ne me parlez donc pas de vie privée. Vous l'avez vu ou vous ne l'avez pas vu ?

— Non. Il a payé par téléphone en donnant son numéro de carte de crédit. Il était vingt et une heures environ.

— Et ses affaires, dans la chambre ?

— Il a donné des directives pour qu'elles soient expédiées à son adresse de Rome. Il a même payé un extra pour cela.

— C'est pas vrai, dit Colomba.

Son cœur battait la chamade et elle sentait sa poitrine se serrer sous le coup de l'anxiété. Elle s'efforça de respirer normalement.

La directrice la fixa avec inquiétude.

— Madame… je vous assure que cela s'est passé de cette façon.

— Et vous êtes certaine que c'était vraiment lui au téléphone ?

La directrice hésita.

— Je crois. Nous n'avions jamais discuté auparavant.

Colomba monta en courant dans sa chambre et sortit de sa poche la feuille pliée en quatre qui faisait office d'agenda d'urgence. Elle chercha le numéro de Spinelli, mais se figea au moment de le composer. Elle allait devoir expliquer qu'avant de partir Dante s'était disputé avec Valle et le procureur pourrait difficilement partager son inquiétude : Dante n'était pas mineur et il n'était pas considéré comme un témoin à risque, parce qu'il avait déjà dit ce qu'il savait sans pour autant permettre d'identifier aucun des responsables. Et même si Spinelli acceptait de le faire rechercher par les carabiniers, Colomba devrait rester à l'hôtel, à attendre des nouvelles, sans savoir s'ils s'activaient vraiment ou non, ni comment. Et le Père serait au courant des recherches, Colomba en était certaine.

Elle raccrocha le combiné de l'appareil posé sur la table de chevet.

Il fallait qu'elle trouve un autre moyen, et pour l'instant elle n'envisageait qu'une seule possibilité. *Je suis folle, rien que de la prendre en considération*, pensa-t-elle. Mais c'était une option qu'il fallait tenter.

Elle demanda à la réception l'adresse de l'hôtel Ibis et s'aperçut qu'il se trouvait à vingt minutes à pied de là où elle était. Elle en mit quinze pour arriver et se voir donner le numéro de la chambre qu'elle cherchait en faisant semblant d'être attendue.

Santini ouvrit, en maillot de corps. Il avait la barbe longue et sentait la transpiration. Quand Colomba lui dit ce qu'elle voulait, il éclata d'un rire franc, ce qui ne lui était pas arrivé depuis très longtemps. Mais ensuite, il la fit entrer.

Pendant ce temps, Dante reprenait lentement connaissance. La dernière chose qu'il se rappelait, c'était la fenêtre du fourgon qui s'abaissait, ensuite le noir. Le noir qui maintenant encore l'oppressait, un noir qui avait le goût du tissu et l'odeur de son souffle. Ensuite quelqu'un lui retira la capuche devant son visage et Dante vit où il se trouvait.

Il commença à hurler.

31

Assis sur son lit une place, Santini écouta le récit de Colomba en finissant l'imposante bouteille de bière qu'il avait achetée au bar de l'hôtel. La chambre empestait la cigarette, même avec la fenêtre entrebâillée.

— Peut-être que ton ami est vraiment rentré chez lui, dit-il à la fin.

Colomba secoua la tête, agacée.

— Je n'y crois pas.

— Parce qu'il ne t'a pas saluée ?

— S'il avait été bouleversé au point de s'enfuir et d'oublier les bonnes manières, il aurait aussi oublié de payer sa chambre, expliqua Colomba en s'efforçant de rester calme. Il a une façon de se comporter très *old style*, et je crois qu'il aurait même payé la mienne, puisqu'il avait réservé pour les deux.

— Tu ne peux pas en être sûre. Les gens ne sont pas toujours prévisibles, surtout lorsqu'ils sont soumis au stress.

— Je l'ai déjà vu bouleversé, je sais à quoi m'attendre. Non, c'est quelqu'un d'autre qui a téléphoné, en se faisant passer pour lui.

— L'Allemand est en prison. C'était lui qui était dangereux.

Colomba secoua la tête.

— Non, c'est le Père qui est dangereux. Et il est encore là, dehors.

— Donne-moi une preuve de son existence.

— Je sais seulement que Dante y croit et qu'il a eu raison depuis le début, depuis les Pratoni, depuis la disparition de Luca Maugeri. Et si tu l'avais écouté, ajouta-t-elle en laissant paraître sa colère, tu n'aurais pas été aussi minable durant toute l'enquête.

Santini se laissa aller contre l'oreiller.

— Tu as une drôle de façon de demander un service, Caselli.

Colomba tira à elle l'unique chaise de la chambre et s'y assit à califourchon.

— Je ne te demande pas un service.

— Ah, non ?

— Je te demande de faire ce qu'il faut.

Santini soupira.

— Ne sois pas ridicule.

— Mais c'est ce qu'il *faut* faire. Et même si tu n'y crois pas, c'est toujours mieux que de rester ici à boire et à te lamenter sur toi-même.

Santini ferma les yeux : *Parmi toutes les choses que je pourrais faire, comment se fait-il que dernièrement je choisisse toujours la plus stupide ?*

— Je passe quelques coups de fil, et on va voir ce que ça donne, dit-il.

Il avait encore envie de rire.

Il passa plus que quelques coups de fil, mais trouver les traces de Dante dans une petite ville comme

Crémone fut plus facile que prévu, en partie grâce à des subordonnés que Santini traitait comme des chiens. Ils écartèrent rapidement les trains, les autobus et les voitures de location, ainsi que les hôpitaux, la morgue et les autres hôtels, puis ils retrouvèrent le chauffeur de taxi qui avait pris Dante sur le boulevard et qui leur parla au téléphone de la vieille ferme où il l'avait laissé.

Vers minuit, Colomba et Santini s'y rendirent avec le véhicule de service de Santini et ils l'examinèrent à la lumière d'une torche, avant d'en faire le tour et de rejoindre la plate-forme de ciment.

— C'est ici qu'ils le gardaient prisonnier ? demanda Santini.

— Oui, répondit Colomba. Même si maintenant, il n'y a plus les silos. Mais qu'est-ce qu'il est venu faire là ?

— Une excursion nostalgique. (Santini regarda autour de lui : dans la nuit, on ne voyait pas une lumière, à part la leur.) Il n'est pas là. Et, sans portable, il ne peut pas avoir appelé un autre taxi. Il a dû partir à pied.

Colomba fit signe à Santini d'éclairer tout autour.

— Ou quelqu'un l'a emmené. Une voiture est passée là récemment, dit-elle en apercevant des traces de pneus sur le terrain mou.

— Un fourgon, précisa Santini, qui s'y connaissait. Mais c'est peut-être celui d'un paysan qui habite dans le coin.

— Éclaire un peu par là, dit Colomba en montrant le ciment de la plate-forme.

Santini s'exécuta, en faisant apparaître quelques stries sombres.

— De la boue séchée. Quelqu'un s'est essuyé les pieds.

— Pas quelqu'un, Dante. Et il ne s'est pas essuyé les pieds. Viens voir par là.

Quand Santini vint de son côté, il vit que les stries étaient en réalité des lettres et des numéros tracés avec la semelle des chaussures.

— EH29, lut-il.

— Un bout du numéro de la plaque d'immatriculation, commenta Colomba. Tu penses encore que ce ne sont que des coïncidences ?

Santini soupira et prit son portable.

Pendant que Santini contactait son bureau, Dante se réveillait de nouveau dans sa prison, mais cette fois, il ne s'évanouit pas aussitôt. *Ils m'ont donné quelque chose*, comprit-il, en sentant que ses pensées se formaient à la vitesse d'un escargot. *Un calmant, une dose de cheval.* Peut-être injecté directement dans le cou, parce qu'il avait mal.

Quel que soit ce médicament, il faisait effet. En plus de ralentir son cerveau, il lui rendait presque supportable le fait d'être enfermé dans un espace étroit, rectangulaire, de six mètres sur trois, dont toutes les ouvertures étaient obturées. Il était éclairé par une lumière verte, comme celle des veilleuses pour enfants, dans un coin de la pièce ; les murs étaient recouverts de matériel isolant et de planches de bois. Il y avait un évier avec un plan de travail en Formica, des placards, une table avec trois chaises et des lits superposés. Dante était étendu sur celui du bas, portant au cou un collier pour chien de grande taille fermé par un cadenas et fixé à la tête du lit par un câble métallique. Il essaya de tirer dessus de ses mains rendues insensibles par le calmant. Mais l'anneau ne bougea pas et il s'avéra que le lit était vissé au plancher. Puis, cherchant à savoir si le câble avait du jeu, il fit un mouvement trop brusque et le collier l'étrangla un peu. Le coup fut léger mais suffisant pour que Dante se sente étouffer et que l'adrénaline balaye tous les effets des tranquillisants. Les murs autour de lui semblèrent se resserrer encore, au point de l'écraser. Il ouvrit la bouche pour crier, appeler à l'aide, mais en vain. Tandis qu'il perdait de nouveau conscience, il eut une pensée lucide. Pour Colomba.

Elle savait, il en était sûr. Elle allait venir le chercher. Il se demanda seulement si elle arriverait à temps.

— Aucune plaque, dit Santini à Colomba.

Ils étaient encore à la ferme, à lutter contre le froid et l'humidité. Aucun fourgon n'avait de plaque qui commençait ou finissait avec les chiffres tracés dans la boue, expliqua-t-il. Rien que des voitures, mais il y en avait une quantité.

— Ou Torre s'est trompé, ajouta Santini, ou bien c'est nous qui nous trompons. De ce que nous savons, peut-être que quelqu'un est passé ce soir et a joué à la bataille navale dans la boue.

Colomba secoua la tête.

— Non. C'est lui. C'est sa façon de faire.

Santini alluma une cigarette.

— Tu n'es pas un peu trop sûre de toi ?

— Je te l'ai dit, je sais comment il raisonne. (Mais le savait-elle vraiment ? Peut-être l'espérait-elle seulement, parce que c'était là le dernier fil qui la reliait à Dante.) Tu peux appeler la police de la route ?

— Ici, il n'y a pas de caméras.

— Mais peut-être que le fourgon a pris l'autoroute. Nous connaissons la plage horaire et nous avons un morceau de la plaque. C'est plus que suffisant. Il reste à contrôler dans le système.

Colomba se référait au Safety Tutor, qui enregistrait les plaques des véhicules en transit depuis les portails et envoyait les informations à la centrale informatique de Settebagni, où elles étaient traitées pour constater d'éventuels excès de vitesse. Les forces de police pouvaient y accéder, mais les recherches de fugitifs et de voitures volées étaient si nombreuses que, pour obtenir une réponse rapide, il fallait faire une demande formelle urgente. Ou bien connaître quelqu'un – Santini connaissait quelqu'un.

À deux heures du matin, alors qu'ils attendaient dans un bar-tabac sur la départementale qui assurait le service nocturne pour les routiers, Santini reçut la réponse. Et lorsqu'il raccrocha, Colomba remarqua qu'il avait perdu l'expression fatiguée et lointaine qu'il avait ces dernières heures.

— OK.

— OK, quoi ?

— OK, tu avais raison.

Colomba reposa immédiatement la brioche sèche qu'elle s'efforçait d'avaler.

— Ils ont trouvé la plaque ?

— Oui. C'est un Ducato blanc. Mais d'après EUCARIS, il s'agit de la plaque d'une Fiat 500 partie à la casse.

— Volée, donc. Où l'ont-ils localisé ?

— Du côté de Bologne, puis à Florence et enfin à Rome. Il est sorti de l'autoroute il y a deux heures par l'une des bretelles de la Via Salaria. À partir de là, nous l'avons perdu.

— Ils ont ramené Dante à Rome. Le Père est là-bas, murmura Colomba.

— Caselli, il faut qu'on donne l'alarme.

— Non, dit Colomba, décidée. Le Père l'apprendrait.

— Comment ?

Colomba secoua la tête.

— Il a tué Rovere parce qu'il a compris qu'il était sur sa trace et il a envoyé l'Allemand buter Jorge dès qu'il est sorti de prison. Il a des informations de première main.

— Tu penses que c'est l'un d'entre nous ?

— Ou alors, il a quelqu'un comme toi sur son carnet d'adresses. Et tu sais quoi ? Il y a peu de temps encore, je pensais que c'était toi, ou De Angelis. (Colomba se mordit les lèvres.) Ou les deux.

— Ce n'est pas moi et, pour De Angelis, tu peux être tranquille maintenant qu'il a démissionné.

— Tu en es sûr ?

— Écoute, j'ai travaillé avec lui, et pas pendant quelques jours. Il aurait tout fait pour sa carrière et il a rendu service à tous ceux qui pouvaient lui renvoyer l'ascenseur. Mais ce n'est pas un assassin. Et même pas le complice d'un assassin. (Il haussa les épaules.) Et s'il voulait donner des informations au Père, parce qu'il ne sait peut-être pas qui il est vraiment, il n'y réussirait plus. Les collègues lui tournent le dos maintenant. Donc tu peux être tranquille.

Colomba hocha la tête sans rien dire et Santini comprit qu'elle était en crise. C'était le moment de tout lâcher, mais il ne le fit pas.

— Écoute-moi, Caselli, dit-il sur un ton raisonnable. Nous pouvons donner l'alarme *a minima*. Nous signalons que le fourgon est un véhicule volé et c'est tout. Même si le Père a des contacts, il ne peut pas tout savoir. Et les informations arriveront directement à mes services.

— Auxquels tu fais confiance, c'est ça ? riposta-t-elle rageusement.

— Selon ta logique, je ne peux avoir confiance en personne. Et peut-être que tu as raison. Mais tout seuls nous n'aboutirons à rien.

Colomba se mordilla la lèvre quelques instants encore.

— Combien de temps as-tu mis pour monter à Crémone ?

— Quatre heures. Avec la sirène.

— On va essayer d'en mettre moins pour descendre. (Elle se leva.) Fais rechercher le fourgon, nous, pendant ce temps, on rentre à Rome.

32

Le troisième réveil de Dante fut terrible ; ou peut-être que c'était le quatrième, il ne se rappelait pas bien. Si auparavant ils lui avaient donné une dose de cheval de calmants, maintenant il avait subi l'équivalent d'une lobotomie chimique. Il tremblait de manière incontrôlée et, dans sa tête, il avait un tourbillon d'images qui se superposaient et se fondaient les unes aux autres. Certaines venaient de son passé, d'autres de ses cauchemars, mais toutes semblaient également réelles. Il s'enfonçait en enfer, il était encore dans le silo, il fuyait un ennemi invisible, il était dans le lit de contention de la clinique, sur la terrasse couverte de sa maison qui brûlait.

Il était mort.

Non, pensa-t-il. *Je suis encore vivant. Il me veut en vie.*

Il essaya de s'asseoir et, de nouveau, le collier se resserra autour de sa gorge, sans pour autant déclencher une attaque. Cela l'aida même à revenir au présent, à se rappeler où il se trouvait. Prisonnier dans un trou, enterré vivant. Le médicament qui l'empêchait de penser fonctionna, cette fois : il ne s'évanouit pas et ne hurla pas.

Il jeta les jambes au bas du lit pour maîtriser les spasmes. On lui avait enlevé ses chaussures, et le froid traversa le tissu de ses chaussettes. On aurait dit que le sol était en plastique, il sonnait creux. Quel que soit l'endroit où ils le gardaient prisonnier, il ne s'agissait pas d'un appartement ; peut-être que c'était un autre conteneur. Avec sa bonne main, il attrapa le cadenas qui fermait le collier. Il ne parvenait pas à le voir, mais il le reconnut au toucher : un Master Lock avec un code à quatre chiffres. Dix mille combinaisons possibles. Même s'il avait réussi à en composer une toutes les vingt secondes, il lui aurait fallu plus de cinquante heures pour toutes les essayer. Et quelque chose lui disait qu'il n'avait pas cinquante heures devant lui. Peut-être même pas trente. Autrefois, il connaissait un truc pour aller plus vite, pensa-t-il avec désespoir. Il fallait seulement qu'il aille le récupérer dans le cloaque qu'il avait maintenant à la place du cerveau.

Peu à peu il fut pris d'une violente nausée et comprit qu'il ne pourrait pas s'empêcher de vomir plus longtemps. Il chercha quelque chose autour de lui pour vomir dedans et vit…

Un seau de métal.

Comme celui du silo. Il était revenu en arrière.

Il le saisit et rendit de la bile. Pendant une longue minute, il n'eut plus conscience de ce qu'il faisait.

Il se retrouva recroquevillé sur le lit, un goût acide dans la bouche. Il cherchait à se convaincre que le silo n'existait plus, qu'il avait été un homme libre pendant vingt-cinq ans, mais il savait qu'il se mentait à lui-même. Sa captivité n'avait jamais cessé. Elle avait seulement été élargie au monde entier, et à présent, on l'avait de nouveau mis en cellule. À cet instant, une partie du mur s'ouvrit devant lui, et Dante découvrit qu'il était en train de regarder une porte dissimulée avec soin. Il comprit finalement où il se trouvait : dans un camping-car ou dans une grosse caravane. La lumière ambrée d'un lampadaire s'allongea vers lui.

Ne regarde pas dehors, lui dit sa voix d'enfant. *C'est contre les règles. Tu seras puni.*

Il résista à l'envie impulsive de fermer les yeux. Il découvrit ce qui devait être une cour de terre battue et, au loin, ce qui ressemblait à des toits d'aluminium. Près de la porte, il y avait un homme d'une soixantaine d'années que Dante avait déjà vu : c'était le conducteur du fourgon, celui qui l'avait fait monter à bord à la ferme et qui lui avait fait la première injection. Il l'avait reconnu tout de suite, même si sur la photo que Colomba avait trouvée chez Ferrari, il était beaucoup plus jeune. C'était un des hommes de l'Allemand, assis sur le camion avec les rangers attachées autour du cou, celui qui levait le pouce.

L'homme se retira aussitôt et dans l'embrasure de la porte s'encastra une autre silhouette. Un homme grand et maigre, qui portait un survêtement, des gants épais et un passe-montagne intégral. Ses yeux étaient masqués par une paire de lunettes miroirs.

Tant d'années avaient passé que son corps n'était plus celui que Dante gardait en mémoire. Plus maigre, plus hésitant dans les mouvements. Mais quand il entra et que l'autre homme ferma la porte derrière lui, il pencha la tête sur le côté comme pour l'observer sous un autre angle. Ce geste, plus que n'importe quoi d'autre, permit à Dante de le reconnaître.

Cette fois, c'était vraiment le Père.

Les mauvaises nouvelles arrivèrent peu après Florence. Santini s'était assoupi, retenu par la ceinture de sécurité, et Colomba conduisait la fenêtre entrouverte, un filet d'air lui soufflant sur le visage. Le portable de Santini sonna, il l'attrapa avant même d'ouvrir les yeux.

— Oui, marmonna-t-il. Ils ont contrôlé… ? (Il ajouta, mieux réveillé :) Non, laissez-le tranquille.

Il raccrocha.

— Le fourgon ? demanda Colomba.

Son ventre et son dos lui faisaient mal tant elle était crispée.

— Oui. (Santini se frotta les yeux.) Ils l'ont trouvé près du Foro Italico. Vide. Ils ont changé de véhicule, mais on ne peut pas savoir ce qu'ils ont pris parce qu'il n'y a pas de caméra à cet endroit. Je ne crois pas que ce soit un hasard.

Colomba tapa sur le volant.

— Putain !

— On peut envoyer la scientifique pour voir s'ils trouvent quelque chose, proposa Santini.

— Cette fois le Père le saurait, et il faut trop de temps.

— Caselli, on ne peut plus rien faire.

Colomba prit une grande inspiration.

— Écoute. Le Père a raconté ses bobards à l'hôtel pour avoir du temps en plus, et il doit croire que nous ne sommes pas encore sur ses traces. Sinon, Dante serait mort.

— Du temps en plus pour quoi faire ? demanda Santini.

— Rien de bon pour Dante, répondit Colomba avec un tremblement dans la voix. Mais si nous donnons l'alarme, il saura que tout le monde s'apprête à se liguer contre lui. Il est le méchant ogre, le croquemitaine qui enlève les enfants. Des milliers de signalements afflueront, et l'un d'eux pourrait être le bon. C'est pour cela qu'il disparaîtra, mais avant de le faire, il se débarrassera de Dante. Nous devons garder profil bas jusqu'à ce que nous soyons totalement désespérés.

— Caselli, je suis déjà désespéré, objecta Santini. (Et il le semblait très sérieusement, au moins à cause de la fatigue.) Ce n'est pas la première fois que je m'occupe d'un enlèvement, et il y a une chose que j'ai apprise. Trouver un otage est un travail long qui nécessite une équipe.

— L'équipe, c'est nous.

Santini secoua la tête.

— Nous ne suffisons pas.

— Nous avons un cerveau. Et nous savons tout sur le Père. Nous devons seulement comprendre quelle est sa stratégie à présent. (Colomba saisit une petite bouteille d'eau et but la dernière gorgée, puis elle la jeta sur le siège arrière.) Partons de l'enlèvement. Comment a-t-il fait pour savoir où aller chercher Dante ?

Santini alluma une cigarette. Cela ne dérangeait pas Colomba, ils en avaient discuté dès le premier kilomètre.

— Il l'a suivi depuis qu'il est sorti de l'hôtel, répondit Santini. Ou plutôt, depuis qu'il est sorti de l'hôpital.

— Dante est persuadé que le Père le surveillait aussi avant.

— Depuis quand ?

— Depuis qu'il s'est enfui du silo.

— Je ne sais pas si c'est vrai, mais une chose est sûre : il ne s'est pas enfui, dit Santini. Ils l'ont laissé partir.

Colomba le regarda du coin de l'œil l'espace d'un instant, étonnée, puis elle se concentra sur la route.

— Pourquoi ?

Santini baissa la vitre pour jeter sa cendre. Cela provoqua un petit tourbillon.

— Tu te donnerais tout ce mal pour créer comme une espèce de clone, et tu ne voudrais pas voir comment il se comporte ? Ils ont fait l'essai sur le terrain.

— Selon Dante, le projet a été arrêté, dit Colomba, peu convaincue.

— Et, comme par hasard, il est le seul à en avoir réchappé ?

Colomba comprit que Santini avait raison. Elle n'y avait pas pensé parce que instinctivement elle avait tendance à croire à la version de Dante.

— Si vraiment le Père l'avait mis en observation, comment a-t-il fait d'après toi ?

— Le procédé habituel. Des micros cachés chez lui… surveillance du milieu, répondit Santini. Et ensuite, puisque c'était une expérience médicale, à la place du Père j'aurais contrôlé ses dossiers, ses examens, pour voir comment il allait.

Colomba fut foudroyée par l'idée qui la traversa et fit une légère embardée à cent quatre-vingts à l'heure.

— La clinique !

— Quelle clinique ?

— Dans mon blouson, il y a une feuille avec des numéros de téléphone, dit Colomba sans répondre à la question. Fais celui de Valle et mets le haut-parleur.

— La prochaine fois, c'est moi qui conduirai. J'en ai marre de te servir de secrétaire, dit Santini, mais il s'exécuta.

La voix cathartique de Valle emplit l'habitacle.

— Qui est-ce ? Que se passe-t-il ? haleta-t-il.

— C'est Caselli.

— Qu'est-ce qui s'est passé ? C'est Dante ? Il a des problèmes ?

Il est vraiment inquiet pour lui, ou il joue la comédie ? se demanda Colomba.

— Non, pas de problèmes. Mais je dois vous poser une question. Vous vous rappelez la clinique suisse où vous avez envoyé Dante ?

Valle toussa.

— Oui, bien sûr que je m'en souviens.

— Comment elle s'appelait ?

— Mais vous ne pouvez pas le lui demander à lui ?

— Comment elle s'appelait, putain ! hurla Colomba.

Santini sursauta.

— Eiche. Elle s'appelait Eiche… (Valle épela le nom.) Elle se trouvait à Erlenbach, près de Zurich. Sur le lac.

Colomba fit signe à Santini de le lui écrire. Il sortit son stylo de la petite poche de sa veste et attrapa une quittance qui traînait sur le tableau de bord.

— Pourquoi là ?

— Comment ?

— Pourquoi avez-vous envoyé Dante dans cet établissement ? Comment l'avez-vous trouvé ? hurla à nouveau Colomba.

— On me l'a conseillé.

— Qui ?

— Je ne me rappelle pas.

— Vous ne vous rappelez pas une chose aussi importante ?

Si elle l'avait eu devant elle, elle l'aurait étranglé. Le souffle de Valle devint encore plus agité.

— Quelqu'un de l'hôpital. Mais bon Dieu, c'était il y a vingt-cinq ans !

— Quelqu'un qui ?

— Je ne me rappelle pas ! Mais vous pouvez me dire pourquoi…

Colomba éteignit le haut-parleur d'un coup sur le volant.

— Pourquoi tu fais une fixation sur la clinique ? demanda Santini.

— Pour deux raisons, répondit Colomba. (Elle regarda sur le navigateur combien il restait de kilomètres avant d'arriver à Rome. Au moins une demi-heure. Elle dépassa un camion qui, en voyant le gyrophare, se déporta pour la laisser passer : elle n'avait pas eu besoin de brancher la sirène, parce qu'il n'y avait pas de circulation.) Primo : le Père est un médecin, ou un scientifique qui a des rapports avec le milieu médical. Il fait un trafic de médicaments et c'était le responsable des traitements du MKULTRA italien.

— Cette histoire-là ne me convainc pas vraiment, Caselli.

— Fais comme si c'était le cas, parce que c'est la seule dont nous disposons pour l'instant. Secundo : pendant cinq ans, après sa libération, Dante est resté enfermé dans cette clinique Eiche. Si le Père voulait savoir comment il allait, il devait passer par là. Et peut-être même que c'est lui qui l'a envoyé là-bas par le biais d'un complice.

— Tu penses que c'était l'un des médecins ?

— C'est ce que j'espère. Peut-être qu'il ne s'en est pas occupé directement, parce que Dante aurait pu le reconnaître, mais cela ne m'étonnerait pas qu'il ait été dans la pièce à côté. Ou qu'il ait fait un tour de temps en temps en profitant de l'absence de ses collègues.

— Tu te diriges à l'aveuglette, tu sais, pas vrai ?

— Tu as quelque chose de mieux à proposer ?

Santini réfléchit quelques instants.

— Non. Mais même si c'était vrai, Eiche est une clinique suisse. Pour avoir les listes du personnel d'il y a vingt ans, il faut un mandat international. Et même si nous l'avions, je ne crois pas qu'à côté du domaine de spécialisation de l'un des médecins, on trouverait écrit : « ravisseur ».

— Le Père est italien. Dante a dit qu'il n'avait pas d'accent particulier. Et l'accent allemand ne passe pas inaperçu. En onze ans, un mot dans sa langue maternelle, au moins, lui aurait échappé. Et tu peux avoir confiance, Dante s'en souviendrait.

Santini haussa les épaules.

— Ils seront moins nombreux et plus faciles à contrôler, mais en tout cas les listes, nous ne les avons pas.

— Regarde sur le site de la clinique.

Pendant que Santini le cherchait sur son smartphone, Colomba chercha désespérément dans sa mémoire. Elle sentait qu'il y avait quelque chose qu'elle ne réussissait pas à se rappeler. Une chose que Dante lui avait dite… Elle était épuisée, putain, les rouages tournaient mal.

— Il n'y a rien, dit Santini. Peut-être que nous avons mal compris le nom. Non, attends… c'est une page en allemand… (Il la regarda.) Tu ne vas pas y croire, mais je parle allemand.

— Tu ne vas pas y croire, mais j'en ai rien à foutre. Qu'est-ce qu'elle dit ?

— Que la clinique a fermé, il y a dix ans. Nous pouvons nous dispenser de chercher un procureur pour le mandat.

Au mot « procureur », Colomba eut un *satori*.

— Dante avait dû se faire reconnaître capable de comprendre et d'exprimer sa volonté par le tribunal, dit-elle, triomphante. Il a dû apporter un document qui le certifiait à la clinique.

— Il sera annexé aux actes, observa Santini. S'il y a un nom, nous pouvons le mettre dans le système et essayer de le retrouver. Mais s'il est suisse, nous devrons passer par la police suisse ou Europol.

— Entre-temps, il faut se procurer le jugement.

Santini regarda sa montre.

— Il est cinq heures, un peu tôt pour le tribunal.

— Dans les petites villes, tout est plus simple. Sur la feuille, il y a le numéro de portable de Spinelli. Appelle-la.

Santini protesta. Spinelli l'avait traité comme un malpropre et il ne pensait pas qu'elle allait leur apporter son soutien. Mais pour finir, il s'exécuta et écouta, incrédule, Colomba qui la flattait et la priait de l'aider en violant toutes les règles existantes. Sauf une, qui imposait de faire le maximum pour sauver une vie humaine.

Vingt minutes après, un greffier du tribunal de Crémone abasourdi était tiré de son lit par un coup de téléphone. Par chance, il avait un double des clés des archives.

33

Le Père était resté là, à regarder Dante, sans rien dire pendant quelques instants. Puis il marcha vers la table et s'assit sur l'unique chaise. Dante fut de nouveau assailli de tremblements et attrapa ses jambes avec son bras gauche. Avec la bonne main, il continuait à tirer sur le cadenas, de manière convulsive.

— Salut, Fils, dit le Père. Je suis content de te revoir.

Sa voix avait changé. Elle était fluette, faible. Même la prononciation était moins nette, comme cela arrive aux personnes âgées qui ont des problèmes de dents. Dante ne l'aurait jamais reconnue comme étant celle de l'homme qui l'avait retenu prisonnier. Mais elle lui semblait quand même familière.

— Ça suffit… avec ces… conneries, bégaya-t-il. (Il tremblait.) Tu n'es pas mon père.

— Je t'ai élevé. J'ai fait de toi ce que tu es. Ce n'est pas ce que font les pères ?

Dante secoua la tête, en continuant à trembler. Son thermomètre interne avait bondi, mais les médicaments qu'il avait dans le sang luttaient pour garder son esprit lié à son corps.

— Tu n'es qu'un… monstre malade. Et tu as fait un monstre… de moi aussi. Tu aurais dû crever, il y a très longtemps.

Le Père continua à le fixer.

— Tu es devenu plus fort, mais tu l'as toujours été. J'ai vu des hommes adultes se briser et se transformer en des moins-que-rien après quelques mois. Ils cessaient de réagir et de combattre en attendant la mort. Toi, non. Tu es arrivé au bout du traitement.

— Tu… les as tués, dit Dante, pendant qu'il continuait à chercher à déchiffrer cette impression de familiarité. (L'homme devant lui était le Père, mais c'était comme si sa silhouette se superposait à celle de quelqu'un autre.) Et tu les as ensevelis… dans le lac.

— Cela ne m'a procuré aucun plaisir, crois-moi, expliqua le Père. Mais c'était nécessaire. L'histoire du monde est faite de petits et de grands sacrifices.

— Et même les enfants que… tu as mis dans les conteneurs… ont été des sacrifices ?

Le Père secoua la tête.

— Dante, Dante… Comment fais-tu pour ne pas comprendre ? J'étais leur unique espoir de guérison. Les dégâts que vous avez faits, Colomba et toi, sont considérables. Je devrai tout recommencer de zéro, dans un autre pays. Et je prie Dieu pour qu'il me fasse vivre assez longtemps pour voir les résultats.

Colomba ? Pourquoi l'appelle-t-il par son prénom ? Dante fouilla encore dans sa mémoire. Mais elle était lacunaire et dérisoire.

— Moi, je le prie pour qu'il te fasse crever.

— On se souviendra de moi, Dante. Comme d'un pionnier. On me pardonnera tout. Et sache que je n'ai jamais rien fait pour moi. Je n'ai jamais cherché la gloire. Ce que je fais est un don à l'humanité.

Dante était trop épuisé pour poursuivre cette discussion.

— Pourquoi… (Il s'arrêta, les tremblements étaient si violents qu'ils l'empêchaient d'articuler ses mots.) Pourquoi suis-je ici ? Qu'est-ce que tu veux ?

— Tu m'as manqué, Dante. Je voulais te parler. Et je voulais te faire un cadeau.

— Je ne veux rien de toi.

Le Père se pencha vers lui.

— Tu ne veux même pas savoir qui tu étais avant que je te fasse renaître ? insista-t-il.

Dante eut l'impression que le Père souriait sous son passe-montagne.

Quand le propriétaire du bar-tabac Gold du Corso Francia, à Rome, leva le rideau à six heures pile, il trouva en face de lui un couple qui avait l'air aussi bouleversé que dangereux. Surtout elle, avec un reflet sauvage dans ses yeux couleur bouteille. Il pensa que c'étaient deux délinquants et renonça à ouvrir la porte. Mais l'homme avec les moustaches colla sa carte contre la vitre.

— Tu te bouges le cul, dit-il de l'extérieur.

Le barman ouvrit avec un sourire.

— Excusez-moi, c'est que j'ai déjà été braqué deux fois.

— Je prendrai ça comme un compliment, commenta Santini.

Colomba montra l'inscription sur la vitrine qui indiquait « Fax et photocopies ».

— Ça marche ?

— Oui, bien sûr, répondit le barman.

— Donne-moi le numéro.

Le barman obéit, puis il prépara pour eux deux cafés doubles et un croque-monsieur, pendant que Colomba contactait de nouveau Spinelli et lui donnait le numéro auquel le greffier devait expédier la documentation.

— Je vais ouvrir un dossier sur la disparition de M. Torre, ajouta Spinelli.

— Je vous en prie, donnez-moi un peu de temps…

— Je manquerais à mon devoir. Mais personne ne me reprochera d'avoir attendu l'horaire d'ouverture des bureaux. Neuf heures et demie.

Colomba comprit que c'était le dernier délai.

— Merci. Je ferai en sorte que cela me suffise.

— Ne me remerciez pas, dit Spinelli avant de raccrocher. Nous finirons toutes deux par avoir des ennuis à cause de cette affaire.

Colomba tendit le portable à Santini, en songeant que ce qui se passerait une fois qu'elle aurait retrouvé Dante lui était complètement égal. Et encore plus si elle ne le retrouvait pas. Santini tapa rapidement un SMS, tout en mangeant son croque-monsieur.

— Il faut que je m'inquiète ? demanda Colomba, les yeux plissés.

Santini déglutit.

— À cause de quoi ? De ça ?

Il tourna l'écran vers elle pour lui montrer le texte du message.

« Je ne pourrai pas venir te chercher, ma puce. Je travaille. Demande à maman de m'excuser elle aussi. Bisous, papa. »

— Tu as une fille ? demanda Colomba, étonnée.

— À mi-temps, répondit-il. Qu'est-ce qu'il y a ? Tu penses que les gens comme moi ne devraient pas se reproduire ?

Elle haussa les épaules.

— Je croyais que ton quotidien c'était : maison, léchage de bottes, bureau.

Il faillit briser son portable en serrant le poing.

— Je suis pressé que cette histoire soit finie pour ne plus jamais te revoir.

Le barman se pencha depuis le comptoir.

— Excusez-moi… il y a un fax qui arrive et je crois que c'est pour vous.

Colomba et Santini se précipitèrent vers l'appareil, qui était sur une tablette dans le coin tabac. Ils luttèrent pour voir qui prendrait la feuille en premier, dès qu'elle sortirait. Colomba gagna par abandon. La feuille portait seulement le logo du tribunal, elle en fit une boule et la jeta dans la corbeille.

— Si vous avez besoin de moi, appelez-moi, dit le buraliste, effrayé.

— Oui, oui, répondit Santini d'un ton brusque.

Colomba jeta aussi la deuxième feuille.

— J'espère qu'ils ne vont pas nous faxer toute la décision du tribunal…

— Quand nous aurons des noms, je les transférerai à mes services. Ça te va ? demanda Santini.

Colomba acquiesça.

— Je suis en train de me dire que nous pourrions aussi les confronter avec les noms de la Boussole d'argent. C'était le centre de soutien pour enfants à problèmes où allaient Ruggero Palladino et la moitié des autres enfants qui étaient retenus prisonniers dans les conteneurs.

Santini regarda une autre feuille, et cette fois il la posa sur la tablette. C'étaient les noms du juge et du greffier qui avait rédigé l'acte. Cela pouvait servir.

— Je sais que Spinelli a demandé que l'association fasse l'objet d'une enquête, mais pour le moment cela n'a rien donné. La plupart des personnes qui y travaillaient étaient des volontaires de bonne foi. C'est une enquête qui promet d'être longue.

Santini jeta une autre feuille après l'avoir lue rapidement : ce n'était que du verbiage juridique.

— Monsieur X, ici présent… etc., etc.

Il y eut une pause dans la transmission, puis arriva enfin une feuille qui n'était pas composée avec les caractères dactylographiés du tribunal. En haut à droite, il y avait un logo qui représentait un chêne stylisé sous lequel était écrit EICHE KLINIK.

— Nous y voilà, triompha Colomba.

C'était l'expertise du médecin traitant de Dante, qui se portait garant de sa guérison. Heureusement, elle avait été traduite en italien. Elle faisait cinq pages, et la signature sur la dernière feuille était celle du docteur Maja Hutter.

— Une femme, observa Colomba, déçue.

Elle avait espéré tout comprendre du premier coup, même si elle savait que le Père n'aurait jamais été assez imprudent pour s'exposer.

— Peut-être qu'elle a une voix d'homme.

— Dante ne se serait pas laissé piéger, répliqua Colomba qui n'y avait même pas pensé une seconde.

— De toute façon je vais demander qu'on la retrouve, dit Santini en prenant son portable.

Le fax, cependant, n'avait pas fini d'émettre. Une autre feuille arriva. Sur l'en-tête on lisait WISSENSCHAFTLICHE AUSSCHUSS, toujours avec le logo de la clinique. Colomba la montra à Santini.

— Qu'est-ce que ça veut dire ?

Il répondit, le portable contre l'oreille.

— Mmh. Attends… *Wissenschaft*… *Wissenschaft*… « science »… « comité scientifique » !

Puis il se mit à parler avec son subordonné, qui lui répondit, la voix cassée.

Le fax fit entendre un autre sifflement de faible intensité, avant de s'éteindre. Colomba prit la dernière feuille qui finissait de sortir. C'était la liste des membres du comité scientifique. Quand elle arriva à la moitié de la liste, elle sentit son sang refluer jusqu'à ses pieds. Elle chancela et dut se soutenir à la vitre du guichet.

Santini couvrit de la main le micro du portable.

— Tu ne te sens pas bien, Caselli ?

Elle hocha la tête et elle lui montra le nom du doigt, incapable de parler. Quand il le vit, Santini raccrocha au nez de son interlocuteur.

Le Père revint dans le camping-car et, cette fois-ci, il tenait dans ses bras quelque chose de volumineux enveloppé dans un chiffon. Il le posa sur la table et resta debout sans rien dire. Il s'était éloigné rapidement après avoir dit à Dante ce que serait son cadeau, pour qu'il puisse le savourer d'avance.

Dante se redressa sur le lit, en appuyant la tête contre le mur. Il tremblait moins, à présent, même s'il se sentait très faible et qu'il avait du mal à respirer. Son cœur battait à toute allure.

— Tu m'as apporté un autre cadeau ? articula-t-il avec difficulté.

— Non, pas vraiment. On pourrait dire que c'est un cadeau pour moi, répondit le Père.

Il ouvrit le paquet et il en sortit une petite chemise de carton, un garrot, une bouteille d'eau oxygénée et une seringue. Puis il fit glisser le tissu à terre et Dante vit l'objet volumineux qu'il avait transporté à grand-peine : un vieux massicot manuel, utilisé par les professionnels, une longue lame munie d'un manche en bois, et fixée sur une base de métal. On s'en servait dans les imprimeries pour égaliser les rames de papier ou ébarber les livres.

En voyant la lame tranchante, Dante frissonna.

— Un cadeau pour toi ?

— La preuve que tu es l'homme que je crois.

Il poussa la table vers le lit de Dante, presque jusqu'à toucher ses jambes. Puis il déplaça la chaise et s'assit. À présent les deux hommes étaient à un peu plus d'un mètre l'un de l'autre, la distance de la chaîne. Le Père avait calculé que Dante ne pouvait pas arriver jusqu'à lui, mais seulement jusqu'à la table. Jusqu'au massicot.

— De quoi est-ce que je devrais faire la preuve ?

— De ta force de volonté, répondit le Père. Et de ta détermination. (Il leva la chemise en carton.) Là-dedans il y a tout ce que je savais sur toi quand tu as été choisi. Ce que j'ai appris de tes parents : où tu habitais, où tu allais à la crèche... Tout ce qu'on peut savoir sur un enfant de quatre ans.

— J'en avais six quand tu m'as enlevé, objecta Dante, qui sentait en lui l'urgence de crier et s'agiter. Il se maîtrisa en observant le profil de l'homme sous le passe-montagne, la forme de sa tête, de son cou. Il ne se trompait pas. Il savait qui c'était. Et cela le rendait plus fort qu'il ne l'avait jamais été vis-à-vis du Père ou de l'idée du Père. Ce n'était plus un fantôme anonyme, une ombre du passé.

— Je crains que non. Tu en avais quatre et demi, pour être précis, dit le Père. Tu as presque tout oublié de tes premiers temps dans le silo. C'était nécessaire pour que ton histoire corresponde, tu comprends ? Nous avons passé presque treize ans ensemble, pas onze comme tu le pensais. Comme je te l'avais fait croire, ajouta-t-il avec une pointe de satisfaction.

— Treize ans, murmura Dante.

— Peut-être, quand tu sauras qui tu es vraiment, te rappelleras-tu aussi cela. Qui sait ? Je suis très curieux de le découvrir. Mais, d'abord… (Il montra le massicot du doigt.) D'abord, tu dois passer cette épreuve. La dernière. La plus difficile. Sacrifier une partie de toi.

Dante sentit son estomac se nouer.

— Dis les choses clairement.

— Je veux ta mauvaise main.

Dante resta pétrifié sous le choc.

— Tu es fou, chuchota-t-il après quelques instants.

— La vérité a un prix, Dante, dit le Père. Tu l'as toujours su. Et c'est un prix modique, celui que je te demande. Sans cette main, mais avec ton nom, tu seras beaucoup plus complet que tu ne l'es maintenant.

— Non.

— N'aie pas peur. Je t'aiderai à le faire comme il faut.

— Je n'ai pas peur, mais je ne veux pas te donner cette satisfaction.

Le Père acquiesça gravement.

— C'est toi qui choisis. Je te laisse encore une minute pour te décider. Ensuite je sortirai d'ici et je ne reviendrai plus. Tu perdras ta dernière chance de retrouver ce qui t'a été refusé pendant toute ta vie : ton identité. (Il se pencha vers lui, mais sans dépasser la distance de sécurité.) Tu es vraiment disposé à y renoncer ?

Même s'il cherchait à parler d'une voix neutre, Dante y perçut de la satisfaction et du plaisir.

— Tu t'amuses, pas vrai ?

— Je fais seulement ce qui est nécessaire.

Dante hocha la tête.

— Tu fais semblant d'être un scientifique, et peut-être que tu l'as été à une certaine période de ta vie. Mais maintenant tu n'es qu'un sadique avide de pouvoir. La souffrance de tes victimes t'excite. Te fait jouir. Et tu veux m'utiliser une dernière fois.

— Tu as encore vingt secondes. (Le Père se toucha le front de son index ganté.) J'ai un chronomètre ici.

— Vraiment, tu ne te rends pas compte de ce que tu es ? Ou tu te mens aussi à toi-même ?

— Dix. (Le Père voulut s'essuyer les lèvres, oubliant qu'il portait un passe-montagne.) Tu ne sentiras rien, je te le garantis. Pas grand-chose, en tout cas. Je t'aiderai à viser l'articulation. (Il montra la seringue.) Tu utiliseras l'anesthésiant. Et ensuite je te recoudrai. Comme je le faisais quand tu te coupais dans le silo. Tu te souviens ?

— Peut-être même que tu crois agir justement…

Le Père se mit debout d'un bon.

— Le temps est écoulé. Je m'attendais à quelque chose de mieux de ta part.

Il marcha vers la porte, mais Dante le rappela.

— OK, dit-il.

Le Père se figea.

— OK ? Tu es sûr ?

Dante était devenu encore plus pâle.

— Faisons-le. La mauvaise main me rappelle ton existence. Au moins, je m'en délivrerai.

Le Père chercha encore à essuyer ses lèvres. Sa main tremblait légèrement.

— C'est bien… C'est bien.

Il revint s'asseoir à la table. Il prit le garrot et le lança à Dante.

— Attache-le sous le coude.

Dante enleva sa veste.

— Tu m'as observé pendant toutes ces années ?

— Je me suis tenu au courant, répondit le Père.

Il prit la bouteille d'eau oxygénée et en répandit un peu sur la lame, puis il l'essuya avec un bout de tissu.

— Je l'ai toujours su, dit Dante.

— Je sais.

— De même que j'ai toujours su que tu me reprendrais. C'était seulement une question de temps.

Dante commença à déboutonner sa chemise.

— Dépêche-toi, le somma le Père, caressant la lame de ses doigts gantés.

Dante enleva sa chemise.

— J'ai pensé me faire poser une puce, de façon à pouvoir être localisé. Or, contrairement à ce qu'on raconte, il n'en existe pas qui puisse être placée sous la peau. Si elle doit être reliée à un satellite, elle est grosse comme un paquet de cigarettes, et il faut souvent changer la batterie.

— Je sais cela aussi, s'impatienta le Père.

— J'ai compris que je devais me débrouiller tout seul si cela venait à se produire. Je devais pouvoir être capable d'ouvrir n'importe quelle serrure si je me trouvais emprisonné. J'ai passé des années à les étudier. (Il regarda le Père.) Et à étudier les cadenas, ajouta-t-il.

Dante saisit le collier et le jeta par terre. Puis il bondit en avant, en renversant la table. Le massicot tomba ouvert sur les jambes du Père, le faisant hurler de douleur.

Dante se jeta sur lui et l'attrapa par le cou, même s'il avait les mains à demi insensibles.

— Si tu prends en compte les points de blocage d'un cadenas, les combinaisons possibles se réduisent à quatre-vingts, tu le savais ? Quatre-vingts. Il faut une demi-heure. Je saurais le faire même les yeux bandés s'il le fallait.

Il serra avec le peu de force qu'il avait.

Le Père se débattit en cherchant à l'attraper, mais ses mains gantées glissaient sur le corps de Dante.

— Non, ça, tu ne le savais pas, hein ? Tu ne sais pas tout. Tu es seulement un petit homme derrière un grand masque. Comme le magicien d'Oz que tu aimes tant.

La porte s'ouvrit en grand et l'homme qui avait enlevé Dante entra en courant, brandissant une matraque. Dante lâcha le Père et saisit le dossier. Il l'ouvrit. Il ne contenait que des feuilles blanches. Il le laissa tomber avant que la matraque ne l'atteigne à la tempe. Il tomba à terre. On le frappa aux côtes. Quelque chose craqua, et il lutta pour ne pas perdre conscience.

La voix du Père arriva, venue d'une distance infinie.

— Ne le tue pas, cria-t-il. Et ne le laisse pas s'évanouir !

L'homme avec la matraque tira Dante sur le lit. L'immobilisant avec un genou, il sortit de sa poche une poignée de lacets à fermeture de plastique, de ceux qu'utilisaient les forces antiémeutes, qu'on ne pouvait pas rouvrir sans les couper. Il s'en servit pour attacher les poignets de Dante derrière son dos, puis il attacha ses chevilles ensemble. Il serra tellement que le sang cessa de circuler.

Pour finir, il lui remit le collier. Les mains neutralisées, Dante n'avait plus moyen d'atteindre le cadenas.

Le Père se remit debout, péniblement, ses jambes lui faisaient mal.

— Je ne sais pas si je dois être satisfait de toi ou indigné. Peut-être les deux à la fois.

— Menteur, murmura Dante. Charlatan. Ordure.

— Non. Je t'ai dit la vérité. Je n'ai jamais su qui tu étais.

Dante ricana.

— Merci.

— Pour quoi ?

— Tu m'as obsédé toute ma vie. Et je crois même t'avoir aimé un peu, malgré ce que tu m'as fait subir. Mais maintenant que je t'ai vu tel que tu es vraiment, tu as rompu l'enchantement, tu m'as libéré. Même si tu me gardes enfermé ici, je serai plus libre que je ne l'ai jamais été.

Le Père eut un frémissement de rage. Il se tourna vers l'homme à la matraque.

— Va chercher la pelleteuse, lui ordonna-t-il.

— Je vous laisse ici tout seul ? demanda l'autre.

C'était la première fois que Dante l'entendait parler.

— Maintenant, il ne peut plus rien.

L'homme sortit.

Dante arrivait seulement à penser : *Pelleteuse ? Qu'est-ce qu'ils veulent me faire ?*

— Tu comprends pourquoi je ne peux pas te laisser en vie, pas vrai ? dit le Père. Mais je ne t'abandonnerai pas. Je serai avec toi jusqu'au dernier moment. (Il montra le plafond.) Là-haut, il y a une webcam. Je te regarderai. Cela aussi aura une certaine valeur.

— Quelle valeur ?

— Je découvrirai comment réagit un claustrophobe quand il est enterré vivant. Quelque chose qu'on imagine, mais qu'aucun scientifique n'a jamais vu en direct.

Dante chercha en vain à dire quelque chose, il avait la gorge trop serrée. Il s'agita en cherchant à se libérer des lacets, avec pour seul résultat de se couper. Ses poignets se mirent à saigner.

— Adieu, Fils, dit le Père en ouvrant la porte.

— Je sais qui tu es ! cria Dante. Je sais qui tu es ! Je t'ai reconnu ! Tu es venu à mon hôtel.

Le Père s'arrêta.

— J'avais tellement envie de te voir de près, admit-il. (Il enleva son passe-montagne.) Voir mon œuvre.

Et ainsi apparut le visage émacié du médecin légiste Mario Tirelli.

34

Colomba se rinça le visage à l'eau très froide dans les toilettes du bar. Elle venait d'avoir une petite attaque de panique. L'espace d'un instant elle avait cessé de respirer et elle avait tapé du poing sur le comptoir du bureau de tabac, se blessant une phalange. Elle aurait continué à frapper, rien que pour sentir la douleur, si Santini ne l'avait pas arrêtée. Santini. Qui faisait ce qu'il fallait faire, alors qu'elle, elle ne se raisonnait plus.

Tirelli.

Elle n'arrivait pas à y croire, mais elle savait que c'était vrai. Elle pensa au jour où, aux Pratoni, Tirelli ne s'était pas rendu compte que les coups de l'assassin avaient été trop précis et trop secs pour être ceux d'un mari en proie à un raptus. Lui qui, d'habitude, ne laissait jamais échapper le moindre détail.

Parce qu'il savait que c'était l'Allemand.

Et à l'hôpital, quand elle lui avait demandé de faire des recherches sur la Boussole d'argent. En grand secret, parce qu'elle avait confiance en lui.

Et lui, il a décidé de me faire tuer. Il l'a décidé à ce moment précis.

Il était même au courant des enquêtes menées au centre médical et il avait fait tuer Montanari. Et c'est justement à lui que Colomba avait demandé le nom du médecin. Il avait dû en faire des gorges chaudes.

Et les noms qu'il avait utilisés. Tirelli aimait beaucoup les séries et les vieux films. Zardoz… Colomba se souvint que Marcus Welby, le nom qui avait servi pour la carte de crédit virtuelle, était le médecin d'une série que sa mère regardait quand elle était petite. Tirelli s'était moqué de tout le monde, mais surtout d'elle.

C'était elle qui avait été sa taupe, sa confidente numéro un.

Imbécile. S'il arrive quelque chose à Dante, ce sera ta faute.

Elle ferma le robinet avec tant de force qu'elle en tordit le tuyau de plastique, puis elle s'essuya le visage et quitta les toilettes.

Santini l'attendait devant la porte et sortit avec elle sur le trottoir. Il y avait d'autres gens maintenant dans le bar : des travailleurs matinaux, surtout des ouvriers et des maçons.

— Tu as trouvé le numéro ? s'inquiéta Colomba.

— Le voilà, répondit Santini en lui passant son portable, avec le numéro déjà composé.

La voix endormie d'Anzelmo, à la cybercriminalité, répondit à la cinquième sonnerie. Et lorsqu'il comprit qu'il s'agissait de Colomba, il resta muet pendant quelques instants. Que devait-il lui dire ? La féliciter d'avoir été disculpée ? Ou l'envoyer se faire voir à cause de l'enquête interne dont il avait fait l'objet à cause d'elle ?

Colomba le précéda.

— J'ai besoin que tu me rendes un service.

— Tu plaisantes, j'espère ? Tu sais les ennuis que tu m'as causés…

— Le Père a enlevé Dante, l'interrompit Colomba. Avec toi, nous sommes trois à le savoir. Si le bruit circule, il est mort.

— Pour quelle raison ?

— Parce que le Père, c'est Tirelli.

— Le médecin légiste ? Mais tu dérailles ?

Colomba fit signe à Santini, qui prit le portable.

— Ici le commissaire adjoint Santini, nous nous connaissons.

— Oui… commissaire, mais que se passe-t-il ?

— Ce que vous a dit Caselli. À présent, soit vous nous aidez, soit vous raccrochez et vous oubliez que nous nous sommes parlé.

Colomba reprit l'appareil.

— J'ai besoin de toi. N'importe quelle autre personne pourrait être impliquée ou trop amie avec Tirelli. Tu n'as rien à voir avec cette histoire, je l'ai compris au dispensaire. À moins que tu ne sois un acteur de génie, mais je suis prête à prendre le risque.

— Caselli, tu dois le dénoncer, dit Anzelmo, étourdi.

Colomba grinça des dents.

— Réveille-toi ! Tu ne comprends pas pourquoi je ne peux pas le faire ? Tirelli connaît la moitié de la planète, des centaines de collègues ont travaillé avec lui dans toute l'Italie. C'est une institution. Dès qu'il lui viendra aux oreilles que nous avons compris, il fera disparaître Dante pour toujours.

— Et qu'est-ce que je peux faire, moi ?

— Localiser ses portables. Et trouver les relevés.

Anzelmo pensa qu'il était vraiment dans de sales draps. S'il refusait, il pouvait être responsable de la mort d'un homme, s'il acceptait, il risquait une autre enquête interne et une suspension. Mais, s'il refusait et qu'ensuite il se taisait, il aurait eu le pire de chacun des deux choix, et il n'avait aucune envie de moucharder.

— Donne-moi les numéros, soupira-t-il.

Santini fuma une cigarette pendant qu'ils attendaient, Colomba regarda dans le vide.

— Tu aurais pu imaginer ça ? demanda Santini.

— Non. Je n'arrive toujours pas à le croire.

— Combien de chances pour que nous nous trompions ?

— Zéro. Putain. Même pas une.

Le portable sonna au bout de dix minutes. C'était Anzelmo, avec de mauvaises nouvelles.

— Tirelli a éteint ses portables depuis hier. Ils sont chez lui. J'ai essayé de l'appeler sur le fixe.

— Tu es idiot ?

— Je me serais inventé une excuse. Je travaille avec lui. Je travaillais, du moins… Mais il ne répond pas. Il n'est pas non plus dans sa résidence secondaire.

— Il a abandonné ses portables, dit Colomba avec rage. Il est encore avec Dante.

— Je t'ai envoyé les relevés, dit Anzelmo. Peut-être qu'il y a quelque chose d'intéressant là-dedans. J'attends chez moi, d'accord ?

Le barman arriva à ce moment-là avec un paquet de feuilles.

— C'est pour vous.

Colomba les lui arracha des mains et les passa rapidement en revue, en se les partageant avec Santini. C'étaient des tirages d'un tableau Excel qui contenait, outre les numéros des appels émis ou reçus, les noms correspondants et la position du relais auquel l'éventuel portable était relié. Ils partirent de la fin, puis du début et, en quelques minutes, ils comprirent qu'ils étaient dans une impasse. Tirelli avait passé des appels seulement pour le travail, à des collègues et à des amis qu'ils connaissaient, à des restaurants, à sa sœur qui était à Milan, au taxi et à quelques autres. Rien qui puisse, de près ou de loin, être suspect. Ou tout pouvait l'être, mais ils n'avaient aucun moyen de le vérifier dans un délai aussi court. Et durant les dernières vingt-quatre heures, rien. Aucun appel. Colomba jeta les feuilles par terre dans un accès de fureur.

— Merde ! Nous perdons juste notre temps !

— Nous pouvons encore le trouver, dit Santini. Mais il faut qu'on arrête de travailler tout seuls. En dix minutes, nous pouvons avoir la moitié des collègues de Rome pour nous donner un coup de main.

— Et l'un d'eux appellera Tirelli ! Je le sais et toi aussi tu le sais.

Santini la prit par le bras.

— C'est la seule possibilité que nous ayons. Je le ferai même si tu n'es pas d'accord, au point où on en est.

Elle dégagea son bras. Mais sans la véhémence qu'elle aurait employée ne serait-ce que quelques heures plus tôt.

Je ne suis pas meilleure que lui, pensa-t-elle. *C'est* ma *faute si Dante risque de perdre la vie.*

— Ce n'est pas possible qu'il n'ait pas commis la moindre erreur, murmura-t-elle.

— L'erreur, c'est d'être fou à lier. Mais à part ça, s'il a été dans la course pendant de si nombreuses années, c'est qu'il y a une raison. Il n'a probablement jamais passé un coup de téléphone compromettant de sa vie.

— Il en a passé, dit Colomba. C'était Tirelli qui téléphonait aux mères des enfants en se présentant comme le docteur Zedda. L'Allemand faisait le sale boulot, mais il a une voix très particulière, peut-être qu'il a les cordes vocales abîmées… il chuchote et c'est tout.

— Tirelli pourrait avoir eu un autre téléphone ?

— Non, il se servait de Skype.

Santini et Colomba se regardèrent, en pensant la même chose.

— Merde, dirent-ils à l'unisson.

Dante entendit le bruit du moteur de la pelleteuse devenir assourdissant à l'extérieur du camping-car, puis la première secousse le jeta à terre, presque pendu au collier. Il se mit à genou, la tête contre le matelas de mousse qui avait l'odeur âcre de sa sueur. Il y eut une nouvelle secousse, cette fois moins violente mais plus longue.

Ils m'écrasent, pensa-t-il, fou de terreur. Il avait essayé d'user ses liens en les frottant contre la tête du lit, mais elle était trop lisse et le plastique trop résistant : le seul résultat qu'il avait obtenu avait été de faire saigner ses poignets encore davantage. Il essaya de nouveau, en criant et en insultant l'homme qui l'épiait avec la webcam. Une partie de lui aurait voulu se taire pour ne pas lui donner satisfaction, mais c'était la partie rationnelle, dominée par la partie animale qui hurlait pour être libérée.

Une autre secousse, mais encore une fois le camping-car demeura intact. Il bougea sur ses roues, en grinçant. La pelleteuse le poussait lentement.

Où ? Où ? hurla la Bête dans son esprit.

Il le comprit quand il sentit le camping-car s'incliner vers le mur où il était accroché. Dante roula sur le matelas et sa tête cogna contre le lit au-dessus de lui, tandis que le camping-car prenait une pente de quarante-cinq degrés en craquant et en gémissant. La table glissa le long du plancher et les portes du petit placard sur le mur opposé s'ouvrirent en grand, laissant tomber un sac-poubelle qui se déchira en s'écrasant contre le plancher. Un rat sortit des ordures et se mit à courir en cercle en couinant. Le camping-car s'inclina encore, Dante heurta du front la tête du lit, et se fit une entaille qui se mit à saigner. Le placard tomba et se cassa, la planche qui occultait l'une des petites fenêtres se détacha. Pendant un instant, Dante vit la lumière du matin à travers le voile de sang qu'il avait devant les yeux, et il eut une seconde d'espoir insensé.

Je peux sortir de là si j'arrive à la fenêtre, pensa-t-il. *Je peux me sauver.*

Puis la pelleteuse donna une dernière poussée et le camping-car glissa vers le bas, atterrissant après un vol d'une fraction de seconde. La lumière de la fenêtre fut assombrie par une ombre qui monta depuis le bas comme un piège, pendant que le plancher se retrouvait en position presque horizontale. Ils avaient jeté le camping-car dans un trou, dans le noir. Dans un dernier éclair de lucidité, Dante espéra mourir rapidement.

L'idée que Colomba et Santini avaient eue était simple. Pour se connecter à Skype, le Père devait forcément se servir d'un PC, et cela leur avait rappelé que Tirelli possédait un portable qu'il avait en permanence dans son sac quand il se rendait sur les lieux où avait été commis un crime. Colomba comme Santini l'avaient vu des dizaines de fois. Le portable avait une clé pour se connecter à Internet. Anzelmo l'identifia et chercha à la localiser : malheureusement, elle aussi était éteinte. Cela ne voulait pas dire que le PC n'était pas connecté au réseau, mais que s'il l'était, c'était au moyen d'un autre système : un câble ethernet, par exemple, ou une connexion wi-fi. Quelques ordinateurs avaient une localisation GPS en cas de vol et on pouvait les repérer si on connaissait le code d'accès. Mais Anzelmo ne le connaissait pas et doutait fortement que Tirelli l'ait activé.

Le Cloud, pensa-t-il. Il se connecta au serveur de l'Institut de médecine légale. Sur ce serveur, Tirelli avait un dossier partagé où il téléchargeait les expertises, et qui se mettait à jour automatiquement chaque fois que l'ordinateur était connecté à Internet. Le dossier avait effectué une mise à jour vingt minutes plus tôt. Anzelmo, en caleçon devant son ordinateur, s'attribua un vingt sur vingt, puis il chercha à comprendre d'où Tirelli avait été connecté à son insu.

Colomba et Santini étaient retournés s'asseoir dans la voiture. Prêts à partir s'ils avaient une réponse.

— Même si nous découvrons où est le PC, dit Santini, il n'est pas dit que Tirelli soit là, à côté. Et s'il y est, il n'est pas dit que ce soit l'endroit où se trouve Torre.

— Je sais. Nous n'avons qu'une cartouche. Si nous nous trompons, nous ferons à ta façon, répondit Colomba.

— Si nous nous trompons, nous pourrions ne plus être dans les temps. Tu es sûre de vouloir prendre cette responsabilité ?

Colomba secoua la tête.

— Non.

— Mais tu la prends quand même.

— Oui.

— Je suis content de ne pas être à ta place, dit Santini.

Deux minutes après arriva un coup de fil d'Anzelmo. Le PC de Tirelli était connecté au wi-fi d'une aire de stationnement pour camping-car et caravane.

35

La Via Pontina était la route départementale qui allait du quartier de l'EUR de Rome jusqu'à la petite ville de Terracina. L'aire de stationnement était située sur la Pontina, peu après le périphérique. Ce n'était pas une des plus grandes, seulement cinq hectares, presque tous couverts d'auvents métalliques où les véhicules stationnaient en longues files bien alignées. Un écriteau sur le portail principal, qui s'ouvrait électriquement quand on entrait un code sur le boîtier, indiquait qu'à cause des travaux de restructuration en cours, le dépôt et le retrait des véhicules devaient se faire de dix heures à dix-huit heures, au lieu de sept à minuit d'ordinaire. « Nous nous excusons pour le dérangement. » Peut-être que c'était également pour cette raison que presque toutes les places étaient vides, ou bien c'était à cause de l'état d'abandon général. Au fond, dans une zone fermée par des barrières et invisible depuis la route, une pelleteuse déplaçait des monceaux de sable en les poussant dans un trou. À côté, une bétonnière tournait coincée au milieu d'une pile de sacs de ciment.

À sept heures du matin, sur la portion de route qui longeait l'aire de stationnement, la circulation des véhicules était déjà intense, alors que les piétons étaient pour ainsi dire inexistants. Le gardien, un Roumain de cinquante ans qui parlait mal l'italien – et sans doute peu, d'une manière générale –, était assis dans la guérite près de la grille, et regardait en alternance l'écran relié aux deux caméras dirigées vers la route et celui de la télévision qui rediffusait un vieux film. Le gardien s'appelait Petru, mais il était surnommé Dumbo à cause de ses oreilles en feuille de chou, héritage d'un passé de boxeur peu glorieux. Il avait reçu l'ordre de maintenir les gens à l'extérieur et de ne pas se mêler des affaires que le patron faisait au fond de la cour. Des travaux illégaux, peut-être. Ou peut-être qu'ils enterraient des déchets toxiques. Quelque chose de pas très beau, mais dont Petru ne se souciait pas. Ils ne le payaient pas pour s'en soucier.

La sonnette de l'entrée retentit. Sur l'écran, Petru vit un homme et une femme : lui portait des moustaches, elle avait les cheveux longs. Ils sonnèrent encore. Petru poussa la chaise vers la fenêtre, l'ouvrit et se pencha.

— Fermé ! cria-t-il.

Le couple sembla ne pas entendre. L'homme actionna encore la sonnette. Petru soupira, se leva et sortit de la guérite, en frissonnant dans l'air frais du matin. Au fond de son cabanon, il avait un petit radiateur électrique qu'il réglait au maximum.

— Jusqu'à dix, nous fermés. Il y a écriteau ! dit-il en s'approchant du portail.

La femme passa ses mains à travers les barreaux, l'attrapa et le plaqua contre la grille : il se cogna le nez, qu'on lui avait cassé lors de sa dernière rencontre en professionnel, quand son adversaire, de dix ans son cadet, le lui avait aplati et soulevé jusqu'au front. L'homme sortit un pistolet qu'il lui pointa sur la tempe. Dans l'autre main, il tenait une carte de flic.

— Ouvre, ordonna la femme.

Le Père était assis dans l'une des caravanes abandonnées, à vingt mètres du trou. Quand, avant de disparaître, un client laissait un véhicule – de peu de valeur, habituellement –, le personnel de l'aire l'arrangeait un peu et cherchait à le vendre. S'il était trop vieux et hors service, on se limitait à le pousser au fond du parking, dans la zone appelée le « cimetière des éléphants ». Le véhicule qu'utilisait le Père était l'un d'eux et il gardait les traces de la famille à laquelle il avait appartenu : sur les murs, il y avait des décalcomanies d'enfants et, dans un coin, un berceau de bois pourrissant. L'ordinateur du Père était coincé sur l'évier de la cuisine, et sur l'écran défilaient les images de l'agonie de Dante, qui transitaient par le réseau wi-fi.

Le Père les observait debout, en silence, sans bouger un muscle malgré la douleur aux jambes. Observer était la clé de voûte de son travail, l'art qu'il avait affiné au fil de décennies d'expérience continue. Quand il cherchait à se représenter lui-même, il se voyait comme un œil insomniaque, capable de lire tous les secrets, chez les vivants et chez les morts. Dans son travail de l'ombre, celui qu'il avait élaboré comme un jeu de miroirs, il n'utilisait qu'une part infime de ses compétences, ce qui suffisait déjà à l'élever au-dessus de la moyenne de ses collègues, tellement distraits et si peu précis, inaptes à prêter attention aux détails. Son *faux* travail lui permettait d'avoir la paix. La matière qu'il traitait était maintenant inerte, incapable de sursauts et de rébellions. Il n'y avait aucune manifestation de désaccord quand il enfonçait un thermomètre dans le rectum d'un cadavre ou quand il extrayait un cœur de la cavité thoracique. La lutte s'était déjà produite ailleurs, et étendues sur la table de dissection, il ne restait plus que les dépouilles des vaincus. En étudiant les causes de leur mort, le Père recherchait en réalité les traces de la vie qu'ils avaient quittée. Les signes de leurs habitudes, leurs préférences alimentaires, les péchés et les vices cachés. Il flairait leurs odeurs, il les caressait de sa main nue. En cachette, il les embrassait pour sentir leur goût. Mais rien ne suffisait à dissiper toutes les ombres, à connaître vraiment tout d'eux. Chaque fois qu'il était obligé de refermer un cadavre et de le confier aux croque-morts, le Père éprouvait ce qu'on ressent au moment d'abandonner un livre fascinant à peine commencé.

Mais c'est quand il retournait à sa vraie vie que ses sens s'aiguisaient et qu'il rajeunissait. Parce que les secrets d'un esprit vivant et réactif sont infiniment supérieurs à ceux d'un morceau de chair qui commence à se décomposer. C'est un affrontement constant, avec l'incertitude et l'imprévu : il n'existe pas de chemins tout tracés. Ses sujets pouvaient se rebeller ou l'aimer, se laisser mourir ou chercher à le tuer. Au début, au moins, jusqu'à ce qu'il les modèle selon leur forme définitive, celle que lui seul avait établie.

Dante l'avait accusé d'éprouver du plaisir à dominer les autres, mais le Père rejetait cette attaque. Il était uniquement un artiste amoureux de son travail, car, lorsqu'ils sont à leur plus haut niveau, l'art et la science aspirent l'un comme l'autre au beau. À l'absolu.

Il éclaircit un peu l'écran. La lampe à pile dans le camping-car continuait à fonctionner, tout comme la webcam, mais elle était moins puissante que le Père ne l'aurait voulu. Une partie du visage de Dante était à présent dans l'ombre, il ne réussissait pas à lire avec précision l'expression qui s'y peignait. Il voyait seulement sa bouche béante, cherchant l'air qui commençait à se faire rare.

Lorsque le camping-car avait reçu le premier tombereau de sable, Dante s'était mis à se cogner la tête contre le mur, peut-être pour perdre connaissance. Mais ses forces l'avaient vite abandonné. Il ne bougeait presque plus, à part les spasmes qui agitaient ses jambes ; toutefois, il était conscient, les yeux ouverts. Le Père était triste de ne pouvoir plonger son regard dans les yeux de cet homme-là.

Il leva la tête en direction de la fenêtre du camping-car. À une dizaine de mètres en ligne droite, il voyait la pelleteuse, arrêtée au bord du trou. Le conducteur le fixait en attente d'instructions. Il s'appelait Manolo, il avait accompagné le Père depuis le début. C'est lui qui l'avait choisi personnellement, et pas cette vermine d'Allemand. Même s'il avait amassé suffisamment d'argent pour bien vivre, Manolo avait gardé l'aire de stationnement qu'il avait héritée de ses parents.

En soupirant, le Père pensa qu'il était temps de dire adieu au dernier vestige de la période la plus féconde et la plus surprenante de sa vie. Il attira l'attention de Manolo et lui fit signe de combler le trou.

Santini attacha Petru au bureau avec les menottes. Colomba se pencha vers lui.

— Où est Tirelli ?

— Qui ? demanda Petru.

— Âgé. Maigre. Cheveux longs.

— Il connaît pas, répondit Petru.

À ce moment-là retentit très nettement le bruit du moteur de la pelleteuse qui montait en puissance. Instinctivement, Petru tourna le regard dans cette direction.

— Il est là, dit Colomba en se dirigeant vers la porte.

Santini fit quelques pas pour la suivre, mais Petru le surprit d'un coup. Jusqu'à cet instant, il n'avait pas opposé la moindre résistance, or là, il se leva de tout son mètre quatre-vingt-dix et il démolit littéralement le bureau. Un bout de bois pointu, long de cinquante centimètres, resta accroché à sa menotte et vint se planter profondément dans la cuisse de Santini alors que celui-ci esquivait de justesse un crochet du gauche. Il s'écroula à terre, hurlant de douleur, incapable de saisir son arme.

Petru avait agi sans réfléchir. Il voulait simplement leur échapper et s'enfuir. Mais maintenant qu'il avait blessé le policier, il le désirait encore plus ardemment. S'ils le prenaient, ce ne serait pas comme la dernière fois. Il ne ressortirait jamais. Il mourrait en prison comme son frère. Tête baissée, il chargea Colomba devant la porte, en faisant tournoyer ses poings énormes. Elle se poussa sur le côté et lui lança en pleine figure le fauteuil à roulettes dans lequel il avait été assis toute la nuit. Le pied du fauteuil l'atteignit juste à hauteur de la pomme d'Adam et le Roumain tomba à genoux, se tenant la gorge, le visage rouge de l'effort qu'il faisait pour respirer.

Colomba le frappa alors au visage, d'un coup de pied. Petru leva les mains. Colomba le frappa encore, le blessant à un œil, avant de se précipiter sur Santini et de prendre les clés des menottes dans sa poche. Santini avait enlevé sa ceinture et l'avait serrée autour de sa plaie, comme un garrot, pour arrêter le sang qui coulait copieusement. Durant toute l'opération, il jurait à voix basse.

Colomba rouvrit la menotte libre de Petru et, cette fois, elle la fixa à un tuyau de métal. Puis elle bourra le prisonnier de coups jusqu'à ce qu'il rampe plus loin, pour se tenir à bonne distance.

— Si tu bouges d'ici, je jure que je te tue.

Petru baissa son visage tuméfié vers le sol et resta assis par terre.

Colomba revint auprès de Santini.

— Tu vas mourir ? lui demanda-t-elle.

— Non, je ne crois pas.

— Je te laisse avec lui. Appelle les autres, OK ?

Elle prit le pistolet de Santini et se précipita dehors.

Santini respirait profondément, pour ne pas s'évanouir.

D'instinct, Colomba suivit le bruit de la pelleteuse qui résonnait sous les auvents de métal. Elle dépassa la dernière rangée de véhicules et se retrouva dans une zone qui ressemblait plus à une casse qu'à une aire de stationnement. On y voyait des carcasses de camping-cars et de caravanes rouillées, des tables de camping cassées, des squelettes de parasols, des écheveaux de câbles, des bouts de bois à demi carbonisés et des sièges défoncés. À la limite de cette zone, il y avait un terrain vague où, au milieu des ronces, poussait une herbe rare et jaunie ; du côté de la clôture qui séparait le parking d'un autre champ en jachère se trouvait la pelleteuse, versant du sable dans ce qui ressemblait à une fosse.

Qui ressemblait à une tombe.

Colomba pointa son arme en direction du conducteur.

— Arrête ! cria-t-elle.

Elle se trouvait à moins de cinq mètres de lui.

Le conducteur se réfugia au fond de l'habitacle. Colomba vit que la portière s'entrebâillait pour laisser passer le canon d'une arme. Elle se jeta derrière une caravane où, quelques secondes avant que ne parte la première rafale de pistolet-mitrailleur, étaient peintes de petites fleurs. C'étaient des tirs de kalachnikov, une arme que Colomba avait vue jusque-là après les opérations de saisie, uniquement, et jamais dans les mains de quelqu'un qui cherchait à la tuer.

Les coups désintégrèrent l'angle de la caravane comme si elle était de papier. Colomba se tapit au sol. Dans des conditions normales, elle aurait attendu l'arrivée des renforts, mais là, sans avoir de nouvelles de Dante, elle ne disposait pas de ce luxe. Elle tourna la poignée de la caravane, la portière s'ouvrit sans difficulté.

Elle plongea à l'intérieur, espérant trouver là une meilleure position pour tirer et prendre son adversaire par surprise. Elle comprit qu'elle avait commis une erreur quand elle perçut du coin de l'œil un mouvement derrière elle. Elle eut à peine le temps de se mettre sur le dos que Tirelli la frappa au visage avec son PC, qu'il tenait à deux mains comme une batte de base-ball.

Colomba laissa échapper le pistolet et sentit que quelque chose se cassait dans sa bouche. Elle ne vit et n'entendit plus rien ; elle cessa de respirer, les poumons comme deux sachets dégonflés.

— Je te jure que je n'ai pas voulu faire ça, Colomba, dit Tirelli en soulevant de nouveau son ordinateur. Tu m'as toujours été sympathique.

Colomba déplaça la tête juste avant que l'ordinateur ne se fracasse sur le sol. La douleur qu'elle éprouva en faisant ce mouvement lui redonna la maîtrise de sa respiration. Elle allongea une main pour attraper le poignet de Tirelli, qui avait perdu l'équilibre. Il était fin et fragile. Elle le tira et Tirelli tomba sur elle comme dans une étreinte. Il chercha à se débattre mais sa force n'était rien par rapport à celle de Colomba, qui le serra violemment, en le regardant de ses yeux voilés de sang.

— Où est Dante ? chuchota-t-elle.

Elle avait du mal à parler, quelque chose craquait dans sa mâchoire comme du verre cassé.

— Il est trop tard pour lui, Colomba.

Elle le renversa à terre, il était léger comme du bois de balsa. Elle monta sur lui et laissa couler sur son visage le sang et la salive d'entre ses lèvres explosées.

— Où ?

— Dans le trou.

Colomba se remit debout et ramassa le pistolet. Elle y voyait double.

— Relève-toi, murmura-t-elle.

Il obéit. Elle se mit derrière et lui enserra la gorge de son bras gauche.

— Marche, ordonna-t-elle.

— Qu'est-ce que tu veux faire ? demanda Tirelli.

Elle serra, il se tut. Elle l'obligea à sortir et à marcher à découvert. L'homme sur la pelleteuse les vit et, comme Colomba l'avait espéré, il ne tira pas.

— Dis-lui de lâcher son arme, intima Colomba.

Elle l'aurait bien fait elle-même, mais elle ne pouvait pas : la douleur chaque fois qu'elle prononçait un mot était terrible.

— Il ne le fera pas. La survie passe avant, Colomba.

— Dis-le-lui.

Il obéit. L'homme sur la pelleteuse se mit debout toujours en épaulant l'arme, mais sans la pointer vers eux.

— Je me casse d'ici, cria-t-il.

— Non, murmura Colomba.

— Elle dit que non, Manolo, hurla Tirelli.

— Il faut que je me casse d'ici ! Je ne veux plus avoir affaire à cette connerie.

— Non, souffla encore Colomba.

— Sois raisonnable, Colomba, dit Tirelli.

— Non, répéta-t-elle.

Et l'homme de la pelleteuse comprit. Il leva brusquement l'arme. Colomba fit la même chose par-dessus l'épaule de Tirelli. Ils tirèrent presque ensemble. La moitié des coups de Colomba touchèrent leur cible. Manolo tomba en arrière, son corps s'effondrant sur les chenilles.

Deux des tirs de Manolo transpercèrent la poitrine de Tirelli et frappèrent Colomba au côté gauche.

Elle eut la sensation d'être transpercée par des aiguilles de glace. Elle laissa tomber Tirelli mais réussit à ne pas tomber à son tour. Elle le regarda pendant un instant : il gisait à terre, la poitrine déchirée à la hauteur du sternum. Le sang avait ruisselé et formait, sous lui, une large mare ; il alternait entre halètements et apnées.

Le Père mourait, et il le savait. Quelqu'un allait bientôt le soulever de terre. Puis, on ouvrirait son corps sur une table de métal et on l'étudierait comme il avait étudié des centaines d'hommes et de femmes, parmi lesquels certaines de ses victimes.

Mais ils ne comprendront pas, pensa le Père avec sa dernière étincelle de vie. Personne ne comprendrait qui il avait été. Personne ne comprendrait son rêve.

La dernière chose que vit le Père avant d'expirer, ce furent ces deux yeux verts, terribles.

36

Colomba s'éloigna, en butant sur le cadavre du Père. Après quelques foulées, le long de ce chemin qui n'en finissait pas, elle laissa tomber le pistolet, et elle se laissa presque tomber elle aussi.

Arrivée au bord du trou, elle comprit qu'on y avait enterré un camping-car entier, dont n'affleurait plus qu'une partie du toit, défoncé. L'intérieur était envahi de sable. Si Dante était dedans, il était mort. Fatalement.

Colomba sauta sur le camping-car. Il y avait un dénivelé de moins d'un mètre, mais elle faillit s'évanouir sous le coup de l'effort. Les projectiles qu'elle avait reçus faisaient office de bouchons hémostatiques, mais elle perdait quand même du sang, et la douleur à la mâchoire était devenue monstrueuse. Elle se faufila par la fente du toit, atterrit sur le tas de sable, et glissa jusqu'au fond du camping-car, dans le seul espace vide qu'il restait. Les grains de sable, tout autour, lui piquèrent la gorge et les yeux. Elle toussa, et la douleur fut telle qu'elle pleura. Elle pleura avec de grands hoquets, en oubliant où elle se trouvait, jusqu'à ce qu'elle parvienne à relever la tête : elle vit alors une figure humaine éclairée par une faible lumière verdâtre qui sortait du sable.

Dante était attaché avec un collier pour chien. Il s'étirait désespérément vers elle mais sans réussir à bouger.

— CC, dit-il avec une voix qui semblait venir d'outre-tombe. Je savais que tu allais venir.

Colomba rampa vers lui et le serra fort dans ses bras, sans parler. Lorsque les secours arrivèrent, ils les trouvèrent toujours dans la même position.

Épilogue

Il fallut deux mois à Colomba et Dante pour se remettre de leurs blessures et de la captivité. Pendant ces deux mois, l'enquête sur le Père, Mario Tirelli à l'état civil, se poursuivit, mais sans répondre à toutes les questions qui avaient été soulevées. Quels avaient pu être ses contacts et ses bailleurs de fonds ? Il n'avait inscrit nulle part leur nom, pas plus qu'il ne s'était confié à qui que ce soit. Les relations qu'il avait nouées avec la CIA ou l'armée italienne furent fermement démenties, et la seule chose remarquable en ce sens fut qu'un général en retraite se fit sauter la cervelle avec un pistolet datant de la Seconde Guerre mondiale. Son CV indiquait qu'il avait été le commandant de la caserne où avait servi Bodini avant d'être libéré puis de devenir, des années durant, le coupable tout désigné de l'enlèvement de Dante.

Il y eut d'autres suicides. L'administrateur de la fondation qui avait géré la Boussole d'argent se supprima en ouvrant le gaz, après avoir tué sa femme à coups de couteau. « Homicide-suicide », conclurent les enquêteurs, même si quelques journaux penchèrent pour homicide et rien d'autre.

Quelques semaines après, un homme se livra de lui-même à une caserne de carabiniers, affirmant que c'était lui qui avait pris la photographie du groupe de l'Allemand. Il avait peur pour sa vie. Il ne put avancer aucune preuve de ses déclarations. Il disait s'être engagé dans le groupe de l'Allemand, dont il ne connaissait pas la véritable identité. Son seul et unique rôle avait été de ravitailler les prisonniers en nourriture. Sa contribution au travail des enquêteurs fut d'éclaircir l'histoire des chaussures accrochées autour du cou.

« C'était notre surnom : "Deux Chaussures", expliqua-t-il à Spinelli au cours d'un interrogatoire. Parce que nous avions un pied dans chaque chaussure, l'Italie et l'Amérique, vous comprenez ? Et la règle était simple : si nous avions fait quelque chose qui pouvait attirer l'attention des autorités, nous devions attacher deux chaussures et les laisser sur place – ainsi, ceux qui devaient le savoir nous couvriraient. »

Si ce qu'il disait était la vérité ou, au contraire, les élucubrations d'un des nombreux soldats foudroyés par l'événement, rien n'avait encore été établi. En fouillant dans son passé, les enquêteurs découvrirent qu'il avait été libéré prématurément du service militaire pour toxicomanie. L'homme expliqua qu'il s'agissait d'une couverture.

L'Allemand persistait à ne pas ouvrir la bouche, en prison, et on ne progressa pas davantage dans la recherche de son identité. Personne ne se manifesta pour lui, à part quelqu'un qui l'avait connu sous l'un de ses si nombreux noms d'emprunt. Puisqu'on ne savait pas de quelle nationalité il était, on laissa à sa disposition des livres et des journaux dans plusieurs langues, et il sembla les lire et les comprendre toutes de la même manière.

Entre-temps, une entreprise pharmaceutique américaine fut accusée d'avoir fourni les traitements expérimentaux à Tirelli. L'administrateur délégué se défendit en disant que les médicaments avaient été dérobés à l'occasion d'un vol, dénoncé à plusieurs reprises aux pouvoirs publics. Il avait redouté un cas d'espionnage industriel et fut d'autant plus consterné de découvrir à quelles fins abjectes étaient utilisés ces médicaments. Le fait que le fondateur de l'entreprise ait été l'un des chimistes qui, dans les années cinquante, avaient participé au projet Bluebird, devait être appréhendé comme une coïncidence malheureuse.

Colomba et Dante restèrent constamment en contact.

Il retrouva sa tranquillité avant qu'elle ne récupère l'usage de sa mâchoire. Il réussit à la convaincre de passer avec lui la veille de Noël dans l'un de ses lieux préférés : les Anciens Bains de Bormio, un hôtel thermal dans la province de Sondrio où il aimait aller se faire masser.

La chambre était tout en baie vitrée et s'ouvrait sur une piscine extérieure d'eau thermale, où Colomba et Dante plongèrent avec volupté le 23 décembre, en admirant le panorama enneigé et en appréciant le contraste entre le vent glacial et la chaleur de l'eau.

Les cicatrices de Colomba ne se voyaient presque plus et, de toute façon, les clients qui nageaient auprès d'eux avaient autre chose à regarder que les traces laissées par les projectiles, juste à un millimètre du rein.

Dante fit la planche, il avait encore dans la bouche le goût du café vert dont il avait rempli sa valise pour préparer ce qu'il considérait comme la reine des tisanes détox.

— Des nouvelles de Santini ?

Colomba retira la tête du filet d'eau bouillante, qui coulait au bord de la piscine.

— Il a repris son service. Il précise qu'il boite encore et qu'il espère ne pas nous recroiser, ni toi ni moi, durant le prochain millénaire.

— Si tu l'as au téléphone, dis-lui que c'est réciproque. (Il lui envoya de l'eau avec la bouche comme un enfant.) Toi, en revanche, qu'est-ce que tu as décidé ? Tu reprends ton uniforme ?

— Je ne sais pas encore. Curcio semble être quelqu'un comme il faut, mais… (Elle secoua la tête.) Je vais y réfléchir. J'ai encore quelques jours de convalescence.

— Moi, j'ai décidé de garder mon nom.

Colomba sourit.

— Tant mieux.

Parmi les restes humains dans les fûts, on avait trouvé une correspondance avec l'ADN d'Annibale Valle, ce qui avait été le début d'un cauchemar juridique dont Minutillo cherchait à se dépatouiller, pour que Dante, le Dante *vivant*, puisse bénéficier d'un jugement du tribunal l'autorisant à s'appeler du nom de sa mère, qui n'était maintenant plus la sienne. À la fin, Valle avait proposé de l'adopter et Dante avait accepté. Les démarches étaient en cours.

— Si j'avais dû changer de nom, j'aurais choisi Leone. Qu'en penses-tu ? Ou Leonidas.

— Pourquoi pas Rambo ?

Dante ricana.

— Ou bien faire comme Prince, tu sais, et rester sans nom. Me baptiser d'un symbole.

— Un grain de café.

— Quelque chose de ce genre. Mais j'ai compris que je me suis habitué à Dante. (Il s'approcha de l'hydromassage et laissa l'eau glisser le long de son dos.) Et puis, le vrai nom… combien a-t-il de chances de ressortir ?

— Plus que tu n'en avais de sortir vivant du trou, fit remarquer Colomba.

Dante l'aspergea.

— Je te déteste quand tu es optimiste comme ça.

Elle s'accrocha au bord et tira sur ses bras pour sortir. Dante chercha à ne pas la regarder comme le faisait la moitié des hommes présents.

— Je vais prendre une douche, dit Colomba. On se retrouve pour dîner.

— OK.

Dante se laissa à nouveau aller en arrière et flotta jusqu'à ce que retentisse la sonnerie de son nouveau portable, laissé dans la poche de son peignoir au bord de la piscine. Il nagea jusque-là et l'attrapa sans sortir de l'eau. L'écran affichait : « Numéro inconnu. »

Dante hésita. Depuis qu'il s'était remis de ses mésaventures, il avait reçu des centaines de coups de téléphone de personnes qui voulaient retrouver un parent, l'encourager ou l'offenser pour des raisons variées. C'est pourquoi il avait changé de numéro et donné le nouveau à ses amis les plus proches uniquement : tous savaient qu'il ne répondait pas à des appels inconnus. Mais il était en vacances et il se sentait généreux. Il décrocha et demanda qui était à l'appareil.

Une voix masculine, sans accent particulier, lui répondit.

— Tu es celui qui se fait appeler Dante Torre ?

— Qui est à l'appareil ? demanda Dante à nouveau.

L'homme à l'autre bout du fil sembla hésiter. Puis il dit :

— Je ne devrais pas te téléphoner, tu ne devrais même pas savoir que j'existe. Mais je n'ai pas résisté. Pas après avoir entendu parler de toi et de ce qui t'est arrivé. Je voulais seulement te dire que je suis content que tu ailles bien. Ça a été un choc pour moi de savoir que tu étais encore vivant.

Au début, Dante pensa que c'était un de ces dingues qui l'avaient persécuté et qui, Dieu sait comment, avait réussi à trouver son numéro. Mais le ton de l'homme laissait transparaître une telle sincérité qu'il ne parvint pas à raccrocher.

— Et pourquoi ça ? dit-il.

Après une autre hésitation, en parlant doucement comme s'il avait peur de se faire entendre, l'homme répondit :

— Parce que je suis ton frère.

Puis la communication fut coupée.

Avertissement et remerciements

J'ai modifié certains acronymes des forces de l'ordre et des forces armées italiennes pour être plus libre dans la description de leur fonctionnement, et j'ai pris quelques libertés sur les sièges, casernes, adresses et autres. J'ai pris plus de liberté encore avec la géographie et la topographie de Rome et de Crémone. L'immeuble où vit Santiago n'existe pas, tout comme n'existe pas Comello, même si le lac décrit ici ressemble à un miroir d'eau que j'ai visité et étudié et qui n'est pas très loin. Les Pratoni del Vivaro ont également été adaptés à la cause. Dans d'autres cas, en revanche, je me suis limité à changer les noms, mais les lieux sont réels et reconnaissables.

Pour en savoir davantage sur le MKULTRA, il y a de nombreux textes, parmi lesquels *The Search for the « Manchurian Candidate » : The CIA and Mind Control – The Secret History of the Behavioral Sciences*, de John D. Marks, et *Mass Control : Engineering Human Consciousness*, de Jim Keith, ainsi qu'une grande masse d'informations sur la Toile. Il y a évidemment des personnes qui disent que ce ne sont que des sornettes, à vous de juger. La branche « italienne » des expériences, en tout cas, est une spéculation qui n'appartient qu'à moi. Difficile de dire si elle est crédible, puisque soixante-dix pour cent des documents officiels du MKULTRA ont été délibérément détruits au cours du Watergate et que notre pays a une longue tradition de secrets cachés.

Je veux remercier mon éditeur Carlo Carabba et mon agent Laura Grandi de m'avoir suivi dans les ultimes phases de l'écriture de ce roman : sans eux je n'aurais pas réussi. Je remercie Giulia Ichino d'avoir été la première à le lire, Emanuela Cocco pour le *fact-checking*, Licia Troisi pour m'avoir expliqué comment on se met à l'eau avec une combinaison de plongeur, Dino Abbrescia pour ses conseils sur les camping-cars, la rédactrice en chef de la Fiction Mondadori Fabiola Riboni et la rédactrice Paola Gerevini pour s'être occupées du texte, Piero Frabetti pour ses précieuses recommandations, le directeur artistique Giacomo Callo et, enfin, Sabrina Annoni pour m'avoir encouragé avec obstination.

Et évidemment vous, lecteurs, pour ce voyage que nous avons fait ensemble.

Découvrez dès maintenant
les premiers chapitres de

L'Ange des tueurs

le nouveau roman de
Sandrone Dazieri

à paraître en mai 2017 aux
Éditions Robert Laffont

SANDRONE DAZIERI

L'ANGE DES TUEURS

Une enquête de Dante et Colomba

Traduit de l'italien par Delphine Gachet

Robert
Laffont

Titre original :
L'ANGELO

I am an antichrist
am an anarchist
Don't know what I want
But I know how to get it
I wanna destroy passerby

Sex Pistols

AVANT

Les deux prisonniers de la cellule parlent à voix basse. Le premier travaillait dans une usine de chaussures. Il a tué un homme un jour qu'il était ivre. Le second était policier. Il a dénoncé l'un de ses supérieurs. Ils se sont endormis en prison et se sont réveillés dans la Boîte.

Le fabricant de chaussures dort pratiquement toute la journée, le policier ne dort presque plus. Quand ils sont tous les deux éveillés, ils parlent pour ne pas entendre les voix. Elles sont de plus en plus fortes, à présent, elles crient sans arrêt. Parfois il y a même les couleurs, tellement éblouissantes qu'elles les aveuglent. C'est l'effet des médicaments qu'ils doivent avaler chaque jour, c'est l'effet du casque qu'on leur met sur la tête et qui les fait se tordre comme des vers dans une poêle brûlante.

À l'époque de la guerre, le père du fabricant de chaussures a été incarcéré dans une prison de sa ville. Dans les souterrains, il y avait une salle où il fallait tenir en équilibre instable sur une planche – si tu bougeais, tu tombais dans l'eau glaciale. Il y avait une autre pièce, tellement petite que les prisonniers ne pouvaient y entrer que recroquevillés sur eux-mêmes. Personne ne sait combien d'individus ont été torturés dans les souterrains de cette maison, personne ne sait combien ont été tués. Des milliers, dit-on.

Mais la Boîte est pire. De l'ancien bâtiment, avec un peu de chance, on pouvait revenir. Blessé, violenté, mais vivant, comme le père du fabricant de chaussures.

Dans la Boîte, on ne peut qu'attendre de mourir.

La Boîte n'est pas un bâtiment, ce n'est pas une prison. C'est un cube de ciment sans fenêtres. La lumière du jour filtre au-dessus de leur tête depuis les grilles de la cour, cour que les hommes comme eux ne peuvent voir qu'une seule fois : la dernière. Parce que quand on t'emmène à l'air libre, cela signifie que tu es, à présent, trop malade. Puisque tu as attaqué un gardien ou que tu as tué un de tes compagnons de cellule. Puisque tu t'es mutilé ou que tu as commencé à manger tes excréments. Puisque tu ne réagis plus aux traitements et que tu es devenu inutile.

Le policier et le fabricant de chaussures n'en sont pas encore là, même s'ils savent qu'ils n'en sont pas loin. Ils ont été torturés, ils ont imploré et ils ont prié, mais ils ne se sont pas perdus, pas complètement. Et quand la Fille est arrivée, ils ont cherché à la protéger.

La Fille doit avoir treize ans, peut-être moins. Depuis qu'elle les a rejoints dans la cellule, elle n'a pas dit un mot. Elle les a seulement regardés de ses yeux gris cobalt, que sa tête rasée fait paraître énormes.

Elle ne réagit pas, elle est comme absente. Le policier et l'ex-fabricant de chaussures ne savent rien d'elle, si ce n'est les rumeurs qui ont circulé dans les couloirs de la Boîte. Enfermez des prisonniers dans le lieu le plus inaccessible et le plus cruel qui soit, séparez-les, passez-leur des menottes, arrachez-leur la langue : ils trouveront encore le moyen de communiquer. En tapant contre les murs en alphabet morse, en chuchotant dans les douches, en faisant passer des billets dans la nourriture ou dans le seau des immondices.

Certains disent qu'elle est entrée dans la Boîte avec toute sa famille et qu'elle est l'unique survivante. D'autres soutiennent que c'est une gitane qui a toujours vécu sur les routes. Quelle que soit la vérité, la Fille ne la révèle pas. Elle reste dans son coin, attentive à leurs mouvements, méfiante. Elle fait ses besoins dans le seau, elle prend sa part de nourriture et d'eau, sans jamais parler.

Personne ne connaît son nom.

La Fille a été emmenée trois fois hors de la cellule. Les deux premières fois, elle est revenue la bouche en sang, les vêtements déchirés. Les deux hommes, qui pensaient ne plus jamais rien ressentir, ont pleuré pour elle. Ils l'ont lavée, ils l'ont obligée à manger.

La troisième fois, le policier et l'ex-fabricant de chaussures ont compris que ce serait la dernière. Quand les gardiens viennent pour t'emmener dans la cour, le son de leurs pas change, leur attitude change. Ils deviennent plus gentils, plus calmes, pour éviter que tu commences à t'agiter. Ils te font prendre ta couverture, ta gamelle en fer-blanc, lesquelles serviront au prochain prisonnier puant de désinfectant, et ils te conduisent là-haut.

Quand on a ouvert la porte, ils ont essayé de se lever pour la protéger, et pour la première fois, la Fille a semblé voir ces deux hommes qui avaient partagé cette cellule avec elle pendant presque un mois. Elle a fait non de la tête, puis elle a suivi les gardiens à pas lent.

Le fabricant de chaussures et le policier ont attendu le bruit du camion, celui qui emporte les corps en dehors de la cour après la hache, parce que c'est une hache de boucher qui te donne la bénédiction pour le dernier voyage. Un bref trajet, à peine au-delà des murs, où il y a un champ entouré de neige et de néant. C'est un autre prisonnier qui le leur a raconté, parce qu'il faisait partie de l'équipe qui inhume les corps. Il a dit qu'il y en a au moins cent sous terre, et qu'ils n'ont plus de visage ou de mains : la Boîte ne veut pas qu'on puisse les identifier, si jamais ils étaient retrouvés. Puis le prisonnier qui enterrait les morts s'est percé les tympans à l'aide d'un clou pour essayer de faire taire les voix. À présent, lui aussi, il a accompli le dernier voyage.

Vingt minutes se sont écoulées, mais le policier et le fabricant de chaussures n'ont pas encore entendu le vieux moteur diesel se mettre en marche en grinçant. Derrière les voix dans leur tête, derrière les cris dans les cellules voisines, il y a seulement le silence.

Puis la porte de la cellule s'ouvre soudain. Ce n'est pas un gardien, ce n'est pas un des médecins qui régulièrement leur font une visite.

C'est la Fille.

Son pyjama est couvert de sang et une tache a été projetée jusque sur son front. Elle semble ne pas s'en préoccuper. Elle tient dans sa main le gros trousseau de clés qui appartenait au gardien qui l'a conduite à l'extérieur. Même les clés sont maculées de sang.

« Il est l'heure de partir », dit-elle, et c'est la toute première fois qu'elle parle.

Puis elle leur révèle son nom.

1

La mort arriva à Rome à minuit dans un train à grande vitesse en provenance de Milan. Il entra dans la gare Termini, voie numéro sept, et déversa sur le quai une cinquantaine de passagers au visage fatigué, transportant peu de bagages ; ils se dispersèrent, certains prirent le dernier métro, d'autres rejoignirent la file des taxis, puis les lumières à bord s'éteignirent. Bizarrement, personne ne sortit du wagon Classe Affaires – les portes automatiques étaient restées closes et un chef de train endormi les débloqua de l'extérieur et monta à bord pour vérifier qu'il n'y avait pas de passager endormi.

C'était une mauvaise idée.

Sa disparition fut remarquée au bout d'une vingtaine de minutes par un agent de la Police Ferroviaire qui l'attendait, avant de finir son service, pour prendre une bière au bar des Marocains. Ils n'étaient pas amis, mais à force de se croiser sur les quais de la gare, ils s'étaient aperçus qu'ils avaient des points communs, comme la passion pour la même équipe de football et pour les femmes aux fesses généreuses. Il monta dans le wagon et il découvrit son copain de biture recroquevillé dans le couloir, les yeux ouverts et les mains autour de la gorge comme s'il cherchait à s'étrangler tout seul.

De sa bouche avait jailli un flot de sang qui avait formé une mare sur le tapis antidérapant. L'agent pensa que c'était le mort le plus mort qu'il ait jamais vu, mais il lui palpa quand même le cou, en quête d'un battement qu'il savait pertinemment ne pas trouver. *Sûrement un infarctus*, pensa-t-il. Il aurait pu continuer à inspecter la voiture, mais il y avait des règles à respecter et des ennuis à éviter. Il redescendit donc rapidement sur le quai et appela Centro pour qu'il lui envoie quelqu'un de la police judiciaire et qu'il avertisse le magistrat de garde. Il ne vit donc pas le reste du wagon, ni ce qu'il contenait. Il lui aurait suffi d'allonger le bras, de faire glisser la porte de verre dépoli qui protégeait des regards les sièges en cuir véritable du compartiment de luxe pour modifier son propre destin et celui de ceux qui arrivèrent après lui, mais il n'y songea même pas.

Cette tâche revint donc à une commissaire adjointe de la Troisième Section de la Brigade mobile – que tout le monde, à part les policiers eux-mêmes, appelait les Homicides. Une femme qui avait repris son service après une longue convalescence et une série de mésaventures, qui s'était retrouvée pendant des mois au cœur de toutes les discussions de tous les talk-show : elle avait mis fin aux agissements d'un ravisseur et tueur en série qu'on avait appelé « le Père » – ce qui lui avait valu trois projectiles dans le corps et le coup d'arrêt de sa carrière. Elle s'appelait Colomba Caselli, et plus tard certains jugèrent que son intervention fut un coup de chance.

Pas elle.

2

Colomba arriva à la gare Termini à une heure moins dix, à bord d'un véhicule de service. Au volant, se trouvait l'agent d'élite Massimo Alberti ; il avait vingt-sept ans et un de ces visages qui semblent toujours très juvéniles même vieux, constellé de tâches de rousseur et surmonté de cheveux clairs.

Colomba, elle, avait trente-trois ans ; enfin, son corps en avait trente-trois et ses yeux verts, qui changeaient de nuance au gré de son humeur, un peu plus. Ses cheveux noirs étaient attachés, serrés sur la nuque, ce qui mettait encore davantage en évidence ses pommettes prononcées d'Asiatique, héritées peut-être de quelque ancêtre lointain. Elle était vêtue d'un blouson de cuir et chaussée de rangers. Elle descendit de la voiture et rejoignit le quai où était arrêté l'Eurostar venu de Milan. Près du train se trouvaient quatre agents de la Police Ferroviaire, deux assis sur le ridicule biplace électrique que la police utilisait dans la gare et deux autres à côté des tampons : c'étaient des jeunes et ils fumaient tous. À quelques mètres de là, des curieux prenaient des photos avec leur portable et un groupe d'une dizaine de personnes, des agents de nettoyage ou des personnels paramédicaux, discutaient à voix basse.

Colomba montra sa carte et se présenta. Un des agents l'avait vue sur les journaux et il lui adressa le sourire niais de circonstance. Elle fit semblant de ne pas s'en apercevoir.

— Quelle voiture ? demanda-t-elle.

— La première, répondit le plus gradé tandis que les autres se rangeaient derrière lui, comme à l'abri d'un bouclier.

Colomba essaya de regarder à travers les fenêtres sombres mais elle ne distingua rien.

— Lequel d'entre vous est monté ?

Il y eut des échanges de regards embarrassés.

— Un de nos collègues, mais il a fini son service, dit celui qui venait de parler. Mais il n'a touché à rien, il n'a fait que regarder.

— Nous aussi, mais seulement depuis le quai, ajouta un autre.

Colomba secoua la tête, agacée. Un cadavre, cela voulait dire une nuit blanche à attendre que le magistrat et le médecin légiste aient fini leur travail, et une quantité invraisemblable de documents à rempli, de rapports à rédiger : rien d'étonnant à ce que l'agent se soit défilé.

Elle aurait pu se plaindre auprès de ses supérieurs, mais elle non plus n'aimait pas perdre de temps.

— Vous savez qui c'est ? demanda-t-elle tout en enfilant les gants de latex et les chaussons de plastique bleu.

— Il s'appelle Morgan Giovanni, il fait partie du personnel roulant, dit le plus gradé.

— Vous avez déjà averti les familles ?

Nouvel échange de regards.

— OK, j'ai rien dit. Il y a moyen d'allumer les lumières ? s'enquit Colomba.

— Le pantographe est baissé. Il n'y a pas de courant, répondit le premier. Il faut aller chercher un machiniste ?

— Non. (Colomba fit signe à Alberti.) Va chercher la torche, dans la voiture.

Il partit et revint avec une Maglite de métal noir d'environ cinquante centimètres qui, le cas échéant, était plus performante qu'une matraque.

— Vous voulez que je monte avec vous ?

— Non, attends ici et occupe-toi des badauds.

Colomba avertit Centro par radio qu'elle continuait l'inspection s'il lui donnait son feu vert, puis, tenant la torche allumée dans la main gauche et gardant la droite près de son étui à pistolet, elle monta les trois marches métalliques de la voiture et s'arrêta près du corps du chef de train. Comme l'homme avant elle, elle tâta des doigts le cou de la victime et, comme l'homme avant elle, elle ne perçut aucune pulsation : la peau du mort était visqueuse et froide. Soucieuse de ne rien déplacer, elle l'examina pour voir s'il avait été blessé, mais la seule tache de sang provenait de sa bouche et le corps ne présentait ni lésions ni contusions visibles. Si elle avait dû parier sur les causes du décès, elle aurait avancé que c'était une mort naturelle, mais c'était le médecin légiste qui devait trancher. Pendant qu'elle demandait à Centro s'il allait venir en personne, Colomba perçut un étrange fond sonore. Retenant son souffle, elle comprit qu'il s'agissait d'une bonne demi-douzaine de portables qui se déclenchaient tous ensemble, dans une cacophonie de sonneries et de vibrations, toutes venant de derrière la porte du compartiment de luxe – celui réservé aux voyageurs disposés à payer le double du prix d'un billet de première classe pour avoir des fauteuils en cuir véritable et le repas précuit d'un chef médiatique.

À travers le verre laiteux, Colomba aperçut les reflets verdâtres des écrans des portables qui clignotaient en projetant des ombres allongées. Elle resta là, à regarder, pendant quelques instants, ébahie. Tous ces téléphones n'avaient pas pu être oubliés là, or la seule explication qui lui venait à l'esprit était tellement monstrueuse qu'elle ne pouvait pas imaginer qu'elle soit vraie.

Pourtant elle l'était, et Colomba le comprit quand elle appuya sur le bouton de déblocage, lequel fit glisser la porte coulissante, et qu'elle fut assaillie par l'odeur nauséabonde du sang et des excréments.

Les passagers de la Classe Affaires étaient tous morts.

Cet ouvrage a été composé et mis en page
par Étianne Composition

Imprimé en France par CPI
en janvier 2017
N° d'impression : 3021467

POCKET - 12, avenue d'Italie - 75627 Paris Cedex 13

Dépôt légal : octobre 2016
S25827/04